D1933239

23/01

Paul Ingendaay
Die romantischen Jahre

Unverkäufliches Leseexemplar
für Buchhandel und Presse
Wir wünschen Ihnen anregende Lektüre
und freuen uns über Ihre Rückmeldungen.

Für Rezensionen
Bitte beachten Sie bei Rezensionen und
Artikeln die Sperrfrist bis 8. September 2011.
Danke für Ihr Verständnis.

PAUL INGENDAAY

Die romantischen Jahre

Roman

Piper München Zürich

Mehr über unsere Autoren und Bücher:
www.piper.de

Von Paul Ingendaay liegt im Piper Verlag außerdem vor:
Gebrauchsanweisung für Spanien

Mix
Produktgruppe aus vorbildlich bewirtschafteten Wäldern und anderen kontrollierten Herkünften
www.fsc.org Zert.-Nr. GFA-COC-001223
© 1996 Forest Stewardship Council
FSC

ISBN 978-3-492-05474-4
© Paul Ingendaay 2011
Gesetzt aus der Caslon Book
Satz: Kösel, Krugzell
Druck und Bindung: CPI – Clausen & Bosse, Leck
Printed in Germany

Für Sue, Greta und Julián

Chantal und Pauline

Wenn ich über die Kempener Straße in Kleinhoek einfahre, kurz bevor ich die Niers überquere, denke ich manchmal: Nur tausendfünfhundert Kilometer weiter, und ich wäre in Weißrussland. Und die Verlängerung der Wilhelm-Bolten-Straße in Richtung Nordwesten würde mich irgendwann nach Grönland bringen. Doch am liebsten schaue ich vor meinem Büro die Niederstraße nach Süden hinunter, bis sie beim Schuhhaus Schüth eine leichte Linkskurve macht. Anderthalb Tagesreisen, sage ich mir, und ich bin in der Provence. Und dann denke ich daran, wie mein Kumpel Motte und ich vor fast zwanzig Jahren in Südfrankreich auf Mädchenjagd gegangen sind, mit Pferden, Pistolen und allem. Eine tiefe Enttäuschung, würde Motte sagen. Ich denke an die Villa über den Hügeln, an meinen Vater, der uns in jenem Jahr seine schöne Freundin vorstellte, meinen Bruder Robert, der sich wie ein kleiner Erwachsener benahm, und an den Sommer 1979, meinen ersten Urlaub mit Führerschein.

Vormittags gingen wir zum Strand und brieten in der Sonne. Von der Villa aus sahen wir Palmen mit Stämmen, die aussahen wie Elefantenbeine, und weil sie in einer Doppelreihe gepflanzt worden waren und schnurgerade zum Meer hinunterführten, nannten wir sie Elefantenallee. Das war unser Weg zum Strand, ein staubiger Pfad mit Hundehaufen und verrottenden Früchten, gesäumt von mächtigen Palmen.

Am späten Nachmittag gingen wir zurück in die Villa, mit Sand im Haar, zum Duschen und Eincremen. Wir nahmen uns eine Stunde oder anderthalb, um das Nachlassen der Hitze und die länger werdenden Schatten zu genießen. Jeder von uns muss an etwas anderes gedacht, jeder dasselbe empfunden haben.

Kurz vor dem Abendessen legten Motte und ich unsere Bücher weg, um ein Kronenbourg aufzuknacken. Wir hielten das Bier in die Abendsonne und betrachteten die Welt durch das grüne Flaschenglas. Und tatsächlich schien alles leicht und sommerlich zu werden, nur durch den kurzen Blick durch unser Kronenbourg. Ich sah die Jahreszahl auf dem Etikett dieses alten Bieres, mit dem mein Vater mich ein paar Jahre zuvor hier in La Croix-Valmer bekannt gemacht hatte, und stellte mir die vielen Generationen junger Biertrinker vor, die schon mit einem Kronenbourg in der Hand über das unermessliche Universum nachgedacht hatten, so wie Motte und ich es taten. So deutlich wie kein anderes Geräusch jener Jahre höre ich das Schrammeln der Zikaden, das wie im Western klang, und sehe von der Terrasse der Villa aus, die mein Vater für vier Wochen gemietet hatte, zu den frühen Lichtern unseres kleines Strandes hinunter, ein paar schwach glimmende Punkte, die mit jeder Minute stärker wurden. Es war ein schöner Moment, wenn der Tag zusammengerollt wurde wie ein Segel und sich die Bewohner unserer Bucht auf den Abend vorbereiteten.

An einem dieser südfranzösischen Abende, nach dem Essen, brachen Motte und ich zu den Stranddiskotheken von Cavalaire auf. Mein Vater hatte mir den gemieteten Renault geliehen, und Vera sagte, fahr vorsichtig, als wäre sie meine Mutter. Wir trugen weiße Polohemden, Motte und ich, damit die Mädchen unsere Bräune sahen.

Die Diskotheken waren aus Holz, große Schuppen mit ein paar Pfählen und einem Strohdach darüber, etwas, das sich für die Saison aufbauen und danach leicht wieder abreißen ließ. Ein staubiger Sandweg führte zum Strand hinunter, und links und rechts hatte man die Wahl zwischen Discos,

Kneipen und Crêpe- oder Pizzaständen. Wenn wir uns der Diskothekenzone auf einen Kilometer näherten, hörten wir schon das ferne Wummern der Bässe und den scheppernden Refrain der Sommerhits. Ich spürte sofort, wie mir die Musik ins Blut ging. Ich wusste, dass ich bei so einer Musik, selbst beim dümmsten Song, ein Mädchen in einer Ecke stehen sehen könnte, das zu mir herübersah, ein Lächeln andeutete und sich dann wieder ihrer Freundin zuwandte.

Doch irgendetwas schien Motte an diesem Abend nicht zu passen. Er stand da wie einer, der an der Kuchenvitrine entlanggeführt worden ist, einmal hin, einmal zurück, aber nirgendwo die Gabel hineinstecken darf. Vielleicht hatte er seine Gabel auch verlegt. Jedenfalls dauerte es keine zwei Stunden, da wollte er schon in die Villa zurück. Motte ist so. Ein Mann undurchschaubarer Stimmungen.

»Bleib doch noch, die fangen gerade erst an«, sage ich, nachdem eine kleine blonde Holländerin, die wir auf der Tanzfläche beobachtet haben, von einem Franzosen mit weit offenem Hemd abgeschleppt worden ist. Aber ich weiß, dass es keinen Sinn hat, Motte zu etwas zu überreden.

»Ich gehe«, sagt Motte. Er will weg, jetzt sofort, und zieht ab, um sich an die Straße zu stellen, die Cavalaire mit La Croix-Valmer verbindet.

Um diese Zeit ist an der Küstenroute ziemlich viel los, ein großes Kommen und Gehen duftender, vergnügungswilliger Leute, Mitternacht ist gerade erst vorbei. Motte steht also mit gerecktem Daumen da, erzählt er mir am nächsten Morgen, ist immer noch genervt wegen des verschwendeten Abends, vielleicht auch wegen der blonden Holländerin, die er nicht angesprochen hat, aber davon erzählt er mir natürlich kein Wort. Da hält ein kleiner Peugeot. Der Fahrer, ein Typ Anfang zwanzig, beugt sich über das Mädchen auf dem Beifahrersitz und fragt Motte auf Französisch, wohin er will. Motte deutet nach vorn wie ein Trapper, Richtung Sonnenaufgang, und brummt »La Croix«. Eigentlich muss er noch weiter, denn die Villa liegt weit jenseits des Dorfes, kein Mensch fährt da hoch außer den Weinbauern, aber auf den Fußmarsch ist er vorbereitet.

Kaum hat er den Namen des Ortes genannt, steigt das Mädchen aus, klappt den Beifahrersitz nach vorn und lässt Motte auf die Rückbank. Das Mädchen trägt einen knappen Rock und eine rote Bluse. Hinter dem Fahrer sitzt ein zweites Mädchen, nur blasser als das erste und mit feuerrotem Lippenstift, es ruft fröhlich *Bon soir!* und fragt Motte sofort, ob er Französisch spricht. Motte schüttelt den Kopf und fragt sich, ob diese Leute noch nie einen Touristen gesehen haben. Um höflich zu sein, sagt er: *Do you speak English?* Doch er hofft, dass niemand ein Wort Englisch kann, damit sie ihn in Ruhe lassen und er einfach nur bis zu unserem Weinberg kommt, wo der Anstieg zur Villa beginnt.

Die Strecke von Cavalaire nach La Croix-Valmer besteht fast nur aus Serpentinen, man muss langsam fahren und die Kurven sauber nehmen, damit die Autos einander passieren können. Nach einem kurzen Austausch der drei auf Französisch und einem abschließenden Witz des Fahrers herrscht Ruhe im Peugeot. Motte schaut nach draußen, ob er irgendwo zwischen den Bäumen den Vollmond entdeckt, der vorher so schön zu sehen war. Aber schon bald kann er den Vollmond vergessen. Immer, wenn der Peugeot eine Kurve nimmt, wird das Mädchen gegen ihn gedrückt. Oder er gegen das Mädchen. Das ist das Muster. Entweder drückt die dünne weiße Bluse sich gegen ihn; oder er sich gegen die dünne weiße Bluse. Das ist ihm unangenehm, denn es sind viele Kurven, sodass er den Haltegriff packt und sich anstrengt, um in Rechtskurven nicht gegen seine Beifahrerin gedrückt zu werden, er spannt den Bizeps an und findet sich heroisch, weil er sich von der Anstrengung nichts anmerken lässt. Er sitzt da wie Lino Ventura, der alte Motte, mit dünnen Lippen und zusammengekniffenen Augen, entschlossen, alle frei fliegenden Gefühle an sich abprallen zu lassen.

Seine Nachbarin scheint von der Idee aber nicht viel zu halten. Nicht nur, dass Motte ihrem betäubenden Parfüm ausgesetzt ist, das ihn in immer neuen Duftwellen umfängt. Sie strengt sich überhaupt nicht an, das Rutschen auf dem Rücksitz zu vermeiden. Jede Linkskurve bringt sie an seine Seite, Motte spürt die Wärme ihres nackten Oberschenkels, dann auch den Arm natürlich, und während sie zuerst noch mit einem überraschten »Oh!« um Verständnis bittet und einen französischen Satz fallen lässt, der mit dem schlechten Straßenbelag oder dem engen Peugeot zu tun haben könnte, lässt sie sich von der dritten Kurve an einfach gegen ihn schieben und scheint es sogar lustig zu finden.

Irgendwann legt sie ihre rechte Hand auf Mottes Oberschenkel und nimmt sie nicht mehr weg.

Motte weiß nicht, was er machen soll. Er kann ja nicht so tun, als bemerkte er die Hand nicht. Wenn er nichts gegen die Hand unternimmt, zeigt er sich mit der Hand einverstanden. Und mit allem, was sie tut. Einen Augenblick fragt er sich, ob die Hand auf seinem linken Oberschenkel als ernsthafter Stabilisierungsversuch gelten kann. Aber dann sagt er sich, dass sein Oberschenkel nicht der geeignete Körperteil ist, um sich festzuhalten. Besser wäre der Arm. Oder die Schulter. Obwohl er zugeben muss, dass eine gewisse Stabilisierung erzielt worden ist. Das Mädchen rutscht jetzt viel weniger auf dem Rücksitz herum und bleibt immer dicht neben ihm, sodass Motte warm wird. Sein Oberschenkel scheint ihr wirklich zu helfen.

Vielleicht hat auch Mottes Körper ohne Mottes Wissen seine starre Distanz aufgegeben, wie es in solchen Situationen vernünftig ist, und geht den Rhythmus der Kurven einfach ein wenig mit. Man kann sich ja schlecht sieben, acht Kilometer hindurch gegen jede Kurve stemmen. Beunruhigend ist etwas anderes. Die Hand des Mädchens ist im Lauf der Minuten höher gewandert, zentimeterweise, aber stetig. Meist hat dafür ein kleiner Griffwechsel genügt, ein abermaliges Zupacken nach einer besonders heftigen Kurve, einmal jedoch handelt es sich unverkennbar um einen Geländegewinn von drei bis vier Zentimetern. Zwar nimmt Motte während der Fahrt (der Mond ist immer noch nicht zu sehen) auch gelegentliche Rückzugsbewegungen der Hand wahr, aber sie sind nicht von Dauer. Im Gegenteil. Mit der größten Seelenruhe steuert seine französische Nachbarin, von der er nicht einmal den Namen kennt, Mottes Körpermitte an.

Das alles wäre schlimm genug, doch Motte spürt, dass er eine Erektion bekommen hat, und das ärgert ihn wirklich. Er hat nicht vor, in diesem Peugeot mit irgendjemandem etwas anzufangen, er ist entschlossen, die Hand seiner Nachbarin so lange zu ignorieren, wie es eben geht. Was aber, wenn die Hand des Mädchens noch zwei, drei Zentimeter höher rutscht? Würde seine französische Nachbarin aus dem, was ihre Hand dort antrifft, nicht unweigerlich falsche Schlüsse ziehen? Während draußen eine Kurve auf die andere folgt, ballt Motte seine Hand, die sich eben noch an den Haltegriff geklammert hat, zur Faust und beißt sich in den Daumenballen, ein kräftiger Biss, der ihm Tränen in die Augen treibt.

Da schmiegt sich seine Nachbarin noch enger an ihn, verstärkt den Druck ihrer Hand auf seinem Oberschenkel und haucht ihm ins Ohr. *»Relax.«*

Der Schrecken, der ihm in die Glieder fährt, ist schön und beängstigend zugleich. Motte sieht sich kippen, mal zu der einen, mal zu der anderen Seite.

»I'm not relaxed«, sagt er und muss sich räuspern. Er weiß selbst nicht, was er damit meint.

»You don't like thees?«, fragt das Mädchen so unschuldig, dass Motte sein eigener Auftritt peinlich ist.

Natürlich gefällt es ihm, theoretisch jedenfalls. Aber in der Praxis, das ist etwas anderes. Er ist ein katholischer Junge vom Land, der gerade volljährig geworden ist, er hat noch nie ein Mädchen ausgezogen, geschweige denn, sich von einem Mädchen ausziehen lassen. Ihm kommt die Besenkammer in den Sinn, in die ihn einmal, bei einem sogenannten »Tanztee«, ein Mädchen gelockt hat, um ihn zu küssen. Doch es ist ihr nicht gut bekommen, Motte mag solche Manöver gar nicht. Auch jetzt, in dem viel zu engen Peugeot, gehen ihm die Dinge etwas schnell. Drei Wochen später wird er wieder auf dem Collegium Aureum sein, dem bischöflichen Knabeninternat am Niederrhein, um sein letztes Schuljahr in Angriff zu nehmen, und er wird mit dem Präses über den DKP sprechen, *Den Katholischen Pfad,* die neue Jugendbewegung, die das moralische Rückgrat der jungen Kirche bilden soll. Der Niederrhein, hat der Präses ihm gesagt, muss die Speerspitze gegen den Bolschewismus werden. Das Collegium Aureum, so der Präses, wird zur moralischen Erneuerung der Welt beitragen. Ob Motte damals noch mit derselben Inbrunst an die Mission des DKP glaubte wie zwei Jahre zuvor, als er auch mich dafür rekrutieren wollte, weiß ich nicht, aber das spielt in diesen Minuten keine Rolle. Es geht ums Prinzip. Um die »inneren Werte«, wie der Präses gern sagt. Motte kann sich doch jetzt nicht von einem französischen Mädchen, mit dem er sich kaum zu verständigen weiß, auf dem Rücksitz in die Hose greifen lassen. Was wären das denn für innere Werte?

»I don't want to relax. Please. Don't touch me.«

»Oh«, sagt seine Nachbarin. *»Was I touching you? I'm sorry.«* Seelenruhig zieht sie ihre Hand zurück.

»My friend«, sagt der Fahrer, der die Zeit für gekommen hält, sich einzuschalten. *»Perhaps you have a leetle time for us. We could spend some time together. Have some fun, d'accord?«*

Motte weiß nicht, ob er das richtig versteht. Aber der Franzose kann nur das eine meinen, und Motte schluckt. Dann spürt er ein Zittern in den Schultern, das sich bis in die Brust, den Bauch, ja selbst in die so stark in Unruhe gebrachten niederen Regionen fortsetzt. Ihm wird kalt.

»I want to go home.« In seinen eigenen Ohren klingt er wie ein verängstigter kleiner Junge.

Der Fahrer sagt zu den Mädchen etwas auf Französisch, dann: *»My friend, you misunderstand me. I mean, spend some time with friends. Nice people. All together in one big bed. You have met Chantal. And by my side, this is Pauline.«* Pauline dreht sich um und lächelt ihn an.

Der Fahrer lacht leise, als kämen ihm romantische Erinnerungen. *»We have drinks, too. All in one clean bed in a nice house. Over there.«* Er zeigt nachlässig nach vorn, in die Dunkelheit. *»What do you think, my friend?«*

»Jetzt reicht's«, sagt Motte. *»Stop the car. Let me out. Do you hear?«*

»I'm sorry, my friend«, sagt der Fahrer. *»There must be a misunderstanding.«*

»Das glaube ich auch«, sagt Motte. »Ein fettes *misunderstanding*, würde ich sagen. Da vorne, siehst du? *Over there, the corner. Let me out.*« Mit Erleichterung hat Motte bemerkt, dass seine Erektion abklingt. Na also, geht doch. Er erkennt auch die kleine Kreuzung wieder, der sie sich nähern. Seine Nachbarin hat sich in ihre Ecke gedrückt und betrachtet den Mond. Motte sieht aus dem Augenwinkel ihr Profil mit dem schmollenden Mund.

Der Peugeot hält. Das Mädchen mit dem roten Rock lässt ihn aussteigen.

»Nice to meet you«, sagt Motte. »Macht eure Schweinereien ohne mich.«

»Salut«, sagt das Mädchen auf dem Beifahrersitz mit leisem Spott, dann folgt ein Wort, das Motte nicht versteht, und die Autotür wird zugeknallt. Der Peugeot wendet und verschwindet in der Dunkelheit.

Motte läuft eine halbe Stunde, bevor er den Anstieg zum Weinberg erreicht. Am Anfang rennt er, um die irren Gedanken in seinem Kopf zu beruhigen. Je länger er läuft, desto besser fühlt er sich. Erst auf den letzten paar Hundert Metern wird er langsamer und fängt an, in Ruhe über alles nachzudenken. Als er das Gartentor der Villa erreicht, fragt er sich, was passiert wäre, wenn er das Angebot der Franzosen angenommen hätte.

Die sind ja nicht mehr ganz bei Trost, sagt er sich. Er riecht an seinem Polohemd, ob das Parfüm des Mädchens mit der weißen Bluse – Chantal – noch daran wahrzunehmen ist. Ein wenig, vielleicht eine Spur. Er schnüffelt noch einmal. Die spinnen ja, diese Französinnen! Doch er weiß schon jetzt, dass er in Gedanken noch oft zu den Minuten voller Herzklopfen zurückkehren wird.

Plötzlich bleibt er stehen und begreift, wer er in diesem Augenblick ist. Einer, der nichts versteht. Das Vergangene ist vergangen und bleibt zurück wie ein Findling im Feld. Und wie schnell Mottes Leben auch immer voranrasen wird, wie viele Bilder und Eindrücke sich auch über diese verrückte Heimfahrt mit Chantal und Pauline und dem jungen Fahrer ohne Namen legen mögen, bis sie das Erlebnis in einen Schemen verwandelt haben, die Intensität dieser Minuten werden sie nicht auslöschen können, weil Motte niemals erfahren wird, wie die andere Seite jener Wirklichkeit ausgesehen hätte, die er gewählt hat. Der andere Weg. Die Verheißung, von der er nichts wissen wollte. Die Option, die er brüsk ausgeschlagen hat. Und in diesen Minuten ist ihm wohl klar, dass Chantal und Pauline, die beiden Mädchen, mit denen er nichts »gehabt« hat, dauerhafter in seiner Erinnerung verankert sein werden als manche zukünftigen Mädchen, denen er viel näherkommen wird. Würde Motte darüber nachdenken (später wird er es tun), wüsste er sogar, dass er für den Rest seiner Tage nie wieder französischen Boden betreten wird, ohne an Chantal und Pauline zu denken, ihm wäre klar, dass die stärkste Erinnerung an dieses Land in einem Ereignis besteht, das nicht stattgefunden hat.

Im Lauf der Jahre kamen wir auf seine Fahrt in dem kleinen Peugeot immer wieder zu sprechen, und wir tun es bis heute. »Weißt du noch, der Peugeot?«, sage ich zum Beispiel, wenn wir in Köln, Wuppertal oder Kleinhoek bei einem Bier zusammensitzen.

Und er: »Erinnere mich nicht daran, Blödmann!«

Doch eigentlich bin ich mir sicher, dass Motte genauso gern an die Fahrt im Peugeot erinnert wird, wie ich davon spreche. Irgendwann gingen wir dazu über, von seinem »Abend mit Chantal und Pauline« zu sprechen, ein Euphemismus, wie wir beide wissen, eine Übertreibung, doch es ist das Mindeste, was wir tun können, um die Erinnerung an diesen Abend wachzuhalten. Welches der beiden Mädchen wohl für ihn bestimmt gewesen wäre? Vielleicht beide? Dem alten Motte hatte sich eine sehr interessante Möglichkeit eröffnet, und er hatte sie ausgeschlagen, ob aus Unsicherheit, Schrecken oder Prinzipienfestigkeit, wusste er selbst nicht mehr. Das Ereignis jenes Abends blieb etwas Unfertiges, Unabgeschlossenes, und manchmal kommt es mir so vor, als riefe Motte in seiner Phantasie den kleinen Peugeot zurück, um dem jungen Franzosen am Steuer zu sagen, er habe es sich anders überlegt, er wolle jetzt doch ein geistiges Getränk mit ihnen teilen, einen leichten Weißwein vielleicht, ein kühles Kronenbourg, und hätte nichts dagegen, sich danach mit Chantal und Pauline auf ein sauberes Bett zu legen, *a clean bed in a nice house.*

Ich glaube, er stellt sich immer wieder dieses Haus in der Provence vor, in welchem Chantals oder Paulines Eltern wohnen, vielleicht auch die Eltern des jungen Mannes. Oder es sind Verwandte, bei denen sie den Sommer verbringen, großzügige, aufgeschlossene Menschen, die genau wissen, dass sich Chantal, Pauline und der junge Mann ihre Sommerferien redlich verdient haben, und was wäre gegen ein wenig Vergnügen einzuwenden? Man macht Sommerbekanntschaften, von denen jeder weiß, dass sie selten den folgenden September überdauern.

So, wie ich mir Mottes Gedanken dazu vorstelle, hat er

schon vor Langem damit begonnen, sich das Innere dieses Hauses auszumalen – ich nenne es »das Haus auf dem Hügel« –, den alten Steinboden, die hellen, schlicht möblierten Räume, durch die am frühen Abend eine Brise aus den umliegenden Weinbergen geht, den Blick auf das Meer, ideale Bedingungen, um sich bei Freunden auf ein Bett sinken zu lassen und ein wenig die Augen zu schließen. Bis eine Berührung den Träumenden weckt, vielleicht ein Finger, der seine Wange nachzeichnet, oder langes Haar, das wie ein Vorhang über seine Augenbrauen streicht. Er kommt zu sich, während sich jemand neben ihn aufs Bett legt und sein Körper durch das hinzukommende Gewicht leicht zur Mitte gezogen wird. Er schließt aus dem Atem des Mädchens auf eine Absicht, von der er noch nicht weiß, wie weit sie geht, und jetzt muss er nur noch den Kopf langsam nach rechts drehen und die Augen aufschlagen, um zu erkennen, wer neben ihm liegt, Chantal oder Pauline.

Erster Teil

Alles fesselt mich und nichts hält mich.
Fernando Pessoa

Eines Tages wachte ich auf und fand mich in einen Versicherungsvertreter verwandelt. Ich reiche die Vorgeschichte nach, die Leute wollen ja immer wissen, wie man zu so einem unmöglichen Beruf kommt. Jetzt will ich nur erzählen, was der Auslöser war. Ich fragte mich, wie ich Geld verdienen könnte, ohne etwas Richtiges gelernt zu haben. Ich hatte mein Literaturstudium in Köln hingeworfen, Anglistik, Germanistik, Philosophie, wirklich, ich warf alles in die Tonne und sagte mir: Macht den Kram ohne mich. Ich sah mich einfach nicht den Rest meiner Tage in Bibliotheken sitzen und sogenannte Forschungsliteratur verdauen. Ich hatte so viel mittelmäßige Forschungsliteratur gelesen, dass es mich traurig gemacht hatte, genauso, wie ich traurig werde, wenn ich im Sommer auf einem Feldweg eine lange Ameisenstraße sehe und irgendetwas daherkommt, ein brutaler Schuh, der Reifen eines Traktors, um die Kette zu unterbrechen. Ich weiß, dass Ameisen darüber nicht traurig werden können. Sie räumen nicht einmal die toten Krieger weg.

Wenn ich vor meinem Bürofenster die grün-weiße Fahne der Rheinischen sehe und mir das unentwegte Verrinnen der Zeit vorstelle – Blätter, die der Wind durch die leeren Straßen von Kleinhoek fegt, Staub, der sich auf uns alle niedersenkt und sogar in die Vitrine des Schützenvereins am Marktplatz kriecht –, könnte ich trübsinnig werden. Ich bin siebenunddreißig Jahre alt, und das soll schon die Hälfte meines Lebens gewesen sein? Von uns wird nichts bleiben außer Kreditkarten, alten Socken und einer versifften Fernbedienung. Weg damit.

Genauso wird es uns ergehen. Wenn es so weit ist, wird man uns wegpacken, und auch wenn dem einen oder anderen Freund etwas auffällt und er sagt: Schade, dass ich kein Bier mehr mit ihm trinken kann, er war so ein lieber Kerl, können wir den Verlust sehr niedrig ansetzen. Wir haben angefangen zu existieren, ohne dass man uns gefragt hätte. Wir hören auf zu existieren, ohne dass man uns fragen würde. Wir haben nicht den Mut, es selbst in die Hand zu nehmen und den passenden Zeitpunkt zu bestimmen, weil es den passenden Zeitpunkt nicht gibt. Also müssen wir nehmen, was kommt, für unsere Lieben eine gute Versicherung abschließen und uns für das letzte Gefecht rüsten. Aber wie gesagt: Den Verlust setze ich ziemlich niedrig an.

Der Tag, an dem ich mich in einen Versicherungsvertreter verwandelte, liegt sieben Jahre zurück. Ich lebte noch mit Martina zusammen, in Köln, obwohl es sich nicht mehr lohnte, für beide nicht, nur dass Martina es noch nicht wusste. Da kam dieser Mann bei ihr vorbei und sagte, es gäbe wichtige Neuigkeiten zu Martinas Versicherungsverträgen, Anton Orzegowski, er hatte sie schon beraten, als sie im ersten Semester Pädagogik studierte.

Anton war nett und trug einen angegrauten Bart. Er setzte sich auf das Ikea-Sofa, trank Kaffee, aß Ikea-Plätzchen und fragte Martina, wie das Leben so wäre.

»Gut«, sagte Martina. »Das Leben ist gut.« Dabei sah sie mich mit diesem Blick an, der bedeutete: Wir reden nachher darüber.

Das sei das Wichtigste, sagte Anton. Er kratzte sich den Bart. Und dann kam der Satz, den ich nie vergessen werde: »Die Rahmenbedingungen müssen stimmen.«

Er nahm sich noch ein Plätzchen und biss so geräuschvoll hinein, dass wir lachen mussten. »Ist doch wahr«, sagte

Anton und lachte mit, aber wie ein großer Bär, der den kleinen Bären eine Freude machen will. »Wenn die Rahmenbedingungen nicht stimmen, kannst du alles vergessen.«

Wir redeten noch ein bisschen. Anton war schon Mitte fünfzig, auch wenn man es ihm nicht ansah. Er hatte sich ein Häuschen in der Eifel gekauft, wo keine Sau wohnte. Dorthin zog er sich zurück, wenn die Welt ihm zu viel wurde. Als der Kaffee ausgetrunken war und nur noch Krümel in der Plätzchenschale lagen, holte Anton ein paar Blätter aus seiner Aktentasche und legte sie Martina hin.

»Ich habe da noch deine Hausratversicherung«, sagte er. »Die sollten wir mal aktualisieren. Und dann haben wir noch etwas Neues bei unserer Unfallversicherung. Bei schwerem Unfall mit Invalidität gibt es jetzt neben der einmaligen Kapitalzahlung auch eine lebenslange Rente. Das wäre sehr interessant für dich, glaube ich.« Er sah Martina an, als arbeitete er für sie, nicht für seine Firma. »Die Überlegung war, dass sich die Rheinische doch auch dauerhaft um so ein Problem kümmern könnte. Ein bisschen wie eine Mama. Die nimmt von der Fürsorge ja auch keinen Urlaub. Schau doch mal, es kostet nicht die Welt. Was meinst du, Martina? Sollen wir das so machen?«

»Gut.«

Ich starrte sie an. Solange ich sie kannte, hatte sie noch nie einer Sache zugestimmt, ohne sie unters Mikroskop zu legen oder tausend Bedingungen daran zu knüpfen. Sie musste Anton gut kennen, um so schnell zuzustimmen.

»Dann unterschreibst du einfach hier, hier und hier.«

Martina tat es, aber sie sah die Blätter kaum an. Sie sah Anton an. Ich fragte mich, ob die beiden mal etwas miteinander gehabt hatten.

»Und sonst?«, sagte sie.

»Alles im Griff«, sagte Anton.

An der Tür hatte ich dann die Idee.

»Hör mal, Anton«, sagte ich. »Wie du das so machst mit

den Versicherungsverträgen und so. Das gefällt mir. Dauert es lange, so was zu lernen?«

Anton erzählte mir in zehn Minuten an der Tür das Wichtigste, was ich je über Versicherungen gehört habe. Er kam ja noch aus einer anderen Zeit. Einer Zeit, in der man irgendwo reinmarschierte, eine Sache in die Hand nahm und dabei blieb. Zu seiner Zeit, sagte Anton, waren die meisten Versicherungsvertreter etwas ganz anderes, sie hatten kein eigenes Ladenlokal, sondern einen normalen Beruf und verkauften nebenher eben auch Versicherungen, wenn sie geschickt im Reden waren. Aber das war nicht alles. Man brauchte auch die richtige Art. Einen eigenen Stil. Und der musste die Leute überzeugen.

Antons Stil war, die Sachen sehr ruhig zu machen. Er wollte, dass seine Kunden sich mit ihrer Versicherung wohlfühlten, und wenn er das geschafft hatte, riefen sie ihn wieder an, wenn sie etwas brauchten, oder öffneten ihm ein halbes Jahr später die Tür und luden ihn zum Kaffee ein, um mit ihm über Gott und die Welt zu reden. Er war Anton Orzegowski, der Mann von der Rheinischen. Der Herr, der sich um die richtige Versicherung kümmerte.

Martina musste das gleich verstanden haben, denn seit der ersten Begegnung, erzählte sie, behandelten sie sich wie alte Freunde, die sich nicht ständig sehen müssen, um zu wisssen, was sie aneinander haben.

»Glaubst du«, sagte ich zu Anton, »das wäre etwas für mich? Ganz ehrlich. Ich suche nämlich gerade. Könnte ich das schnell lernen?«

»Da gibt's nicht viel zu lernen. Das Wichtigste hast du schon in dir. Wenn du es hast.« Er lachte.

»Und was wäre das?«

»Du musst wissen, ob du die Menschen so lange erträgst. Du siehst sie ja wieder. Wenn du gut bist, Marko, siehst du sie wieder, solange sie leben. Bevor du jetzt sagst, kein Problem, spitz die Ohren und vernimm, was Anton dir zu sagen hat. Wenn du dich mit ihren Angelegenheiten beschäftigst, hörst du immer denselben Scheiß. Die Dümmsten und Gemeinsten von ihnen werfen dich raus oder hetzen den Hund auf dich. Alles schon vorgekommen. Und auf der Straße erkennen sie dich nicht. Weißt du noch, wie Petrus den Herrn dreimal verleugnete? So ist das. Wir sind die, die man dreimal, fünfmal, zehnmal verleugnet. Zu schweigen von denen, die dich vom ersten Tag an über den Tisch ziehen wollen, weil sie glauben, eine Versicherungsgesellschaft ist ein Selbstbedienungsladen.«

Er wiegte den Kopf, wie um zu sagen: Es gibt solche und solche. Dabei sah er mich mit seinen hellen, aufmerksamen Augen an.

»Aber es ist auch befriedigend, etwas Vernünftiges für sie zu tun, sonst wäre ich längst nicht mehr dabei. Jesus Christus muss sich etwas Ähnliches gesagt haben. Denkst du, der *mochte* die Menschen? Uns stinkendes, undankbares Pack? Nein, Marko, das glaubst du nicht im Ernst. Jesus hat sich gesagt: Irgendjemand muss das in die Hand nehmen. So auch bei uns. Es gibt ein schönes Wort dafür. Gefahrengemeinschaft. Eine Gemeinschaft, die zusammenrückt, damit uns von außen keine Katastrophe trifft. Wir teilen die Lasten. Und weil da draußen so viele Blödmänner rumrennen und eine schnelle Mark machen wollen, ist es umso wichtiger, dass der eine oder andere von uns seine Sache anständig erledigt. Wenn du dazugehören willst, Marko, nur zu. Ich kann dir die Telefonnummer eines Mannes geben, der dir weiterhilft. Entscheiden musst du dich sowieso erst, wenn es kein Zurück mehr gibt.« Er lachte wieder.

»Okay«, sagte ich. »Ich denke darüber nach.«

»Mach das.«

Das andere erzählte Anton mir am nächsten Tag am Telefon. Anekdoten aus dem Betrieb, damit ich ein Gefühl für die Welt der Versicherungen bekam. Anton wusste zum Beispiel von einem Mann im Kölner Bauamt, der in seiner Amtsstube zweimal die Woche Sprechstunde hatte. Seine Kollegen kamen zu ihm und ließen sich beraten, keiner störte sich daran, im Gegenteil, alle fanden es sehr praktisch, dass sie nicht woanders hinlaufen mussten, um ihre Dinge zu regeln. Es war ja ein Haufen Papier damit verbunden. Wenn also der Jupp alle seine Versicherungen bei derselben Gesellschaft abgeschlossen hatte, dann musste da was dran sein, dann hatte das seinen Grund. Also kamen erst die Freunde vom Jupp, dann die Kollegen vom Jupp, dann die Bekannten der Kollegen vom Jupp, und so hatte der Jupp richtig gut zu tun, er verdiente sich schön was nebenbei. Das Gute am Jupp war, dass er auch ein Ohr für die Sorgen der Kollegen hatte, er wusste immer Bescheid, wenn die Frau eine schlechte Hüfte hatte oder es Geldprobleme gab oder der Älteste wieder Dummheiten gemacht hatte. Mit dem Jupp konnte man über alles reden.

»Aber das Bild ändert sich gerade«, sagte Anton. »Zu viele Leute haben gemacht, was sie wollten. Die Gesellschaften mussten die Latte etwas höher legen, und sie begannen sich dafür zu interessieren, wer da in ihrem Namen auftrat. Nicht übermäßig, das nicht. Am Ende will die Gesellschaft vor allem, dass die Zahlen stimmen. Du musst soundsoviele

Leben schreiben, soundsoviele Kranken, soundsoviel Kraft, damit deine Rechnung am Ende des Jahres stimmt. Und wenn sie stimmt, steckst du deine Bonifikation ein und machst zu Hause eine Pulle Schampus auf.«

»Leben schreiben?«

»Eine Lebensversicherung verkaufen, Marko. ›Schreiben‹ klingt feiner. Heute habe ich eine schöne Leben geschrieben, sagt mir der Kollege aus Düren. Oder er hat wieder Kraft produziert. Das ist die Kfz-Versicherung. Wenn du es besonders gewählt ausdrücken willst, sagst du: Ich habe da zwei dicke Leben in der Anbahnung.«

Ich hielt den Hörer in der Hand wie einen kalten Fisch. Bis dahin war mir nicht klar gewesen, dass ich eine neue Sprache lernen musste.

»Das kommt schnell, Junge. Du musst gut mit dem Taschenrechner sein. Und jetzt das Wichtigste. Immer in der Mitte bleiben, da, wo die Herde ist. Nicht auffallen, verstehst du mich? Nicht nach oben und nicht nach unten. Bleib in der Mitte, und dir kann nichts passieren. Es ist so ziemlich der einzige Rat, den ich dir geben kann.«

Antons Worten entnahm ich, dass man als Versicherungsvertreter ganz ordentlich leben konnte, wenn man fix war. Nicht gerade ein Job, um sich großen Luxus zu leisten, aber mit interessanten Verdienstspannen.

Damals war das ziemlich wichtig für mich. Ich hatte mit dem Studium und ein paar längeren Auslandsreisen so viele Jahre in den Sand gesetzt, dass es allmählich eng wurde. Kurz vor der ersten Begegnung mit Anton war ich dreißig geworden. Plötzlich guckte mich auf dem Kalender das Jahr 1991 an und zeigte mir seine böse Fratze. Wohin war die Zeit verschwunden? Mein Vater hatte die monatliche Unterstützung zwar noch nicht ganz abgedreht, aber weit heruntergefahren. Er musste ja auch an Robert denken, der noch mitten im Psychologiestudium steckte, und damals kam auch noch alle paar Wochen ein Notruf von Sonja, die plötzlich ohne einen

Pfennig in Nepal saß oder bei einer Wanderung in Bolivien ausgeraubt worden war.

Und mein Vater zahlte. Was sollte er auch anderes tun? Er hatte doch immer gezahlt. Er hatte längst die Chance verpasst, die regelmäßigen Zuwendungen an seine drei erwachsenen Kinder an Bedingungen zu knüpfen, und weil er fürchtete, in schlechter Erinnerung zu bleiben, wenn er jetzt damit anfing, seufzte er laut und zückte die Brieftasche. Ich habe nie erfahren, wie viel Unterhalt er meiner Mutter bezahlte. Ich glaube noch nicht einmal, dass sie es vertraglich geregelt hatten. Wenn es an sein Privatleben ging, war der Notar Rudolf Theunissen Notariatsverträgen gegenüber sehr misstrauisch. Er fand, mit seiner Exfrau seien Brief und Siegel doch nicht nötig, und meine Mutter kam nicht auf den Gedanken, darauf zu bestehen. In der völlig informellen Trennungsregelung zwischen meinen Eltern lebte noch die alte Idee des Ehrenworts weiter, die mit nichts als einem kräftigen Handschlag besiegelt wurde.

Was mich betraf, glaubte mein Vater immer noch fest daran, ich würde jeden Augenblick durchstarten und ins wirkliche Leben hineinfliegen, und alle würden die Hälse recken und mit einem großen »Oooh!« und »Aaah!« meine Flugnummern am Himmel bestaunen. Ich kann meinen Vater verstehen. Jahrelang war ich auf dem Collegium Aureum der beste Schüler gewesen, bevor ich mit sechzehn vom Internat flog, und auch danach, auf dem Albertus-Magnus-Gymnasium in Köln, hatte ich mich immer in der Gruppe der Besten gehalten. Marko war ein helles Köpfchen. Und was er alles gelesen hatte! Man gewöhnt sich an so was. Das Abitur war für mich ein Kinderspiel. Beim Literaturstudium ging es so weiter, die Sachen fielen mir wirklich leicht.

Doch irgendwann … Ich weiß nicht, wie ich es ausdrücken soll. Irgendwann verlor ich den Kompass und wusste nicht mehr, wo mein Ziel lag. Wohin ich wollte. Ob ich überhaupt irgendwohin unterwegs war. Ich sprach nur noch abstrakt darüber, was immer ein schlechtes Zeichen ist. Ich sagte zum Beispiel: »Ich mache später mal was mit Büchern.« Weil ich immer gern gelesen hatte, war das die einzige Antwort, die mir einfiel: Ich mache mal was mit Büchern.

»Sehr schön«, sagten die anderen. »Das ist sicher interessant. Was genau willst du denn machen?«

»Och, mal sehen. Vielleicht was im Verlag.«

»Ah, du willst Lektor werden.«

»Ja, vielleicht werde ich Lektor.«

Das Wort hatte mir schon immer gefallen. Es besaß so eine mysteriöse Unbestimmtheit. Ein Lektor ist jemand, der liest. Nichts behindert den reinen Fluss der Sätze, die in seinen privilegierten Kopf gelangen. Damals wusste ich noch nicht, dass Lektoren das Fußvolk des Verlagswesens sind, die Erniedrigten und Beleidigten, die Leute, die am härtesten arbeiten und nur Fußtritte dafür bekommen. Hätte ich mal ein Verlagspraktikum gemacht, wäre mir das sofort klar geworden. Aber meine Generation, Jahrgang 1961, hatte es nicht so mit Praktika. Wir dachten, die Arbeitswelt wartet nur auf uns. Wir wollten überall reinspazieren, wenn es so weit wäre, und die Sache mit unseren natürlichen Talenten regeln.

»Du könntest einen Verlag leiten«, sagte mein Vater. »Man darf die kaufmännische Seite nicht aus den Augen verlieren. Das Buch als Kulturprodukt.«

Mein Vater konnte von keinem Beruf hören, ohne sofort an Führungspositionen zu denken, und obwohl ich noch keinen besonderen Ehrgeiz gezeigt hatte, vermutete er mich kraft angeborener Genialität – sein Erbteil – auf dem Weg ganz an die Spitze.

»Von Verlagsleitung hatte ich eigentlich nicht gesprochen, Papa.«

»Aber es kann nicht schaden, davon zu sprechen«, sagte mein Vater. »Es könnte dir helfen, dich zu fokussieren.«

»Mich zu *fokussieren?* Worauf denn?«

»Auf die Verlagsleitung«, sagte er.

Doch als ich mit Anton sprach, wusste ich, dass ich mein Literaturstudium nie abschließen würde und mich auf etwas anderes fokussieren musste. Ich wusste es einfach. So, wie man weiß, dass es bald kälter wird, wenn die Blätter von den Bäumen fallen.

»Der große Vorteil unserer Branche«, sagte Anton. »Die Ausbildung geht ziemlich schnell. Ein knappes Jahr, und du sitzt im eigenen Büro.«

Das stimmte nicht ganz, wie ich später merkte, aber erst einmal klang es verführerisch. Ich sah mich in meinem eigenen Büro, musterte in Gedanken meine Aktenordner, mein Lineal, meinen Computer und verkniff mir nur die Frage, ob ich auch eine Sekretärin haben würde.

»Und der Nachteil?«

»Du haftest für alle Ärsche, so wahr ich Orzegowski heiße. Die Versicherungsbranche ist voll von ihnen. Vorsicht, sie färben ab.«

»Danke für die Warnung.«

»Das wird dir nichts helfen. Die Leute in unserem Beruf sind so unmöglich, dass du Pickel kriegst. Was meinst du, warum ich mich in die Eifel zurückziehe, wann immer ich kann? Weil es da nur Füchse und Hasen gibt. Also mach dich auf was gefasst.«

Mein Studium, dachte ich. Ein Haufen verplemperte Zeit. Acht Jahre für den Eimer. Ich wusste nur noch nicht, wie ich es meinem Vater beibringen sollte.

Literaturwissenschaft, das hatte sich einmal gut angehört. Wer Bücher mag und gern liest, könnte wirklich auf die Idee kommen, die Literaturwissenschaft sei für ihn erfunden worden.

In der Informationsveranstaltung für Erstsemester an der Kölner Uni hatte ein Dozent mit zentimeterdicken Brillengläsern gesagt: »Meine Damen und Herren! Sie werden sich gut überlegt haben, warum Ihre Wahl auf die Sprach- und Literaturwissenschaften gefallen ist. Sie könnten ja ebenso gut bei den Pharmazeuten oder den Agrarwissenschaftlern sitzen. Doch Sie sitzen hier, in der Philologischen Fakultät der Universität zu Köln. Lassen Sie mich Klarheit schaffen. Wer von Ihnen nicht gern liest, wer nicht große Lesestrecken bewältigen kann, wem die Literatur nicht zum unstillbaren Bedürfnis geworden ist, dem kann ich von diesem Studiengang nur abraten. Sie würden sich unglücklich machen. Prüfen Sie sich ernsthaft, ob Sie ein leidenschaftlicher Leser sind. Und fragen Sie sich danach, ob Sie bereit sind, Ihre Kenntnisse zu systematisieren. Die Literaturwissenschaft ist ein Fach für *leidenschaftliche* Leser und *systematische* Leser. Beides.« Er lachte und zuckte die Achseln, als hätte er es nicht so gemeint. »So. Und nachdem ich gesehen habe, dass niemand von Ihnen aufgestanden ist, um den Saal zu verlassen, unterstelle ich, dass ich es mit Literaturliebhabern zu tun habe. Einem ganzen Saal voller Literaturliebhaber im ersten Semester.«

Die Rede gefiel mir, ich kann es gar nicht anders sagen. Ich war drauf und dran, Beifall zu klatschen. Doch da niemand die Hände rührte, ließ ich es bleiben. Ich sagte mir, die anderen sind bestimmt so leidenschaftlich an Büchern interessiert wie ich. Krempeln wir die Ärmel hoch.

Zuerst mussten wir lernen, was die Wissenschaft zu den Büchern zu sagen hatte, die ich so liebte. Ich studierte Anglistik und Germanistik, also dachte ich, das Studium handelt von den wichtigsten Romanen und Theaterstücken, die ich kannte, vielleicht auch noch von vielen anderen, ich wollte ja alles kennenlernen, meinetwegen auch Shakespeares unbekannte Zeitgenossen, seine Vorläufer, seine Nachfolger, mir war alles recht. Ich hätte auch gern *Robinson Crusoe* wieder gelesen, den hatte ich damals auf dem Collegium Aureum nur auf Deutsch kennengelernt, zuerst, bei Schwester Gemeinnutz, sogar in meiner Kinderausgabe, und ich war sicher, im Original war das eine ganz andere Sache. Oder *Herz der Finsternis* und den unsterblichen *Huckleberry Finn*, auch die wollte ich gern noch einmal lesen. Also, ich war bereit, mich reinzuknien und große Lesestrecken zu bewältigen, wie der Dozent mit den zentimeterdicken Brillengläsern es gefordert hatte, ein Mann namens Dr. Wendelin Zimmer oder »Dr. Room«, wie er sich selbst scherzhaft nannte.

Dr. Room gab ein Proseminar mit dem Titel »Der englische Roman des neunzehnten Jahrhunderts«, aber wenn ich gedacht hatte, jetzt lesen wir ein paar richtig tolle Bücher von Jane Austen, Charles Dickens oder George Elliot, war ich schief gewickelt. Wir lasen nur Ausschnitte daraus. Oder wir *sprachen* nur über diese Ausschnitte. Oder wir *bearbeiteten* diese Ausschnitte und versuchten, an ihnen »Theorien fruchtbar zu machen«. Niemand erwartete, dass jemand die vollständigen Romane gelesen hatte, weil die Bücher einfach zu lang waren. Außerdem stellte sich heraus, dass viele von uns nicht gut Englisch konnten. Dr. Room ließ von Studenten gelegentlich etwas vorlesen, was er »signifikante Passagen« nannte, und da merkte man sofort, wenn einer die Sprache nicht beherrschte. Es war ein einziges Herumstolpern unter den schönen, langen Sätzen von Austen, Dickens oder Elliot, ein richtiges Abschlachten der englischen Prosa.

Doch viel schlimmer war, was wir mit den signifikanten Passagen anstellten. Dr. Room wollte uns demonstrieren, welche Wege die Literaturwissenschaft bei der Analyse des englischen Romans eingeschlagen hatte, sodass die Analyse wichtiger wurde als der Roman. Irgendwann sprach auch niemand mehr von »Romanen« oder »Erzählungen«, sondern nur noch von »Texten«. Gut, sagte ich mir, vielleicht muss die Literaturwissenschaft die Sachen anders benennen, damit sie davon überzeugt ist, etwas Besonderes zu sein. Damit kann ich leben. Und nach ein paar Wochen sprach ich genauso wie Dr. Room, vertiefte mich in die »Strukturen« und analysierte die narrative Form von Texten nach den vorschriftsmäßigen Erzählermodellen. Wirklich, ich hatte es ziemlich gut drauf.

Nur die Literatur war mir dabei abhandengekommen. Mein Spaß. Der Grund, warum ich solche Bücher überhaupt einmal gelesen hatte. Lesen? Das konnte ich vergessen. Wir sollten die Primärtexte nur noch als Abschussrampe betrachten. Die Rakete, die in den Himmel flog, war die Sekundärliteratur.

»Herr Dr. Zimmer«, sagte ich, nachdem mein Dozent mir die erste Seminararbeit zurückgegeben hatte. Ich hatte die angelehnte Tür seines Büros aufgestoßen.

»Dr. Room«, sagte er leutselig. »*Call me Dr. Room.* Vielleicht verstehen Sie die Anspielung.«

Ich verstand die Anspielung nicht.

»Ein andermal«, sagte er. »*There's got to be room for improvement.*«

»Gut, Dr. Room. Ich hätte eine Frage, wenn Sie erlauben. Sie haben meine Seminararbeit mit ›gut‹ bewertet, erheben aber keine sachlichen Einwände dagegen. Es sieht so aus, als wäre alles richtig. Sie haben nur eine Anmerkung zum Stil gemacht.«

Dr. Room sah mich listig an. »Es ist gut, Herr Theunissen, dass wir darauf zu sprechen kommen. Sie sagen ›Stil‹. Ich neige dazu, es für das Ganze zu halten. Ohne Stil geht gar nichts. Denken Sie an die literarische Moderne. Was wäre die literarische Moderne ohne Stil?«

»Aber was meinen Sie damit, wenn Sie meinen Stil ›zu aphoristisch‹ nennen?«

»Wissen Sie, was ein Aphorismus ist?« Er richtete seine dicken Gläser auf mich wie Suchscheinwerfer.

»Ja, Dr. Room. Ich weiß, was ein Aphorismus ist.«

»Gut. Dann leiten Sie davon das Adjektiv ab.«

»Und dann?«

»Wissen Sie, was ich mit ›zu aphoristisch‹ meine.« Wieder sah er mich listig an. Ich hatte den Eindruck, er fand Gefallen an unserem kleinen Austausch.

»Tut mir leid«, sagte ich. »Ich komme nicht dahinter.«

»Der Aphorismus«, sagte er, »ist eine verdichtete Aussageform, die auf die argumentative Herleitung verzichtet. Wie Kurzschrift. Ich lasse jetzt Lichtenberg oder Schopenhauer beiseite.«

»Einverstanden, Dr. Room.«

»Man liest einen Aphorismus und begreift sofort, was gemeint ist. Aber manchmal überspielt die brillante sprachliche Form das Fehlen der kausalen Kette. Sie können gut schreiben, Herr Theunissen. Man merkt, dass Sie sich unter den Wörtern mit einer gewissen, hmm, Geschicklichkeit bewegen. Aber wollen Sie auch sauber argumentieren? Oder wollen Sie mich beeindrucken? Nun, ich bin beeindruckt. Für das nächste Mal wissen Sie, woran es noch gefehlt hat.«

Ich fand, Dr. Rooms schöne Rede war auch ein wenig aphoristisch gewesen, doch das sagte ich ihm nicht. Ich nahm meine Arbeit und ging. Erst viel später begriff ich, dass Dr. Room in seiner akademischen Karriere stecken geblieben war und keinerlei Aussichten mehr hatte, an der Philologischen Fakultät der Universität zu Köln voranzukommen. Vor Jahren hatte er sich habilitiert, und jetzt hätte er einen Ruf an eine andere Universität gebraucht, dann wäre er aufgestiegen. Doch dieser Ruf kam nicht. Dr. Room ging auf die fünfzig zu und hielt kleine Eröffnungsansprachen für Erstsemester, auf die er durch seine persönliche Mischung aus Leidenschaft und Pedanterie einen gewissen Eindruck machte. *But as to Dr. Room himself – there was no room for him.* Der Witz stammte nicht von mir. Man erzählte ihn sich unter den höheren Semestern, die Dr. Rooms Proseminaren glücklich entwachsen waren.

In der Germanistik erging es mir nicht besser. Es ist ja auch egal, ob man englische oder deutsche Texte misshandelt. Es bleibt Misshandlung. Eines Morgens beim Frühstück erzählte ich meinem Vater von Kleists *Prinz Friedrich von Homburg,* den ich in der Nacht zuvor gelesen hatte. Das Stück hatte mich so gepackt, dass ich nicht aufhören konnte zu lesen, bis ich wusste, was aus dem Burschen wird. Ich fand, der Prinz war fast auf einem anderen Planeten gelandet, so sonderbar dachte er über die Welt, die ihn umgab. Ein Mann, der seine Träume ernst nahm. An dem die äußere Wirklichkeit vorbeizischte, als säße er auf einem Karussell.

»Erinnerst du dich daran?«, fragte ich meinen Vater, der seinen Frühstücksapfel schälte. »Weißt du noch, worum es in dem Stück geht?«

»Nicht mehr genau«, sagte mein Vater. »*Der zerbrochne Krug,* an den erinnere ich mich. Und *Michael Kohlhaas,* natürlich. Kleist muss sehr an der Rechtsproblematik interessiert gewesen sein, ist dir das aufgefallen? Sie spielt bei ihm eine große Rolle. Musst du nicht demnächst eine Seminararbeit schreiben? Du könntest die Rechtsproblematik bei Kleist wählen.«

Aber ich wählte nicht die Rechtsproblematik bei Kleist. Ich dachte weiter über diesen Träumer nach, den Prinzen von Homburg, dessen Kopf beinahe in der Schlinge landet. Der Junge gefiel mir fast so gut wie der Große Gatsby. Ich war mir nur nicht sicher, ob ich ihn verstanden hatte. Dann sprach ich mit meinem Professor, einem hageren, unnatürlich gebräunten Mann namens Busch-Ahrensdorf, der es für eine gute Idee hielt, über den *Prinz von Homburg* eine Seminararbeit zu verfassen.

»Sie müssen sich nur darüber im Klaren sein«, sagte Professor Busch-Ahrensdorf, »was Sie herausfinden wollen. Im Grunde müssen Sie einen Teil der Lösung schon kennen, bevor Sie sich auf die Suche begeben. Durchforsten Sie ein wenig die Kleist-Forschung, dann werden Sie fündig.«

Ich habe es nie bereut, dieses Durchforsten der Forschungsliteratur. Damit das ganz klar ist. Allein über Kleist hatte die Forschung so wahnsinnige Mengen geschrieben, dass ich staunte. Ein einzelner Mensch konnte das gar nicht überschauen. In der großen Bibliografie sah ich, was Jahr für Jahr dazukam, es hörte nicht auf, ein kontinuierlicher Kleist-Fluss lief durch die Germanistik, schwoll zum Strom an und hatte so viele reißende Stromschnellen, dass man darin ersaufen konnte. Ich jedenfalls glaubte nach drei Tagen in der Seminarbibliothek, die gesammelten Kleist-Wasser der letzten siebzig Jahre trügen mich davon.

Und dann, am vierten Tag, stellte sich plötzlich das Gefühl ein, ich hätte einen Überblick. Als stünde ich auf dem Hügel wie ein Feldherr und könnte mit dem Fernglas in jede Richtung gucken, und überall sähe ich vertraute Uniformen. In der Sekundärliteratur tauchten immer häufiger Titel auf, die ich kannte oder zumindest schon in anderen Sekundärwerken erwähnt gefunden hatte. Die Leute zitierten sich ständig gegenseitig, und wenn einer sich beim anderen ein paar wohlklingende Sätze lieh, dann konnte er sicher sein, dass der andere es bei ihm demnächst genauso machen würde, mit schönen Grüßen zurück. Irgendwann war ich davon überzeugt, dass sich die ganze Kleist-Forschung gegenseitig kannte, dass die Kleist-Forscher schon oft miteinander getrunken, zusammen Bowling gespielt und untereinander ihre Frauen ausgetauscht hatten.

Am fünften Tag musste ich über den Büchern laut lachen, und der Bibliotheks-Hiwi warf mir einen bösen Blick zu. Ich hatte vielleicht zum siebten Mal in der Vorbemerkung der Kleist-Studie eines Kleist-Forschers gelesen, dass er seiner Frau aufrichtig dankte. Die ganze Kleist-Arbeit nämlich, schrieb der Kleist-Forscher, sei ohne die aufopferungsvolle Unterstützung der Frau des Kleist-Forschers nicht möglich gewesen. Bei der Vorstellung, wie viele Frauen von Kleist-Forschern diese Sätze schon gelesen hatten, musste ich gleich noch einmal lachen. Wieder warf mir der Bibliotheks-Hiwi einen bösen Blick zu.

Ich suchte mir noch mal die anderen Kleist-Studien zusammen, die ich in den letzten Tagen gesichtet und ein bisschen exzerpiert hatte, und schleppte sie an meinen Tisch. Auch das gefiel dem Bibliotheks-Hiwi nicht, dieser hohe Stapel Bücher auf einem einzigen Tisch. Ich las: »Meiner Frau, die die Mühen der Arbeit an dieser Studie mit mir geteilt hat, sei an dieser Stelle aufrichtig gedankt.« An anderer Stelle las ich: »Besonderer Dank gilt meiner lieben Frau, meiner kritischen Leserin und besten Gefährtin.« Im dritten Buch stieß ich auf den Satz: »Ohne die kritische Solidarität meiner Frau Ursula hätte sich die Arbeit an diesem Buch niemals so rasch abschließen lassen.«

Ich stellte mir vor, dass Ursula und die anderen Frauen untereinander befreundet sein mussten und sich mittags, wenn ihre Männer in ihren Büros der Kleist-Forschung nachgingen, durch wechselseitige Telefonanrufe ihrer kritischen Solidarität versicherten. Und ich war neugierig darauf, was diese Frauen zu erzählen hätten, wenn sie auf die Idee kämen, ihrerseits Studien über ihr Dasein als Ehefrauen von Kleist-Forschern zu schreiben und sie mit Widmungen und Dankesworten an die Adresse der Kleist-Forscher zu versehen.

Das war der Augenblick, als ich mit der flachen Hand auf den Tisch schlug und in lautes Lachen ausbrach. Die Schleusen gingen auf, und der ganze Irrsinn, der sich in den Kleist-Gewässern gesammelt hatte, stürzte mit Krachen und Rauschen in die Tiefe.

»Ich finde das nicht gut«, zischte der Bibliotheks-Hiwi, »wie du hier die anderen störst!« Er stand neben mir, sein Blick sprühte Funken.

»Es ist nur …«, sagte ich gepresst. Ich sah seine zusammengezogenen Augenbrauen und den dünnen, missmutigen Mund. »Wegen *Kleist*!« Und ich musste wieder lachen, diesmal noch ungehemmter als zuvor, ich lachte wie ein Zebra.

»Ich finde das echt unsolidarisch von dir«, sagte der Bibliotheks-Hiwi und machte sein bösestes Gesicht. »Ich muss dich auffordern, nach draußen zu gehen. Sofort.«

»Schon gut«, sagte ich. »Ich verstehe dich. Wie heißt du?«

»Klaus.«

»Klaus, hast du einmal darüber nachgedacht, wie es wäre, als Frau eines Kleist-Forschers zu leben?«

»Du musst jetzt gehen. Es gibt auch Bibliotheksverweise. Das musst du echt ernst nehmen.«

»Tue ich«, sagte ich. Ich machte meine Zu-Befehl-Imitation, die aber nicht so gut ankam. Klaus schüttelte den Kopf, schulterte das Gewehr und ging auf seinen Posten zurück.

Aus diesen Kleist-Forschungen ging meine erste Kleist-Seminararbeit hervor. Ich habe sie bis heute aufbewahrt, mit Professor Busch-Ahrensdorfs Kommentar und allem. Ich mochte den Prinzen von Homburg so gern, dass ich fand, man müsse ihn gegen die Kleist-Forschung in Schutz nehmen. Um auf die geeigneten Gegner zu stoßen, brauchte ich nicht lange zu suchen. Ich wählte den Aufsatz eines Kleist-Forschers, der das Stück aus deutschnationaler Sicht interpretierte. Man könnte auch sagen, völkisch, denn er hatte sich seine ersten Sporen in der Germanistik der späten Dreißigerjahre verdient, im Regal fand ich noch seine frühe

Arbeit über *Die Hermannschlacht,* ein feines Stück Nazi-Hermeneutik im Marschrhythmus.

Nachdem ich meine Gegenargumente beieinander hatte, stieß ich auf die Arbeit eines Kleist-Forschers aus dem Umfeld des orthodoxen Marxismus, veröffentlicht im Jahr 1971. Wirklich, der Mann sprach über dasselbe Theaterstück wie sein Kollege zwanzig Jahre zuvor, aber er verstand die Sache genau andersherum. Während der eine im *Prinz von Homburg* eine Bekräftigung der starken Nation sah, die sich erschlaffte Disziplin und verantwortungsloses Herumträumen nicht leisten könne, erblickte der andere in meinem armen Prinzen ein Symbol für die Aushöhlung des deutschen Großmachtstrebens und eine Fundamentalkritik an der Ausbeutung der Dritten Welt durch den Kapitalismus, insbesondere an den Übergriffen des US-Imperialismus gegen Kuba und Vietnam. Der Schwachsinn war dicht gestrickt, und überall hingen Fußnoten herum wie Kletten. Aber ich tat, was ich konnte. Ich schrieb eine kleine Hymne auf diesen Prinzen, dem die ganze Welt zu viel wird, der eigentlich nur sein Mädchen und ansonsten seine Ruhe haben will.

Professor Busch-Ahrensdorf war großzügig. Er hatte sich bei der Lektüre meiner Seminararbeit offensichtlich amüsiert und gab mir ein Gut minus. »Die Schlüssigkeit der Argumentation«, hieß es in seiner Beurteilung, »leidet an einer Neigung zum Essayistischen. Die theoretische Position der Arbeit bleibt deshalb unklar.«

Ich steckte es ein und fragte Busch-Ahrensdorf nicht, was er mit seinen Sätzen meinte. Ich wusste ja, was er meinte. Dasselbe wie Dr. Room.

»Bist du sicher, dass du bei der Literaturwissenschaft bleiben willst?«, fragte Martina mich am selben Abend. Damals waren wir noch nicht zusammen, nur gut befreundet. Wir fanden es beide gut, miteinander befreundet zu sein und keine größeren Beziehungsfragen vor uns herzuwälzen. »Ich habe das Gefühl, Marko, du haderst mit diesem Fach.«

»Das Gefühl habe ich auch«, sagte ich. »Aber was soll ich tun? Wenn ich wüsste, dass es besser wäre, würde ich einen Blumenladen aufmachen und über das Leben nachdenken.«

»Ach, Marko.«

Martina sah mich an, wie sie eigentlich ihren Freund Hannes hätte ansehen sollen. Ich guckte zurück. Ich nahm jeden Trost, den ich kriegen konnte.

Manchmal öffnet sich eine Tür, wo vorher nur eine Wand zu sein schien. So ungefähr ging es mir mit der Idee, aus meinem Studium auszusteigen, als ich dreißig war. Dreißig ist nicht so wahnsinnig alt, finde ich. Wer sich mit dreißig noch einmal richtig konzentriert und genau weiß, was er will, kann den Sprung wagen.

Anton hatte mir die Telefonnummer eines Mannes gegeben, der mir angeblich weiterhelfen konnte. Er hieß Igelbrink und arbeitete für die Rheinische als Leiter der Bezirksdirektion Krefeld. Mit Igelbrink fing es an. Ich glaube, ohne Bezirksdirektor Igelbrink wäre ich nie Versicherungsvertreter geworden.

»Ein guter Typ«, sagte Anton. »Ehrlich. Missbraucht seine Macht nicht mehr als unbedingt nötig. Einer der wenigen Leute, mit denen du dort reden kannst.«

Ich schickte Igelbrink ein Bewerbungsschreiben und bekam einen Termin. Der Bezirksdirektor saß in einem großen, skandinavisch aussehenden Büro und hatte einen so leeren Schreibtisch, dass ich dachte, er wolle ihn gleich für mich räumen. Dann sah ich seinen nass gezogenen Scheitel, wie ihn kein Mensch mehr trug, und seine makellos glatt rasierte Haut. Auf seiner hellgrünen Krawatte saßen drei große Marienkäfer, die aussahen, als wollten sie jeden Augenblick davonfliegen.

»Nehmen Sie Platz, Herr Theunissen«, sagte er und winkte mich herein. »Wenn Anton Orzegowski uns jemanden schickt, haben wir immer Zeit. Ihre Unterlagen sehen schon mal prima aus.«

Ich war sprachlos. Bezirksdirektor Igelbrink schien nur auf mich gewartet zu haben.

»Ich will Ihnen gleich verraten, worum es bei uns geht. Was ist Versicherung, Herr Theunissen? Wie können wir am besten zusammenfassen, was Versicherung ist?«

Wenn das Teil der Prüfung war, muss ich dumm aus der Wäsche geguckt haben. Ich sagte: »Etwas, was jeder haben sollte.«

Der Bezirksdirektor ignorierte meinen Satz und wiegte den Kopf. Das Wohlwollen verschwand aus seinem Gesicht. Sein Mund wurde klein. »Ausschluss von Risiko«, sagte er.

»Natürlich«, sagte ich.

»Ausschluss von Risiko, Herr Theunissen. Das ist Versicherung, wenn man es auf die kürzeste Formel bringt. Sie haben recht«, sagte er milder, »dass jeder sie haben sollte. Ohne Frage. Versicherungen sind ein Merkmal von Zivilisation. Wer keine hat, ist arm dran. Aber das Grundprinzip besteht darin, Risiko auszuschließen oder, wenn das nicht vollständig gelingt, berechenbar zu machen. Und warum berechenbar? Damit es bezahlbar wird. Und warum bezahlbar? Damit aus Menschen, die Risiken ausschließen wollen, Kunden werden. Kunden der Rheinischen. Na, wie finden Sie das?« Er sah mich mit bohrender Neugierde an.

»Beeindruckend, würde ich sagen.«

Da lachte der Bezirksdirektor und ließ eine Hand auf den Tisch krachen, als säße er in der Kneipe, und jetzt erwartete ich wirklich, dass die Marienkäfer von seiner Krawatte aufflogen.

»Ich habe Sie reingelegt, nicht wahr? Ha, ha. Ich habe Sie ganz schön eingeschüchtert.« Sein glattes Gesicht strahlte und wurde fünf Jahre jünger. »Nehmen Sie es mir nicht übel, Herr Theunissen. *Entre nous.* Ich will, dass Sie gleich zum Einstieg etwas begreifen. Der Experte sind Sie. Wer Versicherungen verkauft, hat die Ahnung, der weiß Bescheid. Der Kunde sieht zu Ihnen auf. Denn der Kunde braucht Hilfe. Und damit dieses Geschäft gut abläuft, sind uns die besten Leute gerade gut genug. Sie haben Abitur, Herr Theunissen. Sie haben studiert und können Sprachen. Ich sehe hier, Sie haben Spanisch gelernt. Gratuliere. Und Ihr Englisch muss ziemlich perfekt sein, wenn ich das in Ihren Unterlagen richtig gelesen habe. Irland, England. Die haben doch auch leckeres Bier dort, höre ich immer. Kein Wunder, dass Sie es da so lange ausgehalten haben. Ha, ha, ha.«

»Ja, vom Bierbrauen verstehen sie etwas.«

»Spaß beiseite, Herr Theunissen. *Entre nous.* Wir bekommen nicht immer die Besten. Die Hürde ist zu niedrig. Man braucht für den Außendienst kein Studium, die Ausbildung dauert nicht lange, das alles klingt kinderleicht. Deshalb bewerben sich hier auch welche, die dem Niveau nicht entsprechen. Allein aus dem Osten ist eine richtige Vertreterschwemme über uns hereingebrochen. Es gibt auf der Welt kein anderes seriöses Gewerbe mit so vielen unseriösen Mitarbeitern. Und deshalb sind wir von der Rheinischen froh um jeden Klassemann, der sich für uns interessiert. Jetzt erzählen Sie mal etwas von sich. Wie geht Ihre Lebensgeschichte? Die Langfassung, bitte.«

Ich erzählte ihm vom Collegium Aureum, aber sehr knapp, und kein Wort von meinem Religionslehrer, Bruder Gregor. Umso ausführlicher von meinem Zivildienst, dem Studium, dem Stipendium, meinen Studienunterbrechungen, die ich als Sprach- und Bildungsreisen getarnt hatte, was sie nicht immer gewesen waren, erst recht nicht die fünf Monate in Mexiko-Stadt, als ich bei einem rothaarigen Wunderheiler zur Untermiete gewohnt, selbst gebrannten Tequila getrunken und in der Buchhandlung Gandhi ganze Nachmittage mit Schachspielen verbracht hatte. Ja, ich hatte auch Spanisch gelernt. Aber vor allem hatte ich mich mit einem Erinnerungsbuch über meine Jahre auf dem Collegium Aureum abgemüht. Ich war sechsundzwanzig Jahre alt und hatte fünfhundert Seiten vollgeschrieben, um mir meinen ganz privaten Bildungsroman aus den Kleidern zu schütteln. Nicht zusammenhängend, das brachte ich nicht fertig. Da ich in meinem Leben keine Struktur erkannte, wie hätte meine Geschichte eine haben können? Figuren tauchten auf und verschwanden wieder. Dialoge trieben von irgendwoher auf die Seiten wie Nebel, bevor ein paar Sonnenstrahlen sie auflösten. Gern hätte ich in alldem einen Gesamtsinn erkannt, aber er ließ sich nirgendwo blicken. Dennoch konnte ich nicht aufhören. Vielleicht war das ja der Sinn, den ich suchte, und mehr war nicht drin, weil wir das Leben nun einmal nicht klar zu fassen kriegen. Also schrieb ich eine Szene nach der anderen, und alle brachen irgendwann ab. Manche schrieb ich sieben Mal, weil ich davon überzeugt war, jede Szene habe eine Urform, die ich finden müsse.

Auch der Tanz in den Mai war dabei. Der Abend, an dem ich es nicht geschafft hatte, Margret zu küssen. Der eine Abend, an den ich mich immer wieder erinnerte, als hätte er mir etwas zeigen wollen, ohne das ich nicht durchs Leben gehen könne. Aber was? Immer wieder stand ich davor wie vor einem Ölbild, während in meinem Innern die Takte der Polka erklangen, sah die Mädchen von Hassum auf ihrer Tanzfläche aus groben Holzplanken, die Bauern, die sich einen Abend vergnügen wollten, die harten Jungs mit ihren aufgekrempelten Ärmeln, wie sie sich auf die Schultern klopften oder mit einem Händedruck unter echten Männern begrüßten, und je länger ich das Gemälde betrachtete, desto rätselhafter wurde es und wich endgültig in eine Zeit zurück, die nicht mehr mir gehörte, sondern irgendeinem jungen, empfindsamen Mann vor ein paar Hundert Jahren, der grüblerisch davorstand und sich daran zu erinnern versuchte, wo er selbst gestanden hatte, vielleicht im Gespräch mit einem Mädchen, das ihn sanft anlächelte und ihn ermutigte, ihm eine Geschichte von der Jagd zu erzählen. Aber je länger der junge Mann nachdachte, desto unsicherer wurde er, ob er jemals an der Szene auf dem Bild teilgenommen hatte, und was immer er am Ende denken mochte, er wandte sich schließlich ab, ohne sich selbst auf dem Ölbild entdeckt zu haben. Eine Täuschung, sagt er sich, wie sonderbar. Als hätte ich eines anderen Menschen Leben gelebt und nicht mein eigenes.

An all das erinnerte ich mich in Igelbrinks Büro. Es ist seltsam mit der Erinnerung. Ereignisse bleiben in unserem Inneren haften, aber niemand erklärt uns, was sie dort festhält. Das ist die Aufgabe dessen, der sich erinnert. Er muss zu entziffern versuchen, was sie bedeuten. Manchmal steigt es ihm wie ein Glücksschock ans Herz, und er glaubt das Geheimnis seines Lebens in Händen zu halten, er erkennt sich selbst wieder, begreift nachträglich den Menschen, der er war, und meint sogar, den Schlüssel zur Vergangenheit in der Hand zu halten. Doch dann merkt er, dass er sich geirrt hat. Es war nur ein kleiner sentimentaler Augenblick. Er hat sich narren lassen. Er ist so ahnungslos wie zuvor. Also lässt er das nutzlose Stück Erinnerung wieder sinken und probiert es woanders. Doch egal, wo er etwas aufnimmt, das Material bleibt stumm. Es sagt ihm nichts mehr.

Als die fünf Monate in Mexiko um waren und mein rothaariger Wunderheiler seine Wohnung in Coyoacán aufgab, sodass ich ohne Bleibe dastand, hatte ich das Gefühl, einen Haufen Zeit totgeschlagen zu haben. Und als ich meinen Koffer packte, dachte ich wirklich, ich sei gescheitert. Nicht einmal das Schachspielen blieb mir. Sobald ich wieder in Köln war, erlosch meine Begeisterung für das Brett so schnell, dass ich mich fragte, wer da in der Buchhandlung Gandhi an meiner Stelle so ausdauernd Schach gespielt und mit glühendem Eifer eine Partie nach der anderen verloren hatte.

Doch als ich in Igelbrinks Büro die zurückliegenden Jahre überschaute, von vorne nach hinten und von hinten nach vorn, nicht nur die Monate in Mexiko, sondern meine gesamte Kölner Zeit, ging in mir eine Veränderung vor. Statt mich mit den vergangenen neun Jahren unwohl zu fühlen oder mich ihrer zu schämen, fand ich plötzlich, dass ich eine ganze Menge unternommen hatte und für die Rheinische sicherlich ein interessanter Kandidat war.

Der Meinung war Igelbrink auch. Er hörte aufmerksam zu, bat hier um Details, dort um Namen und schien sich sogar in mexikanischer Literatur auszukennen. »Ah, Carlos Fuentes«, sagte er. »Den haben Sie sicherlich auch gelesen.« Seine Fragen wurden so persönlich, wie ich es seit dem Tag, als der Präses mich auf dem Collegium Aureum in ein Gespräch über meine Masturbationsgewohnheiten zog, nicht mehr gehört hatte. Doch diesmal war es angenehm, und fast bedauerte ich es, als Igelbrink sich lächelnd erhob.

Dann setzte er sich wieder hin.

»Herr Theunissen«, sagte er. »Ich nehme Sie. Natürlich nehme ich Sie. Ihre Ausbildung beginnt im Herbst, wenn Sie möchten. Aber jetzt unter uns, wirklich *entre nous.* Sie glauben nicht, was sich hier für ein Schrott vorstellt. Ich gebe Ihnen einen guten Rat. Lassen Sie es bleiben. Sie sind so ein netter Kerl.«

Ich schaute auf die drei Marienkäfer, die mit angelegten Flügeln auf seiner Krawatte verharrten.

»Im Ernst. Wenn Sie klug sind, lassen Sie die Finger davon. Sie fangen auf der grünen Wiese an, ohne irgendetwas. Sie müssen wissen, ob Sie sich das antun wollen. Und noch etwas. Diese Worte haben Sie von mir nie gehört.«

Er blieb sitzen und ertrug die Pause ohne die geringste Mühe. Ich fühlte mich wie der junge Wanderer im Märchen, dem gerade ein Zauber verraten worden ist. Jetzt muss er erst einmal in die Welt blinzeln, um zu sehen, ob sie sich schon verändert hat. Aber die skandinavischen Möbel standen alle noch an ihrem Ort, und Igelbrinks Schreibtisch war so leer wie vorher. Der Bezirksdirektor gab mir Zeit. Ich hatte Lust, ihm die Hand zu schütteln und ihm zu sagen, was für ein feiner Kerl er war.

»Ich bin trotzdem entschlossen«, sagte ich. »Danke für den ehrlichen Rat.«

Er reichte mir über den Tisch hinweg die Hand. »Draußen wird man Ihnen sagen, wie es weitergeht.«

Ich traute mich nicht, Martina sofort von meinem Bewerbungsgespräch bei Igelbrink zu erzählen. Die Dinge zwischen uns waren so kompliziert geworden, dass ich es vorzog, sie erst einmal im Dunkeln zu lassen. Erst recht bei Angelegenheiten, die mit ihrem Freund Anton und der Versicherungsbranche zusammenhingen. Nachher sah es noch so aus, als hätten Anton und ich uns verschworen, um mich aus meiner festgefahrenen Liebesbeziehung herauszuhauen. Völlig unnötig, einer Sache einen Stoß zu geben, an der schon die Schwerkraft arbeitet.

Als ein paar Tage verstrichen waren, hatte ich das Gefühl, Martina spürte, dass meine Zukunft entschieden war. Eines Abends stellte sie mich zur Rede. Um meine Verteidigungsbereitschaft zu schwächen, ritt sie ihren Angriff, während ich mit Spülen beschäftigt war.

»Du hast es gemacht, stimmt's?« Sie sah mich an mit nichts als Neugierde im Blick.

»Ich habe was gemacht?«, sagte ich und konzentrierte mich auf einen hartnäckigen Schmutzrand am Kochtopf.

»Spiel nicht den Ahnungslosen. Du warst in Krefeld.«

»Krefeld?«

Ich schaute ins Spülwasser und wusste, dass ich mich an diesen Schaum, diesen Wasserhahn, diese Spüle noch sehr lange erinnern würde. Vielleicht war es Zeit, Abschied zu nehmen. »Ja«, sagte ich. »Ich war in Krefeld.«

»Und?«

»Ich fange eine Ausbildung bei der Rheinischen an.«

»Aha. Darf man wissen, wann?«

»Im Herbst.«

»Und wir? Was wird aus uns?«

»Nichts Besonderes. Ich meine … Was haben wir mit Krefeld zu tun?«

»Eine Menge, glaube ich.«

»Ja«, sagte ich. »Das glaube ich auch.«

»Du wirst weggehen, stimmt's? Du wirst irgendwo arbeiten, aber du weißt noch nicht, wo. Jedenfalls nicht in Köln. Ich hätte dich nicht für so feige gehalten, Marko.«

»Martina, das Ganze ist noch nicht spruchreif.«

»Nicht spruchreif!« Sie funkelte mich an. »Es gibt vieles, was ich dir vorwerfen könnte, besonders in den letzten Wochen, die sehr verletzend für mich waren. Aber deine Feigheit ist … neu. Ich hätte nicht gedacht, dass du so … so …« Tränen liefen ihr über die Wangen, aber sie wischte sie unwillig weg. »Dass du so *feige* sein kannst!«

»Martina, ich weiß doch selbst nicht, wie das Ganze w-«

»Erzähl mir doch nichts, Marko! Bitte! Musst du auch noch meine Intelligenz beleidigen? Ist es nicht schlimm genug, dass du mich schon verlassen hast?« Sie erschrak und schloss hastig den Mund. Ihr Blick bekam etwas Panisches. »O Gott … Wirklich, Marko? Verlässt du mich?« Die Tränen rannen, ohne dass sie etwas dagegen unternehmen konnte. Ich stand da, beide Hände im Spülwasser, und sah sie an.

»Ich muss mir die Hände abtrocknen, okay? Und ich brauche Handcreme. Sie sind so rau.«

Martina war froh, etwas tun zu können, und lief, um die Handcreme zu holen.

»Martina, das kann ich auch selbst!«, rief ich ihr nach, »du musst mir doch nicht die …« Jetzt spürte ich auch die Tränen kommen. »Du musst mir doch nicht die verdammte Handcreme holen«, murmelte ich, »wenn ich dich verlasse.«

Freiwillig erzählte ich es erst Motte, dann Robert. Ich hatte drei Tage lang darüber nachgedacht und mir alle Broschüren der Rheinischen durchgelesen, die Igelbrinks Sekretärin mir mitgegeben hatte.

Ich werde ein eigenes Büro haben, sagte ich mir, wenn Zweifel in mir aufstiegen. Einen Arbeitsplatz, den ich mir selbst gestalte. Ich werde einen ganz nüchternen Schreibtisch auswählen, eine minimalistische Lampe daraufstellen und die Arbeitsfläche so sauber halten wie Igelbrink die seine. Ich werde naturweiße Lamellen am Bürofenster anbringen lassen. Ich werde eine kompetente Sekretärin einstellen, die meine Eigenheiten kennt, zur Bürozeit keine privaten Telefonate führt und sich glücklich schätzt, für mich arbeiten zu dürfen. Für Marko Theunissen, den Mann von der Rheinischen. In? Ja, wo denn? In Köln etwa?

Da gab es die Rheinische schon. Mehrmals sogar. Ich war an allen Kölner Ladenlokalen vorbeigegangen und hatte unauffällig durch die Scheiben gespäht. In keinem Büro sah ich einen Mann sitzen, der älter als fünfzig gewesen wäre. Und keiner von ihnen wirkte, als wolle er sich demnächst zur Ruhe setzen. Köln konnte ich wahrscheinlich vergessen. Vielleicht Düsseldorf. Oder Bonn. Der Bezirksdirektor hätte mich nicht genommen, wenn die Rheinische keinen Bedarf an Nachwuchs hätte. Damals wusste ich noch nicht, dass die Rheinische bis in die hinterste Einöde vordringt und auch nicht davor zurückschreckt, Bauern zu missionieren.

Als ich mich an meinen Büroeinrichtungsphantasien gesättigt hatte, rief ich Motte an und erzählte es ihm. Motte ist mein bester Freund, aber er ist es nicht wegen seiner überragenden Phantasie. Er hat sogar eine ausgesprochen fiese Art, mir bahnbrechende Ideen, über die er kaum drei vollständige Sätze gehört hat, madig zu machen.

Es war nicht leicht gewesen, mit Motte in Verbindung zu bleiben, nachdem sie mich vom Collegium Aureum geschmissen hatten. Niemand interessiert sich für den Blödmann, der wegen eines schweren Ordnungsverstoßes das Internat verlassen muss, und am Anfang telefonierten wir nur alle drei Monate miteinander. Ich hatte immer noch das Gefühl, Motte nahm mir meine Aktion nach dem Selbstmord von Bruder Gregor übel. Ich hatte so getan, als wollte ich in der Andacht eine Fürbitte für ihn sprechen, und dann stand ich in der brechend vollen Kirche vor dem Mikrofon und konnte nicht anders, ich musste es erzählen. In aller Öffentlichkeit. Welche Bücher er gelesen hatte, um sich auf seinen letzten Schritt vorzubereiten. Wie er sich gequält und eines Morgens mit dem Bettlaken eine Schlinge geknüpft hatte, um sein unerträgliches Leben zu beenden. Herzversagen, hatten die Collegiumsgeistlichen das genannt, und ich ertrug die Lüge nicht, ich musste es allen enthüllen, obwohl ich bis heute nicht verstanden habe, was Bruder Gregor zu seiner Verzweiflungstat getrieben hat. Motte war dafür gewesen, sich herauszuhalten und den Dingen ihren Lauf zu lassen. Aber ich hörte nicht auf Motte, sondern tat, was ich tun musste. Und so sagten die Schwatten, ich hätte Bruder Gregors Bücher gestohlen, und warfen mich vom Collegium.

Im Lauf der Zeit riefen Motte und ich uns immer öfter an, was eine echte Heldentat für ihn darstellte, denn er hatte auf dem Collegium Aureum ja nur das alte Telefonhäuschen mit der verrottenden Holztür, ein einziges Münztelefon für fünfhundertfünfzig Schüler, das muss man sich mal vorstellen. Und dann, als ich den Führerschein gemacht hatte, besuchte ich Motte übers Wochenende. Wir ließen die Flasche kreisen und hielten uns seitdem immer auf dem Laufenden. Es stellte sich heraus, dass unsere Viererbande vom Internat mit drei Leuten unvollständig war, es lief einfach nicht mehr. Motte wurde von Tilo und Onni rausgedrängt. Das heißt, eigentlich hatte er auf dem Collegium nur noch Saufkumpane, aber keinen Menschen, mit dem er über alles reden konnte, auch nicht, als seine Mutter krank wurde und er lange Zeit nicht wusste, ob er sie behalten würde. Ich fuhr hoch an den Niederrhein, in die Nähe von Xanten, um seine kranke Mutter zu besuchen, während er auf dem Collegium festhockte, und irgendwie war das für Motte, als hätten wir zusammen eine Nordpolexpedition gemacht, es war unsere Blutsbrüderschaft. Ich mochte sie ja, seine Eltern. Eigentlich mochte ich alle Eltern, die zusammengeblieben waren und ihre Sachen gemeinsam durchgestanden hatten. Ich mochte die Eltern von Tilo und die Waisenkindbehandlung, die mir seine Mutter verabreicht hatte. Ich mochte die Eltern von Onni und verzieh seinem Vater sogar, dass er seinen Sohn schlug. Und ich mochte die Eltern von Motte. So einfach war das.

Motte gab mir am Telefon zwei Minuten, und das ist hochgegriffen. Er runzelte so stark die Stirn, dass der Hörer in meiner Hand vibrierte. Mein Freund Motte fand, Versicherungen seien definitiv Schmalspur. Und er sagte mir etwas, was ich in den Jahren darauf noch viele Male hören sollte: Wer im Vertrieb wirklich gut ist, macht nicht in Versicherungen, sondern in Geldanlagen.

»So wie du, willst du sagen.«

»Nein, das will ich damit nicht sagen. Das sagen andere. Aber wenn du es genau wissen willst: Ja, so wie ich.«

»Ich kann aber mit dreißig Jahren nicht mehr so hoch zielen. Das ist vorbei. Hör mal, Motte, ich beklage mich nicht über mein Leben. Ich habe jahrelang studiert und viel dabei gelernt.«

»Aber du hast keinen Abschluss«, sagte Motte.

»Nein, den habe ich nicht.«

»Du bist nicht Dr. phil. Marko Theunissen.«

»Nein, das bin ich nicht.«

»Du bist noch nicht mal Marko Theunissen, M. A.«

»Nein. Aber was ich in der Birne habe, ist doch nicht verloren. Ich mache nur etwas anderes damit.«

»Aber ohne Abschluss.«

»Hör doch mal mit dem verdammten Abschluss auf! Wie war das denn damals, als du Medizin studieren wolltest und keinen Studienplatz gekriegt hast? Bist du Arzt geworden? Sehe ich da irgendwo einen Doktortitel vor deinem Namen? Nein, du hast den Traum begraben. Du hast kurzfristig umdisponiert.«

»Aber mit langfristigen Folgen«, sagte Motte, »die ich überschauen konnte. Ich bereue nichts.«

»Genau! Ich habe auch vor, nichts zu bereuen. Erinnerst du dich an Frank, den Amerikaner? Meinen alten Kumpel, mit dem ich damals in Dublin die Wohnung geteilt habe? Frank hat seine Doktorarbeit über den Konfuzianismus in *Gullivers Reisen* geschrieben. Hast du schon mal so etwas Verrücktes gehört? Kein Mensch kann sich etwas darunter vorstellen. Damals habe ich Frank gefragt, wie er mit so einem Abschluss jemals einen Job finden will. Und weißt du, was er mir geantwortet hat?«

»Sag schon.«

»Er sagte, in Amerika läuft es immer so. Wenn die Leute sehen, dass du über konfuzianische Philosophie in *Gullivers Reisen* eine Doktorarbeit schreiben kannst, dann kannst du auch eine Bankfiliale oder eine Supermarktkette leiten, so ungefähr. Verstehst du, Motte? Dann kannst du alles. Dein Studium soll nur zeigen, dass du imstande bist, dich reinzuknien und etwas Spezifisches zu lernen. Den Beweis deiner Vielseitigkeit trittst du im Leben an. Und noch etwas.«

»Was?«

»Wir hatten neulich so eine Veranstaltung an der Uni,

›Student und Arbeitsmarkt‹. Da kam eine Romanistin, die über Flaubert promoviert hatte, und hielt einen Vortrag. Sie hatte sich nach ihrem Abschluss um Arbeit bemüht, und was fand sie? Eine interessante Stelle in der holzverarbeitenden Industrie.«

»Du Schlaumeier! Sag mir doch mal, was Flaubert mit der holzverarbeitenden Industrie zu tun hat.«

»Eben! Frag das den Personalchef der holzverarbeitenden Firma. Vielleicht hören es die Bäume gern, wenn man ihnen etwas aus *Madame Bovary* zitiert, bevor die Motorsägen ihr Lied anstimmen. Ich weiß nur eins, Motte. Heute regelt man die Sachen interdisziplinär. Alle müssen beweglich sein.«

Er schnaufte. »Du willst allen Ernstes Klinken putzen. Ich fasse es nicht.«

»Quatsch, Motte. Die Rheinische sucht Leute wie mich. In einem guten Jahr sitze ich in meinem eigenen Büro. Die Kunden kommen zu mir. Sie putzen *meine* Klinke.«

»Das glaubt doch noch nur ein Blödmann wie du. Dieser Igelbrink hat dir einen fetten Köder hingeworfen, und du frisst ihn mit Angel und Schnur.«

»Igelbrink wollte mich *abhalten,* du Ei!«

»Igelbrink wollte dich *anwerben,* du Schnarchhahn. Der kriegt Kopfgeld dafür. Und er hat es geschafft, indem er so tat, als wollte er dich nicht haben. Ein ganz ausgeschlafener Junge ist das.«

»Wart's ab«, sagte ich. »Ich lade dich dann auf einen Kaffee in mein Büro ein, und meine Sekretärin wird dich fragen, ob du Milch oder Zucker nimmst.«

»Und sie wird einen knallengen Rock tragen und zu meinen Ehren kirschroten Lippenstift auflegen.«

»Wollen wir sie Chantal nennen? Oder Pauline?«

»Ich geb's auf, Marko. Und lass mich mit dem verdammten Peugeot in Ruhe.«

Ich nahm Motte seine Zweifel nicht übel. Ich hatte ja selber welche. Aber ich hielt es für eine gute Idee, meine Argumente zu schärfen, bevor ich meinem Vater von dem Plan erzählte.

Das sagte ich auch Robert. Ich sagte ihm: Fall mir jetzt nicht in den Rücken, kleiner Bruder! Ich bemühe mich, etwas Vernünftiges auf die Beine zu stellen, etwas, das Geld einbringt, okay? Ich würde mich freuen, wenn es irgendjemanden gäbe, der mir Mut macht.

»Meinetwegen«, sagte Robert. Es war der Tag nach dem Motte-Gespräch. »Ich mache dir Mut. Tu, was du nicht lassen kannst.«

Er schwieg.

»Das ist alles?«

»Ja.«

»Ich dachte, du hättest noch eine kleine Theorie zur Sinnfrage parat.«

»Ja, damit könnte ich dienen, Marko. Aber ich bin mir nicht sicher, ob du sie hören willst.«

»Doch, will ich.«

»Ich kann den Sinn deiner Entscheidung nicht entdecken.«

»Was? Den Sinn des Geldverdienens? Soll ich dir den mal erklären?«

»Stell dich nicht dumm. Du hast mich genau verstanden. Sieh dir Sonja an, wie sie ihre Möglichkeiten verschleudert. Sie lässt sich treiben und klopft große Sprüche. Aber du und ich, wir müssen uns doch nichts vormachen. Seit Jahren sprechen wir darüber, warum einer tut, was er tut. Was er darin sieht. Wozu es dient. Wem er damit nützt. Wir reden einerseits vom Sinn, andererseits vom Zweck.«

»Komm mir jetzt nicht mit Schopenhauer.«

»Tue ich auch nicht«, sagte er. »*Du* bist damit gekommen.«

»Nein, du.«

»Nein, du. Indem du dich für den Zweck entschieden hast. Du willst endlich Geld verdienen, Marko. Gut. Aber nenn es nicht ›Sinn‹. Was du vorhast, ist einfach nicht sinnvoll. Genauso wenig wie Sonjas Selbsterfahrungstrips, ihre exotischen Reisen, ihre Joints unterm Sternenhimmel. Der ganze Mist dient nur der Selbstablenkung. Mal ist sie arm, mal ist sie reich. Auch eine Methode, die Zeit abzusitzen.«

Das war Robert. Manchmal klang er wirklich wie der Älteste von uns allen.

»Und du«, sagte ich. »Was wirst du mal mit deinem Psychologiestudium anfangen? Bist du sicher, dass du aufs Geldverdienen verzichten willst?«

»Nein. Aber darum geht es nicht. Wir reden nicht von mir.«

»Du solltest mir lieber helfen, es Papa beizubringen, wie wär's damit? Mich unterstützen, wenn es so weit ist. Glaubst du, das könntest du? Es wäre eine echte Hilfe.«

Er schwieg wieder. Robert war ein Prinzipienmensch. Er konnte nicht unehrlich sein, auch nicht, um seinem großen Bruder einen Gefallen zu tun. Er würde unserem Vater sagen müssen, dass er meine Entscheidung für falsch hielt.

»Schon gut«, sagte ich. »Ich boxe das schon irgendwie durch. Was soll Papa auch machen? Ich bin nicht mehr fünfzehn.«

Natürlich hätte es Auswege aus meinem verfahrenen Literaturstudium gegeben. Aber die Frage ist, ob man bereit ist, die Flucht zu riskieren.

Die Figuren, von denen wir in Romanen lesen, wollen ja auch wissen, was mit ihnen los ist. Warum sie aus dem Leben, das sie führen, ausbrechen müssen, warum der Alltag sie verrückt macht und alle gesicherten Überzeugungen zu Staub werden. Man könnte sagen, die großen Bücher sind wie Abbruchunternehmen, sie hauen alles kurz und klein, und am Ende muss sich jeder fragen, ob er daraus für das eigene Leben Schlüsse ziehen sollte.

Und gerade da musste ich passen. Jahrelang ließ ich in meinem Leben alles beim Alten. In den ersten Semestern an der Kölner Uni wohnte ich ziemlich bequem bei meinem Vater, sammelte Bücher, knackte abends mein Gaffel-Kölsch auf und redete, redete, redete. Aber in meinem Leben geschah nichts.

Ein Kumpel erzählte mir, dass er nach Marburg wollte, dort könne er seine Promotion viel schneller machen und zwei Studienjahre sparen. Schön, dachte ich, das wäre eine Idee. Aber was mache ich mit den beiden Jahren, die ich gespart habe? Ich weiß noch, wie mich Georg Büchners *Leonce und Lena* k. o. schlug, weil ich mich fragte, ob es sich nach diesem Theaterstück überhaupt noch lohne, morgens aufzustehen. Georgie, dachte ich, du hast schon alles über unsere Depressionen gewusst. Du wusstest, was zweihundert Jahre später kommen würde, mit Einbauküche und allem.

»Ein interessantes Problem«, erklärte Dr. Room, als ich gegen Ende des ersten Semesters in seiner Sprechstunde saß und ihm von meinen Zweifeln an der Literaturwissenschaft erzählte. »Identifikatorisches Lesen. Sie schlüpfen in die Haut der Figuren und empfinden deren Nöte so, als wären es Ihre eigenen. Habe ich recht?«

»Ich bin nicht sicher, ob ich das so …«

»Ein Beweis für die Stärke der Dichtung. Sie spricht zu Ihnen, als wäre sie nur für Sie geschrieben worden. Aber in der Forschung kommt man damit nicht weiter. Ich rate zu Distanz, Herr Theunissen. Man muss einen kühlen Kopf bewahren. Man darf nicht so tun, als ginge es um Leben und Tod.«

»Worum geht es denn dann?«

»Erfundene Geschichten«, sagte Dr. Room. »Nicht mehr und nicht weniger. Erinnern Sie sich, als Goethes *Werther* erschien und es unter den gebildeten Ständen schick wurde, sich umzubringen?«

Ich erinnerte mich nicht daran.

»Ich erspare Ihnen Details zu den Selbstmordmethoden«, sagte Dr. Room. »Es gibt Forschung darüber. Die Leute drehten einfach durch. Sie hatten das Gefühl, Goethe hätte von ihnen gesprochen. Aber das war natürlich Einbildung. Goethe hat eine Fiktion geschrieben, ein ganz schmales Buch. Die Leute hätten es lesen und sich dann um ihren Vorgarten kümmern sollen.«

»Keine Sorge, Dr. Room. Ich habe wirklich nicht vor, mich umzubringen. Obwohl es ein paar starke Argumente dafür gäbe.«

Ich musste an Bruder Gregor denken und all die Wochen und Monate, in denen er darüber nachgedacht hatte, ob sein Gott ihn für seine sündigen Gedanken in die Hölle schicken würde. Fünf Jahre lag das damals zurück. Bruder Gregor hatte nicht von Goethes *Werther* gesprochen. Sein Kampf wurde nicht um die Liebe eines Mädchens geführt, sondern um etwas Geistiges. Aber sobald ich versuchte, mir zu erklären, was dieses Geistige war und warum es Bruder Gregor zur Verzweiflung getrieben hatte, blieb ich stecken. Ich hatte nur das schlimme Gefühl, wir hätten es verhindern müssen. Bruder Gregor war vor unseren Augen auseinandergefallen, Stück um Stück, und niemand von uns hatte es bemerkt.

»Na, Herr Theunissen«, sagte Dr. Room, als hätte er meine Gedanken gelesen. »Die Dinge werden doch nicht so heiß gegessen, wie sie gekocht werden. Odo Marquard hat erhellende Dinge darüber geschrieben. Über den Mann dort oben in Kanada, der sich im tiefsten Wald umbringen will, aber dann wieder ins Leben zurückfindet, weil er sich Sorgen darüber macht, ob seine Leiche überhaupt gefunden wird und seine Frau die Lebensversicherung kassieren kann. Man muss immer noch einen Termin haben, sage ich. Dann ist man beschäftigt und schlägt sich die großen Entweder-oder-Fragen aus dem Kopf. Ganz wichtige Erkenntnis: Je trivialer die Aufgabe, desto fester bindet sie uns ans Leben. Unbezahlte Rechnungen zum Beispiel. Der Mantel, der von der Reinigung abgeholt werden muss. Die Impfung für den Hund. Aber dieses Thema übersteigt ein wenig den Horizont unseres heutigen Gesprächs.«

»Ja, Dr. Room. Ich frage mich nur, wie ich das Innere meines Kopfes sortieren soll, wenn ich mich mit solchen Geschichten beschäftige. Ich ziehe sie nicht aus wie eine Jacke, wissen Sie.«

»Genau das sollten Sie aber, Herr Theunissen! Wenn Sie das Buch in die Hand nehmen, ziehen Sie die Jacke an. Und wenn Sie es weglegen, ziehen Sie die Jacke wieder aus. Ich würde es mir zur Regel machen, nie die Fiktionsjacke zu tragen, wenn Sie Ihren Alltagsgeschäften nachgehen. Sie benehmen sich ja auch nicht wie Rambo, wenn Ihnen jemand an der Bushaltestelle eine unhöfliche Antwort gibt. Sie wissen von dem gleichnamigen Hollywood-Film zu abstrahieren. Was Sie zweifellos befähigt, subtilere Lösungsansätze zu wählen.«

So sprach Dr. Room. Ich habe es nicht vergessen. Er ging mir so weit entgegen, wie er konnte. Und weil ich nicht wusste, was ich anderes tun sollte, blieb ich dabei und studierte Literaturwissenschaften, als wollte ich wirklich Literaturwissenschaftler werden. Das wahre Leben war noch so weit entfernt! Eine Zeit lang ließ ich mich sogar vom Lehrstuhl für Germanistik umwerben, wo ständig studentische Hilfskräfte gebraucht wurden. Wer an dergleichen interessiert war, konnte den Professoren nahe sein, durfte sinngeschwängerte Bücherluft einatmen, Unterlagen sortieren und Vorlesungsskripte zum Kopierer tragen.

Klaus war auch so einer, der ständig um die Professoren und in deren Abwesenheit um die Sekretärinnen der Professoren herumschwänzelte. Seit er mich in der Bibliothek angepfiffen hatte, grüßte er mich und schien mich für einen ordentlichen Studenten zu halten. Vielleicht hatte ihn auch nur mein widernatürliches Interesse an der Kleist-Forschung beeindruckt. Er selbst war eine arme Sau und lebte in einem winzigen Zimmer auf der anderen Rheinseite. Eine entfernte Verwandte ließ ihn dort für 170 Mark im Monat wohnen, und als Gegenleistung führte er morgens und abends ihre beiden altersschwachen Bernhardiner aus. Es muss ihn mächtig angestunken haben, mit den beiden Kameraden durch die Straßen von Köln-Poll zu ziehen, denn er mochte keine Hunde. Er mochte überhaupt nur sehr wenige Lebewesen. Klaus hatte so wenig Geld, dass er die 3,50 Mark Stundenlohn, die für die Bibliotheksaufsicht gezahlt wurden, unbedingt mitnehmen musste, um über die Runden zu kommen. Außerdem fühlte er sich befriedigt, wenn er möglichst viele Stunden des Tages auf den Fluren des Instituts für Deutsche Philologie zugebracht hatte, es verschaffte ihm das Gefühl, nicht übergangen werden zu können. Klaus musste gewittert haben, dass ich keine Konkurrenz für ihn darstellte. Also konnte er es sich leisten, nett zu mir zu sein.

Ich weiß nicht, wie lange ich brauchte, um das Muster meines damaligen Lebens zu verstehen. Ich war dreiundzwanzig! Aber als ich einmal so weit war, erkannte ich die Linien dieses Musters überall wieder. Ich war jemand, der sich durch Lob und Schmeichelei dazu bewegen ließ, mit ins Boot zu kommen. Beworben hätte ich mich darum niemals. Ich war nicht wie Klaus. Mein Vater konnte es sich leisten, seine Kinder so lange studieren zu lassen, bis sie es an der Zeit fänden, eine Berufswahl zu treffen. Niemand trieb mich zur Eile, niemand erklärte mir, dass man manche Chancen entweder früh ergreift oder gar nicht. Ich lese das nicht vom Blatt, sondern reime es mir jetzt zusammen. Ich betrachte den Kölner Studenten, der ich so viele Jahre war, wie ein Tierfilmer sein Tier, mit Zoomobjektiv und aus großer Entfernung. Ich wartete darauf, gefragt zu werden, ob mich irgendjemand brauchte. Und wenn das nicht geschah, setzte ich mich auf die Schaukel und schaukelte.

Bis ich Anton Orzegowski traf, der mir zeigte, was Versicherungen sind.

Wenn es ruhig ist im Büro, denke ich über verschiedene Arten nach, die Menschen in Gruppen einzuteilen.

Männer und Frauen.

Gesunde und Kranke.

Frühaufsteher und Spätaufsteher.

Träger von Boxershorts und Träger von Slips.

Wenn ich wollte, könnte ich drei große Seiten mit solchen Begriffspaaren füllen. Bevor wir irgendetwas anderes sind, sind wir Angehörige einer Gruppe.

Interessanter wird die Einteilungsfrage bei bevorzugten Musikrichtungen, Schokoladenmarken und Schlafhaltungen, überhaupt auf allen Feldern, die mehr als zwei Möglichkeiten erlauben. Der Schokoladengeschmack in den westlichen Industrienationen hat sich unglaublich ausdifferenziert, ich sehe es an mir selbst. Ich könnte die Geschichte meiner Kindheit nur mithilfe der Schokoladensorten erzählen, die ich in all den Jahren gegessen habe.

Im Versicherungswesen ist es nicht anders. Ständig entwickeln die Versicherungsgesellschaften neue Produkte, die nur deswegen »neu« genannt werden, weil sie gegenüber dem Vorgängerprodukt eine winzigkleine Abweichung aufweisen, und schon kann ich dem Kunden die frische Broschüre vorlegen, mit dem Finger auf die Neuerungen tippen und ihn fragen, ob er so etwas schon mal gesehen hat.

»Was denn?«, fragt der Kunde.

»Na, hier unten. Die Rheinische erhöht die maximale Versicherungssumme von acht Millionen auf neun Millionen. Ein hübsches Sümmchen.«

Ich sage dem Kunden nicht, dass diese Extramillion fiktiv ist, weil die maximale Versicherungssumme noch nie bezahlt worden ist.

»Oder hier«, sage ich und lege ihm das Faltblatt für die Kfz-Versicherung vor, »das hat sonst niemand.«

»Was denn?«

»Die Rheinische versichert Ihr Fahrzeug auch gegen Schäden auf der Fähre. Ohne Aufpreis.«

»Aber ich kann mich nicht einmal daran *erinnern*«, sagt der Kunde, »wann ich zum letzten Mal eine Fähre benutzt habe. Fähren gehören doch in die Vorzeit der menschlichen Fortbewegung.«

»Da haben Sie recht«, sage ich verständnisvoll. Zum Aufwärmen benutze ich gern die Da-haben-Sie-recht-Nummer. »Und wahrscheinlich werden Sie in den nächsten siebenhundert Tagen auch noch recht haben. Aber dann kommt Tag siebenhunderteins. Der Tag siebenhunderteins«, sage ich und mache eine kalkulierte Versicherungsvertreterpause, »ist auf den ersten Blick ein Tag wie jeder andere. Doch an diesem Tag benutzen Sie und Ihre Frau aus irgendeinem Grund eine Fähre. Jetzt fällt Ihnen ein, dass Sie sich damals über dieses vorsintflutliche Fortbewegungsmittel lustig gemacht haben, und Sie bedauern das. Ob diese Kähne wohl sicher sind? Ja, sie sind sicher, wenn sie gut gewartet werden. Ob man Ihr Auto auch gut behandelt? Ja, im Allgemeinen behandelt man Ihr Auto auf solchen Fähren sehr anständig. Leider gibt es immer wieder Autos, die bei Überfahrten einen hässlichen Schaden abbekommen. Nicht viele, statistisch gesehen. Aber genügend, um richtigen Ärger zu bereiten. Sonst hätte die Rheinische diesen Punkt ja nicht in die Versicherungsbedingungen aufgenommen. Wenn Sie dann so einen Schaden abgedeckt haben, können Sie bei Ihrer Überfahrt seelenruhig ins gurgelnde Wasser blicken und sich sagen: Ich habe alles getan, was getan werden musste. Und ohne Aufpreis.«

Das war eine der ersten Lehren, die ich mir bei der Ausbildung zum Versicherungsfachmann gemerkt habe. Versicherungen handeln von Differenzierungen. Manche von ihnen sind vernünftig, andere sind purer Blödsinn, der nur ersonnen wurde, um den Kunden zu blenden. Die Aufgabe des Versicherungsvertreters besteht allein darin, alle Differenzierungen sinnvoll, erstrebenswert und notwendig erscheinen zu lassen. Jede Veränderung, sagen wir unseren Kunden, ist eine Verbesserung.

Es gibt Tage, da sage ich mir diesen Satz vor wie einen Kalenderspruch. Jede Veränderung ist eine Verbesserung. Und noch einmal. Jede Veränderung ist eine Verbesserung. Ich habe Glück, dass meine Mitarbeiterin Gisela Hünnekens diesen Satz glaubhafter verkörpert als ich und den Kunden gegenüber die feste Überzeugung ausstrahlt, mit dem Abschluss einer Versicherung bei der Rheinischen werde alles gut. Insgeheim denke ich nämlich genau das Gegenteil. Die meisten Veränderungen sind meiner Erfahrung nach Verschlechterungen. Und auch wenn nichts in meinem früheren Leben der Vorstellung des Paradieses nahegekommen ist, denke ich immer öfter, wir würden mit jedem Jahr, das vergeht, ein Stückchen weiter daraus vertrieben.

Frau Hünnekens war schon in der Kleinhoeker Agentur der Rheinischen, bevor ich hierherzog. Beim Willi. Auch sie haben die Zufälle des Arbeitslebens nach Kleinhoek verschlagen, aber da sie Niederrheinerin ist und nicht hier wohnen muss, betrachtet sie Kleinhoek ohne Missmut, als zufälligen Begleitumstand ihres Erwerbs-Ich. Wir sind immer noch per Sie, Frau Hünnekens und ich, und fühlen uns wohl damit. Nachmittags, wenn alle Aufgaben erledigt und die Termine für den nächsten Tag sortiert sind, erlaubt sie sich kleine Andeutungen über ihr Privatleben, die ahnen lassen, dass sie mit Gisela Hünnekens im Großen und Ganzen einverstanden ist. Die Arbeit bei mir, so höre ich heraus, wird gewürdigt, ohne sie in Begeisterung zu versetzen, doch wo könne man dergleichen schon erwarten? Was sie betreffe – mit einem Sohn im Haus, der Frucht einer früh geschlossenen Verbindung, die nicht einmal ein Jahr hielt –, könne es immer so weitergehen: vier Tage die Woche von Süchteln nach Kleinhoek fahren (montags hat sie frei), Herrn Theunissens Buchhaltung erledigen, Termine vereinbaren, erste Orientierung am Telefon leisten und die grün-weißen Flyer der Rheinischen verschicken.

Manchmal allerdings glaubt Frau Hünnekens, mir ein Gefühl für unsere Situation in Kleinhoek vermitteln zu müssen. Besser gesagt, meine. Sie versteht nicht, wie ich in diesem Dorf wohnen kann. Als Niederrheinerin ist Frau Hünnekens so heimatverbunden wie die meisten Menschen dieser Gegend, doch Kleinhoek wäre unter allen Wohnoptionen ihre letzte Wahl gewesen.

Als ich vor drei Jahren hierherzog, dachte ich, nun ja, ein Dorf. Warum nicht? Die Niederrheiner kenne ich. Diese Gesichter sind mir aus meiner Zeit im Collegium Aureum vertraut. Dann lernte ich die Kleinhoeker Variante näher kennen. Der Kleinhoeker hat feste Werte und Gewohnheiten, starke Vorbehalte gegenüber Fremden, er sieht weder links noch rechts über den Wegrand hinaus und besitzt als oberste, nun ja, Tugend eine gewisse Bauernschläue. Er kann sehr listig sein, der Kleinhoeker, und gepaart mit seiner Sturheit ergibt das eine Mischung von eigenem Reiz.

Wie so viele andere Menschen am Niederrhein ist der Kleinhoeker ein treuer Anhänger zweier Lebensmaximen, mit denen sich schon die ersten aufkommenden Schatten origineller Gedanken vertreiben lassen: Das haben wir noch nie so gemacht. Und: Wenn das jeder täte. Früher dachte ich einmal, die beiden Sprüche seien eine Erfindung des Collegium Aureum. Aber der Gedanke, dass man auch in Zukunft auf gar keinen Fall tun dürfe, was in der Vergangenheit nicht getan wurde, ist am Niederrhein allgemein weit verbreitet. Sollte Spruch eins einmal nicht ausreichen, weil eine Sache vielleicht *wirklich* so interessant erscheint, dass es sich lohnen würde, sie auszuprobieren, bleibt immer noch Spruch zwei, um den, der etwas verändern will, als Vorhut wahnsinnsgefährdeter Neuerer zu diskreditieren. Es gibt gegen diese Sprüche kein Mittel, das war mir sofort klar. Ich musste es anders versuchen, auf die asiatische Weise. Dasein und ausharren, wie die demütige Flechte ausharrt.

Aber es ist eines, in einem Dorf zu leben, und ein anderes, darin Geschäfte zu machen. Ich brauchte ja die Kleinhoeker als Kunden. Ich hatte 1995 einen kompletten Bestand übernommen. Manche dieser Leute waren seit vierzig Jahren bei der Rheinischen versichert. Und da machte ich merkwürdige Erfahrungen. Zum Beispiel, dass viele Kunden, als ich das Büro übernahm, spontan ihre Versicherungsverträge kündigten. Die kennen mich doch gar nicht!, dachte ich. Die haben mich nie gesehen! Wieso gehen die hin und kündigen ihre Verträge? Es war verletzend.

Gut, ich bin nicht im Schützenverein, ich schalte nur einmal im Jahr eine Anzeige in der Festschrift. Dafür stifte ich der D-Jugend von Borussia Kleinhoek zum Beginn der neuen Saison einen grün-weißen Lederball. Und was soll so schlimm daran sein, dass ich nicht in die Kirche gehe? Manche Bauern tun das auch nicht. Sie überlassen das ihren Frauen, die ihnen dann beim Mittagessen erzählen müssen, was der Pfarrer in der Predigt gesagt hat. Der Bauer nickt dazu, spießt die Kartoffel auf und taucht die Gabel in die Tunke, und während er mit geistesabwesendem Blick kaut, glaubt er daran, dass die Welt in Kleinhoek einigermaßen sinnvoll geordnet ist.

»Ich sage Ihnen, was hier läuft«, vertraute mir eines Tages der Apotheker an. »Die Leute fühlen sich vom Willi verkauft.«

»Verkauft? Wie kommen die denn darauf? Wir haben doch

einen Tag der offenen Tür gemacht und sechshundert Luftballons steigen lassen! Dreihundert grüne, dreihundert weiße. Der Willi hatte gesundheitliche Probleme. Wir haben die Leute auf den Wechsel *vorbereitet.*«

»Die Leute haben ihre Verträge mit dem Willi gemacht. Sie fühlen sich verkauft. Das ist ihre subjektive Empfindung.«

Tja. Auch nach vierzig Monaten in Kleinhoek bin ich immer noch ein Fremder, weil ich nicht in Kleinhoek oder einem der Nachbardörfer geboren bin. Noch immer sehen die Leute mir hinterher, wenn sie glauben, ich bemerke es nicht. Für sie bin ich »der Neue«, »der Mann von der Rheinischen« oder »der Nachfolger vom Willi«. Und das werde ich auch noch in dreißig Jahren sein.

»Heute hat wieder jemand geguckt, Herr Theunissen«, sagt Frau Hünnekens in einer Mittagspause. Und sie deutet an, aus welcher Richtung wieder in mein Ladenlokal geguckt wurde, nämlich durch das große Schaufenster, das Passanten auf der Niederstraße von Kleinhoek zum Stehenbleiben und vielleicht sogar zum Betreten meiner Agentur bewegen soll. Doch die meisten bleiben unter der grün-weißen Fahne stehen und gaffen nur.

»Ich glaube, es war derselbe wie gestern«, sagt Frau Hünnekens. In ihrer Stimme schwingt die Überzeugung mit, in Süchteln, Viersen oder Tönisvorst sei so ein Verhalten undenkbar. »Dieser Komische mit der Mütze, den ich vergangene Woche beim Bäcker gesehen habe.«

Ich reagiere auf Frau Hünnekens' Entdeckungen je nach Stimmung. Habe ich einen Abschluss gemacht, kann mir an diesem Tag nicht mehr viel passieren, und ich denke: Na und? Glotzt doch, so viel ihr wollt.

Doch an schlechten Tagen sehe ich es anders. Dann sage ich schon mal: »Es gibt in diesem Kuhdorf eben nichts zu tun, Frau Hünnekens. Oder würden Sie gern in Kleinhoek wohnen?«

Frau Hünnekens schüttelt den Kopf. Niemand, den wir kennen, würde gerne in Kleinhoek wohnen. Außer mir.

Im Lauf der Zeit habe ich begriffen, dass eine meiner wichtigsten Aufgaben die Entdeckung und taktvolle Behandlung von Betrugsfällen ist. Steuern zu hinterziehen und die Versicherung zu betrügen sind die beiden Dinge, die man sich in Deutschland prima erlauben kann. Man erzählt davon als Partyunterhaltung. Ich hab's geschafft, sagen die Leute, und diese Idioten haben wieder nichts gemerkt! Für den ollen Pullover, den meine Frau seit Jahren in unserem feuchten Keller aufbewahrte, habe ich noch hundertzwanzig Mark bekommen. Nur weil auf dem Etikett »Paris« stand! Du, das ist ganz einfach, da rechnet sowieso keiner nach!

Aber natürlich rechnen wir *ständig* nach. Wir reden nur nicht davon. Wir *dürfen* nicht davon reden, weil man uns dann vorwerfen würde, nur auf unseren Profit bedacht zu sein. Ich empfehle, sich Edward G. Robinson in *Frau ohne Gewissen* zum Vorbild zu nehmen. Dass so etwas Normales wie Nachrechnen und Kontrollieren in Verruf geraten ist, bringt den Versicherungsvertreter, der sich als Vorposten der Versicherungsgesellschaft betrachten muss, in eine doppelt unangenehme Position. Er ist nicht nur der Blödmann, wenn er seinen Kunden hinterherrennt und sie zur Unterschrift bewegen will, er ist gleich noch mal der Blödmann, wenn diese Kunden ihn mit einem Vertrag, auf dem die Tinte noch nicht getrocknet ist, betrügen wollen und er dazu nicht sofort Beifall klatscht.

Einer meiner Kunden versuchte es immer wieder. Er wollte nur Bernd genannt werden. Ihm sei die Fotokamera eines Freundes ins Wasser gefallen, sagte er mir eines Tages am Telefon. Ein nagelneues, hochklassiges Gerät.

»Ich schicke Ihnen eine Schadensanzeige zu«, sagte ich. »Die müssen Sie ausfüllen und zusammen mit dem beschädigten Gerät an die Direktion schicken.«

»Aber der Apparat ist nicht mehr da«, sagte Bernd.

»Wie, er ist nicht mehr da?«

»Er ist mir ins Meer gefallen. Auf den Seychellen. Er liegt auf dem Meeresgrund.«

»Oh«, sagte ich. »Dann können wir uns die Mühe sparen.«

»Wieso?«

»Weil in Ihrem Vertrag das Abhandenkommen einer Sache bedingungsgemäß ausgeschlossen ist.«

»Aber die Kamera ist doch *zuerst* kaputtgegangen, im Wasser. Und erst *danach* war sie weg.«

»Ja«, sagte ich. »Aber um den Schaden erstattet zu bekommen, müssen Sie ihn nachweisen. Und um ihn nachzuweisen, brauchen Sie die Kamera.«

»Wofür habe ich dann eine Haftpflichtversicherung?«

Ich sagte meinen Spruch auf.

»Kann man denn da gar nichts machen?«

»Nein, Bernd, es tut mir leid.«

Strenge Klauseln im Vertragswerk, schrieben die Brüder Brämer schon 1894 in *Das Versicherungswesen,* kommen am Ende allen zugute. Lange Beobachtung habe sie davon überzeugt, »dass Betrüger haufenweise gerade unter den Versicherten stecken«. Strenge, einwandfreie Vertragsbedingungen seien also nichts als Notwehr. Ich nenne das die Brämersche Weisheit.

Bernd sagt: »Schicken Sie mir trotzdem mal das Formular zu.«

»Gern.«

Die Trotzdem-das-Formular-Nummer dient dem Kunden dazu, vor mir das Gesicht zu wahren. Er verlangt nach einem diskreten Rückzug. Und wenn ich ihn mir mit drei Handgriffen und einer Briefmarke erkaufen kann, soll er seinen diskreten Rückzug haben.

Eigentlich aber sollte ich einem Kunden wie Bernd das Formular um die Ohren hauen. Denn ich muss gar nicht in seiner Akte nachschauen, ich weiß, dass Bernd bei der Rheinischen nur eine lumpige kleine PHV hat und schon den vierten Schadensfall meldet. Das Lustige ist, dass die von ihm gemeldeten Schäden immer gravierender werden, je weiter Bernd sich von seinem Wohnort entfernt. Wir kennen das Phänomen. Reisen in ferne Länder, Fahrten über wilde Meere stacheln die Phantasie unserer Kunden auf geradezu wundersame Weise an, man fühlt sich in Tausendundeine Nacht versetzt. Nur wir müssen einen klaren Kopf behalten. Wir müssen nachrechnen und Formulare verschicken, damit die Welt der Schadensfälle ihre Ordnung hat.

In der Mittagspause ruft Robert an und will über Papa sprechen. Als ich die Kölner Nummer auf dem Display sehe, zögere ich. Frau Hünnekens ist beim Metzger, ein Brötchen essen. Ich könnte den Hörer auf der Gabel lassen. Einfach nicht berühren. Aber das Problem wäre damit nur aufgeschoben. Also nehme ich ab.

Es ist das Übliche. Nach ein paar Minuten sage ich: »Robert. Ist dir eigentlich aufgefallen, dass sich unsere Gespräche fast nur noch um Papa drehen?«

Unser Vater ist vierundsiebzig Jahre alt. Bis vor einigen Jahren war er völlig gesund. Dann begann die Sache mit seinen Augen. Außerdem stellte sich heraus, dass er mit dubiosen Anlagen so viel Geld verloren hat, dass er in echten Versorgungsproblemen steckt. Seitdem sitzt unser Vater in seinem schönen, großen, leeren Haus, das viel zu teuer für ihn ist, denkt über das Leben nach und hindert andere daran, das ihre zu führen. Natürlich ist es komplizierter. Jede unglückliche Familie ist auf ihre eigene Weise unglücklich und so weiter. Aber wo wir früher einen wohlhabenden, rastlosen Vater hatten, haben wir jetzt einen melancholischen Grübler, dessen einzige Waffe das Telefon ist. Inzwischen sieht er so wenig, dass er das Auto verkauft hat und sich auch zu Fuß kaum noch vor die Tür wagt. In letzter Zeit denkt er vor allem über zwei Dinge nach. Wo er sich Geld besorgen soll, um aus seinem finanziellen Engpass herauszukommen. Und wie er meine Mutter nach fünfundzwanzig Jahren Trennung dazu bewegen kann, zu ihm zurückzukehren. Mein Vater war nie ein Mann für kleine Pläne.

Dabei weiß ich etwas, was er nicht weiß. Ich hatte diese Empfindung mit sechs oder sieben Jahren, und sie ist mir mit größter Klarheit im Gedächtnis geblieben, wie das einzige Farbbild in einem Stapel Schwarz-Weiß-Fotos. Die Szene spielt in unserem Garten, bevor mein Vater ihn in einen echten japanischen Garten mit geharkten Wegen, Teehaus, Hügelchen und Wasserteich verwandelte. Es war an einem Nachmittag im Hochsommer. Meine Mutter sonnte sich auf der Terrasse. Mein Vater lag im Liegestuhl im Schatten des Apfelbaums. Es muss ein Wochenende gewesen sein. Sonja und Robert waren bei Freunden. Ich sah die häusliche Sommerszene, maß die räumliche Entfernung zwischen den beiden Menschen, die meine Eltern waren – acht Meter, elf Meter, zu weit, um sich ein beiläufiges Wort zuzuwerfen –, und dann muss ich die seelische Entfernung gemessen haben, die meine Mutter von meinem Vater trennte. Im nächsten Augenblick traf es mich wie eine Keule. Meine Eltern lieben sich nicht. So deutlich, als hätte jemand die Erkenntnis direkt vor meinen Augen niedergeschrieben.

Meine Eltern lieben sich nicht. Fünf Wörter mit der Kraft einer Sprengladung. Plötzlich hatte ich begriffen, dass sie nichts verband. Für den Bruchteil einer Sekunde muss sich der Gedanke in meinem Inneren ausgebreitet haben wie Gift. Vielleicht erfasste er die Vergangenheit (haben sie sich je geliebt?) und anschließend die Zukunft (werden sie sich einmal lieben?). Doch schon in der nächsten Sekunde muss der Junge, der ich war, den schlimmen Gedanken beiseitegeschoben und vor sich selbst verborgen haben, aus Angst, er könnte ein Gebäude zerschlagen, auf dessen Fundamenten noch andere Wahrheiten ruhten. Alle diese Wahrheiten wären gefährdet gewesen, wenn das Gebäude zu bröckeln begonnen hätte. Der Junge musste seine Erkenntnis wieder loswerden, bevor sie von ihm Besitz ergreifen konnte. Weg damit, so schnell es geht! Und er schleudert sie von sich und vergisst sie wie einen Kaugummi, den man aus dem Autofenster wirft. Fort für alle Zeiten!

Vielleicht hat der Junge, der ich war, kurz geblinzelt und dann weit die Augen geöffnet, um sich davon zu überzeugen, dass er mit beiden Füßen in der Wirklichkeit steht. Das Sommerfoto hat etwas gezittert und ist wieder zur Ruhe gekommen. Ich sehe zwei Menschen in ihrem Garten, Mutter und Vater, weit voneinander entfernt, allein, jeder mit dem Seinen beschäftigt, der Sommertag selbst dehnt sich zwischen ihnen und verführt sie zu Träumereien, aber das ist doch nicht schlimm. Kein Grund, misstrauisch zu werden. Wir alle sind zu bestimmten Stunden des Tages allein. Das Kind, das ich war, muss sich vorgenommen haben, keine Schlüsse daraus zu ziehen.

»Ja, Marko«, sagt Robert. »Das ist mir aufgefallen. Wir reden nur noch über Papa. Aber ich könnte mir ein paar Anrufe sparen, wenn du öfter in Köln wärst. Du lässt dich kaum noch blicken.«

»Ich habe viel zu tun.«

»Das glaube ich. Mit Frau und Kindern.«

Früher wäre ich ihm nach so einer Bemerkung an den Hals gegangen. Aber das habe ich mir abgewöhnt. Ich lasse den Stich wirken. Vielleicht ist etwas daran. Vielleicht bin ich froh, weiter weg zu sein und nicht alles mitzubekommen, was mein Vater tut. Andererseits fehlt mir auch etwas. Beim Ausklang des Wochenendes, wenn ich es wieder nicht geschafft habe, nach Köln zu fahren, fühle ich mich wie ein undankbarer Sohn, der seinen armen alten Vater verleugnet. Es wäre nett, nicht dauernd daran erinnert zu werden.

»Wie geht's denn *deiner* Frau, Robert?«

»Danke. Sie ist sehr beschäftigt, weißt du. Mit unseren Kindern. Und ihrem Schwiegervater. Mit dem besonders.«

Solange ich denken kann, hat mein Vater seinen Körper als funktionstüchtigen Mechanismus betrachtet. Vom Versicherungsstandpunkt aus kann ich davon nur abraten. Denn wenn es zu Pannen kommt, ist es schwer, angemessen darauf zu reagieren. Ich habe »Pannen« gesagt. Als müsste der Körper in die Werkstatt. Auch mir rutschen solche Formulierungen heraus.

Doch in der Selbstverleugnung muss eine gewisse Kraft liegen, denn wundersamerweise wurde mein Vater nicht krank. Ich kann mich nicht an einen einzigen Tag erinnern, an dem ich ihn mit einem Schnupfen gesehen hätte. Unser Vater bekam auch keinen Husten oder Fieber. Er bemühte sich, immer dieselbe Stundenzahl in der Kanzlei zu sein, nicht mehr, nicht weniger. Selbst wenn er sich zurückzog, sah er nicht müde aus. Er ging nicht ins Bett, weil er erschöpft war, sondern weil er es vernünftig fand, täglich um dieselbe Uhrzeit den wachen mit dem schlafenden Zustand zu vertauschen. Wenn er die Treppe zu seinem Schlaftrakt hinaufging, sah er genauso aus wie acht Stunden später, wenn er sie wieder herunterkam. Er hatte vor, sich gut zu konservieren, denn er gedachte ewig zu leben.

Morgens und abends stieg er in den überdachten Swimmingpool, den er sich in den Siebzigerjahren hatte bauen lassen, und nachdem auch Robert ausgezogen war, rüstete er den weitläufigen Poolbereich zu einem tropischen Wohnzimmer um, mit Fernsehschirm, Stereoanlage, Heimtrainer, Ruhebett und einer malaysischen Luftfeuchtigkeit, von der ich mich fragte, wie er sie so viele Stunden am Tag aushielt. Mein Vater war stolz auf seine Gesundheit. Er rauchte nicht und trank maßvoll. Sein Körper, sagte er, brauche nichts anderes als den Swimmingpool und etwas Nivea-Creme.

Dann geschah etwas Unerwartetes. Nachdem er neunundsechzig geworden war und hin und wieder Bemerkungen fallen gelassen hatte, wie leicht er in ein Lebensalter hineingesegelt war, in welchem sich andere, die weniger fit waren als er, schon längst zur Ruhe gesetzt hatten, begann er zu blinzeln und sich die Augen zu reiben. Er senkte den

Kopf, weil ihn ein Brennen darin störte, und wenn er sie wieder öffnete, waren einige Sekunden vergangen, und er sah immer noch nicht gut. Seine Augen produzierten nicht mehr genug Tränenflüssigkeit. »Das trockene Auge« nannte es der erste Arzt, den er konsultierte, und ging daran, das Leiden symptomatisch zu behandeln. Mit Kochsalzlösung und Augentropfen besserte sich die Sache, aber sie verschwand nicht. Dann wurde sie schlimmer. Es dauerte nicht lange, da konnte mein Vater mit dem Auto keine größeren Strecken mehr fahren. Er wechselte den Arzt. Da dieser keine Fortschritte erzielte, probierte er einen dritten aus. Die Hilflosigkeit der modernen Medizin erschütterte ihn. Die moderne Medizin war nicht für Menschen wie ihn gemacht, hatte er immer gesagt, er war ja gesund und benötigte sie nicht. Nur *jetzt* benötigte er sie. Ausnahmsweise. Damit sie sich des Problems annehmen und meinen Vater in seinen früheren medizinlosen Zustand zurückversetzen konnte. Und da wäre es schön gewesen, merkte er in strengem Ton an, wenn die Medizin auf der Höhe der Erfordernisse gewesen wäre. Nur dieses eine Mal!

Später, als ich mich mit Versicherungsstatistik zu befassen begann, hätte ich ihm etwas dazu sagen können. Menschen neigen dazu, sich selbst als Einzelfall zu sehen und deshalb vom Schicksal eine Einzelfallbehandlung zu erwarten. Es bedeutet eine herbe Enttäuschung, wenn diese Menschen erkennen müssen, dass das Schicksal mit diesem Begriff nichts anfangen kann. Es schlägt zu, nicht nur blind, sondern wahllos, reflexionslos, dumm. Streng genommen schlägt es auch nicht zu, das Schicksal. Es hat ja keine Arme. Das Schicksal ist, was wir sind. Unser Schicksal ist die Summe unserer wechselnden Zustände in einem gegebenen zeitlichen Rahmen. Und fassen wir eine genügend große Anzahl Menschen ins Auge, sagen wir, im Hinblick auf Beinbrüche oder Hüftoperationen, können wir ziemlich genaue Schicksalskurven zeichnen. Nur eben nicht für den Einzelnen, sondern für die

Masse. Und gerade die Masse ist dem Kranken, der sich mit sich selbst beschäftigt, egal.

Dieser Widerspruch erklärt, warum es dem Vertreter so schwerfällt, dem Gesunden den Sinn einer ausreichenden Versicherung begreiflich zu machen. Sie ist nicht für dich in deinem *jetzigen* Zustand gedacht, predige ich dem sorglosen Gesunden. Sie ist für *später,* wenn du nicht mehr gesund bist, wenn deine Gelenke verschleißen, wenn sich das Leben gegen dich gewendet hat und du Hilfe brauchst. Doch täusche dich nicht! Dieses Später kann nächste Woche eintreten, morgen, in drei Stunden. Wir wissen, dass du keine Phantasie hast, dir von der komfortablen Position eines gesunden Körpers aus ein Leben in Krankheit und Behinderung vorzustellen; aber *wir* haben diese Phantasie, und sie stützt sich auf Zahlen. Irgendwo in diesen Zahlen ist auch dein Schicksal versteckt.

Ein Freund empfahl meinem ungeduldiger werdenden Vater die Kölner Universitätsklinik und den dortigen Professor, »Deutschlands berühmtesten Experten für das trockene Auge«. Mein Vater berichtete mir von den leichten Besserungen und kleinen Rückschlägen in völlig nüchternem Ton, als handele es sich um das Problem eines Klienten, dessen er sich annehmen müsse. Doch auch Deutschlands berühmtester Experte für das trockene Auge konnte ihm nicht helfen. Die Sehfähigkeit meines Vaters nahm Jahr um Jahr ab. Solange es ging, arbeitete er mit dem Diktiergerät und guten Leuten an seiner Seite.

Was er nicht wahrnahm, waren die Veränderungen, die mit ihm vorgingen. Seit mein Vater mit seiner Augenkrankheit zu kämpfen hatte, war ein nervöses Zucken in sein Gesicht gekommen, unwillkürliche Bewegungen mit dem ganzen Kopf, die so wirkten, als wolle ein Tier mit einem Schütteln seines mächtigen Kopfes ein Insekt verscheuchen. Auf manchen Fotos ist dieser verzerrte Gesichtsausdruck zu sehen. Später war das nervöse Zucken nicht mehr so akut, hatte sich aber in abgeschwächter Form für immer in seiner Mimik festgesetzt. Auch in Ruhestellung drückten seine Lippen etwas von den Kämpfen aus, die über die Gesichtspartie gingen, und um die Mundwinkel bildeten sich Falten, die er als gesunder Mensch nicht gehabt hatte. Doch selbst wenn er die Veränderungen im Spiegel entdeckt hätte, auf Selbstmitleid wäre er nicht verfallen. »Mach dir keine Gedanken, Marko. In früheren Jahrhunderten sind Menschen an einer Kieferentzündung gestorben.« Selbst nach Jahren betrachtete er seine Krankheit als Übergangsphänomen. Er war fest davon überzeugt, sie abschütteln zu können. Und er nannte es so: »abschütteln«.

»Ich denke mal darüber nach«, sage ich, »wann ich mich freimachen kann. Okay?«

»Raff dich auf«, sagt Robert. »Ich kann mich an dein Gesicht kaum noch erinnern. Und Tobi und Lara wissen nicht, wer ihr Onkel ist.«

»Versprochen«, sage ich und hoffe, dass wir bald auflegen.

Robert hat recht. Leider weiß ich, dass nicht alle Menschenverhältnisse ins Reine kommen. Manche schweben in einer Vorhölle aus verdruckstem Schweigen und schlechtem Gewissen, sie ziehen einen herunter ohne fassbaren Grund, von dem man allenfalls weiß, dass es immer derselbe ist, unabänderlich, die Jahre hindurch. Man bleibt Kind und ärgert sich darüber. Die Tage, an denen man darunter leidet, kann man sich vorher auf dem Kalender ankreuzen. Und es gibt keinen Weg, das zu ändern.

Nicht zum ersten Mal beneide ich Sonja, die sämtliche Ansprüche ihrer Familie hinter sich gelassen hat. »Die geografische Lösung«, nennt sie es. So weit wegzugehen, dass einem niemand folgen kann. Monatelang unerreichbar zu sein. Die große Schwester ist einfach nicht da, meldet sich nicht, kümmert sich nicht.

Sonja arbeitet an einem Lebensprojekt, welches heißt: die volle Realisierung ihrer geheimen Persönlichkeit. Was sie darunter versteht, weiß sie auch nicht so genau, aber immer, wenn ihre beiden jüngeren Brüder etwas von ihr wollen, kommen die bombastischen Begriffe aus dem Vorrat der alternativen Selbstbeglückungsindustrie. Natürlich haben sie über die letzten zwanzig Jahre gewechselt, sodass Sonja stets vorgeben kann, es handele sich diesmal um ein ganz neues Projekt, das mit dem früheren nichts zu tun hat. In Wahrheit, glaube ich, werden ihre neue Projekte einzig dafür ersonnen, die Irrtümer und Exzesse der früheren auszubügeln. Die Dringlichkeit ihres aktuellen Sinnfindungstrips steht also immer außer Frage.

Sonja nennt ihr Leben ein »unabgeschlossenes Projekt, das sich in seiner permanenten Erforschung vollzieht«. Sie findet diese Formulierung so treffend, dass sie schon darüber nachgedacht hat, ein Buch zu schreiben. Sie müsse nur genug Material beieinanderhaben, sagt sie, um sich an die Arbeit zu machen. Das sei ein sehr aufregender Gedanke, sagt sie. Alles, was ihr je widerfahren sei, habe in diesem Buch seinen Sinn. Wolle das nicht jeder Mensch erreichen? Die eigene Existenz als schlüssig und sinnhaft zu erfahren? Dass es ihm gelinge, das Chaos der willkürlich abrollenden Begebenheiten, der Zufälle, Unfälle und Wechselfälle zu ordnen und seiner Existenz einen größeren Ertrag abzugewinnen, als auf den ersten Blick erkennbar sei?

Ja, sage ich ihr. Das will wohl jeder Mensch erreichen, Sonja. Tolstoi wollte es auch. Aber es ist unglaublich schwer. Ich meine, Tolstoi hat es am Ende auch nicht so gut hinbekommen. Lies nur seine Briefe.

Man darf sich mit dem ersten Blick nicht zufriedengeben, sagt Sonja, als hätte Tolstoi sich nur die Nickelbrille zu putzen brauchen, um sich über sein Erkenntnisdefizit klar zu werden. Man müsse auf den Zehenspitzen bleiben!

Andererseits, fügt sie hinzu, brauche es viel Geduld. *Dar tiempo al tiempo,* wie sie in Granada sagen, wo Sonja mal einen Freund hatte, der gut in Sprichwörtern war. Der Zeit muss man Zeit geben! Sie, Sonja, sei sich ganz sicher, dass die großen Linien ihres Lebens bei sorgfältiger Betrachtung genau das zeigten: ein unabgeschlossenes Projekt, das sich in seiner permanenten Erforschung vollzieht. Was auch bedeute, dass der konkrete Vollzug immer Vorrang vor der Theorie habe. Dass Erwartungen enttäuscht würden und Zielvorgaben korrigiert werden müssten. Das, was ein Mensch auf diese Weise (in dieser Suchbewegung, wie Sonja gern sagt) zu erreichen trachte, sei nicht mit konventionellen Maßstäben wie Erfolg, Aufstieg und Leistung zu messen, ein Standpunkt, den sie besonders vehement verteidigte, solange sie noch von zweihundertfünfzig Mark im Monat lebte. Der innere Persönlichkeitsgewinn (ein weiterer ihrer Lieblingsausdrücke) liege jenseits von gesellschaftlichem Ansehen. Jede abstrakte Kategorie, die sich auf eine angenommene Gemeinschaft bezöge (was man tue oder trage, was die Leute dächten, was »die Gesellschaft« von einem fordere und so weiter), stehe meistens in schreiendem Konflikt (noch so ein Sonja-Ausdruck, der »schreiende Konflikt«) zu dem, was dem inneren Persönlichkeitsgewinn entspreche. Je weniger Geld sie hatte und je dunkler die Ränder unter ihren Fingernägeln wurden, desto inbrünstiger vertrat Sonja diese Überzeugung.

»Hast du schon mal so einen Quatsch gehört?«

Die Frage hat mir Robert im Lauf der Jahre immer wieder gestellt. Als Psychotherapeut findet er Sonjas handgestrickte Lebensweisheiten schon ziemlich anrüchig, aber als Bruder würde er davor am liebsten davonlaufen.

»Das ist ja die übelste Schaumschlägerei, die je aus einer Wohnküche der westlichen Hemisphäre gedrungen ist«, sagt er. »Unsere Schwester ist durchgedreht.«

»Unsere Schwester hält Kurs«, sage ich. »So kennen wir sie doch.«

Ich weiß nicht, was ich von Sonja erwartet hatte, als ich mit sechzehn nach Köln zurückkam. Welche Schwester ich wiederzufinden hoffte, die große Freundin, die sie kaum ein halbes Jahr zuvor für mich gewesen war? Die mir die Wahrheit über unsere kaputte Familie gesagt und mir gezeigt hatte, wie man die Lügen hinter sich ließ? Das furchtlose Mädchen, an dessen Schulter ich heulen konnte und das die Arme öffnete, um mich festzuhalten? Oder die junge Wilde, die ständig die Freunde wechselte und all die Abenteuer erleben wollte, zu denen der Rest der Familie zu feige war?

Sonja lebte so schnell, dass sie auf jede ihrer Ideen mit einer Kursänderung von hundertachtzig Grad reagieren konnte. Sie hatte das Gymnasium glänzend abgeschlossen, ohne als Streberin zu gelten, und wusste nur noch nicht, welches Studienfach sie sich aus dem gewaltigen Angebot, das sich vor ihr ausbreitete, herauspicken wollte. Dass es etwas Ambitioniertes sein würde, war sowieso klar. Und Köln war ihre Stadt, ihr Jagdrevier, aus den Kneipen der Südstadt kannte sie Gott und die Welt. Mitten in dieser Zeit flog ihr kleiner Bruder vom Internat. Und ohne dass ich sie um etwas bitten musste, sagte sie mir sofort, da gäbe es eine Menge Leute, die ich unbedingt kennenlernen müsste, richtig klasse Leute, die mir noch etwas erzählen könnten, Menschen mit Tiefgang.

Und ich sagte: In Ordnung, Sonja. Gegen Tiefgang habe ich nichts einzuwenden.

Als ich am vereinbarten Abend in ihre neue Wohnung kam, sagte sie, wir müssten noch auf Arno warten. Arno war ihr Freund und spielte Bassgitarre in einer Band. Sonja hatte sich zurechtgemacht, aber gerade so, dass man dachte, es hätte nur zwei Minuten gekostet. Sie trug knallenge Jeans und ein ärmelloses schwarzes T-Shirt, auf der Sofalehne lag ihre olivfarbene Fliegerjacke. Sie guckte dauernd auf die Uhr, wo Arno blieb, und schien sich Sorgen zu machen. Dann klingelte das Telefon, und als sie abgenommen hatte, trug sie das Gerät mit dem schleifenden schwarzen Kabelknäuel sofort in die Küche.

»Was sagst du da?«, hörte ich sie ausrufen, und es klang so, wie ich meine Schwester noch nie gehört hatte, in Richtung entgeistert. »Das muss ein Witz sein, Stefan, sag mir, dass das ein Witz ist. Ich fasse es nicht! Und was machen wir jetzt?«

Am anderen Ende der Leitung ließ Stefan eine ziemliche Rede vom Stapel, denn Sonja machte immer nur hmm, hmm, hmmm, und einmal sagte sie: »Im Ernst?«

Währenddessen schaute ich mich in ihrem Wohnzimmer um, ob ich ihre Bücher und Platten noch erkannte. In einer Ecke waren Blätter gestapelt, es sah aus wie ihre Übersetzerwerkstatt, sie arbeitete ja an den Songs von Neil Young und Bob Dylan, für die sie gültige poetische Versionen in deutscher Sprache finden wollte. Davor stand die Seemannskiste. Und direkt über der Seemannskiste hing das Poster der Cy-Twombly-Ausstellung. Sonja hatte es aufziehen und rahmen lassen. Sie hatte einmal angedeutet, dass sie mit dieser Ausstellung eine wichtige menschliche Begegnung verband.

»Bist du sicher?«, fragte sie jetzt. »So eine Scheiße … Was? Er ist auf dem Weg *hierher*? Ich dachte, er wollte sich erstmal verkriechen und die Wunden l-… Nein, ich weiß nicht, was ich besser finde, Stefan, im Augenblick finde ich das alles ziemlich beschissen, du kannst dir denken, dass ich nie daran gedacht habe, ihm den … Nein, das habe ich auch wieder nicht gesagt. Ich sagte, es ist ein Unterschied, ob man miteinander vögelt oder miteinander lebt, erinnerst du dich? Das gilt für euch beide.« Sie senkte die Stimme, aber ich konnte immer noch jedes Wort verstehen. »Es ist nur, weil ich gerade meinen kleinen Bruder da habe, wir wollten mit Arno ausgehen, das passt jetzt nicht so rasend gut … Was? Nein, aber ich habe keine Lust, immer dieselben Sachen zu sagen. Ich bin nicht die Presseabteilung von Sonja Theunissen, okay? Sonja Theunissen tut, was sie tut, mach dir selbst einen Reim darauf … Keine Sorge. Wenn er etwas probiert, trete ich ihm in die, Moment, es klingelt. Ich glaube, das ist er. Ich melde mich später.«

Sie ging in den Flur und drückte den Türöffner. Dann kam sie ins Wohnzimmer und sah mich glasig an, als versuchte sie sich daran zu erinnern, wo sie mich schon einmal gesehen haben könnte. Unten polterten Schritte die Treppe hoch.

»Okay, Marko«, sagte sie und fixierte mich wie ein Fußballtrainer den Ersatzspieler, von dessen Tagesform das Ausgleichstor abhängt. »Das wird jetzt nicht besonders schön. Arno wird mir eine Höllenszene machen. Bist du bereit?«

Bevor ich fragen konnte, ob Arno denn Grund hatte, ihr eine Höllenszene zu machen, stand Arno schon im Türrahmen. Er kam rein und fegte erst einmal die Garderobe herunter, rupfte einfach mit bloßen Händen den ganzen Apparat aus der Wand. Sonja hatte eine Garderobe, die war ein harmonisches Mittelding aus Mischwald und Hirschgeweih, aber alles aus Metall. »Freie organische Formen« nannte Sonja das. Die freien organischen Formen lagen jetzt auf dem Boden, und die Löcher in der Wand mit den halb herausgerissenen Dübeln sahen aus wie Fernsehbilder aus dem Libanon.

Während sie sich anbrüllten, einander Schimpfwörter an den Kopf warfen und ein Wettrennen um den Küchentisch veranstalteten, bei dem der kleine Keramiktopf mit den Kaffeelöffeln auf dem Boden zersprang, musste ich daran denken, dass mein Vater und meine Mutter sich fast nie gestritten hatten. Sie hatten ihre Ehe in den Sand gesetzt, ihre Kinder belogen und jahrelang Komödie vor ihnen gespielt, aber keiner von beiden hatte je die Hand gegen den anderen erhoben, und kein einziger Teller war dabei zu Bruch gegangen. Mein Vater leitete daraus ab, dass er und meine Mutter auch in den schwierigsten Zeiten ein hohes sittliches Niveau bewiesen hätten, ein Satz, über den ich ein paar Tage nachdenken musste, bevor ich ihn verstand. Ich meine, das hohe sittliche Niveau hätte doch eher darin bestanden, einfach vernünftig zusammenzuleben, statt es mit ihrer beschissenen Ehe auf irgendwelche Weltrekorde abzusehen. Ich will damit sagen, sie hätten es einfacher haben können. Nur nett zueinander sein, den Laden zusammenhalten und die Kinder nicht zu Schaden kommen lassen.

Lange nach meinem Auszug fragte ich ihn das. »Euer hohes sittliches Niveau damals. Könnte es nicht sein, Papa, dass es mit etwas ganz anderem zusammenhing?«

»Mit was denn?« Mein Vater war nie beunruhigt über solche Fragen. Er hatte auf alles eine Antwort.

»Wenn man voneinander gar nichts mehr will«, sagte ich, »wenn man sich längst auf Abstand hält und in einer Welt lebt, in der der andere nicht mehr vorkommt, dann fällt es nicht so schwer, den Anstand zu wahren. Ich meine, wenn man vom anderen nichts mehr erwartet … dann kann man es sich leisten, höflich zu sein.«

»Wir haben aneinander gedacht, deine Mutter und ich«, sagte er. »Wir hätten einander nicht wehgetan. Wir haben einander respektiert, auch in den schwierigen Zeiten.«

Ich musste dreißig Jahre alt werden, um das Muster meines Vaters zu durchschauen, auch die Selbstsuggestion, die in seinen cremigen, würdevollen Worten lag. Ich habe den Fachausdruck dafür vergessen, es gibt einen Begriff für den rhetorischen Dreisprung, den mein Vater so gern vollführte. Erst einen kleinen Satz, dann noch einen kleinen Satz, dann zur Krönung einen längeren dritten Satz. Sie hatten aneinander gedacht. Sie hätten einander nicht wehgetan. Sie haben einander respektiert, auch in den schwierigen Zeiten. Es klang schön und voller Gefühl. Schade, dass es nicht stimmte.

Und dann, während ich mit meinem Vater in der Küche saß und über seine Formulierung nachdachte, fragte ich mich, ob ich meine seltenen Besuche in seinem Haus wirklich dazu benutzen sollte, ihm seine Irrtümer vorzuhalten. Und ich sah ihn wie ein neues Wesen, eines, das ich kaum kannte, weil ich ihn immer von unserer Seite aus gesehen hatte. Vielleicht musste ich anfangen, ihn von seiner Seite aus zu sehen.

Inzwischen hatte Arno sich vor Sonja aufgebaut, um ihr noch mehr Schimpfwörter an den Kopf zu werfen – Schlampe, Flittchen, Miststück, billige Nutte, solche Sachen. Dann sagte er, sie und Stefan seien die größten Enttäuschungen seines Lebens, er hätte nie gedacht, dass seine Freundin und sein bester Kumpel ihm so etwas antun könnten. Sonja war stehen geblieben und schien bereit, sich die ganze Liste anzuhören. Um mich da herauszuziehen, ging ich in den Flur, ein paar freie organische Formen aufsammeln. Ich kam damit aber nicht weit, weil Arno mir plötzlich von hinten die Hand auf die Schulter legte. Er sah mich nicht an, sondern sprach weiter mit meiner Schwester im Wohnzimmer. Nur seine kräftige Bassgitarrenhand hielt mich fest.

»Hat dein kleiner Bruder überhaupt eine Ahnung davon, was du für ein verlogenes Stück bist? He?« Und er drückte seine Hand fester auf meine Schulter, als wäre ich ein wichtiger Zeuge und müsste demnächst gegen Sonja aussagen. »Ich glaube nämlich, Marko hat gar keine Ahnung, was seine Schwester so treibt. Und mit wem. Oder?« Jetzt sah er mich an, vielleicht zum ersten Mal an diesem Abend.

Ich sagte: »Hallo, Arno. Wie geht's denn so?«

Und das war es. Er sah mich an wie ein Ertrinkender. Jetzt legte er mir auch die andere Hand auf die Schulter, beide Hände auf dieselbe, sodass ich unter seinem Gewicht ächzte. Arno war ein kräftiger Junge, der enge schwarze T-Shirts trug, damit man seine gut gerundeten Bizeps sah. Wir kannten uns nicht besonders gut, Arno und ich, aber es verbindet zwei Männer, wenn sie unter derselben Frau gelitten haben. Er senkte den Kopf. Dann flossen ihm Tränen über die Wangen, während ich immer noch die freien organischen Formen in der Hand hielt.

Sollte Arno meine Schwester noch nicht richtig gekannt haben, lernte er sie jetzt kennen. Sonja hasst sentimentale Szenen, sie verachtet Tränen, auch ihre eigenen, schon als Kind hat nichts sie so wütend gemacht wie der Mensch, der sie zum Weinen brachte. Und Arno, der sie gerade im Gefühl gerechter Empörung mit Flüchen und Schimpfwörtern überschüttet hatte, war der Letzte, der sich Tränen erlauben durfte. Anders als Frauen, die sich vom Anblick schwacher Männer rühren lassen, wurde Sonja in Sekundenschnelle zu Stein. Sie unterbrach unsere kleine Männerszene, indem sie Arno auf den Arm boxte, aber mit Wucht, Sonjas entschlossene Faust auf Arnos unvorbereiteten linken Bizeps. Arno jaulte auf und sprang zurück. Verletztheit und grenzenloses Unverständnis lagen in seinem tränenfeuchten Blick.

»Du!«, sagte Sonja laut und ging wieder einen Schritt auf ihn zu. »Du hast hier gar nichts zu melden. Wie redest du eigentlich mit meinem Bruder?« Und sie boxte ihn noch einmal auf den Arm. »Was fällt dir ein, meine Wohnung zu verwüsten? Verschwinde, du Angeber!« Und sie kam noch einen Schritt näher, so nah, dass ich jeden Augenblick dachte, jetzt tritt sie ihm mit Schmackes gegen das Schienbein, jetzt rammt sie ihm das Knie in die Eier, jetzt gibt sie ihm einen sauberen Boxhieb auf die Nase. Ich wusste, dass Sonja zu allem fähig war.

Arno wusste es auch. Er schickte ihr einen letzten verwundeten Blick. Dann ging er.

»Brrrr!«, sagte Sonja, als die Tür ins Schloss gefallen war. »So eine hässliche Szene. Tut mir leid, Marko, der Junge war nicht ganz bei sich. Ich werde ein ernstes Wort mit ihm reden müssen. Und wir, Bruderherz, wollen wir ausgehen?«

Ich dachte an die Menschen mit Tiefgang und fragte mich, wo sie lebten und abends an die Tränke gingen.

Sonja fegte mit der Stiefelspitze die größeren Scherben des Keramiktopfs zusammen. »Lass die Löffel liegen, das erledige ich nachher«, sagte sie. »Es gibt einen neuen Laden auf der Zülpicher Straße, da spielen sie ab zehn Livemusik. Heute kommt eine Punkband aus Sheffield. Hast du Lust?«

Und so ging es bei ihr immer. Ein neuer Laden. Neue Leute. Eine neue Form des Sprechens. (Im Avantgardetheater.) Ein ganz neues Idiom. (In der abstrakten Malerei.) Eine irgendwie neue Härte. (Im Neopunk.) Neue Wellen, wohin ich schaute. Nur ich war zu blöd, das rasend Interessante, das Sonja in allem Zeitgenössischen entdeckte, zu erkennen. Neben ihr kam ich mir schon mit sechzehn Jahren alt vor.

Ich konnte auch Arno nicht vergessen. Sie hatte ihn betrogen. Dann warf sie ihn raus. Ich habe ihn nie wiedergesehen. Vielleicht spielt er auf seine alten Tage Country & Western im Bergischen Land. Sollte ich seine Band mal zufällig hören, würde ich ihm nachher die Hand schütteln und ihm sagen, dass ich auf seiner Seite bin.

»Hör mal, Robert. Können wir später noch einmal reden? Ich habe viel zu tun.«

Er schweigt. Ich ahne, dass er wieder an unseren Vater denkt. Ich denke auch an unseren Vater, packe das Telefon fester und unterdrücke ein Seufzen.

»Einverstanden?«

»Gut. Ich melde mich. Lauf nicht weg, Marko. Wir müssen uns etwas einfallen lassen.«

»Ich laufe nicht weg«, sage ich. »Ich bin hier.«

Wie sollte ich auch weglaufen, Robert? Ich bin hier. Ich bin so sehr in Kleinhoek, dass ich mich fühle wie angeklebt. Nicht glücklich, nicht unglücklich. Mit Augen im Hinterkopf, die das im Nebel versunkene Land nach Bewegungen absuchen, weil ich nicht anders kann. Der Mensch lebt nach vorn und nach hinten.

Manchmal vergleiche ich unser Bewusstsein mit einem großen Wassertank, gefüllt mit ein paar Dutzend Kubikmetern Atlantikwasser, so ungefähr. Man könnte ein Thermometer benutzen, um in verschiedenen Tiefen die Temperatur zu messen. Oben, wo es lau ist, spielen sich die Alltagsdinge ab, die uns nicht weiter kümmern. Ein Stau auf der A44 zum Beispiel oder neue Leistungen bei unserem Krankenhaustagegeld, Tarif TG3. Eine gekräuselte Oberfläche, nichts weiter. Tiefer unten wird es schon interessanter. Und ganz unten, dort wird es geheimnisvoll. Ich glaube, alles, was uns je passiert ist, befindet sich in irgendeiner Wasserschicht. Es geht nie verloren.

Irgendetwas in der Art muss Motte gemeint haben, als er mir vor zwanzig Jahren sagte: Man nimmt immer etwas mit. Ein toller Spruch, dachte ich damals, als sie mich vom Collegium Aureum warfen und mir ein paar Stunden Zeit gaben, meine Klamotten zusammenzupacken. Inzwischen weiß ich, dass der Spruch stimmt. Man nimmt immer etwas mit. Unsichtbares Gepäck, das ebenso absinkt wie unsere Gedanken, Worte und Werke.

Ich hatte gedacht, man geht einfach an eine neue Schule,

findet neue Freunde und startet durch. Doch so war es nicht. Ich trug etwas aus der Vergangenheit eingekapselt in mir und wusste nicht, was es war. Und es schien mit der Zeit gar nicht weniger zu werden. Irgendetwas verhinderte, dass ich in meinem Kölner Leben ankam.

Wie lange soll es denn noch dauern?, fragte ich mich.

Das weiß ich nicht!, verdammt.

Zwei Jahre? Drei?

Ich weiß es nicht!, sagte ich zu mir selbst.

Was willst du denn mit deinem Leben anstellen? Dir die Wunden lecken, bis dir die Zähne ausfallen?

Nein. Ich werde nach vorn schauen und Pläne machen.

Was für Pläne?

Ich werde meine Zukunft planen.

Und wer wird an deiner Seite sein?

Niemand, sagte ich zu mir selbst. Niemand wird an meiner Seite sein. Ich muss den verdammten Weg allein finden. Wie Robinson Crusoe auf der Insel der Verzweiflung.

Gut. Du machst dir jedenfalls nichts vor. Dann spuck in die Hände. Leg los.

Gut. Ich werde in die Hände spucken und mein Leben in den Griff kriegen.

Aber die Wahrheit ist, dass ich mich Jahre später immer noch nicht damit abfand, allein zu sein, in Köln zu leben und täglich am Frühstückstisch den Verlierer einer erbitterten Eheschlacht vor mir zu sehen. Muss ich es denn wirklich allein machen?, fragte ich mich ein halbes Jahr nach meinem Rauswurf, kurz vor Silvester, und rief meine Kölner Jugendliebe Yvonne an. Wir hatten ein Jahr zuvor schon einmal telefoniert und uns zum ersten Mal gestanden, dass wir als Neunjährige, auf der Grundschule, ineinander verliebt gewesen waren, ohne den Mut aufzubringen, es einander zu sagen. Und dann, mit zehn, war ich ins Collegium Aureum gegangen und hatte Yvonne nie wiedergesehen. Nur an sie gedacht, von ihr geträumt, zu ihr gebetet.

Ich dachte an sie, als ich in meinem Zehnerschlafsaal auf dem Flur von Schwester Gemeinnutz lag und mich fragte, was um alles in der Welt ich in diesem verdammten Internat bei Nonnen und Ordensbrüdern verloren hatte. Ich betete zu Yvonne, wenn mir das Heimweh den Hals zuschnürte. Und ich sah ihr Gesicht vor mir, wenn Schwester Gemeinnutz in den Besinnungsstunden und beim Abendgebet vom Antlitz der süßen Madonna sprach. Ich hörte die Worte »süße Madonna« und machte »süße Yvonne« daraus. Es dauerte nicht lange, da dachte ich bei jeder Erwähnung der Gottesmutter an Yvonne, und als mir der Spiritual nach einer Andacht für die Maienkönigin einmal sagte, ich hätte bei manchen Gebetszeilen so innig geblickt, dass es wohl auf besondere Marienfrömmigkeit schließen lasse, da nickte ich und sagte ihm, genauso hätte ich mich gefühlt, innig.

Von alldem hatte ich Yvonne nichts erzählt, als wir im Vorjahr miteinander telefonierten und uns vornahmen, uns einmal wiederzusehen. Es wurde dann nichts daraus. Aber jetzt, dachte ich. Jetzt ist die Zeit reif. Weihnachten war vorbei, es hatte mich heruntergezogen wie immer. Meine Mutter und ihr Freund Richard waren in Irland unterwegs. Sonja hatte sich kurz blicken lassen und die Marzipankartoffeln niedergemacht. Und nachdem Robert zu einem Freund nach Dortmund gefahren war, hockte ich zu Hause, aß mit meinem Vater Dosensuppen und ließ die Tage im Grau versickern. An einem dieser öden Nachmittage griff ich zum Hörer, bevor ich es mir anders überlegen konnte, und wählte Yvonnes Nummer.

»Marko«, sagte sie, »Mensch! Das ist aber eine Überraschung! Dass du dich an mich erinnerst!«

»Klar erinnere ich mich an dich«, sagte ich. »Ich wollte schon viel früher anrufen.«

»Nein, ich wollte *dich* anrufen«, sagte sie, »schon seit Ewigkeiten. Aber jetzt haben wir uns ja.«

Ich ließ ihren Satz nachklingen wie eine Melodie aus Kindertagen. *Jetzt haben wir uns ja.*

Ich sagte: »Wir wollten uns doch einmal treffen, weißt du noch?«

»Klar, Marko, das wollten wir.« Ihr Ton war immer noch fröhlich.

»Und?«, sagte ich. »Wann passt es dir?«

»So bald wie möglich, würde ich sagen. Warum nicht gleich heute? In einer Stunde. Findest du unser Haus noch?«

»Ob ich dein …? Natürlich finde ich dein Haus noch!«

Es freute sie, dass ich in acht Jahren nichts vergessen hatte. Nachdem wir aufgelegt hatten, ging ich in den japanischen Garten und dachte nach. Warum nur hatte sie mir vorgeschlagen, uns sofort zu treffen? Konnte sie es so wenig abwarten, mich wiederzusehen? Oder wollte sie es möglichst schnell hinter sich bringen? Langsam ging ich auf den verwitterten Eisenbahnschwellen, mit denen mein Vater den Weg hatte auslegen lassen, den kleinen Hügel hinauf und in sanftem Schwung nach rechts zum Fischteich hinunter. Vielleicht waren Yvonne und ich uns fremd geworden und hatten uns nichts mehr zu sagen.

Ich duschte, wusch mir die Haare und wählte Jeans und ein hellblaues Hemd. Zwischendurch blieb ich so oft stehen, um nachzudenken, dass mir die Zeit davonlief. Dann schwang ich mich aufs Fahrrad, und zehn Minuten später stand ich vor ihrer Tür.

Während ich Atem schöpfte, schaute ich durch die bernsteingelbe Scheibe in den Hausflur. Durch diese Tür war ich als Kind ein paarmal gegangen, nicht oft, immer als Teil einer kleinen Sechserbande, drei Mädchen und drei Jungen. In der Erinnerung sah ich nicht die verstreichende Zeit, sondern nur einzelne Kindheitstage, die sich in unendlicher Folge ablösten, die Jahreszeiten hindurch, und als ich erfuhr, dass ich aufs Collegium Aureum gehen sollte, war es zu spät, es blieben nur noch ein paar Wochen. Und welche Aussicht war das für einen Verliebten, ein paar Wochen? Ich dachte, es lohnt sich nicht mehr, Yvonne meine Liebe zu gestehen, wenn ich kurz darauf weggehe, ich wusste auch nicht, wie man das macht. Unser kurzer Kuss, damals im Wald, war einfach zu wenig gewesen.

Also hielt ich den Mund. Und am letzten Tag der vierten Grundschulklasse sagten wir tschüs, wie die Kölner das so sagen, sahen uns kurz in die Augen und gingen auseinander, als wüssten wir genau, dass wir uns am nächsten oder übernächsten Tag oder spätestens nach den Sommerferien wiedersehen würden, genau wie immer. Aber wir sahen uns nicht wieder. Sie ging auf die Liebfrauenschule. Und ich verschwand auf der Insel der Verzweiflung.

Kaum hatte ich den Klingelknopf gedrückt, öffnete sich die Tür. »Derselbe Marko.« Yvonnes Mutter musterte mich, einmal rauf, einmal runter. »Schön, dich nach so langer Zeit wiederzusehen. Komm rein.«

Ich erkannte Yvonnes Mutter wieder. Auch ihren Vater, der im Wohnzimmer saß. Dann kam Yvonne dazu.

»Marko, he. Wie geht's dir?«

Sie gab mir die Hand und legte die andere lange genug auf meinen Oberarm, dass ich den Druck der einzelnen Finger spürte. Ich sah sie an, dasselbe Gesicht, aber das einer jungen Frau, wie sollte ich es anders nennen? Ich hätte sie unter tausend Menschen wiedererkannt, aber es war nicht mehr das Mädchen, zu dem ich auf dem Collegium Aureum gebetet hatte. Es war eine andere.

»Ich mache Tee«, sagte sie. »In Ordnung?«

Während Yvonne in der Küche verschwunden war, gab ich ihren Eltern eine Kurzversion der letzten Jahre. Ich hatte mir angewöhnt, den Rauswurf beim Collegium nicht zu verschleiern, sondern mit besonderen Begriffen zu umschreiben. Wenn man die Sache so erzählen will, dass andere, die das Collegium Aureum nicht kennen, sie verstehen, muss man sich eine neue Form ausdenken. Man benennt die Dinge mit anderen Namen, findet Erklärungen für die Ahnungslosen, spricht nicht mehr von den Schwatten, sondern den »Internatsgeistlichen«, und auch den Präses muss man den Leuten erklären. Der Präses, sagt man dann, ist sozusagen der Leiter des Internats, während der Schuldirektor die Schule leitet. Es sind zwei verschiedene Welten, die aber zusammenhängen und miteinander kommunizieren. Auf der Führungsebene liegen sie oft im Streit und raufen um Zuständigkeiten, doch der Schüler hat davon keinen Gewinn, er kann durch Zwietracht unter den Leitenden nur verlieren. Wer wegen schlechter Leistungen von der Schule abgehen muss, verlässt automatisch auch das Internat. Und wer vom Internat fliegt, verlässt automatisch die Schule. Wo immer man herausgedrängt oder geschmissen wird, man fliegt von beiden herunter, und die eine Instanz mischt sich bei der anderen nicht ein. Wer als Schüler verliert, verliert immer doppelt.

»Aber du warst doch sicher ein guter Schüler«, sagte Yvonnes Mutter. »Ich weiß noch genau, dass du und Yvonne in der Grundschule immer die Besten wart. Yvonne bei den Mädchen. Und du bei den Jungen.«

»Ja«, sagte ich. »Ich war es auch auf dem Collegium Aureum. An der Schule lag es nicht.« Und ich fragte mich, warum die Schule mich nicht gerettet hatte. Irgendein Lehrer hätte aufstehen und für mich kämpfen müssen.

»Das kann ich aber gar nicht verstehen«, sagte Yvonnes Mutter. »Mit ein bisschen Fingerspitzengefühl lässt sich doch alles regeln.«

Ich musste lachen. »Wissen Sie, Fingerspitzengefühl ist nicht deren Stärke.«

Wenn ich an Bruder Gregor dachte, wo immer er gerade sein mochte, bei den Engeln im dritten Obergeschoss oder sonstwo beim Sound von Posaunen und Schalmeien, konnte ich ihn nicken und mir zuwinken sehen. Ich betrachtete mich nicht als Bücherdieb. Bruder Gregor fand sicherlich gut, was ich für ihn getan hatte. Er hatte mir nichts übel genommen, außer vielleicht, dass ich mich am Tag seines Todes nicht vernünftig von ihm verabschiedet hatte. Ich war aus seiner Wohnung gerannt, seine Bücher unter dem Arm, und hatte dem Toten keinen letzten Blick mehr gegönnt, weil ich wusste, dass mich sein Anblick bis in meine übelsten Träume verfolgt hätte. Wie oft habe ich mich schon dafür geschämt.

Ein paar Minuten später, oben in Yvonnes Zimmer, erzählte ich die ganze Geschichte noch einmal, diesmal in allen Einzelheiten. Yvonne stellte Fragen, die andere mir noch nie gestellt hatten, auch nach meinem Glauben. Sie selbst glaubte an Gott, war sich aber nicht ganz sicher, was für ein Gott das war. Sie befand sich auf einer großen spirituellen Reise, sagte sie. Und sie wisse nicht, was ihr unterwegs noch begegnen werde, sie habe Interesse an allen Weltreligionen. Sie beschäftigte sich mit Meditation und wollte bald einmal nach Indien.

»Was immer mir dort geschieht, es wird etwas Großes sein, das den ganzen Menschen fordert, verstehst du, Marko? Nichts Kleines, Enges. Man muss sich nur Zeit nehmen und lange genug da sein, um die Weite dieses Landes zu spüren. Es ist ja eine innere Weite. Ich werde nach Indien gehen und etwas finden. Ich weiß es. Bestimmt.«

Während sie sprach, hörte ich auf den Klang der Stimme, an die ich mich erinnerte, es war wirklich noch dieselbe Tonfarbe, ihr Innehalten, der Beiklang von Weichheit. Am liebsten wäre ich auf den Teppichboden gesunken, hätte die Augen geschlossen und gesagt: Sprich weiter, Yvonne, lass mich nur etwas träumen. Sag mir, wie deine Freundinnen heißen. Was du in der großen Pause gegessen hast. Wie schnell du beim Schulsport geschwommen bist.

Aber ich tat es nicht. Ich rollte mich nicht auf den Teppichboden, und ich versank nicht in Träumereien. Ich riss die Augen auf, weil wir erwachsen geworden waren. Ich hörte zu, trank Tee, nickte, lächelte, erzählte auch etwas und trank wieder Tee.

Nach anderthalb Stunden machte Yvonne eine frische Kanne, und ich streckte Arme und Beine. Ich hatte so viel geredet wie seit einem halben Jahr nicht mehr. Und mit wem hatte ich geredet? Einem Mädchen, das ich als Kind gekannt hatte, nicht als Siebzehnjährige in Jeans, Bluse und Stiefeln. Natürlich war Yvonne gewachsen, aber sie war ein Leichtgewicht geblieben, sportlich, drahtig, mit schlanken, leicht gebräunten Armen, selbst im Winter. Wir saßen auf dem Boden, zwischen uns ein Tischchen, aber ich hätte nur die Hand auszustrecken brauchen, um ihren rechten Zeigefinger zu berühren.

Nachdem sie den Tee gebracht und die Platte umgedreht hatte, Carole Kings *Tapestry,* setzte Yvonne sich neben mich, sodass unsere Körper sich berührten. Das Tischchen schob sie mit der Stiefelspitze weg. Ich roch den Duft ihres Haars. Sie legte die Hand auf mein Bein.

»Der Tee muss noch etwas ziehen.«

Ihre Linke fasste mein Knie und drückte zu, eine spielerische Geste wie unter alten Freunden.

»Bist du es wirklich, Marko?« Sie kam mit ihrem Gesicht so nahe, bis ihre Nase meine Wange berührte. Es durchschoss mich wie ein Stromschlag. Dann berührten mich ihre Lippen. Ihre Stimme kam aus einem anderen Reich. »Weil ich mich die ganze Zeit frage, ob du es bist.« Ihre Lippen jagten mir Schauer über den Rücken. »Wir fragen uns doch dasselbe. Warte«, sagte sie, »beweg dich nicht.« Ich spürte jedes ihrer Worte als Hauch, als striche mir ein Vogel mit der Flügelspitze über die Wange. »Warte. Ich merke doch, dass du nicht weißt, wer ich bin. Du wusstest es einmal. Und davon träumst du immer noch.«

Ich legte ihr die Hand in den Nacken und streichelte den Flaum unter dem Haaransatz. Ich ließ meinen Daumen ihren Hinterkopf hinaufwandern. Ihr Gesicht war dem meinen immer noch so nah, dass ich nicht sehen konnte, ob sie die Augen geschlossen hatte. Langsam wandte ich ihr das Gesicht zu. Ich tat es so, dass ihre Lippen erst meinen Wangenknochen berührten, dann die Nase. Mit rechts hielt ich noch immer ihren Kopf. Dann biss ich ihr behutsam in die Unterlippe. Ihr entfuhr ein Seufzen. Sie hielt die Augen geschlossen. Ich legte meine Lippen auf ihre und ließ die Sekunden verstreichen, ohne etwas zu tun. Dann küsste ich sie. Sie drückte mich auf den Teppichboden und legte sich auf mich. Wir küssten uns wieder. Vielleicht dachten wir beide, wir hätten ein Recht darauf, weil wir es acht Jahre zuvor versäumt hatten. Ich schob die Hand unter ihre Bluse und fühlte die Wirbel, die Rippen, die Muskeln, dann ging ich weiter nach vorn und legte meine Hand auf ihre Brust, eine kleine, feste Brust, so konkret, dass ich die neunjährige Yvonne von damals verschwinden sah, eine Figur im Wollmantel, die sich langsam entfernte, bis die trübe Winterluft sie verschluckt hatte. Yvonne zerrte an meinem Hemd, um es aus der Hose zu bekommen, dann streichelte ihre Hand meinen Rücken. Wir zogen uns Bluse und Hemd aus.

»Warte, Marko.« Sie legte sich mit ihrem ganzen Gewicht auf mich. »Warte«, sagte sie und hielt mich mit beiden Armen fest. Ich legte das Kinn auf ihre Schulter und sog ihren Geruch ein. Ich fragte mich, wo sie Arme und Schultern so gebräunt hatte. Sie löste sich aus der Umarmung und rollte sich neben mich. Yvonne nahm meine Hand, hielt sie einen Augenblick fest und ließ sie wieder fallen. Es wirkte ratlos. Dann stützte sie sich auf den Ellenbogen, legte mir die freie Hand auf den Bauch und ließ sie langsam nach oben wandern, bis sie auf meinem Schlüsselbein lag.

»Wie oft ich von dir geträumt habe«, sagte sie. »Du kannst es dir nicht vorstellen. Jahrelang. Und du hast nie angerufen, du Dummkopf, all die Jahre nicht. Du warst wie vom Erdboden verschluckt. Dann dein Anruf vor einem Jahr. Und jetzt liegst du hier, als ob nichts passiert wäre.«

Sie zog mit dem Zeigefinger meinen Wangenknochen nach, fuhr mir über Stirn und Augenbrauen und streichelte mein Haar. Ich suchte ihren Blick, doch ihre Augen folgten ihrem Zeigefinger.

»In diesem Zimmer«, sagte sie, »war noch kein Junge so lange wie du. Verstehst du? Meine Eltern vertrauen mir. Und dir. Das bedeutet etwas in diesem Haus. Okay?« Sie nahm die Hand weg.

»Was willst du mir sagen? Komm. Ich kann es hören.«

»Vor ein paar Wochen habe ich einen Jungen kennengelernt. Es geht sehr langsam mit uns. Nicht so … wie heute. Ich kann ihn jetzt nicht wegschicken, Marko. Wir können uns nicht wiedersehen, du und ich.«

»Und wenn es nichts wird mit euch? Können wir uns dann wiedersehen?«

»Darüber kann ich jetzt doch nicht reden! Ich betreibe keine Vorratswirtschaft. Oder weißt du, mit wem du in zwei Monaten zusammen sein wirst?«

»Nein«, sagte ich. »Aber du bist für mich nicht irgendjemand, Yvonne. Wenn du mir sagst, warte zwei Monate, dann kann ich warten. Dann weiß ich, wofür.«

»Ach, Marko. *Ich* weiß nicht, wofür. Ich habe mich so darauf gefreut, dich wiederzusehen. Obwohl ich wusste, dass es die falsche Zeit ist.«

»Und als ich dich vor einem Jahr anrief? Da war es auch die falsche Zeit, hatte ich den Eindruck.«

»Irgendwie schon. Vor sechs Monaten, da hätte es gepasst.« Sie überlegte. »Marko, es ist unserer Geschichte nicht würdig, dieses Blättern im Kalender. Dafür ist mir die Erinnerung an uns zu wichtig. Es ist doch etwas, was wir … immer haben werden. Du und ich. Es geht nie weg. Glaubst du nicht? Ich hatte oft das Gefühl, du läufst im Dunkeln neben mir her, und selbst wenn ich dich nicht sehe … sehe ich dich. Verstehst du? Ich hatte immer das Gefühl, dich bei mir zu haben.«

Das war das Signal. Bevor sie dazu überging, unseren Nachruf zu verfassen, stand ich auf und zog mir das Hemd an. Ich warf ihr die Bluse zu. Es war eine Geste, die mir gefiel, einem halb nackten Mädchen die Bluse zuwerfen. Zieh dir was an, Baby, unten wartet mein Pferd. Nein, keinen Kuss mehr, ich muss mir den Pistolengurt umschnallen.

Wir schwiegen, als sie mich nach unten brachte.

»Tschau, Marko«, sagte sie an der Haustür. »Irgendwann sehen wir uns wieder. Ich weiß es.«

Sie küsste mich auf die Wange. Ich legte den Finger an die Hutkrempe und ging.

Ich rannte ihr hinterher, ich Idiot, wohin ich auch kam. Sie war verschwunden, und ich jagte Yvonnes Schatten. Man nimmt immer etwas mit.

Ich suchte noch nach ihr, als wir anderthalb Jahre später zu unserem Urlaub an die Côte d'Azur aufbrachen; zum ersten Mal war auch Motte dabei. Natürlich hatte ich mir an meiner neuen Kölner Schule die Mädchen angesehen, bis mir die Augen aus dem Kopf fielen. Aber ich hatte kein einziges *interessantes* Mädchen entdeckt. Vielleicht war ich ungerecht. Doch selbst für den ungerechtesten Jungen auf der Welt hätte es an meiner Schule ein Mädchen geben müssen.

Also fuhren wir nach Frankreich, und ich hegte ernsthafte Hoffnungen, von seligem Vergessen umhüllt oder von unbefangenen Französinnen wachgeküsst zu werden. Es wird Zeit, dachte ich. Ich war volljährig und hatte den Führerschein gemacht.

Das Schöne an unseren französischen Urlauben war, dass wir vier Wochen lang kaum einen Finger zu rühren brauchten außer beim Abwasch und einfach in dieser Villa in den Weinbergen hockten und es uns gut gehen ließen. Jeden Tag lagen wir am Strand, gingen schwimmen, manchmal mietete mein Vater auch einen Viersiebziger, mit dem wir die Bucht absegelten. Damals wurde man noch nicht gefragt, ob man einen Segelschein hatte, mein Vater jedenfalls hatte keinen, aber er wusste, wie man so ein Boot lenkt, und nach zwei Tagen konnten wir es auch.

Weil meine Mutter schon seit Langem nicht mehr mitfuhr, hatte sich mein Vater in früheren Jahren per Anzeige eine Bedienstete besorgt, so wie mein Vater, solange er das Geld dazu besaß, sich immer besorgt hatte, was er brauchte. Sie musste halbwegs jung sein, vorzugsweise Studentin, und Lust auf Ferien in einer Villa an der Côte d'Azur haben, sie musste bereit sein zu kochen, ein bisschen den Haushalt zu machen und drei halbwüchsige Kinder zu betreuen.

Mitte der Siebzigerjahre, als Sonja zum letzten Mal mitfuhr, präsentierte sich eine nicht mehr ganz junge blonde Dame mit hochtoupiertem Haar. Das war vielleicht nicht die Idealbesetzung, aber die Dame war in Ordnung, sie kochte gut und hatte in der zweiten Woche sogar den Mut, sich am Strand in ihrem gelben Bikini zu zeigen. Wir wussten zwar nicht, was sie so viel Überwindung gekostet hatte, aber Sonja sagte es uns. In Frankreich liefen die Mädchen am Strand ja oben ohne herum, damals in den Siebzigerjahren, auch Sonja machte das, sie wollte streifenfrei bräunen, so gut es ging, und nicht diese spießigen weißen Bikinitupfen auf dem Oberkörper haben. Genauso sagte sie es. Dieses Verhüllen und Zubinden sei eine Sache für unfreie Geister, und wer sich der Konvention beuge, sei selbst schuld. Unsere hochtoupierte Dame war natürlich auch einer dieser unfreien Geister. Aber in der allerletzten Woche öffnete sie immerhin die Schleife auf ihrem Rücken. Dann legte sie sich in dem Hochsicherheitstrakt, den sie in der sandigen Zone um ihr Badetuch herum errichtet hatte, sehr breit auf den Bauch und hielt es für einigermaßen ausgeschlossen, dass ihr jemand etwas weggucken konnte. Keine Ahnung, was sie dachte, wenn sie die knallbraune sechzehnjährige Sonja, die nur ihr winziges schwarzes Bikinihöschen und einen Lederriemen am Fußgelenk trug, am Strand herumturnen sah.

Natürlich dachten wir auch diesmal, mein Vater werde jemanden zum Kochen und Saubermachen anheuern; mein Vater schätzte solche Arbeiten gar nicht. Ich hielt es also für angebracht, Motte vorzuwarnen. »He, es kommt noch eine Frau mit, vielleicht eine Studentin. Aber wenn sie hässlich ist, gehen wir unsere eigenen Wege, okay?«

»Das kommt mir irgendwie bekannt vor«, sagte Motte. »Mit dir auf Frauensuche.«

»Von wegen. Sie soll einkaufen und die Sachen sortieren, verstehst du? Sie soll das weibliche Element hineinbringen, sagt mein Vater.«

Doch wir erlebten eine ziemlich Überraschung mit dem weiblichen Element. Motte, Robert und ich, wir fuhren mit dem Liegewagen von Köln nach St. Raphaël, während mein Vater einen Flug nach Nizza nahm. Dort wollte er einen Wagen mieten und uns in St. Raphaël abholen. Als er am frühen Morgen am Bahnhof vorfuhr, saß eine Frau neben ihm, die eindeutig nicht nach Zeitungsannonce aussah. Sie lachte und winkte uns aus dem Beifahrerfenster des gemieteten Renault zu, und als beide ausgestiegen waren, legte sie den Arm um die Hüfte meines Vaters, schob sich die Sonnenbrille ins Haar und lachte noch mehr.

Ich stellte den Koffer ab und sah die Welt in anderen Farben. Ich hatte noch nie erlebt, wie jemand den Arm um die Hüfte meines Vaters legte, das ist die reine Wahrheit. Bis ich achtzehn war, hatte keine Frau in meiner Gegenwart einen Arm um seine Hüfte oder eine Hand auf seine Schulter oder einen Finger auf seine Wange gelegt.

»Das ist Vera«, sagte mein Vater, und die Worte fielen zu Boden wie Blei. Er musste diese Szene schon seit Langem gefürchtet haben. Wir standen da, müde und ohne Frühstück, und sahen zum ersten Mal die Freundin meines Vaters. Die typischen Mittelmeergerüche wehten uns um die Nasen, während hinter uns Gepäck vorbeigeschoben und französisch geflucht wurde. Dann raffte mein Vater sich wieder auf. »Vera wird mit uns die Ferien verbringen.« Er zeigte auf Vera, als gäbe es Zweifel, auf wen er sich bezog. »Ich bin froh, dass sie sich entschlossen hat mitzukommen.« Er machte einen schiefen Mund, der als Lächeln durchgehen sollte, und knetete ihr die Schulter.

Der Satz ist mir nie aus dem Kopf gegangen: *Ich bin froh, dass sie sich entschlossen hat mitzukommen.* Was wollte mein Vater damit sagen? Hatte Vera ihm einen Gefallen getan, mit dem er nicht mehr gerechnet hatte?

Vera marschierte über den peinlichen Moment am Bahnhof von St. Raphaël einfach hinweg. Sie lachte und schüttelte jedem von uns die Hand wie ein Seemann. Das würden bestimmt tolle Ferien, sagte sie strahlend. Wir sollten sofort du zueinander sagen, um die Sache zu vereinfachen. Sie habe schon viel Spannendes von uns gehört, außerdem könne mit drei Jungs gar nichts schiefgehen.

Sie setzte sich wieder die Sonnenbrille auf. »Wollen wir los?«

Erst im Auto kam ich wieder zu mir. »Hörst du?«, flüsterte ich Motte auf dem Rücksitz zu. »Sie hat schon viel Spannendes von dir gehört.«

»Ich frage mich, von wem.«

Mehr sagten wir nicht. Obwohl Motte eigentlich alles über meine ramponierte Familiengeschichte wusste, sprach ich darüber nur das Nötigste. Dass meine Mutter nicht mitkam, war sowieso klar gewesen. Plötzlich dachte ich, mein Vater hatte Motte vielleicht eingeladen, um die familiäre Situation aufzulockern und seine neue Freundin nicht auf den Präsentierteller zu legen.

Die Sorge hätte er sich sparen können. Ich habe meinen Vater noch nie so glücklich gesehen wie in diesem Urlaub. Wenn er die butterigen Croissants lobte, wenn er den Wein hochleben ließ und von den herrlichen *pêches* schwärmte, deren Saft ihm beim Frühstück vom Kinn tropfte, dann tat er es nicht mit den rituellen Gesten des Frankreichliebhabers früherer Jahre, sondern mit wirklicher Lebensfreude. Und je besser es ihm ging, desto weniger sprach er. Vera hatte einen Großteil der Tischunterhaltung übernommen. Als täte sie den ganzen Tag nichts anderes, fragte sie uns nach der Schule und unseren Lehrern aus und schien sich in Gedanken ein vollständiges Bild unserer Existenzen zusammenzubauen.

Fand Vera etwas klasse oder interessant, sagte sie, es sei »sehr spannend«. Bisher hatten wir nur Filme oder Bücher spannend gefunden. Jetzt lernten wir, dass auch politische Meinungen, wissenschaftliche Erkenntnisse und selbst die Wirtschaftskrisen eines afrikanischen Landes mit Uranerzvorkommen spannend sein konnten. Alles, was das Hinschauen und Nachdenken lohnte, war für Vera spannend. Und mit dem Wort war nicht nur Veras Neugierde, sondern auch Veras Lächeln verbunden, ihre Art, die Augen aufzureißen, während Robert ihr etwas erzählte, ihr beifälliges Nicken, wenn sich die Ausführungen in ihrem Kopf zu einem Gemälde formten. Selbst Motte, der wenig mit Frauen sprach, fing an, Vera etwas zu erzählen, ich traute meinen Ohren nicht.

Diese Frau ist zu gut, um wahr zu sein, dachte ich am dritten Ferientag. Warum läuft so eine Frau frei herum? Und warum landet sie bei meinem Vater?

Wenn Motte und ich abends loszogen, in die Diskotheken am Strand von Cavalaire, blieb Robert oben in der Villa. Er hatte noch keine Freundin, weder in Köln noch auf dem Collegium Aureum, er war dreizehn und wusste einfach nicht, was er in einer französischen Diskothek sollte. Er fand, es war dort zu laut, um sich zu unterhalten.

»Es geht nicht darum, sich zu unterhalten«, sagte ich.

»Eben«, sagte Robert. »Was soll ich dann dort?«

»Du könntest tanzen und etwas Spaß haben. Du könntest jemanden kennenlernen.«

»Wie denn, wenn ich mich nicht unterhalten kann?«

Das war Robert.

»Was sagt denn deine Erfahrung zur französischen Frauenlage?«, fragte Motte, als wir den Wagen abstellten. »Du kennst die Läden hier doch.«

»Das erste Problem ist, dass die meisten Frauen Französisch sprechen.«

»Lass uns erst mal was trinken«, sagte Motte.

Wir standen ziemlich lange in einem Laden mit ordentlicher Musik, tranken unser altes Kronenbourg und sahen den Leuten auf der Tanzfläche zu. Der Abend war schön, mit einem lauen Wind, der zwischen den Pfählen und Strohwänden hindurch auf die Tanzfläche wehte. Gern hätte ich gesagt, man hörte das Rauschen des nahen Meeres, aber vom Meer war nichts zu hören. Die Luft trug die Gerüche von Salz und Sonnencreme heran, dazu die Parfüms der Mädchen. Als ich sie zum ersten Mal roch, diese geheimnisvollen Düfte, musste ich kurz stehen bleiben und mich sammeln, sonst wäre ich lang hingeschlagen, bumm!, und eine halbe Stunde liegen geblieben. Zuerst wurde ich an Margrets Apfelshampoo erinnert, dann fächerte sich die Wahrnehmung in weitere Düfte auf, die mir alle neu waren. Das Gefühl war so stark, dass ich unfähig war, auf die Tanzfläche zu gehen und mich unter die Tanzenden zu mischen. In den Augen dieser fremden Mädchen muss ich ausgesehen haben wie ein hechelnder Welpe. Ich nahm einen Schluck Kronenbourg und lehnte mich gegen einen Pfahl, um in Ruhe die Lage zu analysieren.

Nicht weit von mir, am Rand der Tanzfläche, fiel mir eine kleine Blonde auf, die nach Holländerin aussah. Sie bewegte sich nicht besonders geschickt und war eher mittelhübsch, hatte aber etwas so Liebes im Gesicht, dass ich drauf und dran war, auf die Tanzfläche zu gehen und ihr meine Hilfe anzubieten. Jetzt tanzte sie zu einem schnelleren Rhythmus. Sie mochte die Bewegung, das war offensichtlich, und die härtere Musik brachte ihre Vorzüge besser zur Geltung, es gibt solche Mädchen. Ein Sonnenbrand hatte auf ihrer Nase Spuren hinterlassen, aber ihre Arme hatten die sanfte Bräune angenommen, zu der dieser helle Hauttyp mit der Neigung zu Sommersprossen fähig ist und die mich schon immer mehr gerührt hat als die Kriegsfarben der Rekordbräuner. Bisher hatte die Blonde noch kein einziges Mal zu mir herübergeschaut, ein Zeichen von Scheu und Unerfahrenheit. Vielleicht sollte ich wirklich hingehen, überlegte ich, und sie fragen, ob alles in Ordnung ist.

Da robbte sich ein schmaler Typ mit dunklen Augen und sehr weit offenem Hemd an sie heran, wahrscheinlich ein Franzose, vielleicht einer aus der Gegend, er hatte die Verwegenheit des Küstenpiraten im Gesicht. Ich sah die Gefahr kommen, lange bevor meine kleine Holländerin sie sah. Dann war der Typ neben ihr, und als die Blonde sich beim Tanzen umdrehte, schaute sie direkt in das freche französische Grinsen über dem offenen Hemd. Ich konnte nicht hören, was der Typ zu dem Mädchen sagte, aber es kam gut an, denn die Kleine lachte auf, schaute zu Boden und tanzte weiter. Sie musste sich auf die neue Situation einstellen, die mit dem Interesse einer anderen Person entstanden war.

»He, Marko«, sagte Motte. »Findest du etwas an der Kleinen?«

»Ich prüfe noch«, sagte ich.

»Da musst du dich etwas beeilen. Sie wird nämlich gerade geangelt. Siehst du den Lackel da? Mit dem breiten Grinsen?«

»Sehe ich, Motte.«

»Dann ist es ja gut«, sagte er. »Weil er sie schon am Haken hat, falls es dir entgangen sein sollte. Es ist das typische Zappeln, bevor sie herausgezogen werden. Siehst du es?«

Ich sah es. Die Kleine tanzte jetzt eindeutig für den Typ mit dem offenen Hemd, obwohl sie so tat, als wäre er nicht da. Um ihre scheinbare Unabhängigkeit von ihm zu demonstrieren, bewegte sie sich manchmal ein paar Schritte weg und tanzte neben anderen, mit denen sie nicht das Geringste verband und denen sie deshalb gefahrlos einige Blicke zuwerfen konnte. Diese Blicke waren umso offener, je weniger sie zu bedeuten hatten. Doch schon bald ließ sich unsere kleine Holländerin von der Strömung wieder an die Seite des Franzosen zurücktreiben, der seinerseits nicht nachgelassen hatte, sie mit gefletschten Zahnreihen und fieberhaft arbeitenden Hüften zu umwerben, und hin und wieder warf die Blonde ihm einen kurzen Blick zu, der die diskothekenübliche Überraschung simulierte: Ach, du? Bist du immer noch da?

Motte und ich tranken unser Kronenbourg und taten so, als interessierte uns noch etwas anderes als die kleine Blonde, die der Franzose abschleppen wollte.

In Wahrheit beobachteten wir jede ihrer Bewegungen. Eigentlich wusste Motte nicht, was er in einer Diskothek sollte. Er war nicht der Mann für lange Gespräche, eher für langes Schweigen. Das konnte er aber nur mit Menschen, die er sehr gut kannte. Er stellte sich zum Beispiel vor, wie er in einem lärmenden Schuppen unter die zuckenden Lichter trat, ganz der lässige Motte, und den Blick langsam über die halb dunklen Sitznischen gleiten ließ. Dann stellte er sich vor, wie er sich die Mädchen anguckte, etwas zu trinken bestellte und langsam eine Zigarette aus der Schachtel fischte. Wahrscheinlich hätte Motte gewollt, dass irgendein hübsches Mädchen bis auf den Grund seines missgelaunten Herzens blickte, seine Hand nahm und sich einfach neben ihn setzte, ohne etwas von ihm zu erwarten. Eine halbe, vielleicht eine dreiviertel Stunde neben ihm, und das dicke Eis um Mottes Männerpanzer wäre geschmolzen. Getanzt hätte er mit ihr trotzdem nicht, aber das war ein anderes Thema, Mottes Abneigung gegen das Tanzen.

»Alles in Ordnung?«, fragte ich.

Motte stellte sein Glas ab. »Wollen wir raus?«

Er klang gereizt. Unsere kleine Holländerin wurde sich mit dem französischen Lackel gerade einig und verließ die Tanzfläche. Der Typ bekam das Mädchen auf dem Tablett serviert, genauso wie Motte es vorhergesagt hatte.

»Klar«, sagte ich. »Draußen stehen die Pferde.«

Ich sah in den Nachthimmel. Drei Meter über den Köpfen der Tanzenden, dachte ich, weiß die Atmosphäre schon nichts mehr von unseren Angelegenheiten, nichts von Tanzschritten, werbenden Blicken und kreisenden Hüften. Ich hatte Hunger und überlegte gerade, ob ich eine Crêpepause einlegen sollte, da sagte Motte: »Hier ist nichts zu machen. Ich gehe.«

Ich sagte ihm, er solle bleiben, die Musik würde bestimmt besser, und wenn nicht hier, dann im Laden nebenan. Aber Motte wollte weg, zurück in die Villa, er wollte sich an die Straße stellen und den Daumen raushalten.

»Pass auf dich auf«, sagte ich.

»Und du erst.«

Ich probierte noch zwei andere Diskotheken aus. Die erste spielte sehr gute Musik, aber die Mädchen waren hässlich oder zu alt. Die zweite Diskothek spielte die blödeste Musik des Abends, doch das schien die jungen, gut aussehenden Mädchen magisch anzuziehen, jedenfalls drängelten sie sich auf der Tanzfläche wie Feldmäuse. Ich besorgte mir noch ein Kronenbourg und stellte mich an ein hohes Fass, auf dem sich lippenstiftverschmierte Longdrinkgläser angesammelt hatten. Und da stand ich wie ein verträumter Idiot und ließ die Zeit verstreichen.

Plötzlich verstummte in meinem Innern die Musik, und ich hörte meine eigene Stimme sagen: »Und was davon wird zu deinem Leben gehören?«

Einen Augenblick lang schien ich zu schweben. Ich spürte, dass meine Empfindung mit den unendlichen Möglichkeiten dieses Abends und unzähliger weiterer Abende zusammenhing, an denen ich in die Augen so vieler Mädchen sah und so viele duftende Arme roch, es ging um meine Zukunft, es ging darum, wer dieser junge Mann werden wollte und mit wem er seine Zukunft teilen könnte. Mit einem dieser Mädchen? Mit einem dieser rätselhaften Wesen, die ich noch nicht kannte, die aber vielleicht den Schlüssel zu meinem

Schicksal in ihren Händen hielten? Mein Herz schlug schneller. Dann sagte ich mir, was für ein Blödmann ich war, dass ich mich immer wieder von denselben Gespenstern narren ließ. Ich hatte den Kompass verloren, seit ich vom Collegium Aureum geflogen war. Sie hatten mir meine Schule genommen, meine Freunde genommen und mein Mädchen genommen. Die Sache mit Margret hatte ja gerade erst angefangen. Wir lernten uns noch nicht einmal gut genug kennen, um zu erfahren, woran wir gescheitert wären. Es war bitter gewesen, fortzugehen und all das aufgeben zu müssen. Ich trug es Jahre später noch in mir. Yvonne, sagte ich mir. Yvonne hätte mich durchschütteln und meine Gespenster vertreiben können. Aber auch daraus war nichts geworden. Was immer ich innen mit mir herumtrug, ich spürte, wie es langsam verfaulte.

Erst am nächsten Morgen beim Frühstück erfuhr ich, was dem alten Motte auf der Straße von Cavalaire nach La Croix passiert war. Mein Vater und Vera sprachen ausführlich darüber, und selbst Robert fand, er müsse etwas zu dem Fall beitragen. Dann hörte ich auch die Namen der beiden Mädchen. Hinten auf dem Rücksitz, das war Chantal. Und vorne saß Pauline.

Wenn der Wind an der verschossenen grün-weißen Fahne der Rheinischen zerrt und ich mir wieder einmal sage, dass ich das schmuddelige Ding über dem Schaufenster endlich austauschen sollte, staune ich über die Spezies Mensch, so wie Gott nach dem siebten Schöpfungstag wohl gestaunt hat, sollte er wirklich für all den Unfug hier verantwortlich sein. Ich lasse meinen Blick über den ziemlich sauberen Schreibtisch wandern, bis er am Fuß der Schreibtischlampe hängen bleibt, auf dem Sonjas letzte Karte lehnt. Sonja schickt mir am liebsten seltsame und verschrobene Botschaften, in der Form wie im Inhalt. Ihre letzte Karte ist die kolorierte Fotografie eines Flamencopaares. Die Tänzerin hat riesige Augen und lange schwarze Wimpern, der Tänzer guckt in seinem Jäckchen etwas steif aus der Wäsche. Es ist der Nachdruck eines Touristenfotos aus den Sechzigerjahren. Mit dem kleinen Unterschied, dass das Kleid der Tänzerin aus einem echten Stück roten Stoffs samt goldfunkelnder Bordüre und Minipailletten besteht. Sonja sucht für ihren kleinen Bruder mit Vorliebe solchen Kitsch aus. Manchmal glaube ich, sie will mich immer noch aus der Reserve locken, wie sie es schon vor zwanzig Jahren getan hat. Dann denke ich darüber nach, ob es irgendwo in Spanien, vielleicht sogar in Sonjas Nähe eine Fabrik gibt, in der Frauen am Fließband bunte Stofffetzen auf kolorierte Flamencofotos kleben.

Aus diesen Gedanken schrecke ich hoch, als ein Mann,

den ich noch nie gesehen habe, in den Laden gestampft kommt. Er lässt die Außentür so laut ins Schloss fallen, dass Frau Hünnekens zusammenzuckt.

»Ist der Chef da?«

Durch die Glaswand, die den Empfangsraum von meinem Büro trennt, sehe ich, dass Frau Hünnekens ein sehr spitzes Gesicht macht. Dann fragt sie, wen sie melden dürfe.

Er wolle zum Chef, sagt der Mann. Und in der nächsten Sekunde steht er im Türrahmen meines Büros. Kleine Augen. Breiter Unterkiefer. Gerötetes Gesicht.

»Jochen Hübbers«, sagt er und wischt sich mit der Hand über das karierte Hemd, um sie mir nicht geben zu müssen. »Ich hab doch die Glasversicherung bei euch.« Er erzählt mir, ihm sei die Lesebrille aus der Hand gerutscht und zu Boden gefallen. Eines der Gläser habe einen Sprung.

»Herr Hübbers«, sage ich. »Nehmen Sie doch erst einmal Platz.«

Aber der Mann gehört zu denen, die die Dinge lieber im Stehen regeln.

»Das stimmt doch«, sagt Herr Hübbers. »Ich hab doch diese Glasversicherung?«

Es stimmt. Herr Hübbers hat eine Haushaltsglasversicherung. Mein Vorgänger hat den Vertrag gemacht. Seitdem ist er ordnungsgemäß verlängert und die Prämie immer bezahlt worden. Es gibt nur ein Problem. Die Haushaltsglasversicherung deckt Schäden an Fensterglas und Vitrinen. Aber nicht an Brillenglas. Selbst Cerankochfelder sind mitversichert. Auch Spiegel, solange sie an der Wand angebracht sind. Handspiegel wiederum scheiden aus. Ebenso wie Lampen und Lupen. An diesen feinen Unterschieden hängt unsere Existenz. Dieses Glas, ja. Jenes Glas, nein.

»Es tut mir leid, Herr Hübbers, dass ich nichts für Sie tun kann.«

»Wieso datt denn nich?«

Ich erkläre es ihm und werfe ihm einen festen, aber fatalistischen Blick zu, der bedeutet, dass es Kräfte gibt, die größer sind als wir.

Herr Hübbers kommt einen Schritt näher. »Ich zahle euch seit Jahren die Beiträge. Wie viele Jahre sind es, die ich schon Beiträge zahle?«

Frau Hünnekens bringt mir seine Akte.

»Siebzehn Jahre, Herr Hübbers.«

»Das würde ich mir gern mal ausrechnen, was da zusammengekommen ist«, sagt er. »Die Frau hat gesagt, Jochen, waren das nicht schon siebzehn Jahre? Und ich hab der Frau gesagt: Siebzehn Jahre und drei Monate. Ein schönes Sümmchen!«

Ja, ein schönes Sümmchen. Nicht nur Leute wie Herr Hübbers glauben, mit der kumulierten Prämiensumme aus siebzehn Jahren und drei Monaten könnten sie mir Schuldgefühle verursachen. Was diese Leute gern übersehen, ist einerseits, dass nicht ich, sondern der Willi die Abschlussprovision kassiert hat. Und andererseits, dass sie dafür eine reelle Leistung bekommen haben. Denn die Rheinische, wenn ich es mal feierlich sagen darf, hat über sie gewacht. Die Rheinische war da und hat Tag und Nacht aufgepasst. Und was wäre gewesen, wenn eine Windhose über Herrn Hübbers' Hof hinweggezogen wäre und sämtliche Fensterscheiben zertrümmert hätte? Na, bitte.

»Ein schönes Sümmchen, Herr Hübbers«, sage ich und deute noch einmal auf einen Stuhl, doch diesmal sagt meine Geste: Setz dich hin oder lass es bleiben, es ist mir egal. »Ich kann Ihnen nur empfehlen, Ihren Versicherungsschutz etwas ganzheitlicher zu betrachten.«

»Was soll das heißen?«, sagt er und lässt sich auf den Stuhl plumpsen.

»Eine gute Frage. Es heißt, dass wir den ganzen Menschen im Auge haben.« Er starrt mich an. »Seine Existenz von der Wiege bis zum Grab. Und irgendwo auf diesem langen Weg« – ich deute weite Horizonte an – »ist Ihnen ein Brillenglas kaputtgegangen. Weiter nichts. Und jetzt frage ich Sie ernsthaft, Herr Hübbers: Müssten Sie sich nicht zu den glücklichen Menschen zählen?«

»So habe ich das noch nie gesehen. Die Frau hat gesagt, Jochen, geh doch mal zur Versicherung und sprich mit dem Chef.«

»Verständlich, Herr Hübbers. Die meisten Menschen starren auf ihr lächerliches Missgeschick und übersehen dabei das viel größere Glück, das sie ständig umgibt. Auch ich verliere manchmal das große Ganze aus den Augen. Selbst Frau Hünnekens dort drüben« – ich stelle mir vor, wie meine Sekretärin nebenan den Kopf in einen Ordner steckt, um nicht in Lachen auszubrechen –, »selbst Frau Hünnekens ist von solchen Momenten nicht frei. Aber ich bitte doch um eines, Herr Hübbers. Wenn Sie und ich unter Männern über eine solche Kleinigkeit reden, dann sollten wir es wirklich … wie unter Männern tun. Finden Sie nicht?«

»Meinetwegen.« Er wartet darauf, dass ich ihm sage, wie Männer über so etwas reden.

»Herr Hübbers. Wie viele Brillen haben Sie?«

»Die eine. Die kaputtgegangen ist.«

»Nur die eine«, murmele ich und notiere mir auf dem Block: Herr H. hat eine einzige Brille. Dann lasse ich fünf Sekunden verstreichen. »Herr Hübbers«, sage ich. »Der Fall ist klar.« Er beugt sich nach vorn. »Ich bin der Auffassung, dass Sie diese Brille so behandeln sollten wie ein Paar Schuhe. Mit Sorgfalt, aber ohne Übertreibungen. Reißt Ihnen der Schnürsenkel, kaufen Sie einen neuen und ziehen ihn ein. Dann laufen Sie weiter. Ist der Absatz krumm oder die Sohle abgelaufen, ab damit zum Schuster, wie es sich gehört. Genauso würde ich die Brille behandeln. Im Grunde sind Sie kein Brillenträger. Sie sind ein Mann der Tat. Solchen Männern fällt das kleine Ding schon einmal aus der Hand. Ist das Glas kaputt, bringen Sie die Brille zum Optiker, der kümmert sich darum. Vielleicht wäre ein kräftigeres Gestell angemessen. Außerdem Kunststoffgläser, die sind wie gemacht für Männer wie Sie. Keine weiteren Gedanken. Sie haben Wichtigeres im Kopf als Ihre Lesebrille. Moment, Herr Hübbers.« Ich beuge mich in Richtung Tür und rufe: »Erinnern Sie mich an meinen Termin, Frau Hünnekens?«

»Natürlich, Herr Theunissen«, ruft sie.

»Da wartet noch Arbeit auf mich, Herr Hübbers. Wir waren fertig, glaube ich.« Ich stehe auf und schüttele ihm die Hand. »Mit dem Hof alles in Ordnung?«, sage ich, als ich ihn zur Tür begleite. »Wir sollten in Kontakt bleiben. Melden Sie sich, wenn die Rheinische etwas für Sie tun kann.«

Robert ruft noch einmal an und sagt, er mache sich wirklich Sorgen um Papa. Ob er mir von seinem letzten Besuch erzählt habe? Papa sei ihm sehr geistesabwesend vorgekommen, wie einer, den alles nichts mehr angeht. Er warte nur noch auf etwas, spinne unsichtbare Fäden, aber niemand wisse, welche. Papa habe sich noch nicht einmal über Sonja beklagt. Das sei überhaupt nicht seine Art, sagt Robert.

»Und was soll ich machen?«

In den letzten Jahren habe ich mir diesen Satz angewöhnt. Ich will wissen, was Robert von mir erwartet, und erinnere ihn daran, dass er nur zehn Minuten, ich dagegen fast eine Stunde von meinem Vater entfernt wohne. Allmählich frage ich mich auch, warum die Sache an uns beiden hängen bleibt. Sonja tut, was sie will, und ist nie um Rechtfertigungen verlegen. Auch wenn sie über »das unabgeschlossene Projekt, das sich in seiner permanenten Erforschung vollzieht«, wohl nie das Buch schreiben wird, das sie sich in besinnlicheren Momenten erträumt, hat sie die schamlose Ichsucht der großen Künstler. Balzac hat sich nie darum geschert, was andere von ihm dachten. Händel hat seine Musik geschrieben, ohne sich Gedanken darüber zu machen, wie die Nachwelt ihn einordnen würde. Vielleicht empfindet Sonja sich selbst ja als das einzige Kunstwerk, um das sich die Mühe lohnt.

»Du solltest Papa besuchen«, sagt Robert. »Wann warst du zum letzten Mal bei ihm?«

»Das ist schon eine Weile her. Damals erschien er mir völlig normal.«

»Normal.«

»Ja. Er hat sich eine halbe Stunde lang über Sonja ausgelassen. Papa gefällt es gar nicht, dass sie so weit weg wohnt. Und er glaubt, ihr Spanier ist eine ganz windige Figur. Nicht, dass wir das zum ersten Mal hörten. Aber jetzt vertritt Papa die Theorie, der Mann sei kriminell, bei dem vielen Geld, das er mit seinen Baugeschäften verdient. Ich gebe zu, die Information hat er von mir. Ich habe ihm mal erzählt, was Sonja so sagt. Luis baut in Madrid, Toledo, Valencia und Marbella. Wie kann das sein? Bauunternehmer bleiben in ihrer Gegend, sagt Papa, da haben sie ihren Markt. Er sagt, vom Baugewerbe versteht er etwas.«

»Da bin ich mir nicht so sicher«, sagt Robert. »Bauunternehmer expandieren, so gut sie können. Gib ihnen ein Dorf, und sie nehmen das Dorf. Zeig ihnen eine Stadt, und sie schlucken die Stadt. Egal wo. Das weiß doch jedes Kind. Nur unser Vater nicht. Und dieser Luis ist ein ganz fixer Junge, glaube ich. Der kennt Tricks, von denen hat Papa noch nie gehört. Weißt du eigentlich, in welchen Schwierigkeiten er steckt?«

»Wer? Papa?«

»Genau der.«

»Hat er sich wieder Geld geliehen?«

»Moment«, sagt Robert. »Bei dir auch?«

»Vor drei Monaten«, sage ich.

»Viel?«

»O ja.«

»Kann man Genaueres erfahren?«

»Erst du«, sage ich.

»Dreitausend Mark. Vor fünf Tagen. Jetzt du.«

»Fünftausend.«

Wir schweigen. Ich spüre, wie sich bei uns beiden ein ähnliches Bild formt, das eines unberechenbaren Vaters, in den sich der frühere Patriarch und Versorger verwandelt hat, das eines Mannes, der nicht mehr genug zu tun hat, seit er die Kanzlei aufgegeben hat, und Gefahr läuft, große Dummheiten zu machen.

Wir wollen beide, dass das Bild wieder weggeht.

»Warum hast du mir nichts davon erzählt? Ich finde, das hätte ich erfahren sollen.«

Robert überlegt es sich dreimal, bevor er sich zu einer Sache äußert. Aber dann äußert er sich deutlich. Manchmal denke ich: kleiner Klugscheißer. Dann schäme ich mich dafür und will ihn umarmen. Er ist der beste kleine Bruder, den man sich vorstellen kann. Ich habe ihm sogar verziehen, dass er Margret geheiratet hat.

»Ihr hattet euch doch aus den Augen verloren«, sagte er, als ich ihn bei der ersten Gelegenheit nach dem Wiedersehen mit Margret zur Rede stellte. »Ihr hattet euch getrennt, Marko. Mann, du warst *sechzehn,* als du vom Collegium geflogen bist. Und sie war *vierzehn.* Wenn Margret dir etwas bedeutet hätte, wärest du zu ihr gegangen.«

»Margret saß in Hassum«, sagte ich. »Und ich saß in Köln.«

»Du hattest so etwas wie Ferien.«

»Schon mal darüber nachgedacht, dass das eine ziemlich beschissene Zeit für mich war? Da sieht man sich nur nach Rettungsringen um, aber nicht in hundert Kilometern Entfernung.«

»Margret hat dir deswegen nie einen Vorwurf gemacht. Aber mir solltest du auch keinen machen.«

»Sie ist drei Jahre älter als du!«

»Das habe ich bisher nicht als Nachteil empfunden.«

»Keine Einzelheiten, kleiner Bruder, das muss ich jetzt nicht haben. Ich wünsche euch Glück, zum Teufel. Ich wünschte nur, es wäre ein anderes Mädchen gewesen. Von allen Frauen am Niederrhein musst du dich ausgerechnet in Margret verlieben.«

»Das sagt der Richtige.«

Das war vor mehr als zehn Jahren. Die beiden sind ein gutes Paar. Sie haben Tobias und Lara. Und keine Krisen, soweit ich sehen kann. Doch merkwürdigerweise denke ich noch immer, ich hätte bei Margret gewisse Sonderrechte, als hätte ich sie meinem kleinen Bruder vor Urzeiten großzügig überlassen. Nur weil sie das erste Mädchen war, das ich geküsst habe. Manchmal glaube ich, den Kuss spüre ich noch heute.

Beim Polterabend sah ich auch Söffi wieder, Margrets Bruder und von nun an mein Schwippschwager. Söffi heißt eigentlich Andreas, aber alle finden wohl, der Name Söffi passt besser zu ihm, selbst wenn niemand sagen könnte, was er bedeutet. Söffi war der alte Pirat, der mir im Jugendheim von Hassum mit dem Messer den Bauch geritzt hat, als ich sechzehn war, weil er mich von seiner kleinen Schwester fernhalten wollte. Später haben wir im Saloon ein Bier miteinander getrunken und uns die Hände gereicht wie Männer. Von da an mochten wir uns. Im Grunde war Söffi schon damals ein verirrter Felsbrocken, der auf dem falschen Berg hangabwärts rollte und auf seinem langen Weg Pflanzen, Büsche und Kleintiere plattwalzte. Er hatte früh mit dem Trinken begonnen, bei der ersten Gelegenheit die Schule geschmissen, dem einen oder anderen die Nase gebrochen und hat sein Geld bisher nur mit knüppelharter körperlicher Arbeit verdient. Einmal im Jahr ziehen wir los, um irgendwo zwischen Hassum und Geldern deftig essen zu gehen und über das Leben zu reden. Meistens runden wir den Abend mit Whisky und Poolbillard ab.

Margret freute sich, dass Söffi und ich uns so gut verstanden. Und ich freute mich, dass sie sich freute. Wer weiß, dachte ich, wohin die Freude noch führen kann. Am Anfang ging Margret spielerisch mit unserer alten Geschichte um und nannte mich Cowboy, genau wie damals, und ich muss sagen, es tat mir gut. Ein paar Wochen lang dachte ich, sie nutzt die erste Gelegenheit, um mich noch einmal zu küssen. Dann hörte sie auf, mich Cowboy zu nennen, und schien ein neues Kapitel aufgeschlagen zu haben.

Und ich … Ich kann so etwas nicht. Für mich hängen alle Kapitel zusammen. Ich lasse nichts absinken und klein und grau werden. Nein, ich erinnere mich, und nichts geht verloren. Zehn oder zwanzig Jahre spielen dabei gar keine Rolle, sie sind nur eine Wasserpfütze, die ich im Laufen überspringe. Manchmal erinnere ich mich an Szenen aus der Vergangenheit so stark, dass es wehtut. Es ist, als hörte ich bei meinen heutigen Gesprächen den Marko von damals mit und jemand hätte mir aufgetragen, die Menschen aus meinem früheren Leben nie zu vergessen. Wer Bruder Gregor war, zum Beispiel, und was er für mich getan hat. Wie Motte, Tilo, Onni und ich durch die Nacht geritten sind, um Mädchen zu jagen. Unsere heimlichen Gänge durch den Kreuzgang. Und natürlich Margrets erster Kuss. All das ist wie ein Buch, das jemand angefangen und nicht zu Ende geschrieben hat. Und ich Idiot suche immer noch nach der Fortsetzung.

»Also?«, sagt Robert. Er findet, er solle von den Geldangelegenheiten unseres Vaters erfahren, er sei ja auch der Erste, der in Notfällen zu Hilfe eilen müsse. Er und Margret seien in die Alten- und Krankenbetreuung hineingerutscht, und es wäre schön, sagt er, wenn es dafür etwas Unterstützung seitens der Geschwister gäbe.

»Papa hat mich darum gebeten, es für mich zu behalten«, sage ich. »Du kennst ihn doch. Er war immer der Gebende. Wir waren immer die Nehmenden. In seinem Inneren hat sich das nicht geändert.«

»Er hat sich geschämt, um Geld zu bitten.«

»Das auch«, sage ich.

»Was denn noch?«

»Na, was wohl? Er wollte sich die Möglichkeit offenhalten, auch dich zu melken. Papa ist viel cleverer, als du glaubst.«

»Ich habe nie gesagt, er wäre nicht clever.«

»Aber es gefällt dir nicht«, sage ich. »Du magst nicht, dass dein Vater so durchtrieben ist, bei seinen Kindern Geld einzusammeln und uns über die Höhe seiner Schulden im Unklaren zu lassen. Sonja wusste immer, dass Papa ein gerissener Fuchs ist.«

»Sonja hat ihre Gründe, das bei anderen zu vermuten. Damit habe ich nichts zu tun.«

»Das wäre ein anderes Thema.«

»Was?«

»Wie wir Sonja mal nach Köln kriegen. Papa leidet wirklich darunter, dass er sie nicht sieht. Ständig fragt er mich: Was hat sie nur? Habe ich ihr etwas getan? Warum beantwortet sie meine Cassetten nicht? Und ich kann ihm darauf keine Antwort geben. Ich kann Sonja doch nicht an den Ohren packen und nach Köln zerren.«

Robert sagt nichts. Seit Sonja in Madrid wohnt, ist sie erst ein einziges Mal in Köln gewesen. Vor drei Jahren. Sonja findet uns alle spießig und lässt es uns spüren. Sie fand uns spießig, als sie in ihrer wilden Phase steckte, in Caños de Meca bei den letzten übrig gebliebenen Hippies Südeuropas hauste und von Rotwein, Stangenbrot und Thunfischkonserven lebte. Und sie findet uns spießig, seit sie Luis kennengelernt und ihr komplettes Leben ausgewechselt hat. Die mittellose Sonja, die Frau mit einem Haufen hohler Phrasen im Kopf, schaute genauso auf uns herunter, wie es jetzt die neureiche Sonja mit ihren Designerklamotten und Wellnessurlauben tut. Sonja bleibt Sonja.

Ihr erstaunlicher Egoismus sorgt dafür, dass sie sich nicht darüber wundert, wenn ihre Lebensumstände starken Schwankungen unterworfen sind. Leben heißt Wandel, findet sie. Stillstand wäre Tod. Es ist erst ein paar Jahre her, in der Zeit vor Luis, da wohnte sie bei irgendeinem Liebhaber an der spanischen Atlantikküste in einem gestrandeten Wohnwagen. Angenehm kann das nicht gewesen sein. Im ersten Winter war es so kalt, dass sie eine Lungenentzündung bekam. Unser Vater erfuhr davon, als ein deutscher Penner, der sich Clemente nannte, bei ihm anrief und in Sonjas Namen um eine Blitzüberweisung bat. Der Liebhaber schien gerade anderweitig beschäftigt zu sein. Sonja liege in Conil im Krankenhaus, sagte dieser Clemente, und das Krankenhaus wolle allmählich Geld sehen, wenn die Behandlung fortgesetzt werden solle.

Zuerst fragte mein Vater: Sonja *Theunissen*?, als würde ihn Sonjas jüngstes Missgeschick außerordentlich überraschen. Sind Sie *sicher*?

Dann aber flößte ihm irgendetwas an diesem Clemente Vertrauen ein. Clemente klang ernsthaft und völlig ehrgeizlos. Ihm persönlich schien es egal zu sein, wie mein Vater reagierte. Er war ein Tramp aus der Gegend mit einem religiösen Tick, deutsches Strandgut, er tat Sonja einen Gefallen, indem er ihre Botschaft überbrachte, mehr wollte er nicht. Der Rest, sagte Clemente, liege in Gottes Hand.

Sonja bekam ihr Geld und wurde gerettet. Aber die Erfahrung lehrte sie keine Demut. Kaum konnte sie wieder einen Telefonhörer halten, machte sie sich über mich lustig.

»Das ist nicht dein Ernst, Marko. Wie kannst du in einem Ort namens *Kleinhoek* wohnen? Komm mal nach Caños de Meca. Das ist auch klein. Aber wie man dort leben kann, das ist groß. Das hat *innere* Größe.«

Ich schaute die Provinz Cádiz und Sonjas Dorfflecken auf der Landkarte nach. Ich sah helle Flächen am Atlantik, die nach riesigen Stränden aussahen. In der Nähe gab es das Kap Trafalgar mit einem Leuchtturm. Klar wollte ich dahin. Es sah schön aus. Wer würde nicht gern dorthin wollen?

Als Sonja sich dann Luis angelte, zog sie zwar nach Madrid, gab aber die Freunde aus ihrer wilden Zeit in Andalusien nicht auf. Für sie waren sie die Verbindung zu einer ganz wichtigen Zeit in ihrem Leben, von der sie keine einzige Minute missen wolle. Sie rauchte auch nach wie vor ihre

Joints, wie sie es in Caños de Meca getan hatte, *porros* nannten sie sie dort. Madrid und dieses wilde kleine Stück am Atlantik seien zwei verschiedene Winkel ihrer Seele, sagte sie. Um ganz sie selbst zu sein, brauche sie beide.

»Da kann ich dir nicht helfen«, sagt Robert.

»Sagst du nicht immer, man soll niemanden aufgeben?«

»Ja, das habe ich wohl mal gesagt. Aber bei Sonja gilt das nicht. Sonja hört nicht auf mich. Und ich höre nicht auf sie. Ich glaube, bei ihrem letzten Besuch haben wir zwei Sätze miteinander gewechselt. Der eine davon lautete: ›Reichst du mir mal die Soße?‹ Noch nicht einmal ›bitte‹.«

»Und du?«

»Ich habe ihr die Soße gereicht.«

»Nein, Robert, was du tust. Gibst du dir ein bisschen Mühe? Oder hast du Sonja schon abgeschrieben?«

»Sonja hat sich selbst abgeschrieben, wenn du mich fragst. Du hast Erinnerungen an sie, die etwas wert sind. Wie an eine große Schwester. Für mich war sie das nie, außer, wenn sie uns eine aufs Maul gegeben hat, da war Sonja plötzlich die Aufpasserin, die den Laden zusammenhalten musste. Ich rede von Fürsorge, Marko, ein bisschen Familiensinn. Was eine große Schwester tut, wenn sie sieht, dass der kleine Bruder sie braucht. Aber nicht mit ihr. Wir alle wissen doch, dass sie ein egoistisches, raffgieriges Stück ist. Also. Was mich angeht, muss sie nicht nach Köln kommen. Soll Papa nach Madrid fliegen, wenn er sie sehen will.«

»Papa sieht kaum noch etwas. Er traut sich auf keinen Flughafen. Wie soll er denn in Madrid zurechtkommen?«

»Bitte keine Belehrungen«, sagt Robert. »Weißt du, wer auf den letzten Spaziergängen neben ihm ging, wer ihn geführt und ihm über die Straße geholfen hat? Margret. Und ich hatte Tobi und Lara.«

»Ich weiß«, sage ich.

»Weißt du auch, wer ihm den Gehstock gekauft hat, den er aus Eitelkeit nicht benutzen will?«

»Schon gut, Robert.«

»Und dass Papa nicht mehr das Haus verlässt?«

»Seit wann?«

»Das frage ich mich auch. Diese Spaziergänge damals. Margret glaubt, das waren die letzten Male, die er an der frischen Luft war. Das ist jetzt schon einige Wochen her. Und er baut ab. Er ist dünn geworden. Und dann diese seltsamen Bewusstseinstrübungen. Du brauchtest vier starke Ochsen, um ihn zum Arzt zu kriegen. Was wissen wir denn, was er mit unseren achttausend Mark angestellt hat? Wir wissen gar nichts. Du solltest ihn besuchen, Marko. Ihr seid euch nahe. Du musst dir einen Eindruck verschaffen.«

»Mache ich.«

In mir zieht sich etwas so stark zusammen, dass ich es wie einen Knubbel im Bauch spüren kann. Es ist wirklich das Allerletzte, was ich tun will: mir einen Eindruck verschaffen. Ich will nicht sehen, wie mein Vater leidet. Ich will nicht hören, wie mein Vater sich beklagt. Ich will mir die Ohren zustopfen und in Kleinhoek aus dem Fenster gucken und mir dabei die ganze Zeit sagen, dass Köln sechzig Kilometer entfernt liegt und mein Vater ein großer Junge ist. Jeder lebt das Leben, das er sich gewählt hat.

Als ich am frühen Nachmittag nach Hause komme, sitzt Joe schon auf den Stufen vor dem Haupteingang. Joe ist zwölf. Ihrer Mutter ist der Mann weggelaufen. Er ist nicht Joes Vater, auch Geld hat er zum Haushalt kaum beigesteuert, sodass sich der materielle Verlust in Grenzen hält. Aber Joes Mutter scheint aus ihrer Gedrücktheit nach dem Verschwinden des Mannes nicht mehr herauszufinden. Ich kenne sie nicht gut. Einmal habe ich sie auf dem Kleinhoeker Marktplatz gesehen, Joe sprang ihr ein paar Schritte voraus. An ihrem Arm baumelte eine Plastiktüte, aber sie ging, als wäre es ein Sack Kohlen. Joe zeigte auf mich, und ihre Lippen formten die Worte: »Da, Mama. Das ist Marko.« Joes Mutter sah mich, musterte mich und schaute woandershin. Test bestanden.

»He, Marko«, sagt Joe und nickt mir zu.

»He, Joe«, sage ich. »Viel Arbeit heute?«

»Es geht.« Sie steht auf und blinzelt ins Licht. »Wir müssen ein Gedicht schreiben. Gedichte finde ich doof.«

Während ich aufschließe, überlege ich, was ich ihr am besten über Gedichte sage. Etwas, das nicht wie hohles Gerede klingt. Also, könnte ich sagen. Es gibt wunderbare Gedichte, bei denen du spürst, dass sich die Sache auf keine andere Weise der Welt ausdrücken ließe. Gedichte, die wie Wolken sind. Oder dein Lieblingskleid.

»Wovon soll es denn handeln, dein Gedicht?«

»Egal«, sagt sie. »Es muss sich reimen. Und es muss ein Tier darin vorkommen.«

»Dürfen auch *drei* Tiere darin vorkommen?«

Sie sieht mich ausdruckslos an. »Ich könnte dich auf den Arm boxen«, sagt sie. »Das mache ich in der Schule, wenn mir ein Junge eine blöde Frage stellt. Manchmal drehe ich ihm auch den Finger um.«

»Was hältst du davon, wenn du erst mal die anderen Hausaufgaben machst? Danach kümmern wir uns um das Gedicht.«

Wir gehen nach oben in die Wohnung. Joe setzt sich ins Wohnzimmer, im Schneidersitz, so arbeitet sie am liebsten, auch wenn ich nicht weiß, wie sie mit dem Füller hantiert, ohne mein Sofa zu versauen. Die Turnschuhe stellt sie auf den Fuß der Stehlampe. Ich gehe an den Schreibtisch im Schlafzimmer. So machen wir es drei Tage die Woche. An den anderen Tagen hat sie Sport oder geht zu einer Freundin. Wenn sie aber mal nicht kommt, hat sie gesagt, soll ich mir keine Sorgen machen. Sie will nicht, dass man sich um sie Sorgen macht.

»Und wenn dir wirklich etwas zugestoßen wäre?«, frage ich sie. »Wie würde ich davon erfahren?«

»Jemand würde dich anrufen«, sagt sie. »Irgendjemand ruft immer an.«

Joe kann gut allein bleiben. Ich habe es mir zur Regel gemacht, sie während der Hausaufgabenzeit nicht zu stören und mein Wohnzimmer nicht zu betreten. Und Joe scheint die Exklusivbenutzung dieses Bereichs zu genießen. Sie kann nicht wissen, dass ich Konzentration daraus schöpfe, ein paar Stunden in der Woche auf meinen Schreibtisch im Schlafzimmer beschränkt zu sein. Es ist nicht gut für mich, wenn Raum oder Zeit leer, ungeordnet und unbegrenzt vor mir liegen.

»Das Gedicht«, sage ich, nachdem sie lange genug allein geblieben ist. »Sollen wir uns jetzt darum kümmern?«

Es stellt sich heraus, dass Joe zwar reimen kann, aber sich für ihre Reime schämt. Sie findet Reime peinlich. So spricht doch niemand, sagt sie. Deshalb hat sie beschlossen, die Hausaufgabe nicht zu machen.

Ich schlage ihr vor, ein sehr *kurzes* Gedicht zu schreiben. Eines, bei dem wegen der Kürze keine Peinlichkeit auftreten kann. Ich hätte sogar eine Idee, sage ich. Eine Idee für ein sehr kurzes Gedicht. Ob sie es hören wolle?

Sie sagt: »In Ordnung.«

Ich sage: »Fertig?«

»Ja«, sagt sie. »Schieß los.«

Ich sage: »Die Schnecke … kriecht um die Ecke.«

Sie sieht mich ausdruckslos an.

»Das ist es?«

»Das ist es.«

»*Das* soll ein Gedicht sein?«

»Es reimt sich«, sage ich. »Schnecke. Ecke.«

»Ja, aber ich hatte an ein *Gedicht* gedacht. Etwas Längeres. Ein richtiges Gedicht eben.«

»Ich dachte, du findest Gedichte blöd.«

»Tue ich auch«, sagt sie.

»Joe. Das ist ein prima Gedicht. Ein echter Tierreim. Aber wenn er dir nicht gefällt, erfinde ich noch einen. Mit einem anderen Tier.«

»Jetzt?«

»Jetzt sofort. Fertig?«

»Mach schon.«

»Der Hase … rümpft etwas die Nase.«

Sie schaut mich an, und in ihren Augen sehe ich das Lachen, das die Mundwinkel noch nicht preisgeben wollen.

»Warte«, sage ich. »Ich bin noch nicht fertig, Joe. Ich lasse gerade ein paar Tiere an mir vorüberziehen. Kleine und große. Gerade … kommen ein paar kleinere. Ich muss mich anstrengen, sie zu erkennen, so klein sind sie. Warte. Ah! Jetzt erkenne ich ihn. Er hat so einen komischen Wackelgang.«

»Wer?«

»Er. Wer sonst? Bist du bereit?«

»Na los.«

»Der Käfer … ärgert den Schäfer.«

Sie schreit auf, lässt sich über das Sofa rollen und plumpst auf den Boden. Es sind Augenblicke, die ich festhalten und nie mehr loslassen will.

Ich denke oft daran, wie wir uns kennengelernt haben, Joe und ich. Ein bisschen so, wie einem ein Hund zuläuft. Ich weiß nur nicht genau, wer dabei der Hund ist. Da Joes Mutter arbeitet, fing das Mädchen an, nach der Schule durch die Straßen zu gehen und Bekanntschaften zu machen. Keine Ahnung, wie die Kleinhoeker darüber denken. Wahrscheinlich finden sie es unmöglich. Ein neugieriges, offenes Gemüt wie Joe ist unter ihnen eine Seltenheit. Eines Tages, als ich schon um drei nach Hause kam, sah sie mich von der Wilhelm-Bolten-Straße aus mit dem großen Schlüsselbund. Wir waren ziemlich weit voneinander entfernt, die Anfahrt zur Villa ist lang. Trotzdem hörte ich ihr glasklares Stimmchen, als stünde sie direkt neben mir.

»Wohnst du in dem großen Haus?«

Betonung auf beiden Wörtern. *Du*? In dem großen *Haus*?

»Ja«, rief ich und verkniff es mir, sie zu mustern.

»Ich dachte, da wohnt keiner. Meine Mama sagt, da machen die Chefs ihre Geschäfte und entlassen die Arbeiter.«

»Geschäfte werden da auch gemacht«, sagte ich und bekam die schwere Haustür auf. »Nicht von mir natürlich. Ich wohne nur darin.«

»Bist du sehr reich?« Sie kam näher.

»Nein, sehr reich nicht.«

»Aber ein bisschen reich?«

»Ein bisschen reich schon, würde ich sagen.«

»Und du wohnst wirklich da drin?« Sie zeigte wieder auf das Haus.

»Ja. Und ich verrate dir noch etwas, wenn du ein Geheimnis bewahren kannst.«

»Was?«

»Ich bin der Einzige.«

»Was? Ganz allein? In dem Riesen*haus*?«

Ich nickte. »Ganz allein. Wenn du mal die paar kleinen Mäuse vergisst, unten im Weinkeller. Ich nenne sie meine Mitbewohner, weil es besser klingt. Aber sie trauen sich nicht nach oben in den ersten Stock. Dafür müssten sie erst die Kellertreppe hochfegen und dann über die riesige Treppe in der Eingangshalle laufen, ein ordentliches Stück Weg. Und ich kann dir verraten, auch unter den Menschen gibt es welche, die diese Treppe nicht so gern gehen.«

»Warum nicht?« Sie war jetzt herangekommen und wollte die Sache genau wissen.

»Weil sie … na ja, weil sie sehr feierlich aussieht, diese Treppe. Nicht wie in einem normalen Wohnhaus.«

»Bei uns«, sagte sie, »haben wir gar keine Treppe.«

»Das gibt's auch«, sagte ich. »Häuser ohne Treppe. Hättest du denn gern eine?«

»Kommt drauf an«, sagte sie. »Wenn man am Geländer runterrutschen kann, hätte ich gern eine. Am liebsten ein Geländer mit Kurve.«

Ich hatte keine Ahnung, wie gut man am Treppengeländer in der Eingangshalle der Villa herunterrutschen konnte. Ich hatte so etwas lange nicht mehr gemacht.

»Ich heiße Marko Theunissen«, sagte ich. »Du kannst mich Marko nennen. Und wie heißt du?«

»Johanna Sieveneck. Du kannst mich Joe nennen.«

Sie hatte ein schmales, hübsches Gesicht und kurzes blondes Haar. Vielleicht fand sie, dass der Name eine Abwechslung war. Ich fragte mich, wer sie zu ihrem Haarschnitt verdonnert hatte.

»Nachdem wir das geklärt haben, bleibt noch eine Ungewissheit.«

»Welche?«

»Ob deine Eltern etwas dagegen haben, wenn ich dir die Villa zeige. Oder meinen bescheidenen Teil davon.«

Ihre Augen leuchteten auf wie kleine Lampen. »Meine Mama«, sagte sie. »Eigentlich müsste ich meine Mama fragen. Aber sie arbeitet. Sie hätte bestimmt nichts dagegen. Ehrenwort.«

»Bist du schon öfter in fremde Häuser gegangen, um sie dir anzusehen?«

Sie schüttelte den Kopf.

»Dann müssen wir das anders regeln. Geh nach Hause, und lass deiner Mama einen Zettel da. Damit sie sich keine Sorgen macht. Und leg das dazu.« Ich gab ihr meine Geschäftskarte. »Warte.« Ich nahm die Karte und schrieb die Privatadresse darauf. »Jetzt hat alles seine Ordnung«, sagte ich. »Meine Klingel ist da, unter der großen.«

Sie nickte und fegte ab.

Seit ich in der Bolten-Villa wohne, fühle ich mich in meinem eigenen Leben wie ein Gast, und vielleicht habe ich genau das gesucht. Der alte Wilhelm Bolten, der Firmengründer, ließ sich kurz nach 1900 gleich neben dem Werksgelände das von der Straße zurückgesetzte Landhaus bauen, hatte aber nicht lange etwas davon, denn er starb wenige Jahre später. Es muss ihm gefallen haben, morgens aus seiner schönen Villa hinüber in die Textilfabrik zu schlendern und das Funktionieren der Arbeitsabläufe zu überwachen. Dicht vor seinen Augen ragte der hohe braunrote Schlot auf, der von oben nach unten in dicken weißen Lettern »Bolten« buchstabiert. Er steht heute noch und wacht über Kleinhoek. Wer so einen Schlot rauchen sieht, vergisst nicht so leicht, dass zweitausend Angestellte von ihm abhängen. Ich stelle mir gern vor, er war fleißig, der alte Bolten, ein Mann mit Prinzipien, aber kein besinnungsloser Arbeiter. Wann immer er Lust hatte, konnte er in seine Villa zurückschlendern und die Fabrik hinter sich lassen.

Den Gesellschaftsräumen nach zu urteilen, muss es in der Bolten-Villa früher hoch hergegangen sein. Große Abendessen für die Seidenbarone von Krefeld, die Bankiers, Industriellen und Vermögenden der Region. Tee für die Damen. Tanzveranstaltungen, auf denen die niederrheinischen Schönheiten mit ihren blassen Teints, fischigen Augen und geröteten Armen zum ersten Mal im Ballkleid auftraten. Von der ersten Etage aus, die dem Wohnen vorbehalten war, hatte der alte Bolten einen privilegierten Blick in den Garten hinunter. Vielleicht stahl er sich irgendwann die Treppe hinauf, um fern von den Gästen in seinen Garten zu blicken und über die Zukunft nachzudenken. Es ist seltsam. Bei reichen Leuten glaube ich immer, sie denken über die Zukunft nach. Wir anderen haben es mehr mit der Vergangenheit.

Es klingelte. Ich lief aus der Wohnung auf den mit Teppich ausgelegten Flur hinaus, sprang die große Treppe hinunter, ging durch die Empfangshalle und hatte die Tür noch nicht erreicht, als es schon zum dritten Mal klingelte.

»Joe. Hast du nicht selbst gesagt, es ist ein Riesenhaus?«

»Klar«, sagte sie. »Oder würdest du das klein nennen?«

»Ich wollte nur um Geduld bitten. Die Wege sind etwas weiter hier.«

Sie drängte sich an mir vorbei und lief in die Empfangshalle.

»Mann.« Sie sprang herum wie ein Tier, das man losgebunden hat. »Hier könntest du alles *mögliche* machen!«

»Zum Beispiel?«

»Ein Zeltlager aufbauen. In der Ecke, wo die Blumen sind, würde ich den großen Suppenkessel hinhängen. Dort würde ich für alle Spaghetti kochen. Und ein Junge steht neben mir und muss aufpassen, dass das Feuer nicht ausgeht. Er hätte nichts anderes zu tun. Das Feuer ist in einem Zeltlager das Wichtigste.«

Joe öffnete eine der großen Türen zu den Gesellschaftsräumen und spähte hinein.

»Mann! Ist das groß! Ich geh mal rein, ja?« Sie wartete nicht auf die Erlaubnis und war schon verschwunden.

Ich weiß noch, wie ich diese Räume zum ersten Mal gesehen habe. Die Stühle und Tische waren mit weißen Tüchern verhängt, und in der Luft hing der Geruch von Zigarren. Es war Herr Tenbrücken selbst, Vorstandsvorsitzender der Firma Bolten, der mir eine kleine Führung gab, nachdem er mir bei unserem abschließenden Versicherungstermin die Wohnung in der Villa Bolten angeboten hatte. Für ihn war ich »der neue junge Mann« im Dorf, die sehnlich erwartete Verstärkung für das Heer der Modernen und Aufgeschlossenen.

»Sie wollen sicherlich wissen, in welchem Ambiente Sie sich künftig bewegen werden, Herr Theunissen. Wenn die Räume hier unten Ihnen groß vorkommen, darf ich Ihnen sagen, dass sie vor fast hundert Jahren kaum ausgereicht haben, allen Gästen von Wilhelm Bolten Platz zu bieten. Er lud ja sehr weitläufig ein, nicht nur aus Industriellenkreisen, er förderte auch die Kultur. Seine Hauskonzerte waren besonders beliebt.«

»Herr Tenbrücken.« Wir waren in einem der leeren Säle stehen geblieben und schauten in den Garten hinaus. Ich betrachtete sein Profil, das sorgfältig rasierte Doppelkinn und den altmodischen dunklen Anzug. »Wollen Sie mir nicht verraten, warum Sie ausgerechnet mir die Ehre verschaffen, hier zu wohnen? Ich bin mir sicher, das Wohl der Firmenfinanzen hängt nicht davon ab.«

»Nein, das tut es nicht.« Er räusperte sich. »Sie wissen wohl, dass Bolten sich in einer schwierigen Lage befindet, da ist jede Mark willkommen. Aber um Geld geht es nicht. Es ist eher …« Er seufzte. »Sehen Sie, Herr Theunissen, der Vorstand ist sich nicht immer einig darüber, wie diese aufgewühlten Zeiten am besten zu meistern sind. Wir mussten ja schon viele Leute entlassen. Und es ist noch nicht zu Ende. Sie werden davon gehört haben.«

»Nur das, was ich im Dorf aufschnappe. Für die Leute hier bin ich ein Zugereister. Und eine Wohnung in der Villa Bolten ist nicht gerade ein Zeichen für Volksnähe.«

»Ich gestehe, dass ich mir von Ihrem Hiersein dennoch eine segensreiche Wirkung verspreche. Sie müssen gar nichts dafür tun. Nur das Licht anknipsen. Nur da sein.«

»Sie machen mich neugierig.«

Er nahm Haltung an, den Blick immer noch auf den Garten geheftet. »Um ganz offen zu sein«, sagte er. »Es gefällt mir nicht, wie manche meiner Vorstandskollegen die Bolten-Villa benutzen. Vormittags halten wir in der oberen Etage unsere Sitzungen ab. Doch abends werden die Räume auch für private Zwecke genutzt. Es sind einige Schlüssel im Umlauf.« Er sah mich mit hellen, kummervollen Augen an. »Man sieht zu später Stunde Licht. Die Leute im Ort fangen an zu reden. Sie sagen, die Villa werde missbraucht. Einzelne Vorstandsmitglieder verhielten sich … unschicklich. Es kämen Frauen in die Villa, die nicht in der Villa sein sollten. Ich hoffe, ich drücke mich klar genug aus.«

»Ich glaube, das war ziemlich klar.«

»Die Büros werden natürlich nicht für die Festivitäten missbraucht, auf die ich mich vorhin bezog. Aber das, was ich die Wohnung nennen möchte. Ihre zukünftigen Räume. Meine Vermutung ist, dass die kleine Baumaßnahme seinerzeit vorgenommen wurde, um ein solches … Refugium zu schaffen.«

»In … *meinen* Räumen?«

»Ja, Herr Theunissen. Dort ist es zu unstatthaften Begegnungen gekommen, die Wilhelm Bolten niemals gebilligt hätte.«

»Lassen Sie mich das richtig verstehen. Ich soll so eine Art Wachhund sein.«

»Wir wollen doch nicht übertreiben. Wenn dort oben ein seriöser Mann wohnt, ist die Nutzungsfrage ein für allemal geklärt. Wir sollten hinaufgehen. Der Blick in den Garten ist noch schöner als dieser hier. Es war der Blick, den Wilhelm Bolten vom kleinen Salon aus genoss. So nannte er ihn, den kleinen Salon. Wollen wir?«

Die Wohnung war groß genug für mich: Küche, Bad, ein weitläufiges Schlafzimmer und ein riesiges Wohnzimmer mit dem von Tenbrücken gepriesenen Blick.

»Sie sehen«, sagte er, »man kann es sich hier sehr gemütlich machen.«

»Keine Frage. Für die Gemütlichkeit ist gesorgt. Nur das Bett da drüben und die anderen Möbel …«

»Oh, das wird alles weggeschafft!«

Er seufzte und sah in den Garten hinaus, als brauchte er jetzt dringend einen erbaulicheren Anblick. Am Ende des Gartens stand ein lang gestreckter Bau.

»Ich muss Ihnen noch eine Geschichte erzählen, die Sie rühren wird«, sagte er. »Sehen Sie, das Schwimmbad dort drüben stammt nicht aus denselben Jahren wie die Villa. Niemand hatte damals ein überdachtes Schwimmbad. Nicht in Kleinhoek. Selbst Wilhelm Bolten nicht. Da, wo jetzt der Rasen ist, ganz hinten? Da befand sich das offene Becken. Es hatte eine ansehnliche Größe. Der alte Bolten ließ die Kinder von Kleinhoek darin schwimmen. Im Sommer kam jeden Tag ein Schwarm von ihnen in den Garten und vergnügte sich im Wasser. Ich stelle mir das Kreischen der Kleinen vor. Sie waren wie im Paradies. Sie kamen ja aus bescheidenen Elternhäusern. Im Keller hatte Bolten eine Umkleide einrichten lassen, man kann noch immer die Haken sehen, die er dort über der langen Holzbank anbringen ließ. Siebenundfünfzig Kleiderhaken. Die Kinder wurden von den Bediensteten in den Keller gelassen, zogen sich um und gingen schwimmen. All die Haken voller ärmlicher Kleidung. Und auf dem Boden die abgetretenen Schuhe. Zu Hause mussten sie dann erzählen, wie es im Keller der Bolten-Villa aussah, jede Einzelheit. Ihre Eltern, die fast alle bei Bolten arbeiteten, hatten den Keller ja noch nie gesehen, nicht den Keller, nicht den Garten und erst recht nicht die Repräsentationsräume des Hauses, die die Kinder natürlich auch nie zu Gesicht bekamen. Vielleicht stand Wilhelm Bolten hier oben in seinen Räumen und schaute auf die fröhliche Szenerie im Garten hinunter, die er geschaffen hatte. Was mag er gedacht haben? Ich frage mich das oft. Die Geschichte dieses Ortes, Herr Theunissen, sie geht mir nahe. Deswegen sind die neueren Entwicklungen auch so … traurig. Ich habe kein anderes Wort dafür.«

Als ich Joe wieder einfing, hatte sie alle Gesellschaftsräume erkundet und sich in mehreren von ihnen auf den Boden gelegt, um sich den Stuck an den Decken richtig anzuschauen. So etwas hatte sie noch nie gesehen. Es kam ihr wie der Inbegriff von Luxus vor, die Decken zu verzieren und den Schmuck so weit oben anzubringen, dass niemand ihn anfassen konnte. Die Spuren auf ihrem Rücken verrieten, dass sie bei ihren Beobachtungen jede Menge Staub gewischt hatte.

Sie erzählte mir, seit »der Mann« weggegangen sei, habe sie zu Hause wieder ein Zimmer für sich. »Der Mann« hatte bei ihnen länger gewohnt, aber Joe hatte es nie geschafft, gegenüber Dritten seinen Namen zu benutzen. Ob sie selbst ihn je anders als »den Mann« genannt habe? Oh, sagte sie, sie habe ja nie mit ihm gesprochen, sie habe gar keinen Namen für ihn gebraucht.

Wie er denn so gewesen sei, »der Mann«?

Das könne sie nicht sagen. Sie habe ihn ja kaum gekannt. Manchmal bezweifele sie, dass sie ihn überhaupt je gesehen habe. Welche Haarfarbe er hatte, wisse sie auch nicht mehr genau. Jetzt, wo er weg sei, habe sie ihn schon vergessen.

»Und dein Papa?«, fragte ich. Wir waren die Treppe hinaufgegangen und oben stehen geblieben, um den Blick in die Halle zu genießen. Es kam mir vor, als habe Joe noch nie große Innenräume gesehen. »Kannst du dich an deinen Papa erinnern?«

»Natürlich!«, sagte sie und nickte, aber ihre Augen sprangen durch die Luft, als müssten sie sich an etwas festhalten, um nicht abzurutschen.

»Und … wie war er so?«

»Sehr lieb«, sagte sie. »Sehr groß. Viel größer als du. Er hat mir Geschichten erzählt.«

»Joe«, sagte ich. »Meine Eltern sind auch nicht mehr zusammen.«

Sie überlegte. »Und dein Vater? Ist er da?«

»Ja.«

»Und deine Mutter? Ist sie auch da?«

»Ja. Meine Mutter ist auch da. Aber sie leben nicht mehr zusammen. Meine Eltern sind geschieden, verstehst du?«

»Ja«, sagte sie. »Aber sie sind *da*.«

So fing es an. Sie kam öfter, nachdem sie meinen ungefähren Stundenplan kennengelernt hatte, und weil ich an den meisten Tagen ziemlich sicher sagen konnte, ob ich am Nachmittag des folgenden Tages noch einen Termin haben würde oder nicht, musste ich sie nie vor der Tür warten lassen, jedenfalls nicht länger, als sie selbst warten wollte. Es schien ihr nämlich zu gefallen, auf der Treppe zu sitzen und zu beobachten, wie ich nach Hause kam. Nachdem sie gelernt hatte, wie sie den großen Schlüssel packen musste, um ihn zu drehen, ließ ich sie aufschließen.

Dass ihre Mutter sich nie bei mir meldete, um zu erfahren, wo ihre Tochter nachmittags steckte, wunderte mich. Aber ich dachte, wenn Joe von mir erzählt, hat alles seine Ordnung. Frau Sieveneck weiß, wer ich bin, sie hat meine Karte. Erst viel später erfuhr ich, dass Joes Mutter meine Karte nie zu Gesicht bekommen hatte. Joe regelte ihre Abwesenheiten, wie sie es für richtig hielt. Die Mutter machte es ja genauso.

So hatte die Mutter auch die zeitweilige Anwesenheit »des Mannes« geregelt. Eines Tages war er ins Haus getreten, hatte seine Schuhe in den Schuhschrank gestellt und sich ins Bett von Joes Mutter gelegt. Sie hätten »unruhig geschlafen« und seien »laut gewesen«, erzählte Joe über die ersten Wochen des Mannes unter ihrem Dach. Tagsüber habe sie ihr eigenes Zimmer nicht betreten dürfen, weil »der Mann« darin gearbeitet habe. Für seine Arbeit habe er drei verschiedene Koffer benutzt, die abends mit einer Zahlenkombination verschlossen worden seien. Ihr, Joe, seien diese Koffer unheimlich gewesen, aber sie habe nichts dagegen unternehmen können. Nachts musste sie in dem Zimmer schlafen, in dem auch die Koffer standen. Die Wohnung war so klein, dass nirgendwo sonst Platz für sie war. Und wenn nun Geister gekommen wären, die die Zahlenkombination kannten, und nachts die Koffer geöffnet hätten? Wer wusste denn, was darin verborgen war? Nein, Joe war froh, als »der Mann« und seine Koffer nicht mehr da waren. Nur dass die Mutter jetzt immer so traurig war, störte sie, man sah sie nicht mehr lachen, auch bei lustigen Sachen im Fernsehen nicht.

Ich machte es mir zur Gewohnheit, Joe nicht nach ihrem Zuhause zu fragen, sondern abzuwarten, ob sie davon erzählen wollte. Manchmal erzählte sie tagelang gar nichts, sondern konzentrierte sich nur auf die Dinge, die unmittelbar anstanden. Sie hatte sich mit einer Freundin zerstritten und wusste nicht, wie sie die Sache wieder einrenken sollte, ohne das Gesicht zu verlieren. Sie verstand eine Mathematikaufgabe nicht. (Ich konnte helfen!) Sie fragte sich, ob sie auch einmal so viele Pickel bekommen würde wie ihre Freundin Heike.

»Das halte ich für unwahrscheinlich«, sagte ich.

»Warum?«, fragte sie.

»Du bist nicht der Hauttyp.«

»Was bin ich denn für ein Hauttyp?«

»Der helle, der leicht bräunt. Sehr ungewöhnlich.«

»Ach. Und deswegen kriege ich keine Pickel?«

»Genau.«

»So einfach geht das nicht«, sagte Joe. »In meiner Klasse bekommen Mädchen Pickel, von denen ich das nie erwartet hätte. Das ist die totale Überraschung. Kirsten hat auch schon welche. Und Tamara, die guckt gar nicht mehr in den Spiegel, so viele hat sie schon.«

»Sei froh, dass du nicht dazugehörst. Glaub mir, ich kenne mich da aus.«

»Marko, der weltberühmte Pickelexperte«, sagte sie.

»Meine verborgenen Talente, Joe.«

»Und was ist, wenn ich doch welche kriege?«

»In Ordnung. Sag mir, wie viele Eistüten dich trösten würden.«

»Sind Eistüten gut gegen Pickel?«

»Nein, Joe. Das sind sie nicht. Aber es geht jetzt nicht um Heilung. Es geht um Trost. Wenn man nicht heilen kann, muss man trösten. Also. Wie viele Eistüten?«

»Pro Pickel?«

»Meinetwegen. Pro Pickel.«

Sie überlegte. Ihre hellen Augen schweiften in die Ecken des Zimmers. »Vielleicht … zwei?«

»Das klingt vernünftig«, sagte ich. »Stell dir vor, du hättest drei Pickel, was keine angenehme Vorstellung wäre. Mit denen würdest du sechs Eistüten verdienen.«

»Klingt gut.«

»Leider wird nichts daraus.«

»Warum nicht? Hast du nicht gesagt, ich dürfte mir *aussuchen,* wie viele …«

»Weil du keine Pickel bekommst, Joe. Du bist nicht der Hauttyp.«

Sie schnaubte, nahm sich ein Buch und setzte sich in die Ecke des Sofas. Doch statt zu lesen, blätterte sie gedankenverloren Seiten um. Dann sah sie in die Luft. Ein Gedanke ging ihr im Kopf herum, und sie wollte, dass ich es sah.

»Willst du nicht fragen?«, sagte sie.

»Will ich nicht *was* fragen?«

»Woran ich denke.«

»Oh, natürlich. Woran denkst du?«

»Ich habe nachgedacht«, sagte sie.

»Und worüber hast du nachgedacht?«

»Ob du mal irgendwann … Ob mal jemand hier mit dir wohnt. Später.«

»Und wer zum Beispiel?«

»Eine Frau. Vielleicht willst du mal heiraten. Du bist noch nicht zu alt dafür.«

»Vielen Dank, Joe.«

»Und?«

»Was?«

»*Wirst* du mal jemanden heiraten? Eine Frau, die hier einzieht?«

»Ich habe noch nicht darüber nachgedacht«, sagte ich. »Ich müsste in aller Ruhe darüber nachdenken.«

Sie sah mich an, als erwartete sie, dass ich es jetzt täte.

»In Ruhe«, sagte ich streng.

Sie nickte und hielt den Blick auf die Seiten geheftet, die sie mechanisch durch die Daumen gleiten ließ. Erst durch den Daumen der linken Hand. Dann durch den Daumen der rechten Hand.

»Joe?«

»Was?«

»Machst du dir Sorgen?«

»Worüber?«

»Das hier. Dich. In meiner Wohnung.«

Sie schüttelte den Kopf. An ihrem Mund sah ich, dass es sie Mühe kostete, nicht zu weinen.

»Da ist niemand, Joe. Und wenn es jemanden gäbe, würdest du trotzdem herkommen. Vielleicht könnte meine Freundin bessere Pfannkuchen machen als ich. Sie könnte für uns drei kochen, und du und ich würden uns an den gedeckten Tisch setzen.«

»Ich mag *deine* Pfannkuchen«, sagte sie. Und dann rollten ihr Tränen über die Wangen. »Ich will keine anderen Pfannkuchen essen!«

Vielleicht hätte ich Joe sagen sollen, dass ich eine Freundin habe, von der niemand etwas wissen darf. Aber dann hätte jemand von ihr gewusst.

Soweit ich mich erinnere, habe ich mir nie ausgemalt, mit einer Kundin zu schlafen. Mein Freund Motte hat einen Freund, der ist Zahnarzt, und der hat ihm einmal gesagt: Die heilenden Berufe kriegen jede zweite Frau herum, die beratenden jede dritte. Der Junge hatte sich das genau ausgerechnet. Was mich betrifft, kann ich diese angeberische Statistik nicht bestätigen. Ich hatte nie das Gefühl, jede dritte Frau sei für mich »zu haben«.

Dennoch hätte ich mir für meine Liebesgeschichte – die erste mit einer Kundin in meiner rund fünfjährigen Versicherungsvertreterexistenz – gern ein originelleres Drehbuch ausgesucht als jenes, das eines Tages Wirklichkeit wurde. An diesem Tag, auf dem Weg zu einem Termin, stand ich auf der A40 im Stau und sah neben mir auf der Überholspur eine junge Frau, die am Steuer sehr nervös wirkte. Sie merkte nicht, dass ich sie in Ruhe betrachtete. Ihre Kiefermuskeln arbeiteten pausenlos. Sie schüttelte den Kopf, dass die gut geföhnten Haare wippten, und schien mit sich selbst zu sprechen. Aber wir standen. Es war nichts zu machen.

Sie fuhr einen roten Fiat Coupé, der aussah, als hätte ihn der Händler eine halbe Stunde zuvor noch abgewienert. Doch der schöne Wagen konnte sie jetzt nicht trösten. Irgendwann holte sie einen Taschenspiegel hervor und überprüfte ihr Make-up. Sie musste einen Makel entdeckt haben, denn sie nahm den Kajalstift und machte sich an Korrekturarbeiten. Dann kam der Lippenstift dran, den sie schnell wieder sinken lassen musste, als es mit unserer Autohorde weiterging, aber gleich darauf standen wir wieder. Die Frau reckte den Hals, um etwas über die Ursache des Staus in Erfahrung zu bringen. Plötzlich wandte sie sich nach rechts und entdeckte mich. Ich fühle mich in solchen Fällen nicht ertappt, sondern versuche, Gleichmut auszustrahlen. Ich nickte ihr leicht zu, wie es unter Leidensgenossen üblich ist. Doch etwas in meinem Gesichtsausdruck musste ihr gesagt haben, dass ich sie schon länger beobachtete. Sie starrte mich wütend an, und selbst durch zwei Autoscheiben hindurch spürte ich ihre Aggressivität. Da ich immer noch gleichmütig zurückschaute, schüttelte sie heftig den Kopf. Wieder wippten die Haare, so schön wie in der Shampoowerbung. Dann zeigte sie mir einen Vogel. Man sieht diese Geste nicht mehr oft, sie ist zu harmlos für die heutige Zeit. Doch sie beeindruckte mich. Irgendwann hatten sich die Autos auf der Überholspur etwas nach vorn gearbeitet, der Verkehr lief flüssiger, und die Frau zog mit ihrem blinkenden Fiat Coupé davon.

Als ich zwanzig Minuten später in Duisburg einen Parkplatz gefunden hatte, traute ich meinen Augen nicht. Da stand ein roter Fiat Coupé am Straßenrand. Kurz darauf betrat ich die Etage eines Softwareherstellers und wurde in ein Büro geführt. Die Kundin, die mich telefonisch um einen Termin gebeten hatte, weil ich ihr von einem guten Bekannten aus Viersen empfohlen worden war, entpuppte sich als die wütende Fiat-Fahrerin.

»Oh«, sagte sie und stieß rasch den Atem aus, »das glaube ich nicht! Herr Theunissen? Das waren *Sie*? Vorhin auf der Autobahn? Sie dürfen eine Frau nicht so anstarren, Sie machen einem ja Angst. Setzen Sie sich, bitte.« Es war ihr peinlich, mich in ihrem Büro zu haben. Sie vergaß sogar, mir die Hand zu geben. »Ich fürchte, da haben wir einen schlechten Start miteinander erwischt.«

»Es lag mir fern, Sie zu erschrecken«, sagte ich.

»Das will ich hoffen.« Sie lachte nervös. »Darf ich Ihnen einen Kaffee bringen lassen? Statt einer Friedenspfeife?«

Unsere Lehrbücher unterteilen das Verkaufsgespräch mit dem Kunden in verschiedene Phasen. Nicht, dass irgendeiner von uns sie ernst nähme, sobald er in der Praxis steckt. Das mal nebenbei. Der Druck, Provisionen zusammenzutrommeln, ist unmenschlich. Am Anfang der Prioritätenliste jedenfalls stehen Verbindlichkeit, Seriosität, Vertrauen wecken. Die Bedürfnisse des Kunden antizipieren. Gerade soviel reden, wie es notwendig ist, damit der Kunde sich wohlfühlt.

Meine Kundin hieß Angela Hoymann. Sie hatte ein modernes, frisch bezogenes Büro, offenbar war sie erfolgreich und richtete ihren Blick schon nach oben; sie durfte nur nicht vergessen, sich gegen die Fährnisse des Lebens zu wappnen. Sie und ihr Mann hatten in Ratingen eine Immobilie gekauft und mussten die Hausratversicherung an die neuen Wohnbedingungen anpassen. Außerdem wollten sie ihren Krankenversicherungsschutz aufrüsten, nur das Beste von allem.

Menschen wie Angela Hoymann wollen das Gespräch mit dem Versicherungsvertreter dominieren, sie ertragen nicht einmal ansatzweise das Gefühl, der sachliche Austausch über ihre eigenen Bedürfnisse könnte fremdgesteuert werden. Jetzt kam ihr auch noch ihre Verlegenheit in die Quere. Ich ließ es ruhig angehen. Ich erklärte ihr die Bedingungen, empfahl einen Tarif, der nicht nur dem neuen Haus, sondern auch ihrem Selbstwertgefühl entsprach, und beschloss, ihr eine kleine Massage mit dem Öl der Versicherungsphilosophie zu geben.

»Jede Berufsgruppe hat ihre spezifischen Sorgen«, sagte ich und lehnte mich etwas nach vorn. »Und innerhalb der Berufsgruppe jede Altersstufe, jede Gehaltsklasse, jeder einzelne Mensch. Wir sortieren das statistisch im Versicherungswesen, etwas anderes bleibt uns gar nicht übrig. Wir müssen wissen, mit welchen Risiken bestimmte Gruppen es zu tun bekommen und was die Rheinische für diese Menschen tun kann. Aber wenn man dem einzelnen Menschen gegenübersitzt, gewinnt man ein viel präziseres Bild.« Ich sah ihr fest in die Augen. »Um dieses Bildes willen, Frau Hoymann, opfern Sie gerade Ihre Zeit.«

Ihre Züge hellten sich auf, und ich konnte mir vorstellen, dass sie eine herzliche Frau sein konnte, wenn sie wollte.

»Wenn ich in einem Büro wie diesem sitze«, sagte ich, »mit dieser Aura von Energie und Kreativität, frage ich mich: Wie mögen die Besorgnisse eines solchen Menschen beschaffen sein? Wovor wird er sich schützen wollen? Deswegen kann ich Ihnen nicht allein mit Tarifen und Bedingungen kommen. Ich möchte Sie lieber fragen, welche Vision Sie von Ihrer Zukunft haben. Und erst, wenn Sie sich bewusst machen, was Ihre Ziele sind, gewissermaßen Ihre berufliche Flughöhe, finden wir heraus, wie Ihr Versicherungsschutz auszusehen hätte. Nur dafür bin ich da, Frau Hoymann. Um mit Ihnen zusammen herauszufinden, was das Mindeste ist, was die Rheinische für Sie und Ihren Mann tun sollte.«

Sie hatte mich verstanden. Ich betrachtete die mattgrauen Knöpfe ihrer herbstfarbenen Jacke. Ich sah sie geradezu vor mir, wie sie im Laden mit ihren schlanken Fingern über diese Knöpfe gestrichen und sich das Kostüm zum Anprobieren herausgelegt hatte.

In den nächsten Minuten arbeiteten wir sehr konzentriert, und natürlich ging es um nichts anderes als Tarife und Versicherungsbedingungen. Nachdem Angela Hoymann sich entspannt hatte, erwachte ihre Effizienz. Sie sah eine Chance, die Sache zügig abzuwickeln. Als wir uns der letzten Phase näherten, dem Abschluss, spürte ich auf ihrer Seite keinerlei Zögern. Sie unterschrieb mit einem schlanken Kugelschreiber. Während sie ihn zuschraubte, erinnerte ich mich an die Abschlusspanik, die wir alle kennen – wenn alles gesagt ist und es nur noch ein paar Striche braucht, doch irgendetwas dazwischenkommt. Ein Kollege hat das »die Angst des Tormanns beim Elfmeter« genannt, aber das ist Unsinn. Nicht der Tormann empfindet Angst, sondern der Elfmeterschütze. Der Mann, der in der neunzigsten Minute Anlauf nehmen muss, um den Ball reinzukloppen, ist der Versicherungsvertreter. Doch etwas lässt ihn zögern, was der Kunde leider sofort spürt, und wenn dann Zweifel erwachen, wenn der Kunde noch den Rat von Freunden einholen oder »sich die Sache noch einmal überlegen will«, dann gnade uns Gott.

Die Vertragsunterzeichnung ist der sublimste Moment unserer Tätigkeit. Wer die Repräsentanten meiner Zunft einmal dabei beobachtet hat, wie sie mit der Unterschrift in der Mappe das Haus des Kunden verlassen, wird wahrnehmen, dass ihr Gang federleicht geworden ist. Die Sonne lacht, auch wenn es regnet. Ein freundlicher Schimmer liegt über allen Dingen. Der Tag des Versicherungsvertreters, er ist zu einem guten Tag geworden.

In Wahrheit ist die Fixierung auf die Unterschrift des Kunden abstoßend. Und wir wissen es. Mit der Unterschrift steht und fällt unsere Provision. In dieser kleinen Geste, die nur ein paar Sekunden beansprucht, kristallisieren sich alle unsere Ängste und Hoffnungen. Eine Unterschrift, nichts weiter. Ein dahingekrakelter Namenszug. Das Wenigste, was noch der Dümmste in unserer Gesellschaft zuwege bringt: hinzuschreiben, wie er heißt. Damit er nicht weglaufen, damit man ihn haftbar machen kann. Es tut weh, das so deutlich zu sagen, weil es entwürdigend ist. Ob jemand seinen Namen unter den Vertrag setzt oder nicht, bedeutet für uns, ob wir in diesem Monat unseren Schnitt erfüllen oder verfehlen. Ob wir triumphierend den Ordner zuklappen oder geduckt nach Hause schleichen.

Die Unterschrift, werden manche denken, die ließe sich

doch leicht fälschen. Ja. Aber es bringt wenig ein, denn solche Sachen fliegen auf. Der Kunde weiß doch, was er unterschrieben hat! Außerdem, sollte man meinen, zahlt sich die Fälschung der Unterschrift finanziell nicht aus. Die meisten Versicherungen werden für den Versicherungsvertreter ja erst sinnvoll, wenn sie lange gehalten werden und die Verträge Jahr um Jahr erneuert werden können. »Bestandspflege« nennen wir das. Es wäre also besser, wenn die Kunden einigermaßen zufrieden wären. Die lange Dauer arbeitet der Betrugsgefahr entgegen. Nicht einmal Barbara Stanwyck und Fred Murray in *Frau ohne Gewissen* versuchen, die Unterschrift von Barbara Stanwycks Ehemann zu fälschen, bevor sie ihn umbringen. Sie machen sich die Mühe, ihm die neue Lebensversicherung heimlich unterzuschieben, sodass der Mann nicht weiß, was er unterschreibt. Aber er unterschreibt wirklich. Dann bringen sie ihn um. Erst das eine, dann das andere.

Wie man an diesem herrlichen alten Film erkennen kann, sind sich die entscheidenden Dinge unseres Berufsstandes gleich geblieben. Und das sind die Versuchung, die Versicherung zu betrügen, und die absolute Notwendigkeit seitens der Versicherungsgesellschaft, diesen Missbrauch zu bekämpfen. Wer also kommt auf die Idee, die Unterschrift zu fälschen? Leute, die das Risiko nicht mehr einschätzen können. Zocker, die schon so lange am Rand stehen, dass sie sich an längere Blicke in den Abgrund gewöhnt haben. Vertreter, die die Monatsrate für ihren 7er BMW nicht mehr bezahlen können und verzweifelt nach Auswegen suchen. Und schließlich Kollegen, die beschlossen haben, die Gesellschaft zu wechseln. Unter den Gesellschaften ist ja ein permanenter Abwerbekrieg im Gang, und das Letzte, was irgendjemand dabei will, ist öffentliche Aufmerksamkeit.

»Wir müssen die Krankenversicherung auf ein andermal verschieben, Herr Theunissen. Ich bin spät dran.«

»Kein Problem, Frau Hoymann. Ich lasse Ihnen die Angebote da. Dann können Sie sich mit Ihrem Mann noch einmal darüber austauschen.« Ich schob den Vertrag für die Hausratversicherung in die Mappe. »Wann wäre es Ihnen denn recht? Sollen wir sagen, Freitagmorgen? Dieselbe Zeit wie heute?«

Sie kannte ihren Terminkalender auswendig. Freitagmorgen passte ihr.

»Noch etwas«, sagte ich. »An Ihren Wagen haben Sie natürlich schon gedacht? Mit allem, meine ich?«

Kfz-Versicherungen sind fünfzig Prozent unseres Geschäfts. Und wer den Kunden zum Freund haben will, tut gut daran, sein Auto zu loben, auch wenn es längst ein anderer versichert hat.

Zum ersten Mal lächelte sie so, wie Frauen mit Humor lächeln. »Ach so! Sie haben gar nicht mich gemeint auf der Autobahn. Sie haben meinen Wagen gemustert! Das gehört zu den originelleren Komplimenten, die ich bisher gehört habe.«

»Ein schönes Auto«, sagte ich. »Ich bin sicher, das feine Stück ist bei Ihnen in guten Händen.«

»Sie werden lachen, ich habe ihn erst seit drei Wochen. Und er ist rauf und runter versichert, wie es sich gehört.«

»Das freut mich«, sagte ich. »Es ist das Allerwichtigste. Sind Sie denn mit seiner Leistung zufrieden?«

»Es ist … es ist himmlisch«, sagte sie so ernsthaft, dass ich sofort spürte, wie sehr sie an dem Wagen hing. »Wenn Sie das noch nicht erlebt haben, fehlt Ihnen etwas.«

»Dann müssen Sie mich einmal auf eine Probefahrt einladen.« Ich lächelte sie an wie ein großer Junge, für den Autos alles sind. »Ich würde mich Ihnen anvertrauen.«

Zu meiner Verblüffung erschrak sie kein bisschen. »Das wäre schön«, sagte sie und sah mich an. »Das würde mir Freude machen.«

Ich nickte verbindlich, aber in meinem Inneren rührte sich die Gefahrenanzeige.

»Wann?«, fragte ich und sah in ihre Augen, die immer noch auf mich gerichtet waren.

Gerade noch war sie völlig beherrscht gewesen. Jetzt verriet sie ein kleiner Atemzug, der ihrer Kontrolle entglitt. Ich habe festgestellt, dass nichts die Menschen so verunsichert wie Klarheit. Auch Angela Hoymann spürte, dass sie mit ein paar kleinen Schritten die Schwelle zu einer Entscheidung erreicht hatte. Sie stand unmittelbar davor. Vor der berühmten Tür, die Sean Connery in *Die Unbestechlichen* im nächsten Moment mit der Axt einschlagen wird. Doch bevor er es tut, fragt er Kevin Costner, ob ihm auch wirklich klar sei, was gleich geschehe. Ob er, der Bundesstaatsanwalt, die Konsequenzen bedacht habe?

Und so standen wir in ihrem Büro, sie und ich. Vielleicht ging ihr soeben das Ungeheuerliche der Situation auf. Wie kam sie dazu, ihren Versicherungsvertreter zu einer Vergnügungsfahrt in ihrem neuen Auto einzuladen? Und wie kam der Mann dazu, die Einladung anzunehmen, ja einen konkreten Termin dafür zu verlangen?

Jaaa … hätte ich darauf sagen können. Das war doch keine große Kunst! Wer einem Vertreter gegenüber auch nur andeutet, er wolle einen Termin mit ihm vereinbaren, hat ihn in der nächsten Sekunde am Hals. Den Termin und den Mann. Mit Datum und Uhrzeit. Mit zwei Ausweichterminen, falls erforderlich. Wenn man das vermeiden will, muss man ihn rauswerfen, eine andere Möglichkeit gibt es nicht. Aber das wissen die Wenigsten. Der strategische Vorteil des Vertreters war schon immer die Selbstliebe der Schwachen.

Da tat Angela Hoymann etwas Merkwürdiges. Sie schaute auf meine Hände. Sie suchte nach einem Ehering. Aber sie fand ihn nicht. In dieser Sekunde beschloss sie, den Dingen ihren Lauf zu lassen

»Wann?«, wiederholte sie, als hätte sie die ganze Zeit nach einer Lücke in ihrem Terminkalender gesucht. »*Wann?* Ich würde sagen … wann immer du willst.«

Am späten Abend, wenn in Kleinhoek schon alles schläft, werfe ich manchmal ein Video ein, zum Beispiel *Schwarzer Regen.* Ich habe den Film schon so oft gesehen, dass ich mir nur noch die erste Stunde anschaue, in der Andy Garcia mit von der Partie ist.

Schon seine erste Szene versetzt mich in gute Stimmung. Wie Andy Garcia mit seinem dunklen Mantel und seinen neuen Schuhen auf die Straße tritt. Wie er das Tuch des Toreros simuliert und für das herankommende Motorrad von Michael Douglas eine Bewegung vollführt, als wären sie in der Arena. Wie er sich später, als sie zu zweit losgebraust sind, auf dem Rücksitz in voller Fahrt seinen rechten Slipper vom Fuß zieht und sagt: »85 Dollar pro Stück. Die Ladies der Achtzigerjahre legen Wert auf Schuhe.« Natürlich braucht diese Szene den Kontrast mit dem unrasierten Kettenraucher Michael Douglas, seinem Draufgängertum und seiner vulgären Sprache. Aber das Leben, die Hoffnung pulsiert in den eleganten Bewegungen von Andy Garcia.

Damals war er dreiunddreißig, so alt wie Jesus Christus, als er starb. Ich schaue Andy Garcia zu, mampfe Erdnussflips und freue mich daran, dass dieser sympathische Kerl wirklich glaubt, als gut angezogener Polizeidetektiv die Welt verändern zu können. Wenn er Michael Douglas mit seinen sanften braunen Augen ansieht und sagt: »He, pass auf deinen Arsch auf, Cowboy«, könnte ich heulen. Er meint es ja so. Er fühlt sich stark in seinem schicken neuen Anzug, während Michael Douglas in tausend Schwierigkeiten steckt und sich mit jedem unbedachten Schritt seiner schweren Motorradfahrerstiefel neue einhandelt. Der Jüngere der beiden, Andy Garcia, wirkt wie der ältere Bruder. Ich glaube, das hat mir am meisten gefallen. Und als ich den Film zum ersten Mal sah, dachte ich natürlich, der Mann ist unsterblich. Wir alle dachten das. Wir dachten: So einer *kann* doch nicht sterben.

Nach dem Video gehe ich auf die Dachterrasse hinaus und rauche die zweite Zigarette des Tages. Ich drehe mir immer noch Zigaretten, wie ich es vor vielen Jahren auf dem Collegium Aureum von meinem Freund Motte gelernt habe. Auch der holländische Tabak ist noch derselbe. Während ich rauche, schaue ich in den Himmel, ob vielleicht ein paar Sterne zu sehen sind. Aber meistens ist der Kleinhoeker Himmel bedeckt. Manchmal spreche ich mit ihm, wie ich es schon seit Langem tue. He, alter Himmel, sage ich zu ihm. Warum sendest du mir kein Zeichen? Diese geschlossene Wolkendecke zum Beispiel. Willst du mir damit irgendetwas sagen?

Da draußen frage ich mich gelegentlich, was ich in Kleinhoek mache. Dann sage ich mir: Du bist in Kleinhoek, weil du hier einen Bestand mit einer schönen Kundenkartei übernommen hast. Du hast das große Los gezogen. Natürlich hättest du dir auch eine Wohnung in Krefeld oder Düsseldorf nehmen können. Hier arbeiten, dort wohnen. So macht es jeder, der einen Funken Verstand in der Birne hat. Niemand verkriecht sich für vierundzwanzig Stunden am Tag hier draußen, wo es nur Bauern, Kühe und Mähdrescher gibt. Aber du wolltest dir etwas beweisen. Vielleicht wolltest du Kleinhoek urbar machen und zivilisieren? Dich darin einrichten wie Robinson Crusoe auf seiner verdammten Insel? Vielleicht willst du der Welt zeigen, dass der wahrhaft unabhängige Geist an jedem Ort bestehen kann? Offenbar bist du im Herzen ein Landei, kein Stadtmensch. Das hat das Collegium Aureum aus dir gemacht. Du wolltest Tolstoi spielen und von deinem Landgut aus über die lärmende Welt da draußen nachdenken, ohne von ihrem Wirbel erfasst zu werden. Dann geh auch hinaus, befreie die Leibeigenen von Kleinhoek und lehre sie Lesen und Schreiben!

Wenn ich einmal so weit bin, kommen die Erinnerungen an meine Ausbildung zum Versicherungsfachmann zurück. Man darf nicht vergessen, ich kam von der Universität. Und als ich sah, was die Versicherungsbranche unter Lehrstoff verstand, lachte ich mich kaputt. Schon in den sechs Grundseminaren, in denen die Rheinische ihren Kandidaten das Fachwissen vermittelte, begann ich mich zu langweilen. Außerdem machte mir zu schaffen, dass die Seminare in Tagungshotels zwischen der Ostsee und dem Allgäu stattfanden. Jedes Seminar dauerte von Montag bis Freitag, dann durften wir zwei Wochen lang nach Hause, danach ging es an einem anderen Ort weiter. Ich fühlte mich hin und her getrieben wie ein Tennisball.

In einem Tagungshotel im Taunus lernte ich Karla kennen. Sie war nur bei dieser Tagung dabei, warum, wusste ich nicht. Sie sprach nicht gern von sich selbst. Karla hatte kurzes schwarzes Haar, hohe Wangenknochen und eine sportliche Figur. Darüber hinaus sah sie aus, als hätte sie sich in der Veranstaltung geirrt. Mit ihrem flackernden Blick und einem Auftreten, das überheblich wirkte, bis ich begriff, dass es ihre Menschenscheu verbarg, war es ausgeschlosssen, sie sich als Versicherungsvertreterin vorzustellen. *Niemand* würde sich trauen, von dieser jungen Frau eine Broschüre mit den Versicherungsbedingungen zu erbitten. *Niemand* würde von Karla eine Versicherung kaufen. Wie sollte sie einen zögernden, unsicheren Menschen je dazu bringen, aus ihrer Hand den Stift zur Unterschrift anzunehmen? Das Seltsame war, dass Karla es selbst zu wissen schien. Sie war fehl am Platz, und dennoch lief sie nicht davon. Sie hatte fünf

Tage mit den Ausbildern der Rheinischen vor sich und wollte das Beste daraus machen.

Es war ihr rätselhaftes Wissen um sich, das mich im Lauf der Tage immer stärker zu ihr hinzog. Am vorletzten Abend blieben wir beide wie auf Verabredung im Speisesaal sitzen und sahen uns über die leerer werdenden Tische hinweg an. Plötzlich wussten wir, dass sich der Saal nur für uns leerte, dass alle Platz machten, damit wir aufeinander zugehen könnten. Bis dahin war ich nicht auf die Idee gekommen, sie anzusprechen, weil mir die Trennung von Martina immer noch in den Knochen steckte. Ich war aus Martinas Wohnung ausgezogen, hatte einen Großteil meiner Sachen bei meinem Vater in den Keller gestellt und mir für den Übergang eine Bude in der Kölner Südstadt gemietet. Und jetzt sah ich über fünf Meter hinweg die schwarzen Augen von Karla, ihre Blässe, ihr konzentriertes Warten und sagte mir, dass all die Sprüche über die Beziehungspause, die man sich nach einer Trennung angeblich gönnen soll, Blödsinn sind. Die Wahrheit ist: Wir treffen nicht viele Menschen, um die es sich lohnt. Wer für jemand anderen etwas empfindet, sollte sofort zugreifen.

Das Küchenpersonal rollte den Geschirrwagen heran und räumte die Teekannen von den Tischen. Karla und ich beobachteten das Treiben noch ein wenig. Als niemand mehr zwischen uns saß, standen wir auf und gingen zu ihrem Zimmer im zweiten Stock. Den ersten Kuss gaben wir uns, sobald die Tür hinter uns zugefallen war, behutsam, wie neugierige Kinder. Eine halbe Stunde später sprachen wir den ersten Satz mit Subjekt, Prädikat, Objekt. Bis dahin warfen wir uns Wörter hin wie Flaggensignale. »Hier.« »Warte.« »So.« »Gut.« »Ja.« Einmal nannte sie mich Marko, es rutschte ihr heraus, und das war die Taufe für unseren Abend. Ich küsste sie auf das linke Augenlid. Als wir später nebeneinanderlagen, nannte ich sie Karla, aber ich meinte es als Frage. Sie lag todernst neben mir und sah an die Decke, als wollte sie sich die weiß gestrichene Fläche von einer Ecke zur anderen einprägen. Ihr Haar rahmte die blasse Haut. Dann sah ich ihre abgekämpften Hände.

Ich dachte darüber nach, wie ich die Frage formulieren könnte, da legte sie mir einen Finger auf die Lippen, rollte sich auf mich und nahm mein Gesicht in ihre Hände. Ihre Oberlippe glänzte vor Schweiß. Sie legte mir den Mund ans Ohr und flüsterte: »Du fragst dich, warum ich hier bin, Marko. Ein Mensch muss irgendwo sein. Er kann nicht nirgendwo sein.«

Sie zog das Laken zwischen uns weg und legte sich auf mir zurecht. Sofort war ich erregt. Ihre Stimme kam schneller und keuchend. »Warte. Tu gar nichts. Ich muss dir noch etwas …« Sie schluckte und atmete heftig aus. »Beweg dich nicht. Lass mich … machen. Ooh …« Sie nahm wieder mein Gesicht in die Hände und bewegte sich auf mir, wie sie wollte. »Die Augenblicke sind egal. Sie gehen vorbei. Das hier. Mit dir und mir. Früher dachte ich, ich müsste es festhalten. Ich habe versucht, jeden Jungen festzuhalten … Nicht bewegen, Marko … Irgendwann … irgendwann wussten sie ja, dass mit mir etwas nicht stimmt. Ich bin froh, dass du mit mir gegangen bist.«

»Du bist mit *mir* gegangen, verdammt. Wir sind miteinander gegangen.«

Sie seufzte. »Ja, so. Das ist gut.«

»Sieh mich an«, sagte ich und nahm ihren Kopf in die Hände, aber sie hatte die Augen geschlossen und öffnete sie nicht mehr, solange wir zusammenlagen. »Karla, verdammt! Sieh mich an!«

Jetzt hielt sie auch die Lippen fest geschlossen, während sie sich heftiger auf mir bewegte und ihr Atem in Stößen aus der Nase kam, die Nasenflügel bebten, ihre Stirn glänzte, ich überlegte, ob ich sie von mir schleudern oder festhalten sollte.

»Warte, Karla, lass locker, he! Du dummes …«

Es hatte keinen Sinn. Sie bemerkte mich nicht. Ich trat aus unserer Szene heraus wie aus einem Zimmer und ließ nur meinen Stellvertreter zurück, auf dem sie sich schneller und schneller bewegte, Augen und Mund fest zusammengepresst, sie war allein, sie hatte niemanden, sie benutzte nur einen Kollegen bei einem Grundseminar der Rheinischen im Taunus.

Solche Dinge kommen vor.

Wir sind erwachsene Leute.

Wir wissen, was wir tun, und das Leben geht weiter.

Ich hatte es mir selbst zuzuschreiben, dass ich die Schulungsreferenten mit ihren feinen Brillen, den verunglückten Krawatten und dem leutseligen Humor nicht mehr ertrug. Du bist ein arroganter Schnösel, sagte ich mir. Jetzt hast du schon mal das Glück, in Kontakt zur wirklichen Welt zu treten, was du doch immer wolltest, und triffst Menschen aller sozialer Schichten. Du lernst den Durchschnitt kennen, und was machst du? Du erhebst dich über diese Menschen. Du empfindest dich als etwas Besseres.

Die Wahrheit war schmerzhaft, aber nicht zu leugnen. Ich empfand mich wirklich als etwas Besseres. Ich fand, ich hätte den Kontakt mit so niederschmetternd unwissenden Leuten nicht verdient. Internatspinkel, hatte der betrunkene Söffi damals in Hassum zu mir gesagt und es als Beleidigung gemeint. Jetzt begriff ich, dass ich im Herzen immer noch ein Internatspinkel war und die Beschimpfung insgeheim als Ehrenzeichen aufgefasst hatte. Das Collegium Aureum mochte mich rausgeworfen haben, tief drinnen war ich ein Collegiumsprodukt geblieben und wollte meiner alten Klosterschule Ehre machen. Da blieb mir nur eins: mit aller Konsequenz der Internatspinkel zu sein, den andere in mir vermuteten.

»Ich halte das nicht mehr aus«, sagte ich zu Anton tags darauf am Telefon, als ich nach einem akuten Nihilismusanfall das Abendessen ausfallen lassen musste.

»Ich sagte doch, du kriegst die Krätze. Hör auf Anton Orzegowski.«

»Du sagtest, ich kriege Pickel. Ich weiß es genau. Von Krätze hast du kein Wort gesagt.«

»Wahrscheinlich bekommst du beides«, sagte Anton fröhlich. »Da musst du durch. Der Verstand leidet unsagbare Qualen, aber sie haben ein Ende. Kommst du mit der Prüfung klar? Wann ist die überhaupt?«

»Im Januar.«

»Die machst du mit links.«

»Das sage ich mir auch.«

»Wie viele seid ihr?

»Elf.«

»Und mit wie viel Leuten seid ihr gestartet?«

»Neunzehn«, sagte ich.

»Siehst du? Es ist immer dasselbe. Einige dieser Jungs riskieren am Anfang eine kesse Lippe, aber beim ersten Happen Sachwissen zerbröseln sie wie Knäckebrot. Ihr Gehirn ist so groß wie eine Murmel. Mal sehen, ob die Rheinische einen einzigen von denen in die Abschlussprüfung schickt. Aber dich, mein Junge, werden sie schicken. Ich fühle es.«

»Danke, Anton. Was sagt dir dein Gefühl sonst noch?«

»Dass du es schaffst. Also halt durch und mach eine anständige Prüfung, denn dann kommt die eigentliche Aufgabe. Du musst irgendwo einen Bestand mit einer fetten Kundendatei übernehmen. Denk an die Rahmenbedingungen. Du brauchst einen eigenen Laden.«

»Ich weiß«, sagte ich, »dass ich einen eigenen Laden brauche. Das könnte schwierig werden, oder? Die Leute räumen doch nicht ihre Büros, sobald sie mein Lächeln sehen.«

»Es könnte etwas dauern. Man muss Geduld haben und die Augen offen halten. Ein paar Kontakte knüpfen. Alles Sachen, auf die du sicherlich brennst.« Er lachte leise in den Hörer, und er klang so nah, dass ich Lust hatte, mit ihm auf irgendetwas anzustoßen.

»Anton?«

»Ja?«

»Es gibt nicht allzu viele in meiner Umgebung, die an mich glauben. In diesem Beruf. Um genau zu sein … niemanden. Alle denken, ich mache den Fehler meines Lebens.«

»Und?«, sagte Anton. »Denkst du das auch?«

Ich war mir nicht mehr sicher, was ich dachte. Ich lauschte auf das leise Rauschen im Telefonhörer und fragte mich, ob wir so nicht das Leben der anderen wahrnehmen. Ein leises Rauschen, sehr weit entfernt.

»Hör mal«, sagte Anton. »Erwarte nicht, dass andere dir für deine Entscheidung Blumen streuen. Leute von draußen verstehen die Branche nicht. Und dann kommen noch zwei Faktoren hinzu.«

»Welche?«

»Gleichgültigkeit und Phantasielosigkeit.«

»Verstehe.«

»Das würde mich wundern«, sagte er. »Aber später wirst du es verstehen. Lass dich von denen, die nicht dein Leben führen, auf keinen Fall beeindrucken. Wenn du es ernst meinst, wirst du ankommen.«

»Das sage ich mir auch. Ich werde ankommen.«

»Ja, Marko. Das wirst du.«

»Ich werde ankommen.«

Natürlich verheimlichte ich meinem Vater, wie sehr ich während meiner Ausbildung zum Versicherungsvertreter litt. Ich absolvierte die sechs Grundseminare, sortierte meine Notizen und bereitete mich voller Verachtung auf die Abschlussprüfung im Januar 1993 vor. Insgeheim hatte ich das Erfolgsversprechen, das ich mal in einer Zeitungsanzeige der Rheinischen entdeckt hatte, längst begraben, aber ich hütete mich, irgendjemandem davon zu erzählen. »Überregional tätige Versicherungsgesellschaft sucht Mitarbeiter für den Außendienst«, hatte es dort geheißen. »Wir bieten Ihnen rasche Ausbildung zum Versicherungsfachmann und bei entspr. Qualifikation die Übernahme einer Agentur und eines soliden Kundenstamms, angenehmes Betriebsklima u.

die Chance, sich bei uns zu verwirklichen, zu entwickeln und in vielverspr. Höhen aufzusteigen.«

Du warst ein Rindvieh, sagte ich mir. Du bist auf den ältesten Bauernfängertrick der Welt hereingefallen. Vielverspr. Höhen! Du hättest nur ein einziges Jahr dranhängen müssen und wärst mit einem Magister Artium der Philologie von der Universität gegangen. Aber du wolltest es auf die bequeme Tour probieren. Jetzt siehst du, in welcher Branche du gelandet bist.

Bei den Grundseminaren erstatteten die Schulungsreferenten am Ende der Woche gegenüber der Rheinischen Bericht, wie sich die Kandidaten geschlagen hatten. Das lief immer so, sagte Anton, der ganze Prozess wurde genauestens überwacht. Am Ende der Woche wusste die Rheinische Bescheid, wen sie vergessen und in wen sie Geld investieren konnte. Den offensichtlichen Schwächlingen, Dummköpfen und Armleuchtern empfahl man, den Weg besser nicht fortzusetzen. Es blieben immer noch genug Pfeifen, die sich durchmogelten. Die Besten dagegen wurden mit glänzenden Karriereaussichten gelockt.

Am entscheidenden Tag standen in Düsseldorf zweihundertfünfzig Leute auf der Matte. Ich fühlte mich unwohl, weil ich an Kleidung und Gehabe unwiderruflich meine eigene Zukunft vor mir sah. Die Angebertypen, die ich bei meiner Schulung angetroffen hatte, beherrschten auch hier die Szene. Während die Rheinische nur mich zur Prüfung gemeldet hatte, waren die großen Gesellschaften in Fußballmannschaftsstärke angetreten. Ich hatte gar keine Ahnung gehabt, dass es so viele Versicherungsgesellschaften gab, die so viele Kandidaten auf einmal brauchten. Wovon sollten wir denn alle *leben*?

Die Prüfung zum Versicherungsfachmann bestand aus einem dreistündigen Test quer durch alle Sparten. Bevor wir in den riesigen Saal gelassen wurden, standen die Leute herum, rauchten und schwadronierten. Dann gingen wir rein, und ich gewann ein bisschen Achtung vor meinem künftigen Berufsstand zurück. Der Test war schwer, ein Haufen Fragen, bei denen präzises Faktenwissen gefordert war. Nach neunzig Minuten gab es eine Pause. Jetzt wirkten die Jungs mit Lederschlips, bunt bedruckten Hemden und weißen Socken nicht mehr ganz so lässig. Dann gingen wir wieder rein und nahmen die zweiten neunzig Minuten in Angriff.

Die Ergebnisse kamen eine halbe Stunde nach Abgabe, eine Sekretärin pinnte sie ans Schwarze Brett, vor dem sich sofort eine Traube aus türkis- und auberginefarbenen Jacketts bildete. Ich hatte keine Lust, mich dort hineinzuzwängen, also stand ich abseits und guckte zu. Plötzlich wurden die Leute, die sich vorher so forsch gegeben hatten, ganz still und glitten aus dem Bild wie Fische. Drei Minuten später sah ich es auch. Die Durchfallquote betrug mehr als sechzig Prozent. Ich hatte bestanden.

Am nächsten Tag legte ich die mündliche Prüfung ab, ein simuliertes Verkaufsgespräch. Anfangs kam mir die Situation in dem kahlen Raum so vor, als hätte jemand meine Träume möbliert. Die drei Männer, die die Prüfung abnahmen, saßen an einem Tisch und starrten mich aus großen Brillengläsern an. Einer spielte den Kunden. Die anderen machten sich Notizen. Hinter ihrem Rücken ahnte ich brechend volle Schränke mit Aufzeichnungen. Am Ende sagte einer: »Wir gratulieren Ihnen und wünschen Ihnen das Beste in Ihrem spannenden Beruf. Machen Sie der Branche Ehre.«

Als alles hinter mir lag, lud ich Anton in Köln zum Thailänder ein, um mich noch einmal darin bestärken zu lassen, dass ich die richtige Entscheidung getroffen hatte. Anton enttäuschte mich nie. Er erzählte von Fällen, bei denen es wirklich auf das Unterscheidungsvermögen des Vertreters angekommen war, seinen Scharfblick, seine Vernunft, und er erklärte mir, welchen Unterschied die kompetente Beratung gemacht hatte.

»Niemand kann ohne Versicherung existieren, Marko. Sie ist eine der großen Errungenschaften der Zivilisation. Nur im afrikanischen Busch gibt es noch Völker ohne Versicherung. Oder in diesen Pfahlbauten in Nordvietnam, von denen ich gelesen habe. Da fehlt's aber auch an Schuhen. Der Rest der Menschheit braucht Leute wie uns.«

Dann fragte ich ihn das, was mich am meisten beschäftigte: wie er damals an sein eigenes Büro gekommen war.

»Ein Kollege hatte Krebs. Er musste aufhören und suchte einen Nachfolger. Wie er auf mich kam, keine Ahnung. Aber als ich seinen Kundenbestand näher kennenlernte, merkte ich, was er für einer gewesen war. Ein netter Kerl, der es mit seinen Kunden immer ehrlich gemeint hatte. Und weißt du was? Ich habe bis heute kein besseres Vorbild gefunden. Einfach nur ehrlich zu deinen Kunden sein, und du kommst über die Runden. Vergiss die Sache mit dem Reichwerden. Aber der Herrgott liebt dich. Wer kann das heute schon von sich sagen? Und noch was.«

»Was?«

»Immer in der Mitte bleiben, verstanden? Nicht zu weit oben, nicht zu weit unten. Meide das Rampenlicht. Die Herde hat immer recht.«

»Anton«, sagte ich, während er den letzten Bissen Lamm mit Pfefferminzsoße im Mund verschwinden ließ. »Kann ich dich mal was fragen?«

»Lieber nicht«, sagte er.

»Warum nicht?«

»Ich habe Martina versprochen, dich nie zu erwähnen.« Er kaute methodisch zu Ende und warf mir seinen weisen Blick zu.

»Verstehe.«

»Anton Orzegowski ist nicht euer Briefkasten.«

Wir redeten noch ein bisschen und leerten die Flasche Rotwein. Am Ende fühlte ich mich einigermaßen bereit, die

Ärmel hochzukrempeln und durchzustarten. Ich hatte jetzt einen Beruf.

»Halt die Ohren steif, Junge«, sagte Anton, als wir uns vor dem Restaurant verabschiedeten. »Tu Gutes.«

Und ich hatte Glück. Womit ich es verdient hatte, werde ich nie erfahren. Nach einer nervtötenden Zeit, in der ich bei einem Büro der Rheinischen in Mettmann mitarbeitete, wo kaum etwas für mich abfiel, wurde mir die Vertretung in Kleinhoek angeboten. Natürlich wusste ich, dass sich nicht jeder jubelnd auf ein Nest wie Kleinhoek stürzt, aber es war eine selbstständige Vertretung mit einem ordentlichen Bestand. Ich würde mein eigener Herr sein. Und wie so mancher junge Mann am Beginn der Berufskarriere, der sein ganzes Leben austauschen will, fasste ich übertrieben asketische Vorsätze. Früh aufstehen, den Arbeitstag strukturieren, eine gepflegte Erscheinung wahren. Regelmäßig Sport treiben. Gesunde Gedanken denken. Wer so in seinen Beruf startet, dachte ich, wird meilenweit laufen.

Erst, als ich in meinem frisch bezogenen Büro saß und Frau Hünnekens mich mit kugelrunden Augen anschaute, wurde mir klar, dass ich mich selbst belogen hatte. Es wurde *wirklich* hart. Es war so anstrengend, dass ich nachträglich am Verstand derer zweifelte, die das Verkaufen von Versicherungen als leichte Arbeit bezeichnet hatten. Insgeheim hatte ich angenommen, die Rheinische schätze an mir das stilvolle Auftreten und die gewählten Formulierungen, sie wolle auch in der niederrheinischen Provinz ein bisschen Klasse zeigen und lasse sich das gern etwas kosten. Ein Geisteswissenschaftler, der Shakespeare und Byron zitieren kann, das ist doch mal etwas anderes. Ich dachte, ich kassiere die Bestandsprovisionen, die ja sofort einlaufen, baue mir in Ruhe ein Nest und sehe dann weiter. Ich dachte, meine Abschlussprovisionen sind das Sahnehäubchen auf diesem komfortablen Arrangement. Natürlich konnte ich mir schon ein Auto kaufen und freute mich, dass sich in Kleinhoek billig leben ließ. Mittags trabte ich in die Metzgerei und aß am Stehtisch das Tagesgericht. Dann ließ ich mir noch etwas Rauchfleisch einpacken und ging wieder ins Büro. Vorbei am Nagelstudio Heckmanns und der Änderungsschneiderei Peerenboom. Drei Minuten, länger dauert in Kleinhoek kein Weg. Zum Metzger, zum Bäcker, zum Schlecker. Marko Theunissen, der Herr von der Rheinischen, saß mittendrin.

Doch die Gesellschaft erwartet von ihrem Außendienstmitarbeiter, dass er vom ersten Tag an produziert, und fängt man in der eigenen Agentur an, beginnt ein hartes Leben. Die ersten zwölf Monate, würde ich sagen, sind die schlimmsten. Weil man die Besonderheiten des Ortes nicht kennt. Weil man die Kundenbindung an die Versicherungsgesellschaft nicht einschätzen kann. Und letztens, weil man von falschen Voraussetzungen ausgeht. Der Anfänger glaubt nämlich, dem Kunden komme es darauf an, die Versicherungsbedingungen zu verstehen. Also legt er sich ins Zeug, um sie ihm zu erklären. Dabei will der Kunde nichts anderes, als sich mit seiner Entscheidung wohlzufühlen, und je schneller der Anfänger in seinem neuen Jackett das kapiert, desto besser für ihn. Wir sind Verkaufsfuzzis, und am Verkauf werden wir gemessen.

Nichts davon erzählte ich meiner Mutter oder meinem Vater. Ich tat geschäftig und reduzierte die Anrufe. Für Besuche in Köln blieb ohnehin keine Zeit. Ich wohnte jetzt als Versicherungsvertreter in Kleinhoek. Motte rief ein paarmal an und wollte hören, wie es mir so ging und ob wir uns treffen könnten. Aber ich sagte ihm, ich müsse mich erst einmal einarbeiten, was seine Zeit dauere, und es könnte sein, dass mein ernster Ton ihn beeindruckte. Jedenfalls mäkelte er an meiner Entscheidung nicht mehr herum und sparte sich seine dummen Bemerkungen.

»Melde dich, Alter, wenn du Luft hast«, sagte er. »Arbeitende Männer müssen sich auch mal entspannen.«

Entspannen! Im ersten Jahr nahm ich fünf Tage Urlaub,

keine Stunde mehr. Morgens wachte ich auf wie unter Strom, sprang aus dem Bett, warf die Kaffeemaschine an und kalkulierte Prozente, Provisionen und Ablaufquoten. Die Zahlen saßen mir von Anfang an im Nacken. Mein angesammeltes Fachwissen dagegen, das merkte ich schnell, war mir bei den Verkaufsgesprächen eher hinderlich. Es bremste mich, das Kleingedruckte zu erläutern und Einzelheiten über die Rechtslage abzuspulen, und manchmal sah ich, wie sich die Augen des Kunden vor Unverständnis verschleierten. Wie sollte er überzeugt sein, dass Marko Theunissen der Richtige für ihn war, wenn er sich im Büro des Mannes *langweilte*? Und so erhob sich mancher Kunde, sagte, er müsse es sich noch einmal überlegen, und wurde nie wieder gesichtet.

Eines Morgens wachte ich auf und erinnerte mich an einen Traum. Meine Augenlider fühlten sich an, als hätte ich in der Sauna geschlafen. Während ich die Glieder streckte, kehrten Schnappschüsse meines Traums zurück. Ich hatte von Yvonne geträumt, dem mehrfach verpassten Mädchen meines Lebens. Das Einzige, woran ich mich erinnern konnte, war ihre schmale Gestalt im weißen Nachthemd (es hatte Bänder am Ausschnitt), sie ging wie eine Schlafwandlerin durch die halb geöffnete Tür des Zimmers, in dem ich lag. Ihr Haar war länger und heller, als ich es in Erinnerung hatte, wie bei einem Mädchen, das viele Jahre im Süden gelebt hat. Im Traum starre ich auf die Tür, lausche auf ihre Schritte im Flur und warte. Ist Yvonne wach? Weiß sie, wohin sie geht?

An diesem Morgen blieb ich entgegen meiner mönchischen Gewohnheit noch eine Weile liegen und ließ zu, dass mich die Bilder meines Traums langsam vergifteten. Das Mädchen im Türrahmen ähnelte der Yvonne, die ich fast zehn Jahre nach der Begegnung in ihrem Haus in Müngersdorf noch einmal wiedergesehen hatte. Etwas Verstörendes war von dieser letzten Begegnung zurückgeblieben, der Eindruck einer Schuld, die ich nicht benennen konnte.

Ich war aus Mexiko zurückgekehrt und hatte mich wieder in mein Literaturstudium geworfen, um den eingeschlagenen Weg mit Anstand zu Ende zu gehen. Kaum war ich wieder in Köln, traf ich Martina wieder, meine beste Studienfreundin, die mir erst in Andeutungen, dann mit kaum verhüllten Absichten erzählte, sie und ihr Hannes steckten in einer tiefen Krise, sie glaube nicht, dass ihre Liebe sich retten lasse. Als verständnisvoller Zuhörer war ich schon immer gefragt gewesen, doch diesmal gingen die freundschaftlichen Gespräche in etwas anderes über. Und weil ich Martina schon immer gemocht und den Rest meiner Studienjahre mit dem Vorsatz »Realismus« überschrieben hatte, schickten wir Hannes in die Wüste und wurden ein Paar.

Es war ein seltsamer Kontrast, wie nüchtern wir in unsere Beziehung hineingingen und wie viel Spaß wir dann damit hatten. Der große Fehler bestand darin, sich eine gemeinsame Wohnung zu nehmen. Wir waren nicht enttäuscht vom anderen. Wir waren enttäuscht von uns selbst und dachten, es müsse mit uns klappen, wenn wir nur die Spielregeln beachteten. Doch wenn ein Paar anfängt, seine kleine Wohnung in Herrschaftsbereiche und Einflusszonen aufzuteilen, ist das Urteil schon gesprochen.

Gerade in den Wochen, als mir das Unheil dämmerte, ich aber noch längst nicht den Mut hatte, mich von Martina zu trennen, gab mir mein Vater bei einem meiner abendlichen Besuche einen zerknitterten Briefumschlag. Die Briefmarken sahen exotisch aus, und auf der Rückseite stand »Yvonne«. Sie hatte den Brief an das Haus meines Vaters geschickt, eine andere Adresse kannte sie nicht. Er sei am Vortag gekommen, sagte mein Vater in neutralem Ton. Noch bevor ich den Umschlag öffnete, befiel mich Zittern. Yvonne schrieb, sie komme aus Venezuela zurück, diesmal endgültig, sie wolle mich gern sehen, wahrscheinlich sei sie schon in Köln, wenn ihr Brief mich erreiche. Ob ich sie anrufen könne, sobald ich ihre Zeilen gelesen hätte?

Ich stand im Wohnzimmer, während mein Vater das Teewasser aufsetzte, schaute in den japanischen Garten und spürte, wie mir die Hitze in Wangen und Ohren schoss. Jahrein, jahraus hatte ich an Yvonne gedacht, immer wieder, so wie man sich mit den Fingern eines erträglichen, nie ganz verebbenden Schmerzes versichert. Bei unserer letzten Begegnung hatte sie mir das Hemd aufgeknöpft und mich geküsst, um mich fünf Minuten später zurückzuweisen, nur für diesmal, für jetzt. Es war diese unbestimmte Zeit, die wehtat, die offen gehaltene Möglichkeit ohne die Verpflichtung, sie jemals zu nutzen. Im Lauf der Jahre war mir aufgegangen, dass ich keineswegs besser war als sie. Ich hatte sie damals erst wieder angerufen, als Platz in meinem Leben war, nicht vorher, und diesmal hatte es den Anschein, als würde sie es genauso machen. Siehst du?, sagte ihr Brief. Ich probiere es noch einmal, ich erinnere mich, was wir füreinander empfinden. Wir gehen uns nicht verloren, ich habe es dir doch gesagt.

Vielleicht war es so, dachte ich. Vielleicht aber hielten wir füreinander im Herzen nur einen Platz frei, der im wirklichen Leben immer schon besetzt war. Um das herauszufinden, mussten wir einen neuen Versuch wagen. Und das war Yvonnes Brief. Er gab uns eine neue Chance.

»Ich habe dänische Butterplätzchen!«, rief mein Vater aus der Küche herüber, während ich mit weichen Knien im Wohnzimmer stand und den süßlichen Geruch des venezolanischen Papiers einsog. Ich erinnerte mich an die Fragen, die sie mir zehn Jahre zuvor gestellt hatte, auch nach meinem Glauben, an die große spirituelle Reise, auf der sie sich befand und von der sie nur wusste, dass sie sie nach Indien und Lateinamerika führen würde, in Gegenden, die der inneren Weite ihrer Empfindungen entsprachen. Vielleicht hatte Yvonne etwas von dem gefunden, was sie sich erhofft hatte, ich traute es ihr zu. Zweimal hatte sie mir in der Zwischenzeit eine Postkarte geschickt, einmal einen Luftpostbrief aus

Indien, ich hatte ihre Sätze drei- oder viermal gelesen, bis ich es nicht mehr ertrug, dass sie nur von den Ländern und kaum etwas über sich selbst geschrieben hatte, doch ich wusste, da war unser Band, das wir nicht abreißen ließen, es war so lang, dass wir es um den Erdball schlingen konnten, und irgendwann, irgendwann …

Dann, als ich im Frühjahr und Sommer 1987 in Mexiko war, schrieb ich ihr auch. Ich war stolz auf meine Wohnung in Coyoacán und den mexikanischen Absender, jetzt meinte ich es so ernst wie sie, auch ich hatte Deutschland mit sechsundzwanzig Jahren hinter mir gelassen. Ob mein Brief sie erreicht hatte, erfuhr ich nicht, denn Yvonne schrieb nicht zurück. *Es ist doch etwas, was wir immer haben werden, du und ich. Es geht nie weg.* Ich trat an das Panoramafenster, sah einem Spatz zu, der im japanischen Garten herumhüpfte, und sprach in Gedanken die Sätze zu Ende, die sie mir damals zum Abschied gesagt hatte. *Ich hatte oft das Gefühl, Marko, du läufst im Dunkeln neben mir her, und selbst wenn ich dich nicht sehe … sehe ich dich. Verstehst du? Ich hatte immer das Gefühl, dich bei mir zu haben.* Und dann ihre Möglichkeitsformel, die unbestimmte Zukunftsaussicht, von der niemand wusste, ob sie die Sprecherin auf irgendetwas verpflichtete. *Irgendwann sehen wir uns wieder. Ich weiß es.*

Ja. Sie hatte es gewusst. Und hier war sie, die Gelegenheit. Yvonne war aus Venezuela zurückgekehrt, »diesmal endgültig«. Alle Reisen, die sie von mir weggeführt hatten, gingen mit diesen beiden Wörtern zu Ende.

»Gute Nachrichten?«, fragte mein Vater, als er das Teetablett ins Wohnzimmer brachte.

Ich nickte.

Mein Vater hatte immer Interesse an meinen Freunden gezeigt. Sie sollten in sein Haus kommen, er liebte es, von der Generation seiner Kinder zu erfahren und sich jünger zu fühlen, als er war. Mag sein, dass er deswegen keine eigenen Freunde brauchte. Er wollte nicht von Zipperlein und Krankheiten hören, den Einschränkungen des Alters, er wollte in Gedanken so jung sein wie seine erwachsenen Kinder. Nur von Yvonne hatte ich weder ihm noch meiner Mutter je erzählt.

Ich wählte ihre Nummer mit derselben Aufregung, mit der ich sie bisher immer angerufen hatte, einem starken Pochen in Brust und Hals. Mein Mund war trocken. Doch diesmal schien Yvonne noch nervöser als ich.

»Geht es heute, Marko? Können wir uns sehen? Wenn du willst, auch am späten Abend. Ich bin so froh, dich zu hören.«

»Yvonne. Wann bist du angekommen?«

»Gestern mittag«, sagte sie. »Diesmal war ich acht Monate weg. Meine Eltern haben mich kaum wiedererkannt. Ich *muss* dich sehen, Marko. Sag mir, dass es klappt.«

Ich lauschte auf ihre süße Stimme, wie ich es immer getan hatte, wenn wir telefonierten. Bei uns hatte es nie einfache, beiläufige Telefongespräche gegeben, kein Plaudern und höfliche Fragen nach dem Befinden. Es war immer darum gegangen, ob unsere Umlaufbahnen sich diesmal treffen würden, ohne dass der Himmel auseinanderfiel.

»Natürlich klappt es, Yvonne. Ich freue mich darauf. Sag mir, wo.«

Sie nannte ein Café in der Südstadt. Ich rief Martina an und sagte ihr, Motte sei in Köln, wir wollten noch um die Häuser ziehen, es könne später werden. Ich fühlte mich schlecht bei dieser Lüge, aber das hatte bei meinem Zustand nichts mehr zu sagen. Mein Herz klopfte immer noch. Etwas Großes, Schlimmes stand bevor, davon war ich überzeugt. Ich könnte leiden. Yvonne könnte leiden. Martina könnte leiden. An die möglichen Leidenskombinationen gar nicht zu denken. Als ich am Garderobenspiegel vorbeiging und zufällig hineinschaute, sah ich mein trauriges, ängstliches Gesicht wie das eines Fremden.

»Papa? Wollen wir noch etwas zu Abend essen?«

Ich wusste, dass es meinem Vater Freude machen würde. Vor allem aber würde es mich ablenken. Während wir Körnerbrot aßen und Kölsch tranken, war mir klar, dass ich mich an dieses Abendessen immer erinnern würde. Die Mahlzeit vor dem Wiedersehen mit Yvonne.

»Papa, kannst du mir ein frisches Hemd leihen? Ich muss heute abend noch irgendwohin, und nach Hause schaffe ich es nicht mehr.«

Mein Vater führte mich ins Ankleidezimmer zu seiner beeindruckenden Hemdenkollektion. Bei seinen Garderobenerläuterungen achtete er darauf, mir nicht seinen Geschmack aufzuzwingen. Diesmal war er besonders feinfühlig, was ich beunruhigend fand. Mein Vater brauchte mir keine Fragen zu stellen; er spürte, dass meine Bitte um ein frisches Hemd mit dem Brief aus Venezuela zusammenhing, und wünschte in diesem Augenblick nur, mich mit dem Hemd auszustatten, das meinen Interessen dienlich war.

Eine Stunde später saß ich mit Yvonne an einem winzigen Tisch aus grobem Holz, auf dem eine Kerze brannte, wir hatten Wein bestellt, tranken aber nicht, sondern sahen uns an wie zwei Königskinder, die sich endlich wiederhaben. Sie hätte mir nach der langen Zeit fremd sein müssen. Und ich ihr. Doch sie war mir um den Hals gefallen und hatte mich lange umarmt. Dann gab sie mir einen schnellen Kuss auf den Mund.

Sollte sie mein Erstaunen wahrgenommen haben, ließ sie es sich nicht anmerken. Ich brauchte ein paar Minuten, um mich zu sammeln. Dann erklang Sarah Vaughan mit »I'm Glad There Is You«, und ich fühlte mich locker und guter Dinge wie früher nach einem gewonnenen Fußballspiel. Yvonne schien den Song gar nicht zu hören. Ich dachte, Sarah Vaughan singt auch für dich, Yvonne. Sie singt für alle, die noch Hoffnung haben.

Während sie erzählte, suchte ich ihr Gesicht nach Spuren dieser zehn Jahre ab, nach der Euphorie einer rastlosen Reisenden und dem Trennungsschmerz, den sie oft erlebt haben musste. Unter ihren dunklen Augen hatte sich die Andeutung einer Linie gebildet, noch keine Falte, nur ein Schatten, geformt wie eine Schale oder ein auf dem Rücken liegendes Komma. Das neue Detail gab ihren Zügen etwas Verwegenes, Abenteuerlustiges, das nur von den warmen Augen und dem nachdenklichen Mund gezügelt wurde. Jetzt schürzte sie die Lippen, als wollte sie die Kerze ausblasen. Ihr Gesicht verwandelte sich in das des kleinen Mädchens von neun Jahren, und die Szene unseres ersten Kusses im Wald stand mir wieder vor Augen.

»Und wie sehr«, fragte ich, »wolltest du mich damals küssen? Im Wald, mit verbundenen Augen? Erinnerst du dich daran?«

»Sehr«, sagte sie schlicht. »Ich wollte nur dich küssen. Hast du daran gezweifelt? Wie ängstlich wir waren. Wir haben nie gesagt, was wir empfanden.« Sie nahm meine Hand, drehte sie um und untersuchte die Linien.

»Glaubst du an so was?«, sagte ich.

»*Leer las manos?* Ich habe weise Frauen kennengelernt, die viel darüber wussten. Es gibt immer Menschen, die mehr über uns wissen als wir selbst. Aber dann …« Sie ließ meine Hand los, doch zwei ihrer Finger ruhten weiter auf meinem Daumenballen. »Kann es auch sehr schön sein, wenn einer kaum etwas über dich weiß. Wenn man von vorn anfangen kann.«

Yvonne hatte in Venezuela an einem Entwicklungshilfeprojekt mitgearbeitet. Ein karibisches Küstendorf brauchte eine bessere Wasserversorgung, weil die schlammigen Wege nach Regenfällen unpassierbar waren und die Containerwagen das Dorf nicht erreichten. Es gab zwar einen Brunnen, doch er wurde kaum genutzt. Einmal waren zwei Kinder gestorben, weil das Wasser des Brunnens vergiftet worden war. Das Projekt hatte ein paar Fußangeln, sagte Yvonne, denn die Dorfbevölkerung war untereinander heillos zerstritten. Bei einem Schusswechsel hatte es Verletzte gegeben. Wenn der gegenwärtige Bürgermeister etwas auf die Beine stellen wollte, sabotierten ihn immer dieselben Leute, die ihren eigenen Bürgermeisterkandidaten durchbringen wollten. Lieber ließen die Menschen alles vor die Hunde gehen, als sich zum Kompromiss durchzuringen und gemeinsam Erfolg zu haben. Am Ende war nicht mehr zu erkennen, welche Seite die Arbeit der Entwicklungshelfer behinderte, ob die eine, die andere oder beide abwechselnd. Vielleicht sogar eine dritte! Es habe einen Moment gegeben, so Yvonne, da sei allen klar gewesen, dass man sich nur noch zurückziehen konnte.

»Die Sturheit dieser Menschen, die in allem anderen so liebevoll, so sanft und gastfreundlich waren! Ich hätte länger dort bleiben können. Bis ich begriff, dass mich irgendetwas von dieser Ernüchterung überall auf der Welt erwarten würde. Verstehst du? Während ich dort in der Fremde meine Arbeit erledigte, habe ich mich die ganze Zeit gefragt, was sie mit mir zu tun hat. Ich muss allerdings sehr leise gesprochen haben, sodass ich mich selbst nicht verstand.« Sie schüttelte den Kopf und lächelte. »Erst am Ende habe ich auf mich gehört.«

Unter normalen Umständen hätte ich mich von ihrer Stimme, ihren Blicken, dem Spiel der schmalen Hände in ihrem Haar davontragen lassen. Ich mochte die arbeitende Yvonne, wie sie aus ihren eigenen Schilderungen hervortrat. Sie hatte eine Ausbildung als Simultandolmetscherin gemacht und ein paar Jahre sehr knapp gelebt, um mit dem Ersparten durch die Welt zu reisen oder bei einer NGO mitzuarbeiten. Und ich mochte die ausgelassene Yvonne, die bei keinem Vergnügen aus den Augen verlor, was sie von sich und den Menschen erwartete. Ja, sie war ernsthaft geblieben. Und sehr anspruchsvoll, aber ohne einen Schatten von Überheblichkeit. Sie suchte in ihrem Gegenüber nach dem besten Menschen, der sich darin verbergen mochte, und sie scheute nicht die Mühe, dieses Beste zu enthüllen. Während ich sie anschaute, wurde ich hin und her geworfen. Ich wusste nicht, wie alt das Mädchen war, das ich vor mir sah, in wen ich mich damals verliebt hatte und wer gerade zu mir sprach. Doch das alles hätte ich mit ein wenig Warten ertragen, ich hätte sie einfach darum gebeten, mich am nächsten Tag wiederzusehen und am übernächsten und am Tag darauf. Was ich nicht abschütteln konnte, war das Gefühl, dass sie frei war und ich nicht. Ich konnte Yvonne noch einen halben Schritt entgegengehen. Dann würde ich ihr offenbaren müssen, dass ich mit meiner Freundin zusammenlebte. Dann würde ich genauso handeln wie sie zehn Jahre zuvor und ihr sagen, dass wir uns nicht wiedersehen konnten.

»Marko«, sagte sie. »Ich bin zurückgekommen, weil ich herausgefunden habe, dass ich nicht dorthin gehöre. Und weil ich dich wiedersehen musste. Weil du mir gefehlt hast. Seltsam, nicht?«

Sie sah meinem Gesicht an, dass ich diesen Satz gefürchtet hatte. Im selben Moment verstand sie die Situation. Doch ihre Augen, die gerade noch geleuchtet hatten, erfassten es nicht so schnell wie ihr Geist, ihr Strahlen war noch nicht verglommen, und jetzt irrten sie haltsuchend über die anderen Tische, den Tresen, die Cognacflaschen vor der Spiegelwand. Was immer Yvonne sich von unserem Wiedersehen erhofft hatte, es zerbrach in dieser Sekunde.

»Oh«, sagte sie. »Du bist … Das hätte ich wissen können, stimmt's?« Sie öffnete den Mund und schloss ihn wieder. Dann sagte sie leise: »Wie ich mich schäme. Marko. Entschuldige.«

Langsam nahm sie ihre Jacke. Vielleicht wollte Yvonne mir Zeit geben, sie zurückzuhalten und alles aufzuklären, falls es etwas aufzuklären gab, aber auch der Irrtum hat seine Fristen. Ich wusste nicht, was ich ihr sagen sollte. Als sie an mir vorbeiging, spürte ich für einen Moment ihre Finger, als striche mir ein Vogel mit der Flügelspitze über die Wange.

Angela und ich verabredeten uns für den ersten Dienstag nach unserem zweiten Termin. Seitdem sehen wir uns ein- bis dreimal im Monat, das hängt von Horsts Reisen und der kombinierten Arbeitsbelastung von uns allen ab. Wenn Robert wüsste, dass ich ein Verhältnis mit einer verheirateten Frau habe, würde er mir aufs Dach steigen. Mein kleiner Bruder war immer der Vernünftigere von uns beiden. Der Einzige, den ich eingeweiht habe, ist Motte. Auch Motte ist mir aufs Dach gestiegen, aber nicht aus moralischen Gründen. Mein alter Kumpel Motte sagt, Affären bringen die Welt in Unordnung. Sie führen zu irrationalem Handeln. Übertriebener politischer Ehrgeiz und Liebesaffären seien die beiden großen destabilisierenden Faktoren in den abendländischen Gesellschaften.

»Da könntest du recht haben«, sage ich.

»Deshalb sind Affären abzulehnen«, sagt er. So, wie er es sagt, kennt er den kosmischen Plan, dem unsere kleinen Existenzen auf Erden folgen, und Affären sind darin nicht verzeichnet.

»Aber was soll ich machen«, sage ich, »wenn die einzige Frau, die mich interessiert, mit einem anderen verheiratet ist?« Es ist die Ausrede, die ich auch mir selbst gegenüber benutze. »Ich kann mich doch nicht in eine andere Welt beamen. Angela lebt in meiner Welt. Und Horst auch.«

»Hast du dir mal überlegt, was Horst tut, wenn er dahinterkommt?«

»Er wird gar nichts tun«, sage ich, »du kennst ihn nicht. Natürlich wäre er traurig und so, aber er w-«

»*Traurig*? Der wäre stinksauer, sage ich dir. Der würde zum Knüppel greifen, wenn er kapiert, dass du ihn schon seit Monaten verarschst.«

Nein, denke ich bei mir. Horst würde sich überlegen, wie er am besten damit umgehen sollte. So einer ist Horst. Horst arbeitet zwar in der Werbebranche und hat sein eigenes sehr erfolgreiches Büro, macht aber auch etwas mit Statistik. Der will die Dinge berechenbar haben, ein Charakterzug, den ich zu schätzen weiß. Horst würde sich hinsetzen und in Ruhe nachdenken. Vielleicht wäre er etwas ungeduldig mit Moritz und Lilly, seinen kleinen Kindern. Die beiden können ja nicht wissen, welche komplizierten Berechnungen das Hirn ihres Vaters gerade anstellt. Aber ansonsten würde Horst sich mächtig anstrengen, alles unter Kontrolle zu behalten.

Angela und ich zögerten den Abschluss der Versicherungen etwas hinaus, um einen bequemen Vorwand zum Telefonieren zu haben. Nachdem wir uns schon einige Male heimlich getroffen hatten, rief Horst mich eines Vormittags an. Er gab vor, sich bedanken zu wollen. Er wolle, sagte er, dem Mann einmal auf die Schulter klopfen, der seiner Frau und ihm so feine Versicherungen besorgt hatte.

»Keine Ursache«, sagte ich. »Dafür sind wir doch da.« Wenn ich Distanz halten will, sage ich »wir«.

»Kann ich Sie Marko nennen?«, fragte er.

»Natürlich. Kein Problem. Horst, nicht wahr?«

»Genau!«, rief er in den Hörer. »Horst. Von Hoymann & Freunde. Solche Beziehungen sind Vertrauensbeziehungen. Würden Sie einem Mann, dem Sie nicht vertrauen, Ihre Sicherheit in die Hände geben?« Er machte eine Pause. »Würden Sie das, Marko?«

»Nein«, sagte ich. »Vertrauen ist die Grundlage.«

»Das habe ich Angela auch gesagt. Sie scheint große Stücke auf Sie zu halten, Marko. Ich sage zu ihr, Angie, wenn du so große Stücke auf Herrn Theunissen hältst, dann sollten wir ihm unser ganzes Sicherheitsthema anvertrauen. *The whole works.* Es hört ja nicht mehr auf, habe ich recht? Eines zieht das andere nach sich. Wir werden älter, also ängstlicher. Das habe ich auch Angie gesagt. Erst brauchen wir eine neue Hausratversicherung. Dann denken wir, jetzt haben wir den Hausrat, aber wie sichern wir die *Menschen*? Was werden unsere Kinder für eine Zukunft haben? Ich rede noch nicht einmal vom Geld, Marko. Ich rede von simplen Versicherungsfragen. Was ist uns das Gefühl wert, das Notwendige getan zu haben? Sagen wir, noch ein Schäufelchen mehr als das Notwendige. Wenn man alles gemacht hat, das sage ich auch meinen Leuten im Büro. Wenn ihr alles gemacht habt, sage ich ihnen, dann legt noch ein Schäufelchen drauf. Dann stimmt's. Sichern und versichern, Marko. Aber mit einem Extraschäufelchen, verstehen Sie mich?«

»Ja, Horst. Ich glaube, ich weiß, worauf Sie hinauswollen.«

»Ich habe ein Gefühl dafür, wenn Angie neue Witterung aufnimmt. Die Frau ist ständig in Bewegung, Marko, ein Klasseweib, nicht zu bremsen, hat ständig die Antennen draußen. Und eine super Mutter. Zur Zeit ist es das Sicherheitsthema. Wegen dem Umzug, sage ich ihr, das ist doch klar. Nein, sagt Angie, nicht nur wegen dem Umzug. Überhaupt. Weil es wichtig ist, Horst. Und natürlich tue ich ihr den Gefallen. Wir wollen alles mal gründlich durchforsten, Angie und ich. Es ist an der Zeit. Ich meine, jeder hat doch ein paar Wasserleichen im Keller, oder? Wenn man mal ein bisschen tiefer gräbt? Angie redet ziemlich oft von Ihnen. Sagt, Herr Theunissen hat uns empfohlen, es einmal *so* zu sehen. Oder, Herr Theunissen meint aber, die zweite Lösung wäre interessanter. Da habe ich ihr gesagt, Angie, ich glaube, ich muss Herrn Theunissen mal auf die Schulter klopfen. Ihm zeigen, dass seine Arbeit gewürdigt wird. Und hier bin ich, Marko, und klopfe Ihnen auf die Schulter. Sagen Sie mal, geht's Ihnen denn gut da draußen, wo Sie sitzen, wie hieß das noch gleich? Kleinhoek? War leider noch nie dort.«

»Danke«, sagte ich. »Es geht mir sehr gut.«

»Und wohnen in Kleinhoek spannende Leute? Gute geistige Infrastruktur?«

»Also, spannende Leute im landläufigen Sinne wohnen hier nicht so viel, Horst. Es ist sehr ruhig. Wenn man die Ruhe liebt, ist es genau richtig.«

»Dann ist es gut«, sagte Horst. »Weil ich kenne Leute, die sind rausgezogen, weil sie Ruhe wollten, und haben sich in der schönsten Landschaft der Welt ihr eigenes Grab geschaufelt. Sind durchgedreht vor Einsamkeit, ganz tragisch. Das Einzige, was sie hörten, waren Fuchs und Hase, die sich Gute Nacht sagten, und selbst die sprechen ja nur in Zimmerlautstärke.« Er lachte.

Ich dachte: Der Fuchs … vertraut dem Luchs. Nicht gut, zwei Tiernamen auf einmal. Verschwendung.

Horst lachte immer noch. »Es gibt solche und solche, Marko. Nicht jeder verträgt so viel Ruhe, sage ich immer. Holen Sie mich aus meinem geliebten Düsseldorf weg, und ich gehe ein wie eine Tulpe. Meiner Angie dürfte ich damit gar nicht kommen. Die schwört auf Düsseldorf. Auch wegen dem *shopping district*. Von Ratingen aus sind wir doch in zehn Minuten da. Ich bin gespannt, wie Lilly das Thema mal handhaben wird. Unsere Lilly ist jetzt fünf, aber ich sehe schon, das wird mal eine ganz große Shopperin. Die wird in der Nähe von Düsseldorf bleiben wollen, genau wie ihre Mama. Ich rede mal nicht von Milano oder New York, das wäre natürlich eine ganz andere Liga. Ich würde mich da sicher nicht querstellen. Aber wenn's Ihnen da draußen gut geht, Marko, das wollte ich sagen. Dann ist alles klar. Ich sage immer, sobald Leute mit Niveau kommen und ihre Zelte aufschlagen, steckt ein Ort in der Übergangsphase. Wie von der Raupe zum Schmetterling.«

Die Raupe … die Raupe … Es kann nicht sein, dass mir kein Reimwort für Raupe einfällt.

»Ist es nicht so? Vielleicht werden bei Ihnen ja schon demnächst die ersten Zelte aufgeschlagen. Dann schießen die Grundstückspreise in Kleinhoek über Nacht in die Höhe. Dann kommt die geistige Infrastruktur von ganz allein.«

»Wer weiß. Ich habe noch nicht so viel darüber nachgedacht.«

»Die Kunst ist, Leute mit Niveau nach Kleinhoek zu kriegen. Kaufkraft anlocken. Man muss einen Trend starten. *Word of mouth.* Die wichtigsten Wahrheiten im Leben des Menschen wandern über inoffizielle Kanäle. Die stille Post und die Postmoderne. Wussten Sie das, Marko?«

»Nein. Das ist mir neu.«

»Später, wenn wir diesen ganzen Versicherungsquatsch hinter uns haben, fände ich es nett, wenn Sie mal auf Drinks und *fingerfood* zu uns nach Hause kämen. Kennen Sie *fingerfood*?«

»Nicht direkt«, sagte ich.

»Angie schwört darauf. Und bei unseren Freunden ist es die Bombe. Bei Angies letzten Einladungen musste es immer *fingerfood* sein. Superkleine Portionen, aber so was von lecker. Man setzt sich nicht mehr hin und bleibt den ganzen Abend am Tisch hocken, Marko. Das ist vorbei. Heute macht man das mit Beweglichkeit. Dafür ist *fingerfood* da. Ich sage immer, die Vermählung von *cuisine* und Mobilität. Wir haben mal eine Kampagne zu dem Thema gemacht. Wird sich bald überall durchgesetzt haben. Eine komplette Umwertung der Esskultur. Aber ich vermute mal, Marko, in Kleinhoek ist *fingerfood* noch nicht angekommen.«

»Noch nicht ganz«, sagte ich. »Aber ich freue mich darauf. So lange kann es ja nicht mehr dauern.«

»Wir machen das, Marko, okay? Wir behalten das auf dem Schirm.«

»Gern, Horst.«

Nachdem wir aufgelegt hatten, saß ich noch etwas da und dachte über den Fuchs nach. Die Raupe ließ ich beiseite. Von der Raupe erwartete ich mir nichts. Aber der Fuchs, dachte ich, der müsste eigentlich zu knacken sein.

»Frau Hünnekens?«

Sie stand in der Tür und schaute mich mit ihrem Madonnenblick an.

»Frau Hünnekens, es gibt ein Problem. Kennen Sie ein Reimwort auf Fuchs?«

»Fuchs?«, sagte sie. »Natürlich. Mucks, Jux.«

»Sehr gut! Der Fuchs … macht keinen Mucks. Das nehme ich. Sie sollten Dichterin werden.«

»War mir ein Vergnügen«, sagte sie. »Kann ich heute etwas früher gehen?«

Als ich Angela am späten Abend von Horsts Anruf erzählte, wurde sie nachdenklich. Vielleicht habe sie ihrem Mann gegenüber wirklich etwas viel von mir gesprochen, sagte sie. Aber sie wolle keinen Verdacht erregen und mit Natürlichkeit über alles reden.

»Nicht über alles, bitte«, sagte ich.

»Blödmann«, sagte sie und lachte. »Und? Wie fandest du ihn?«

»Nett«, sagte ich. »Sehr mitteilsam.«

»Ja. Horst hat mit Menschen ein gewisses Geschick. Lass dich von ihm nicht einwickeln.«

»Wir sollten uns eher darauf vorbereiten, dass ich mal bei Angie und Horst zu Abend esse. *Fingerfood.*«

»Wie kommst du denn darauf?«

»Horst will mich einladen. Mir leibhaftig auf die Schulter klopfen.«

»Nein, Marko. Da täuschst du dich. Er wollte dich überprüfen. Dir auf die Finger klopfen, wenn notwendig. Vielleicht wollte er auch nur vor dir angeben. Glaubst du im Ernst, er lädt unseren Versicherungsvertreter nach Hause ein?«

Jochen Hübbers ist noch einmal vorbeigekommen, diesmal leiser als beim ersten Mal. Frau Hünnekens schaut kurz zu mir herüber. Ich nicke. Etwas an unserem ersten Gespräch hat Herrn Hübbers Bauchschmerzen bereitet, und er möchte darüber reden.

Wenn die Rheinische den einzigen Schaden, den er in siebzehn Jahren und drei Monaten melde, nicht übernehme, sagt er, wozu habe er dann eine Versicherung? Ich sehe, wie sich sein kariertes Hemd über dem Bauch spannt, und frage mich, wie er und seine Frau miteinander sprechen. Kommandiert sie ihn herum? Hat Herr Hübbers manchmal Lust, mit der Faust auf den Tisch zu hauen?

»Wozu habe ich dann eine Versicherung?«, fragt er. Er lehnt sich zurück, froh, den Satz so flüssig herausgebracht zu haben.

Also erkläre ich es ihm noch einmal, in aller Kürze. Da warten noch zwei Termine, die ich vorbereiten muss.

Plötzlich ahne ich, was geschehen ist.

»Hat Ihre Frau etwas dazu gesagt, Herr Hübbers? Ist Ihre Frau unzufrieden mit dem, was Sie erreicht haben?«

»Die Frau hat es mir gesagt«, sagt er.

»*Was* hat Ihre Frau Ihnen gesagt?«

»Dass ich nichts erreicht habe. Die Frau sagt, Sie hätten gewonnen. Und ich hätte verloren.«

»Herr Hübbers«, sage ich. »Wollen Sie Ihrer Frau einmal die Versicherungsbedingungen zeigen? Vielleicht weiß sie nicht genau, worauf sich Ihre Versicherung bezieht. Man bezahlt für etwas Bestimmtes, und nur für dieses Bestimmte gilt der Versicherungsschutz. Das steht im Vertrag. Wenn Sie Ihr Auto versichern lassen, gilt der Schutz nicht für Ihr Haus.«

»Die Frau sagt, früher wurde das im Dorf anders geregelt. Als der Willi noch da war. Der Willi hat immer eine Lösung gefunden.«

»Und meinen Sie das auch? War es besser, als der Willi noch da war?«

Da muss er passen. Auch, als der Willi noch da war, hat Herr Hübbers von der Rheinischen keinen Schaden ersetzt bekommen. Nicht, dass er viele gemeldet hätte. Herr Hübbers ist ein Mann, bei dem wenig kaputtgeht. Und seine Erinnerung schreibt dieses Glück dem Wirken meines Vorgängers zu, obwohl der Willi nicht das Geringste für ihn getan hat.

Wir haben es hier mit Volksglauben zu tun, nicht mit nachprüfbaren Zahlen. Der Volksglauben besagt, dass mit dem Willi alles einfacher war. Denn der Willi kam aus Kleinhoek. Er sagte zu den Leuten, die einen Schaden geltend machen wollten: »Lass uns mal heute abend ein Bier trinken gehen.« Und dann wurde eine Lösung gefunden. »Hör mal, Willi«, sagte einer der Kleinhoeker Bauern. »Da ist mir der Trecker über die Blumenrabatten gefahren, was kann man denn da machen?« Und der Willi fand auch dafür eine Lösung. Nicht immer hing sie am Geld. Oft wurden nur künftige Gefälligkeiten in Aussicht gestellt, eine besondere Kulanz, damit der Kunde vielleicht bei späterer Gelegenheit etwas herausschlagen konnte, und diese vage Hoffnung, die sich selten erfüllte, war meistens genug. Der Willi war in der Lage, den Kleinhoeker Bauern das Gefühl zu geben, sie und er arbeiteten gemeinsam gegen die Rheinische, der man das Geld gewissermaßen heimlich und in kleinen Portionen aus der Tasche ziehen musste, damit sie es nicht merkte. So einen Eindruck vermittelte der Willi. Von der Direktion der Rheinischen sprach er gern als »der Führung« oder »den Chefs drüben in Düsseldorf«. Damit suggerierte er Großstadt, Ferne und Filz, jedenfalls kaltes, unmenschliches Kalkül, vor dem er, der Willi, seine Kunden in Kleinhoek zu schützen gedachte. Und sie konnten nicht anders, seine Kunden: Sie fühlten sich vom Willi vor der Rheinischen geschützt. Einerseits war die Rheinische dazu da, sie vor den Wechselfällen des Lebens zu schützen. Andererseits schützte der Willi sie vor der bürokratischen Willkür der Rheinischen.

Da überrascht Herr Hübbers mich. Er überrascht mich so sehr, dass ich mich nach vorn beuge, um jede Silbe zu verstehen.

»Die Frau hat mich hierhergeschickt, ohne die Versicherungsbedingungen zu kennen.« Er sieht mich mit konzentrierter Ausdruckslosigkeit an. »Manchmal glaube ich, die Frau kann gar nicht lesen. Aber woher kennt sie dann mein Horoskop?«

Er sagt es ruhig, fast träumerisch, wie eine Erkenntnis, die ihm langsam dämmert.

Ich sage: »Das weiß ich natürlich nicht, Herr Hübbers. Ich weiß nicht, wie Ihre Frau mit diesen Dingen umgeht.«

»Wenn die Frau nicht lesen kann«, sagt er. »Wieso hat sie mich dann hierhergeschickt? Das möchte ich wirklich mal wissen.«

»Ihre Frau ist vielleicht der Meinung, man muss aus der Versicherung etwas rausholen. Eine gesunde Einstellung, Herr Hübbers. Völlig menschlich. Ich würde es genauso machen.«

Er lehnt sich zurück und denkt nach. Dann möchte er wissen, was es bei mir »sonst noch so gibt«. Ob er gut und ausreichend versichert sei. Er und die Frau hätten sich das gefragt. Nicht, dass er mir irgendwelche Versprechungen machen könne. Bevor er eine neue Versicherung abschließe, müsse er sowieso mit der Frau darüber sprechen. Sie fällten ihre Entscheidungen immer gemeinsam. Die Frau würde gern ein paar Prospekte sehen.

Das regelmäßige Überprüfen der Versicherung empfehle ich immer, und ich sage Herrn Hübbers, dass er vernünftig handelt. »Kommen Sie immer vorbei, wenn Sie eine Frage haben, meine Tür ist offen. Die meisten Situationen, in denen wir Menschen uns befinden, haben mit Versicherungen zu tun. Sie würden staunen, Herr Hübbers, wie sehr dieses Thema unser Leben beherrscht.«

Während ich seine Unterlagen durchsehe, rutscht Herr Hübbers auf dem Stuhl herum und knetet die rechte Hand mit der linken.

»Kann Frau Hünnekens Ihnen einen Kaffee bringen?«, frage ich.

»Nein, danke.«

»Es macht gar keine Mühe.«

»Danke.«

»Ich bin gleich so weit, Herr Hübbers. Bisher sieht bei Ihnen alles sehr ordentlich aus. Die Rahmenbedingungen müssen stimmen, verstehen Sie?«

Herr Hübbers fängt an zu summen. Ich traue meinen Ohren nicht. Dann bricht er ab.

»Die Frau und ich«, sagt er. »Wir haben uns vor einundvierzig Jahren kennengelernt.«

»Wirklich?«

»Ja«, sagt er. »Vor einundvierzig Jahren. Die Frau war noch sehr jung. Ein Mädchen. Es war beim Feuerwehrball. Am Sonntagnachmittag. Das ist sie, sagte ich mir. Ich wusste es gleich. Ich bin zu ihr gegangen. Ich habe mich vorgestellt. Die Frau hat mich nicht angesehen. Sie tat so, als wäre ich Luft. Das war ein dummes Gefühl. Aber ich wusste, was ich wollte. Ich war mir ganz sicher. Ich sah mein Leben vor mir.«

»So, Herr Hübbers«, sage ich.

»Das ganze Leben«, sagt er.

»Ich kann Ihnen ein Bild Ihrer Lage präsentieren. Ihre Frau wird nicht wollen, dass Sie überversichert sind.«

»Die Frau hat auch noch eine Frage«, sagt er und zögert. »Sie sagte, Jochen, frach doch mal, was der Herr Theunissen selber für Versicherungen hat.«

Ich sehe es vor mir. Seine Frau, die immer noch missmutig auf das kaputte Brillenglas ihres Mannes schaut und nicht hinnehmen will, dass die Rheinische es nicht ersetzt.

»Warten Sie, Herr Hübbers«, sage ich. »Meine eigenen. Da muss ich nachrechnen. Sieben, acht, zehn … Insgesamt zwölf. Drei davon lasse ich beiseite, weil sie mit meinem Beruf zu tun haben, etwa die Betriebs-Inhaltsversicherung für meinen Laden hier und die Vermögensschaden-Haftpflichtversicherung, die mich gegen die finanziellen Folgen einer Falschberatung absichert. Zum Beispiel in einem Gespräch, wie Sie und ich es gerade führen.«

»Die Frau sagt, das sind keine Gespräche.«

»Wie bitte?«

»Die Frau sagt, das sind keine Gespräche.«

»Ihre Frau verblüfft mich, Herr Hübbers.« Ich sehe ihm in die Augen, um herauszufinden, ob er auch so denkt wie seine Frau. Aber sein Blick weicht dem meinen aus. »Wie kann Ihre Frau denn wissen, wie unsere Gespräche verlaufen, wenn sie nicht dabei ist? Das steht doch nicht im Horoskop.«

»Das habe ich sie auch gefragt. Wie kannst du sagen, was das für Gespräche sind, wenn du nicht dabei bist?, habe ich sie gefragt. Genau so. Ohne das mit dem Horoskop.«

»Und was hat Ihre Frau gesagt?«

»Sie hat gesagt, frag ihn.«

»Mich?«

»Ja.«

»Wonach?«

»Nach Ihren Versicherungen.«

»Oh, das. Ich war gerade dabei, Herr Hübbers. Privat habe

ich acht oder neun. Haushaltsglas ist auch dabei. Das sollten Sie Ihrer Frau unbedingt sagen. Dann natürlich Unfall, Kfz, Privathaftpflicht, Hausrat, Krankenversicherung, Lebensversicherung und zwei private Rentenversicherungen. Hätte ich einen Hund oder ein Pferd, würde ich mir auch noch eine Tierhalter-Haftpflichtversicherung gönnen. Und wohnte ich im eigenen Heim, käme noch die Gebäudeversicherung dazu. Das wären zehn. Oh, Rechtsschutz. Die hätte ich fast vergessen.«

»Und die Brille?«

»Meine? Die hier?«

»Ja.«

»Da sitzen wir im selben Boot, Herr Hübbers. Wenn meine Brille herunterfällt und kaputtgeht, marschiere ich zum Optiker und kümmere mich darum. Das gehört zu den Dingen, die ein Mann selbst regeln muss.«

»Weil die Frau das noch mal wissen wollte«, sagt er.

»Die Sache mit der Brille.«

»Ja«, sagt er.

»Das hatten wir doch schon, Herr Hübbers.«

»Ja, aber sie hat gesagt, Jochen, frach noch mal, ob es nicht doch eine Möglichkeit gibt, dass die Rheinische das übernimmt.«

Ich lehne mich zurück und sehe ihn lange an. Er schaut zur Seite, als wollte er sagen: Ich führe nur Aufträge aus.

Ich sage: »Bringen Sie Ihre Frau doch einmal mit, Herr Hübbers. Solche Fragen lassen sich besser im persönlichen Gespräch regeln.«

»Die Frau sagt, das sind keine Gespräche.« Er sagt es leise. Es ist ihm unangenehm.

»Oh, das hatte ich vergessen. Dann kann man natürlich nichts machen. Man muss miteinander sprechen. Wenn dann aber jemand sagt, das sei kein Gespräch, obwohl man eindeutig miteinander spricht … Dann strecke ich die Waffen.«

»Das habe ich der Frau auch gesagt«, sagt Herr Hübbers. »Ohne das mit den Waffen.«

»Da bin ich froh. Vielleicht kann Ihre Frau noch einmal darüber nachdenken. Was meinen Sie? Ob sie einmal mitkommen und bei unseren Gesprächen anwesend sein will. Selbst wenn es keine Gespräche sind. Ich finde, Ihre Frau sollte sich persönlich davon überzeugen. Wollen Sie ihr das ausrichten? Mit meinen besten Empfehlungen.«

Er steht auf. »Ich kann es versuchen. Die Frau hatte schon immer einen starken Willen. Das wusste ich schon damals.«

»Vor einundvierzig Jahren.«

»Ja.«

»Und wie«, sage ich, »hat Ihre Frau Ihnen damals gezeigt, dass sie einen starken Willen hat?«

»Sie hat mich behandelt, als wäre ich Luft.«

»Das kommt mir bekannt vor.«

»Sie hat so getan, als wäre ich nicht da.«

»Und? Was haben Sie getan?«

»Ich war fest entschlossen«, sagt er.

»Und dann?«

»Also«, sagt er. Er setzt sich wieder hin. »Ich musste sehr viel Geduld haben. Sie können sich gar nicht vorstellen, wie viel Geduld ich brauchte.«

»Doch, Herr Hübbers. Das kann ich mir vorstellen.«

»Ach«, sagt er. »Es war nicht leicht.« Er sieht sich in meinem Büro um, als stünde er auf einer Lichtung und müsste sich orientieren. Sein Blick geht aus dem Fenster, über meinen Kopf hinweg, und verschleiert sich. »Sagten Sie etwas von Kaffee? Den tät ich jetzt nehmen.«

Ich will herausfinden, wie viele Tiergedichte ich für Joe sammeln kann. Wie viele Tage und Wochen ich damit bestreiten könnte. Ich habe Lust, die Zeit, die wir miteinander verbringen, zu strukturieren. Außerdem würde ich mit ihr gern einmal in den Zoo gehen, um das Thema Tiere zu vertiefen. Der Krefelder Zoo ist sehr schön.

Wenn ich Joe dazu befragen würde, ich glaube, sie würde mich beruhigen. Wann immer ich sie mit meinem Fragegesicht anschaue, um herauszufinden, ob sie etwas braucht, sagt sie: »Mir fehlt nichts. Ich bin hier. Siehst du das nicht?«

»Doch«, sage ich. »Das sehe ich.«

»Na also. Langweilst du dich vielleicht?«

»Ich habe einen Haufen Arbeit, Joe.«

»Ich sehe nichts.«

»Das kannst du auch nicht. Aber sie ist da. Hier oben.«

»Dann aber ran«, sagt sie und lässt sich mit einem kleinen Indianerschrei vom Sofa rollen.

Um die Sache mit den Tiergedichten zu systematisieren, müsste ich erst einmal eine Liste von Tieren anlegen, zu denen es Reimwörter gibt. Ich nehme ein großes Blatt, ohne dass Joe es merkt, schnappe mir vom Tischchen den Bleistift und lege los. Wohin die Gedanken treiben, wenn man sie zu ordnen versucht …

Zuerst fallen mir jede Menge Tiere ein, deren Namen ganz und gar ungeeignet sind. Eichhörnchen. Salamander. Seeigel. Es gibt dafür keine eleganten Reime, das weiß ich nach drei

Sekunden. Doch manchmal ist man überrascht, was sich so alles finden lässt, wenn man sich ernsthaft ins Zeug legt. Ich meine keine Krampfreime, sondern schöne, klare und korrekte Reime, wie etwa zu Schlange (Wange, Stange) oder Maus (Haus, Schmaus).

Als ich beim Pferd bin, erheben sich meine Gedanken über die Reime (ich finde Erd, aber es befriedigt mich nicht) und überfliegen ein größeres Gelände, und ich muss an die Pferde meiner Mutter denken. Als meine Mutter nicht mehr so viel Tennis spielte, fing sie an zu reiten. Dann fing auch ich an zu reiten, ich war sieben oder acht Jahre alt. Meine Mutter hatte mich ausersehen, die Leidenschaft für Pferde mit ihr zu teilen. Natürlich durfte ich nie auf ihrem Privatpferd Diokletian reiten, das mein Vater für sie angeschafft hatte. Ich nahm also Unterricht auf Schulpferden. Aber mein Ansehen im Reitstall stieg beträchtlich, weil ich der Sohn von Irene Theunissen war, die ein eigenes Pferd besaß und fast jeden Tag in den Stall kam, um darauf zu reiten.

Erst später begriff ich, dass das Bild einer jungen, schönen Frau, die sich Reitkleidung anzieht und zu jeder ihr genehmen Tageszeit in den Reitstall fährt, in meiner Phantasie mit einer heilen Familie verbunden ist. Ich konnte mir nicht *vorstellen,* dass die Frau, die Tag für Tag in den Sattel stieg, um Diokletian zu reiten, nicht glücklich war und eine große Veränderung plante. Sie dachte schon seit Längerem darüber nach, wie sie ihren Mann, Rudolf Theunissen, Notar in Köln, verlassen könnte. Dieser Mann, mein Vater, hatte doch für alles gesorgt, das Pferd, die Box, das Futter, die Reitkleidung! Wie war es möglich, auch nur zu *erwägen,* das alles aufzugeben? Bis heute weiß ich nicht, wie meine Mutter das Reiten und ihre heimlichen Fluchtpläne so lange nebeneinander im Kopf tragen konnte. Die Welt, warum hat sie es ihr nicht angesehen? Ihr Gesicht hätte vor Verstellung auseinanderfallen müssen.

Das Pferd … steht am Herd. Ein sauberer Reim. Ich bin nicht unzufrieden. Das Pferd … macht kehrt.

Ich habe sie oft lächeln sehen, aber nicht lachen. Eine sonderbare Zurückhaltung umgab sie, die ihr zu entsprechen schien. Als wir sehr klein waren, hat meine Mutter sicherlich einmal die Stimme erhoben, aber ich kann mich nicht mehr daran erinnern, wie sie klang. Sie hat keine Stimme, mit der man schreien oder brüllen kann. Wenn sie etwas traf – unser Ungehorsam, eine versaute Hose, irgendeine Dummheit, die wir angestellt hatten –, zeigte sie uns ihre Enttäuschung, doch es gelang mir nicht, diese Enttäuschung auf unser Betragen zu beziehen. Es schien einen allgemeinen Zustand, in dem sie ganz ohne unser Zutun steckte, zu verstärken, und einmal, als sie vor der Nähmaschine saß und sich allein glaubte, hörte ich sie im Selbstgespräch murmeln: »Irgendwann gehe ich weg.« Weg von der Nähmaschine, dachte ich. Fort vom Küchentisch, wo sie ihre Näharbeiten verrichtete. Sie will vielleicht Urlaub machen. Auch das wäre Weggehen. Sie geht sicherlich mit uns zusammen weg. Sie würde uns Bescheid sagen, und wir alle könnten irgendwo hingehen, wo es schön ist.

»Der Esel«, sage ich zu Joe. »Schon mal über den Esel nachgedacht? Also. Der Esel … ist gebürtig aus Wesel.«

»Was ist Wesel?« fragte Joe.

»Eine Stadt«, sagte ich. »Nicht weit von hier. Auf der anderen Rheinseite. Frag mich jetzt nicht, was der Rhein ist.«

»Ich weiß, was der Rhein ist. Einer der größten Flüsse Europas. Er entspringt in der Schweiz und mündet in Holland in die Nordsee.«

Einer meiner angenehmsten Kunden, Karl Willibrord, hat die Dummheit begangen, bei einem meiner Kollegen eine Haftpflichtversicherung abzuschließen. Wer den Kontakt hergestellt hat oder ob mein Kollege bewusst in meinem Bestand gewildert hat, weiß ich nicht, und ich bin mir nicht sicher, ob ich es herausfinden will. Die Schuld liegt nicht bei Willibrord, sondern bei meinem Kollegen. Normalerweise würde ich mit der Unschuldsvermutung beginnen, mich zurücklehnen und auf seinen zerknirschten Anruf warten.

Hör mal, müsste er mir sagen. Mir ist da etwas unterlaufen, du warst gerade nicht da, du warst krank oder anderweitig unabkömmlich, und der Kunde hatte es wahnsinnig eilig, er wollte wirklich sofort abschließen. Da konnte ich schlecht Nein sagen, das siehst du sicherlich ein. Natürlich steht deine Agenturnummer im Vertrag. Sag mir, wie wir es mit der Provision halten wollen. Du entscheidest.

Und ich würde sagen: Nett, dass du dich meldest. Wie wär's mit halbe-halbe? Wir geben uns die Hand und freuen uns beide.

So etwa müsste es laufen, wenn ich es mit einem anständigen Menschen zu tun hätte. Denn im Kundenbestand eines Vertreterkollegen zu wildern ist bei Versicherungsgesellschaften ein absolutes Tabu. Hätten wir diesen minimalen Schutz vor unseren eigenen Leuten nicht, wir könnten gleich mit Messern und Enterhaken auf Kundenfang gehen und dabei links und rechts unsere Kollegen niedermachen. Ich habe von krassen Fällen gehört, da schritt die Direktion der Rheinischen ein und zwang den Wilderer dazu, den Vertrag umgehend auf die Agenturnummer seines geprellten Kollegen zu überschreiben und ihm die Provision zu überlassen. So läuft das mit dem Bestandsschutz. Es gibt nicht viele moralische Gesetze bei uns, aber das ist eines von ihnen.

In diesem Fall allerdings komme ich ins Grübeln, denn der Wilderer heißt Hermann Pooten, Vertreter der Rheinischen in Kevelaer. Alle wissen, dass Pooten bei der Akquise kein Erbarmen kennt, und auch wenn er für diese Art Lumperei nicht unbedingt berüchtigt ist, würden ihm die meisten zutrauen, über Leichen zu gehen, wenn er dafür eine dicke Leben schreiben kann. Pooten muss glauben, mit Marko Theunissen kann er es machen. Er, der große Pooten, die Nummer zwei unseres Bezirks, Empfänger saftiger Bonifikationen am Jahresende, ein nicht beliebter, aber geachteter Mann, weil der Erfolg Schmeichler anzieht wie der Dunghaufen die Fliegen, glaubt offenbar, ich würde zuschauen, wie er sich seelenruhig meine Kunden angelt.

»Frau Hünnekens? Hat Herr Willibrord sich in letzter Zeit mal bei uns gemeldet? Karl Willibrord aus Kervenheim?«

Aber Frau Hünnekens kann nichts zu dem Fall beisteuern. Willibrord war nichts als ein stiller, zufriedener Kunde, wie sie uns die allerliebsten sind. Er war es beim Willi. Und er war es bei mir. Dann hat Pooten ihm beiläufig einen Zweizeiler zwischen die anderen unterschriftsreifen Papiere gemischt, mit dem er, Willibrord, die Betreuung auf Pooten übertragen hat. Weg von Theunissen, hin zu Pooten.

»Und von Hermann Pooten haben Sie auch nichts gehört, oder? Pooten aus Kevelaer? Das hätten Sie mir doch sicherlich gesagt.«

Sie muss darauf gar keine Antwort geben. Frau Hünnekens schüttelt den Kopf auf eine Weise, die mir sagt, dass sie mit Pooten nur in äußerst dringenden Fällen kommunizieren würde.

Da taucht eine Szene aus meiner Erinnerung auf, eine

kleine Begebenheit auf unserer letzten Weihnachtsfeier im Krefelder Nordbahnhof. Es war schon spät, Pooten hatte getrunken wie immer und war laut und expansiv geworden. Wir am Nebentisch haben die Köpfe geschüttelt, weil wir die Art des Mannes ja kennen. Diesmal war eine neue Kollegin dabei, die zufällig neben Pooten saß, und als ich auf dem Weg zur Toilette hinter den beiden vorbeiging, sah ich, wie Pooten die Kollegin mit seiner kräftigen Rechten um den Nacken fasste, was mir weniger wie eine anzügliche als eine brutale Geste erschien, denn die Kollegin wand sich unter Pootens Griff, es war ihr unangenehm, vielleicht schmerzte es auch, doch Pooten sprach weiter auf sie ein und gab vor, nicht zu wissen, was seine Hand an ihrem Nacken tat, den sie wie ein Schraubstock umklammerte. Er lachte auf, scheinbar in die Schilderung einer Anekdote vertieft, und animierte die Kollegin, ebenfalls darüber zu lachen. Er tarnte seine Grobheit, er machte sie unsichtbar, auch für die anderen am Tisch, und zwang seine Kollegin, gute Miene zu seinem frechen Benehmen zu machen.

All das begriff ich in den wenigen Sekunden, die ich hinter den beiden war, denn ich hatte meinen Schritt unwillkürlich verlangsamt. Ich zögerte nicht und packte Pooten am Handgelenk, um die Kollegin aus dem Griff des Angetrunkenen zu befreien, und sagte zu ihm: »Sie belästigen die Dame, Herr Pooten.« Da ließ seine Hand ab. Ohne seine Reaktion abzuwarten, ging ich weiter. Als ich von der Toilette kam, war Pooten an die Bar gegangen, um nachzuladen. Von der neuen Kollegin keine Spur.

Ich rufe in Kervenheim an, um Näheres über Willibrords soeben abgeschlossene Haftpflichtversicherung zu erfahren. Es ist, wie ich gedacht habe. Pooten hat ihm gesagt, es spiele keine Rolle, mit wem er den Vertrag abschließe, er sei schließlich ein Kollege, und im einen wie im anderen Fall landeten Willibrords Beiträge bei der Rheinischen, es bleibe also alles im selben Topf. Er müsse nur diese Kleinigkeit unterschreiben, damit er, Pooten, sich auch richtig um ihn kümmern könne. Eine Formalität. Herr Willibrord versichert, Pooten habe diese Formulierung mehrmals gebraucht: Es bleibe alles im selben Topf.

»Stimmt denn etwas nicht, Herr Theunissen?«

»Sie haben die Agentur gewechselt, Herr Willibrord. Ich bedauere das sehr. Vielleicht war es Ihnen nicht bewusst. Von jetzt an wird Herr Pooten Sie betreuen.«

Willibrord druckst herum und sagt noch etwas vom selben Topf, in dem doch alles lande, und plötzlich bin ich mir nicht mehr sicher, ob er so ahnungslos ist, wie er tut. In jedem Fall hat Pooten ihn nach allen Regeln der Kunst umgarnt und abgeworben.

Derselbe Topf! Dieser gerissene Hund!

An diesem Vormittag erledige ich meine Sachen fast wie immer, doch wenn ich eine von ihnen abgeschlossen habe und eine andere aufnehme, muss ich an Hermann Pooten denken. Und auch zwischendurch, beim Blättern in Ordnern, beim Anspitzen des Bleistifts, denke ich an Hermann Pooten, die Nummer zwei der Rheinischen im Bezirk Krefeld. Wenn ich meine Gedanken genau erforsche, kümmert mich der Übergriff nicht so sehr, weil ich finanziell geschädigt worden wäre. Das Geld ist vernachlässigbar, ein läppischer Betrag. Es ist das *Prinzip* des Übergriffs, die Kaltschnäuzigkeit des Mannes, der glaubt, er käme mit diesem Manöver durch.

Ich denke an eine Szene von Andy Garcia aus *Schwarzer Regen*. Er ist dort nicht nur fabelhaft angezogen, sondern hat auch wunderbare Manieren, er ist so höflich, freundlich und empfindsam, dass er zwischen Michael Douglas und den verständnislosen Idioten, die auf der Einhaltung der Normen bestehen, vermitteln kann. Er tut es um der Aufgabe willen, die Verbrechensbekämpfung heißt. Eine Aufgabe, die größer sein sollte als jeder Einzelne. »Können wir nicht ein Friedenspfeifchen rauchen?« sagt er im japanischen Nachtklub und schaut den streitenden Polizeidetektiven in die Augen. »Jeder von uns hat sich doch korrekt verhalten, oder? Wir sind jetzt alle Partner.«

Wir sind jetzt alle Partner! Das würde ich bei Hermann Pooten auch gern annehmen, nur für einen kleinen Augenblick. Dass Pooten und ich für dasselbe Unternehmen arbeiten, dieselben Regeln befolgen und uns bei Longdrinks und in der entspannenden Gesellschaft von ein paar Geishas die Hände reichen. Aber so ist es nicht. Pooten arbeitet nicht für die Rheinische, sondern nur für sich selbst.

Zwei Stunden später rufe ich Anton an. Anton ist auf Pooten nicht gut zu sprechen. »Eine ganz üble Nummer«, sagt er, obwohl er ihn nur flüchtig kennt. Aber was er von ihm gehört und gesehen hat, reicht ihm. Anton ist froh, dass er und Pooten nicht im selben Bezirk arbeiten. Was meine Situation betrifft, rät er zu markantem Auftreten.

»Die Sache ist die, Marko. Lass Pooten mit so einer Räuberei durchkommen, und dein Name ist für alle Zeiten beschädigt. Dann giltst du als einer, der sich nicht wehren kann. Die Aasgeier wittern das sofort. Insgeheim hat sich schon mancher ehrgeizige Bezirksdirektor so zupackende Vertreter wie Pooten gewünscht, Leute, die sich nicht scheuen, ihren Kollegen auf die Schuhe zu steigen. ›Dynamisch‹ ist das gern benutzte Wort. Sie treten auf wie Sau und zertrümmern jede Menge Porzellan, aber die Pooten-Bande steigert den Produktionserfolg der Bezirksdirektion. Du weißt besser als ich, welchen Namen Pooten bei euch hat.«

»Er ist die Nummer zwei in unserem Bezirk«, sage ich. »Hinter Kleindorp. Den kann er nicht überholen, dafür ist Kleindorp zu gut. Aber Pooten schreibt viel Leben. Ich weiß gar nicht, wie er das macht.«

»Kevelaer«, sagt Anton. »Wallfahrtsort. Ich glaube, Pooten hat ein Händchen für fromme Kundschaft. Schaut den Damen tief in die Augen. Ehrlich, ich glaube, er ist gut. Schade, dass er keinen Funken Anstand im Leib hat.«

»Also, Anton? Was mache ich?«

»Du nimmst den Kampf an und sagst, dass der Kunde nicht wusste, was er tat. Dass Pooten ihn getäuscht hat. Etwas anderes kommt nicht infrage.«

Doch an diesem Tag tue ich gar nichts mehr. Vielmehr denke ich über unseren Beruf nach. Das meiste von dem, was bei uns falsch läuft, liegt am System. Versicherungen gehören zu den großartigsten Erfindungen der Menschheit, sie ermöglichen es uns, mit einer kleinen, berechenbaren Zahlung Schutz vor den Wechselfällen des Lebens zu erhalten. »Versicherung ist die gegenseitige Deckung zufälligen schätzbaren Geldbedarfs zahlreicher, gleichartig bedrohter Wirtschaften.« So hat es der große Alfred Manes in seinem Werk *Versicherungswesen* ausgedrückt. Natürlich handelt es sich um ein Geschäft, und damit es funktionieren kann, müssen sich die wichtigsten Daten berechnen lassen. Sonst käme ja kein Tarif zustande. Die statistische Mathematik ist die Säule, auf der die Versicherungswirtschaft ruht.

Mich allerdings interessiert mehr die metaphysische Seite. Versicherungen sind der Beweis, dass der Mensch das christliche Gebot der Nächstenliebe in eine moderne Form gießen kann, die weder sentimental noch unverbindlich ist. Jeder gibt, damit jeder erhalte. Gegeben wird *immer,* etwa zum Beginn des Quartals. Erhalten wird nur nach Bedürftigkeit. Besser haben es weder Jesus Christus noch Karl Marx formuliert. Im Kern tun wir etwas Gutes, das so wichtig ist wie Seelsorge, Psychoanalyse oder Herzchirurgie. Ohne uns würde sich die Welt nicht drehen!

Deshalb ist es falsch, dass Versicherungen durch selbstständige Agenten verkauft werden. Versicherungen sind eine langfristige Übereinkunft, kein Produkt. Sie sind ein Vertrauenspakt, den Vertreter und Kunde mit ihrer Unterschrift besiegeln, und die Produktidee steigert nicht die Qualität der Beratung, sondern verfeinert nur die Vermarktungsstrategien. Weil sich alles um die Provision dreht, lesen meine

Kollegen und ich zur Fortbildung nicht neue Studien über das Versicherungswesen, sondern Ratgeber zur effizienteren Überrumpelung. Sie sind der Spiegel, in dem ich mich nicht wiedererkenne. Traurig, aber wahr. Wenn wir in dieser Branche erfolgreich sein wollen, besteht unsere Aufgabe darin, in kürzester Zeit unsere niedrigsten Instinkte auszubilden.

Mein Vater erwähnte diesen Widerspruch im ersten Gespräch, das wir damals über meine Berufswahl führten. Ich konnte es nicht länger aufschieben, ich musste ihm reinen Wein einschenken. Ein paar Tage zuvor hatte ich ihm von der Trennung von Martina erzählt, und er hatte die Nachricht eingesteckt, ohne Fragen zu stellen. Jetzt würde er begreifen, was die Ursache war.

Doch als wir im Wohnzimmer saßen, von dem aus wir wie ein surrealistisches Gemälde die bläulich schimmernde Poollandschaft betrachteten, sank mir das Herz. Wie sollte ich meinem Vater erklären, dass ich drauf und dran war, mein Literaturstudium an den Nagel zu hängen? Konnte es sein, dass auch mein Vater völlig blauäugig in die Zukunft hineintappte und sich nie die Frage gestellt hatte, wie ich mal mein Geld verdienen sollte? Er muss blind an mich geglaubt haben; allein dafür werde ich ihm für den Rest meiner Tage dankbar sein.

Nachdem er uns mit Kölsch und Nüsschen versorgt hatte, setzte er sich auf das Sofa und überließ sich eine Weile dem Panoramablick über den illuminierten japanischen Garten. Dann sagte er: »Was macht denn das Studium, Marko? Hast du nicht allmählich alle Scheine beisammen?«

»Darüber wollte ich gerade mit dir sprechen, Papa.«

»Wir müssen darüber nachdenken, was danach geschehen soll. Alle Möglichkeiten durchspielen und die richtigen Hebel bedienen.«

»Genau darüber wollte ich heute Abend mit dir sprechen. Ich habe da nämlich eine Idee.«

Er sagte zehn Minuten lang kein Wort, während ich von

der Rheinischen erzählte, er unterbrach nicht, kommentierte nicht, hob nicht die Arme und rollte nicht die Augen. Er wusste, es war ernst, aber er verstand mich nicht. Erst viel später begriff ich, warum mein Vater meine Idee, Versicherungsvertreter zu werden, nicht sofort für eine Katastrophe hielt. Schon damals hatte er finanzielle Sorgen, die er verheimlichte, und rechnete ein bisschen voraus. Ausnahmsweise, für ein paar Minuten, leistete er sich den Egoismus, meine Entscheidung nicht allein darauf zu überprüfen, ob sie vernünftig, vorausschauend, seiner Vorstellung von einem richtigen Beruf angemessen war, sondern auch im Hinblick darauf, wie schnell sie ihn von der finanziellen Bürde meiner Ausbildung entlasten würde. Natürlich wäre etwas Literarisch-Geisteswissenschaftliches, ein Beruf mit akademischer Distinktion, für seinen Sohn das einzig Richtige gewesen; seinen gesellschaftlichen Dünkel hatte mein Vater nicht aufgegeben. Doch als er spürte, dass mein Überdruss gegenüber dem Literaturstudium echt war, erlitt er so etwas wie einen moralischen Schwächeanfall. Er gab seinen Widerstand auf, weil es ihm gelegen kam, mich möglichst rasch versorgt zu sehen. Insgeheim hatte es ihm sogar imponiert, dass Bezirksdirektor Igelbrink, offenbar ein erfolgreicher Mann, mir im Versicherungswesen eine große Zukunft vorausgesagt hatte.

Ganz so hatte Igelbrink das nicht formuliert, aber meinem Vater gegenüber deutete ich mein Bewerbungsgespräch zu einer schicksalhaften Begegnung um. Hier war ein Mann, sagte ich ihm, der mitten im Berufsleben stand und mich unbedingt für seine Branche gewinnen wollte. Der mich gewissermaßen unter seine Fittiche nehmen und auf jede erdenkliche Weise fördern wollte. Es liege an mir, sagte ich, den nächsten Schritt zu gehen. Natürlich erzählte ich meinem Vater auch vom »eigenen Büro«, die Versuchung war einfach zu groß, ich erwähnte außerdem, dass ich eine Sekretärin beschäftigen wolle, was Igelbrink mir unbedingt geraten habe, und murmelte etwas vom italienischen Design der Innenausstattung, auf das die Rheinische besonderen Wert lege, eine freie Erfindung meinerseits. Bevor ich noch tiefer in das Reich der beruflichen Erfolgsphantasien geriet, in das ich schon so mutige Schritte gesetzt hatte, hielt ich inne, schaute in den japanischen Garten und trank von meinem Kölsch. Ich wusste, dass ich meinem Vater ein paar Tage geben musste, um die Nachricht zu verdauen.

Doch dann flackerte sein Widerstandsgeist noch einmal auf.

»Provisionen, sagst du. Die Branche lebt von Provisionen.« So, wie er das Wort aussprach, reichte es, um einen ganzen Berufsstand abzukanzeln. »Du bist also gezwungen, ein bestimmtes Produkt zu verkaufen, damit deine Provision stimmt. Was müssen wir daraus schließen? Du kannst nicht einfach eine ordentliche Leistung erbringen, für die dir ein bestimmtes Honorar zusteht. Nein, manchmal wirst du ausgesprochen schlecht oder gar nicht bezahlt, obwohl du eine gute Leistung erbracht hast, denn ob du dein Geld bekommst (und wir fragen jetzt noch nicht, wie viel Prozent von welcher Summe, diese erniedrigenden Rechenspiele wollen wir lieber nicht anstellen), hängt vom Wohlwollen des Kunden ab. Der Kunde könnte dich drei Stunden lang ausfragen, sich die Materie von oben bis unten erklären lassen und dann zu einem Konkurrenten gehen, um bei *ihm* seine Versicherung abzuschließen. Und du wärest machtlos, Marko. Du müsstest hinnehmen, was dieser unsensible, kalkulierende Mensch dir antut. Zu schweigen von deinen Konkurrenten, die nur darauf lauern, dir die Früchte deiner Arbeit mit spitzen Zähnen unter den Händen wegzureißen.«

Mein Vater liebte solche gewählten Formulierungen. Das leicht Gespreizte, das er bei Thomas Mann fand, versuchte er nicht nur in seine notariellen Schriftsätze, sondern auch in seine Rede einfließen zu lassen. Thomas Manns überlegene Ironie entsprach ihm. Mein Vater war der Meinung, die Welt lasse sich am besten vom Hochsitz des Geistes aus analysieren.

»Seriöse Beratungsberufe«, sagte er in dozierendem Ton, »sind auf entsprechende Honorarsätze angewiesen, feste Bezüge, die sich nicht ändern lassen. Wenn sie die nicht haben, verlieren die Leute den Respekt und behandeln den, der sie berät, wie einen Lakaien. Du möchtest doch kein Lakai sein, Marko, oder? Du willst ein angemessenes Honorar fordern können, wenn du gute Leistung erbracht hast. Ich müsste dir einmal die Honorarsätze eines Notars zeigen. Jede Leistung, jeder Federstrich, jede Sekunde meiner Anwesenheit bei einem notariellen Akt hat einen genauen wirtschaftlichen Wert. Und diesen Wert fordere ich als Honorar, immer, es gibt keine Ausnahmen. Dank dieser festgesetzten Summen, die in manchen Fällen beträchtlich sind, konntest du deutsche und englische Literatur studieren, die Fächer, die dir plötzlich so sinnlos erscheinen. Nein, Marko, ich kann nicht sagen, dass ich dich verstehe. Ich fürchte, du machst dich mit dieser Versicherungsidee unglücklich, sie entspricht dir nicht, sie ist dir wesensfremd. Weiß der Himmel, wie du auf sie verfallen bist. Du hast mir noch nicht einmal einen Bruchteil deiner Beweggründe erzählt. Aber ich kann dich nicht zu deinem Studium zurückprügeln. Und ich kann dich nicht dazu verdonnern, eine Magisterarbeit zu schreiben, obwohl ich mich auf sie gefreut hatte, das will ich noch einmal erwähnen. Gerade auf deine Abschlussarbeit, eine philologische Untersuchung auf breitem Textfundament, hatte ich mich besonders gefreut. Was soll ich anderes sagen als: Es ist ein Jammer?«

»Papa«, sagte ich. »Die Rahmenbedingungen müssen stimmen. Verstehst du? Ich habe Lust, die Ärmel hochzukrempeln. So ein Gefühl habe ich noch nie gehabt.«

»Noch nie?«

»Jedenfalls nicht in den letzten Jahren.«

»Dann war dein ganzes Studium … ein Irrtum?«

»Ich weiß nicht, ob es ein Irrtum war. Aber um ehrlich zu sein, im Inneren habe ich mich schon weit davon entfernt. Sehr weit.«

Mein Vater saß da, hörte sich an, was ich zu sagen hatte, und glaubte mir kein Wort. Und dennoch gab er den Kampf an diesem Abend auf. Ich warf mein Studium auf den Müll. Ich war im Begriff, die Welt der Pootens zu betreten, und mein Vater hatte nicht die Kraft, mich daran zu hindern.

Angela muss länger aufbleiben als ihr Mann, wenn sie mich am späten Abend noch anrufen will. Je länger zwei Menschen miteinander leben, desto leichter lässt sich das mit liegen gebliebener Arbeit rechtfertigen.

»Ich muss noch etwas fertig machen, geh schon mal schlafen, Liebling.«

»Ja, aber bleib nicht mehr so lange auf.«

Es ist schön, diesen besorgten Ton zu hören und sich dann den eigenen Dingen zuzuwenden.

»Nein, Horst, versprochen. Schlaf gut!«

Man lauscht auf die letzten Geräusche, ein fortgeräumtes Glas, ein Rascheln der Zeitung, die zusammengelegt wird, ein Klacken des Lichtschalters auf dem Weg nach oben. Das Haus kommt zur Ruhe. Und die geheimen Gedanken erwachen.

Während Horst im Badezimmer beschäftigt ist, geht Angela auch nach oben und schaut nach den Kindern. Sie sind sieben und fünf Jahre alt. Im neuen Haus haben Moritz und Lilly ihre eigenen Zimmer. Auf den weiß lackierten Türen stehen in lustigen bunten Farben ihre Namen. Nachdem sie die Kinder, jedes für sich, eine Weile betrachtet und vielleicht Lillys Bettdecke gerade gezogen hat, weil die wüste Kleine, ein Temperamentsbündel, sie Nacht für Nacht fortstrampelt, geht Angela wieder nach unten und blättert ein paar Arbeitsunterlagen durch. Nichts Wesentliches, überhaupt nicht. *Killing time,* nennt sie es, wenn sie wartet, bis das Haus vollständig zur Ruhe kommt, und die überzähligen Minuten totschlagen muss, eine nach der anderen, es geht nicht anders, sie kann sich jetzt auf nichts Ernsthaftes mehr konzentrieren, sie will, dass es endlich losgeht, und dafür braucht sie einen Tag, der sich mit natürlicher Schwerkraft seinem Ende zuneigt, denn die Gespräche mit mir gehören dem anderen Teil ihrer Existenz an, der sich nachts abspielt, und sie will sie nicht unterbrechen, sondern sich in ihnen verlieren, sie so in die Länge ziehen, wie sie möchte, egal, was die Müdigkeit mit ihr anstellt, sie will auch nicht ständig auf Geräusche aus der Schlafetage lauschen. Das sei ihrer nicht würdig, sagt sie. Dann lieber eine sorgfältige Vorbereitung, etwas Geduld bei der Planung und unbeschwerter Genuss. Mit mir. Ich bin die Affäre, die Angela sich jetzt leistet. Die sie in ihrem Leben haben will, für die sie Platz geschaffen hat, die sie verdient zu haben glaubt, weil im Prinzip nichts dagegen spricht, wenn man nur vorsichtig ist, und das gedenkt sie immer zu sein, vorsichtig. Diskret. Sie hat nicht vor, um der Liebe willen etwas Verrücktes zu tun. Sie denkt auch nicht über eine Trennung nach, was mich wiederum beruhigt, denn ich wüsste nicht, wie ich das Gewicht schultern sollte, mich an eine geschiedene Frau mit zwei Kindern zu binden. All das spielt zwischen uns keine Rolle. Jedenfalls jetzt nicht.

Wenn also endlich alles ruhig ist, wenn die Dinge den Anschein haben, den sie zur Zeit der Nachtruhe haben sollen, mit angeknipstem Lumibär auf dem Flur der ersten Etage, aber ausgeschaltetem Badezimmerlicht, hinter der geschlossenen Tür des ehelichen Schlafzimmers die Schnarchgeräusche von Horst, geht Angela langsam nach unten. Sie hat mir von diesem Gang erzählt, den bewusst gesetzten Schritten die Holztreppe hinunter, leisen, kaum wahrnehmbaren Geräuschen, weil die Treppe im neuen Haus glücklicherweise nicht knarrt, dem Gefühl von Betrug und Verschwörung, das sie nicht abschütteln kann, egal, wie oft sie den Weg zu dieser

Stunde, unter genau diesen Umständen schon gegangen ist. Sie setzt sich mit einem Glas Weißwein ins Wohnzimmer, von dort hat sie die Treppe im Auge, nimmt ihr Mobiltelefon und wählt die Nummer, die unter »Jutta« gespeichert ist.

Ihre Nachtstimme ist tief und sanft, was nur zum Teil an der Heimlichkeit ihrer Unternehmung liegt, es ist auch die Müdigkeit, die ihre Stimme nach unten zwingt wie ein Gewicht und dafür sorgt, dass sie beim Sprechen gelegentlich einen Konsonanten schleifen lässt, man will zwar sagen, was man zu sagen hat, aber sich nicht mehr übermäßig dafür anstrengen, es hat etwas Warmes, Wohliges, sich den kleinen Schleifern beim Sprechen zu überlassen, und der andere weiß ohnehin, was gemeint ist. Abgesehen von den unvermeidlichen Vorsichtsmaßnahmen, die nur vernünftig sind, muss Angela jetzt nichts mehr tun, um ihre Tat zu schützen. Sie hat keine Sorge, dass ihre nächtlichen Gespräche durch Kontrolle oder Schnüffelei entdeckt werden könnten. Sie ist ihre eigene Herrin, sie arbeitet ebenso wie er, Horst bezahlt nur die Festnetzrechnungen. Horst ist kein misstrauischer Mann, sagt Angela. Er hat ihr noch nie hinterherspioniert, so wenig wie sie ihm.

»Warum nicht?«, frage ich sie.

»Ich ihm oder er mir?«

»Warum hast du ihm noch nie hinterherspioniert? Bist du dir so sicher, dass er keine Affären hat?«

»Warum sollte er Affären haben? Er ist mit unserem Leben sehr zufrieden.«

»Dasselbe denkt er von dir«, sage ich. »Deswegen spioniert er dir nicht hinterher. So wenig wie du ihm.«

Manchmal äußere ich Dinge, von denen ich nicht weiß, was ich mit ihnen sagen will. Ich spiele den Ball einfach in Angelas Feld zurück, um den Gedanken zu seinem logischen Ende zu führen. Sie dagegen nimmt an, ich wolle über uns sprechen, was nicht der Fall ist. Eigentlich will ich nie »über uns« sprechen. Ich will nur mit Angela zusammen sein, so oft, wie es Menschen in unserer Situation möglich ist. Wenn der eine frei ist und der andere seinen Ehepartner betrügt.

Ich habe erkannt, dass Telefongespräche mein Gefühl für dieses Zusammensein nicht verstärken, im Gegenteil. Sie infiltrieren es mit einer fremden Substanz, einem Ersatzstoff fürs Zusammensein, und lassen mich einsamer zurück als zuvor. Ich kann am Telefon keine Nähe herstellen, obwohl ich derselbe Mann bin wie der, der kurze oder längere Zeit zuvor mit Angela geschlafen hat. Wenn sie zu mir nach Kleinhoek herauskommt und mein großes Schlafzimmer in der Landvilla für ein paar Stunden in eine Angela-Zone verwandelt, auch unter strategischer Platzierung mauvefarbener Unterwäsche, dann spüre ich, dass wir beieinander sind, zu hundert Prozent, begrenzt in der Zeit, aber nicht im Raum. Doch dieser gemeinsame Raum ist beim Telefonieren nur vorgetäuscht. Wir erleben nichts gemeinsam, weil wir nicht am selben Ort sind, unsere Stimmen treiben nur gleichzeitig durch die Atmosphäre, in Parallelwelten, die mir die körperliche Trennung umso bewusster machen.

Angela dagegen liebt es, mich nachts anzurufen und über vergangene und künftige Treffen zu sprechen. Für sie ist das Telefon wie geschaffen. Nicht nur, sagt sie, dass wir am Telefon besser reden können als im Bett, weil es weniger Ablenkung gibt (was sie andererseits schon früh dazu animierte, mich zum Telefonsex zu verlocken, um »die Zeit besser zu nutzen«, man könne doch mit ein bisschen Phantasie »eine ganze Menge tun, ohne sich gegenseitig zu berühren«, das sei ein stark vernachlässigtes Gebiet), sondern auch, weil die Nacht, wenn sie ihr nicht mit schwerer Hand auf die Lider drückt, sie zum Nachdenken und Plänemachen anregt – Pläne, die sie sich bei Tageslicht gar nicht so genau ansehen will, aus Angst, sie könnten sich als Hirngespinste herausstellen, die sie aber bei einem der nächsten nächtlichen Telefongespräche wieder erwähnt, als seien es Tiere, die man nur bei Dunkelheit in wachem Zustand erleben kann.

»Hast du über meinen Vorschlag nachgedacht?«, sagt Angela. »Mit Koblenz? Ich habe dort in jedem Fall eine Übernachtung. Unser Meeting dauert bis acht, dann kommt noch das Abendessen. Wenn ich mich zügig loseise, bin ich spätestens um halb elf auf meinem Zimmer. Wir hätten die ganze Nacht für uns, Marko.«

»Du musst am nächsten Morgen nach Duisburg zurück. Du musst ins Büro. Wir müssen beide ins Büro.«

»Ja, aber es wäre eine Gelegenheit.«

»Ich muss sehen, Angela.«

»Denk nicht zu lange darüber nach. Das Hotel wird ziemlich ausgebucht sein.«

»Ich küsse dich.«

»Und ich dich, Marko. Wie wild.«

»Fang nicht wieder an. Du weißt, dass ich dann nicht auflegen kann.«

»Vielleicht will ich das? Vielleicht will ich, dass du die ganze Zeit am Hörer stehst, weil du mich dauernd küssen willst? Dass du keine Versicherungen mehr verkaufst, dass deine Kundenkartei austrocknet, dass du pleite gehst, dass die Rheinische dich rauswirft, weil du mich ständig küssen willst und einfach nicht mehr aufhören kannst?« Ihre Stimme senkt sich zu einem verschwörerischen Flüstern. »Marko? Ich könnte dich jetzt hier am Telefon ausziehen. Weißt du das? Und ich würde nicht bei den Schuhen anfangen.«

»Ja, Angela. Das weiß ich. Aber wir sind jetzt ganz vernünftige Leute. Welchen Slip trägst du heute?«

»Bernstein«, sagt sie. »Den mit der Bordüre, die du so mochtest. Erinnerst du dich?«

»Ich erinnere mich.«

»Sag mir den Ort.«

»Kurz vor Geldern-Pont. Die Kanufahrt auf der Niers.«

Ich sage ihr nicht, dass ich öfter an Zecke Schmielen denke als an ihren bernsteinfarbenen Slip mit der Bordüre. Zecke, unser Mitschüler vom Collegium Aureum, hatte immer gesagt, Frauen, die an großen Flüssen leben, sind aufregender als andere und trauen sich auch viel mehr. Das läge an den Hormonen oder an der Feuchtigkeit oder weil so ein großer Fluss etwas Wildes symbolisiert. Ich kriege es nicht mehr ganz zusammen. Und dann sah ich Zecke wieder, als Angela und ich in Wachtendonk das Kanu mieteten, um die Niers hinunterzupaddeln. Er hatte sich kein bisschen verändert, der alte Zecke. Ein kräftiger Kerl mit festen Meinungen zu den meisten Dingen, die wichtig sind. Er wusste sogar noch meinen Namen, obwohl er ein paar Klassen über uns gewesen war. Er wusste auch noch, was mit Bruder Gregor passiert war.

»He, ich kannte ihn doch«, sagte er. »Ich kannte ihn ganz gut. Merkwürdiger Kerl. Und weißt du was? Nachdem sie dich geschmissen hatten, wurde er nie wieder erwähnt. Man lernt was daraus.«

»Was denn?«, fragte ich, während Angela sich die Getränkeliste anschaute.

»Dass der Tod das Ende ist«, sagte Zecke. »Aber hallo! So gestorben wie der ist noch niemand. Der war einfach weg.«

»Den Eindruck hatte ich auch«, sagte ich. »Er war einfach weg. Als wäre er nie da gewesen.«

»Es gibt so was«, sagte Zecke.

»Wahrscheinlich«, sagte ich.

Zecke vermietet Boote und ist mit dem Geschäft zufrieden. Wenn er auf die Niers guckt, sagte er, wird ihm klar, dass so ein Fluss der beruhigendste Anblick der Welt ist. Zu jeder Jahreszeit. Ich fragte ihn nicht, ob er mit Frauen, die an großen Flüssen leben, gute Erfahrungen gemacht hat.

»Ich küsse dich, Marko«, sagt Angela.

»Und ich dich. Leg jetzt auf.«

»Du zuerst.«

»Nein, du.«

»Heute habe ich mit meinem Vater telefoniert«, sagt sie und scheint ihrem langsam davontreibenden Satz nachzusehen. Ich höre, wie sie sich im Sessel zurechtsetzt. »Er kann nicht mehr sprechen, weißt du? Das heißt, er könnte es. Aber er tut es nicht. Sein Geist ist auf Wanderschaft.«

»Aber er hört dir zu.«

»Ja. Ich rede mir ein, dass er sich auf meine Anrufe freut. Die Pflegerin sagt, es geht ihm nach meinen Anrufen immer gut. Er sitzt vor dem Fernseher und lächelt. Marko, es ist komisch. Zu wissen, dass er alles versteht und nichts mehr sagt. Ich glaube, er hat im Leben alles gesagt, was es zu sagen gab.«

Ich kann mich nicht dagegen wehren, dass Bilder *meines* Vaters vor mir auftauchen, mein Vater im Rollstuhl, den eine Pflegerin über glänzende Flure schiebt. Mein Vater auf dem Weg zum Telefon. Mein Vater, wie ich ihn hoffentlich nie erleben muss.

Dann denke ich an Vera, die damalige Freundin meines Vaters, und unsere Wochen in Südfrankreich vor bald zwanzig Jahren. Wie ich eines Morgens auf die Terrasse kam und Vera und Robert in ein Gespräch über Literatur vertieft fand. Robert stand gern früh auf, um vor dem Frühstück zu lesen, er hatte sich einen großen Stapel Bücher mitgebracht. Jetzt lag ein Steinbeck-Roman vor ihm, und er erzählte Vera von den Arbeitskämpfen der kalifornischen Obstpflücker, um die es in seinem Roman ging. Er gab zu, dass er außer bei Steinbeck noch nie etwas von den Arbeitskämpfen der kalifornischen Obstpflücker gehört hatte.

»Da geht es dir besser als mir«, sagte Vera. »Ich habe noch keine Zeile von Steinbeck gelesen, ich war noch nie in Kalifornien, und ich habe keine Ahnung, was die Probleme der kalifornischen Obstpflücker sein könnten. Vielleicht habe ich mal Obst gegessen, das aus Kalifornien kam.« Sie sah sich den Umschlag des Romans an. »Ah, es geht um Ausbeutung. Wie überall auf der Welt.«

Robert hörte ihr zu, aber ich spürte, dass er innerlich einen Schritt zurücktrat. Er war Romanleser, genau wie ich, er wollte nicht an die wirkliche Welt hinter seinen Romanen erinnert werden.

»Warst du mal bei einer Obsternte dabei?«, fragte Vera. »Einer echten Obsternte?«

Robert schüttelte den Kopf.

»Meine älteren Brüder haben das gemacht, alle vier. Mein Vater wollte, dass jeder von ihnen das Landleben kennenlernt und ein paar Wochen lang mit wunden Händen aufwacht. Ich habe sie um diese Erfahrung beneidet. Ich ertrug es nicht, wenn an unserem Küchentisch von Obst oder Obsternte die Rede war. Das waren Heldentaten von Männern.«

Robert sah sie mit der ruhigen Neugierde eines Dreizehnjährigen an. Er schien sich vorgenommen zu haben, Vera genau kennenzulernen. Vielleicht dachte er dasselbe wie ich: Wer Vera kennenlernte, lernte auch unseren Vater kennen. Es war, als könnte diese Frau uns zu einer Besichtigungstour auf die andere Seite seines Lebens mitnehmen.

Robert sagte: »Warum hast du es nicht auch gemacht?«

»Mein Vater hat mich nicht gelassen, weil ich ein Mädchen war. Er hatte Angst um mich. Er machte sich Sorgen, wenn ich allein war. Er wollte, dass ich dumm bleibe. Er hielt nichts von Frauen. Vielleicht von allem ein bisschen! Ich habe den Grund nie erfahren. Ich wusste nur, dass es mit meiner Mutter zusammenhing, die ihn bald nach meiner Geburt verlassen hatte. Es war immer klar, dass meine Brüder aufs Land zu einem Bauern gingen, um bei der Ernte zu helfen, und ich etwas anderes tat. Immer. Kochen hat mich nie interessiert, aber das Cembalo. Und ich habe Nähen gelernt, ich kann mir meine Kleider selbst schneidern. Heute abend ziehe ich eins von meinen Kleidern an. Sonst glaubst du mir nicht.«

»Ich glaube dir«, sagte Robert.

»Natürlich glaubst du mir«, sagte Vera. »Du bist jemand, der glaubt.«

Dass Veras Vater sie nicht hatte studieren lassen, weil er es für überflüssig hielt, während er den Söhnen ein Studium ermöglichte, hatten wir am Vortag erfahren. Nach dem Abendessen hatten wir den Abwasch gemacht, Motte und ich, und als wir mit einem frisch aufgeknackten Kronenbourg wieder auf die Terrasse kamen, saßen die anderen noch genauso am Esstisch, wie wir sie zurückgelassen hatten. Vornübergebeugt sah Vera in die Kerze und schien nachzudenken. Mein Vater saß dabei, ohne etwas zu sagen, sein Blick ging in den Sternenhimmel, wie um Vera zu verstehen zu geben, dass sie sich Zeit mit ihrer Geschichte lassen könne, weil die Milchstraße sich auch Zeit nehme. Dann bemerkten wir, dass Veras eigentlicher Adressat Robert war. Robert hatte die Arme verschränkt und wartete darauf, dass Vera weitersprach. Ich blieb einen Augenblick im Türrahmen stehen, bevor ich auf die Terrasse hinaustrat, ich wollte das Bild festhalten: ein Gespräch unter Menschen, die sich im Lauf der letzten Wochen kennengelernt hatten, aber unter anderen Umständen nie miteinander sprechen würden, zusammengebracht durch den schweigenden Mann am Kopfende des Tisches.

»Ihr wisst vielleicht nicht, was ihr von eurem Vater bekommen habt«, sagte Vera, ohne aufzuschauen. »Und bekommt. Woher solltet ihr auch? Es ist das, was ihr habt. Man vergleicht sich nicht dauernd mit anderen.«

Mein Vater schaute weiter in den Sternenhimmel.

»Doch«, sagte Robert auf seine ruhige, frühreife Art. »Ich weiß, was ich bekomme. Es ist mir bewusst.«

»Das ist gut«, sagte Vera.

Dann erzählte sie, wie es bei ihr gewesen war. Sie hatte gegen ihren Vater rebelliert, war früh von zu Hause ausgezogen und musste sich das Studium in Berlin selbst erarbeiten, Politikwissenschaften und Soziologie. Offenbar gehörte dieser Sieg so sehr zu ihr, dass sie auch von den Schmerzen erzählen konnte, die er mit sich gebracht hatte, sie waren Teil des Sieges. Sie musste arbeiten, um sich das Studium zu finanzieren, sie zahlte jeden Pfennig selbst. Wie sie vorankam, wie gut sie wurde, dass sie nach dem Diplom schnell eine Stelle in einem Berliner Forschungsinstitut fand, all das erzählte sie ihrem Vater nicht. Sie hatte jeden Kontakt zu ihm abgebrochen. Sie verschwieg auch ihre frühe Ehe, die eine Dummheit gewesen war, genauso, wie sie die schnelle Scheidung verschwieg. Ihre Familie in Bremen war ein Reich, das sie hinter sich gelassen hatte, nur mit ihrem jüngsten Bruder telefonierte sie manchmal, bat ihn aber, keine Nachrichten weiterzugeben, woran er sich nicht immer hielt.

Es war dieser Bruder, der sie eines Tages anrief und sagte, ihr Vater liege im Sterben, sie solle schnell kommen, der Todkranke wolle sie noch einmal sehen. Vera fuhr nach Bremen, trat in ein kleines Krankenhauszimmer, das schon seit Längerem das Kommen und Gehen ihrer Brüder erlebt hatte, und in allen Gesichtern las sie Abschied und Überdruss, sodass sie froh war, nichts von alldem mitbekommen zu haben. Der Empfang, den ihre Brüder ihr bereiteten, vom jüngsten abgesehen, war frostig.

Aber noch schlimmer war die Reaktion ihres Vaters. Es stimmte gar nicht, er wollte sie nicht »ein letztes Mal sehen«, wie man sich das in Versöhnungsphantasien gern vorstellt, es ging nicht um sie. Er, der Vater, wollte der ungehorsamen Tochter ein letztes Mal seinen Groll entgegenschleudern und ihr vom Sterbebett aus Vorwürfe machen, die weit über seinen Tod hinaus nachwirken sollten. Vera begriff es nicht sofort, doch sie musste es geahnt haben, weil ihr etwas die Brust eng machte und die Kehle abschnürte. Sie wusste schon, als sie den Blumenstrauß in die Vase drückte, dass sie nicht hätte kommen dürfen und dass es hier für sie nichts zu gewinnen gab. Trotzdem füllte sie die kleine Vase mit Wasser, stellte die Blumen nahe ans Licht und trat an sein Bett. Sie hatte die Tränen nicht zurückhalten können, das war nun einmal so. Doch ebenso wenig konnte sie verhindern, dass ihr Kopf in rasendem Tempo alle Gründe durchspielte, die für diese Tränen verantwortlich sein könnten, denn sie wusste es nicht, während sie in das gelbe, ausgemergelte Gesicht des Mannes blickte, der ihr Vater war, dabei musste sie es unbedingt erfahren, so viel hing davon ab. War sie erleichtert, ihn noch einmal zu sehen und Teil eines kleinen Vergebungsrührstücks zu werden, sofern sie bereit war, seine Hand zu ergreifen und um Verzeihung für ihren Ungehorsam zu bitten? War sie froh, dass sie gekommen war, nachdem sie ihm so lange jeden Kontakt verwehrt hatte, weinte sie deshalb? Weinte sie aus Erinnerungsseligkeit, wegen der Familie, aus Sentimentalität, weinte sie, weil sie ein letztes Mal das kleine Mädchen sein durfte und sich danach für immer von dieser Rolle verabschieden musste? Was durchlief sie denn, als sie an seinem Bett stand und weinte, etwas Warmes, Vertrautes? Oder etwas Böses, das sie abschütteln musste wie einen Fluch? Weinte sie aus Reue? Weinte sie, weil es sich so gehörte? Sie kannte sich selbst nicht in diesen Sekunden, als sie vor seinem Bett in die Knie ging, seine teilnahmslose Hand ergriff und ihm mit dem Druck der ihren zu verstehen gab, dass sie da war, dass die Tochter am Ende den Weg zu ihrem todkranken Vater gefunden hatte. Oder weinte sie aus Erleichterung, dass er endlich fortging und bald alles vorbei wäre? Sie wusste es nicht, sie wusste es nicht.

So kniete sie an seinem Bett, ratlos, überschwemmt von Gefühlen, die sie nicht erkannte, obwohl sie sie fast erwürgten, und am Ende wusste sie zumindest, dass sie auch deswegen weinte: vor Wut darüber, dass sie Zeit ihres Lebens nur auf eine Milchglasscheibe gestarrt hatte und auch jetzt keinen Grund für ihre Tränen fand.

Wie lange dieses Gefühl anhielt, konnte sie nachher nicht mehr sagen. Nur, wie es endete: als sie den Blick ihres Vaters, der ihr seine Hand nicht entzogen hatte, verstand. Der alte Mann hatte seine Rede gründlich vorbereitet, er warf seiner Tochter vor, was gewesen und was nicht gewesen war, dass sie sich ihm widersetzt, dass sie ihn missachtet und seitdem geschwiegen hatte, er warf ihr vor, dass sie fortgegangen war ohne Spur, weit weg von der Familie, dass sie geheiratet und auch, dass sie sich wieder getrennt hatte, alles ohne ihn, ihren Vater.

Aber Papa, sagte Vera. Hör mich an.

Unterbrich mich nicht, sagte ihr Vater, ohne ihre Hand loszulassen, und Vera wusste, dass er die Hand seiner Tochter nur hielt, damit sie nicht davonlaufen konnte. Du hast so lange geschwiegen, du kannst noch etwas länger schweigen, du weißt nicht, was Warten heißt. Du wolltest alles für dich haben. Du wolltest alles sofort haben. Dein Vater zählte nicht mehr. Sobald du konntest, hast du deinen Vater und deine Brüder vergessen.

Bitte, Papa …

Du sollst mich nicht unterbrechen!, zischte er wütend, weil er nicht schreien konnte, und Veras Brüder zuckten zusammen, entweder aus Sorge, dass es schon zu viel gewesen sein könnte, was der Sterbende sich zumutete, oder aus Mitleid mit ihrer Schwester, dieser fremden jungen Frau, die mit achtzehn aus Bremen verschwunden war und mit einunddreißig wieder in Bremen auftauchte, verändert, älter geworden, immer noch so hübsch wie früher, aber härter und entschiedener, nur dass sie am Sterbebett ihres Vaters wieder zur Tochter werden musste, wie auch sie, die Söhne, in der Anwesenheit des Vaters immer Söhne und Kinder geblieben waren.

Vera war froh darum, nicht mehr dazuzugehören. Sie hatte nicht geahnt, dass sich so wenig verändert hatte, und ließ die Vorwürfe des Vaters willenlos über sich ergehen. Sollten ihr Vater und ihre Brüder denken, was sie mochten. Bevor ihr Vater zum Ende kam (denn das Ende seiner Rede kündigte sich an, seine Sätze hatten ein Ziel, Vera spürte, dass er jetzt im Begriff war, die letzten Bemerkungen zu machen und dann effektvoll abzuschließen), wurde er von Atemnot gepackt und musste abbrechen. Sofort verwandelte sich sein ausgezehrtes Gesicht, das Gelb wurde zu Rot, und das Feuer der Empörung in seinen Augen erlosch. Er musste von der ungehorsamen Tochter ablassen und sich um sein Überleben kümmern. Seine Klagemaske wurde wieder zur Leidensmaske.

Jetzt konnte Vera sich zum ersten Mal vorstellen, dass ihr Vater elf Wochen krank in diesem Zimmer verbracht hatte, ohne es je verlassen zu haben, außer, um operiert zu werden. Sie sah ihre Brüder an, einen nach dem anderen. In ihren Augen las sie Ungeduld und Erschöpfung. Da erkannte sie alles, sah sich selbst in diesem Krankenzimmer, verstand die Szene und die Mitspieler. Es war das Ende von etwas, und als solches musste sie es behandeln, als Ende, nicht wie einen Anfang. Ihre Haut begann zu kribbeln. Mit der Luft stimmte etwas nicht. Sie hatte Lust, das Fenster aufzureißen und ein paar tiefe Atemzüge zu nehmen. Dann fiel ihr etwas Besseres ein.

Ich gehe, sagte sie.

Jetzt schon?, fragte ihr jüngster Bruder.

Die anderen schwiegen.

Und sie ging.

»Angela«, sage ich in das leise Rauschen des Telefonhörers hinein. »Wie lange sprichst du mit deinem Vater?«

»Ach, unterschiedlich. Manchmal zwanzig Minuten. Ich spreche, solange ich das Gefühl habe, dass er mich braucht. An anderen Tagen spüre ich nach fünf Minuten, dass er müde ist. Dann sage ich ihm Gute Nacht. Wir haben keine Konventionen, wir kennen uns, das ist alles.«

»Du bist eine gute Tochter.«

»Ich könnte es mir nicht verzeihen, wenn ich ihn verpassen würde. Er war immer für mich da. Er hat mit mir über meine Männer gesprochen. Heute … hätte ich ihm gern von dir erzählt. Ich bin sicher, er würde mir keinen Vorwurf machen, dass ich Horst … dass ich ihn täusche. Mein Vater hat immer daran geglaubt, dass ich meine Gründe habe. Ich kann mir nicht vorstellen, ohne ihn zu sein.«

»Ich bin mir sicher, dass er deine Liebe spürt.«

Sie kämpft mit den Tränen. Dann sagt sie leise: »Und wie würdest du mich ausziehen?«

»Ich würde mit der Hose anfangen. Dann knöpfe ich dir die Bluse auf. Und danach nehme ich dir den BH ab. Du trägst den schwarzen. Du weißt, dass man ihn durch die Bluse hindurch erkennt, du hättest dir auch den weißen anziehen können, aber heute stört es dich nicht. Du willst, dass die Leute sich fragen, welchen Ton deine Haut unter dieser Bluse hat. Und du trägst deinen japanischen Duft, kombiniert mit dem französischen. So gehst du unter Menschen und fühlst dich sicher und schutzlos zugleich. Ein gläserner Panzer.«

»Du kennst mich nicht schlecht«, sagt sie. »Und wenn du mich soweit ausgezogen hast, Marko. Was kommt dann?«

»Das machen wir beim nächsten Mal. Ist es bei dir im Haus still?«

»Totenstill. Und was hörst du?«

»Hier? Kein Geräusch. Der letzte Uhu hat sich hingelegt. Einen halben Kilometer weiter schnarchen die Bauern.«

»Ich habe keinen Wein mehr«, sagt sie.

»Der Pelikan … trinkt Lebertran.«

»Bitte?«

»Nichts«, sage ich. »Ein Tiervers für meine kleine Freundin. Du weißt schon. Der ich nichts von dir erzählen darf.«

»Ich wusste gar nicht, dass du reimen kannst.«

»In einem früheren Leben dachte ich mal, ich müsste Schriftsteller werden.«

»Küss mich noch einmal, ja?«

»So oft du willst.«

»Und ich küsse dich, Marko. Nicht halb so oft, wie ich gern würde. *Bonne nuit.*«

EINMAL IM JAHR, WOLLTE ICH ANFANGEN, findet unsere Jahresauftakttagung statt. Aber kaum hat sich der Satz in meinem Kopf gebildet, wird mir übel. Anton hatte mich gewarnt. »Hak den Tag einfach ab. Mach Pläne für den Tag danach, gönn dir etwas Nettes. Mit den Jahren wird dein Magen immer stärker.«

Die Jahresauftakttagung der Rheinischen soll uns mit Schwung in das neue Geschäftsjahr schicken, uns motivieren, uns warnen und einschüchtern, damit wir ja nicht vergessen, worum es in unserem Beruf geht: die Quoten steigern. In den Wochen vor dem großen Ereignis lässt die Bezirksdirektion Hinweise auf den »gewohnt festlichen Charakter« der kommenden Jahresauftakttagung fallen, und diese Hinweise scheinen so unübersehbar in einem bedeutenden Zusammenhang zu stehen, dass alle sich fragen, ob ihre Garderobe auch auf der Höhe der erforderlichen Festlichkeit ist. Ich umgehe die Konvention, indem ich ein hellblaues Hemd und eine schlichte Krawatte wähle. Damit fühle ich mich wie der aufrechte Held in einem amerikanischen Film der Depressionsjahre. Ich wünschte, ich hätte den unbeirrbaren Blick und das energische Kinn dazu.

Den meisten von uns sieht man an, dass wir normalerweise keine Anzüge tragen. Indem wir uns herausputzen und feinmachen, Krawattennadeln hervorkramen und die Schuhe polieren, sagen wir der Welt am deutlichsten, wer wir sind. Über Jahre hinweg haben die Versicherungsgesellschaften ihren Außendienstmitarbeitern Kärtchen ausgestellt, auf denen das Wort »Versicherungsfachmann« steht, ohne dass die Leute ein einziges Seminar besucht hätten. Manche von uns sind Drücker, die zu Hause nur einen Schlafsack haben. Lässt man sie mal von der Leine, plündern sie das Büfett und saufen im Hotel die Minibar leer, weil sie glauben, es geht auf die Firma. Männer mit unmöglichen Schnurrbärten, Proleten mit Lederjacken, weißen Tennissocken und Kettchen am Handgelenk. Und irgendwie sieht man die weißen Socken auch noch, wenn sie zur Feier des Tages schwarz oder braun sind. Die Socken sind *wesensgemäß* weiß, wie Bruder Gregor gesagt hätte. Die *Idee* der Versicherungsvertretersocke, hätte Bruder Gregor formuliert, verlangt die Farbe Weiß genauso wie die Schneeflocke und das Brautkleid.

Der Hubertus-Saal des Park-Hotels Krefeld, in dem wir uns versammeln, ist für die besondere Gelegenheit hergerichtet. In der Ecke stehen schwarze Wassereimer mit Blumensträußen darin, daneben liegen ein paar Pakete in Geschenkpapier. Am Kopfende des Saals sitzt Bezirksdirektor Igelbrink mit drei Organisationsbereichsleitern sowie einem Mitarbeiter, der kaum etwas zu tun hat. Ich nenne ihn den symbolischen Untergebenen oder Lakaien.

»Dein erstes Mal?«, fragt mich meine Nachbarin. Wir sitzen in der bewährten U-Form an unseren Tischen.

»Zweites«, sage ich. »Und du?«

»Auch. Komisch, letztes Jahr bist du mir gar nicht aufgefallen.«

»Du mir auch nicht«, sage ich.

An ihrem beleidigten Blick sehe ich, dass das die falsche Antwort war. Sie ist nicht hübsch, aber eine der wenigen Frauen im Saal. Keine von ihnen ist hübsch.

Jetzt fängt Igelbrink an, Zahlen herunterzubeten, erst die Jahresbilanz der Rheinischen, dann die Bilanz der Bezirksdirektion Krefeld. Er ist gut darin, unser Igelbrink, er macht es leutselig, aber je öfter er dabei lächelt, desto klarer wird uns, dass diese Zahlen unser Urteil bedeuten. Bei Versicherungen geht es immer nur rauf, nicht runter. Selbst die negativen Zahlen werden so gedreht, dass ihnen eine optimistisch stimmende Botschaft zu entnehmen ist.

In der Kaffeepause macht meine Nachbarin keinen Versuch, die Unterhaltung mit mir fortzusetzen. Ich nehme mir ein Käsebrötchen mit Petersilie und stelle mich an einen der weißen Stehtische, die irgendjemand für Veranstaltungen wie diese entworfen hat. Zehn Minuten später sitzen wir wieder, und Igelbrink geht die Leistungsvorgaben für das kommende Jahr durch. Es ist ein eigentümliches Geräusch, wenn ein Saal kollektiv aufstöhnt. Mutlosigkeit und Abgestumpftheit kriechen in unsere Gesichter, doch so, dass man es bei keinem Einzelnen, sondern nur bei allen zugleich wahrnehmen könnte, und sollte Igelbrink die Züge eines Mannes zu seiner Linken erforschen oder den gesenkten Blick von dessen Nachbarin oder die herabhängenden Mundwinkel des bierbäuchigen Vertreters drei Stühle weiter, würde er wenig entdecken, was ihm weiterhilft. Man muss die Resignation in der *Gruppe* studieren. Vielleicht ist es ja nur Müdigkeit, die seine Leute nach unten zieht, denkt Igelbrink wohl, vielleicht hat es gar nicht mit ihrem Beruf, ihrem Leben, der dumpfen Reglosigkeit angesichts einer immergleichen Versicherungsvertreterzukunft zu tun. Auch er selbst muss sich manchmal überwinden, eine neue Woche zu beginnen, auch er benötigt viel Idealismus, um an das fundamental Richtige seiner Mission zu glauben. Igelbrink weiß es ja besser als die meisten anderen: Versicherungen sind abstrakt etwas Notwendiges und Sinnvolles, konkret aber eine der niedrigsten Formen, sein Geld zu verdienen.

Jetzt bekommt jeder von uns seinen persönlichen Bonifikationsplan. Jeder von uns weiß: Unterhalb der Bonifikation beginnt das Versagen.

»Wie viel Lebenproduktion wollen wir haben?«, fragt Igelbrink in die Runde, und sein nass gezogener Scheitel wendet sich nach links und nach rechts. »Wie viel Hausrat? Wie viel Kraft? Ich weiß, dass es einigen Kollegen schwerfällt, Leben zu schreiben, man macht nicht immer den dicken Fang, ich verstehe das gut, Leben ist lebenslänglich!« Er lacht. »Aber bedenken Sie, wie sehr Sie sich für das Jahr entlasten, wenn Sie ein paar schöne Leben an Land ziehen und dann ruhig den anderen Geschäften nachgehen können. Natürlich ist das auch eine Charakterfrage. Der eine sammelt emsig die kleinen Sachen, weil er sich darauf versteht. Der andere will die dicken Dinger an die Angel kriegen und denkt, so kann er sich den Kleinkram sparen. Richtig ist natürlich die ausgewogene Kombination aus beidem.«

Igelbrinks Lakai geht herum und teilt die Bonifikationspläne aus. Auf meinem Blatt steht:

Leben, 500 000 DM.
Sachversicherungen, 20 000 DM netto.
Krankenversicherungen, 500 DM/Monat.
Autoversicherungen, 150 St.

Wenn ich das schaffe, bin ich nicht nur aus dem Schneider. Wenn ich das schaffe, bekomme ich eine kleine Bonifikation. Mein Problem ist, dass mich auch Bonifikationen anwidern. Tatsächlich kommt der schlimmste Teil der Jahresauftakttagung nach dem Mittagessen, wenn die Produktschulung vorbei ist und die Bonifikationen des abgelaufenen Jahres verkündet werden. Es ist wie in den frühen Jahren auf dem Collegium Aureum, mit Nachvorngehen und Gelobtwerden, nur dass wir nichts Schülerhaftes mehr an uns haben, wir sind erwachsene Leute, die sich wie Kinder benehmen.

Neulich, nach einem Videoabend mit *Die Unbestechlichen,* habe ich mir die Frage gestellt, wie oft im Leben wir gezwungen sind, unsere Würde zu verteidigen. Und die Antwort lautet: nicht sehr oft. Heute, im Alltagsleben? Sehr selten. Manchmal jahrelang nicht. Würde? Die meisten wissen nicht einmal, was das ist. Aber wenn die Gelegenheit es erfordert, muss man bereit sein. Wenn man aufgerufen ist, nach vorn zu treten und klar zu zeigen, wofür man zu haben ist und wofür nicht, darf man nicht versagen. Ich meine, darum geht es doch auch in *Die Unbestechlichen,* und Sean Connery stellt dazu die einzig relevante Frage: Wie weit würdest du gehen? Wenn du durch diese Tür trittst, musst du die Sache durchziehen, dann gibt es kein Zurück.

Übertragen auf die Lebensbedingungen im Universum der Rheinischen, bedeutet das: Nimm keine Bonifikation an. Nie. Tu alles, um zu verhindern, dass man dir eine Bonifikation gibt. Lass dich nicht belohnen und vorführen. Meide die Blumenkübel, mach um den bestellten Fotografen einen Bogen. Denk an Anton Orzegowski und bleib immer in der Mitte, dort, wo das Gras deiner Weide, aber keine Jahresbonifikation wächst.

Die Auswertung der Bonifikationspläne des abgelaufenen Jahres ist der eigentliche Höhepunkt der Jahresauftakttagung. Um die Spannung zu steigern, wird die Rennliste mit dem Overheadprojektor an die Wand geworfen. Der Lakai beeilt sich, den vorderen Teil des Saals abzudunkeln, dann werden Spotlights eingeschaltet. Es beginnt mit Platz dreizehn, wie beim Countdown der Hitparade. Der Mann auf Platz dreizehn hat seine Jahresvorgabe gerade mal um ein paar Pünktchen übertroffen, er ist der Schlechteste unter den Guten, und die Frage ist, ob man unter all den herausragenden Schafsnasen des Tages wirklich die Nummer dreizehn sein will.

Nummer dreizehn kommt nach vorn, und Igelbrink intoniert die Formel des Nachmittags: »Jürgen Schepers hat mit 102 Prozent Zielerfüllung den Bonifikationsplan geschafft. Herzlichen Glückwunsch.«

Schütterer Beifall ist zu hören. Zwei oder drei klopfen auf die Tische. Es klingt wie der Applaus des Rindviehs für seinen Schlächter. Jürgen Schepers bekommt öffentlich seine

Bilanz zu hören. Er hat für siebenhunderttausend Mark Leben geschrieben, das ist ziemlich gut. Er hat im abgelaufenen Jahr 124 Autoversicherungen an Land gezogen und fünftausend Mark Unfall- und Rechtsschutzproduktion gemacht, bei einer Ablaufquote von 21,3 Prozent. Insgesamt nicht übel, aber keine Leistung, auf der er sich ausruhen könnte. Ablaufquoten über zwanzig Prozent werden sehr ungern gesehen. Igelbrink verhehlt auch nicht, dass bei Schepers Gefahren lauern, und wenn sie bei Schepers lauern, dann erst recht bei den Nummern vierzehn bis vierzig, Leuten wie mir, bei allen, die den Bonifikationsplan diesmal nicht geschafft haben. »Bei Ihrer Krankenproduktion«, sagt Igelbrink, »werden Sie nächstes Jahr sicherlich zulegen.«

Und Igelbrink hat recht. Schepers hat nur vier läppische KV geschrieben. Andere würden sich damit gar nicht blicken lassen. Vier KV! Was ist nur mit Schepers los? Wird in seiner Gegend niemand mehr krank? Hat er Mundgeruch? Andererseits lässt ihm die schwache Zahl Raum für Verbesserungen. Auch das ist wichtig. Nicht zu gut zu werden und stets innerhalb der eigenen Möglichkeiten zu agieren. Es hat keinen Sinn, in einem Jahr den Überflieger zu geben und im folgenden grandios abzuschmieren. Nein, Beständigkeit heißt die Losung. Langsames Wachstum innerhalb großer Beständigkeit. Insofern ist Schepers dann doch wieder zu loben. Er taucht zum ersten Mal überhaupt auf der Liste der Sieger auf, er hat ein persönliches Ziel erreicht. Dafür bekommt er unter dem Spotlight eine Flasche Rheinwein, einen auf DIN-A2 hochkopierten Scheck über seine Bonifikationssumme und eine vom Vorstand der Rheinischen unterschriebene Urkunde. Jetzt wird auch noch ein Foto gemacht. Die Rheinische hat wirklich an alles gedacht. Doch selbst in der größten Freude soll Schepers nicht vergessen, dass es neben der »sehr guten« auch noch eine »hervorragende« und, bei den Allerbesten, eine »ausgezeichnete« Produktion gibt.

Nach Jürgen Schepers kommen Theo, Josef, Manuela, Karl und wie sie alle heißen. Die meisten hier haben schon miteinander getrunken und duzen sich, manche hatten auch beiläufige Affären miteinander, das ist in unserem Milieu völlig natürlich. Es gibt einen Gemeinschaftsgeist der Versicherungsvertreterbranche, den man nicht mit Solidarität verwechseln darf, es handelt sich um das grundsätzlich verbindende Gefühl, im selben Morast zu stecken, nicht gemeinsam, sondern nur gleichzeitig, aber auch das verbindet, und man nimmt, was man kriegen kann, ein bisschen Lust, ein gutes Essen. Wenn man dafür gemacht ist. Wenn man dazugehört. Und die meisten hier sind eben dafür gemacht.

Der Beste von uns ist Jens Kleindorp. Er steht da oben, weil er gut ist, hart arbeitet, weil er als Persönlichkeit etwas hermacht, und vor allem, weil er im gewerblichen Bereich tätig ist. Das eine bedingt das andere. In den Firmen, in denen Kleindorp verkehrt, hat er sich ein schönes Geflecht von Beziehungen aufgebaut, das über die Jahre immer stabiler wird, er gibt Empfehlungen, bekommt Empfehlungen, die Sekretärinnen lieben ihn, weil er ihnen Geschenke macht und Komplimente zuwirft, aber immer mit Maß. Selbst der Personalchef sieht ihn gern, weil er auf untergründige Weise zum Zusammenhalt des Ganzen beiträgt. Sicherheit ist ein Thema für alle, darüber sollten vernünftige Menschen sich einig sein, und mit jedem Monat verfeinert Kleindorp sein System. Kleindorp hat es raus. Ein zuverlässiger Arbeiter, charakterlich schwer durchschaubar, aber immer verbindlich. Isst und trinkt maßvoll, was sonst. Keine Ausfälle, keine Affären. Er weiß, dass er die Nummer eins ist, und gedenkt es so lange zu bleiben, bis er sich entschließt, sein Schiff mit vollem Laderaum in den Hafen der Rente zu steuern.

Natürlich hat Kleindorp viel höhere Vorgaben als andere, sodass er sich für seine Bonifikationen wirklich reinhängen muss, und wie bei allen steigen sie Jahr um Jahr. Aber hier wirkt der Effekt einmal zu seinen Gunsten. Da er sich schon vor langer Zeit zielstrebig in das System hineingearbeitet hat und alles tut, was es von ihm erfordert – er nennt es »Systempflege«, er hat einen gewissen Humor, selbst wenn er über seine erbarmungslosen Arbeitsbedingungen spricht –, kann er in späteren Jahren, wenn die Vorgaben in schwindelerregende Höhen steigen, gelassen die Ernte seiner früheren Voraussicht einfahren. Nun ja, »gelassen« vielleicht nicht. Doch Kleindorp ist der typische Fall eines Mannes, der sich mit Scharfsinn und Umsicht ein Nest gebaut hat. Jetzt ist das Nest wie ein Bollwerk, und kein Sturm könnte es vom Baum reißen. Mit einer einzigen Einschränkung. Die Gesundheit muss mitmachen. Dieser Faktor ist Kleindorp immer bewusst. Die Gesundheit und die Nerven, für die muss er eine Menge tun. Man kann gar nicht früh genug damit anfangen. Kleindorp hat zum Beispiel seine Frau von Anfang an darauf vorbereitet, dass er wahnsinnig viel arbeiten wird. Immer. Jahr für Jahr. Genauso sagt er es ihr. Ich sehe es vor mir.

Liebling, sagt er, ich werde arbeiten wie ein Stier, damit wir es gut haben.

Was soll er auch anderes sagen? Erfolg in unserer Branche hat seinen Preis.

Lange bevor sie seine Frau wurde, hat er sie auf das gemeinsame Ziel eingeschworen. Und seine Frau hat ihn angeschaut und ihm versichert, dass er auf sie zählen kann. Und daran hält sie sich. Wenn er von der Arbeit nach Hause kommt, soll er sich entspannen. Und am Wochenende ermuntert sie ihn, Sport zu treiben. Sie sieht ihn gern in Sporthose, sie sagt ihm: Damit ich lange etwas von dir habe. Sie hat sich früh dafür entschieden, auf die Gegenwart von Jens Kleindorp weitgehend zu verzichten. Im Gegenzug kann sie sich erstrebenswerte Sachen kaufen. Lebt als Frau einer Nummer eins. Schmückt das schöne Haus. Zieht die Kinder ordentlich an. Sorgt dafür, dass der Nachwuchs Klavier und Cello lernt. Solche Sachen.

Die Nummer zwei der Rangliste ist etwas ganz anderes,

menschlich wie beruflich. Die Nummer zwei, Hermann Pooten, ist erfolgreich, weil er den Erfolg bei der Rheinischen für sein Ego braucht und anders nicht existieren könnte. Hat so einer seinen Selbstbestätigungssaldo aufgefüllt, sackt er zurück und lässt es ein paar Tage ruhig angehen. Den Klassenunterschied zwischen Kleindorp und Pooten erkennt man nicht nur äußerlich, sondern auch an einem wichtigen Prinzip. Die Nummer eins schummelt nicht. Die Nummer zwei könnte durchaus in Versuchung geraten. Für Hermann Pooten sind die Grenzen fließend, und er wird sich genau überlegen, wie er in schweren Zeiten an eine Unterschrift kommt, die normalerweise nicht zu kriegen wäre.

Vertretern mit größerer Risikotoleranz eröffnen sich hier verschiedene Möglichkeiten. Sie können etwa mit einem Kumpel eine Lebensversicherung abschließen, die der Versicherungsnehmer gar nicht haben will, er gibt sich nur für ein kleines Manöver her. Der Vertreter kassiert die Provision, ein halbes Jahr später geht der Vertrag ins Storno, aber wenn er in der zweiten Jahreshälfte abgeschlossen wurde, fließt das abgeschlossene Geschäft noch in die Bilanz ein, die über die Bonifikation entscheidet, und jeder weiß, wie viel es wert ist, eine dicke Leben zu schreiben.

Es ist nicht schön, wenn ein Versicherungsvertrag ins Storno geht, für niemanden. Ein Haufen Papierkram für die Katz, und natürlich muss der Vertreter die Abschlussprovision zurückzahlen. Aber erstens hat der Vertreter die Provision ja ein halbes Jahr lang gehabt, bevor er sie zurückzahlt, ist also in den Genuss eines zinslosen Darlehens gekommen, und es mag Lebensphasen geben, in denen so etwas von Bedeutung ist. Zweitens müssen Bonifikationen nicht zurückgezahlt werden. Man darf es nicht übertreiben, aber der eine oder andere Kollege hat ein gewisses Geschick darin erworben, ein paar Vertragsabschlüsse im Jahr zu simulieren und auf diese Weise seine Bonifikationszahlungen in die Höhe zu schrauben.

Besonders attraktiv werden Manipulationen dort, wo sie das praktische Mittel sind, eine letzte kleine Hürde zu nehmen. Sagen wir, einem Vertreter vom Schlag Pootens fehlt nur noch eine winzige Summe, um die hundert Prozent zu überspringen, und der Kalender nähert sich unerbittlich dem 15. Dezember. Unser Mann ist verzweifelt. Wie schön wäre es jetzt, eine hübsche Versicherung zu schreiben, Hausrat vielleicht, nichts Großes, es fehlt wirklich nur noch ein Windhauch, um den Vertreter zu seinem Jahresziel zu tragen, aber dieser Hauch muss sein, damit ein paar Tausend Mark Bonifikation fällig werden. In dieser Situation könnte er auf die Idee kommen, einem Menschen seines Vertrauens die Prämie für eine Fünfhundert-Mark-Unfallversicherung rüberzureichen, einen ordnungsgemäßen Vertrag abzuschließen und ein Jahr später lächelnd die Kündigung entgegenzunehmen, eigentlich eine Schummelei, aber wen kümmert das, solange die Beiträge bezahlt werden und auf dem Papier alles seine Richtigkeit hat?

Diese Einstellung wird natürlich auch ganz oben gepflegt, bei unserem Bezirksdirektor. Man könnte sogar sagen, sie *kommt* von oben. Igelbrink hat Vorgaben wie wir, auch er ist ein Hamster im Laufrad des Bonifikationssystems. Bei ihm heißt es Geschäftsplan. Und was tut Igelbrink, wenn sich der 15. Dezember nähert und er ganz dicht vor der letzten Hürde steht, die ihn von der Erfüllung des Geschäftsplans trennt? Er schaut sich um, welcher seiner Agenten ihm noch einen netten Abschluss durchgeben kann. Nun mag es geschehen, dass gerade niemand etwas Passendes in der Anbahnung hat. Und so könnte der Bezirksdirektor sich gezwungen sehen, Druck zu machen.

Einmal, ein einziges Mal, war ich selbst der Betroffene. Nachdem Igelbrink unter seinen Leuten herumtelefoniert hatte, war ihm klar, dass er innerhalb der nächsten vierundzwanzig Stunden nur von mir einen Abschluss kriegen konnte.

»Herr Theunissen«, sagte er. »Um 16:30 Uhr muss die unterschriebene Kranken auf dem Fax liegen.«

»Aber der Kunde will noch darüber nachdenken«, sagte ich. »Er hat viel um die Ohren. Vielleicht ist er in zwei Tagen so weit.«

»In zwei Tagen ist es zu spät. Er muss heute so weit sein. Rufen Sie ihn an. Sagen Sie ihm, Sie müssten verreisen.«

»Und wenn er abspringt?«

»Er springt nicht ab, wenn Sie ihn nicht springen lassen. Streicheln Sie ihn, massieren Sie ihn, prügeln Sie ihn windelweich. Aber holen Sie sich seine Unterschrift. Zeigen Sie mir, aus welchem Holz Sie geschnitzt sind.«

Und ich hatte Glück. Ich schaffte es, den Kunden zu überreden, und erntete nur ein paar verwunderte Blicke. Vor 16:30 Uhr bekam Igelbrink sein Fax. Das Blöde ist, dass man dem Kunden nach solchen Erfahrungen nicht um den Hals fallen kann, um ihm ins Ohr zu brüllen: »Danke, Mann! Sie haben mich gerettet! Bald ist Weihnachten, womit kann ich Ihnen eine Freude machen?« Man schluckt sein eigenes würdeloses Verhalten herunter. Man genehmigt sich am Abend einen doppelten Whisky und wünscht sich, dass solche Tage nie wiederkommen.

Wundersamerweise blieb mein Bild von Igelbrink trotz solcher Manöver intakt. Ich wusste ja, dass er eine Rolle spielte, die ihm von der Rheinischen aufgezwungen worden war. Hatte er mir nicht ausdrücklich abgeraten, in die Versicherungsbranche zu gehen und so zu werden wie er? Während ich im Hubertus-Saal die Zahlen, Statistiken und Bilanzen der Jahresauftakttagung auf mich niederprasseln ließ, fand ich immer wieder Zeit, Igelbrink zu beobachten. Ich wollte verstehen, was ihn antrieb und welche geheimen Energien ihn vor dem moralischen Absturz bewahrten. Ich wollte mein eigenes Schicksal erahnen.

Als hätte er meine Beobachtung gespürt, warf Igelbrink mir am frühen Abend, als alles vorbei war, einen Blick mit unmissverständlicher Botschaft zu: Warten Sie bitte. Ich möchte mit Ihnen reden.

Nachdem die Veranstaltung sich aufgelöst und auch der Lakai seinen Abschied genommen hatte, setzten wir uns in die Hotelbar. Igelbrink studierte kennerhaft die Karte und murmelte anerkennend den Namen eines Whiskys, für den ein Mann sich entscheiden könne, ohne sich schämen zu müssen. Ich sagte, ich wolle mich seiner Wahl anschließen, wenn es recht sei. Das dürfe ich nicht zu oft tun, war seine Antwort. Ein Mann müsse einen klaren Geschmack entwickeln. Bei allem.

»Ich wollte noch ein wenig plaudern, Herr Theunissen«, sagte Igelbrink, als er endlich seinen Islay Malt in der Hand hielt. Er schnüffelte. »Mmm. Das fängt gut an. Wie der schon der Nase schmeichelt.« Ich war froh, als er den ersten genießerischen Schluck nahm. Wieder zog er unter Schmatzen und Nachschmecken eine kleine Show ab.

Wir sprachen über Musik und Literatur, ein richtiger Bildungsaustausch, von dem ich annehme, dass Igelbrink ihn mit niemandem sonst in der Rheinischen hätte führen können, doch ich traute dem Braten immer noch nicht. Ich glaube, mächtige Männer können sich nicht mehr vorstellen, wie es ist, ohne Macht zu leben. Der Machtlose achtet immer auf Signale, deutet Halbsätze, Anspielungen und Seufzer, um die geheimen Absichten des Vorgesetzten zu erahnen, und besonders dringend will er herauskriegen, was der Vorgesetzte von ihm will. Doch an diesem Abend wollte Igelbrink offenbar gar nichts außer ein wenig Kontaktpflege mit einem jungen, ihm angenehmen Mitarbeiter der Rheinischen.

»Wir hatten vor Jahren mal eine interessante Kandidatin«, sagte er. »Athletische junge Frau, überdurchschnittlich intelligent. Zuerst wusste ich nicht, was mit ihr nicht stimmte, gibt es ja, so etwas. Bis man nicht den Finger darauflegen kann, schweigt man und hält die Augen offen, um zu sehen, ob sie sich entlarvt. Anders als bei Ihnen.«

Wir lachten und hoben die Gläser.

»Aber diese Frau, sie entlarvte sich nicht. Ein geschlossenes Buch. Sie begann ihre Ausbildung, fuhr in die Tagungshotels, Sie kennen das Spiel. Das müsste ungefähr zu Ihrer Zeit gewesen sein. Karla … lassen wir den Nachnamen. Pechschwarze Augen. Hatte etwas Getriebenes an sich, ich weiß nicht, wie ich es anders nennen soll. *Entre nous.* Einschlägige Drogenerfahrungen, wie sich später herausstellte. Sie hat es geschickt verborgen. Sagen Sie, Theunissen, kannten Sie die vielleicht von einer Tagung?«

»Nein«, sagte ich. »Ich bin nicht der Geselligste. Das wissen Sie ja.«

»Das kann man laut sagen«, sagte Igelbrink. »Ha, ha. Nichts für ungut.«

Er mochte mich und wollte es zeigen.

»Es stellte sich heraus, dass diese Karla uns aus Gründen gewählt hatte, die mit ihrer schwierigen psychischen Disposition zu tun hatten.« Er drehte das Glas in der Hand. »Drücke ich mich klar genug aus? Die Dame war verrückt, sie hatte sie nicht alle beieinander. Ihr ganzes Privatleben war in Unordnung. Und sie stand an einem Punkt, da hatte sie nichts mehr zu verlieren. Ich glaube, die meisten von uns kennen diesen Punkt nicht. Wissen Sie eigentlich, wie sich Stierkämpfer versichern? Spannendes Thema. Natürlich stellen die spanischen Versicherer, die darauf spezialisiert sind, ihre eigenen Berechnungen an, die große Säule unseres Berufs ist die statistische Mathematik, aber jetzt kommt der Witz. Es gibt nicht genug Stierkämpfer, um die Zahlen verlässlich zu machen. Und die Toreros untereinander sind sehr verschieden, man könnte auch sagen, unberechenbar. Es ist nicht wie bei zwei Bauern in Süchteln, unter deren Scheunen sich der Blitz eine aussucht, in die er einschlagen kann, und wenn man sich hunderttausend Scheunen anschaut, hat man ein ausgezeichnetes statistisches Mittel. Die Bauern und ihre Scheunen rühren wir mit dem großen Quirl unter, alles kein Problem. Aber bei den Stierkämpfern geht das nicht. Der Umgang mit Risiko ist geradezu die Essenz ihrer täglichen Arbeit. Etwa so, als hielte der Bauer jeden Tag seine Finger so nah an den Mähdrescher, bis ihm einer fehlt. Der Torero, um es mal so auszudrücken, *muss* seine Finger an den Mähdrescher halten, je näher, desto besser. Natürlich *will* er nicht, dass etwas von ihm da hineingerät und zu Schaden kommt, der bewusste Teil seines Inneren weiß, dass ihn das berufsunfähig machen und er seinen eigenen Unterhalt und den seiner Mannschaft ernsthaft gefährden würde. Da hängt ja leicht ein halbes Dutzend Leute dran. Aber weiß er denn so genau, was ihm der stille Todeswunsch in seinem

Inneren im falschen Augenblick zuflüstert? Nein, weiß er nicht, weil er sich mit solchen philosophischen Fragen nicht beschäftigt. Wenn ihn das Todesproblem als solches interessieren würde, wäre er Philosophieprofessor, Suizidforscher oder Bestattungsunternehmer geworden. Der Torero kennt sich selbst nicht, und das ist eigentlich seine Stärke. Er handelt vorbewusst, er verlässt sich auf seine Instinkte, und wenn sie gut sind und er die Balance zwischen, hmm, Schönheit und Tod findet, dann, Herr Theunissen, entsteht vor den Augen von Tausenden Zuschauern in der Arena so etwas wie Kunst. Das alles merkt der Matador erst im Ernstfall, wenn also das Horn schon in seinen Körper dringt, und auch dann merkt er es nicht immer, ganz abgesehen davon, ob er seine eigene Wahrheit überhaupt kennenlernen will. Es kann sehr hinderlich sein, die Wahrheit über sich selbst zu kennen. Die Spanier, wie soll ich sagen? Sie gehen damit anders um als wir. Mehr aus dem Bauch. Nur deshalb gibt es dort Leute, die sich fünf Zentimeter vor diesen enormen Stierhörnern aufbauen und abwarten, was passiert. Der Stier tut ja, was seine Spezies tut, und die ist komplett unberechenbar. Auch dem stärksten, bestgepäppelten Kampfstier sehen Sie nicht an, wie er sich in der Stunde der Wahrheit verhalten wird, es gibt für die Inszenierung seines Todes keine Generalprobe. Aber wenn schon der Stier ein Mysterium ist, was sagen Sie dann erst zum Torero? Hinter die Stirn *dieser* jungen Leute zu blicken ist unmöglich. Matador heißt Töter, das wissen Sie sicherlich. Da greift keine Wahrscheinlichkeitsrechnung mehr. Gerade noch war er grandios. Dann knickt er ein und wird zum Waschlappen. In der einen Sekunde ist er konzentriert wie ein Balletttänzer. In der nächsten wird er aufgespießt, und in den teilnahmslosen Augen des Fünfhundertkiloburschen, der dafür verantwortlich ist, verändert sich gar nichts. Der Stier tut, was seine Spezies tut. Ein Glück, dass die Rheinische nicht mit Stierkämpfern arbeitet.«

»Diese Karla …«, sagte ich. »Sie wollten erzählen, was sie …«

Igelbrink trank einen Schluck und schaute in sein Glas. Ich spürte, dass er sich selten Whisky gönnte und den Augenblick genoss. »Ehrlich gesagt, ich verstehe es immer noch nicht. Eine Woche bevor sie Schluss machte, sagte sie mir, sie habe sich etwas beweisen wollen. Fährt extra nach Krefeld, kommt in mein Büro und sagt mir ins Gesicht, sie habe-«

»Bevor sie Schluss machte?«

»Sie habe sich beweisen wollen, dass sie auch in der feindlichsten Welt überleben könne. Deswegen hatte sie die Rheinische gewählt. Dann sagte sie mir, wie diese billigen Versicherungsfritzen sie angewidert hätten, von Anfang an, das miese Auftreten und alles. Sie hätte sie nicht ertragen, nichts an ihnen …«

»Schluss machte mit was?«, fragte ich. »*Womit* hat sie Schluss gemacht?«

»Mit ihrem Leben. Sie hat sich vor den Zug geworfen, gleich nach einem Grundseminar. Irgendwo im Taunus.«

Nachdem wir uns verabschiedet hatten, wanderte ich durch das Hotel wie ein kranker Stier. Ich wollte nur laufen. Die wichtigste Unterscheidung in Hotels lautet: Räume mit Menschen, Räume ohne Menschen. Ich fand einen unverschlossenen Konferenzraum, einen langen, dunklen Saal, in dem ich mich in einen Stuhl fallen ließ. Als meine Augen sich an die Dunkelheit gewöhnt hatten, konnte ich am Ende des Tisches ein paar Gegenstände ausmachen. Ein Tablett mit Saft- und Wasserflaschen, Gastronomiegröße. Eine Schale mit Plätzchen. Ich suchte mit dem Blick nach dem Flaschenöffner, der immer dabeiliegt, doch er war nicht zu sehen. Wo bist du, verdammter Flaschenöffner? Ich lauschte auf Schritte, die näher kamen und sich wieder entfernten, einmal wurde ein leise klingelnder Speisewagen vorbeigeschoben. Niemand öffnete die Tür. Als die Dunkelheit des Konferenzraums genügend Leere erzeugt hatte, wurde ich ruhiger. Bevor ich ging, um mein Auto aus der Tiefgarage zu holen, warf ich einen Blick zurück auf den Tisch mit den Getränken. Und dann sah ich ihn, wie einen Schatz, den ein Abenteurer beim Weg aus dem Dschungel verloren hat. Den Flaschenöffner. Er lag auf dem Boden. Er blinkte, als ihn das Licht aus dem Flur erfasste.

Normalerweise gehe ich nach siebzehn Uhr nicht mehr ins Büro. Wer selbstständig ist, sollte eine gewisse Disziplin üben und nicht zu jeder beliebigen Tages- und Nachtzeit seinen Arbeitsplatz aufsuchen. Doch an diesem Tag machte ich eine Ausnahme.

Als ich vorfuhr, hing die grün-weiße Fahne der Rheinischen schlapp in der windstillen Luft der Niederstraße. Vom Marktplatz drang Hupen herüber. Ein Traktor kämpfte sich gegenüber dem Nagelstudio Heckmanns auf die Abbiegespur und hielt den Verkehr auf. Ich ging durch den Empfangsraum, machte Licht und hatte schon mit beiden Händen, in einem einzigen kompakten Stapel, zehn bis zwölf Bücher aus dem Regal gezogen. Es waren Bücher verschiedenen Umfangs und Formats. Zum Nachschlagen, dachte ich mal. Aber eigentlich erinnern mich diese schleimigen, grinsenden Handreichungen voller Tatendrang und Optimismus an alles, was ich vermeiden will. Sie reden von der Besuchsvorbereitung, der Checkliste für das Verkaufsgespräch und den psychologischen Finten, die jeder Verkäufer draufhaben muss, wenn er überleben will. Die Autorenfotos zeigen tatkräftig blickende Männer mit Schnurrbärten und Föhnfrisuren. Alle diese Männer – Frauen sind in meiner Branche eine Seltenheit – waren einmal Verkäufer und sind dann aufgerückt, um eigene Firmen zu gründen, Seminare abzuhalten und Bücher über ihren Erfolg zu schreiben.

Ich nahm ein Buch nach dem anderen und blätterte es durch. Hier und da fielen Zettel mit meinen Notizen heraus. Marko Theunissen hatte seine Lektüre einmal sehr ernst genommen. In manchen Büchern hatte ich mit Leuchtstift wichtige Sätze unterstrichen, in andere mit Bleistift Randkommentare geschrieben wie lange Zeit zuvor in die Romane von George Elliot und die Stücke von Kleist. Ich hatte Lust, Igelbrinks guten Islay Malt zu erbrechen.

Karla, dachte ich. Warum musstest du ausgerechnet zu uns kommen? Warum musstest du *das hier* machen?

»Der Kontakt«, las ich, »ist der erste Schritt zum Erfolg. Nur mit Entschlossenheit holen Sie sich den ersten Beratungstermin. Wecken Sie Interesse, stellen Sie Fragen. Wer fragt, der führt! Seien Sie freundlich, positiv und hartnäckig.

Sind Sie nicht eine Woche im Voraus ausgebucht, hilft nur eins: Kontakten!«

Ich tauchte noch einmal in das Universum der Versprechungen ein, in dem wir leben. Ich las von Anfangsformulierungen und Einstiegstricks, den richtigen Fragemethoden und der Angst des Vertreters vor dem Abschluss. Auch ich kenne sie, diese Angst. Dahinter steht eine größere Angst: ob ich über die Runden komme. Ich muss Gisela Hünnekens entlohnen, meine Miete bezahlen und das Büro in Schuss halten. Mein Kampf ist nicht immer leicht. In Kleinhoek den Bestand zu erhöhen ist ein Kunststück.

Ich dachte an das Tagungshotel im Taunus und an Karla, die diese beschissene Welt nicht mehr ausgehalten hatte. An die Stunden in ihrem Zimmer. Wie sie nackt neben mir lag und an die Decke sah, als wollte sie sich die weiß gestrichene Fläche von einer Ecke zur anderen einprägen. Ich hatte ihre geflüsterten Sätze noch im Ohr. *Ein Mensch muss irgendwo sein. Er kann nicht nirgendwo sein.*

Karla, dachte ich, wo immer du jetzt bist. Wenn du Bruder Gregor triffst, bestell ihm einen Gruß von mir und sag ihm, dass es mir leid tut. Alles. Er weiß Bescheid. Wenn du an Gott glauben würdest, könntet ihr euch in Ruhe über ihn unterhalten, denn Bruder Gregor kennt sich mit solchen Sachen aus. Aber wahrscheinlich glaubst du nicht an Gott. Das kommt vor. Wir sind erwachsene Leute. Wir wissen, was wir tun, und für die meisten von uns geht das Leben weiter.

Zweiter Teil

Sensations of the past are not duplications
but sensation itself.

Howard Moss

»THEUNISSEN?«

»Hallo, Papa. Wie geht's denn so?«

»Marko! Schön, dass du anrufst.«

Die ersten Sekunden unserer Telefongespräche mag ich am liebsten. Mein Vater freut sich immer, wenn ich ihn anrufe, egal, wie es ihm geht. Leider lässt sich die Stimmung der ersten Sekunden nicht aufrechterhalten, weil wir nach ein paar Sätzen konkret werden müssen. Aber in diesen ersten Sekunden könnte ich fast annehmen, wir wären eine normale Familie.

»Papa«, sage ich. »Du hast dir von Robert Geld geliehen.«

Das ist meine Art, wenn ich es wissen will. Nicht darum herumreden. Die nackten Tatsachen auf den Tisch.

»Wie kommst du denn darauf?«

»Vielleicht weiß ich es von Robert?«

»Ah, Robert musste sich mit dir beraten. Ich hätte wissen sollen, dass es den Jungen beunruhigt. Aber es gibt keinen Grund dazu. Es ist alles in Ordnung.«

»Wie kommst du darauf, dass alles in Ordnung ist, Papa?«

»Weil ich es sage.«

»Und das Geld? Erst die fünftausend von mir, jetzt die dreitausend von Robert. Wo gehen die hin?«

»Es waren ein paar Dinge zu regeln«, sagt er in seinem Unbestimmtheitston, den ich hasse, solange ich mich erinnern kann.

»Papa«, sage ich, »du bist pensioniert. Du beziehst eine Rente. Was musst du denn mit solchen Summen regeln?«

»Die Rente ist ein Witz. Ich lege doch nicht die Hände in den Schoß und warte auf den Samstagabend, um *Wetten, dass …?* zu sehen. Ich habe noch Projekte!«

»Ich habe nichts gegen deine Projekte. Ich frage mich nur, wo die achttausend Mark versickert sind.«

»Du verdächtigst mich.«

»Hast du Schulden?«

»Das Geld kommt wieder.«

»Gut«, sage ich. »Kein Problem.«

Aber die Schatten rücken näher. Man muss lange suchen, um einen Notar zu finden, der sein Geld verjubelt, aber mein Vater könnte dieser seltene Kandidat sein. In den fetten Zeiten kaufte er Wohnungen, obwohl er nichts von Immobilien verstand, und nachdem er eine nach der anderen mit Verlust verkauft hatte, waren seine Rücklagen zusammengeschmolzen, und das eine Haus, das er gewinnbringend hätte verkaufen können, sein eigenes, hatte er immer noch am Bein. Die Höhe seiner Verluste haben wir nie erfahren, mein Vater ist kein Freund finanzieller Offenheit. Als sich seine Augenkrankheit bemerkbar machte und er ein Jahr darauf seinen Beruf aufgeben musste, wurde uns klar, dass ein Versorgungsproblem auf uns zukommen könnte.

Eines Nachmittags, als ich ihn zum Tee besuchte, bemerkte ich im Wohnzimmer neben der Stereoanlage ein halbes Dutzend schmaler grüner Kunststoffboxen.

»Ich höre jetzt Philosophie«, sagte er und sah mich durch die getönten Brillengläser an, die er neuerdings trug. »Auf Hörcassetten. Die Philosophie gibt einem eine ganz andere Perspektive.«

Schon in den Monaten zuvor hatte seine Bibliothek eine große Veränderung erfahren. Die Werkausgaben von Shakespeare, Heine und Nietzsche hatte er tief ins Regal zurückgeschoben, um für seine Hörcassetten Platz zu machen. Innerhalb kurzer Zeit hatte er sich die kanonische Romanliteratur des neunzehnten Jahrhunderts angeschafft, die er nicht mehr las, sondern hörte, Fontane, Melville, Dostojewskij, auch Thomas Mann.

Dann war er auf die Westdeutsche Blindenhörbücherei gestoßen, einen eingetragenen Verein. Er hatte zufällig davon erfahren, das war das Einzige, was ihn empörte: dass der Zufall ihn ebenso gut hätte überspringen können. Die »Blindenbücherei«, wie er sie nannte, lieferte ihm kostenlos Hunderte von Hörwerken ins Haus, gelbe Cassetten in flachen grünen Plastikboxen. Aus zwei dickleibigen Katalogen konnte er sich auswählen, was ihn interessierte. Während sein Augenlicht langsam erlosch, entdeckte er die Lektüre wieder, zu der er als Gesunder immer weniger Zeit gehabt hatte. Nein, er habe die *Kritik der Urteilskraft* wohl nicht völlig verstanden, sagte er. Aber jetzt wisse er wenigstens, wovon sie handele. Er sei um eine wichtige Erfahrung reicher geworden.

Nachdem Audiocassetten die Bücher verdrängt hatten, zog mein Vater von seinem Lesesessel auf das Ledersofa um und legte sich der Länge nach hin. Er nannte es das »Hörsofa«. Dort, das Telefon in Reichweite, um keinen Anruf zu verpassen, verbrachte er seine Stunden. Damals muss seine Sehschwäche stark geschwankt haben, denn einmal sah ich einen klein gedruckten Band von Ernst Bloch auf dem Tisch, das Lesezeichen steckte zwischen Seite zwölf und dreizehn, vielleicht hatte mein Vater mit trüben Augen und unter zahllosen Lidschlägen ein paar Absätze durchpflügt, um sich noch einmal daran zu erinnern, was er bald endgültig verloren haben würde.

»Wir sind achttausend«, sagte er, als er seinen Tee getrunken hatte. Er lehnte sich zurück, breitete ein weißes Baumwolltaschentuch über das Gesicht und ließ den Nacken in die weiche Rückenwulst des Hörsofas sinken. Die Sonnenbrille balancierte auf der Armlehne.

»Achttausend?«

»Abonnenten bei der Blindenbücherei. Wir sind nicht viele. Wenn du etwas Gutes tun willst, spende für uns.«

»Liest du eigentlich anders, Papa, seit du nicht mehr … liest, sondern hörst?«

Er blies den Atem sanft durch das Taschentuch auf seinem Gesicht, sodass sich die Bügelfalten hoben. »Du blätterst nicht mehr«, sagte er. »Du wählst nicht mehr aus. Wenn dein Geist davonweht, plappert die Stimme auf dem Band einfach weiter. Du gewöhnst dich ans Warten und daran, dass dir immer etwas fehlt, ein Wort, ein Halbsatz, ein Gedanke.« Er nahm das Taschentuch vom Gesicht und setzte sich wieder die Brille auf. Die Gläser waren schmierig. »Die Zeit«, sagte er. »Die elende Zeit liegt nicht mehr in deinen Händen.«

Wenn ich an die späten Jahre meines Vaters denke, dann an einen Mann, der die Dunkelheit nicht mit Lampen vertreibt, sondern sie langsam über sich hereinbrechen lässt, als wäre sie seine Gefährtin. Stunde um Stunde liegt er auf dem Hörsofa, und der Fernseher läuft kaum noch. Stunde um Stunde hört er den gewissenhaften, nicht immer professionellen Stimmen zu, die in den Studios der Blindenbücherei die Werke aufsprechen, und seine Augen sind geschlossen, seine Gedanken wandern oder wandern nicht, die Stimmen umfangen ihn wie die weißen Netze der Träume und tragen ihn an Orte, an denen er Freunden aus seiner niederrheinischen Kindheit begegnet, seinen neun Geschwistern, von denen vier im Krieg gefallen sind, der braven Haushälterin, den Lehrern seiner Jesuitenschule, und am häufigsten, wie er mir erzählt, trifft er meine Mutter, die ihn verlassen hat und ihm jede Erklärung, die er verstehen könnte, schuldig geblieben ist.

Mein Vater, nach landläufiger Bezeichnung der Zurückgelassene, erkennt sich in diesem Zustand nicht wieder. Noch immer spricht er von »den guten Jahren«, die er und meine Mutter angeblich miteinander verlebt haben, und sein

Ton verrät, dass er es nicht für ausgeschlossen hält, diese Zeit zwanzig Jahre nach ihrer Trennung zurückzuholen. Wenn er an Geburtstagsfeiern, Festtage oder Jubiläen denkt, plant er sie in Gedanken immer mit meiner Mutter, die zu Terminen dieser Art jedoch nicht mehr auftaucht und ihm gesagt hat, wenn es nach ihr gehe, würden sie sich nicht mehr wiedersehen. Nicht jetzt, nicht in Zukunft. Nie mehr. Die Zeit des Simulierens sei vorbei.

Mein Vater weigert sich, die Hoffnung zu verlieren. Trotz zahlloser Absagen richtet er seine Erwartung unverdrossen auf die nächste Gelegenheit, das kommende Jahr, alle künftigen Jahre, die er sich vorstellen kann, und das einzig Gewisse an dieser Zukunft, die in immer weitere Ferne zurückweicht, besteht darin, dass er auch dann noch nicht von seiner Jagd abgelassen haben wird. Mein Vater hat kein Gespür für Niederlagen.

In diesem nebulösen Zusammenhang steht auch eine Episode, die in unserer Familie nur mit »der Aachener Liebhaber« umschrieben wird. Das war ein Mann, mit dem meine Mutter angeblich zehn Jahre nach ihrer Eheschließung für längere Zeit auf und davon ging. Wie er zu seinem Namen gekommen ist oder wer zuerst von ihm erzählt hat, weiß ich nicht mehr. Manchmal gab mein Vater heikle Details aus der ehelichen Vergangenheit preis, ohne sich später daran zu erinnern, wem von seinen Kindern er was erzählt hatte, und durch Weitertragen, Vergleichen und poetische Ausschmückung entstanden komplexe, manchmal dramatische Geschichten, die allesamt gemeinsam hatten, dass ihre Randzonen eher trüb beleuchtet waren. Doch nicht alle Geschichten sind gleichrangig. Ich habe mich zum Beispiel immer gehütet, meinem Vater von dem Urlaubsabenteuer meiner Mutter auf Mallorca zu erzählen, und nehme an, dass Sonja und Robert dieselbe Diskretion gewahrt haben. »Mallorca« stellt auch drei Jahrzehnte danach noch ein Geheimnis dar, und vielleicht ist es diesem verspäteten Beschützungswunsch der Kinder gegenüber ihrem betrogenen Vater zu verdanken, dass niemand aus der Familie Theunissen je wieder die Insel dieses Namens betreten hat.

»Der Aachener Liebhaber« ist das genaue Gegenteil, eine skandalöse Figur, die eine wichtige gemeinschaftsstiftende Funktion übernahm. In der mündlichen Überlieferung unserer Familie nämlich genießt »der Aachener Liebhaber« legendären Ruf und steht stellvertretend für alle donjuanesken Verführer, die jemals den Weg meiner Mutter gekreuzt haben und deshalb letztlich für das Zerbrechen der Ehe meiner Eltern gesorgt haben. Das Seltsame daran ist, dass meine Mutter ihren Kindern gegenüber nie ein Wort über »den Aachener Liebhaber« verloren hat. Seine Geschichte ist aus den Spekulationen und Hinzufügungen derer entstanden, die nicht dabei waren, und hier kann die erste Quelle nur mein Vater gewesen sein.

Meine Mutter, um es einfach zu machen, hatte in Aachen jemanden kennengelernt. Bei einem Reitturnier. Der Mann war selbst kein Reiter, sondern schaute dem Reitturnier nur zu. Nicht, dass es die Dinge besser gemacht hätte, wäre er Reiter gewesen. »Der Aachener Liebhaber«, so wurde uns später zu verstehen gegeben, bildete für einige Wochen oder Monate einen wichtigen Teil im Leben meiner Mutter. Sie trafen sich und verbrachten einige Wochenenden miteinander. Dann ging meine Mutter mit dem Mann fort, nämlich nach Aachen. Und einige Zeit später kam sie ohne ihn wieder. Weitere Einzelheiten sind mir nicht bekannt. Auch ein Foto von ihm habe ich nie gesehen, ich kenne nicht einmal seinen Namen. Er war immer nur »der Aachener Liebhaber«, so wie es Aachener Printen gibt.

»Wie war das eigentlich damals«, fragte ich meinen Vater an jenem Nachmittag, »mit dem Aachener Liebhaber? Warum erinnern wir uns nicht daran? Ich meine, Mama war damals doch oft weg. Wir müssen im Haus allein mit dir gewesen sein. Viele Abende, dann mehrere Wochen am Stück, um 1967, da war ich sechs Jahre alt. Ich kann mir das gar nicht vorstellen. Ich muss Sonja einmal danach fragen.«

»Das brauchst du nicht, Marko. Ich erinnere mich an jede Minute. Es war ein sehr schwieriges Jahr.«

»Aber wie lief das ab? Da taucht ein Mann auf, und Mama zieht mit ihm von Köln nach *Aachen*? Und dann ist sie ein paar Wochen später wieder da? Warum erinnere ich mich nicht daran? Wie hast du uns diese Abwesenheit erklärt? Und wie habt ihr danach miteinander weitergelebt? Papa, ich verstehe die Geschichte *überhaupt* nicht.«

Er setzte sich auf, schaute lange in seine Teetasse und sagte: »Marko. Ich verstehe sie auch nicht. Vielleicht verstehe ich die Geschichte noch weniger als du. Mit dem kleinen, aber feinen Unterschied, dass ich damals darinsteckte und handeln musste. Und für mich gab es nur ein Ziel. Ich musste die Mutter meiner Kinder aus Aachen zurückholen.«

»Und deine Frau? Wolltest du die auch zurückholen?«

»Was ist das für eine Frage, Marko? Natürlich wollte ich meine Frau zurückholen.« Er warf mir einen Blick zu, der bedeutete, dass er das nicht für eine sinnvolle Unterscheidung hielt. Mein Vater hatte genaue Begriffe von sinnvollen und sinnlosen Unterscheidungen. »Aber ich habe Irene ganz klar gesagt, was es für *euch* bedeutet, wenn sie weg ist. Welche Verantwortung sie gegenüber ihren drei Kindern trägt. Das war mir das Wichtigste. Robert war noch sehr klein, fast ein Baby. Was die Mutter dreier Kinder tut, ist nicht dasselbe wie das Verhalten einer kinderlosen Frau. Ob mit Ehemann oder ohne. Den Unterschied machen die Kinder.«

»Ich frage mich, ob es Mama geholfen hat.«

»Was?«

»Zu wissen, dass es dir vor allem um die Betreuung der Kinder ging.«

»Marko«, sagte er.

»Warte, Papa. Ich muss dich noch etwas fragen. Wie lange

wusstest du schon von dem Aachener Liebhaber? Ich meine, bevor Mama mit ihm nach Aachen ging.«

»Das weiß ich nicht mehr genau. Ein paar Wochen, glaube ich. Einmal habe ich ihn im Tennisklub zur Rede gestellt. Ich habe ihn mir richtig vorgeknöpft.«

»Beim Tennis? Ich dachte, Mama und er hätten sich beim Reitturnier kennengelernt. Er war Pferdefreund, dachte ich.«

»Tennis, Reiten. Wahrscheinlich betrieb er beides. Jedenfalls habe ich mir den Burschen anständig vorgeknöpft.«

»Wie sah er aus?«

»Wie solche Typen eben aussehen, Marko. Du weißt schon.«

»Nein, das weiß ich nicht. Sah er ungefähr so aus wie ich?«

»Wie kommst du denn darauf?« Er lachte. »Nein, Marko. Mit dir hatte er keinerlei Ähnlichkeit. Er war hellblond. Helle Augen. Er hatte etwas Weiches im Gesicht, das mir sofort suspekt war. Etwas Windiges, Unzuverlässiges. Ich gehe also zu ihm und sage: Freundchen, ist dir eigentlich klar, welche Verantwortung du auf dich nimmst? Du holst die Mutter dreier Kinder weg! Hast du auch die Konsequenzen bedacht?«

»Du hast ihn geduzt?«

Mein Vater dachte nach. »Ich bin mir nicht ganz sicher. Vielleicht habe ich ihn geduzt.«

»Und was hat er gesagt?«

»Er hat herumgestammelt. Natürlich hatte er darauf keine Antwort.«

»Und dann, Papa.«

»Dann. Ja … Dann ging deine Mutter mit ihm nach Aachen. Und ein paar Wochen später war sie wieder da.«

»Warum?«, fragte ich.

»Ich weiß es nicht. Sie war wieder da. Ich habe ihr keine Fragen gestellt. Allzu genau wollte ich wohl nicht wissen, was zwischen den beiden in Aachen vorgefallen war. Ob sie gestritten hatten. Oder ob deine Mutter im Lauf der Wochen zur Besinnung gekommen war. Schwer zu sagen. Irene war wieder bei ihren Kindern. Das allein zählte.«

»Sie war auch wieder bei ihrem Mann.«

»Ja. Bei ihrem Mann war sie auch wieder. Aber das Wichtigste waren ihre Kinder.«

»Es fällt mir schwer«, sagte ich, »das vollständige Bild zu erkennen. Die Geschichte steckt voller Rätsel.«

»Menschen, die deine Mutter in den frühen Jahren unserer Ehe kannten, haben dasselbe gesagt. Sie haben Irene einfach nicht wiedererkannt.«

»Das meinte ich nicht, Papa. Ich meinte nicht Mamas Charakter oder ihr Verhalten. Ich meine diese Geschichte. Wie sie sich zutrug. Was sie für euch bedeutet hat. Die ganze Episode ist von vorn bis hinten ohne Motiv, wenn ich mal von der Tatsache absehe, dass meine Mutter eines Tages weggegangen und irgendwann wiedergekommen ist. Zu dir? Zu uns? Keiner weiß es. Warum ist sie überhaupt gegangen? Ein Rätsel. Warum kam sie wieder? Ein Rätsel. Ich verstehe auch den Aachener Liebhaber nicht. Aber *euer* Verhalten bleibt mir ganz sicher unerklärlich. Unseres natürlich auch. Sonja muss neun Jahre alt gewesen sein. Aber wir haben nie über diese Wochen gesprochen. In welcher Jahreszeit hat sich das alles zugetragen? Ich sehe kein einziges Bild. Ein Film meines Lebens, in dem ich nicht mitspiele.«

Mein Vater konnte zur Auflösung des Rätsels nichts beitragen. Ihn interessierten nicht die Fragen der anderen, sondern seine eigenen, vor allem die eine, die Kardinalfrage: Warum seine Frau mit ihrem Leben, den Kindern, dem Haus und dem Pferd nicht zufrieden gewesen war. Warum sie ihn verlassen hatte.

An jenem Nachmittag füllte ich für ihn eine neue Bestellkarte aus und notierte fünfunddreißig Titel, die die Blindenbücherei ihm im Lauf der folgenden Wochen schicken würde.

»Was hältst du davon?«, fragte ich mit dem Katalog auf dem Schoß. »Mitscherlich, *Die friedfertige Frau.*«

»Ich weiß nicht.«

»Ortega y Gasset, *Gott in Sicht.*«

»Ach, Marko.«

Ich schrieb einfach ein paar Titel auf und trug die Bestellnummern ein. Wenn die Bücher ihm nicht gefielen, konnte er sie zurückschicken.

»Weißt du?«, sagte ich, als ich fertig war. »Es gab Jahre, da habe ich den verdammten japanischen Garten gehasst.«

»Was hattest du denn gegen den japanischen Garten?« Mein Vater war erstaunt. »Davon hast du mir nie erzählt. Man hätte doch gestalterisch eingreifen können. So ein Garten ist ein lebendiges Wesen, kein Denkmal.«

»Das war es nicht, Papa. Gestalterisches Eingreifen hätte nicht geholfen.«

»Was war es denn dann?« Er hatte mir den Kopf zugewandt, aber ich wusste, dass er mich kaum erkennen konnte.

»Die Erinnerung, verstehst du?«

»Ach, Marko. Was kann denn der arme Garten dafür?«

»Ich weiß nicht. Er hat alles mit angesehen, fürchte ich. Als ihr mir erzählt habt, dass ihr nicht mehr zusammenlebt, fiel der Regen wie aus Eimern. Dieser schreckliche Tag. Und der Garten hat nur dagelegen, dumm geglotzt und nichts getan.«

»Was hätte er denn tun sollen?«

Ich versuchte, im Abenddämmer des Wohnzimmers seinen Gesichtsausdruck zu entziffern.

»Das hatten wir doch schon, Papa. Der dumme Garten hätte unser Leben verwandeln sollen. Alles heil machen, was kaputt war. So ein schöner Garten. Und so nutzlos.«

»Das siehst du sehr einseitig, Marko. Ich teile diese Sicht gar nicht.«

»Ich weiß.«

»Ich habe deine Mutter beschworen, bei uns zu bleiben.

Ich habe ihr gesagt, denk an die Zukunft. Denk an deine Kinder, denen du später Rechenschaft ablegen musst! Aber es hatte alles keinen Sinn.«

Solange es her war, für ihn blieb es die Gegenwart, die ihn nicht losließ, und wenn er hundert Jahre alt würde. Er hatte die Frau, die von ihm weggegangen war, weder vergessen noch ersetzt. Einige Jahre lang war es ihm gelungen, so zu tun, als hätte er sie überwunden. Erst nachdem ich zu Hause ausgezogen war, fiel mir auf, dass mein Vater keine Freunde hatte, keinen einzigen. Sein Humor und seine unkomplizierte Art ließen eigentlich auf einen geselligen Menschen schließen. Nachdem meine Mutter sich von ihm getrennt hatte, hätte er eine neue Bindung eingehen können. Aber da war nur Vera, Ende der Siebzigerjahre, und Vera ging auch. Da muss mein Vater sich gesagt haben, es reicht. Er war nicht einmal sechzig Jahre alt und gab endgültig auf. So wie ein Mann, der sieht, dass der Obstladen geschlossen hat, und deshalb beschließt, nie wieder Obst zu essen.

»Ich habe deine Mutter beschworen, bei uns zu bleiben.«

Der Satz fiel in die Stille, die um uns gewachsen war.

»Marko. Ich will dir sagen, wann der japanische Garten nur dagelegen und dumm geglotzt hat. In den schlimmen Wochen, als Irene ausgezogen ist. Als sie schon die Wohnung in Lindenthal hatte und ihr noch nichts davon wusstet. Robert und du, ihr wusstet nicht, dass eure eigene Mutter fortgegangen war! Wie konnte sie das nur tun?«

Ich nahm die Bestellkarten und sah sie durch. Ich hatte Lust, ihm alle Buchtitel vorzulesen, damit er wusste, dass diese Weisheit nur für ihn bestimmt war. Was hatte er aus all seinen Büchern gelernt? Was würde er aus den kommenden lernen?

»Papa«, sagte ich. »Siehst du nicht, wie lange das alles her ist? Zwischen dem Aachener Liebhaber und Mamas Auszug liegen fast zehn Jahre. Historiker würden daran verzweifeln. Es ist Urgeschichte.«

»Aber wir spüren es bis heute. Es ist, als hätte ein fallender Stein die anderen mit nach unten gerissen.«

Und dieser Satz gilt immer noch. Er macht es mir schwer, meinen Vater anzurufen. Er macht es mir schwer, den Telefonhörer zu halten. Weil ich weiß, dass der Satz stimmt und wir auch in Zukunft gemeinsam unter alten Bautrümmern herumkriechen werden.

»Hör mal«, sage ich. »Du könntest uns vertrauen. Robert und mir. Wir helfen dir gern. Willst du mir nicht sagen, wofür du Geld brauchst?«

»Es reicht nicht. Was ich habe.«

»Wofür reicht es nicht, Papa?«

Ich stelle mir vor, wie er auf dem Hörsofa liegt, das Gesicht zur Decke gewandt, den Telefonhörer zwischen Kinn und Schlüsselbein, und frage mich, ob Schemen über seine Netzhaut ziehen oder graue Wolken. Er seufzt. Und ich weiß, was dieses Seufzen bedeutet. Er will nicht über Geld sprechen, sondern über das, »was dieses Haus alles erlebt hat«. Vielleicht hilft es ihm, so zu tun, als hätte das Haus die Dinge erlebt, die darin vorgefallen sind, nicht wir. Mit dieser Formulierung schmiedet er uns alle, die wir längst nicht mehr darin wohnen, als Geister unter seinem Dach zusammen.

»Ich schreibe mein Leben auf. Ich will mich erinnern, bevor es zu spät ist.«

»Zu spät? Du machst dir zu viele Sorgen.«

»Ich vergesse Dinge. Es ist schlimmer geworden. Manchmal suche ich herum und komme auf die einfachsten Ereignisse nicht mehr. Da habe ich mir gedacht, ich muss alles aufschreiben. Mein Leben. Wie es war. Damit etwas bleibt.«

»Ich verstehe nicht, was das mit dem Geld zu tun hat.«

»Natürlich nicht, Marko. Entschuldige. Ich wollte sagen, ich *spreche* mein Leben. Auf das Bandgerät.«

»Du diktierst deine Memoiren?«

»Ja, so könnte man es nennen. Aber nicht wie die Berühmtheiten. Die zählen ihre Triumphe auf und nennen die Namen anderer Berühmtheiten, die sie gekannt haben. Das meine ich nicht. *Meine* Memoiren … Sie enthalten die Wahrheit. Über alles.«

»Papa.«

»Was? Du findest das nicht wichtig? Nicht würdig genug? Sich über das eigene Leben Rechenschaft abzulegen?«

»Doch, das ist sehr nützlich. Ich wollte nichts dagegen sagen. Aber was hat das mit unserem Geld zu tun?«

»Oh, das. Ich beschäftige eine Schreibkraft. Sie holt die Bänder ab und tippt sie in den Computer.«

»Aber du *hast* keinen Computer. Du kannst sie nicht lesen.«

»Meine Schreibkraft tippt alles in eine Datei und druckt die Seiten aus. Ihr sagt ›ausdrucken‹, nicht wahr? Statt ›drucken‹, was in meinen Augen völlig ausreichend wäre. Die Leute sagen heute auch ›vorprogrammieren‹ statt ›programmieren‹. Diese Tautologien stören mich sehr, Marko.«

»Und wie lange, ich meine … Wie viel Material hast du schon beisammen?«

»Du würdest staunen!«, sagt er.

»Davon bin ich überzeugt. Könntest du mir eine ungefähre Vorstellung geben?«

»Natürlich«, sagt er mit stillem Triumph. »Schätz mal.«

»Papa, ich weiß es nicht.«

»Schätz einfach mal. Ich benutze C-90-Cassetten, die haben sich als korrekte Portionsgröße für meine Erinnerungen erwiesen.«

»Zwanzig? Fünfundzwanzig?« Ich kalkuliere fünfundzwanzig mal neunzig Minuten und komme auf einen Seitenumfang, der irgendwo zwischen *Anna Karenina* und *Krieg und Frieden* liegt.

»Siebenundsechzig!«

»Das ist beachtlich«, sage ich. »Sehr beachtlich.« Ich gebe mir Mühe, ihn meine Entgeisterung nicht spüren zu lassen, überschlage aber schnell die Seiten. Mein Vater schreibt *Auf der Suche nach der verlorenen Zeit.*

Auf die Idee habe ihn die Blindenbücherei gebracht, sagt er, und ich höre ihm die Erleichterung an, endlich jemandem von seinem Projekt erzählen zu können. Wenn die Sprecher der Blindenbücherei Gedrucktes aufsprechen könnten, damit die Blinden und Sehbehinderten es lesen, dann könne mein Vater doch dasselbe tun und sich den Umweg über die Schrift gleich sparen. Goethe habe auch diktiert. Ob ich das wisse? Und dieser Henry James, der mir früher so gut gefallen habe, der habe seines Wissens ebenfalls einen Sekretär beschäftigt. Warum solle er, mein Vater, nicht dasselbe mit seinem Lebenstagebuch tun? Das sei übrigens der geplante Titel, vertraut er mir an. *Mein Lebenstagebuch.* Was dieses Haus alles erlebt hat, das und noch viel mehr wolle er der Nachwelt hinterlassen.

»Was hältst du davon?«

»Klingt vielversprechend, Papa. Und diese Schreibkraft, die das alles tippt …«

»Oh, die ist günstig. Wenn ich dir sagen würde, was Notariatsschriftsätze heute kosten. Aber das hier ist wirklich günstig. Mein *Lebenstagebuch* hat einen Seitenpreis von 4,80 Mark plus Mehrwertsteuer. Was sagst du? Dafür kommt sie sogar vorbei und holt die Bänder persönlich ab.«

»Papa«, sage ich. »Es gibt da ein Problem.«

»Welches?«

»Du hast kein Geld dafür.«

»Mein Junge. Du hast eine sehr enge Vorstellung von schöpferischen Prozessen.« Und als hätte ich keinen Einwand erhoben, bietet er an, mir einige seiner Lebenstagebuchcassetten zuzuschicken. Ich solle sie mir anhören, um einen besseren Eindruck davon zu bekommen, was unser Haus alles erlebt hat.

»Danke, Papa. Ich war dabei. Ich weiß ungefähr, was dieses Haus alles erlebt hat.«

»Aber du kennst meine Perspektive nicht.« Er klingt verletzt.

»Doch. Ich kenne deine Perspektive.«

»Meinst du?«

»Ja.«

Ich schweige. Wenn es sein muss, kann ich sehr lange schweigen. Aber ich weiß, was jetzt kommt.

»Sag mal, hast du etwas von Sonja gehört?«

Und ich sage ihm die Wahrheit. Ich sage ihm, dass ich alle paar Wochen mit Sonja telefoniere, dass hin und wieder eine rätselhafte Postkarte ankommt, ein auf Butterbrotpapier oder einem Stück Zeitung geschriebener Brief mit gedrängten Informationen, als wollte sie wenigstens vor einem aus der Familie bestehen und als die erkannt werden, die sie ist, eine Frau, die fliehen musste. Letztes Jahr brachte mir der Briefträger ein zusammengefaltetes, in einen Umschlag gezwängtes Stierkampfplakat aus Medina Sidonia, auf das Sonja mit Filzstift »Drei Ohren!« geschrieben hatte. Und ich sage ihm auch das Wichtigste. Dass ich nicht weiß, wie ich zu der Ehre komme, das einzige Mitglied der Theunissen-Familie zu sein, mit dem Sonja minimalen Kontakt hält.

»Kannst du mir sagen, warum Sonja mir das antut?«

»Nein.«

»Sie verrät es mir nicht, Marko. Sie könnte doch herkommen. Wir würden über alles reden. Weißt du überhaupt, wo sie steckt? Wie es ihr geht? Ich habe ihr drei Cassetten geschickt. Eine nach der anderen. Die letzte kam aus Spanien mit dem Stempel ›Unbekannt verzogen‹ zurück. Wie oft habe ich ihr gesagt, dass wir uns sehen müssen? Wir müssen einander in die Augen schauen. Sonst kann man sich nicht …« Er bricht ab.

»Ich weiß, Papa. Ich verstehe es auch nicht.«

An diese Lüge habe ich mich gewöhnt. Sie ist ein Zeichen meiner Weisheit und Mäßigung. Ich sage »Ich verstehe es auch nicht« und lasse meinen Vater nach Antworten fahnden, die ich allesamt kenne, ihm aber nicht verraten kann, weil sonst ich anstelle meiner Schwester die Kämpfe führen müsste, denen sie durch den Poststempel »Unbekannt verzogen« ausweicht.

»Ich verstehe es nicht«, sage ich, und ich werde es ihm antworten, solange er mich fragt. Obwohl ich es viel besser verstehe, als mir lieb ist. Also erteile ich am Telefon, während er in seinem dunklen Wohnzimmer sitzt und ich in meiner totenstillen Wohnung in Kleinhoek, knappe Auskunft über die abwesende Sonja. Immerhin weiß mein Vater, dass es ihr gut geht, dass sie reich geheiratet hat (niemand von uns war zur Hochzeit eingeladen) und keinen materiellen Mangel leidet, sie hat Spanien, ihren Luis und seine florierenden Immobiliengeschäfte, sie hat zwei oder drei Häuser und einen eigenen Sportwagen. Was gibt es da noch zu fragen?

Aber das ist das Unfassbare an meinem Vater. Er fragt immer weiter. Wenn er dreimal nein gehört hat, kann er so tun, als wäre die Frage noch nicht beantwortet, und wenn er sie zum vierten Mal stellt, sieht er mich so gespannt an wie die Male zuvor.

»Ich habe nachgedacht, Marko«, sagt er jetzt, und der Hörer in meiner Hand nimmt das Gewicht seiner einsamen Gedanken an. »Ich habe überlegt, wie ich meinen fünfundsiebzigsten Geburtstag feiern will.«

Ich schließe die Augen, wie ich es in Kriminalfilmen gesehen habe, wenn der unbeugsame Detektiv eine weitere schlimme Nachricht entgegennehmen muss und nicht weiß, wie er seinen Fall knacken soll. Andy Garcia sitzt da, schließt die Augen und massiert sich mit Daumen und Zeigefinger die Nasenwurzel.

Aber mein Vater ist nicht gewillt, mir bei meinem Fall zu helfen. »Ich habe mir gedacht, dass wir alle zusammen feiern sollten. Weißt du? Wie früher.«

Ich lasse einige Augenblicke verstreichen. »Das könnte schwierig werden, Papa.«

»Wieso?«

»Wenn du mit ›wir‹ uns fünf meinst, die ganze Familie, dann steht dem einiges entgegen. Mama zum Beispiel wird nicht kommen.«

»Hast du sie gefragt?«

»Nein, Papa, ich habe sie nicht gefragt. Ich habe doch gerade erst von deiner Idee erfahren! Ich meine, es ist *unwahrscheinlich,* dass sie kommt. Das wollte ich sagen. Und Sonja w-«

»Ich habe beschlossen, unsere Verständigungsprobleme offensiver anzugehen.«

»Offensive kommt bei Mama nicht so gut an. Das weißt du doch.«

»Du könntest ihr erklären, dass ich nichts Böses im Schilde führe. Du könntest auch mit Sonja sprechen. Was meinst du? Ich habe beschlossen, das Eis zu brechen.«

»Papa, das Eis ist einen Meter dick, und du arbeitest mit einem Zahnstocher.«

Kaum habe ich das gesagt, will ich die Worte zurückrufen.

»Ich wusste nicht, dass du so schnell aufgibst«, sagt er leise. »Ich will nach vorn schauen, nicht zurück. Kannst du mir dabei helfen?«

»Natürlich«, sage ich, und jede Sekunde, die mit Schweigen vergeht, ist wie eine Bekräftigung dieses Versprechens. »Ich helfe dir.«

Aber ich frage mich, was die schwierigere Aufgabe ist: meine Mutter zu bewegen, zu meines Vaters Geburtstagsfeier zu kommen, oder Sonja nach Köln zu holen. Wieder schließe ich die Augen wie der Detektiv nach dem letzten Schluck aus der Büroflasche, aber so ausgiebig ich mir auch die Nasenwurzel knete, ich finde keine Antwort. Beide Aufgaben sind unlösbar.

Joes Mutter lässt ihren leeren Blick über den Platz am Niedertor schweifen. Ihr Gesicht sieht müde aus. Wir haben uns zufällig bei Schlecker getroffen. Ich habe sie sofort wiedererkannt, sie mich nicht. Doch nach ein paar Sekunden nickt sie und sagt: »Natürlich. Natürlich. Herr Theunissen.«

Draußen vor dem Laden sage ich ihr, dass ich gern einmal mit Joe nach Krefeld in den Zoo fahren würde. Ich sage »Johanna«. Es würde mir gar keine Umstände bereiten. Der Krefelder Zoo sei sehr schön. Ob sie ihn kenne?

Ihr Blick sucht immer noch den Platz ab und bleibt an der modernen Bronzeskulptur hängen, die sich auf einem von Wasser überspülten Pilz erhebt. Die Skulptur bietet von jeder Seite einen anderen Anblick, sie hat auch einen Namen, aber ich nenne sie nur »unser modernes Kunstwerk«. Es ist, als hätte die Gemeinde Kleinhoek vier Skulpturen zum Preis von einer erworben.

Da ich weiß, dass Joes Mutter keine Entscheidung treffen kann, während sie unser modernes Kunstwerk betrachtet, erzähle ich ihr von meinem Neffen und meiner Nichte in Köln, mit denen ich auch den Zoo besucht hätte. (Ein einziges Mal, woran Robert mich boshaft erinnert, sobald die Rede auf in Gefangenschaft lebende Tiere kommt.)

»Ich weiß nicht«, sagt Joes Mutter. »Ich habe Angst, dass Ihnen das Kind zur Last fällt.«

»Wenn Ihnen dabei unwohl ist, Frau Sieveneck, will ich nicht drängen. Sie sollen nur wissen, dass es für mich eine

Freude wäre. Wir könnten am Samstagvormittag fahren und wären am Nachmittag zurück.«

»Aber nur, wenn das Kind Ihnen nicht zur Last fällt. Das wäre mir unangenehm.«

Ich versichere ihr noch einmal, dass ich das Kind für sehr wohlerzogen halte.

»Dann ist es gut«, sagt Joes Mutter. »Im Grunde mag Johanna Tiere sehr gern.«

Ich sage ihr, ich hätte denselben Eindruck gewonnen.

»Sie wünscht sich noch ein Haustier«, sagt Joes Mutter. »Der Hamster ist ihr zu klein.«

Joe hat mir von ihrem Hamster erzählt. Er heißt Sir Mobbie. Ich habe ihr angeboten, Sir Mobbie zu versichern. Ich würde ihr einen günstigen Tarif berechnen.

»Kann man *Tiere* versichern?«, hat Joe gefragt.

»Natürlich. Sehr gut sogar.«

Ich sage ihr nicht, dass Tiere versicherungstechnisch Sachen sind. Dass Tiere, historisch gesehen, in der Rheinprovinz gleich nach den Bonner Schustergesellen, aber noch vor den Musikern des Aachener städtischen Orchesters kamen, als es darum ging, einen solidarischen Schutz gegen Unglücksfälle einzurichten. Natürlich spielt die Viehversicherung in dem Buch *Das Versicherungswesen* der Brüder Brämer neben Lebensversicherung, Feuer- und Hagelversicherung eine herausragende Rolle. In der ersten Zeit bei der Rheinischen, als mein Idealismus noch halbwegs unversehrt war und ich mich mehr für die humane Idee als für Provisionen interessierte, habe ich sogar in Ebels Bibliografie über die Anfänge des Versicherungsrechts in Deutschland nachgelesen. In der Herrschaft Scheidt, Kreis Solingen, gab es schon 1802 einen »Orts-Viehversicherungsverein gegen Seuchen und andere zufällige Verluste«. Und seit mindestens 1812 ist in der Gemeinde Mettmann die sogenannte »Kuhlade« nachgewiesen, ein anderes Wort für Gilde. Hamster und sonstige Nagetiere galten allerdings nie als Vieh, soweit ich weiß. Auch sind bei Hamstern der fehlende Nutzwert und die geringe Lebenserwartung zu bedenken. Ich habe Joe nicht gefragt, wie alt Sir Mobbie ist.

Am Tag unseres Zoobesuchs haben wir Glück. Es riecht nach Frühling, der Wind jagt nur ein paar Wolken über den Himmel. Kein häufiges Wetter am Niederrhein, aber wenn es sich einmal zeigt, muss ich an all die sinnvollen Sachen denken, die man jetzt tun könnte, und versuche etwas Schönes zu finden, das dieses Tages würdig wäre. Die Luft ist wie ein Trompetenstoß, der uns ermahnt, die kostbare Zeit nicht zu verschleudern, nur dieses eine Mal den Kopf aus dem trüben Grau unserer Tage zu heben und uns zu fragen, was wir aus uns machen könnten, wenn unsere Träume nicht längst hinter uns zurückgeblieben wären wie alte Putzlappen. Manchmal denke ich an die Wochen auf dem Collegium Aureum zurück, als wir sechzehn waren und mit dem Fahrrad nach Hassum fuhren. Unsere Hemden blähten sich wie Segel, während unter uns die Reifen über die rissigen Straßen surrten, und alles, was wuchs, wogte grün und gelb im Abendwind. Es waren die schönsten Fahrradfahrten meines Lebens. Und etwas davon kribbelt mir noch immer auf der Haut, wenn ich mit dem Auto an einem strahlenden Tag die Ortsausfahrt Süchtelner Straße nehme, um nach dem Linksabbieger, außerhalb des Dorfs, der Kleinhoeker Straße Richtung Vorst zu folgen. Das Rot der kleinen Klinkerhäuser, die sich die Bauern mit mehr Stolz als gutem Geschmack gebaut haben, leuchtet aus dem Grün heraus, das alles umfängt, ich sehe den wilden Wein an den Hauswänden, bevor ich mit dem Auto unter einem Blätterdach hindurchtauche und auf der anderen Seite, neben verwitterten Zäunen und langmähnigem Gras, wieder herauskomme. Auch Joe spürt die besondere Atmosphäre dieses Vormittags. Sie redet nicht, sondern schaut. In der Hand hält sie ein Foto von Sir Mobbie, das den Hamster im Alter von drei Wochen zeigt. Sie will es mir mitgeben, damit ich es schon einmal zu den Versicherungsunterlagen nehme. Nachdem ich es lange betrachtet habe, flüstere ich ihr ins Ohr: Der Spinne schwinden die Sinne.

Im Zoo überlasse ich es Joe, die Informationstafeln zu lesen. Ich kenne sie seit meinem Besuch mit Angela. Der größere Teil unseres damaligen Zoospaziergangs bestand darin, uns über das Paarungsverhalten verschiedener Spezies zu unterrichten und komische Vergleiche zu den Sexualpraktiken der Menschen anzustellen. »Hast du gesehen?«, sagte ich zu Angela, als wir eine Gruppe Mantelpaviane auf ihrem Felsen sahen. »Mantelpaviane leben in einer Ein-Mann-Haremsgesellschaft. Das Modell würde ich gern genauer studieren.« Sie lachte und boxte mich gegen den Arm. Der größte Pavian saß da und blinzelte in die Sonne. Mit seinem roten Gesicht und dem zusseligen Grauhaar sah er aus wie ein schlecht rasierter älterer Herr.

»Guck mal, Marko!«, ruft Joe. Sie steht vor einem ovalen Becken mit einer kleinen Betoninsel darin, gerade groß genug, damit sich ein Seelöwe darauflegen kann. »Ältere Jungtiere«, liest Joe vor, »bilden Kindergartengruppen.«

»Fehlt nur noch, dass sie Bastelstunden haben.«

Im Großtierhaus stupst Joe mich an. Ihr Blick ist auf ein grau- und sandfarbenes Etwas hinter einer Mauer gerichtet, das sich bewegt. Es ist ein Zwergnashornbaby, das jetzt behutsam um die Mauer herum auf uns zutappt, als wollte es uns zeigen, wie gut es schon laufen kann. Sein Blick ist neugierig und ängstlich zugleich, die großen Ohren sind aufgestellt. Als es neben seiner Mutter steht, sehen wir, dass es erst ein Horn hat. Die Mutter hat zwei.

»Die Nashörner habe ich schon mal mit meinem Papa gesehen«, sagt Joe. »In einem anderen Zoo. Aber sie hatten kein Baby.«

»Weißt du noch, in welchem?«

»Nein«, sagt Joe, und ich weiß, wonach ihr Blick sucht. Sie sucht den Papa des Nashornbabys. Aber wir sehen nur Mutter und Kind.

»Wie alt warst du damals?«

»Sechs oder sieben«, sagt sie. »Mama konnte nicht mitgehen. Das meiste habe ich mit Papa allein gemacht. Kindergeburtstage immer mit Mama. Aber die Ausflüge mit Papa.«

»Das kenne ich. Ich habe die meisten Sachen auch nur mit einem gemacht. Meine Eltern haben sich nicht so gut verstanden, weißt du?«

»Aber sie haben geheiratet«, sagt Joe. »Sie müssen sich mal liebgehabt haben, sonst hätten sie doch nicht geheiratet. Guck mal, wie süß es die Lippe verzieht!« Joe hebt die Hand, als wollte sie das Zwergnashornbaby streicheln. »Irgendwann haben Mama und Papa angefangen zu streiten, so laut, dass ich es hören konnte. Ich lag im Bett und konnte nicht einschlafen. Die Tür war zu, aber ich habe alles mitbekommen. Ich habe nur Mama gehört, wie sie mit Papa schimpfte. Papa war immer leise. Er muss etwas gemacht haben, was Mama nicht mochte. Etwas Schlimmes. Ich habe Mama noch nie so böse gehört. Ich habe sie danach gefragt. Aber sie hat es mir nicht gesagt. Dann habe ich Papa gefragt. Aber er hat es mir auch nicht gesagt.«

»Und als dein Papa ging? Was haben sie dir erzählt?«

»Dass er eine Arbeit woanders bekommt«, sagt Joe. »Weit weg, und dass er für eine Zeit lang umziehen muss, aber wenn alles gut geht, kommt er wieder und bringt viel Geld mit. Mama wollte ja schon immer umziehen. In ein richtiges Haus. Dafür wollten sie sparen. Aber weißt du was?«

»Was?«

»Einmal habe ich Mama am Telefon belauscht.« Sie schaut konzentriert auf das Nashornbaby, das näher gekommen ist. »Ich habe es noch keinem verraten. Guck mal, wie es mit den Ohren wackelt! Es kann sie richtig bewegen!« Ich sehe sie von der Seite an und stelle mir vor, wie gern sie dem Nashornbaby einen Kuss auf sein kleines Horn geben würde. »Du darfst es keinem verraten«, sagt sie und schaut starr geradeaus. »Versprich es mir.«

»Versprochen.«

»Mama hat gesagt: ›Du glaubst doch nicht, dass du je wieder einen Fuß in diese Wohnung setzt? Nur über meine Leiche.‹ Und dann hat sie aufgelegt.«

»Joe«, sage ich und lege ihr die Hand auf die Schulter. »Manchmal sagt man böse Dinge, weil man wütend ist. Wenn die Wut vorbei ist, kann man in Ruhe darüber nachdenken, und dann würde man solche bösen Dinge nicht mehr sagen.«

»Das dachte ich auch«, sagt Joe und hält den Blick fest auf das Nashornbaby gerichtet. »Aber Papa hat nie wieder angerufen.«

»Vielleicht hat er angerufen, während du in der Schule warst.«

»Papa ist weg«, sagt sie. »Ich bin durch unsere Straße gegangen und habe in die Wohnungen geguckt, ob da Zimmer frei sind. Es gibt ein paar. Da könnte er wohnen, wenn es in Kleinhoek Arbeit gibt. Die Leute sagen, es gibt immer weniger Arbeit bei uns. Manche haben gar keine mehr und sitzen nur zu Hause herum.«

Sie hat es geschafft, nicht zu weinen.

»Marko«, sagt sie und wendet ihren Blick nicht von mir. »Wenn mein Papa wiederkommt, darf er dann bei dir wohnen? Bis er ein Zimmer gefunden hat?«

»Wir würden bestimmt eine Lösung finden«, sage ich.

»Bei dir? Ich will nicht, dass er allein ist. Sag mir, dass er zu dir kommen darf.«

»Ja«, sage ich. »Dein Papa darf zu mir kommen. Wir können zusammen Tee trinken. Und er erzählt uns von seinen Reisen.«

»Ich habe für ihn eine blaue Kerze gekauft«, sagt sie. »Frag ihn, ob er sie anzünden will, wenn wir den ersten Tee trinken. Dann lasse ich euch eine Weile allein. Er wird dir viel zu erzählen haben.«

Der Krefelder Zoo liegt direkt neben der Grotenburg-

Kampfbahn, vom Großtierhaus aus sehe ich die Flutlichtmasten. Bei meinem ersten Zoobesuch mit Angela habe ich mich gefragt, wie die Tiere das aushalten, alle zwei Wochen den Lärm der Fußballfans, die Pfiffe, den Torjubel. Auch diesmal denke ich: die armen Tiere! Da sehe ich auf einer Bank vor den Freigehegen einen älteren Mann, der mir bekannt vorkommt. Er ist groß, schmal und hat im Sitzen ein Bein abgespreizt, als müsste er es entspannen, den Blick auf ein Buch geheftet. Ich gehe näher. Tatsächlich, es ist der Gentleman! Gary Tomlinson, mein alter Englischlehrer und Fußballtrainer. Der Mann mit dem Humpelbein, immer freundlich und einer der wenigen, die ich wirklich vermisste, nachdem ich vom Collegium Aureum geflogen war. Ich weiß noch, wie sich der Gentleman knapp von mir verabschiedete, wie Engländer das eben so tun, ohne Pomp und mit einem festen Blick von Mann zu Mann. Sicher wollte er mir damit etwas sagen, zum Beispiel: Mach was aus deinem Leben, auch wenn du den ersten Teil versaut hast. Das Spiel ist erst zu Ende, wenn der Schiedsrichter abpfeift.

»Joe«, sage ich, »da ist jemand, den ich kenne. Komm, ich will ihn begrüßen.«

Auf den wenigen Metern, die mich vom Gentleman trennen, der tief in sein Buch versenkt ist, frage ich mich, warum ich mich in den vergangenen zwanzig Jahren nie bei ihm gemeldet habe. Ich glaube, das fragen sich alle, die weggehen und von den Zurückbleibenden nur ein paar gute Wünsche für die Zukunft mitnehmen. Die Leute sagen, melde dich mal, lass von dir hören, vergiss uns nicht! He, erzähl mal bei Gelegenheit, wie du vorankommst. *Bei Gelegenheit.* Das ist schon der Haken. Die Gelegenheit bietet sich nicht, wenn man sie nicht sucht. Die Wege haben sich unwiderruflich getrennt. Vielleicht sagen die Zurückbleibenden ihre Sprüche auch nur auf, um den Abschied endgültig zu machen und dem anderen zu zeigen, dass er nicht mehr zählt, sein Schicksal liegt jetzt außerhalb des ihren, sein Los ist bestenfalls Stoff für eine Plauderei in der Freundesrunde, in der plötzlich einer sagt: Erinnert ihr euch noch an Marko Theunissen? Das war eine Nummer! Was der wohl so macht?

Und was erzählt man einem, der einen nicht mehr trainiert, nicht mehr Shakespeare oder den *Großen Gatsby* unterrichtet und der einen außerdem vor der Riesendummheit gewarnt hat, die man dann trotzdem begeht? Das alles war kein besonderer Anreiz gewesen, den Gentleman zu besuchen. Trotzdem freue ich mich, ihn jetzt mit seinem Buch und dem abgespreizten Bein vor mir zu sehen, es ist derselbe Gentleman, nur heller geworden, fast weiß, und auf seiner Nase sitzt eine Brille mit schmalen rechteckigen Gläsern.

»Herr Tomlinson? Erkennen Sie mich?«

Er sieht verwirrt hoch und nimmt eine Hand vom Buch, bereit, sich zu verteidigen. Sein Blick trifft über den Rand der Brille hinweg den meinen.

»Entschuldigen Sie«, sage ich. »Ich bin Marko Theunissen. Offensives Mittelfeld. Es ist lange her. Und das ist Johanna.«

»Marko!« Er steht auf, so schnell es sein schlechtes Bein zulässt, und nimmt meine Hand. »Was für eine Freude. Und ich sehe, du hast es im Leben zu etwas gebracht.« Er schenkt Joe ein entspanntes Lächeln und gibt auch ihr die Hand. Feine Fältchen streben von seinen äußeren Augenwinkeln Richtung Schläfen. *»How have you been?«*

»Gut«, sage ich. »Es geht gut. Wie geht es Ihnen?«

Und da endet unsere Wiedersehensfreude. Wir haken die Daten ab, vor allem über meinen Beruf, denn der seine ist mir bekannt, und ich halte es für angebracht, ihn darüber aufzuklären, dass Joe nicht meine Tochter ist. Das scheint ihn zu enttäuschen. Vielleicht nimmt er es als Indiz dafür, dass ich seinerzeit zu Recht vom Collegium geflogen bin. Und mehr haben wir uns nicht zu sagen, denn ein großes Geheimnis steht zwischen uns: Bruder Gregors Selbstmord. Und die Frage, warum ich damals nicht auf ihn, den Gentleman, gehört und alles der Collegiumsleitung überlassen habe. Warum ich in dieser schrecklichen Geschichte den Detektiv und Wahrheitssucher spielen musste. Nachdem wir uns verlegen verabschiedet haben und schon einige Meter voneinander entfernt sind, ruft er mir nach.

»Marko! Ich habe etwas vergessen!«

Und dann, mit Wärme in den Augen und gesenkter Stimme, erzählt er mir, das Collegium Aureum habe im vergangenen Jahr auf dem Schwesternfriedhof einen Gedenkstein für Bruder Gregor aufgestellt. Einen *würdigen* Gedenkstein. Bruder Gregor liege ja in Coesfeld begraben, wie es seine Angehörigen gewünscht hätten. Zwanzig Jahre lang habe auf dem Collegium nichts an sein Wirken erinnert außer den Büchern, die die Schulbibliothek von ihm übernommen habe, doch die zählten nicht, weil kaum jemand darin lese. Und jetzt dieser Stein. Natürlich verrate er nichts über Bruder Gregors Tod außer dem Datum, doch der auffällig groß hineingemeißelte Bibelvers spreche vom göttlichen Trost für die Betrübten, was die Eingeweihten nicht nur als Anspielung, sondern als halbes Eingeständnis des Versagens der Collegiumsleitung gedeutet hätten.

»Ich dachte, das würde dich vielleicht interessieren«, sagt der Gentleman und sieht mich mit seinen hellen Augen an. *»We're not talking justice here. Sometimes it's only knowledge that separates the present from the past.«*

Jochen Hübbers kommt wieder vorbei. Ich sehe ihm an, dass er sich diesmal keine Begründung zurechtgelegt hat. Zwei, drei Monate noch, und er kommt vielleicht einfach vorbei, um mir einen guten Tag zu wünschen.

»Die Frau hatte sechs Brüder«, sagt er, nachdem er sich gesetzt hat.

»Sechs.«

»Ja. Jetzt sind es nur noch fünf. Der Zweitälteste mochte mich und glaubte, dass ich es zu was bringen kann. Als ich die Frau kennenlernte, auf dem Feuerwehrball, war mir klar, was ich tun muss.«

Er blickt in eine Ferne, die nichts mit meinen Bürowänden zu tun hat, nichts mit der Einrichtung und nichts mit dem Fenster, das das Licht von der Niederstraße hereinfallen lässt.

»Ich sagte mir, ich muss es zu was bringen. Aber auch die Frau hat mich am Anfang nicht beachtet. Auf dem Feuerwehrball waren nur drei ihrer Brüder. Zwei waren schon verheiratet. Der Zweitälteste, der mich ein bisschen mochte, suchte noch. Ich dachte, der sucht so wie ich. Er will eine Frau finden, die er heiraten kann, und dann will er sich ein Leben aufbauen. Deswegen konnte er verstehen, dass ich zur Frau ging und mich vorstellte und sie zum Tanzen aufforderte. Aber wissen Sie, was die Frau gesagt hat?«

»Nein.«

»Sie hat gesagt, sie tanzt nicht.«

»Oh.«

»Da stand ich erst mal da. Ich konnte ja gar nicht tanzen. Ich wollte nur die Frau kennenlernen.«

»Ich kenne solche Situationen. Was haben Sie dann gemacht? Nachdem Ihre Frau den Tanz verweigert hat?«

»Ich musste nachdenken. Die Frau sah mich an, als wollte sie sagen, mal sehen, was dir jetzt einfällt. Das spürte ich. Von der ganzen Aufregung, wie ich es am besten mache, die Frau aufzufordern, hatte ich schon ein rotes Gesicht. Das ist nicht dein bestes Gesicht, sagte ich mir. Aber was soll ich machen? Ich muss es mit diesem Gesicht versuchen. Da sagte ich zu der Frau, vielleicht beim nächsten Tanz. Die Frau sah mich gar nicht an. Dann sagte sie etwas zu einem ihrer Brüder. Dem zweiten. Ich sagte, ich komme wieder. Aber die ganze Zeit fragte ich mich, was mache ich nur, was mache ich nur? Ich will die Frau noch einmal auffordern, kann aber nicht tanzen. Vielleicht lehnt sie wieder ab, dann blamiere ich mich nicht. Aber dann sagte ich mir, wenn sie ablehnt, lerne ich sie nicht kennen. Wir müssen miteinander tanzen, damit wir uns kennenlernen können. Und wenn sie sieht, dass ich nicht tanzen kann, wird sie sich ärgern und den Tanz abbrechen. Aber das ist egal, wenn wir uns nur kennenlernen. Das Leben besteht nicht aus Tanzen.«

»Da haben Sie recht, Herr Hübbers. Ein alter Freund von mir wollte auch immer Mädchen kennenlernen und ging in Diskotheken. Aber er tanzte nie. Wie willst du jemanden kennenlernen, sagte ich zu ihm, wenn du nicht tanzt? Darauf hatte er keine Antwort. Aber er ging immer wieder hin.«

»Diskotheken meine ich nicht«, sagt Herr Hübbers. »In Diskotheken hopsen sie nur herum. Wenn man da nicht tanzen kann, ist es egal, weil alle nur herumhopsen. Aber auf dem Feuerwehrball muss man tanzen können.«

»Da ist was dran.« Ich schaue zu Frau Hünnekens hinüber, die Prospekte faltet und in Briefumschläge steckt. »Und was geschah beim nächsten Tanz?«

»Die Frau hat wieder abgelehnt.«

»Erstaunlich.«

»Beim dritten Mal bin ich wieder hingegangen.«

»Und?«

»Sie tanzte mit mir. Der zweite ihrer Brüder, der ohne Frau, hatte mit ihr gesprochen. Er hat sie gefragt, warum sie nicht tanzen will. Und sie hat ihm gesagt, sie will eben nicht. Da hat er ihr gesagt, man muss tanzen, um jemanden kennenzulernen. Ich will den aber nicht kennenlernen, hat sie gesagt. Den oder einen anderen, hat ihr Bruder gesagt. Es ist egal.«

»Und wie ging er? Der Tanz?«

»Schlecht. Die Frau führte mich und zeigte es mir. Sie hatte sich gedacht, dass ich nicht tanzen kann. Mädchen fühlen so was.«

»Das könnte stimmen«, sagte ich und dachte an meinen ersten Tanz mit Margret. So einen Tanz will ich nie wieder erleben. »Ich bin sicher, Sie erinnern sich oft an Ihre Kennenlernszene. Sie und Ihre Frau.«

»Ja.«

»Wie geht es so zu Hause?«

»Danke«, sagt Herr Hübbers. »Man will nicht klagen.«

Ich weiß nicht, ob ich Herrn Hübbers beim Wort nehmen oder die mitschwingende Botschaft auffangen soll.

»Gäbe es denn Grund zum Klagen?« Ich bemühe mich, es nicht spitzfindig klingen zu lassen.

Er seufzt und denkt nach. Vielleicht darüber, ob es Grund zum Klagen gibt, vielleicht darüber, ob er mir davon erzählen soll.

»Die Frau«, sagt er und knetet sein Knie. »Ich mache mir Sorgen.«

»Was gibt es denn, Herr Hübbers? Worüber machen Sie sich Sorgen?«

»Das weiß ich noch nicht. Es ist eher … dass die Frau sich Sorgen macht. Aber nichts davon verrät.«

»Wovon verrät sie nichts?«

»Von den Schmerzen.«

»Welchen Schmerzen?«

»Im Rücken. Ich habe sie gefragt, und sie sagt, es ist nichts. Aber es ist etwas. Ich spüre das. Sie hat starke Schmerzen, die kommen und gehen. Wenn sie allein ist, stöhnt sie manchmal. Ich habe es durch die Wand gehört. Sie will nicht davon sprechen.«

»Sie sollten mit Ihrer Frau zum Arzt gehen«, sage ich. »Jemand muss sich um sie kümmern.«

»Das habe ich ihr auch gesagt. Ich sage, nur der Arzt kann uns sagen, was das ist. Du spürst nur den Schmerz, sage ich zu ihr. Der Arzt hat einen Namen dafür. Ist es nicht so? Wenn man einen Namen dafür hat, kann man eine Medizin finden.«

»Das klingt vernünftig. Sagen Sie Ihrer Frau unbedingt, dass sie zum Arzt gehen muss. Schmerzen, die ignoriert werden, produzieren Gespenster. Und später … Wer weiß, worum es sich handelt? Hat Ihre Frau denn eine medizinische Vorgeschichte? Irgendwelche Beschwerden in früheren Jahren?«

Herr Hübbers schweigt und knetet sein Knie.

»Ich will mich da nicht einmischen, Herr Hübbers. Ihre Frau muss wissen, was sie tun sollte.«

»Wie kann sie nur so trotzig sein?« Er schüttelt den Kopf. »Die Frau weiß immer, was zu tun ist. Nur bei ihrem Rücken, den Schmerzen, da weiß sie nicht, was sie tun soll.«

»Könnten Sie nicht einen Termin für sie machen? Mit ihr *zusammen* zum Arzt gehen?«

Er sieht mich traurig an und schüttelt wieder den Kopf, als hätte ich ihm etwas völlig Absurdes vorgeschlagen. »Sie kennen die Frau nicht. Sie war immer sehr willensstark. Kennt den Weg. Die Frau hat uns immer geführt. Sie liest mir aus Zeitschriften vor, erklärt mir das Horoskop. Wenn etwas nicht in Ordnung ist, will die Frau immer als Erste begreifen, woran es liegt.«

»Natürlich. Ich wünschte, ich könnte helfen.«

»Die Frau geht den Dingen auf den Grund«, sagt er.

»Das ist gut. Die richtige Voraussetzung, um sich Klarheit zu verschaffen. Wollen Sie, dass ich Ihre Frau einmal anrufe? Es scheint, sie geht ungern aus dem Haus. Ich könnte mit ihr sprechen. Wollen Sie das?«

Er schüttelt den Kopf. »Die Frau lässt sich nicht gern etwas sagen. Sie will die Dinge selbst herausfinden, und wenn sie alles weiß, handelt sie. Sie weiß nicht, dass ich jetzt hier bin. Sie darf nichts davon erfahren.«

»Ich werde schweigen«, sage ich. »Versprochen.«

Und das tue ich. Ich versinke in Schweigen. Herr Hübbers schaut sich eine Weile in meinem Büro um, scheint aber nichts zu registrieren, er sendet nur Blicke aus wie ein Leuchtturm das Licht. Irgendwann sehe ich durch die Glasscheibe zu Frau Hünnekens hinüber, die mich anschaut. Ihre Miene ist ein Kunstwerk der Verknappung und Mehrdeutigkeit. Ich lese daraus: 1. Soll ich etwas tun? 2. Wahrscheinlich kann man nichts tun. 3. Er braucht unsere Hilfe. 4. Lassen Sie ihn einfach ein bisschen da sitzen.

Ich nehme mir eine Hängeregistermappe vor, die schon viel zu lange auf meinem Schreibtisch gelegen hat, öffne Computerdateien und versenke ich mich in meine Arbeit. Es gelingt mir fast, Herrn Hübbers zu vergessen. Auch ihm könnte es gelungen sein, meine Gegenwart auszublenden. Er wird im Lauf der Minuten ruhiger und rutscht nicht mehr auf dem Stuhl herum. Er sitzt da und … denkt nach. Meditiert. Macht sich Gedanken, die er sich jetzt vielleicht machen muss. Die Situation erinnert mich an das Collegium Aureum, wo wir im Silentium, zwischen 16 Uhr und 18:35 Uhr, unsere Hausaufgaben erledigten. Ein feiner Geräuschteppich aus Atmen, Räuspern, Schnaufen, Seitenumblättern, Bleistiftspitzen, Fußscharren und Stühlerücken erinnerte mich immer daran, dass meine Kameraden mit derselben Sache beschäftigt waren wie ich.

Bevor sie ihren Schreibtisch abschließt und nach Hause geht, schaut Frau Hünnekens noch einmal zu mir herüber. Ihre Lippen bilden die Worte: »Bis morgen. Viel Glück.«

Als ich eine Viertelstunde später ebenfalls einpacke, sage ich beiläufig: »Gibt es noch etwas, was ich für Sie tun kann, Herr Hübbers?«

»Nein«, sagt er.

Wenn ich mit meinem Diesel zum Einkaufen nach Venlo fahre, denke ich nie darüber nach, wer mich mag. Dabei sind mir meine Sympathiewerte unter den Kunden der Rheinischen ziemlich genau bewusst. Wichtig ist, sich nichts anmerken zu lassen. Es sind Kunden, weiter nichts. Geizige, stumpfe, verschlossene Seelen, die nur eine Versicherung brauchen und sie in Gottes Namen haben sollen. Selbst im Auto, auf dem Weg in den sicheren Stau auf der A40, wo sämtliche Idioten des Ruhrgebiets dazustoßen, um zu den zwei Brüdern von Venlo zu fahren und die Stadt leer zu kaufen, denke ich nie darüber nach, wer mich mag.

Doch zeigt mir jemand in einer Gruppe die kalte Schulter oder lässt eine unfreundliche Bemerkung fallen, die mir gelten könnte, stürze ich in Selbstzweifel. Mein Verdacht ist, dass Menschen mit üblem Charakter diese Schwäche wittern könnten. *Genug ich kenne mich!* Diesen Satz aus Lessings Fabel über den Rangstreit der Tiere zitiere ich gern. Neulich habe ich Joe erzählt, sie solle auf das dumme Geschwätz ihrer Klassenkameradinnen nichts geben, sie stehe doch darüber, sie kenne sich selbst! Wie der Löwe in Lessings Fabel. Dann erklärte ich es ihr. Wie stark es macht, wenn man seiner selbst gewiss ist. Wie wenig man die anderen braucht, wenn man sich selbst hat. Joe runzelte die Stirn, als hätte sie genug von sich selbst.

Der Löwe, sage ich mir, als ich im Konferenzraum eines Hotels Platz nehme, in dem sich die Vertreter der Bezirksdirektion gelegentlich zu Strategiegesprächen treffen. Der Löwe, auf den ich kein Reimwort finde, kennt sich selbst! Haltet ihn für den Vornehmsten oder den Geringsten, es gilt ihm gleich viel. Er hat mächtige Tatzen! Ich blinzele ein wenig, fokussiere die Tischplatte vor meiner Nase und versenke mich in die frisch gedruckte Broschüre, die Igelbrink uns hat hinlegen lassen. Doch insgeheim warte ich darauf, dass Hermann Pooten einläuft.

Anders, als Anton mir geraten hat, habe ich in der Willibrord-Sache nichts unternommen. Ich dachte, vielleicht lässt sich das Terrain sondieren und eine kollegiale Lösung finden. Als eine Dame von der Bezirksdirektion bei mir anrief, um zu fragen, ob es mit dem Agenturwechsel von Karl Willibrord seine Richtigkeit habe, verhielt ich mich defensiv. Der Kollege und ich würden das miteinander besprechen, sagte ich. Ob es denn so durchgehen solle, fragte die Dame noch einmal. Ja, sagte ich, kein Problem.

Vielleicht war das ein Fehler.

In diesem Augenblick kommt Pooten herein. Wären wir im Wasser, würde seine Bugwelle uns kleinere Boote zum Schaukeln bringen. Pooten überblickt mit arroganter Geschäftigkeit den Raum, rudert nach links und setzt sich mit dem Rücken zum Fenster. Dann macht er einen Witz mit einem Kollegen. Er lacht auf, und während das Lachen um seine Mundwinkel gefriert, sieht er auf seine Rolex.

Da er meinen Blick nicht auffängt, habe ich Zeit, ihn zu beobachten, und der schlechte Eindruck, den ich bei früheren Begegnungen mit ihm gewonnen habe, vertieft sich. Jeder weiß, dass dem Mann schon zwei Ehefrauen weggelaufen sind, weil er sämtlichen Damen der Welt zeigen muss, wie toll er ist. Zur Zeit, so verbreitet er unter Kollegen, die sich nicht in Deckung bringen, hat er »die dritte Ehefrau in der Anbahnung, ha, ha, ha«. Was mir ein Rätsel ist, ich muss es gestehen. Der Mann ist schmuddelig, hat Übergewicht und sollte öfter das Hemd wechseln. Er raucht zu viel, und ohne Schnäpschen steht er nicht vom Esstisch auf. Leute wie Pooten brauchten eigentlich zwei Duschen täglich, aber ich bezweifele, dass es immer zu einer reicht. So einer ist Pooten. Ein Mann ohne Takt, Stil und Geschmack. Und weil er in einer Branche, in der Verdienst sich ausschließlich nach Provisionen bemisst, ein unstillbares Selbstdarstellungsbedürfnis hat, ist er immer unterwegs, ruhelos, ein manischer Arbeiter, mit dem es wohl kein gutes Ende nehmen wird. Sinkt so einer auf der Rennliste von Platz zwei auf Platz fünf ab, setzt er alles daran, wieder zu steigen und sich seinen zweiten Rang zurückzuholen. Wenn ihm im laufenden Jahr zum Beispiel noch 100 000 Mark Leben fehlen, will er auch das noch packen, er muss für 100 000 Mark Leben schreiben. Da am 15. Dezember die Frist für eingereichte Anträge abläuft, setzt er ab Spätherbst zum Sprint an, bereit, sich alles abzufordern und weder Freund noch Feind zu schonen. Es gibt einige Tricks, mit denen sich da etwas aufhübschen lässt. Trotzdem kann ich mir nicht vorstellen, dass die kleine Provision für die PHV, die er bei meinem Kunden Karl Willibrord erjagt hat, in seinem Jahreshaushalt irgendeinen Unterschied macht. Pooten verdient so gut, dass er es sich erlauben kann, auf ziemlich großem Fuß zu leben. Wahrscheinlich steht draußen sein dunkelblauer Mercedes S-Klasse. Obwohl man nie weiß. Manche werfen sich vor der Welt noch in die Brust und sind längst pleite. Man wundert sich, wie schnell in unserer Branche der Zusammenbruch kommt.

Im Lauf der beiden Stunden, die wir im Konferenzraum sitzen, reagiert Pooten auf keinen meiner Blicke. Kurz vor dem Ende steht er auf und geht hinaus. Ich folge ihm zur Toilette. Während ich denselben Weg einschlage, erst einen Flur entlang, dann ins Tiefgeschoss hinunter, frage ich mich, welche Szene ich Pooten ausgerechnet dort machen soll.

Als ich mit der rechten Löwentatze die Schwingtür aufdrücke, höre ich schon seine Geräusche. Er steht breitbeinig am Pissoir, eine Hand in die Hüfte gestemmt, und lässt laute

Erleichterungsseufzer hören. Ich gebe ihm Zeit, seine Angelegenheiten zu beenden, und wasche mir die Hände. Als Pooten den Wasserhahn hört, sieht er herüber und sagt erst einmal das, was er vielleicht zu jedem Kollegen gesagt hätte, den er im Toilettenraum trifft. »Was diese Blödmänner sich wieder für einen Schwachsinn ausdenken! Ich sage, entweder du hast den Instinkt, oder du hast ihn nicht. Dazwischen gibt's nichts.«

Ich betrachte im Spiegel meinen Hemdkragen.

»Ich sage, du hast es drauf. Oder du hast es nicht drauf. Dazwischen …« Er atmet tief aus und zieht sich so ruckartig den Reißverschluss zu, dass ich das Sirren bis zum Waschbecken hören kann. »Dazwischen gibt's nichts.«

Pooten gehört zu den Großsprechern, die ihre Weisheiten am liebsten in der Du-Form unters Volk bringen. Technisch duzt er so seine ganze Umgebung und zieht alle in dasselbe schulterklopfende Verhältnis hinein, das er mit der Welt pflegt. Einmal habe ich gehört, wie er zu unserem Bezirksdirektor sagte: »Wenn das nicht läuft, kannst du alles vergessen, dann musst du sehen, wo du bleibst.« Igelbrink trat einen halben Schritt zurück und sah ihn mit leicht gehobener Augenbraue an.

»So«, sagt Pooten, während er am Nachbarwaschbecken steht und beginnt, sich mit schnellen, harten Bewegungen die Hände einzuseifen. Als er fertig ist, spült er sie lautstark ab und reißt sich schon in der nächsten Sekunde drei Blatt Papier aus dem Spender. Dabei wirft er sich im Spiegel einen Blick zu. Sein Papierknäuel landet neben dem Mülleimer.

»Herr Pooten«, sage ich und rede zu seinem Spiegelbild. »Sie haben einen meiner Kunden abgeworben. Karl Willibrord.«

Er schaut im Spiegel ausdruckslos zurück.

»Willibrord hat bei Ihnen eine PHV abgeschlossen«, sage ich. »Willibrord ist mein Kunde.«

»Willibrord war dein Kunde.« Er sagt es leise, wie im

Selbstgespräch, und betrachtet sein Spiegelbild. Ich soll spüren, wie wichtig ihm jetzt die Körperpflege ist. Pooten steht vor dem Spiegel, zieht den Bauch ein und stopft sich das Hemd in die Hose. »Dieser Kunde«, sagt er. »Er machte keinen zufriedenen Eindruck, Theunissen. Willst du einen guten Rat? Service und Kundenpflege. Bevor du andere anscheißt, kehr vor der eigenen Haustür.« Er wendet sich zur Tür und sieht mich zum erstenmal direkt an. »Noch etwas. Hermann Pooten vergisst nicht. Kapiert? Du bist eine Laus, Theunissen. Stell dich mir in den Weg, und ich mache dich platt.«

Und er marschiert ab.

Es gibt eine Szene in *Nacht über Manhattan,* in der Andy Garcia wütend wird. Er ist Bezirksstaatsanwalt geworden und hat versprochen, die Korruption in der New Yorker Polizei zu bekämpfen, und jetzt erfährt er von James Gandolfini, einem Freund seines Vaters, dass sich die Polizei seit Jahren von Drogenhändlern schmieren lässt. Dann passiert das Komische. Andy Garcia fängt an zu brüllen, bringt aber kaum einen Ton heraus. Er wird so wütend, dass die Adern an seiner Stirn anschwellen, er macht James Gandolfini zur Sau, aber seine Stimme schafft einfach keine höheren Lautstärken. Seine Wut wirkt hilflos. Vielleicht hätte er ganz leise sprechen sollen, sodass der andere sich vorbeugen muss, um ihn zu verstehen. Das wäre es gewesen. Nicht schreien, sondern leise werden.

Daran muss ich denken, als ich im Toilettenraum stehe und in meinem Spiegelbild vergeblich nach Merkmalen des Löwen suche. Ich bleibe leise, sage ich meinem Spiegelbild. Diesen Pooten mache ich fertig. Aber auf meine Weise.

Ich nehme einen Schluck Wasser und beginne meditativ zu gurgeln. Das Rind gewinnt den Sprint.

»Ich mag deine Art, Marko«, sagt Angela und seufzt ins Telefon, was mich viel stärker erregt, als stünde sie neben mir.

»Meine Art.«

»Ja. Du hast so etwas.«

»Das ist schön«, sage ich. »Du hast auch so etwas.«

»Du nimmst mich nicht ernst.«

»Doch, Angela. Entschuldige. Was ist meine Art?«

»Ich meine zum Beispiel … Koblenz, weißt du? Es war sehr schön mit dir. Du bist unbefangen. Zeigst einer Frau, was dir Spaß macht. Du bist … phantasievoll. Du musst eine glückliche Kindheit gehabt haben.«

Ich denke über ihre Worte nach. Meine Kindheit liegt weit unter mir, ein vielfarbiges Reich, dessen Flächenausdehnung ich nicht kenne und von dem ich als Erwachsener, soweit die Erinnerung es zuließ, bestenfalls ein paar Hauptwege noch einmal beschritten habe. Die verborgenen Winkel dagegen sind unberührt, ein Wald voller Spinnweben, Schatztruhen und vergrabener Herzen. Als Motte und ich an jener abgelegenen Stelle beim Kiesberg, die von den Indianern Drei Steine genannt wird, unseren Tabak versteckten, damit die Schwatten uns nicht damit erwischten, war ich schon fast erwachsen. Meine Kindheit hatte ich in den ersten Jahren auf dem Collegium hinter mir gelassen. Ich erinnere mich nicht gern daran. Ich ging widerwillig ins Bett. Ich wachte unglücklich auf. Jeden Morgen, wenn Schwester Gemeinnutz mit brutaler Fröhlichkeit in unseren Zehnerschlafsaal marschierte, das Licht anknipste und die Fenster aufriss, damit die junge Luft unsere Körper stark machte, fragte ich mich: Muss ich wirklich in diese Welt hinaus?

Also, Angela. Ich weiß nicht, ob ich eine glückliche Kindheit hatte. Sie kam mir nicht so vor, aber wer weiß denn schon, wann er glücklich ist? »Glücklich sind wir immer nur gewesen.« Den Satz habe ich aus einem Buch.

Neulich hatte ich einen merkwürdigen Fall. Eine Kundin rief an und sagte, ihr Hund habe ins Wasserbett gebissen. Das Wasserbett sei kaputt.

Ob Wasser ausgetreten sei, fragte ich sie.

Darüber wollte die Frau nicht sprechen. Der Wasserschaden war ihr egal. Es ging ihr um das Wasserbett, das einen Riss hatte. Sie wollte es reparieren lassen. Was sie tun müsse, fragte sie, damit die Hausratversicherung dafür aufkomme? Sie wolle es von einer ordentlichen Firma machen lassen.

Ich sagte: Am besten komme ich mal vorbei.

Die Frau wohnt in Großhoek. Bei kurzen Entfernungen versuche ich, sofort einen persönlichen Besuch zu machen. Die Leute danken es einem.

Dann sah ich mir die Sache an, und es war genau so, wie die Frau mir erzählt hatte. Da war der Dackel, der allein zu Hause geblieben war und irgendwann Lust bekommen hatte, in die Matratze des Wasserbetts zu beißen. Dort waren die durchnässte Flokatibettumrandung, der patschnasse Teppichboden, die aufgequollene Wäschekommode und die Wasserflecken auf der Tapete. Und an der Ecke, am Bett, sah ich die Bissspuren ihres kleinen Lieblings.

Ich sagte der Frau, sie brauche wohl eine neue Matratze. Leider sei der Schaden am Wasserbett in der Hausratversicherung nicht enthalten, weil es sich um einen durch ihren Hund verursachten Eigenschaden handele. Aber der Schaden durch nicht bestimmungsgemäß ausgetretenes Wasser sei durch die Hausratversicherung selbstverständlich gedeckt.

Da brach die Frau in Tränen aus. Sie wollte sich schon auf das Wasserbett werfen, da fiel ihr gerade noch rechtzeitig ein, dass kein Wasser darin war. Also blieb sie hilflos daneben stehen und sagte unter Schluchzen, nein, sie wolle kein neues Wasserbett, sie wolle dieses Bett behalten. Es sei, sie sage das jetzt zum ersten Mal jemandem, es sei … Sie richtete sich auf und blinzelte die Tränen weg. Es sei das Bett, in welchem sie mit ihrem Freund so glücklich gewesen sei. Der Freund, sagte sie, sei weggegangen, er habe jetzt eine andere, aber sie habe die Hoffnung noch nicht aufgegeben, dass er eines Tages zurückkomme.

Ich fühle mich so dumm, sagte sie. Entschuldigen Sie.

Ich nickte und stellte mir weniger die Nächte vor, in denen sie mit ihrem Freund auf diesem Wasserbett so glücklich gewesen war, als die vielen Gelegenheiten, zu denen sie sich auf das Wasserbett geworfen und geweint hatte, so wie sie jetzt weinte. Und ich verstand sie. Wenn die Frau das Wasserbett schon nicht für die Liebe benötigte, so brauchte sie es zumindest, um die verlorene Liebe zu beweinen. Irgendwann, wenn die Liebe erkaltet und in Trotz, Abneigung und Gleichgültigkeit umgeschlagen wäre, in dieser Reihenfolge, irgendwann auf diesem nicht ganz kurzen Weg würde die Frau das Wasserbett auf den Müll werfen und das befriedigende Gefühl haben, sich von einer unnötigen Last befreit zu haben. Aber so weit war es noch nicht.

Ich sagte: Soll ich Ihnen helfen, eine zuverlässige Firma zu finden?

Nein, sagte die Frau. Es sei genug, dass ich zu ihr gekommen sei.

Das ist doch selbstverständlich, sagte ich. Jetzt sollten wir uns aber mal den Teppich ansehen.

Die Frau schüttelte den Kopf und sagte: Der trocknet.

Vierzehn Tage später schickte sie mir drei Dankeszeilen mit »lieben Grüßen«. Ich schaute genau hin, ob mir die Handschrift etwas über ihren Gemütszustand verriet. Man erzählt oft, die Beratungsberufe erführen so viel vom wirklichen Leben. Doch an jenem Tag blieb die Handschrift meiner Kundin stumm.

»Weißt du eigentlich«, sagt Angela, »dass du eine Affäre mit einer verheirateten Frau hast?«

»Nein. Das wusste ich nicht. Ich bin mit einer verheirateten Frau *befreundet.* Die Affäre hast du. Weil du verheiratet bist.«

»Oh«, sagt sie. »Stimmt. Aber ich bin froh, dass ich für dich keine Affäre bin. Du bist auch keine für mich.«

»Was bin ich denn für dich?«

»Eine Freundschaft, würde ich sagen. Etwas zwischen Freundschaft und Liebe. Du bist mir widerfahren, Marko, weil du in meinem Leben fehltest. Erklärt das etwas?«

»Nein, Angela. Zu Hause alles in Ordnung?«

»Warum fragst du das?«

»Manchmal merken unsere Lieben, wenn bedeutende Veränderungen mit uns vorgehen.«

»Meinst du Horst?«

»Sei wachsam, Angela. Ich will nicht, dass etwas passiert.«

SÖFFI RUFT AN und will wissen, wie es geht und steht. Das ist sein Spruch. Ich genieße die Minuten mit ihm, denn Söffi beendet das Gespräch, wenn es nichts mehr zu sagen gibt, und selbst wenn wir zwischendurch eine Weile schweigen, fühlen wir uns wohl. Es ist, als schauten wir am Telefon beide auf eine imaginäre Theke, mit Bierchen, Bierdeckel und allem. Unsere letzte Currywurst in Uedem liegt schon eine Weile zurück, sodass wir bald wieder eine informelle Zusammenkunft planen und die Sache mit Whisky und Poolbillard ausklingen lassen sollten. Ich verbringe zu viele Abende allein.

»Söffi«, sage ich. »Was treibst du abends denn so? Hast du ein Mädchen, von dem du uns nichts erzählst?«

»Das will Margret auch immer wissen«, sagt er und lacht. »Warum bist du nicht bei Margret geblieben? Sie ist doch nicht übel. Heute sitzt du ohne Frau da. Stimmt's, oder hab ich recht?«

Auch das ist einer unserer Witze, und er tut mir gut. Dass jemand mich spielerisch daran erinnert, dass ich einmal Margrets Freund war und um sie hätte kämpfen können. Selbst mit sechzehn. Söffi hat in dieser Beziehung dasselbe Elefantengedächtnis wie ich. Nicht die offiziellen Resultate interessieren ihn (wer heiratet wen?), sondern die überblätterten Episoden der Geschichte, die grauen Reste, die uns verfolgen.

»Ja, Söffi«, sage ich. »Heute sitze ich ohne Frau da. Jedenfalls nicht mit deiner Schwester. Sie gehört meinem Bruder. Was soll ich machen? Ich bin zu spät gekommen.«

Er lacht auf. Unser Söffi ist leicht zu erheitern. Manchmal lacht er so laut, dass ich mitlachen muss, und je länger wir lachen, desto alberner werden wir. Wir lachen über die blödesten Sachen unter der Sonne, meistens aber über das Leben von Männern, die keine Frau gefunden haben und immer noch auf der Suche sind.

»Vielleicht«, sage ich, »hat mir Margrets Bruder damals im Jugendheim von Hassum so viel Angst eingejagt, dass ich das Weite gesucht habe. Er hatte nämlich ein Messer. Ein Junge namens Söffi. Kräftiger Kerl mit einem kräftigen Schluck. Piratenbart, Piratenmähne. Zog plötzlich ein Messer aus der Tasche und ritzte mir damit den Bauch. Die Frauen mussten das Blut aufwischen. Schon mal von der Geschichte gehört?«

Wieder lacht er auf. »Kann schon sein«, sagt Söffi. »Soll so ein Internatspinkel gewesen sein, der Junge, den Margrets Bruder damals geritzt hat. Sah aus wie ein Messdiener und trank nur Limo.«

Wir lachen wieder. Den größeren Teil seines Lebens hat Söffi auf dem Bau gearbeitet, aber auch in der Landwirtschaft, im Containerfrachtverkehr oder wo immer ungelernte Arbeiter mit großer Muskelkraft benötigt werden. »Ich hab nicht studiert«, sagt er gern, »aber ich hab meine Erfahrung.« Dann klopft er sich auf den Arm, auf den Bauch oder die Schulter, je nachdem, welche Körperpartie er gerade gewürdigt sehen will. Hält er eine Flasche König Pilsener in der Hand, setzt er sie an, lässt sie lange gluckern und sagt nach dem Absetzen mit gespielter Feierlichkeit: »Jawoll, mein Herr!« Freunde und Familienmitglieder werden gelegentlich auch Ohrenzeugen seines markerschütternden Rülpsens. Sein Bierkonsum ist immer noch furchterregend, aber Margret versucht längst nicht mehr, ihn zur Vernunft zu bringen. Sie telefonieren miteinander, so oft es geht (Söffi muss sich in der Nähe eines Telefons befinden und das nötige

Kleingeld zur Verfügung haben), sodass Margret eine gewisse Kontrolle über ihren Bruder auszuüben glaubt, doch in Wirklichkeit ist Söffi allein Herr seines Geschicks.

Oder auch Opfer. Es ist noch keine fünf Jahre her, da sind ihm auf dem Laster, den er fuhr, zwei schlecht befestigte Stahlträger in den Rücken gekracht, mitten durch das Fahrerhäuschen hindurch, dessen Wand sie durchschlugen wie Alufolie, und Söffi musste ein halbes Jahr völlig unbeweglich in der Horizontalen verbringen und danach acht weitere Monate in der Rehabilitation. Der Arzt sagte, andere Leute wären aufgespießt worden wie eine Cocktailkirsche, aber Söffi habe irgendetwas besonders Hartes in sich, einen Kern, der nicht so leicht kaputtgehe. Ich stelle mir vor, wie Söffi sich im Kreiskrankenhaus Kleve an den elenden Trost geklammert hat, er habe etwas besonders Hartes in sich. Damals sah ich ihn zum einzigen Mal weinen. Er hatte den Blick starr auf einen Zeichentrickfilm im Fernsehen gerichtet, während Tränen in seinen zusseligen schwarzen Bart liefen, und jedes Wumm!, Bomm! und Boing! vom Bildschirm klang wie eine spaßhafte Vertonung dessen, was ihm mit den beiden Stahlträgern passiert war.

Und dann rappelte er sich hoch und wurde fast wieder der Alte. Wenn er mir heute davon erzählt, dass er sich bei der Arbeit verletzt hat und ein selbstverschuldetes Missgeschick ihn für ein paar Tage außer Gefecht setzt, lacht er verlegen und sagt: »Einer für die Sammlung.« Ich bin froh, dass ich ihn ordentlich versichert habe, denn Söffis Sammlung wird immer größer, und wie lange sein misshandelter Körper das alles noch aushält, weiß kein Mensch. Er ist vierzig, aber je nach Tagesform und Beleuchtung sieht er aus wie neunundzwanzig oder siebzig. Immerhin macht er Pausen, die ihm die Konjunktur verordnet. Wenn es in der Gegend nichts zu heben, schleppen, heranzuschaffen oder wegzukarren gibt, entspannt Söffi sich und driftet auf der Suche nach seinen alten Kumpels durch die Kneipen des linken Niederrheins.

Das ist sein sonderbarer Aberglaube: Überquere niemals den Rhein, um ein Bier zu finden. Bleib immer auf deiner Seite des Flusses, und dir kann nichts passieren.

Zwei Tage später treffen wir uns in Krefeld im Nordbahnhof zum Essen. Ich bin froh, dass ich ihn so weit nach Süden locken konnte. »Söffi«, sage ich, als der erste Hunger gestillt ist. »Ich habe einen Feind. In der Versicherung. Er will mir schaden. Er ist ein mächtiger Mann und glaubt, er könnte mir ans Bein pinkeln. Jetzt frage ich mich, was ich tun soll.«

»Hat er einen Namen, dieser mächtige Mann?«

»Nennen wir ihn Pooten. Ganz unter uns. Hermann Pooten aus Kevelaer.«

Söffi sieht mich an, und hinter seiner schweißglänzenden Stirn sehe ich Pferde und Männerabenteuer vorüberziehen, wie sie das tägliche Leben nicht mehr zu bieten hat. »Pooten«, sagt er. »Sollte man ihm mal Bescheid sagen, diesem Pooten? Sollten wir uns kennenlernen?«

»Das frage ich mich, Söffi. Am liebsten hätte ich, du würdest ihm mal die fiese Seite deines Charakters zeigen. Für den Anfang. Aber man will ihn auch nicht erschrecken, ohne eine nachhaltige Wirkung zu erzielen. Irgendetwas sagt mir, dass der Typ es persönlich meint. Dabei kennen wir uns kaum. Denk mal über deine Ressourcen nach.«

»Mach ich«, sagt Söffi. Dann steckt er sich eine Zigarette an und denkt nach. Gelegentlich nimmt er einen Schluck Bier und schaut sich um. Das Restaurant ist gut gefüllt, Paare sitzen da, einsame Esser, Familien mit Kindern.

»Manchmal muss ich an was denken«, sagt Söffi und bläst Rauchkringel, die lange Übung verraten. »Wenn ich ein Problem habe.«

»Woran musst du denken?«

»Wie ich im Krankenhaus lag und nicht wusste, ob ich je wieder ein ganzes Stück werde. Nach dem Unfall.« Söffi hat schon viele Unfälle gehabt, aber mit »dem Unfall« ist nur einer gemeint. »Und da fiel mir was auf. Wenn du gar nicht weiterweißt, aber nicht am Verhungern oder Verdursten bist, gibt es nur eins.«

»Was?«

»Warten.«

»Söffi, dieser Pooten will mich fertigmachen.«

Er nickt.

»Und ich weiß nicht, ob ich das abwarten will.«

Er nickt wieder.

Dann sagt er: »Du weißt aber nicht, wieso.« Er kneift die Augen zusammen und balanciert die Zigarette auf dem Rand des Aschenbechers. »Warte ein bisschen.«

»Okay, Söffi. Ich glaube, ich kann der Sache noch ein paar Tage geben. Komm, wir prüfen mal die Nachtischsituation.« Ich blättere in der Speisekarte. »Ich soll wirklich warten, sagst du.«

»Ja«, sagt Söffi.

»DIGA.«

Eine sonore Männerstimme meldet sich.

»La señora Theunissen, por favor«, sage ich.

»Sonja no está. Quién habla?«

»Soy su hermano.«

»Marko? Tú eres Marko?« Der Sprecher scheint von Begeisterung überwältigt zu werden, denn seine Stimme fährt auf doppelte Lautstärke hoch. *»Hombre, tenemos que conocernos! Soy Luis, el marido. Qué pena que no pudiste asistir a nuestra boda. Dónde estás?«*

Ich sage ihm, ich sei in Deutschland und würde gern mit Sonja sprechen. Und das mit der Hochzeit hätte mir auch leidgetan.

»Otro día será«, sagt Luis fröhlich und verspricht, Sonja meine Grüße auszurichten.

»Nicht nur Grüße«, sage ich. »Ich muss sie sprechen. Eine Familienangelegenheit.«

»Klar, verstehe«, sagt Luis. *»No hay nada más importante que la familia.«*

Am Abend ruft Sonja aus Madrid zurück.

»He, Marko. Wie stehen die Dinge?«

»Nicht schlecht«, sage ich. »Mir fiel ein, dass ich noch nicht einmal weiß, wie dein Mann aussieht.«

»Ich dachte, ich hätte dir ein Foto geschickt.«

»Luis sagt, er würde mich gern kennenlernen.«

»Das sagt er schon seit drei Jahren. In Spanien darf man die Worte nicht auf die Goldwaage legen.«

»Wie hast du es damals eigentlich begründet, dass ich nicht zu eurer Hochzeit gekommen bin?«

»Krankheit«, sagt sie.

»Die ganze Familie?«

»Ein hartnäckiges Magen-Darm-Virus, das halb Nordrhein-Westfalen flachgelegt hat. Ist doch egal, Marko. Luis hat gespürt, dass ich lieber ohne euch feiere. Seine eigene Familie ist riesig, wir haben seine fünfzehn Großtanten aus sieben Altersheimen geholt. Irgendwann lernt ihr euch kennen.«

»Das würde mich freuen«, sage ich. »Aber eigentlich rufe ich wegen Papa an.«

»Wegen Papa«, sagt sie. »*Sorpresa.* Wie geht es ihm?«

»Er sieht schlecht. Davon könntest du schon einmal gehört haben. Er baut ab, er geht kaum noch aus dem Haus. Jetzt hat er einen Plan.«

»Einen Plan. Einen neuen? Weil seinen alten Plan, den kenne ich. Er will mich davon überzeugen, dass mit unserer Familie alles in Ordnung ist. Erzähl mir von seinem neuen.«

»Was machst du an seinem fünfundsiebzigsten Geburtstag?«

Sie stöhnt auf.

»Er würde sich nämlich freuen, uns alle um sich zu scharen. Er weiß nicht, was er dir getan hat. Könntest du dich nicht bei ihm melden?«

Zum ersten Mal wird die Leitung still, und ich kann Sonja denken hören. Fünf Sekunden, zehn Sekunden. Die Stille wird ohrenbetäubend.

»Wie oft muss ich erklären, dass Papa mich in Ruhe lassen soll?«

»Er wird alt, Sonja. Er braucht uns.«

»*Wofür* braucht er uns? Ich glaube, das weiß er selbst nicht. Vielleicht bin ich ja die Einzige, die es wagt, die Teilnahme an dieser Familienfarce zu verweigern. Was meinst du, warum ich abgehauen bin?«

Ich beschließe, ruhig zu bleiben, aber mich befällt der starke Drang, meiner großen Schwester in den Hintern zu treten. »Dein Vater ist dein Vater«, sage ich. »Wegrennen ist keine Lösung.«

»Für mich wohl. Dieses Bohren in der Vergangenheit ist krank.«

»Komm nach Köln. Ein kurzer Besuch. Es würde Papa sehr viel bedeuten. Jeder hat seine eigene Art, seine Liebe zu zeigen.«

Jetzt lässt sie ihr bösestes Sonja-Lachen hören. »Ich müsste dir unser Gespräch mal vorspielen, Marko, dann würdest du merken, wie absurd du klingst.«

»Da wir beim Thema sind«, sage ich. »Was ist mit den Tonbandcassetten? Papa schickt dir seit Jahren diese Bänder, und du reagierst nicht darauf. Es macht ihn verzweifelt.«

»Was glaubst du, was es *mich* macht? Diese Bänder sind hyperabgestandene Selbstrechtfertigungsmonologe. Und es reicht ihm nicht, wenn ich auf fünf Cassetten nicht antworte. Er muss noch eine sechste schicken. Komm, du weißt, dass er diese Bänder an sich selbst richtet. Das Porto könnte er sich sparen. Übrigens, erinnerst du dich an die Cassette, die ich dir vor ein paar Jahren aus Madrid geschickt habe?«

Ich erinnere mich daran. Sonja wollte es machen wie ihr Vater und mir etwas erklären. Sie sprach ihren Monolog auf eine Audiocassette, von der ich ungefähr sieben Sätze ertrug, bevor ich auf die Stopptaste drückte.

»Du hast sie dir nicht angehört, stimmt's? Sag die Wahrheit.«

»Sonja«, sage ich. »Komm nach Köln. Tu es für mich. Oder muss ich dich holen?«

Ich spüre ihre Verblüffung. Im Hintergrund ruft eine weibliche Stimme etwas Spanisches. Sonjas Hand hält den Hörer zu, um zu antworten, dann ist sie wieder bei mir und lässt die Sekunden verstreichen. Ihr Nachdenken wird greifbar, es füllt die Atmosphäre, als säßen wir einander gegenüber und könnten uns in die Augen sehen. Mir fällt ein, dass ich ihr schon lange nicht mehr in die Augen gesehen habe.

»Weißt du was, Marko? Das ist gar keine schlechte Idee. Komm mich holen. Ich zeige dir Madrid. Du lernst Luis kennen. Dann reden wir über alles wie vernünftige Menschen. Dieses Telefon macht mich wahnsinnig. Wenn du kommst, kannst du mir von deinem Leben erzählen. Ich weiß gar nicht, was bei dir so vorgeht.«

»Wenn das eine Einladung ist, nehme ich sie an. Lass mich ein bisschen planen. Vielleicht bringe ich Motte mit. Geht das?«

»Du könntest deine Freundin mitbringen«, sagt Sonja. »Oder hast du keine?«

»Doch, aber das ist eine längere Geschichte. Ich melde mich.«

Ihr Leben habe sich in eine Landkarte der Verschwörung und des Betrugs verwandelt, sagt Angela, aber sie sagt es mit leiser, liebesmüder Stimme, während sie mit dem nackten Fuß geistesabwesend das zerwühlte Laken glatt zieht. Viele Orte auf dieser Karte seien mit Kreuzchen bezeichnet. Andere Orte seien zu meiden. Bei dritten müsse sie überlegen, ob ein Kellner sie nicht wiedererkennen könnte, wenn sie einmal mit Horst dort auftauche statt mit mir.

Im Garten der Bolten-Villa singen die Vögel. Kühler Wind streicht durch die Gardinen. Wir trinken Mineralwasser aus breiten Gläsern, die nur umfallen könnten, wenn ein Orkan über die Matratze jagte. Doch dies ist nicht die Zeit für Orkane. Nach dem Liebemachen in meiner Wohnung herrscht eine angenehme Trägheit. Es ist die Zeit für unsere ernsthaftesten Gespräche. Hier kann uns niemand stören, niemand muss die Klingel beantworten, keiner weiß von Angelas Anwesenheit.

»Das klingt anstrengend«, sage ich. »Eine Landkarte der Verschwörung und des Betrugs.«

»Es *ist* anstrengend, Marko. Aber es gibt keine Alternative.«

Im Lauf der Wochen hat Angela zwei enge Freundinnen ins Vertrauen gezogen, um sich Alibis zu verschaffen. Beide Freundinnen waren erst erschreckt, dann aufgeregt und sicherten am Ende bedingungslose Loyalität zu. Ohne Alibi, sagt Angela, könne sie kaum anderthalb Stunden von zu Hause wegbleiben, und diese Einschränkung sei nichts für ein junges Liebespaar, das viel Zeit im Bett verbringe. Wir sähen uns selten genug.

»Ich frage mich, ob es einmal anders wird«, sagt sie. »Ob wir irgendwann der Liebe müde werden und lieber Tee miteinander trinken oder wandern gehen. Menschen gewöhnen sich aneinander. Die Spannung lässt nach. Man kennt den Körper des anderen und weiß ungefähr, wie und worauf er reagieren wird. Glaubst du, Marko, wir werden irgendwann müde?«

Die Worte dringen an mein Ohr, während ich den Duft ihrer Schulter einatme. Ich lege die Lippen auf die glatte Haut, prüfe den Geschmack mit der Zunge und versuche, den Eindruck zu bestimmen. Ich habe Angela schon so oft gerochen, an verschiedenen Körperzonen, verschiedenen Tagen und in verschiedenen Zuständen, aber jetzt bin ich wieder hilflos vor der Duft- und Geschmackskomplexität dieses kleinen Stückchens Haut.

»Ich weiß es nicht.«

»Vorgestern«, sagt sie, »hätte ich mich fast verplappert. Horst sah mich ganz komisch an. Ich frage mich, ob er etwas ahnt. Ob er mir die Veränderung ansieht. Ich bin unternehmungslustiger, glaube ich. Nur nicht im Bett mit ihm. Gestern fiel dein Name.«

»Und wer ließ ihn fallen? Du oder er?«

»Er. Horst fand es komisch, dass er nichts mehr von dir hört. Ich sagte ihm, Herr Theunissen ist doch fertig. Die Verträge sind gemacht. Wir sind versichert. Da sagte er, lad ihn doch mal ein. Er besteht darauf, dich Marko zu nennen. Lad Marko doch mal zu uns ein, sagte er.«

»Also doch. Zum *fingerfood*?«

»Nein, da steckt etwas dahinter. Er hat einen Verdacht, ist sich aber nicht sicher. Ich frage mich, woher er ihn haben könnte. Ich habe ihm sicher keinen Anlass gegeben. Ich lasse nichts Verräterisches herumliegen, bin nicht rätselhaft abwesend, ich dufte nur nach meinem Parfüm und nicht nach deinem Aftershave. Es gibt auch keine plötzlich abgebrochenen Telefongespräche. Alles ist wie immer.«

»Vielleicht ist es das.«

»Was?«

»Die Normalität. Vielleicht ist sie zu perfekt.«

»Soll ich etwa Verdachtsmomente streuen?«

»Nein«, sage ich. »Ich wollte nur sagen, dass die Wirklichkeit unordentliche Winkel und überstehende Ecken hat. Deine Abwesenheiten zum Beispiel haben zugenommen. Wenn du deine Freundinnen plötzlich häufiger siehst, müsste es einen Grund dafür geben. Ich meine, dass du *beide* häufiger siehst. Das ist ungewöhnlich. Vielleicht wird durch die Alibis alles auf perfekte Weise erklärt, ergibt aber kein stimmiges Bild.«

»Seit ich Claudia und Petra von uns erzählt habe, wollen sie ständig darüber reden. Es interessiert sie brennend. Bis hin zu … intimeren Details. Wo. Wie oft. Wie lange. Es ist, als wollten sie mehr darüber erfahren, wie es ist, den Ehemann zu betrügen. Was es einbringt. Ich will nicht sagen, sie wären in Versuchung, es auch einmal zu probieren. Aber sie sind dabei, sich von mir ein paar Techniken abzuschauen.«

»Noch ein Problem.«

»Was?«

»Diese Gespräche. Jetzt darf Horst nicht nur die Gespräche mit mir nicht mitkriegen, sondern auch nicht die Telefonate mit Claudia und Petra.«

»Sage ich doch!«, sagt Angela. »Eine Landkarte der Verschwörung und des Betrugs.«

An diesem Nachmittag begreife ich zum ersten Mal, was es Angela kostet, mit mir zusammen zu sein. Sie führt ein Doppelleben, wie selten wir uns auch sehen oder wie gering die Zahl der Stunden sein mag, die wir miteinander teilen. Es bleibt ein Doppelleben. Das Wort mag einem rasch über die Lippen gehen, doch es hat für jeden eine andere Bedeutung. Die einen leiden darunter, tun es wider Willen, können oder wollen nicht aufhören, während sie doch spüren, wie das Doppelleben sie verzehrt, mürbe und unglücklich macht. Es besteht kein Zweifel daran, dass viele gute, wohlmeinende Menschen ein Doppelleben geführt haben, aus dem sie nicht mehr herausfanden. Das ursprüngliche Ziel – der Mensch –, um dessentwillen das Doppelleben einmal aufgenommen wurde, mag den Aufwand immer noch rechtfertigen, und deshalb kann es nicht ohne Weiteres beendet werden. Emotionale Verpflichtungen hängen daran, Versprechungen und geflüsterte Schwüre. Und was wäre, wenn man die heimliche Liebe aufgeben muss? Wie wird man mit der Leere fertig? Jedes Doppelleben hat einen Sinn, auch wenn er sich im Lauf der Zeit verlagert und es irgendwann fraglich wird, ob die Mühe sich noch lohnt. Die Gegenprobe kann man nun einmal nicht machen. Manche empfinden das Doppelleben als Bürde, weil die Unehrlichkeit im Lauf der Monate und Jahre immer schwerer wiegt.

Andere dagegen richten sich in der Lüge ein, wie sie einen Mantel anziehen, der sie schützt. Die Lüge soll den Lügenden vor der Enthüllung bewahren. Es scheint, als gelänge das manchen Menschen ohne größere innere Anstrengung. Petra hat Angela erzählt, sie habe eine Frau gekannt, die neben ihrem Mann mehr als zehn Jahre lang einen Freund gehabt habe, ohne Gewissensbisse. Mit zwei Männern zu leben – einem jeden in seiner Rolle – sei ihr einfach besser bekommen als mit einem. Eine gewisse Täuschungsroutine habe sich eingestellt, die Petras Freundin zur zweiten Natur geworden sei.

Allen Beteiligten, den Betrügenden wie den Betrogenen, muss allerdings klar sein, dass die lange Dauer solcher heimlichen Beziehungen auf die beiden Lager genau gegenteilig wirkt. Das heißt, die Zeit arbeitet jeweils in die umgekehrte Richtung. Wird das Geheimnis enthüllt – »fliegt die Affäre auf« –, werden diese radikal unterschiedlichen Welten so grell beleuchtet, dass es unmöglich zu sein scheint, mit ein und demselben Verstand *beide* zu verstehen.

Für die Betrogenen erhöht die akkumulierte Zeit die Schwere des Betrugs und lässt den moralischen Wert ihres Partners, den sie so gut zu kennen glaubten, ins Bodenlose stürzen. Die gemeinsam gelebte Vergangenheit (von der sich herausstellt, dass sie eben doch nicht vollständig gemeinsam verlebt wurde) erleidet einen rückwirkenden Wertverfall, der kein Ereignis unverschont lässt, nicht die im Licht, nicht die im Schatten. Alle Erinnerungen müssen überprüft, neu eingelesen und gemäß der frischen Erkenntnis abermals gedeutet werden, was in fast allen Fällen heißt: umgedeutet. Wäre die gemeinsame Vergangenheit ein Gebäude, sagen wir, ein Bahnhof, müsste es Stein um Stein abgetragen und neu aufgebaut werden, doch nicht als Bahnhof, sondern als etwas anderes, ein öffentliches Schwimmbad, eine Markthalle.

Ich stelle mir Horst vor, der den Betrug entdeckt hätte und sein gemeinsames Leben mit Angela wie einen Film vor sich ablaufen ließe. Was bliebe ihm anderes übrig? Sieht er *schöne* Erinnerungen, zweifelt er, ob sie ihm das vollständige Bild zeigen, da Angela doch, wie er annehmen muss, kaum eine wache Stunde ohne Gedanken an ihren Liebhaber verlebt haben kann. War sie überhaupt da, neben ihm, an seiner Seite, am Esstisch, auf der Terrasse, hat sie sich täglich um Moritz und Lilly gekümmert? Wie ging das? War Angela nicht selbst in den ruhigsten häuslichen Minuten schon mit der schlauen Planung der nächsten Betrugsgelegenheit beschäftigt? Das weiß Horst nicht, und er kann niemanden danach fragen. Gab es Momente, in denen die doppelte innere Buchführung ruhte? Es fällt ihm schwer zu glauben, es könne überhaupt noch eine zugleich anwesende und aufrichtige Partnerin in seinem Leben gegeben haben, jetzt, da er um den Betrug weiß. All das steigt in ihm auf, wenn er sich den schönen gemeinsamen Erinnerungen zuwendet.

Durchmustert Horst dagegen die *schlechten* Erinnerungen,

ist er versucht, in Angelas Affäre nachträglich eine Erklärung für seinerzeit unerklärliche Misstöne und rätselhaften Streit zu erkennen. Ja, er hatte einmal ein ungutes Gefühl, er erinnert sich an einen Augenblick des Innehaltens, weil ihm etwas merkwürdig vorkam, Horst ist kein misstrauischer Mensch, aber auch nicht blöd. Da gab es Verdachtsmomente, die seinen Schritt die Treppe hinauf gefrieren ließen, zwei Sekunden, drei, plötzlich erkennt er die Entfernung zwischen Angela und sich selbst, seit wann besteht sie eigentlich? Seit zwei Monaten? Seit vier? Er weiß es nicht, so hartnäckig er auch in seinen Erinnerungen forscht, die Zeit lässt sich nicht messen. In einem Alltag, der alles unterrührt, fehlen die klaren Übergänge. Dann sagt er sich, es habe vielleicht nichts zu bedeuten, wie wir das meistens tun, wenn wir nicht an größere Zusammenhänge, gar an Verschwörung und Betrug glauben wollen, und geht weiter. So oder so, für den reflektierenden Horst, der die Affäre seiner Frau entdeckt hat, ist die Vergangenheit mit Angela – jede einzelne Sekunde, ob wachend oder schlafend – verändert, entstellt, kontaminiert. Er kann nicht mehr würdigen, was er hatte, weil es ihm als Einheit gar nicht mehr vor Augen steht, er muss alles Gehabte als falsch und verdorben empfinden. Ständig fragt sich Horst, mit wem er sein Leben in Ratingen eigentlich geteilt hat. Hoymann & Freunde, liest er auf seinem eleganten weißen Firmenschild unweit der Königsallee, aber der schöne Name klingt jetzt schal. Horst Hoymann hat keine Freunde mehr. Horst Hoymann hat die Ehefrau verloren. Er ist allein.

Anders Angela, die Betrügende. Da sie die Täuschung nicht nur ins Werk gesetzt, sondern über längere Zeit gelebt hat, weil sie auf ihrer bewussten Entscheidung beruhte, für die es nicht an Begründungen und Rechtfertigungen fehlt, ist bei ihr ein gewisser Gewöhnungseffekt eingetreten. Sieht sie »Jutta« auf ihrem Mobiltelefon, nimmt sie das Gespräch nur an, wenn die Luft rein ist. Horst weiß nicht, dass der Kontakt mit der wirklichen Jutta kaum noch existiert, für die Freundinnen seiner Frau hat er sich nie interessiert und sie immer als unscharf definierten »Frauenklub« abgetan. Unter seinen Kumpels sagt er sogar manchmal »Weiber«, wie man es im Rheinland gern tut. »Die Weiber wollten mal wieder unter sich sein«, sagt er, wenn er ohne seine Frau mit Kollegen ein Alt trinken geht, oder »Heute abend sind die Weiber allein losgezogen«. Angela hat es also leicht. Horst käme niemals auf die Idee, eine Telefonnummer dieser »Weiber« zu wählen, um zu prüfen, ob dem Namen im Adressbuch auch eine reale Freundin entspricht. Nein, Angela muss sich um ihre Tarnung keine Sorgen machen.

Gewöhnung und wachsende Geschicklichkeit tun ein Übriges. Den Weg von Ratingen nach Kleinhoek kennt Angela im Schlaf. Kein ganz kurzer Weg, aber sie wählt immer die Route, die der Tageszeit und der Verkehrslage angemessen ist. Auch die Entfernung zwischen ihrem Arbeitsplatz in Duisburg und meiner Wohnung ist überwindbar. Bleiben die sonstigen heimlichen Handgriffe, die Vorsichtsmaßnahmen und kleinen Verstellungen. Sie fallen ihr längst nicht mehr schwer, sondern haben eine gewisse Natürlichkeit angenommen; sie sind das, was sie tut, so wie sie im Büro ihre Arbeit erledigt oder im Badezimmer Körperpflege betreibt, sie muss darüber nicht mehr nachdenken. Kein Grund, ins Moralisieren zu verfallen. Der Mensch richtet sich nach seinen Umständen. Wie oft ist Angela schon, wenn auf der Schlafetage des Hauses alles ruhig war, langsam die Holztreppe hinuntergegangen, mit leisen, kaum wahrnehmbaren Geräuschen, weil die Treppe im neuen Haus glücklicherweise nicht knarrt, zwar mit dem Gefühl von Betrug und Verschwörung, das sie nicht abschütteln kann, egal wie oft sie den Weg zu dieser Stunde schon gegangen ist, zugleich aber selbstsicher und unendlich routiniert? Dann die wenigen Meter zum Kühlschrank, um sich ein Glas Weißwein zu holen, sie muss noch nicht einmal Licht machen. Die behutsamen Schritte ins

Wohnzimmer, zu dem Sessel, von dem aus sie die Treppe im Auge hat. »Mein Marko-Sessel«, sagt sie und wünscht sich, einmal mit mir gemeinsam darauf zu sitzen, auf meinem Schoß zum Beispiel, wie es ausgelassene Verliebte tun, zum Küssen und Lachen. Dann erst, wenn alles so abgelaufen ist wie immer, greift Angela zum Mobiltelefon und wählt die Nummer, die unter »Jutta« gespeichert ist. Täuschungsroutine, wie die Bekannte von Petra es nannte. Der Mensch ist so. Er lernt, passt sich an, verschmilzt mit seinen Gewohnheiten.

Leider kann die Betrügende dem Betrogenen nicht erklären, wie sehr sie ihn noch schätzt, ohne unglaubwürdig zu wirken. Der Betrug steht zwischen ihnen. Dass es zum Beispiel gute, nicht nur wirtschaftliche Gründe dafür gab, warum sie nicht fortgegangen und mit dem Partner ihrer heimlichen Affäre zusammengelebt hat, wird Horst ihr kaum abnehmen. Er wird es sich mit Moritz und Lilly erklären oder dem Komfort ihres Ratingener Lebens, doch nicht mit seinen eigenen Qualitäten als Mensch und Ehemann. Da Angela ihn betrogen hat, denkt er, kann sie ihn nicht mehr lieben. Für ihn ist das eine Sache der Logik. Wenn die Wertschätzung so groß war, fragt er sich, wozu brauchte es dann eine verborgene Liebesbeziehung neben der offiziellen?

Für Horst ist es schwer zu ertragen, dass Frauen mehr als einen Mann begehren könnten und unter den richtigen Umständen bereit wären, ihre Zuneigung auf verschiedene Partner zu verteilen. Ausschließlichkeit steht bei ihm zur Zeit hoch im Kurs. Er selbst hat sich in seinen wüsten Jahren »die Hörner abgestoßen« und dabei natürlich nicht immer auf Ausschließlichkeit geachtet. Er war ein ganz Wilder, unser Horst. Doch das liegt hinter ihm. Nun, da er verheiratet und »zur Ruhe gekommen« ist, hat er seinen früheren Egoismus, seine Wahllosigkeit und amouröse Gefräßigkeit vergessen und erwartet, dass die Dinge unverrückbar seien. Horst findet nun einmal, es gebe eine Zeit für alles. Was ihn betrifft, er lebt gerade in einer Etappe der ehelichen Beständigkeit und beruflichen Expansion, und Angela soll so leben wie er.

Während ich sie ausgestreckt neben mir liegen sehe, ein Bein angewinkelt, das andere weit aus dem Laken geschoben wie als Anordnung für eine Aktzeichnung, frage ich mich, ob sie sich schon Begründungen für den Fall zurechtlegt, dass Horst ihr auf die Schliche kommt. Für Angela gibt es ja ein Meer von Differenzierungen, und die allerwenigsten können als Rechtfertigung dienen. Es sind lediglich Umstände. Die Bedingungen, unter denen in ihrem Leben B geschah und nicht A. Das Entscheidende wird Horst niemals verstehen können, es würde ihn nicht erreichen, niemand hört gern von seinen eigenen Unzulänglichkeiten und lässt sich dann auch noch erklären, wohin sie geführt haben.

»Horst«, müsste Angela ihm sagen, wenn sie es ernst meinte, »wir haben eine lange gemeinsame Geschichte, du und ich, die ich nicht verlieren will. Aber in meinem Leben gibt es noch mehr als die Kinder und dich. Ich habe einen Mann kennengelernt, mit dem ich schlafe. Nicht täglich, so wichtig ist das auch wieder nicht, aber ein paarmal im Monat und nach Möglichkeit einige Stunden lang, besser vier Stunden als zwei. Und was soll ich dir sagen, Horst? Die Liebe mit diesem Mann tut mir gut. Ich habe nicht mehr das Gefühl, das Leben zu verpassen. Zwischen dir und mir war etwas eingeschlafen, von dem ich nicht wusste, wie ich es wieder zum Leben erwecken sollte. Ich frage mich sogar, ob du es überhaupt so empfunden hast. Inzwischen weiß ich, dass das in Ehen oft geschieht. Dem einen fehlt etwas, dem anderen nicht. Manchmal stirbt etwas nur für einen. Also, Horst. Wenn du mich fragst, lassen wir alles, wie es ist. Wir wollen die Sache wie aufgeklärte Menschen behandeln, nicht wie Sizilianer im neunzehnten Jahrhundert.«

Doch so wird es nicht sein. Niemand, der betrogen wurde, ist zu so viel Klarsicht und Rationalität in der Lage. Horst würde noch nicht einmal die Wertschätzung erkennen, die in Angelas Worten läge.

»Hättest du gern, dass ich länger bleibe?«

Angela stellt mir die Frage hin und wieder. Für sie wäre es das Naheliegende, unser Zusammensein in den Abend hinein zu verlängern, noch etwas essen zu gehen, auch wenn es in Kleinhoek sein müsste, und danach wieder aufs Laken zu sinken.

»Ja. Sehr gern.«

»Und wie lange dürfte ich bleiben?«

»Lange«, sage ich.

»Mehrere Tage?«

»Das geht nicht. Was würden Moritz und Lilly sagen?«

»Hypothetisch«, sagt sie. »Wenn die Umstände ganz andere wären. Wie lange würden wir es miteinander aushalten?«

»Lange, glaube ich.«

»Ich stelle es mir manchmal vor«, sagt Angela. »Und die Vorstellung gefällt mir. Bild dir nichts darauf ein, Marko, es sind nur Phantasien. Ich weiß nicht, wie lange du noch mit unserer komischen Situation zufrieden bist. Sie ist anstrengend, stimmt's?«

»Ich denke nicht darüber nach. Ich nehme jeden Tag, wie er kommt.«

»Wenn ich dir das glauben könnte.«

»Probier es«, sage ich und schließe die Augen. So, mit geschlossenen Augen, kommen die großen Wörter etwas leichter. »Es gibt so viele Seelenzustände«, sage ich. »Schmerz. Ausgelassenheit. Langeweile. Traurigkeit. Man darf den einzelnen nicht so wichtig nehmen.« Ich schlage die Augen auf. »He, ich habe einen Tierreim aus der Gefühlswelt des Mannes für dich.«

»Schieß los«, sagt sie, während sie aufsteht.

»Das Wildschwein fühlt sich sehr allein.«

Sie lächelt, ein mädchenhaftes, unschuldiges Lächeln. Während ihre Augen schon die Klamotten zusammensuchen, beobachte ich sie, wie sie dasteht, schmal, mit spitzen Brüsten und schlanker Taille, ein schöner nackter Mensch, der sich mit seiner Nacktheit wohlfühlt, konzentriert auf die nächste Aufgabe: Duschen. Anziehen. Haar ordnen. Nach Hause fahren.

Wenn ich mit Angela meine Wohnung verlassen habe und neben ihr die große Treppe hinuntergehe, erlaube ich mir nicht mehr, sie um die Taille zu fassen oder ihre Hand zu halten. Der Anblick der weitläufigen Halle der Bolten-Villa erinnert mich an die feierlichen Empfänge, die hier früher einmal gegeben wurden, und sofort denke ich an die neugierigen Augen der herausgeputzten Gäste und an Fotografen, die die Kamera heben. Angela und ich treten vor die Tür wie Fremde.

Joes Botschaft entdecke ich nicht sofort. Sie liegt nicht vor der Haustür, sondern zwei Meter entfernt, und ein Windstoß hätte sie leicht fortwehen können. Joe muss zwischendurch bei mir geklingelt und keine Antwort erhalten haben. »Was machst du Marko? Lass mich rein, Notfall«, steht auf dem karierten DIN-A4-Blatt, das sie aus einem Schulheft gerissen hat. Ich schaue mich um, ob ich Joe irgendwo entdecke, aber es könnte zwei Stunden her sein, seit sie hier war. Heute ist nicht ihr Nachmittag. Vielleicht ist eine Freundin krank geworden, und sie wusste nicht, was sie mit sich anfangen sollte.

Als ich Angela zum Abschied zunicke – keine Küsse im Freien, heißt unsere Losung, kein Winken – und den Blick über die Szene schweifen lasse, wie ich es immer tue, wenn sie den Wagen wendet, sehe ich etwas. Einen dunkelblauen Mercedes, der am Ende des Bolten-Grundstücks auffällig langsam vorbeirollt. Meine Hand gefriert in der Luft. Ich muss blinzeln, um schärfer zu sehen, doch mein Herz hat schon angefangen zu pochen. Bevor der Mercedes hinter einem Haus verschwindet, wendet der Fahrer mir sein Gesicht zu, als wollte er, dass ich mir genau diese Sekunden einpräge. Damit ich weiß, dass er da war und wieder gefahren ist, aber jederzeit wiederkommen könnte. Damit ich weiß, dass einer über uns im Bilde ist, so vorsichtig Angela und ich auch sind.

Der Fahrer ist Hermann Pooten, Vertreter der Rheinischen in Kevelaer.

Eine Stunde später klingelt das Telefon.

»Ich kenne die Lady«, sagt die Stimme. »Ich kenne auch ihren Mann.«

Ich höre ihn atmen. Zum ersten Mal fällt mir auf, wie warm das Stück Plastik ist, in das wir so viele Stunden am Tag hineinsprechen.

»Was wollen Sie?«

Er lacht so dröhnend, dass es wehtut. »Das ist eine gute Frage, Theunissen. Wirklich gut. Was willst du mit der *Dame*? Das ist die Frage, die *ich* mir stelle. Du nimmst es doch so genau mit ›dein‹ und ›mein‹, dachte ich. Spielst den Ritter. Du bist ein ganz aalglatter Bursche. Eine verlogene Sau, hätte man da gesagt, wo ich herkomme. Wir reden nicht drumherum, Theunissen. Hat dir schon mal jemand gesagt, dass du eine verlogene Sau bist?«

»Was wollen Sie?«

Er lacht wieder. »Soll ich dir die Wahrheit sagen? Ich weiß es noch nicht. Wir sind noch in der Anbahnungsphase. Ich dachte, ich gebe dir die Chance, ein bisschen netter zu mir zu sein.«

Da tue ich etwas Mutiges, etwas, womit ich mich selbst überrasche. Ich lege auf. Stehe da, atme so ruhig, wie ich kann, und schaue auf das Telefon wie auf ein hässliches, fettes Insekt, das sich tot stellt. Und es bleibt tot.

Ich fühle mich so elend wie lange nicht mehr. Ich gehe ins Schlafzimmer und mache Ordnung. Zupfe das Bettlaken glatt und frage mich, ob Angela es jemals wiedersehen wird. Schon in diesen Minuten könnte bei ihr zu Hause die Hölle los sein, wenn dieser Fettsack es will. Plötzlich bin ich mir gar nicht mehr so sicher, dass Horst einen kühlen Kopf bewahren würde, wenn er die Affäre seiner Frau herausbekäme. In der Liebe und im Krieg kennen wir uns selbst nicht mehr.

In der nächsten Stunde spiele ich ein paar Katastrophendrehbücher durch, eins schlimmer als das andere, und in jedem sehe ich Angela in Tränen, verzweifelt, mit Koffer oder ohne Koffer. Während ich Horst nicht einschätzen kann, traue ich Pooten die maximalen Sauereien zu, den größtmöglichen Schaden für alle Beteiligten. Ich glaube nicht einmal daran, dass ihm an Horsts Wohl gelegen ist, obwohl ich keine Ahnung habe, wie gut die beiden sich kennen. Ich kann mir *niemanden* vorstellen, dem Pooten etwas Gutes tun wollte. Niemanden.

Dann lasse ich das Zwielicht des Abends kommen und beschließe, mich um meine eigenen Sachen zu kümmern, so gut es mir gelingen will. Ich habe mir ja etwas vorgenommen. In der großen Schachtel, in der ich unsortierte Familienbriefe aufbewahre, suche ich nach Sonjas Cassette. Ich widerstehe der Versuchung, alte Briefe zu lesen, und lasse nur die Fingerspitzen über die Kanten verschiedenfarbiger Umschläge laufen, auch über ein kleines Päckchen mit Briefen von Yvonne. Und da, ziemlich weit hinten, als hätte der Empfänger sie aus seinem Gesichtsfeld verbannen wollen, finde ich sie. Sonjas Cassette. Ich schenke mir ein Glas Rotwein ein. Pootens Mitwisserschaft ist plötzlich nicht mehr so schlimm. Der Mann tut sowieso, was er will, warum soll ich mich über das Unausweichliche schon aufregen, bevor es geschehen ist? Ich beschließe, Angela nichts von Pootens Drohung zu erzählen und alles allein auszufechten, solange es geht, ich verwandele mich in den Einzelgänger, der Angela manchmal unheimlich ist, weil sie ihn nicht versteht, den Mann, dessen einsamen Phantasien unberechenbare Taten entspringen. Mir kommt das *Jugendbildnis* von Alain-Fournier in den Sinn, ein Buch, das mir in einer schwierigen Zeit auf dem Collegium Aureum einen guten Wahlspruch geliefert hat. In der biografischen Einleitung dieses Buches heißt es, Alain-Fournier sei »liebenswürdig, sinnenfroh, grausam und einsam« gewesen. Und das wollte ich damals auch werden. Ich sagte es mir immer wieder vor, wie ein Gebet. Es war mir egal, ob meine Freunde mich für bescheuert hielten. Es war mir egal, ob die Kombination irgendeinen Sinn ergab. Für mich, der am liebsten davongeflogen wäre, ergab sie einen. Wenn die Schriftsteller wüssten, wie wir ihre Bücher plündern. Dieser Marko, würde Alain-Fournier sagen. Hat nichts kapiert von dem, was ich mit meinem Buch ausdrücken wollte. Aber er hat sich aus der Einleitung einen guten Spruch gemerkt. Besser als nichts.

Jetzt schwenke ich das Glas und sage es mir noch einmal vor: liebenswürdig, sinnenfroh, grausam und einsam! Wenn Pooten wüsste, wozu ich fähig bin. Ich werfe im Wohnzimmer Sonjas Cassette ein und drücke die Fernbedienung.

»Ich sollte dir erzählen, Marko, warum ich auf die Idee gekommen bin, dir dieses Band zu schicken«, fängt Sonjas Stimme an. Sie klingt atemlos, dann höre ich Außengeräusche, manchmal einen heftigen Windstoß. Sonja versteht nichts von Mikrofonen. »Einmal hat Papa mir ein Band geschickt. Du weißt, wie gern er das tut. Wie er reden kann! Er diktiert ja auch in der Kanzlei. Auf diesem Band erzählte er mir wieder einmal, warum die Ehe unserer Eltern kaputtgegangen war. Ich konnte es kaum ertragen, deshalb beschloss ich, ihm auch ein Band zu schicken. Ich dachte, jetzt sage ich ihm mal die Dinge, die er nicht hören will, ohne dass er mich unterbrechen kann. Ein für allemal. Ich lieh mir einen Cassettenrekorder, und während ich sprach, ging mir auf, dass er und Mama viel zu früh geheiratet hatten. Rechne einmal nach, wer sie waren, als sie sich kennenlernten. Papa war einunddreißig, Mama vierzehn.«

Ich erkenne die Stelle wieder, an der ich vor ein paar Jahren abgebrochen habe. Sie trifft mich mit derselben Wucht wie damals. Doch diesmal nehme ich einen Schluck Rotwein und höre weiter.

»Sie begegneten sich im Tennisklub, im Sommer 1954. Da sei dieser Neue aufgetreten, hat Mama mir erzählt, ein gut aussehender, aufstrebender junger Mann, der sich ihr gegenüber sehr interessiert zeigte. In Wahrheit war da ein Einunddreißigjähriger, der verzweifelt eine Frau suchte. In diesem verdammten Nachkriegsdeutschland gab es offenbar keine Orte, an denen man sich treffen konnte. Du weißt, dass Papa nicht gut Tennis spielte. Mama dagegen spielte phantastisch. Also wagt es der Einunddreißigjährige, die vierzehnjährige Mittelrheinmeisterin anzusprechen. Und sie war so verblüfft, dass sie ihm das Match nicht abschlagen konnte, sie dachte sich nur: Der traut sich was. Sie verabredeten sich zum Tennis, zweimal, dreimal, tranken danach eine Cola … und irgendwann waren sie befreundet. Ich weiß nicht, ob zwischen den beiden in der ersten Zeit etwas gelaufen ist. Aber das schien ihre Geschichte zu werden. Mama war viel zu jung, um zu wissen, was geschah, und Papa, er hatte plötzlich das Glück, mit dieser blonden Schönheit befreundet zu sein. Mama hat mir erzählt, wie Papa um ihre Hand angehalten hat. Sie sitzen im Auto, Papa starrt nach vorn, vielleicht hat es geregnet, an solchen Tagen regnet es immer, die Scheibenwischer klacken, beide sehen in diese graue, triste Welt hinaus, und plötzlich sagt Papa: *Willst du für immer bei mir bleiben?*«

Ich drücke auf Stopp und denke über den Satz nach. Ich habe nichts zu Abend gegessen und spüre schon die ersten Schlucke Rotwein, aber das kann nicht der Grund dafür sein, dass mein Herz pocht.

»Mama hat den Satz nie vergessen«, fährt Sonjas Stimme fort. »Sie war sechzehn Jahre alt. Willst du für immer bei mir bleiben? Das war sein Heiratsantrag. Sie war so verdattert, dass sie gar nicht wusste, was sie sagen sollte. Sie hatte ja keine Ahnung. Sie hatte nicht einmal Jugendfreunde gehabt, weil ihr strenger Vater ihr verboten hatte, sich mit irgendjemandem einzulassen, und sie verstand nicht, dass sie im Begriff war, ihre Jugend für beendet zu erklären. Da sitzt ein Mann neben ihr, der nett ist und Erfolg zu haben verspricht, und fragt: Willst du für immer bei mir bleiben? Es klingt wie ein Urteilsspruch. Aber so hat sie es nicht verstanden, unsere Mutter. Sie sah die Chance, aus ihrem kleinen beschissenen Elternhaus herauszukommen, und sie ergriff sie. Nach einer peinlich langen Pause sagte sie: Ja.

Er hat es bestimmt nicht zelebriert. Wie ich ihn kenne, hat er genickt. Die Sache war abgemacht. Sie benötigten nur noch die Einwilligung der Eltern. Als sie siebzehn geworden war, haben sie geheiratet. Und als sie achtzehn war, wurde ich geboren. Den Rest kennst du, Marko. Jetzt wunderst du dich nicht mehr, oder? Als sie ihn kennenlernte, war sie ein Kind. Weißt du noch, wie du mit fünfzehn versucht hast, alles zu verstehen und alles in Ordnung zu bringen? Alles, was in unserer Familie schiefgelaufen ist? Ich sehe dich noch in meinem Zimmer. Du hast geweint und deinen Kopf an meiner Schulter verborgen, und ich habe versucht, dich zu trösten.«

Ich unterbreche die Stimme. Ich atme ein und aus wie ein Langstreckenläufer. Warum habe ich nicht früher den Mut gehabt, mir Sonjas Version der Geschichte anzuhören? Und was habe ich ihr damals am Telefon dazu gesagt? Nichts, nehme ich an. Und Sonja ist nie wieder darauf zu sprechen gekommen.

»Aber du warst untröstlich«, sagt ihre Stimme, »sie hatten dir gerade erzählt, dass sie sich getrennt hatten und längst an verschiedenen Orten lebten, heimlich, ohne dein Wissen. Wenn du alle drei Wochen vom Collegium nach Hause kamst, wurde Komödie gespielt. Ich kann verstehen, dass du Mamas neue Wohnung als den größten Betrug deines Lebens empfandest. Du wolltest sie nicht einmal *betreten*. Und du hattest recht. Ich war blöd genug gewesen, eine Zeitlang mitzuspielen, weil ich auch nicht wusste, wie es weitergehen würde. Ich wusste nur, dass ihr, Robert und du, im Collegium wart, fern von allem Unfug, der in Köln vorging. Das tägliche Leben, wie es im Haus stattfand, hättest du nicht ertragen. Ich weiß, dass Papa sich immer gebrüstet hat, Streit vermieden zu haben, aber du spürst, wenn etwas danebenliegt, ob man es ausspricht oder nicht. Sie hatten längst getrennte Schlafzimmer und sprachen miteinander nur noch das Notwendigste. Irgendwann erzählte Mama mir, wie das in ihrer Ehe abgelaufen war, alles im Dunkeln, eigentlich hatte sie ihn nie nackt gesehen. Sie hatte nur diesen Mann auf sich gespürt. Was hat es für sie bedeutet, die katholische Prüderie, dieses schamvolle Verschweigen? Damals war ich mit Fritz zusammen. Mit dem bin ich abgehauen, so oft ich konnte.«

Fritz!, denke ich. Der gute Fritz mit seinem Motorrad. Ich trinke einen Schluck Rotwein auf den Jungen, der damals, als es mir schlecht ging, für den Bruder seiner Freundin zweihundert Motorradkilometer fuhr, ohne etwas für sich zu fordern. Und als sie im Collegium ankamen, Sonja und er, sagte man ihnen, dies sei ein unangemeldeter Besuch, sie dürften mich nicht sehen. Wenn da jeder käme.

»Dann war es mit uns zu Ende, irgendwann kam Arno, und ich bin ausgezogen. Wie lange ich es ertragen habe mit diesen beiden vor Augen, Mama und Papa! Das ist dir erspart geblieben. Vielleicht erklärt es auch, warum ich so hart war und manchmal nicht mit dir sprechen konnte. Nicht einmal mit dir! Ich musste die Familie hinter mir lassen. Dass unsere Eltern nicht zusammengehörten, wusste ich ja schon lange. Man atmet es ein. Was sollte ich machen? Sollte ich meinen kleinen Brüdern alles erzählen? Sollte ich die Ersatzmama sein? Was Papa betraf, er war geübt darin, sich auf die äußeren Dinge zu konzentrieren. Wenn die Schule in Ordnung war, die Muskeln trainiert wurden, die Lebenspläne stimmten, konnte nichts mehr passieren. Und so hat er mich behandelt, als die Älteste, die Vernünftige, die weiß, wo es langgeht. Und eins muss ich ihm lassen. Weil er verklemmt ist, hat er mir keine moralisierenden Vorträge gehalten. Er hat sich in meine Geschichten mit Jungs nicht eingemischt. Mama war da ein bisschen anders. Sie hat sich über einiges Sorgen gemacht, und je weniger Verantwortung sie für das Ganze empfand, je weniger sie bei der Familie war, je weniger sie sich wirklich um ihre Kinder kümmerte, desto mehr glaubte sie, sich als Übermutter beweisen zu müssen. Als ich Papa damals aufs Band sprach, wie ich ihren Altersunterschied empfand, war er sehr gekränkt. Er fand, ich hätte nicht das Recht, so zu denken, und schon gar nicht, so zu reden. Aber ich hatte so geredet, und er fühlte sich missverstanden, er sah durch meine Worte sein ganzes Leben entwertet. Von da an haben wir über dieses Thema nie wieder gesprochen. Was glaubst du, Marko, wie es sich anfühlt zu begreifen, dass deine Mutter Ehebruch begeht?«

Inzwischen ruht mein Finger auf der Stopptaste der Fernbedienung. Ein Zucken, und die Stimme verstummt. Mein Glas ist leer, und ich schenke mir nach. Vielleicht sollte ich etwas essen, denke ich, doch dann bleibe ich sitzen und trinke. Einen Augenblick überlege ich, ob ich vorspulen soll. Ich könnte die Episode überspringen. Aber da ich nicht genau weiß, was sonst noch kommt, höre ich weiter.

»Das war der Sommer 1970 auf Mallorca«, sagt Sonjas Stimme. »Wir sind im Hotel herumgerannt, Robert, du und ich. Mama war irgendwo am Swimmingpool, und auf einmal war sie weg. Ich weiß nicht mehr genau, wie viele Stunden es waren, bis sie wieder auftauchte, drei oder vier? Sie hatte einfach keine Nachricht hinterlassen. Sie war mit einem Typ losgezogen. Erinnerst du dich an das Hotel auf der anderen Seite der Bucht, Playa Blanca? Da waren sie, und als sie wiederkamen, hatte Mama nasses Haar und trug es zusammengebunden. Ich sah sofort, dass sie eine ganze Menge erlebt hatte, was sie nur ohne uns erleben konnte. Und da ich wusste, dass es zwischen ihr und Papa nicht gut lief, habe ich zwei und zwei zusammengezählt. Ihr habt mich gefragt, was los wäre, und ich weiß immer noch nicht, welche andere Antwort ich hätte geben können als: Haltet die Klappe. Ihr wolltet Erklärungen, ihr wolltet etwas verstehen. Aber gerade das musste ich verhindern. Robert war vier! Also behielt ich die Sache für mich. Ich sprach nicht mit Mama darüber, erst recht nicht mit Papa und auch nicht mit euch. Dieses Wissen war für mich allein. Es war mein dunkles Geheimnis. Und es lastete auf mir. Wann immer die Rede auf unseren Sommerurlaub kam, fürchtete ich, jemand könnte von Mallorca auf das Hotel, von einem Hotel auf das andere und von dort auf Mamas Freund schließen, den Mann, der sich so auffällig oft an unserem Pool einfand und beim Melonenessen die Kerne mit angeberischer Lässigkeit aus dem Mund fallen und seinen nackten Bauch herunterkullern ließ. Ich begann, nicht nur die Wörter Mallorca, Hotel, Strand und Melone zu fürchten, sondern auch jede Erwähnung von Urlaub, Swimmingpools und nassen Haaren. Wenn Mama sich das Haar zum Pferdeschwanz zusammenband, wie sie es damals getan hatte, wurde ich blass und drehte mich um, damit sie nicht sah, wie ich die Wahrheit – *ihre* Wahrheit – in mir einsperrte. Auch die Songs der Beatles waren gefährlich, denn die hatten die Sogenannten jeden Donnerstag am Pool nachgespielt, weißt du noch? Die Musikabende, die wir so mochten? Und das rothaarige Mädchen, das mit dir tanzen wollte? Am Ende waren alle Wörter und alle Gedanken, die an unseren Urlaub erinnerten, für mich gefährlich, denn ich empfand mich als Hüterin des dunklen Geheimnisses. Natürlich hütete ich es auch vor Mama, denn sie wusste ja nicht, dass ich alles wusste! Nur die eine Frage, *für wen* ich es denn hütete, wer mich damit beauftragt hatte, die stellte ich mir nicht. Ich lernte, aus meinem Gesicht alle verräterischen Spuren des Geheimnisses zu löschen. Schon damals mochte ich es nicht, wenn Menschen sich für meinen Schmerz interessierten. Ich wollte alles abwehren, was nach dem Verlassenheitsgefühl eines kleinen Mädchens aussah. Damals wurde ich erwachsen. Immer, wenn ich hohes Gras sehe oder Stängel, die sich im Wind wiegen, denke ich an Mamas Affäre. Ich werde sie immer damit verbinden, dass Blätter gerauscht haben und die Luft voller Flirren war, dass Wind ging und man das Meer sehen konnte. Alles so wunderbar. Und alles im Kontrast zu dem, was sie getan hat.«

Ich höre ein Knacken, dann Rauschen.

»In den nächsten Tagen begann ich, Mama zu beobachten. Einmal bin ich ihr gefolgt, ohne dass sie es bemerkte. Wir gingen durch ein paar Straßen des Dorfes, ich erkannte die Läden wieder, wo man Bälle und Taucherbrillen kaufen konnte, ich folgte ihr in größerer Entfernung und musste gut aufpassen. In einem Straßencafé traf sie sich mit einem Mann, den ich noch nie gesehen hatte. Sie saß da, trank ein Glas Weißwein, rauchte ein paar Zigaretten und unterhielt sich. Das war alles. Als ich sie beobachtete, sie und diesen fremden Mann, da fragte ich mich, wovon sie wohl redeten. Ich lud jedes Wort, das ich nicht hörte, mit Bedeutung auf, ich wollte hinter ihr Geheimnis kommen. Ich witterte Pläne, die nur heißen konnten, dass sie uns verlassen würde. Wann? Ich wusste es nicht. Vielleicht wurde es gerade vor meinen Augen geplant! Ich hatte nur eine einzige Aufgabe: den Plan zu vereiteln.«

Ein feines Rauschen ist im Hintergrund zu hören, das ich erst nicht identifizieren kann. Dann erkenne ich es. Regen.

»Beim Tanz am Pool, als die Sogenannten spielten und ich die erste E-Gitarre meines Lebens sah, gab es einen Jungen, der unbedingt mit mir tanzen wollte. Er gefiel mir, er hieß Jens und kam aus dem Rheinland wie wir. Doch ich hielt das Tanzen für einen Vorwand. In Wahrheit, dachte ich, wollte er hinter mein Geheimnis kommen. Deshalb habe ich ihn nicht beachtet. Erst am letzten Donnerstag unseres Urlaubs, während die Sogenannten spielten, haben wir uns unterhalten. Die Musik war so laut, dass wir uns anbrüllen mussten, und ich fand ihn nett und dachte, welche Chance habe ich verpasst. Warum war ich so blöd und habe die Unnahbare gespielt. Ich war zwölf, ich hätte mich so gern mit jemandem ausgetauscht. Später, als ich in Köln andere Jungs kennenlernte, war von Anfang an alles von Geheimnissen umgeben, weil ich wusste, wenn zwei Leute ein Paar werden, beginnen die dunklen Zonen. Das hatte ich zu Hause so gelernt. Du weißt, Papa war immer stolz darauf, dass bei uns alles zivilisiert ablief, ohne Krach oder Szenen. Für mich verstärkte das den Charakter des Geheimnisses. Normalerweise würdest du denken, Kinder, die aus solchen Ehen kommen, wollen alles besser machen. Sie strengen sich an, um das zu vermeiden, was sie an ihren Eltern gesehen haben, sie umgehen die Fallgruben. Aber bei mir war es anders. Ich dachte, jetzt beginnt etwas, was mein Innerstes bedroht, und erst als ich mich von dieser Angst befreit hatte, ging es. Ich befreite mich ziemlich rabiat. Ich hatte in kurzen Abständen mehrere Freunde, und nach dem dritten oder vierten wusste ich, wo es langging, ich führte Freundschaften aus Trotz. Ich wollte mit der Geschichte von Mama und Papa nichts mehr zu tun haben.«

Das Zuhören fällt mir inzwischen leichter. Ich verstehe meine Schwester. Ich verstehe auch mich. Ich verstehe uns alle und nehme einen Schluck Wein. Zu dumm, dass wir nicht alle zugleich recht haben können.

»Dass du auf dem Collegium warst«, sagt die Stimme, »hat mich mehr gekostet, als ich dir je zeigen konnte. Ich wusste ja besser über das Collegium Bescheid als Mama und Papa. Nicht nur wegen dieser grauenhaften Ordensschwester, die Fritz und mich nicht zu dir ließ, weißt du noch? Die unsere Schokolade einkassierte und uns dann wegschickte. Das Collegium war eine Anstalt, in der sie dich abgestellt hatten, damit der Untergang des Hauses Theunissen ohne dich ablief. Es war nicht einfach, danebenzustehen und machtlos zu sein. In den ersten beiden Jahren sah ich manchmal, wie Mama ein paar Sachen zusammenpackte, sich ins Auto setzte und zum Collegium fuhr, um ihren unglücklichen Sohn zu trösten. Sie brauchte für den Weg zwei Stunden, dann war sie ein paar Stunden bei dir, dann fuhr sie wieder zwei Stunden zurück. Das war ein voller Arbeitstag. Und ich passte auf Robert auf. Abends, wenn ich sie anschaute, fragte ich mich, was sie mit dir an diesem Tag erlebt hatte. Was war in ihr vorgegangen, als sie ihren heimwehkranken Sohn zu trösten versuchte? Erst viel später begriff ich, dass Mama ja selbst keine Ahnung hatte, was ein Zuhause war, wie konnte sie da verstehen, was Heimweh bedeutet? Aber da war die Zeit der Entschuldigungen längst vorbei. Sie wusste nicht, was ein Zuhause ist, weil sie nie eins gehabt hatte, und das Leben, in das Papa sie gesetzt hatte wie eine Topfpflanze, war es auch nicht. Also sah ich sie abends an, wenn sie den langen Tag hinter sich gebracht hatte, und sie erzählte, wie es dir ging, wie viele Einsen du geschrieben und wie viele Tore du geschossen hattest, es sollte aufmunternd klingen, aber ich fand es fürchterlich. Eure Erfahrung im Collegium hatte eine Barriere errichtet, die ich nicht mehr überspringen konnte. Und manchmal kommt alles zurück. Weil ich immer noch an unser Versagen denke.«

Ich drücke auf Stopp und spule zurück. Sonjas Stimme. Sie ist so weich und verletzlich, wie ich sie seit Langem nicht mehr gehört habe. Sie erinnert mich an die große Schwester, die ich einmal hatte.

»... nicht mehr überspringen konnte. Manchmal kommt alles zurück. Weil ich immer noch an unser Versagen denke. Das, was uns fehlte. Die Liebe, die wir nicht empfanden, das Vertrauen, das wir nicht aufgebracht haben. Ich denke an all das, wenn ich dieses hohe Gras sehe, wenn etwas in der Natur vom Wind geschüttelt wird. Neulich gab es einen dieser wunderschönen Sonnenuntergänge, und als es dunkel wurde, wechselten sich Wolken und klarer Himmel ab, und ich stand unter dem Halbmond und sah die schwarzen Olivenbäume im Abendwind. Wenn ich allein bin, kann mir alles Mögliche auf den Kopf stürzen. Ich lasse es hinter mir, aber ich muss daran denken. Ich weiß, dass Papa unglücklich war, dass Mama unglücklich war, und weder zusammen noch getrennt haben sie einen Weg gefunden, den Entwurf zu korrigieren. Zwei Jahrzehnte verschleudert. Und es hört immer noch nicht auf. Daran denke ich, wenn ich unter solchen Madrider Himmeln stehe. Irgendwann begreifst du, dass es niemandes Schuld war, und das macht alles noch schlimmer. Keiner leuchtet mit der Taschenlampe in die Seele des anderen, und weil alle so sind, wie sie nun einmal sind, kannst du niemanden anklagen. Du siehst dich selbst in einem Film, in dem *alle* diese komischen Rollen spielen, niemand kommt gut weg, und am Ende, wenn die Lichter angehen, sehen wir alle genauso blöd aus wie am Anfang, und wir müssen zugeben, dass jeder von uns seine Rolle gespielt hat, die einen mit mehr Stil, die anderen mit weniger, aber was zählt das noch? Es bleibt eine Farce. Worauf uns aber vorher niemand hingewiesen hat. Mama hat sich ja nie dafür interessiert, wer Papa wirklich ist. Und Papa hat nie begriffen, wer Mama ist. Er sah sie nur von außen. Nachdem er die Tennisspielerin erobert hatte, wollte er plötzlich, dass sie eine andere wurde. Sie hatte drei Kinder bekommen, war aber erst fünfundzwanzig. Sie sollte studieren! Zahnmedizin! Er hätte gern dafür bezahlt. Papa war groß darin, für andere Menschen Karrieren zu erfinden. Mama dachte natürlich nicht daran, sich von diesem Mann das Leben gestalten zu lassen, als wäre es seins. Die beiden Menschen passten einfach nicht zusammen. Pech für sie. Sie waren dumm genug, sich zu verbinden und zu glauben, es wäre für ewig.«

Und du, Sonja, dachte ich. Was glaubst du? Ich schließe die Augen und fühle mich leicht benebelt. Ich reiße die

Augen weit auf. Ich stelle mir vor, fünfhundert Leute würden meine Fratze auf einer großen Kinoleinwand sehen. In dieser Sekunde ergibt alles einen Sinn. Oder nichts. Ich sperre auch den Mund auf, so weit es geht, und frage mich, ob das ein Schrei werden soll oder ein Gähnen. Dann presse ich die Augen zu und warte, bis auf einer Seite eine Träne herausquillt.

»Und weißt du«, sagt Sonjas Stimme, »als ich es einmal begriffen hatte, das Ausmaß der Blindheit, des Leugnens, da war ich so angeekelt, dass ich gehen musste. Das ist der eigentliche Grund, warum ich Köln nicht mehr ertrage. Ich kann keine Familienfeiern mehr haben, keine Weihnachtsgeschenke mehr auspacken, ich kann noch nicht einmal in Papas japanischem Garten im Teehaus sitzen. All das ist für immer vorbei.

Warum erzähle ich dir das jetzt, so viele Jahre danach? Weil hier in Madrid gerade Regen fällt. Hörst du, wie es trommelt und platscht? Aber ich bin weit weg, und deswegen kann ich darüber reden. Ich wollte nur, dass du es weißt. Vielleicht will ich auch, dass Robert es weiß, obwohl er sich nicht mehr für mich zu interessieren scheint. In Ordnung. Ich fürchte, ich habe ihn unterwegs verloren. Er war zu klein, als ich hätte reden können, und jetzt ist er schon zu alt, um andere Rollen als seine eigene zu verstehen. Ich musste meine Haut retten. Mal sehen, Marko, ob *du* es begreifst. Vielleicht reden wir, vielleicht schickst du mir auch ein Band und erzählst mir etwas. Das wäre schön. Im Augenblick habe ich noch keine feste Adresse, aber ich melde mich wieder. Bitte sag Papa und Mama kein Wort von mir. Und mach dir um mich keine Sorgen. Ich komme klar. *Un beso.*«

Ein Knirschen, ein Knacken, und die Aufnahme ist zu Ende. Ich trinke einen Schluck Wein und frage mich, warum ich mir um Sonja nie Sorgen gemacht habe. Ich bekäme kaum noch die wichtigsten Stationen ihres Lebenslaufs zusammen, zu schweigen von den Zeiten, wann sie wo gelebt hat. Die Reisen in Lateinamerika und Asien. Wie sie in einer Werbeagentur gearbeitet hat, dann anderthalb Jahre als Stewardess, später als Dolmetscherin. Vielleicht waren die ersten Madrider Monate, bevor sie nach Caños de Meca ging, der Tiefpunkt. Aber sie muss in all der Zeit etwas bewahrt haben, was sie heraushob, keine vorzeigbare Ausbildung, sondern Trotz und innere Stärke. Sonst hätte sie Luis, der jede Frau mit ein bisschen Sinn fürs Materielle haben konnte, nicht für sich interessieren können. Schon damals war er so unverschämt erfolgreich, dass Sonja Mühe hatte, ohne Zittern in der Stimme davon zu erzählen.

Ich lege Bill Evans auf, *I Will Say Goodbye*. Dann schmiere ich mir ein Leberwurstbrot und fülle mein Weinglas. Nachdem ich gegessen habe, rufe ich Motte an.

»Frag jetzt nichts«, sage ich. »Du hast eine Reise nach Madrid gewonnen.«

»Gut.«

»Wann kannst du dir ein paar Tage Urlaub nehmen? Sonja hätte lieber, dass ich meine Freundin mitbringe, aber dem stehen einige Dinge entgegen. Also bringe ich dich mit. Freust du dich, Alter?«

»Ich freue mich«, sagt Motte.

Meine Mutter schenkt Tee ein und stellt Plätzchen auf den Couchtisch. Die Nachmittagssonne wirft den Schatten der Vorhänge wie einen Schleier auf das Sofa.

»Wer war ich damals, Mama? Ich habe kein Bild von mir.«

Wenn meine Mutter nicht weiß, was sie sagen soll, sagt sie nichts. Das habe ich schon immer an ihr gemocht. Alle anderen in unserer Familie sind große Redner, die jede Pause füllen können. Als junge Frau muss sich meine Mutter in dieser lärmenden, streitlustigen Runde oft einsam gefühlt haben. Aber sie hat selten davon gesprochen, wie sie sich fühlte. Sie hat es als Kind nicht gelernt, von sich zu sprechen. Sie hatte keine Freunde, kein Spielzeug und nicht das Recht, Fragen zu stellen. Ihr Vater verließ die Familie zweimal. Einmal, um an die Russlandfront zu gehen, dann, um zu seiner Freundin zu ziehen. Erst als erwachsener Mensch verstand ich, wovor meine Mutter floh, als sie meinen Vater heiratete.

Wir sehen uns regelmäßig zum Tee. Manchmal gehen wir im Grüngürtel an der Dürener Straße spazieren. Meine Mutter scheint mit ihrem Leben einverstanden zu sein, und wenn es anders wäre, würde ich kaum davon erfahren. Sie hört geduldig zu, wenn ich von den Auseinandersetzungen mit meinem Vater oder Sonja erzähle, aber eigentlich empfindet sie Familienstreit als Zeitverschwendung. Sie liest, führt ihren Hund aus oder kümmert sich um Tobi und Lara. Mit Robert und Margret fühlt sie sich am wohlsten. Nachdem sie auf ihre spielerischen Fragen, ob ich es meinem jüngeren Bruder nicht nachtun und mich auch irgendwann »als Vater betätigen« wolle, nur ausweichende Antworten erhalten hat, die vor allem auf meine Unlust schließen lassen, hat sie das Thema beiseitegelegt. Es interessiert sie, ob es eine stabile Partnerin in meinem Leben gibt, mit der ich mir die Familiengründung vorstellen kann, aber sie will keinen Druck ausüben. Es scheint nichts im Leben meiner Mutter zu geben, was es wert wäre, Druck auf jemanden auszuüben. Sie hat sich von meinem Vater getrennt und dann fünf Jahre mit Richard zusammengelebt, in dessen Kombi sie und ich nach meinem Rauswurf aus dem Collegium meine Klamotten abtransportierten.

Ich muss oft an diese Fahrt durch den lauen niederrheinischen Abend denken, die Rückfahrt in Richards Kombi. Mein Abschied von einem Ort war die Ankunft an einem anderen. Wir rauchten Zigaretten, meine Mutter und ich, und unterhielten uns wie Menschen, die sich gerade erst kennengelernt hatten. In Geldern aßen wir Currywurst und tranken Coca-Cola und sprachen von den Dingen, die vor mir lagen. Noch heute sehe ich die staunenden Augen, mit denen meine Mutter ihren groß gewordenen sechzehnjährigen Sohn anschaute. Es tat mir gut, dass sie sich keine Sorgen um mich machte. Alle anderen machten sich genug Sorgen, ich selbst eingeschlossen.

Was dann mit ihr geschah, weiß ich nicht so genau. Ich verlor sie in Köln aus den Augen, so wie sie mich. Irgendwann ging es mit Richard auseinander. Danach gab es noch zwei, drei Versuche mit Männern, die jeweils ein paar Monate dauerten, höchstens ein halbes Jahr. Ich habe keinen ihrer Beziehungspartner kennengelernt. Es ist ohnehin vorbei. Meine Mutter verspürt keinen Wunsch mehr, nach einem Mann zu suchen. Ich glaube, sie findet es zu kompliziert. Sie ist achtundfünfzig Jahre alt, wohnt immer noch in der Wohnung in Lindenthal und wartet auf niemanden.

Nachdem sie wieder allein war, ließ sie sich von meinem

Vater nach und nach in das Umfeld der Familie zurückholen und tauchte einige Jahre hindurch zu den üblichen Festtagen auf, um dabei zu sein, aber ich habe nie herausgefunden, wem sie damit einen Gefallen tun wollte. Vielleicht war diese angedeutete Rückkehr ein Fehler, eine Lockerung der Spielregeln, der andere Übertretungen folgen würden. Mein Vater genoss die großen Zusammenkünfte, alle anderen empfanden eine gewisse Gezwungenheit. Die unausgesprochene Annahme war, dass sich die ganze Familie um meines Vaters willen zusammenzureißen hatte. Wenn er im höheren Alter schon keine intakte Ehe vorweisen konnte, dann sollte er wenigstens die Gemeinschaftsrituale haben, auf die er so viel Wert legte. Weihnachten, Ostern und Geburtstage standen ganz oben auf der Liste. Sonja nannte das Ganze eine verachtenswürdige Inszenierung und tauchte irgendwann nicht mehr auf. Ich war mir meiner Haltung nicht so sicher. Robert tat alles, was Klarheit ausdrückte und gut für seine Kinder war. Und meine Mutter vertrat eine konsequente Unentschiedenheit, die ich manchmal als Charakterschwäche, dann wieder als fehlenden Egoismus gedeutet habe. Bis sie eines Tages sagte, es sei genug. Sie hatte sich mit meinem Vater heftig gestritten und ihm gesagt, sie werde sein Haus, das sie ohnehin nie als ihres betrachtet hatte, nicht mehr betreten. Sie seien seit langem geschieden und müssten anfangen, sich entsprechend zu benehmen. Und daran, sehr zum Schmerz meines Vaters, hält sich meine Mutter bis heute.

»Ich weiß nicht, wer du damals warst, Marko.« Sie setzt sich hin, schiebt die Plätzchenschale näher zu mir und betrachtet ihre schönen Hände. »Was meinst du mit dieser Frage?«

»Wenn ich den Menschen von damals nicht erkenne, weiß ich nicht, was ich heute über ihn denken soll.«

»Ist das nicht ein bisschen philosophisch? Du hast einen Beruf, du hast ein Leben. Reicht das nicht?«

»Sonja sagt, ich soll aufhören, in der Vergangenheit zu bohren. Meinst du das auch?«

»Ich bin nicht immer mit Sonja einverstanden. Aber in diesem Fall glaube ich, dass sie recht hat. Rudolf hat auch immer von der Vergangenheit gesprochen. So viel, dass ich mich frage, ob die Gegenwart überhaupt einen Wert für ihn hat.«

»Papa *erklärt* sich die Gegenwart aus der Vergangenheit«, sage ich. »Leider erklärt er sich auch die Vergangenheit aus der Gegenwart. Damit es damals gut gewesen sein kann, muss heute ein gewisser Eindruck erzielt werden, der dem damaligen nicht widerspricht.« Ich rühre meinen Tee um, obwohl ich ihn ohne Zucker trinke. »Mama, ich muss dich etwas fragen. Papa lädt uns zu seinem fünfundsiebzigsten Geburtstag ein. Er möchte, dass alle gemeinsam feiern. Du auch. Bei ihm im Haus. An dir und Sonja liegt ihm besonders.«

Sie seufzt und schweigt. In solchen Augenblicken frage ich mich, wie gut ich die Frau, die in jungen Jahren ihren Mann und ihre Kinder verließ, eigentlich kenne. Mein einziger Versuch, mit ihr ausführlich über ihr Verhalten zu sprechen, liegt viele Jahre zurück und endete in Tränen. Ihren Tränen, nicht meinen. Sie gab bereitwillig alle Taten zu, die mein Vater (und in seiner Nachfolge auch ich) ihr vorwarf, und bat mich um Verzeihung, schien aber nicht genau zu wissen, wofür. »Fehltritte« nannte sie ihre Affären jedenfalls nicht. Für sie gehört *Effi Briest* ins neunzehnte Jahrhundert, und auf die psychologischen Umstände einer jungen Frau, die in einer unglücklichen, als Kerker empfundenen Ehe lebte, wollte sie sich nicht herausreden.

Sie sah die Dinge klar. Sie hatte anderen wehgetan und war bereit, die Verantwortung dafür zu übernehmen. Wenn sie mich um Verzeihung bat, dann vor allem, um die Luft zu reinigen und Frieden zu stiften. Einmal ließ sie durchblicken, die Männerbekanntschaften in ihrer frühen Zeit hätten wohl nicht immer das richtige Niveau gehabt, aber sie ließ offen, ob sie damit unser Niveau oder ihr eigenes oder den allgemeinen sittlichen Standard in der Bundesrepublik der Sechziger- und Siebzigerjahre meinte. Sie seien notwendig gewesen, diese Männer, fügte sie hinzu, sie habe sich eben befreien wollen. Man suche sich das Befreiungswerkzeug nicht immer aus, sondern müsse nehmen, was zur Hand sei. Ich fragte sie nicht nach »dem Aachener Liebhaber«. Ich wusste schon damals, dass sie ihre Erinnerungen an ihn tief vergraben hatte und keinen Sinn darin sah, sie wieder herauszuholen. Es waren andere, die nicht von ihm loskamen.

»Heute morgen«, sagt sie und runzelt die Stirn. »Heute morgen musste ich ganz intensiv an etwas denken. Es beschäftigt mich noch jetzt.«

»Erzähl.«

»Soll ich, Marko? Deine Großmutter. Sie hatte Opernplatten, als ich aufwuchs. Du weißt, dass ihr Vater an einer schwedischen Provinzoper gesungen hat, sie war als Kind oft mitgenommen worden, manchmal sogar hinter die Bühne. Bis zu ihrem Tod habe ich nicht herausgefunden, ob Oper für sie wirklich etwas Wichtiges, Bedeutungsvolles war oder nur eine liebe Erinnerung an schwedische Sommernächte. Zu meinen schönsten Erlebnissen gehört, abends in unserer winzigen Wohnung zu sitzen und diese Platten zu hören. Das war in Bonn, um 1953, und wir hatten sehr wenig. Wir hatten auch nicht viele Platten, natürlich ein paar von Jussi Björling und anderen schwedischen Sängern, dann vor allem die romantischen Liebesgeschichten wie *Lucia di Lammermoor* und den *Liebestrank*. Selbst in den Fünfzigerjahren kaufte meine Mutter hin und wieder eine Platte. Meine Lieblingsoper war *La sonnambula*. Vielleicht, weil ich als Kind selbst schlafwandelte. Es soll sogar gefährlich gewesen sein, man musste auf die Fenster achten, wenn ich im Nachthemd loszog. Ich konnte mir die Geschichte dieses Mädchens genau vorstellen. Nichts kam mir natürlicher vor, als dass Amina nachts ins falsche Zimmer geht und sich später an nichts mehr erinnern kann. Das ganze Misstrauen, dieser schreckliche Verdacht, dass sie Elvino mit Rodolfo betrogen haben könnte, kam mir völlig an den Haaren herbeigezogen vor. Amina *schlafwandelte*, um Gottes willen! Wie konnte man das arme Mädchen so missverstehen! Sie merkte einfach nicht, was sie tat. Ich könnte mich noch heute darüber erregen.«

Sie lächelt, aber das Lächeln verschwindet sofort wieder.

»Es gab noch einen anderen Grund, warum ich unsere Platte der *Sonnambula* liebte. Das war die Stimme von Ferruccio Tagliavini. Er singt den Elvino. Bis zum heutigen Tag habe ich keine schönere Tenorstimme gehört als die von Ferruccio Tagliavini. Dieser ganze Unfug mit den Drei Tenören, Marko. Es bleibt nichts davon übrig, wenn du diesem Mann zuhörst. Leider hatte er keine sehr lange Karriere. Manche Dinge sind zu Ende, bevor sie angefangen haben.«

Meine Mutter bricht ab und blickt auf eine Stelle am Boden. Einen Augenblick denke ich, ihr sei etwas geschehen. Sie verharrt so reglos, als müsste sie eine Statue spielen. Bis ich sehe, dass ihr eine Träne die Wange herunterläuft. Sonst bewegt sich auf ihrem Gesicht nichts.

»Mama«, sage ich.

»Er hat diese Arie«, sagt sie und streicht sich mit dem Finger über die Wange. »Ferruccio Tagliavini. Diese wunderschöne Melodie, weißt du? Wie er, also Elvino, Amina den Trauring gibt, den er von seiner Mutter bekommen hat? ›Prendi, l'anel ti dono‹, singt er. Nimm, ich gebe dir den Ring, den einst die gute, teure Seele zum Altar brachte. Ich kannte den italienischen Text auswendig, bevor ich in meinem Leben je ein Wort Italienisch gehört hatte, meine Mutter hatte es mir Wort für Wort erklärt, so gut sie es verstand. Dass der Bräutigam der Braut den Ring gibt und dass sie sich des Rings würdig erweisen muss. Weil er schon der Mutter des Bräutigams gehört hat. Ferruccio Tagliavini sang das mit einer Stimme, in die ich mich sofort verliebte. So zärtlich, so beschützend. Heilig sei dir dies Geschenk, singt er, wie es auch ihr heilig war. Dein und mein Gelübde soll es treu und ewiglich hüten. Und wenn er das sang, diese wunderschönen italienischen Worte, dann musste ich weinen, denn ich stellte mir den Mann vor, der zu Ferruccio Tagliavinis Stimme passte und der in einem romantischen Kostüm vor mich hintrat, sich verbeugte und um meine Hand anhielt. Nimm, ich gebe dir den Ring! Und ich hätte jedes Mal gesagt: Verlang von mir, was du willst. Ich gehe mit dir und will dir treu sein bis ans Lebensende. Verstehst du, Marko? Es gab keine schönere Stimme und keine schönere Melodie.«

Wieder hält sie inne. Aber diesmal nicht, um zu weinen. Sie sagt: »Ich würde viel darum geben zu wissen, ob meine Mutter die *Sonnambula* verstanden hat. Sie hat mir die Handlung erklärt, aber das heißt noch lange nicht, dass sie die Oper verstanden hat. Was glaubst du, Marko?«

»Ich weiß es nicht. Ich kenne die *Sonnambula* nicht. Ich kann mich aber auch nicht erinnern, dass Oma jemals Opern gehört hätte. In ihrer Wohnung habe ich nur die Platten von Freddy Quinn gesehen. Und bei uns sehe ich sie im Wohnzimmer vor der ZDF-Hitparade mit Dieter Thomas Heck. Das war ihr Samstagabend, und es war auch unserer. Erinnerst du dich nicht daran? Sie mochte Jürgen Marcus, Bata Illic, solche Leute.«

»Sonderbar, nicht wahr? Ihr Vater singt Opern, sie kauft Opernplatten, die sie ihrer Tochter vorspielt, und am Ende stellt sich heraus, dass Opern ihr gar nichts bedeuten. Ich könnte wirklich wütend werden! Warum habe ich ihr das nicht zu Lebzeiten ins Gesicht geschleudert? Ich glaube, nach meiner Hochzeit hat sie keine einzige Oper mehr gehört! So etwas Falsches!«

Es kommt nicht oft vor, dass meine Mutter laut wird. Es kommt auch nicht oft vor, dass sie über meine Großmutter spricht, denn die beiden sind im Streit auseinandergegangen und haben sich in den letzten Lebensjahren meiner Großmutter nicht mehr gesehen. Meine Großmutter, die ihre Arbeit zum Wohl unserer Familie (»einer Familie in einer besonders schwierigen Situation«, wie sie ominös sagte) nicht gewürdigt fühlte und schon immer zu theatralischen Gesten geneigt hatte, beschloss in hohem Alter, nach Schweden zu ziehen, um dort in der Nähe eines Cousins und unter den Fittichen des schwedischen Sozialstaats zu sterben. Und schneller, als wir es für möglich gehalten hätten, starb sie. Seitdem wird noch weniger von ihr gesprochen als vorher. Robert und ich empfanden den letzten Umzug ihres Lebens als sinnlos grausame Bestrafung unserer Mutter und sahen angesichts der zänkischen Unversöhnlichkeit unserer Großmutter keinen Grund, den Kontakt zu ihr aufrechtzuerhalten. Auch sie zeigte kein Interesse mehr an uns.

»Du hast mir nie von dieser Opernsache erzählt, Mama.«

»Ich habe mir selbst wenig erzählt. Wie hätte ich anderen etwas erzählen können? Ich habe mir selbst ... gar nichts erzählt. Komm, Schatz, nimm dir noch ein Plätzchen. Ich heule wie eine Kuh.«

»Erzähl weiter.«

»Also gut. Zwei Tage vor meiner Hochzeit kam Maria Callas nach Köln. Stell dir vor, mit der *Sonnambula.* Am 4. Juli 1957. Ich war ganz aufgeregt, als ich davon las. Wir hatten nicht viel Geld, Rudolf baute gerade erst die Kanzlei auf, aber die Opernkarten hätten wir uns leisten können. So etwas kann man sich immer leisten, meinst du nicht? Ich war gerade siebzehn geworden und sollte heiraten, und ich dachte mir, was kann es Schöneres geben, als zwei Tage vor meiner Hochzeit die *Sonnambula* zu erleben, diese wunderschöne Arie zu hören und zu sehen, wie Amina sich des Ringes würdig erweist. Ich bin keine Opernkennerin, aber für die *Sonnambula* hätte ich mich auch einen oder zwei Tage in die Schlange gestellt, wie es jeder Kölner Opernliebhaber vor der Ankunft der Callas tat. Es gibt eine Aufnahme von diesem Abend, Marko. Natürlich ist die Arie von Elvino dort nicht so schön, wie sie mit Ferruccio Tagliavini gewesen wäre, aber die Callas … Sie rührt dich zu Tränen. Ja, auch dich würde sie zu Tränen rühren.«

»Bruder Gregor war ein großer Callas-Verehrer. Mein alter Lehrer, weißt du noch? Er hat sie in Berlin gehört.«

»Dieser Abend, ich wollte ihn so sehr. Ich wusste Wochen vorher, dass in Köln die *Sonnambula* gegeben würde, aber Rudolf fand, so kurz vor unserer Hochzeit könne ich keine Aufregung vertragen. Ich sagte, Rudolf, bitte. Das ist eine romantische Liebesoper. Sie geht glücklich aus, nicht tragisch. Es geht um eine Hochzeit! Danach feiern wir unsere! Wir werden uns immer an diesen Opernabend erinnern, wir werden immer die Callas und ihre Amina mit dem Tag unserer Trauung verbinden. Aber er war nicht zu erweichen. Dein Vater glaubte nicht an erfundene Geschichten. Er las im Opernführer nach, was die *Sonnambula* ist, denn er wusste es nicht, und sagte mir: Das ist eine kleine, dumme Oper, Irene, siehst du? Sie schreiben, die *Schlafwandlerin* spielt in einem schweizerischen Bergdorf, und die abstruse Handlung ist nur ein Vorwand für schöne Melodien. Ja, sagte ich, aber das sind die schönsten Melodien der Welt! Dein Vater blieb hart. Er sagte: Bellini hat sonst nur ernsthafte Opern komponiert, schreiben sie hier. Außer dieser *Schlafwandlerin.* Sie ist seine einzige *semiseria.* Das kommt mir wie eine sehr merkwürdige Kategorie vor. *Semiseria.* Das heißt halbernst. Ich glaube nicht, dass wir uns das anhören müssen. Was hältst du davon, wenn wir im Herbst mal einen Verdi hören, wenn sie einen geben?«

Sie schüttelt den Kopf. »Es hatte keinen Sinn, mit ihm zu diskutieren. Rudolf verstand mich nicht. Und weil er mich nicht verstand, gingen wir nicht hin. Ich hütete mich, jemandem davon zu erzählen, dass ich die *Sonnambula* sehen wollte und nicht hingehen durfte. Jahre später traf ich eine Frau, die an diesem Abend dabei gewesen war. Natürlich sprechen die Menschen später in sehr verklärendem Ton von solchen Konzerten, sie wissen oft gar nicht mehr, was sie gehört haben, weil ihnen ihre eigene Anwesenheit bei diesem Ereignis das Wichtigste ist. Diese Frau jedenfalls … Sie hatte Tränen in den Augen, als sie von der Callas sprach. Sie sagte, das werde immer ihr größtes Opernerlebnis bleiben, die Callas als *Sonnambula* in Köln. Und ich war nicht dabei, weil Rudolf fand, ich könne keine Aufregung vertragen! Weil er eine Oper verurteilte, ohne eine einzige ihrer Noten zu kennen!«

»Mama«, sage ich. »Du hast immer noch deinen Ferruccio Tagliavani.«

»Tagliavini.«

»Gut. Ich kann mir nicht denken, dass der Tenor des Kölner Abends an Tagliavini herankam.«

»Das glaube ich auch nicht. Aber weißt du, in Gedanken habe ich Ferruccio Tagliavini mit Maria Callas kombiniert. Du musst dir vorstellen, wie damals über die Callas geredet wurde. Sie war launisch und unberechenbar. Die Callas spielte ein einfaches Dorfmädchen in den Schweizer Alpen, aber sie war eine Frau, die genau wusste, was sie wollte. Ich stellte mir vor, wie so eine Frau, die stark ist und einen eigenen Willen hat, Elvinos Ring entgegennimmt. Mit Liebe, aber auch mit Selbstbewusstsein. Ich wollte Amina schwach und stark zugleich sehen, glaube ich. Darum ging es auch in der Ehe, wie ich sie mir vorstellte. Ich hatte mir bis dahin nicht viele Gedanken über die Ehe gemacht. Ich war sehr jung, als dein Vater und ich uns kennenlernten. Aber ich dachte, die *Sonnambula* wird mein großes Erlebnis, bevor wir heiraten. Den ganzen Abend lang, zwei Tage vor meiner Hochzeit, dachte ich daran, dass die Callas jetzt drei Kilometer weiter auf der Bühne steht und den Ring entgegennimmt, während Elvino für sie diese hinreißende Melodie singt.«

»Das ist traurig, Mama. Wirklich. Warum habe ich von dieser Geschichte nie etwas gehört?«

»Ist sie so wichtig?«

Meine Mutter meint ihre Frage ernst.

»Ob sie wichtig ist …«

»Es waren die Fünfzigerjahre«, sagt sie. »Die Älteren hatten einen schrecklichen Krieg hinter sich. Dein Vater war als blutjunger Aufklärungsflieger in Nordafrika gewesen und hatte sich das Jurastudium vom Munde abgespart. Hätte ich jammern sollen wegen einer Oper, die ich nicht sehen durfte?«

»Ich weiß es nicht, Mama. Es hängt wohl davon ab, was sie für dich bedeutete.«

»Wenn ich das wüsste, Marko. Ich weiß nicht, was die Dinge bedeuten.«

Das Licht ist trüber geworden, die Schattennetze der Gardinen haben sich aufgelöst. Ich bin es nicht gewohnt, meiner Mutter so lange zuzuhören. Und sie ist es nicht gewohnt, so viel zu sprechen. Jetzt sitzt sie da und schweigt. Ich nehme mir ein Plätzchen und erinnere mich des Versprechens, das ich meinem Vater gegeben habe.

»Mama«, sage ich. »Ich habe Sonja angerufen. Sie hat auf diesen Geburtstag so wenig Lust wie du. Papas Fünfundsiebzigsten. Aber sie überlegt es sich, glaube ich. Ich will bald nach Madrid fahren.«

»Nach Madrid? Ist das nicht sehr viel Aufwand?«

»Vielleicht. Aber ich fahre auch für mich. Ich habe Sonja seit Ewigkeiten nicht mehr gesehen. Das geht uns wohl allen so. Es sind Jahre. Motte kommt mit.«

»Grüß ihn von mir«, sagt meine Mutter und schaut aus dem Fenster. Vielleicht fragt auch sie sich, warum sie so lange nach dem Ende ihrer Ehe zwangsrekrutiert wird, um meinem Vater an seinem Geburtstag Gesellschaft zu leisten. Und würde sie mir die Frage stellen, müsste ich ihr antworten: Ich weiß es nicht.

Bei seinem nächsten Besuch überrascht Herr Hübbers mich mit, nun ja, nicht gerade einem Strahlen, dafür ist sein derbes Gesicht nicht gemacht, aber doch mit so etwas wie einem feinen inneren Leuchten. Als überlegte er sich die ganze Zeit, wann er mir sein Geheimnis erzählen soll. Zuvor will er aber noch ein bisschen plaudern, was auch eine seltsame Vorstellung ist, Herr Hübbers beim Small Talk. Er sagt, er habe mit der Frau jetzt alles durchgesprochen und den Eindruck gewonnen, die Frau habe es mit den Versicherungen nicht mehr so eilig.

»Aber wir waren doch auch fertig, Herr Hübbers«, sage ich. »Wir haben alles überprüft und für gut befunden.«

Ob ich vergessen hätte, dass die Frau noch andere Versicherungen prüfen wolle?

Da fällt es mir ein. Ja. Seine Frau wollte einige Prospekte durchblättern. Insgeheim habe ich wohl nie daran geglaubt, dass sie es ernst meinte.

»Offenbar konnten die Prospekte Ihre Frau nicht beeindrucken, Herr Hübbers.« Ich sage es ohne Vorwurf. »Wie geht es ihrem Rücken?«

»Besser«, sagt er. »In den letzten Tagen hatte sie kaum Schmerzen.«

»Vielleicht sollte sie dennoch zum Arzt gehen. Jetzt, wo es ihr besser geht. Man sollte nachschauen. Man nennt das Vorbeuge.«

»Sie sagt, das ist nicht nötig. Es geht ihr wieder besser.«

»In Ordnung. Das muss Ihre Frau selbst entscheiden.«

Ich sehe Herrn Hübbers auf dem Stuhl sitzen und sich mit geistesabwesender Zufriedenheit den Oberschenkel reiben. Er führt etwas im Schilde.

»Herr Hübbers? Ist alles in Ordnung?«

Er hört auf, sich den Schenkel zu reiben, und sieht mich mit einem starren Blick an, der darum bettelt, ich möge etwas neugieriger sein.

»Kommen Sie«, sagt er und steht auf. »Ich will Ihnen etwas zeigen.«

Wir gehen an der staunenden Frau Hünnekens vorbei vor die Tür meines Ladens. Da sitzt ein Hund auf dem Gehsteig und sieht uns mit lieben Augen an, einen Meter weiter rauscht gelegentlich ein Auto an ihm vorbei, weil die Leute auf der Niederstraße immer zu schnell fahren, aber den Hund scheint es nicht zu kümmern. Das Tier sitzt ohne Leine da, als hätte es sich den Platz vor meinem Büro ausgesucht, wie Menschen sich im Café gern ans Fenster setzen.

»Das ist Luna«, sagt Herr Hübbers. »Die Frau fand, ich sollte sie mal mitbringen. Luna heißt Mond, sagt die Frau.«

»Hallo, Luna«, sage ich.

Die Hündin sieht mich immer noch lieb an und blickt dann auf ihr Herrchen. Ihr Kopf ist dunkel, fast schwarz, doch die linke Augenbraue ist blond, wenn man diese Stelle bei Hunden Augenbraue nennt, und über den übrigen Körper verteilen sich alle Farben, die Rod Stewart unmittelbar nach dem Besuch beim Hairstylisten auf dem Kopf trägt.

»Luna ist eine Hütehündin«, sagt Herr Hübbers. »Sie ist sehr treu und hält die Herde zusammen. Guckt, dass keiner fehlt.«

»Macht ganz den Eindruck«, sage ich. »Hat die Rasse einen Namen?«

»Rasse«, sagt Herr Hübbers. »Eine Rasse ist das nicht. Es muss mal mit einem portugiesischen Berghund angefangen haben. Ich habe in einem Buch ein Foto gesehen. Die Frau sagt, solche Hunde sind die besten. Verlässlich. Machen keine Faxen. Werden nicht krank. Ich dachte, Sie sollten Luna mal kennenlernen.«

»Das ist nett.«

Herr Hübbers sieht mich an und wartet. Vielleicht habe ich nicht genug Enthusiasmus gezeigt.

»Wollen Sie wissen, wie Luna zu uns gekommen ist?«

»Gern.«

Da erzählt er mir, seine Frau sei eines Tages zu ihrer Schwester gefahren, die sich nach Süddeutschland verheiratet habe, und auf einer Autobahnraststätte, schon tief im Süddeutschen, sei sie Zeugin einer unglaublichen Szene geworden. Ein Wagen sei an der Tankstelle vorgefahren, doch der Fahrer habe nicht angehalten, sondern nur das Tempo verringert, und dann habe eine Hand in hohem Bogen einen Welpen aus dem Beifahrerfenster geworfen. Die Hand habe in einem grünen Pulloverärmel gesteckt. Dann sei der Wagen davongerast.

»Das ist ja unglaublich.«

Die Frau, erzählt Herr Hübbers, habe kaum fünf Sekunden gebraucht, um zu dem armen Welpen zu stürzen, sie habe nicht einmal auf ihr Auto oder den Tankschlauch geachtet, um all das habe sich der Tankwart kümmern müssen, die Frau habe nur noch Augen für die winselnde kleine Hündin gehabt. Es stellte sich heraus, dass die rechte Vorderpfote gebrochen war. Die Frau suchte also zuerst einen Tierarzt und ließ die Pfote schienen. Herr Hübbers streckt einen Arm aus, um die Behinderung anzudeuten.

»Dann hat die Frau zwei Näpfe, Hundefutter, eine Leine und eine Decke gekauft«, sagt er. »Seitdem sind die Frau und Luna unzertrennlich. Hunde wissen, wer ihnen Gutes tut.«

Er gibt Luna einen sanften Klaps, nickt mir zu und geht. Luna folgt ihm.

Ob Joe an jenem Nachmittag vor dem Haus Angelas geparkter Fiat Coupé aufgefallen ist, kann ich dem kleinen ernsten Gesicht nicht ablesen, das am nächsten Hausaufgabennachmittag an meiner Tür erscheint. Was immer es ist, Joe hat Sorgen. Sie glaubt jetzt, ihr Vater komme nie mehr zurück. Sie habe etwas von Scheidung gehört und auf dem Tischchen neben dem Fernseher den Brief einer Anwältin gesehen. Vielleicht ist die Zeit gekommen, sage ich mir, die Strategie zu ändern. Wenn die geliebten Menschen nicht tun, was man von ihnen erhofft, wenn sie verschwinden und nicht wiederkommen, sollte man die Kleinen mit der Realität vertraut machen. Joe ahnt ja, dass alles verloren ist. Alles außer der Möglichkeit, dass ihr Vater, dessen Bild in ihrer Erinnerung täglich blasser wird, eines Tages in Kleinhoek auftauchen könnte, um seine Tochter zu besuchen.

Wie leicht er es hätte! Joes Vater müsste nur kommen und lieb zu seiner Tochter sein. Er brauchte nur eine Kleinigkeit mitzubringen und ein paar plausible Geschichten über seine lange Abwesenheit zu erzählen. Dabei müsste er vorsichtig sein. Geschichten, die sich im Lauf der kommenden Jahre als erstunken und erlogen herausstellen, lohnen sich nicht. Zu hören, »Mama und ich haben Probleme«, ist für Kinder nicht sehr befriedigend, aber tausend Mal besser als jede vorgeschobene Begründung.

»Hast du meinen Brief bekommen?«, fragt Joe.

»Ein kurzer Brief auf einem großen Blatt, wenn du mich fragst. Danke, ist angekommen.«

»Du hast nicht aufgemacht. Ich habe zehn Mal geklingelt. Ich glaube, du warst zu Hause.«

»Joe, ich wollte dich noch etwas fragen«, sage ich, und es ist nicht nur Flucht vor ihrem Verhör. »Dieser Mann, der bei euch gewohnt hat. Du hast mir die Gruselgeschichte mit seinen Koffern erzählt. Weißt du noch?«

Joe will nicht davon sprechen. Sie könne sich an »den Mann« nicht mehr gut erinnern. Sie sei sich nicht sicher, ob er jemals in ihrer Wohnung gewesen sei.

»Seine Koffer, Joe. Ich habe über seine Koffer nachgedacht. Weißt du, was ein Vertreter ist? Ein Mann, der herumzieht, um Sachen zu verkaufen. Und dafür muss er sie zeigen. Ich glaube, ›der Mann‹ war Vertreter für irgendwelche Waren. Du könntest deine Mutter fragen. Waren, die in ein paar Koffer passen. Und diese Koffer, die in deinem Zimmer standen, haben dir Angst gemacht.«

Sie schaut an meinem Gesicht vorbei, als warte sie darauf, dass ich zur Sache komme.

»Ich bin auch Vertreter, Joe.«

Sie sieht mich entgeistert an. Dann schüttelt sie den Kopf. »Nein. Du bist ein Agent. Das hast du mir selbst gesagt.«

»Agent ist ein anderes Wort, Joe. Agenten und Vertreter tun in meiner Branche so ziemlich dasselbe. Klar, ich nenne mein Büro auch Agentur. Insofern kannst du mich einen Agenten nennen, wenn du willst. Aber wir sind auch Vertreter, nur ohne Koffer. Wir verkaufen keine konkreten Waren, sondern Versicherungen. Wie damals die Lebensversicherung für Sir Mobbie, die wir beide unterschrieben haben. Weißt du noch? Ich habe im Namen der Rheinischen unterschrieben. Du als Vormund im Namen von Sir Mobbie. Nun. Es gibt Menschen, die sagen, Versicherungsvertreter sind in erster Linie Verkäufer.«

Manchmal finde ich sogar, wir sind *nur* Verkäufer, aber das sage ich Joe nicht. In einem meiner Ratgeber bin ich neulich auf ein Kapitel gestoßen, das sich über den Beratertypus lustig macht und uns daran erinnert, worauf es ankommt: Kontakten und Verkaufen. Der ewige Berater, so lese ich, latscht fünfmal zum selben Kunden, nur um beim sechsten Mal herauszufinden, dass das Geschäft an einen Konkurrenten gegangen ist. Ja, das passiert. Tut mir leid. Wir sind keine Bahnhofsautomaten. Wir beraten auch dann noch, wenn wir beginnen, am Verstand unseres Kunden zu zweifeln. Hat ein dummer Kunde keinen Versicherungsschutz verdient? Dasselbe ließe sich allerdings auch von Vertretern sagen. Eigentlich müsste es eine umfassende Risikoversicherung für all die Blödheiten geben, die Versicherungsvertretern, die auf ihren Schnitt kommen wollen, im Lauf eines langen Tages so einfallen. Gerade erst hat Igelbrink ein Rundschreiben an alle Agenturen des Bezirks rausgeschickt. Thema: Versicherungskennzeichen für Kleinkrafträder. Die Dinger bilden eine Klasse für sich, denn sie verschaffen uns die einzige Gelegenheit, Bargeld entgegenzunehmen. Keine andere Prämie im Universum der deutschen Versicherungswirtschaft darf in bar bezahlt werden. Nur das Versicherungskennzeichen für Mofa, Moped, Roller. Da der erste Gültigkeitstag der neuen Kennzeichen der 1. März ist, strömt im Februar ziemlich viel Bargeld in die Kasse. Bei mir sind es um die fünftausend Mark. Bei größeren Agenturen ist es leicht das Doppelte.

Nicht viel? Manche meiner Kollegen würden für so viel Cash lügen und stehlen. In seinem Brief beklagt Igelbrink, mit den Versicherungskennzeichen werde Missbrauch getrieben, und droht den Übeltätern mit Kündigung. Und er übertreibt nicht. Einige unserer Leute benutzen das Geld dafür, mysteriöse Haushaltslöcher zu stopfen. Sie reichen die Kopien des Versicherungsscheins erst ein paar Monate nach dem Erhalt des Geldes ein, sodass die Daten des Versicherten nur mit großer Verzögerung das Kfz-Bundesamt in Flensburg erreichen. Hat der kleine Mofafahrer in der Zwischenzeit einen Unfall, weiß Flensburg von nichts. Da zeigt der Mofafahrer seinen gültigen Versicherungsschein. Wie kann das sein?, fragt Flensburg erstaunt und ruft bei der Rheinischen an. Der Fahrer hat doch schon vor Monaten bezahlt! Sehr peinlich für uns. Eigentlich unfassbar. Unsere Leute spielen auf Zeit, obwohl zwei Funken Verstand ihnen sagen müssten, dass sie mit dem Hinauszögern der Zahlung nur Schaden anrichten.

Als ich Anton anrief, um ihm von Igelbrinks Brief zu erzählen, sagte er: »Mich wundert gar nichts mehr. In meinem Bezirk hatten wir dasselbe Problem. Wie viele Agenturen seid ihr in der Bezirksdirektion Krefeld?«

»Siebenunddreißig. Stand vorgestern. Vor einem halben Jahr waren wir zweiundvierzig. Wir stecken in keiner guten Phase.«

»Dann kalkulier mal ruhig, dass zehn deiner Kollegen unerlaubt in die Keksdose greifen. Sonst würde Igelbrink keinen Rundbrief schreiben. Was ist das für eine verkommene Welt.«

»Komm, Anton, du hast es doch gewusst. Von dir habe ich den Satz.«

»Welchen Satz?«

»Die Versicherungsbranche bietet hinreichend Platz für alle Gemeinheiten der Menschennatur.«

»Das soll von mir sein? Gar nicht übel.«

Das Problem ist, dass man den Gaunereien nicht abhilft, wenn man die Versicherungsgesellschaft wechselt, weil die Gepflogenheiten sich nur graduell unterscheiden. Der Gedanke an einen Wechsel des Arbeitgebers, wie Anton mir schon früh erklärt hat, bringt viele Missstände erst hervor. Wechselwillige Vertreter werden tollkühn und skrupellos, weil man ihnen nach dem Abschied schlecht am Zeug flicken kann. Noch ein paar gefälschte Unterschriften, ein kleiner Versicherungsbetrug, und *arrivederci*. Bei der neuen Gesellschaft hängen diese Leute sich irre rein, oft sind sie mit höherem Fixgehalt und saftigen Erfolgsprämien geködert worden. Neustarter haben erst einmal nichts anderes zu tun, als ihren alten Kundenstamm abzuwerben und der neuen

Gesellschaft zuzuführen. Der frische Mann, so nennen wir es, »deckt seinen Bestand um«. Und was hat er bewirkt? Er hat den Markt in Unruhe gebracht, nichts weiter.

Manchmal blicke ich mich in meinem Büro um und empfinde das Langweilige, Statische meines Berufs mit voller Wucht. Denn ich bin keine Aufbauagentur, wie sie den Blendern und Angebern in die Hände geworfen wird. Ich bin eine Bestandsagentur. Was ich tue, bleibt mehr oder weniger gleich und dümpelt in einem Zustand mittelgrauer Durchschnittlichkeit dahin. Es *besteht*. Es besteht oft viele Jahre hindurch. Ein paar Kunden sterben weg, ein paar kommen hinzu. Viel Geld ist damit nicht zu machen. Und manche in Kleinhoek, ich spüre es, wünschen sich immer noch den Willi zurück. Die höllische Schwierigkeit liegt darin, für die Kunden auf dem Posten zu bleiben und das Meer zu beobachten. Jahr um Jahr. Wer hat denn schon mal von einem Steuermann gehört, der sich während der Überfahrt schlafen legt?

»Joe«, sage ich. »Ich fliege nach Madrid, um meine große Schwester zu besuchen. Die Daten sage ich dir noch. Zur Feier des Tages habe ich einen Tierreim für dich komponiert.«

»Her damit.«

»Der Schwan fährt Kahn. Na? Was sagst du?«

»Ich dachte, du fliegst.«

Ich muss lachen, aber sie lacht nicht mit. Sie ist mit etwas anderem beschäftigt.

»Marko«, sagt sie. »Wie ist Madrid?«

»Schön«, sage ich. »Madrid ist schön. Es würde dir gefallen. Madrid ist größer als Kleinhoek, wie du dir denken kannst. Auch größer als Wesel, Essen oder Köln.«

»Hast du dich schon mal in eine Spanierin verliebt?«

»Lass mich nachdenken, Joe.«

Und ich denke lange nach. Sie sieht mich an, als wäre sie schon vierzehn.

»Also?«

»Ich habe lange nachgedacht. Aber ich glaube nicht.«

»Du bist dir nicht sicher.«

»Doch. Bei längerem Nachdenken bin ich mir sicher. Ich habe mich noch nie in eine Spanierin verliebt. Nicht mal ein bisschen.«

»Bleib dabei«, sagt Joe.

Ich habe die Madridreise gebucht und Frau Hünnekens erzählt, es sei Zeit, dass ich meine große Schwester besuche. Frau Hünnekens, die das Flamencofoto auf meinem Schreibtisch kennt, hat sich offenbar schon ein bisschen gewundert, warum sich die Geschwister Theunissen so selten sehen. Eine merkwürdige Familie! Ich erkläre ihr, Madrid liege nicht um die Ecke. Außerdem hätte ich viel Arbeit. Darauf sagt Frau Hünnekens, ihr Bruder, ihre Schwägerin und sie hätten schon dreimal zusammen auf Mallorca Urlaub gemacht. Und sehr preisgünstig.

»Madrid, Frau Hünnekens, ist nicht Mallorca.«

Sie antwortet, für sie müsse es das Meer sein. Madrid liege nicht am Meer. Ob ich denn noch nie auf Mallorca gewesen sei?

»Nein«, sage ich. »Mallorca kenne ich leider nicht.«

Frau Hünnekens lacht. »Da sind Sie in Deutschland aber der Einzige.«

Und wir lachen beide.

Ich muss Motte noch sagen, welchen Madridflug ich gebucht habe. Es wird unser erster gemeinsamer Urlaub seit damals, als wir mit meinem Vater und Vera vor fast zwanzig Jahren in Südfrankreich waren. Ich kann es kaum glauben. Wenn ich innehalte, spüre ich, wie die Vergangenheit an meine Küste schlägt wie die steigende Flut.

Ich glaube an die Theorie, dass manche Urlaube erst viel später ihre Bedeutung enthüllen, dass sie sich mit den

Jahren anreichern und immer mehr Botschaften preisgeben. So ging es mir auch mit diesem. In den Tagen nach den langen Terrassengesprächen – wenn wir nicht gerade am Strand herumzogen oder mit dem Segelboot hinausfuhren – beobachtete ich die Freundin meines Vaters mit wachsender Faszination. Ich hatte mir nie die Frage gestellt, was man denn so macht, wenn man mit einer Frau in Urlaub fährt. Meine Eltern waren ja nie ein richtiges Paar gewesen. Jetzt kam es plötzlich vor, dass mein Vater und Vera unter das Blätterdach vor unseren Zimmern kamen und sagten: Wir fahren mal Wein kaufen, wir gehen auf den Markt. Oder: Wir besuchen eine Galerie in Antibes. Oder irgendetwas anderes, für das man sich umzieht. Das fiel mir als Erstes auf, die beiden trugen gebügelte Kleidung, wenn sie zusammen loszogen, und Vera hatte Make-up aufgelegt und duftete nach einem holzigen Parfüm. Ich war mir sicher, dass Vera für all diese Urlaubsgewohnheiten verantwortlich war, denn woher sollte mein Vater wissen, wie man so etwas machte?

Wenn sie zurückkamen und von ihrem Ausflug erzählten, forschte ich in ihren Gesichtern, um zu verstehen, was diese Stunden für sie bedeutet hatten. Jeder weiß, dass solche Erlebnisse nicht für beide dasselbe bedeuten. Meine ganze Kindheit hindurch hatte ich bei meinen Eltern Dinge gesehen, die *nicht* für beide dasselbe bedeutet hatten, obwohl mein Vater und meine Mutter sich nach außen wie ein Paar benommen hatten. Aber was war mit ihrem Arm, der nicht um seine Hüfte geschlungen war, was war mit seiner Hand, die nicht auf ihrer lag? Verdammt, was war mit diesen tausend kleinen Gesten den ganzen Tag hindurch, der ehelichen Verschworenheit, die nicht zu spüren gewesen war, dem komplizenhaft geflüsterten Satz, den niemand je von ihnen hörte? Was war mit den schönen Geheimnissen, die Eltern normalerweise vor ihren Kindern hüten? Es stellte sich heraus, dass es zwischen meinen Eltern nur schlechte Geheimnisse gab.

Vielleicht hätte ich Vera, die fast immer strahlend von ihren Ausflügen zurückkam, noch viel genauer beobachtet, wenn mir mein Vater nicht solche Rätsel aufgegeben hätte. Vera war ein neues Geheimnis, mein Vater war ein viel älteres, das ich erst jetzt als Geheimnis begriff. Dass er glücklich war, sah ich sofort, aber ich musste noch herausfinden, welcher Mensch durch dieses Glück zum Vorschein kam. Zum ersten Mal schien er zufrieden damit zu sein, nur dabeizusitzen und dieselbe Luft zu atmen wie wir. Motte, Robert und ich konnten den größten Unsinn daherreden, mein Vater saß da und genoss es. Er war bei seinen Söhnen, er hatte eine liebende Frau an seiner Seite, er war in Frankreich, mehr brauchte er nicht. Beim Frühstück sah ich seinen Blick zu den Weinbergen hinüberwandern, als müsste er sich alles gut einprägen, um sich später, wenn sein Glück vorbei wäre, besser daran erinnern zu können. Ja, er sah aus wie ein Mann, der nicht ganz glaubt, was er gerade erlebt, der sich fühlt wie in einer fremden Haut, und vielleicht steckte er ja wirklich in der Hülle eines anderen, dessen Identität er unmöglich auf die Dauer ausfüllen konnte. Wenn sich unsere Blicke trafen, lächelte er, als wäre ich sein Komplize bei dieser geheimnisvollen Unternehmung, zu der sich sein Leben entwickelt hatte. Andere Male dachte ich, seine Augen wollten mich etwas fragen, obwohl ihm den ganzen Urlaubsmonat hindurch keine Frage über die Lippen kam, ich dachte, er wollte mir sagen: Ist das nicht unglaublich, was mir gerade widerfährt? Kann sich ein Menschenleben so verwandeln? Und die Ungläubigkeit, die aus seinen Blicken sprach, schien schon die Antwort zu geben: Nein, so, wie es mit ihm geschehen war, konnte ein Menschenleben sich nicht verwandeln. Dergleichen durfte nicht von Dauer sein.

Ein einziges Mal in diesem Urlaub erlebten wir ihn wirklich redselig, und auch dieser Vater gefiel mir. Es war ein entspanntes Reden, aus Lust an scharfer Argumentation, er wollte einer Sache auf den Grund gehen. Es betraf Mottes

Erlebnis mit den drei Franzosen in ihrem Peugeot, auf der Rückfahrt von den Diskotheken in Cavalaire.

Mottes Gemütsverfassung nach den Minuten neben Chantal, eingehüllt in ihr betäubendes Parfüm, ihren nackten rechten Oberschenkel an seinem linken, habe ich mir schon oft vorgestellt. Immer wieder komme ich zu dem Schluss, dass nicht viele fühlende Männer auf der Höhe dieser Anforderung gewesen wären. Gerade noch war er in diesem Auto, wo ihm erst heiß, dann kalt geworden ist. Gerade noch sind ihm wilde Verheißungen ins Ohr geflüstert worden, und schon im nächsten Augenblick befindet er sich im Freien, deutlich nach Mitternacht, und muss erst einmal den Weg zur Villa finden.

Nachdem er ausgestiegen ist, Chantals schmollenden Mund vor Augen und Paulines spöttisches *Salut* noch im Ohr, braucht Motte vielleicht eine halbe Stunde, bevor er den Anstieg zu unserem Weinberg erreicht. Am Anfang rennt er, um die irren Gedanken in seinem Kopf zu beruhigen. Je länger er läuft, desto besser fühlt er sich. Erst auf den letzten paar Hundert Metern wird er langsamer und fängt an, in Ruhe über alles nachzudenken, und als er das Gartentor der Villa erreicht, ist er damit noch zu keinem Ergebnis gekommen. Dann ist Motte auf der Terrasse, wo Vera und mein Vater sitzen und ihn überschwänglich begrüßen. Er ist so erleichtert, sie zu sehen, dass er sich zu ihnen setzt und sich ein Glas Wein einschenken lässt. Er leert das Glas in vier, fünf Schlucken. Mein Vater sieht ihn lächelnd an, er merkt, dass der stille Motte anders ist als sonst. Während Vera ihm nachschenkt, sie hat schon ein paar Gläser Weißwein getrunken, lässt Motte sich in den Stuhl zurückfallen und sagt kopfschüttelnd: »Ihr glaubt nicht, was ich gerade erlebt habe.«

So, wie ich es am nächsten Morgen erzählt bekam, mit den Ausschmückungen Veras und meines Vaters versehen, war es offensichtlich, dass der flotte Vierer, den Motte ausgeschlagen hatte, schon in den ewigen Legendenschatz unserer Familie eingegangen war. Vera war schockiert, dass so etwas auf einer Landstraße in »unserer« Gegend überhaupt passieren konnte, und hielt minutenlang das Frühstücksmesser in der erhobenen Hand, als müsste sie darüber nachdenken, auf welchen der Übeltäter sie zuerst damit losgehen sollte. Es gab also junge Leute, schloss sie, junge Franzosen, die nachts mit dem Auto durch die Gegend fuhren (»mit dem Auto ihrer Eltern«, sagte sie, um uns die Ungeheuerlichkeit des Falls vor Augen zu führen) und versuchten, Partner für sexuelle Spiele zu finden. Diese Leute waren bereit, dafür viel Mühe auf sich zu nehmen und ihre ganze Überredungskunst einzusetzen, sie gingen buchstäblich auf die Pirsch. Ihr bevorzugtes Objekt waren junge Touristen, die sich ahnungslos in die Falle locken ließen. Vera fand das unglaublich. Wer sagte denn, dass jeder die Stärke besaß, solche Angebote abzulehnen, wie Motte es getan hatte? Ich sah sie an und versuchte mir vorzustellen, wie Vera als Kind gewesen sein mochte, als Jugendliche, und wann sie den ersten Freund mit nach Hause gebracht hatte.

Mein Vater, der sich eigentlich viel mehr hätte entrüsten müssen, weil er der Ältere war und von so etwas in seiner Jugend sicherlich nie gehört, geschweige denn entsprechende Angebote bekommen hatte, hielt sich auffallend zurück. Dann begriff ich, dass ihn Mottes Tat um ihrer selbst willen interessierte, denn mein Vater ließ durchklingen, für wie groß er die Versuchung hielt, der Motte ausgesetzt gewesen war. Die nächtliche Situation in all ihren Einzelheiten – dem engen Peugeot, dem schwer parfümierten Mädchen, das sich immer wieder mutwillig gegen Mottes wehrlosen Körper rutschen ließ – wurde wieder und wieder analysiert, von verschiedenen Seiten betrachtet und unter Lampen mit unterschiedlicher moralischer Wattstärke gehalten.

»Ich weiß eigentlich gar nicht«, sagte mein Vater, als er sein Croissant gegessen hatte, »was ich von diesen jungen Franzosen halten soll. Vera scheint es genau zu wissen« – er nickte in ihre Richtung, was bedeuten konnte, dass er ihr eine viel schnellere Auffassungsgabe zugestand, als er sie besaß, oder dass sie aus den von ihr gewonnenen Daten übereilte Schlussfolgerungen zog –, »aber ich gestehe, dass mein Bild unvollständig bleibt. Was mag in den Köpfen dieser jungen Leute vorgegangen sein? Führten sie etwas Böses im Schilde?« Er blickte uns an und lächelte kaum wahrnehmbar. »Nun, das wollen wir doch nicht im Ernst behaupten«, sagte er in seinem beiläufigsten Kanzleiton, der seinen Zuhörern unfehlbar das Gefühl vermittelte, in den Händen eines fähigen Beraters zu sein. »Solange sie unserem Freund Motte hier« – jetzt nickte er in Mottes Richtung – »kein Haar gekrümmt, nichts zuleide getan, ja nicht einmal den Knopf eines Hemdes geöffnet haben« – jetzt lächelte er unverhüllt, er fand Spaß an seinem Argument und hatte Lust, es weiterzuverfolgen –, »werden wir wohl sagen dürfen, dass nichts geschehen ist. Gar nichts. Unserem Freund Motte wurde ein Angebot unterbreitet, das manche, ja viele für unanständig halten. Doch unser Freund Motte war frei, dieses Angebot abzulehnen. Und er hat das getan, was wir alle angesichts der gestern nacht obwaltenden Umstände für das Vernünftigste gehalten hätten. Er hat das Angebot abgelehnt.«

Motte wusste nicht, was er darauf antworten sollte, er hatte noch nicht einmal das passende Gesicht parat. Verwirrt starrte er auf sein Croissant. Er wollte nicht als Held gelten, dafür war die Erinnerung an Chantal, die ihre Hand seinen Oberschenkel hatte hinaufwandern lassen, zu lebendig und ambivalent. Im Grunde wusste er überhaupt nicht, was er denken sollte. Seit dem Vorabend war ihm sein Erlebnis entwunden worden und hatte sich unter dem Sezierbesteck meines Vaters in ein exemplarisches »Abenteuer« verwandelt. Ich beobachtete meinen Vater, der immer noch nachdenklich wirkte. Sein Interesse an dem Fall war noch längst nicht erschöpft.

Erst Jahre später verstand ich, dass mein Vater in Gedanken seine eigene Jugend heraufbeschworen und sich gefragt hatte, inwiefern sie mit den heutigen Zeiten vergleichbar war. Manchmal erschien ihm die Kluft zwischen seiner damaligen und unserer späteren Welt durch Herkunft, Erziehung, Sitten und Religiosität so groß, dass er sich endlos wundern konnte, wie sich überhaupt jemand traute, die eine Generation mit der anderen zu vergleichen. Oder warum es Menschen gab, die glaubten, ihre Maßstäbe durch Erziehung an die Jüngeren weitergeben zu können. Wenn sich die Lebensstile und mit ihnen das Bewusstsein alle zehn, fünfzehn Jahre änderten, dann gab es sehr wenig, was die eine Generation bei der anderen verstehen konnte, dann waren die Werturteile der Väter ungerecht und ihre Hilfsangebote lächerlich. Dann bewegte sich jeder in seiner eigenen Welt und kam nicht aus ihr heraus. Auch mein Vater sagte manchmal die Worte »Bei uns damals …«, um eine Anekdote aus seinem Erinnerungsschatz anzukündigen, doch je älter er wurde, desto bewusster war ihm, dass das »Wir«, auf das er sich bezog, keine sehr große Gruppe mehr bezeichnete.

Etwas von dem langsam wachsenden Gefühl der Vereinsamung musste er auch an jenem Morgen gespürt haben, als er über Mottes Erlebnis nachdachte. Er fragte sich, wo seine moralische Empörung blieb, und sah, dass er sie nicht empfand. Stattdessen verspürte er den Wunsch, sich in Mottes Lage versetzen zu können, die Herausforderung mit Mottes Augen zu sehen, ja, in dieser Situation an seiner Stelle handeln zu dürfen. Weil eine solche Szene in seiner Jugend undenkbar gewesen wäre (zumindest in *seiner* Jugend, in Wesel am Niederrhein, wo er aufwuchs, die Sitten beachtete, den Kirchgang absolvierte und die Ankündigungen im Schaukasten des Pfarrhauses las), ließ er seiner Phantasie die Freiheit, die besondere Herausforderung zu erkunden, vor der Motte in der Nacht zuvor gestanden hatte. Vielleicht fragte er sich sogar, was sich, wenn ich seinen Gesichtsausdruck richtig deutete, auch Motte allmählich fragte: ob er, Motte, in der

Nacht zuvor klug gehandelt hatte. Oder ob es nicht eher Grund gab, der verpassten Chance, etwas erregend Neues kennenzulernen, nachzutrauern.

»Was wir noch gar nicht erörtert haben«, sagte mein Vater und griff nach einem Pfirsich, »ist ja die Frage, ob es sich überhaupt um eine moralische Herausforderung handelte.« Er zerschnitt den großen Pfirsich wie warme Butter, ließ langsam die Hälften sinken und trocknete sich an der Serviette die Hände ab. »Inwiefern *moralisch*? Vera findet, es gehe um Moral. Vielleicht geht es aber für diese jungen Franzosen, erwachsene Leute im Sinne des Gesetzes, nur darum, ihre legitime Freiheit zu nutzen. Die Abwesenheit von Regeln. Das Auto von Papa. Und was spricht gegen die Annahme, dass der kleine Peugeot dem jungen Mann *gehörte*? Dass er ihn sich von seinem Ersparten gekauft hat? Sagen wir, er lädt zwei liebe Freundinnen an einem warmen Sommerabend zu einer Spazierfahrt in seinem Auto ein. Sie haben Ferien, diese jungen Leute, sie haben in den Monaten zuvor eifrig studiert und wollen sich nun ein wenig amüsieren. Da steht ein junger Mann am Straßenrand, unser Freund Motte hier« – wieder nickte mein Vater auf die andere Seite des Tisches hinüber, wo zwischen Mottes Zähnen gerade ein großer Bissen Croissant verschwand, der im Mundwinkel ein goldbraunes Teigplättchen hinterließ –, »und eine der beiden jungen Frauen sagt zu Jean-Claude: Halt doch mal an, da möchte jemand mitgenommen werden. Und Jean-Claude hält an. Da sagt die andere der beiden jungen Frauen … Chantal? Die auf dem Rücksitz? Chantal also sagt: Was für ein hübscher Junge, sieh doch mal, Pauline. Und Pauline sagt, du hast recht, kommt, den nehmen wir mit, vielleicht hat er auch Lust, sich ein wenig zu amüsieren. In diesem Fall hätte Jean-Claude nur das getan, worum seine beiden Freundinnen ihn baten, er will doch kein Spielverderber sein. Also sagt er zu ihnen, gut, wenn ihr unbedingt wollt, nehmen wir ihn mit, aber ich sage euch gleich, der ist sicher nicht mit von der Partie, er ist noch zu jung, außerdem« – mein Vater nickte wieder zu Motte hinüber, als wollte er sich im Voraus entschuldigen – »habe ich das Gefühl, das ist ein Deutscher, einer von diesen ernsten, zergrübelten Menschen, die sich nicht so leicht gehen lassen, einer von denen, die jeder Ausgelassenheit misstrauen und auch im größten Amüsement einen klaren Kopf behalten wollen. So ungefähr könnte Jean-Claude gesprochen haben, bevor er anhielt und unseren Freund Motte fragte, wohin er wolle. Jetzt muss ich noch einmal fragen. Was ist daran unmoralisch?«

An diesem Morgen erlebte ich zum ersten Mal, dass Vera etwas an meinem Vater missbilligte. Bis dahin hatten ihre Berufe in unseren Tischgesprächen keine Rolle gespielt, doch diesmal fand sie, mein Vater betrachte die Dinge »so kalt wie ein Notar«.

Er *sei* Notar, sagte mein Vater gleichmütig, und vielleicht war ich der Einzige, der heraushörte, was er damit sagen wollte: dass sein Beruf sinnvoll und notwendig sei und es ihm erlaube, eine Familie zu ernähren, ihn aber keineswegs daran hindere, menschliches Verhalten im Licht der herrschenden Umstände zu beurteilen. Es stehe ihm nicht zu, Menschen zu richten, die er nicht kenne, fügte er hinzu. Und dann sah er Vera an und sagte etwas, was bei ihr nicht gut ankam. Ob er, mein Vater, nicht eher wie ein Soziologe argumentiert habe?

Einige Jahre später, als Vera ihn längst verlassen hatte, erzählte er mir, dass ihr Urlaubsglück an diesem Tag den ersten Riss bekommen hatte, und noch immer wunderte er sich, wie so etwas möglich gewesen war. Meinungen waren für meinen Vater nie von Bedeutung gewesen, Taten dagegen wohl. Bei Mottes nächtlichem Abenteuer oder Nicht-Abenteuer war es allein um unterschiedliche Meinungen gegangen, die in seinen Augen nichts hätten verändern müssen. Doch je länger er darüber nachdachte, desto unklarer wurden ihm die Ursachen für ihre Entzweiung. Er verlor sich im

Anekdotischen, statt die Struktur im Auge zu behalten, er zog an fünf Fäden gleichzeitig und wunderte sich, dass er von seiner Beziehung mit Vera am Ende nur ein wirres Knäuel in der Hand zurückbehielt.

»Ich habe Vera gebeten, bei mir zu bleiben«, sagte mein Vater an jenem Abend in meinem zweiten Semester, als wir im Wohnzimmer saßen und wieder einmal darüber sprachen, »was dieses Haus alles erlebt hat«.

»*Gebeten*, Papa?«

»Ja. Ich habe ihr gesagt, dass unsere verschiedenen Meinungen gut nebeneinander existieren können. War das falsch?«

»Falsch vielleicht nicht …«

»Aber?«

»Es war nicht ganz passend, glaube ich. Was die Formulierung betrifft. Entschuldige, dass ich mich da einmische.«

»Du mischst dich nicht ein«, sagte er und schwenkte seinen Rotwein. »Überhaupt nicht. Es ist ja vorbei. Vielleicht hätte ich dich damals um Rat fragen sollen. Du kanntest sie. Du mochtest sie. Sie mochte euch auch. Es war wunderbar, euch alle zusammen zu sehen. Warum musste sie gehen?«

»Ich weiß es nicht, Papa. Hat sie es dir nicht gesagt?«

Joes Mutter bemüht sich nicht, ihre Überraschung zu verbergen, als sie die Haustür öffnet und mich vor ihr stehen sieht. Sie weiß nicht, dass gleichgültige, misstrauische, abweisende Blicke zu meinem Berufsalltag gehören. Ich habe mir von Anfang an gesagt: Solche Blicke sind ein Ansporn. So haben es uns die Leiter der Grundseminare gelehrt, so steht es in den Handbüchern: Der Kunde kann noch nicht wissen, dass er Ihr Kunde wird. Vielleicht *will* er gar nicht Ihr Kunde werden, weil er nicht weiß, was gut für ihn ist. Jetzt kommen Sie ins Spiel. Sie müssen ihm die Türen seines eigenen Hauses öffnen, jede einzelne. Sie müssen ihn durch drei, vier Zimmer führen, und erst im letzten Zimmer steht ein Tisch mit zwei Stühlen. Und auf diesem Tisch liegt der Versicherungsvertrag, den der Kunde unterschreiben soll. Wenn Sie ihn so weit geführt haben, halten Sie den Kunden schon fast bei der Hand. Aber das Kunststück ist, in das Haus *hineinzukommen*! Richten Sie Ihr ganzes Wollen, Ihre ganze Aufmerksamkeit auf die Haustür, den Flur, das erste Zimmer. Diesem Zimmer, das der Kunde erbittert bis zur Unhöflichkeit verteidigt, gilt Ihr erstes Lächeln.

Das mit dem Lächeln ist nicht gerade meine Stärke. Ich lächele auch nicht bei den Kontaktgesprächen am Telefon, wie uns dringend empfohlen wird. Lächeln Sie, auch wenn der Kunde es nicht sieht! Also, das ist nichts für mich. Aber ich bin höflich und kann warten. Manchmal ist diese innere Ruhe erfolgreicher als das aufdringliche Strahlen der typischen Vertreter. Gibt man mir etwas Zeit, fühlen sich die meisten Kunden mit mir wohl. Nur die Zeit ist ein Problem. Man bekommt sie nicht immer.

»Frau Sieveneck«, sage ich. »Entschuldigen Sie die Störung. Haben Sie eine Minute? Keine Sorge, ich möchte Ihnen nichts verkaufen. Es geht um Johanna.«

Sie sieht mich an und macht keine Anstalten, mich hineinzubitten. Man darf auch das nicht auf sich beziehen. Reserviertheit ist wie eine Rüstung, die sich nicht so schnell ablegen lässt. Dann hilft es, seinem Gegenüber ein wenig zur Hand zu gehen.

»Darf ich?«, sage ich und setze den Fuß auf die erste von drei Stufen. »Es dauert nicht lange.«

Sie weicht zurück und lässt mich eintreten, sagt aber immer noch kein Wort. Vom engen Flur aus geht eine Treppe in die erste Etage ab. Oben sehe ich eine Tür. Die Sievenecks bewohnen das kleine Erdgeschoss. Ich warte ohne Ungeduld, bis Johannas Mutter sich entschließt, voranzugehen. Es ist nicht immer leicht zu entscheiden, ob man ungelegen kommt, weil der Kunde grundsätzlich kein Interesse am Verkaufsgespräch hat, oder weil das Wohnzimmer unordentlich ist und im Flur Wäsche trocknet. Wir dürfen nicht nur auf das reagieren, was wir sehen. Wir spielen in rasendem Tempo fünf, sechs weitere Motive durch und suchen nach Indizien, die unsere Annahmen bestätigen könnten.

Frau Sieveneck bittet mich zum Sofa und setzt sich auf einen entfernten Sessel.

»Hat das Kind etwas angestellt?«

»Oh. Nein. Überhaupt nicht. Johanna ist sehr wohlerzogen. Ich wollte mit Ihnen etwas anderes besprechen.«

Sie sieht mich ohne jedes Interesse an.

Ich sage: »Johanna wartet auf ihren Vater.«

Ich lasse den Satz los wie eine Taube, höre sein Flattern, sehe, wie er sich in die Luft erhebt und über Frau Sievenecks gleichgültigem Haupt kreist. Dort beobachte ich ihn eine

Weile, bevor ich mich aufraffe, Johannas Mutter ins Gesicht zu blicken. Dieses Gesicht … Es wäre genug, mich zu vertreiben. Ein grundsätzlicher Missmut hat sich in ihren Zügen eingenistet, etwas Stures, Passives, Negatives, von dem ich nicht weiß, welche Macht es über andere gewinnen will, ob es sich nach innen oder außen richtet.

»Und was geht Sie das an?«

Es ist die Antwort, die ich befürchtet habe. Frau Sieveneck hat es nicht nötig, ihre Stimme aggressiv klingen zu lassen. Der Satz selbst hat genug abweisende Kraft. Zumal er stimmt. Was geht mich Joes Vater an?

»Nichts«, sage ich.

Diesmal sehe ich Sie ruhig und ausdauernd an. Es gibt wenige Menschen, denen solche Blickduelle nicht unangenehm sind, und um die meisten dieser Menschen sollte man einen Bogen machen. Ich selbst kann die Sekunden zählen, die ich gegen einen hartnäckigen Blick durchhalte. Bei Frau Sieveneck erreiche ich fast meine Grenze, den Punkt, an dem ich abbrechen, die Augen senken oder schleunigst ein Wort sagen muss. Doch gerade als ich die Waffen strecken will, sagt sie etwas. Sie hat mich geprüft. Vielleicht wollte sie wissen, ob es sich überhaupt lohnt, den Mund aufzumachen.

»Ich warte auch.«

Der Satz erhebt sich in die Luft und liegt über uns. Ich kann sehen, wie er sich im Raum verteilt und die Atmosphäre verändert.

»Entschuldigen Sie. Ich weiß nicht, ob ich Sie richtig verstanden habe.«

»Sie haben mich verstanden, Herr Theunissen.« Sie macht eine Pause. Dann: »Ich weiß, wer Sie sind. Durch Johanna. Aber Sie wissen nicht, wer ich bin.«

Ich nicke, es bleibt mir nichts anderes übrig. Ich schäme mich. Ich sollte aufstehen und gehen. Aber ich kann es nicht, bevor ich ihr nicht erklärt habe, warum ich gekommen bin.

»Mein Eindruck ist, dass Johanna leidet.«

Sie lehnt sich zurück und schließt die Augen. Die Geste hat etwas Intimes. Doch bei Frau Sieveneck ist es Erschöpfung.

»Alle leiden«, sagt sie.

»Entschuldigen Sie, dass ich Sie gestört habe. Danke. Ich finde allein hinaus.«

»Die Feinplanung«, sagt mein Vater. »Wir müssen die Feinplanung machen!«

Es stimmt. Wenn mein Vater es mit seinem fünfundsiebzigsten Geburtstag ernst meint, muss die Familie bald Bescheid wissen. Da Robert und ich eingeweiht sind und uns das Datum vorgemerkt haben (als hätten wir es jemals vergessen können!), handelt es sich dabei vor allem um Sonja und meine Mutter.

»Ihr Kommen ist leider unsicher«, sage ich ihm, um ihn auf die mögliche Enttäuschung vorzubereiten. »*Sehr* unsicher. Ich habe beiden von deinem Plan erzählt.«

»Aber du fliegst nach Madrid, um noch einmal mit Sonja zu sprechen, hast du mir gesagt. Dort werdet ihr viel Ruhe haben. Die beiden Großen können sich endlich mal wieder ausführlich unterhalten. Ich zweifele nicht daran, dass Sonja ein Einsehen haben wird.«

»Das mit dem Einsehen ist so eine Sache«, sage ich. »Bei Sonja traue ich mir keine Wettervorhersage zu.«

»Es geht ihr gut, hast du gesagt. Sie ist versorgt. Dieser Luis versorgt sie. Lassen wir einmal das Thema seiner schwer durchschaubaren Geschäfte beiseite. Das geht mich nichts an. Sonja braucht nur den Flug zu buchen.«

»Ja, Papa.«

»Madrid–Köln. Es gibt sogar Billigflüge. Mir ist noch etwas eingefallen. Ich würde mich freuen, deinen Freund Motte wiederzusehen. Er war doch mit uns in Frankreich.

Ein gern gesehener Freund, das kann ich nicht anders sagen. Sonja und er kennen sich doch auch. Frag ihn, ob er zu meiner kleinen Geburtstagsfeier kommen will.«

Es ist warm, wir haben uns ins Teehäuschen gesetzt. Bevor ich das Tablett hinaustragen konnte, musste ich den Holzboden fegen, Staub wischen und Spinnweben entfernen. Mein Vater sieht inzwischen so schlecht, dass er die Spuren der Vernachlässigung in seinem Haus nicht mehr bemerkt. Den geschwungenen Weg, der über den kleinen Hügel des japanischen Gartens führt und am Platz vor dem Fischteich endet, mutet er sich kaum noch zu, er hat Angst zu stürzen und liegen zu bleiben wie ein auf den Rücken gefallener Käfer. Er geht nur noch in direkter Linie von der Terrasse zum Fischteich. Mein Vater hat auch nicht genug Geld, um dringend notwendige Renovierungen in Auftrag zu geben. Im Herbst, wenn es kühler wird, wird ein Problem auf ihn zukommen, denn in mehreren Zimmern des Hauses ist die Heizung ausgefallen. Und an einer Stelle des Wohnzimmers tropft Wasser auf den Teppichboden, sobald es nieselt. Mein Vater hat einen roten Putzeimer hingestellt. Er darf nur nicht vergessen, ihn regelmäßig zu leeren. Er darf auch nicht darüber fallen.

»Das Dach«, sagt er. »Ich glaube, das ganze Dach müsste mal überprüft werden.«

Auch das Bad neben meinem früheren Zimmer hätte eine Generalüberholung nötig. Das Haus meines Vaters ist mit ihm gealtert, und man kann dabei zusehen, wie er und das Haus sich zusammen gegen den Verfall stemmen.

Das Teehäuschen am Fischteich ist winzig. Eine Handvoll Personen passt auf die Holzbank, die im Halbkreis um den kleinen Tisch läuft, dann ist es voll. Mein Vater hat es selbst entworfen. Wäre er nicht Notar geworden, sagt er, hätte er gern als Architekt gearbeitet. Es sei nicht schlecht, Alternativen zu haben, auch wenn es längst zu spät sei, sie zu verwirklichen. Er wolle »sein Potenzial überschauen«.

Jetzt schneidet er den Marmorkuchen und legt mir ein viel zu dickes Stück auf den Teller. »Du solltest öfter vorbeikommen«, sagt er und schenkt Tee ein, ohne etwas zu verschütten. »Während der Woche kann man sich doch auch einmal freimachen. Ich weiß, dass du das noch nicht so siehst. Aber später wirst du deine Freiheit daran messen, wie oft du um 15 Uhr das Büro verlassen kannst. Und wenn es nicht oft genug geht, wenn es *nie* möglich ist, dann machst du etwas falsch. Lehren des Alters.« Er sieht mich wohlwollend an. »Junge, wie geht es dir? Erzähl mal. Wie läuft der Laden?«

Mein Vater hat sich angwöhnt, von meinem »Laden« zu sprechen, eine unbewusste Wortwahl seines immer noch unzufriedenen, enttäuschten Inneren. Auch mein Vater hatte mal einen »Laden«, und tatsächlich hat er seine Kanzlei in Augenblicken hoher Anspannung, die mit einer gewissen sprachlichen Verrohung einhergingen, uns gegenüber gelegentlich als »Laden« bezeichnet. »Dann kann ich meinen Laden gleich dichtmachen!«, pflegte er zu sagen, sollte irgendein hypothetischer Fall, den er gerade zu Demonstrationszwecken erfunden hatte, eintreten und den Fortbestand seiner Kanzlei bedrohen. Was selbstredend nie geschah. Sein »Laden« lief immer zufriedenstellend. Er hätte sich sogar gut versorgt zur Ruhe setzen können, wenn er bei Geldanlage und Immobilienkauf nicht solche Dummheiten gemacht hätte. Tief drinnen bin ich davon überzeugt, dass mein Vater nichts von Geld versteht.

Spricht er jedoch von *meinem* Laden, erlaubt ihm die Bezeichnung, zusammen mit einer gewissen Jugendlichkeit seine heimliche Verachtung meines Berufsstandes auszudrücken. Denn *mein* Laden ist in seinen Augen wirklich ein Laden, nichts anderes, weshalb er ihn nie »Vertretung«, »Agentur«, »Geschäft« oder »Büro« nennen würde. Von *meinem* Laden ist es nur noch ein kleiner Schritt zum Bauchladen.

Mein Vater hat meine Räume in Kleinhoek ein einziges Mal betreten. Da Frau Hünnekens an diesem Tag frei hatte, glaubt er möglicherweise nicht einmal an die Existenz meiner Sekretärin, obwohl ich ihren Namen immer wieder fallen lasse. Ich habe mir die Bezeichnung »Laden« von ihm nie verbeten, weil es keinen Sinn gehabt hätte; mein Vater hätte sich nur eine andere gesucht. Manchmal ist es besser, sich an eine ständig wiederkehrende Beleidigung zu gewöhnen und sie in regelmäßigen Abständen und vertrauter Umgebung einzunehmen wie Medizin. Wie würde mein Vater seine Verachtung denn ausdrücken, wenn er das Wort Laden nicht mehr hätte? Immer angenommen, er *müsse* sie ausdrücken, diese Verachtung? Nein. Er soll Laden sagen und dabei empfinden, was er will. Ich bin liebenswürdig, sinnenfroh, grausam und einsam.

»Es geht gut, Papa«, sage ich, eine Antwort, die ich nicht mehr variiere. Auch mein Nachsatz hat sich bewährt. »Ich kann nicht klagen.«

Er krümelt auf seinem Teller mit dem Marmorkuchen herum, weil er die dunklen Teile besser erkennt als die hellen. Jetzt arbeitet er mit den Fingern. Die Krümel, die auf den Boden des Teehäuschens fallen, dürften bald von den Ameisen abtransportiert werden. Dann sagt er: »Kannst du erweitern?«

Auch an diesen Begriff habe ich mich gewöhnt. Auf der einfachsten semantischen Stufe bedeutet er: Könntest du noch jemanden einstellen? Außer dieser Dame, an deren Existenz ich nicht glaube? Könntest du in repräsentativere Räume ziehen? Könntest du Kleinhoek verlassen, was ich dir dringend empfehlen würde? Auf den nächsten, immer abstrakter werdenden Stufen bedeutet das Wort »erweitern«, ob ich vielleicht irgendwann einmal etwas anderes sein wolle als ein Versicherungsvertreter? Etwas Besseres, Wichtigeres, *Ernsthafteres*? Ob ich irgendwann einmal dort ankommen möchte, wo er mich kraft meiner angeborenen Genialität – sein Erbteil – immer vermutet hat, nämlich ganz an der Spitze?

»Papa, wegen deines Geburtstags«, sage ich. »Hattest du an eine Kaffeetafel oder ein Abendessen gedacht?«

»Warum nicht beides?«, sagt er. »Einen langen Nachmittag zum Plaudern, während die Kinder im Garten spielen und wir alle zusammen auf der Terrasse sitzen. Das Abendessen wäre der feierliche Ausklang. Man könnte etwas bei Feinkost Wennekers bestellen. Dann müsste sich niemand bemühen.«

»Du kannst Roberts Kinder nicht ohne Aufsicht am Fischteich spielen lassen. Tobias ist drei. Und Lara hat gerade erst Laufen gelernt.«

»Das weiß ich doch, Marko! Die beiden waren neulich hier. Ich habe Laras Füßchen in den Fischteich gehalten. Sie hat gequiekt vor Vergnügen. Ich weiß genau, was den Kindern Spaß macht. Robert hat mir gesagt, ich wäre ein sehr liebevoller Großvater.«

»Das bist du, Papa.«

»Wäre das denn nichts für dich? Heiraten, Kinder haben?«

»Doch«, sage ich. »Natürlich wäre das etwas für mich. Ich bin noch in der Testphase.«

»Ich habe schon lange keine Freundin mehr von dir kennengelernt. Du weißt, deine Freundinnen sind in diesem Haus immer willkommen. Wir hatten sehr schöne Abende miteinander, mit allen. Und deine Mädchen, Marko.« Er lacht verschwörerisch. »Sie haben mir immer gefallen. Du hast einen guten Geschmack.«

»Danke, Papa. Mein gegenwärtiges Mädchen würde dir auch gefallen. Sie hatte leider keine Zeit, sonst wäre sie gern mitgekommen.«

»Wie heißt sie?«

»Angela.«

»Sportlich?«

»Sehr.«

»Zeig mir bei Gelegenheit ein Foto. Wenn du deine Mutter mit siebzehn gesehen hättest! Diese langen Beine. Das lange blonde Haar. Sie war eine hervorragende Tennisspielerin. Du hättest mich verstehen können.«

»Ich erinnere mich an die Fotos eures Hollandurlaubs.«

»Ja, der Hollandurlaub! Jahre später wollte ich euch an dieselben Orte bringen. Damit ihr wisst, wo eure Eltern glücklich waren. Nur deshalb hast du die Schleuse von Egmond kennengelernt, Marko. Egmond aan Zee, weißt du noch?«

»Papa, ich war zwei.«

»Lass mich das Fotoalbum holen«, sagt er und steht auf. Dabei fällt seine Serviette mit einer Ecke in seine Teetasse. Ich rette sie und wringe die Spitze aus.

»Soll ich dir helfen, Papa? Siehst du genug?«

»Unter meinen eigenen Sachen werde ich mich wohl noch zurechtfinden«, sagt er, während er langsam in Richtung Haus tappt.

Auf dem Weg fährt er hier und da die Arme aus, um sich seines Kurses zu versichern. Erst links, der rostige Metallstab mit Wetterhahn. Rechts, der meterhohe Blumenkübel aus Terrakotta. Wieder links umgeht er eine überstehende Holzbohle, über die schon manche seiner Gäste gestolpert sind. Rechts droht jetzt die Bronzeplastik, doch seine Fingerkuppen kennen nicht nur ihre Konturen, sondern auch die Textur, er streicht der Skulptur kurz über die Hüfte wie einem Haustier. Wieder links, und er erreicht das Wohnzimmer, dessen Panoramafenster er weit aufgeschoben hat, um mich schon bei der Ankunft mit den Düften aus seinem blühenden Garten zu beeindrucken. Erst jetzt, mit dem Eintritt ins Haus, ist er meinem Blick entzogen.

Ich frage mich, wann ich angefangen habe, die Wirklichkeit für meinen Vater zu schönen. Ich glaube ja, dass Angela ihm gefallen würde, aber hätte ich von ihr erzählen müssen? Ich könnte mir sogar vorstellen, sie hätte Spaß daran, meinen Vater zu besuchen. Wenn Frauen früher unvorbereitet unser Haus betraten und meinem Vater vorgestellt wurden, schlug ihnen mehr Herzlichkeit entgegen, als sie selbst durch außerordentliche Schönheit oder ein raffiniertes Kleid verdient zu haben glaubten. Eine meiner Freundinnen, in der Studienzeit, nahm mich sogar beiseite, um sich zu versichern, dass mein Vater sie nicht mit einer anderen verwechselte.

»Er glaubt mich zu kennen!«, flüsterte sie mir verblüfft zu. »Er hat mich umarmt, wie man gute Freunde umarmt.« Dann wurde sie ärgerlich, weil sie argwöhnte, mein zerstreuter Vater halte sie für eine meiner Exfreundinnen.

»Nein«, sagte ich ihr, »du irrst dich. Wirklich. Mein Vater ist so. Er hätte am liebsten, dass wir bei ihm einziehen. Wie steht's? Würdest du gerne bei ihm einziehen?«

Ich schaue zum Haus hinüber, in dem sich nichts rührt, und überlege, ob ich meinem Vater bei der Suche nach dem Fotoalbum helfen soll. Er ist schon einige Zeit weg. Ich schenke mir Tee nach und esse noch ein Stück Marmorkuchen.

Hier im Teehäuschen hat mein Vater sein erstes ausführliches Gespräch mit Margret geführt. Er kannte ihre Vorgeschichte – dass sie in meiner Collegiumszeit kurz mit mir zusammen gewesen war, bevor sie Roberts Freundin wurde – und konnte es einfach nicht lassen, darauf anzuspielen. Mitte der Achtzigerjahre, als Robert beim Malteser Hilfsdienst seinen Zivildienst machte, kam Margret am Wochenende öfter nach Köln.

»Wenn ich zwischen meinen beiden Jungen zu wählen hätte«, sagte mein Vater ihr zum Beispiel, »wüsste ich auch nicht weiter. Es sei denn, du wolltest nach dem Alter gehen. Fünf Jahre sind ein gehöriger Unterschied, Margret. Hier die Jugend. Dort die Erfahrung. Ansonsten haben beide Jungen ihre Vorzüge. Und es scheint mir nur vernünftig, das Angebot sorgfältig zu prüfen.« Dabei lachte er Margret an, und als höfliches Mädchen lachte sie mit.

Dann ließ er sich über das »Angebot« aus. Die Marktsituation, was Jungen betraf. Dass man sich umschauen und die

Ware kritisch prüfen müsse. Das Wort »prüfen« fiel fünfmal, und jedes Mal wäre Margret am liebsten im Boden versunken.

Nach einer Viertelstunde hatte Robert genug. »Papa«, sagte er. »Das kann man nicht vergleichen. Markos Freundschaft mit Margret ist bald zehn Jahre her. Sie haben sich dreimal gesehen. Im Jugendheim von Hassum. Margret und ich, wir haben uns vor bald zwei *Jahren* kennengelernt. Wir sind ein Paar.«

Mein Vater lachte. »Da siehst du, Robert, wie lange du gezögert hast, mir dieses hübsche Mädchen vorzustellen! Marko hätte nicht so lange gebraucht.« Und wieder wurde Margret verlegen und schlug die Augen nieder. Robert war in Gefahr, ernsthaft wütend zu werden.

Es müssen zwanzig Minuten vergangen sein, als ich beschließe, meinen Vater aufzuspüren. Er hat in seinem Keller zahllose Fotoalben, und allein unter den frühen Urlaubsalben – die sogenannten »guten Jahre« reichen bis 1966, bevor »der Aachener Liebhaber« auftauchte – könnte er den Überblick verloren haben. Ich gehe durch den Garten, auf demselben Weg wie er, passiere die Bronzeskulptur, ohne ihre Hüfte zu berühren, und trete ins Wohnzimmer.

Mein Vater sitzt vor dem laufenden Fernseher. Er sieht eine Dokumentation über Schnecken. Ob er wirklich noch Bilder wahrnimmt, weiß ich nicht. Er hat die Füße hochgelegt und sitzt so reglos im Sessel, als wäre er angewachsen.

»Papa«, sage ich. »Hast du mich vergessen?« Er schreckt hoch. »Ich sitze im Teehäuschen und warte!«

Er starrt mich an wie eine Erscheinung.

»Marko. Warum hast du mir nicht gesagt, dass du kommst?« Er sucht nach der Fernbedienung. »Du hast mich ordentlich erschreckt.«

»Ich habe auf dich gewartet«, sage ich.

In seinem Gesicht sehe ich Verwirrung.

»Entschuldige, Junge, ich werde vergesslich. Wollen wir Tee trinken? Ich habe Marmorkuchen gekauft.«

»Vielen Dank, Papa. Lass uns im Wohnzimmer bleiben.«

Er setzt sich auf das Hörsofa und sieht sich um. Er weiß immer noch nicht, was gerade geschehen ist.

»Papa. Wir wollten doch noch einmal über deinen Geburtstag sprechen. Erinnerst du dich? Es muss nicht heute sein, wenn du nicht möchtest. Ich war nur in der Gegend und dachte, ich komme mal vorbei.«

»Das ist nett von dir, Marko. Das solltest du öfter tun. Während der Woche kann man sich doch auch einmal freimachen.« Er muss gähnen. »Man sollte sich öfter vornehmen, um 15 Uhr das Büro zu verlassen. Das muss das Ziel sein. Und wenn es nicht oft genug geht … Wenn es *nie* möglich ist, dann … dann wäre es sehr schade. Ach, Marko. Ich bin noch ganz durcheinander. Ich muss ein wenig geschlafen haben.« Er streift die Schlappen ab und lässt sich der Länge nach aufs Hörsofa sinken. »Bist du sicher, dass du keinen Tee möchtest?«

»Ganz sicher, Papa. Aber ich setze mal Wasser auf, und wenn du deinen trinkst, bekomme ich sicher auch Lust.«

Ursprünglich habe ich nicht vorgehabt, Robert und Margret vor meiner Madridreise noch zu besuchen, doch das Erlebnis im Haus meines Vaters hat mir Angst eingejagt. Robert hatte mir ja von den Verwirrtheitszuständen erzählt. Doch man kann sich nicht viel darunter vorstellen, wenn man sie nicht selbst erlebt hat.

Am Tag nach dem Besuch bei meinem Vater fahre ich wieder nach Köln, um bei Robert und Margret zu Abend zu essen. Ich habe Kleinigkeiten für die Kinder dabei. Ich streichele Lara über ihre weiche Wange und sage zu Tobias: »Erkennst du mich noch?« Er sieht mich aufmerksam an. Tobias hat Margrets dunkle Augen und ihre kräftigen Wangenknochen.

»Das ist dein Onkel Marko«, sagt Robert. »Er würde gern öfter kommen, um uns zu besuchen, kann sich aber nicht dazu aufraffen. Es hat nichts mit dir zu tun, Tobi. Onkel Marko versinkt in Arbeit. Zumindest sagt er das. Aber in Zukunft, Tobi, wollen wir bessere Ausreden von ihm hören. Stimmt's?«

Tobias nickt.

»Danke für die Unterstützung«, sage ich zu Robert. »Gibt mir echten Auftrieb.«

»Gern. Papa hat mir gesagt, dass du bei ihm warst. Für ihn war alles normal. Welchen Eindruck hattest du?«

»Ich fürchte, ich war nicht ganz darauf vorbereitet. Wir saßen im Teehäuschen, und er wollte etwas holen. Aber er kam nicht wieder. Er hatte mich *vergessen.*«

»Das passiert manchmal«, sagt Margret. »Einmal hat er sich ins Bett gelegt, während ich Lara gewickelt habe. Du kommst zurück, und die Küche ist leer. Du setzt dich hin und wartest, aber nichts geschieht. Rudolf hat vergessen, dass du da bist.«

»Ich fand es gruselig.«

»Das ist nur am Anfang so«, sagt Robert. »Danach will man nur noch die wesentlichen Daten wissen. Wie häufig? Welche Gefahr droht? Was wird noch kommen?«

»Habt ihr mal mit jemandem darüber gesprochen?«

»Ich habe eine Freundin in der Altenpflege«, sagt Margret. »Zustände der Verwirrung sind ein riesiges Gebiet. Mal harmlos, mal ernst, mal irgendetwas in der Mitte. Es muss nicht Alzheimer sein. Jeder dieser alten Menschen bewohnt eine Welt, die wir nur erahnen. Es hängt davon ab, wie viel er uns zeigt.«

»Vom therapeutischen Standpunkt aus«, sagt Robert, »gilt natürlich: Je mehr Anregung er hat, je mehr Aktivität unter Menschen, desto weniger kann er in seiner inneren Welt versinken.«

»Dann«, sage ich, »ist Papa ein heißer Vereinsamungskandidat. Wen sieht er denn? Außer euch?«

»Ich könnte dir sagen, wen er nicht sieht. Dich.«

»Und Sonja«, sage ich. »Und Mama.«

»Das mit Mama ist nicht dein Ernst, Marko. Lass sie aus dem Spiel. Wofür haben die beiden sich denn scheiden lassen?«

»Leider hält sich Papas Seele nicht an diesen verwaltungsbürokratischen Akt. Seine Seele braucht etwas anderes.«

»Schluss, ihr beiden«, sagt Margret. »Wollten wir über Rudolfs Geburtstag sprechen oder Familientherapie betreiben?«

Wir einigen uns darauf, unserem Vater seinen Willen zu lassen, so weit es geht. Am Samstagnachmittag die Kaffeetafel auf seiner Terrasse, wenn das Wetter mitspielt. Danach Abendessen. Motte hat die Einladung zu meines Vaters Feier erfreut angenommen. Nur die Zahl der übrigen Gäste muss offenbleiben. Wenn wir Pech haben, sind wir nur fünf Erwachsene und zwei Kinder.

»Ich könnte für ihn kochen«, sagt Margret.

»Dann stehst du einen halben Tag in seiner Küche und bereitest die Feier vor«, sagt Robert. »Und wenn du die Küchenschränke öffnest, wird dir klar, dass du eigentlich das ganze schmierige Geschirr einmal durchspülen müsstest. Dann siehst du dir den Teppich im Esszimmer an und denkst, einmal Staubsaugen wäre auch nicht schlecht. Wenn du nicht schon beim Anblick der Gästetoilette umgefallen bist. Weißt du noch, bei seinem Siebzigsten? Nein, Margret. Das ist sein Geburtstag. Lass ihn das vorbereiten. Wer weiß, wie lange er es noch kann. Er wird bei Feinkost Wennekers anrufen und sich etwas liefern lassen. Wenn du ihm in der Küche zur Hand gehst, reicht das.«

»Er ist fast blind«, sagt Margret. »Man muss ihm helfen.«

»Eben«, sagt Robert. »Wir helfen ihm ja. Aber wir sind nicht sein Hofstaat. Am besten wäre es natürlich, Sonja käme einen Tag früher aus Madrid und würde die Ärmel hochkrempeln, um das Haus zu putzen. Das wäre eine echte Hilfe. Danach könnte sie zu Papas Ehren etwas leckeres Spanisches kochen. Hat sie etwas in der Richtung angedeutet, Marko?«

Ich schaue ihn streng an und sage nichts.

»Gibt es denn irgendwelche Aussichten, dass sie aufkreuzt?«

»Robert, ich weiß es nicht. Ich sage doch, ich fliege hin. Wir haben uns ein paar Jahre nicht gesehen.«

»Sonja bleibt Sonja. Ist das nicht dein Spruch?«

»Ja. Aber er bedeutet auch, verlang von niemandem etwas Unmögliches.«

»Gut, dass du mir das sagst, Marko. Ich habe mich nämlich schon oft gefragt, was du damit ausdrücken willst.«

»Pause, ihr beiden«, sagt Margret. »Dann wären wir klar. Ich glaube, ich bringe den Nachtisch mit.«

»Denkst du, bei Feinkost Wennekers haben sie keinen?«, sagt Robert.

»Ich will einen machen. Das wird deinen Vater freuen.«

Es ist eigenartig, welche verborgenen Konflikte das Gespräch über Versorgungsfragen ans Licht bringt. Das liegt natürlich an meinem Vater, der meistberedeten, meistgedeuteten Figur unserer Familie. Mein Vater hat uns alle dazu gebracht, uns ein Lager zu suchen. Und wir alle haben uns im Verhältnis zu ihm, dem Fixpunkt, positioniert. In meiner Kindheit lehrte er uns die grundlegende Zweiteilung der Welt, die besagt, dass Männer traditionsgemäß die Versorgung mit materiellen Gütern (Wohnung, Nahrung, Kleidung, Bildung) erledigen und Frauen sich um die Verarbeitungsdienste (Zubereiten, Pflegen, Reinigen) kümmern – sagen wir, die Servicebereitschaft im weitesten Sinn des Wortes. Selbstverständlich bezahlte mein Vater für das Rinderhüftsteak. Aber er hätte es nie selbst in die Pfanne geworfen. Auch den Kauf überließ er anderen. Die profane Warenwelt der Supermärkte war ihm unangenehm, ja zuwider. Putz- und Reinigungsmittel rührte er nicht an. Leute wie er hatten Menschen, die sich darum kümmerten, entweder die Ehefrau oder das Dienstmädchen. Natürlich hat er auch nie eine Windel gewechselt. Mir vorzustellen, er hätte eine warengefüllte Plastiktüte mit dem Namenszug des Supermarktes – Stüssgen, Rewe, Deutscher Supermarkt, erst recht von Billigläden wie Plus oder Aldi – durch eine Straße in Köln getragen, um sie in sein Auto zu legen, wäre mir in meiner Kindheit so vorgekommen wie ein Tagesausflug zum Mond. Es gibt Dinge, die unmöglich sind. Zu ihnen gehört, meinen Vater beim Tragen einer gefüllten Plastiktüte zu erleben. Mein Vater tut so etwas nicht. Er findet, es passe nicht zu ihm.

Als hätte ihm schon früh eine klare, gleichsam historische Vision seiner selbst vor Augen gestanden, hatte er von Anfang an darauf geachtet, alle Tätigkeiten des »weiblichen Bereichs« zu delegieren und sich so entschieden von Küche, Waschküche und Besenkammer fernzuhalten, dass es nach einer gewissen Zeit unmöglich geworden war, sich meinen Vater in Koch- und Reinigungszusammenhängen überhaupt vorzustellen. Unsere Phantasie, durch fortdauernde Passivität entwöhnt, vermochte die Bilder eines schrubbenden, wischenden, fegenden Vaters nicht mehr zu produzieren. Und was man nicht in gewissen Abständen sieht oder vor Augen geführt bekommt, was man nicht denkt, sich vorstellt oder als Bild aufruft, verschwindet irgendwann vollständig aus dem Bewusstsein: Es verblasst ohne Spur. So war es auch der Vorstellung ergangen, mein Vater könne sich je in seinem langen Leben im häuslichen Versorgungsbereich betätigt haben.

Als er nach dem Auszug meiner Mutter vor der Aufgabe stand, uns in den Ferien rudimentär zu versorgen, trat er notgedrungen in seine erste große Lernphase ein. Er gewöhnte sich an, Lebensmittel einzukaufen und Dosensuppen aufzuwärmen. Das gemeinsame Eintauchen in das Universum der Lacroix-Suppen wurde für uns beide zum Erlebnis, vergleichbar der unerwarteten Symbiose zweier Gestrandeter, die sich vor dem Schiffbruch des großen Passagierdampfers nicht persönlich kannten, doch sehr genau wissen, dass sie in Zukunft aufeinander angewiesen und des anderen einzige Gesellschaft sein werden. Weil er aus Gründen, die ich nie erfahren habe, jeglichem Reinigungspersonal misstraute und ausgerechnet in seinen späten Jahren niemanden mehr beschäftigen wollte, musste er auf seine alten Tage lernen, die Waschmaschine zu füllen und seine nasse Kleidung aufzuhängen. Als ihm das Aufhängen zu mühsam wurde, kaufte er sich einen Trockner. Er war selig, dass Maschinen ihm einen Teil der Fron abnehmen konnten. Mein Vater glaubt an piepsende Warnsignale und elektronische Leuchtanzeigen. Und auch wenn er sich weigerte, die Gebrauchsanweisung seiner Geräte zu studieren, war er mit der technischen Aufrüstung seines Haushalts eine Zeitlang glücklich. Für ihn war sie die reife Antwort eines berufstätigen Mannes auf privates Missgeschick. Als er sah, wie schön seine Sachen aus dem Trockner kamen, verzichtete er auch auf das Bügeln. Da er jedoch bei den Hemden, die er in der Kanzlei trug, auf eine gewisse Korrektheit angewiesen war, brachte er sie in die Wäscherei.

Die regelmäßige Pflege, die sein prächtiges Haus erfordert hätte, begann schon damals zu leiden. Es gab keine Maschinen, denen er das Putzen überlassen konnte. Er wolle das Waschbecken in diesem Badezimmer erneuern lassen oder einen Schrank in jenem Zimmer austauschen, sagte er. Es lohne sich nicht, vor den Reparatur- oder Umbauarbeiten jemanden mit Raumpflege zu beauftragen. Das wolle er später tun, wenn alles fertig sei. Doch die Arbeiten verzögerten sich aus den Gründen, die jeder Hausbesitzer kennt, und sie verzögerten sich noch mehr, weil mein Vater mein Vater ist.

Inzwischen hat er nicht mehr das Geld, die Putzhilfe zu beschäftigen, die sein Haus benötigt, und schon öfter habe ich mir gedacht, seine Augenkrankheit sei ihm in seinen späten Jahren segensreich und charaktergemäß zu Hilfe gekommen: Da er den Dreck, der sich in seinen Räumen unvermeidlich sammelt, nicht beseitigen lassen kann, bleibt es ihm zumindest erspart, ihn zu sehen.

»Woran hattest du denn gedacht?«, fragt Robert. *»Keep it simple.«*

»Mal sehen«, sagt Margret. »Zabaione will ich nicht riskieren. Und mein Tiramisu kennt er schon. Mir fällt schon was ein.«

Wir fliegen. Motte lässt mich am Fenster sitzen und blättert in seinem Madrid-Reiseführer. Ich erzähle ihm von einer Stewardess, mit der ich mich einmal auf einem Flug nach Amerika unterhalten habe. Die Stewardess war jung und hübsch. Sie sagte, sie könne ihre Arbeit nur noch ein paar Jahre weitermachen, bevor man es ihr ansehe. Die klimatisierte Luft, das pappige Essen, die ständige Zeitumstellung, all das sei kaum weniger ungesund, als in einer lauten Konservenfabrik am Fließband zu stehen und in der Mittagspause Gummibärchen zu essen. Am zweitschlimmsten seien die Kurzaufenthalte an irgendwelchen exotischen Zielorten, die man am Anfang so genieße. Die Hotels seien ja immer anständig. Doch irgendwann zerrinne einem am schönsten Ort der Welt die Zeit zwischen den Fingern, es sei wie bei den Indianern. Die Seele komme nicht nach.

Und was ist das Schlimmste?, fragte ich.

Die Manieren der Leute in der Businessclass, sagte die Stewardess. Die Arroganz. Die schamlose Anmache. Sie könne ein Buch darüber schreiben.

Tun Sie es doch, sagte ich. Das würde man gern einmal lesen. Ich bin sicher, an Flughäfen ginge es reißend weg.

Ach, ich weiß nicht. So wichtig ist mein Leben auch wieder nicht.

»Verstehst du das?«, frage ich Motte. »Wie jemand sagen kann, sein Leben sei nicht wichtig?«

»Ja.«

Ich schließe die Augen und stelle mir vor, unsere Maschine sei ein riesiger Vogel mit schmalen Augen, dem der Wind ins Gesicht bläst. Jetzt, denke ich kurz vor dem Einnicken, könnte ich Pooten eine Antwort geben. Ich könnte ihm entgegentreten und ihn zum Kampf fordern. Und weil ich das Recht auf meiner Seite weiß, würde ich ihn in die Knie zwingen.

In Madrid-Barajas erwartet uns ein Fahrer. Sonja hat mir gesagt, sie habe einen Termin, sei aber um dieselbe Zeit zu Hause wie wir. Alberto ist ein gutmütiger Mann in den Fünfzigern und trägt eine enge graue Hose zu einem engen weißen Hemd. Mit makellosen Manieren kümmert er sich um das Gepäck und besteht darauf, Englisch zu sprechen. Er könne Spanisch sprechen, sage ich ihm auf Spanisch, doch Alberto gibt das Englische nicht auf. Motte schaut aus dem Fenster. Er war noch nie in Madrid und will sich im Prado die Bilder von Goya und Velázquez ansehen.

»Wie kommt es nur«, sage ich, »dass Leute, die nie in Ausstellungen gehen, ausgerechnet in ihren paar Urlaubstagen ins Museum müssen?«

»Goya interessiert mich, du Pfeife. Dich etwa nicht?«

Wir sind für fünf Tage gekommen. Die ersten beiden bestehen aus Sonjas Vorführungsphase. Meine große Schwester will, dass ich sie in ihrer natürlichen Madrider Umgebung erlebe, ihren Lebensstil und Tagesablauf kennenlerne. Nachdem sie mich umarmt und laut auf beide Wangen geküsst hat, fängt sie schon an zu erzählen. Doch ich kann nicht allen Ausführungen über Dienstboten, die Bedienung der automatischen Rollläden, der Terrassen- und Schwimmbadbeleuchtung folgen, weil ich damit beschäftigt bin, die neue Sonja mit der früheren abzugleichen. Sie ist so sportlich, wie sie immer war, nur gebräunter als früher, und wirkt um einiges jünger als ihre neununddreißig Jahre. Schon immer dachte ich, Sonja kann anziehen, was sie will, sie sieht gut darin aus. Jetzt sind es schlichte, körperbetonte Designersachen in

Naturfarben mit eleganten Details, die gerade durch kalkulierte Untertreibung etwas von dem wahnsinnigen Geld ahnen lassen, das für sie ausgegeben wurde.

»Erkennst du mich wieder, Marko?«, sagt sie lachend, als sie uns die Gästezimmer zeigt, und ihre blitzenden Augen verraten, dass sie keine Selbstbestätigung braucht.

»Klar«, sage ich und gebe ihr einen Klaps auf den Hintern. »Du siehst toll aus.« Ich könnte ihr auch den Satz sagen, mit dem ich Robert zu trösten versuche, wenn er wieder seinen Klagekatalog über sie rezitiert hat: Sonja bleibt Sonja.

Die Siedlung im Madrider Norden, in der Luis und sie wohnen, heißt La Moraleja. In der Nachbarschaft gebe es Sänger, Filmstars und Fußballspieler von Real Madrid, sagt Sonja, man grüße sich beim Bäcker. Auf uns wirkt die Gegend nicht sonderlich attraktiv, außer dass die Grundstücke riesig sind. La Moraleja hat kein Gesicht, nur Ausdehnung, und der Bäcker, wo man sich mit Sängern, Filmstars und den Spielern von Real Madrid grüßt, ist eine ziemliche Reise entfernt. Alberto ist zehn Minuten lang durch die einförmigen Straßen ohne Gehsteige gerollt, bevor er das Anwesen erreicht, und die einzigen Menschen, die wir draußen auf der Straße sehen, sind Jogger und Gärtner. Jede Luxusparzelle ist durch hohe Mauern oder abweisende Metallwände von ihrer Umgebung abgeschirmt, als gäbe es nichts Schlimmeres, als gesehen zu werden. Das sei in den Städten so üblich, erklärt uns Sonja und sagt etwas vom »intimen Raum«, der für die Spanier heilig sei, es gebe ein öffentliches Leben und ein privates, die nie vermischt würden. Auch die Kriminalität sei nicht zu unterschätzen. Neulich sei in ihrem Viertel wieder eingebrochen worden, trotz Wachhund und Alarmanlage. Luis und sie hätten schon darüber nachgedacht, ob sie nicht irgendwann in eine *gated community* ziehen sollten. Dann wäre das Problem gelöst. »Aber vorläufig sind wir hier.«

Beim Tee erzählt Sonja, Luis habe weitläufige Immobilieninteressen in ganz Spanien, besonders an der Mittelmeerküste. Manchmal begleitet Sonja ihn, wenn er seine Projekte begutachtet, etwa die Luxusanlage mit Golfplatz bei Marbella, siebenhundert leuchtend weiße Wohneinheiten mit Meerblick im postmodernen Hacienda-Stil. Wenn sie einmal fertig ist, die Anlage, werden die Bewohner morgens aufs Green stolpern, mittags beim Lunch über das Green schauen und abends beim Mojito, Margarita oder Caipirinha die Sonne im glitzernden blauen Wasser jenseits des Greens versinken sehen. Sonja hat diese mediterrane Ästhetik zu würdigen gelernt. Die Farbskala sei mit der ihres geliebten Atlantiks natürlich nicht zu vergleichen, sagt sie, es seien grundverschiedene Welten. Keiner der künftigen Bewohner von Luis' Projekt bei Marbella brauche je wieder etwas Billiges oder Hässliches zu sehen, wenn er nicht wolle, den lieben langen Tag nicht. Alles sei … absolut *rein*. Selbst die Gärtner kämen in präzise gebügelten Uniformen und benutzten für ihre Arbeit an Pflanzen und Rasenflächen nur die allerneuesten Maschinen. Zumindest sei es so geplant. *Topnotch equipment*, sage Luis immer. Es gebe eine Firma dort, die viele der Luxussiedlungen der Region betreue, sie pflege auch die Gärten und Parks der wichtigsten Ölscheichs, die jeden Sommer mit ihrem Hofstaat, ihren verschleierten Frauen, ihren Leibwächtern und Superlimousinen an der Mittelmeerküste einträfen, Luis habe dieser Gartenfirma den Auftrag so gut wie zugesagt. Nicht Gartenfirma, eher *Landschaftsfirma*. Das seien kompetente Leute, sage Luis, großzügig, innovativ, mit denen habe er bisher nur gute Erfahrungen gemacht, sie dächten auf derselben Wellenlänge wie er.

Überhaupt, sagt Sonja, sei die Geschäftswelt ein bisschen anders, als sie früher gedacht habe. »Ich will nicht sagen, ich war naiv, Marko. Aber ich kannte nur einen Teil der Welt.« Sie meint damit »unten«. Als es darum ging, den oberen Teil der Welt kennenzulernen, habe sie nicht gezögert.

Das meiste, was man über die unternehmerische Tätigkeit in einem dynamischen Land wie Spanien wisse, sei falsch oder beruhe auf Vorurteilen, da tobe sich ein vulgärer Antikapitalismus aus, der längst ins Geschichtsmuseum gehöre. Bauunternehmern wie Luis komme es vor allem darauf an, »Schönheit zu schaffen«. Natürlich müsse sich das finanziell lohnen, dafür arbeite man schließlich, aber das, was Luis wirklich umtreibe und ruhelos nach immer weiteren Projekten forschen lasse, sei die Erschaffung von Schönheit. In ganz Spanien. Vielleicht auch einmal im Ausland, er erwäge den Sprung nach Atlanta oder New York, um auf dem amerikanischen Immobilienmarkt Präsenz zu zeigen. Auch der eine oder andere Golfstaat könne für ihn interessant werden, dort sei eine unglaubliche Dynamik zu beobachten, die unser Denken über die ganze Golfregion revolutionieren könne, der wirtschaftliche Aufschwung »entideologisiert die Systemdifferenzen« (ihr neuer Lieblingsspruch), am Ende bleibe davon nichts übrig außer ein paar pittoresken Unterschieden im Klima und den Essgewohnheiten. Auch die arabische Welt wolle an der Moderne teilhaben, und das sogenannte Abendland habe nicht das Recht, den Orient von den Fleischtöpfen fernzuhalten.

»Schwein oder Lamm?«, frage ich.

Aber Sonja findet das nicht witzig. Luis sei fest davon überzeugt, dass dieser Zug nur in eine Richtung fahre. In dieser Beziehung sei der Bauunternehmer mit einem Künstler zu vergleichen. Er gestalte mit Baumaterialien. Er beauftrage den Architekten damit, aus einem leeren, nichtssagenden Stück Fläche eine sinnvoll arrangierte »Lebenslandschaft« zu entwerfen.

»Habt ihr mal an Kinder gedacht?«, frage ich.

»Luis hat zwei aus erster Ehe. Sie sind fast erwachsen und besuchen uns manchmal.«

»Und du?«

»Und ich«, sagt Sonja. »Ich komme dem Gedanken näher,

könnte man sagen. Ich werde das Gefühl nicht los, dass Kinder mein Leben auf den Kopf stellen würden. Mama und Papa waren nicht das beste Vorbild. Aber ja, vielleicht. Möglich ist alles. Luis wäre bereit. Dass ausgerechnet du mich das fragst.«

Dann erzählt sie wieder von der Arbeit ihres Mannes. Am meisten erstaunt mich, wie mühelos Sonja mir gegenüber mit Zahlen jongliert, die sie früher bestenfalls aus dem Fernsehen kannte. Die kleinsten Wohnungen in Luis' pseudomaurischer Wohnanlage bei Marbella beginnen bei 1,5 Millionen Mark, dann geht es in entschlossenen Sprüngen bis in den Siebenmillionenbereich. Sonja und Luis haben sich davon natürlich ein hübsches kleines Filetstück gesichert (Lamm), dreihundert Quadratmeter Wohnfläche als unauffälliger Rückzugsort von der Betriebsamkeit Madrids. Als Abwechslung von Luis' Finca bei Alicante, sagt Sonja, oder dem alten Landsitz oben in Galicien, den er in liebevoller Arbeit hat restaurieren lassen. Man wolle ja nicht immer an dieselben Orte fahren, man brauche Alternativen, und der arme Luis sei wirklich darauf angewiesen, an fünf Stellen gleichzeitig sein zu können. »Das ist seine Arbeit«, sagt Sonja schlicht. »Ich habe noch nie jemanden erlebt, der so konzentriert arbeiten kann.«

Als ich ihn am Abend kennenlerne, den armen Luis, bin ich angenehm überrascht. Luis ist der kumpelhafte Typ, zu Scherzen aufgelegt, ein großer Freund von Geselligkeit, Unterhaltung und gutem Essen. Von sich aus stellt er keine Fragen, bekundet uns aber seine grundsätzliche Sympathie, indem er uns oft die Hand auf die Schulter legt, und Motte, der kein Wort Spanisch spricht, wird in die Herzlichkeit des Gastgebers zwanglos eingeschlossen. Für Motte denkt sich Luis sogar etwas Besonderes aus. Er spricht ihn auf Englisch an und führt uns seine Sprachkenntnisse vor, indem er ihm detailliert die Eigenheiten des spanischen Finanzmarktes erläutert. Er sagt »Mohte«, nicht Motte, aber das macht Motte nichts aus. Seit zehn Jahren hat mein Kumpel nicht mehr so ausführlich über Finanzprodukte gesprochen.

In den nächsten Tagen erleben wir gelegentlich, wie Luis auf einem seiner vier Telefone Geschäftsanrufe entgegennimmt, dann verwandelt er sich, und unter der leutseligen Hülle gibt sich für Momente ein präziser Rechner zu erkennen, einer, der die Zügel immer in der Hand behält und alle anderen als Pferde betrachtet. Fange ich die Blicke auf, die Sonja ihrem Mann sendet, lese ich darin Großmut und Loyalität. Sie kennt Luis' Stärken, sagen diese Blicke, sie wird ihn von allem abschirmen, was ihn stören oder belasten könnte, sie ziehen am selben Strang. Sonja wird auch nicht ungeduldig, wenn er beim Abendessen kommentarlos aufsteht und nach zehn Minuten wieder an den Tisch kommt. Ein Blick von Luis, eine Berührung seiner gebräunten Hand, und sie weiß, dass die Unterbrechung gerechtfertigt war. Mit Sonja spricht Luis leise, in einem Ton, der sich die Aufmerksamkeit und Verschworenheit der Frischverliebten bewahrt hat. Es gibt keine Brüche in seinem Verhalten, keinen einzigen. Luis liebt Sonja. Und Sonja liebt Luis.

Bis zum Ende unseres Aufenthalts weiß ich nicht, was Sonja mir mit größerem Eifer vorführen will, ihre Liebe oder ihren längst zur Selbstverständlichkeit gewordenen spanischen Wohlstand. Sie hat sich diesen Lebensstandard nicht erjagt, sagen ihre und Luis' Gesten, sie ist mit Natürlichkeit in ihn hineingewachsen, so wie man einen klimatisierten Raum betritt und weiter atmet, ohne einen Unterschied zu bemerken. Luis hat sie bei der Hand genommen, doch ohne jede Gönnerhaftigkeit; er hat ihre Hand so sehr gesucht wie sie die seine. Es sind die zufälligen Umstände ihrer Liebe: Als sie sich kennenlernten, war Luis reich und sie arm. Doch all das spielte keine Rolle. Es ist, als hätten sie sich nackt auf einer Waldlichtung getroffen und nur vorübergehend, um der Gäste willen, Kleidung angelegt.

»Du bist glücklich, habe ich den Eindruck«, sage ich zu

ihr am zweiten Abend, als wir allein auf der Terrasse stehen.

»Ja, Marko. Aber es ist nicht so anders, wie du vielleicht denkst. Das Äußerliche. Es ist Luis.«

»Wann können wir denn mal in Ruhe reden, Sonja? Ich würde dir gern von Papa erzählen. Deswegen bin ich hier.«

»Ich dachte, du wärest gekommen, um mich zu besuchen.« Sie klingt beleidigter, als ich es für möglich gehalten hätte, und rückt von mir ab.

»Komm, Sonja. Ich bin froh, dass ich dich hier sehen kann.« Ich lege ihr den Arm um die Schulter und dirigiere sie über die Terrasse zu einer gigantischen Sitzecke, in der ich mir endlose Sommerabende bei Windlicht und Rotwein vorstellen kann. Wo wir uns niederlassen, ist Platz für eine Fußballmannschaft. »Es ist mir egal, dass uns erst Papas Probleme auf diese Idee gebracht haben«, sage ich. »Ich bin froh, dass ich gekommen bin.«

»Ich würde lieber etwas von *deinem* Leben hören, weißt du? Das andere kann warten.«

Also erzähle ich ihr von Angela und Horst und ertrage ihr Kopfschütteln, das so viel bedeutet wie: *Qué tontería.* Und wo soll diese Dummheit mit einer verheirateten Frau hinführen? Kannst du nicht etwas mit einem soliden Fundament bauen? Etwas Neues, das nur dir gehört?

»Du hast mir vor vielen Jahren mal einen Satz gesagt, Sonja, über unsere Familie. Fünfzehn Jahre lang hätten die Dinge keinen Sinn ergeben, sagtest du. Warum sollten sie jetzt plötzlich einen haben? Ich kann den Satz nicht vergessen.«

»Und was hat er mit deinem heutigen Leben zu tun?«

»Wenn ich das wüsste.«

»Hast du es aufgegeben, nach deinem Sinn zu suchen? Jeder hat einen, weißt du? Man wählt ihn sich nicht aus. Man findet ihn. Dafür musst du bereit sein zu suchen.«

»Ich weiß. Aber irgendetwas von damals klebt mir noch an den Schuhen. Ich werde es nicht los.«

»Du bist ein Nostalgiker. Und du willst ein guter Mensch sein. Erwarte nicht, dass du dich auch noch gut damit fühlst.«

»Vielleicht hätte ich weggehen sollen. Ich war ja mal weg. Weißt du noch, meine Zeit in Mexiko?«

»Ja«, sagt sie. »Da war ich in Tibet. Ich habe mich so für dich gefreut. Ich dachte, jetzt kommt er auf den Geschmack und bleibt für immer weg. Unternimmt etwas Wildes, Unvorhergesehenes. Bricht aus und lässt die Familie hinter sich. Wirklich, Marko, das dachte ich. Aber dann warst du wieder da und hast brav weiterstudiert. Wie bist du überhaupt auf Versicherungen gekommen? Ich dachte, du wolltest unabhängig werden?«

»Ich weiß es nicht. Vielleicht musste ich einfach in der Nähe bleiben, um auf Papa aufzupassen.«

»Hör auf, du sprichst wie Robert. Ihr seid keine Samariter, beide nicht. Ihr habt eure Gründe, wenn ihr nicht von zu Hause loskommt. Seht ihr euch viel, Robert und du?«

»Nicht mehr so viel wie früher. Er gibt mir immer die Bulletins über Papa durch, die schlagen mir ziemlich auf den Magen. Papa hat stark abgebaut. Er sieht schlecht. Er hat Verwirrtheitszustände. Und dann hat er auch noch geheimnisvolle Geldprobleme. Erst hatte ich den Verdacht, er stellt eines seiner ›Projekte‹ auf die Beine. Jetzt weiß ich, dass er seine Memoiren diktiert. Die Schreibkraft kostet ein Wahnsinnsgeld.«

»Papas Monologe.« Mehr sagt Sonja nicht. Gerade weil sie weiß, dass Luis und sie alle finanziellen Sorgen unseres Vaters mit einer einzigen Überweisung erledigen könnten, reagiert sie nicht. Wahrscheinlich hat sie Luis gar nichts davon gesagt, dass ihr Vater Geld braucht. Es wäre schlimm, findet sie, wenn daraus der einzige Kontakt zu ihrem Vater bestünde. Sie sei kein Kreditinstitut. Nein, sie hält sich fern und will dabei bleiben. Fern heißt fern. Um das Thema zu wechseln, erzählt sie, dass sie am Tag darauf in die Provinz Toledo muss und ob wir nicht Lust hätten, am Abend nachzukommen. Ursprünglich habe sie nicht vorgehabt mitzufahren, aber Luis scheine doch sehr daran zu liegen. Auch für Motte und mich könne es lustig werden, »lustig und instruktiv«.

»Ich bin gespannt, Sonja. Worum dreht es sich?«

»Ein Privatkonzert mit dem berühmten Manolo. Der Name sagt dir was, oder? Musikalisch nicht ganz mein Geschmack, aber man muss anerkennen, dass er ein unverwüstlicher Profi ist. Eine wirklich große Nummer.«

»*Der* Manolo?«, frage ich ungläubig. »Der spanische Schnulzensänger unserer Kindheit? Die früheste Inkarnation des Latin Lover? Du machst Witze.«

Aber Sonja bleibt ernst. Ja, der Manolo sei es, genau der. Er komme für ein Privatkonzert nach Toledo. Luis habe für Freunde und Kunden seiner Firma den berühmten Sänger engagiert, für ein Konzert auf dem Baugelände einer geplanten Luxussiedlung. »Manolo lässt seine achtköpfige Band und drei Background Vocals einfliegen. Aus Amerika.«

»I'm impressed«, sage ich, und wenn ich durch die Zähne pfeifen könnte, würde ich es jetzt tun. Meine Erinnerungen an Manolo reichen weit zurück. Auf manchen Platten trägt er seine Lieder sogar in deutscher Sprache vor, mit diesem einerseits tolpatschig, andererseits unschuldig klingenden Akzent mit dem gerollten *r* und den falsch getönten Vokalen. *Eines Tages,* heißt es in einem seiner Lieder, *klopft er bestimmt an deine Tür. Eines Tages gehört sein Herz allein dir.*

»Manolo«, sage ich, »warum nicht? Wir machen alles mit.«

»Ihr werdet es nicht bereuen«, sagt sie. »Wenn Luis etwas anpackt, hat es Stil.«

Manolo zu verpflichten muss ein Kunststück gewesen sein, denn eigentlich, so erzählt Sonja, hat der berühmte Sänger in diesem Jahr keine Spanientournee geplant. Er glaubt, sein Heimatland schulde ihm mehr Anerkennung dafür, dass er es mit seinen Liedern in der ganzen Welt bekannt macht. Hört man Manolos Stimme, assoziiert man kein hartes, herrisches oder öliges Spanien, sondern ein romantisches, schönes. Man denkt an Strandspaziergänge, glutäugige Frauen, ein Lächeln im Halbdunkel und das ferne Zupfen einer Gitarre. Manolo betrachtet sich mit einigem Recht als Botschafter dieses sympathischen Landes.

Keine Spanientournee?, hat Luis sich da gesagt. Keine *Spanientournee*? Dann sorgt seine Firma eben dafür, dass Manolo in Spanien privat auftritt! Und Luis lädt Manolo nach Toledo ein. Wer es von den Reichen, Schönen und Mächtigen der Region auf seine Einladungsliste schafft, wird sagen können, er sei angekommen.

Das Ausmaß der Angelegenheit ist Motte und mir überhaupt nicht klar, als wir in Madrid den Bus nach Toledo besteigen. Wir denken, da findet ein Konzert statt, und vorher werden ein Begrüßungstrunk und Häppchen gereicht. *»21 horas: Aperitivos«,* steht auf der Einladungskarte mit dem smaragdgrünen Emblem von Luis' Firma. Glücklicherweise habe ich ein Jackett mitgenommen, und auch Motte ist einigermaßen vorzeigbar.

Vom Busbahnhof aus nehmen wir ein Taxi zum Baugelände weit außerhalb der Stadt. Die Landschaft ist idyllisch, mit wild anmutenden Findlingen, die ein Riese mit vollen Händen über die grünen Hänge gestreut zu haben scheint. Dort, wo Luis' Firma später einmal ein sinnlos reiches Leben erblühen lassen wird, ist noch nichts zu sehen außer leerer Fläche und aufgeschütteten Hügeln im Abendrot. Nur der kilometerlange Bauzaun lässt ahnen, dass es sich um kein ganz bescheidenes Projekt handelt. Dann sehen wir die Zelte. In der nächsten Sekunde die Stehtische, die Büfetttische, den Getränkeausschank. Und plötzlich begreifen wir, dass dort für ein paar Stunden ein halbes Dorf hingestellt worden ist, um tausend geladene Gäste zu amüsieren und dem Auftritt des berühmten Sängers einen würdigen Rahmen zu geben.

Das Areal ist einem mittelalterlichen Lager nachempfunden und erlaubt den Gästen, sich in wenigen Sekunden zwischen den Zelten zu verteilen. Grüne und rote Planen, die Rasen simulieren, bedecken den Boden, um jeden Eindruck von Baustelle zu vermeiden. Auf der anderen Seite des Zauns sehen wir Schaulustige, die stehen bleiben und den Auftrieb kommentieren, aber sie wirken nicht neidisch.

Motte und ich sind keine erfahrenen Büfettesser, deshalb lassen wir alles mit uns geschehen. Im inneren Bereich des Areals empfängt uns ein Spalier von Kellnerinnen, zehn links, zehn rechts. Von diesem Augenblick an ist in meiner Erinnerung alles wie in feinen Nebel gehüllt, der die Wucht der Eindrücke dämpft. Vielleicht wären wir sonst vor Staunen zu Boden gesunken. Die Haut der jungen Frauen sieht aus wie Bronze und ist von mattem Glanz überzogen. Wir sehen strahlend weiße Blusen, cremefarbene, stahlblaue und froschgrüne Kleider, Miniröcke mit blinkenden Pailletten, schimmernden Lippenstift auf tausend großäugigen Gesichtern und jede Menge echten Schmuck. Aus dem Goldblond der Frisuren scheint der Blütenduft andalusischer Patios zu steigen, durchsetzt von Dämmerungsstunden in Olivenhainen.

»Diese Frauen mit ihren gezupften Augenbrauen. Macht dich das an?«

»Darüber habe ich noch nicht nachgedacht«, sage ich. »Das ist ein besonderer Frauentyp. Den kannst du nicht mit Chantal und Pauline vergleichen.«

»Du hast vergessen, deine Gläser zu zählen«, sagt er. »Wir sollten allmählich damit anfangen.«

Wir brauchen nur den Blick zu heben, schon landen Sushi und Schinkenkanapees in unseren Händen, Gambas mit Dörrpflaumen, Lachs an Roquefort. Später sagt mir Luis, er habe fünfzig Kellnerinnen engagiert, um die Gäste zu versorgen, und als der blutrote Himmel verlischt und die unschuldigen Sterne aufziehen, fühle ich mich bereit für einen langen Mittagsschlaf. Doch die Kellnerinnen scheinen das Areal strategisch aufgeteilt zu haben, sie machen systematisch Jagd auf uns. Und kaum haben wir das Festgelände zweimal durchschwommen, mit Häppchen in der einen und dem Drink in der anderen Hand, schwärmen auch schon wie kleine Raubfische die schwarz gekleideten Reinemachfrauen aus. Im Nu fegen sie mit dem langstieligen Kehrblech alles vom Meeresboden, was achtlose Esser fallen gelassen haben.

Als die zweite Stunde angebrochen ist, zupfe ich Motte am Ärmel. An den Bars wird harter Alkohol ausgeschenkt. Die Damen sind dazu übergegangen, Wartezeiten zu vermeiden und mit größter Natürlichkeit die Herrentoiletten zu benutzen. Von Sonja immer noch keine Spur. Ein Mann mit umgehängter Kamera kommt vorbei. Er sieht auf den ersten Blick, dass wir fremd sind.

»Ich heiße Horacio«, sagt er. »Ich mache die Fotos. Woher kommt ihr?« Horacio erzählt uns alles über Preise, Abmessungen, Innenausstattung, über die geplanten Fitnesseinrichtungen und das Wellnessangebot. Er hat den Katalog genauestens studiert. Plötzlich spüre ich einen schweren Arm auf der Schulter. Da steht Luis und lacht mich mit seinen regelmäßigen Zähnen an.

»Gefällt euch unsere kleine Party? *Os gusta la fiesta, no?*«, sagt er und deutet mit dem Arm auf das Areal, um seine Besitzerschaft zu demonstrieren. »Wir müssen uns mal in Ruhe unterhalten, Marko.« Während er mir immer noch auf die Schulter klopft, wendet er sich schon einem anderen zu. »Amüsiert euch.«

Um halb zwölf treffen wir Horacio wieder. Er scheint seine Arbeit erledigt zu haben. Das Gute bei den reiferen Frauen sei, sagt er, dass sie jedes Jahr neue Fotos haben wollten, weil sie jedes Jahr jünger aussähen. »Aber die jungen erst! Ich habe mal die Tochter von einer fotografiert, die hat zum fünfzehnten Geburtstag neue Brüste bekommen. Mit sechzehn fand sie die Brüste dann zu groß. Da hat sie sich zum Geburtstag wieder kleinere gewünscht.« Es sei nicht leicht, sagt Horacio, wenn man sich einmal an gewisse Ansprüche gewöhnt habe.

Plötzlich nehmen wir Bewegung wahr. Die ersten Gruppen wandern zum Feld hinüber, auf dem das Konzert stattfinden soll. Alle tausend Sitze sind mit weißen Bezügen bespannt. Auf der Bühne brennt eine einzige Birne, der Rest ist in Dunkel getaucht. Die Gäste, die jetzt hineinströmen, sind sichtbar angeheitert und bester Stimmung. Alle sagen Hallo, küssen sich auf die Wangen und tun so, als träfen sie sich zufällig auf einer einsamen Insel wieder. Dann sehe ich Sonja, die winkt und mir etwas zuruft, doch ich kann kein Wort verstehen. Sie setzt sich zu Luis in die erste Reihe. Wir ergattern Plätze in Reihe fünf. Gleichgültiger Beifall ist zu hören, als die Musiker des berühmten Sängers Einzug halten. Als der letzte Beifall verhallt ist, schweben die drei schwarzen Backgroundsängerinnen auf die Bühne. Sie tragen eng geschnittene kupferfarbene Seidenkleider. Später verstehen wir, wieso. Sie winden, schlängeln und drehen sich den ganzen Abend hindurch mit der Anmut von Wasserpflanzen, und ihre Stimmen hätten Besseres verdient, als die Melodien des berühmten Sängers zu untermalen. Wir können nicht aufhören, sie anzustarren.

Dann betritt *er* die Bühne. Der berühmte Sänger trägt ein schwarzes Jackett und Designerjeans mit Slippern, dazu ein weißes Hemd mit weit offenem Kragen, aus dem silbergraue Brustbehaarung quillt. Als er ans Mikrofon tritt, sehen wir im erbarmungslosen Licht des Spots, dass seine Haut sehr gealtert ist. Der berühmte Sänger hat vierzig Jahre Weltkarriere auf dem Rücken, er hat mehrere Hundert Millionen Platten verkauft und besitzt außer seiner karibischen Insel fünf Häuser in Großstädten dreier Kontinente. Er lobt die Firma und sagt, es sei eine mutige, risikofreudige Firma, und alles, was nach Abenteuer aussehe, das wolle er unterstützen. Natürlich sei er teuer, sehr teuer sogar, und lacht, und das Publikum lacht auch.

Das Konzert dauert zwei Stunden. Es ist das Lahmste und Ödeste, was ich je gehört habe, ohne Aussage, ohne Temperatur. Als der berühmte Sänger romantisch wird, trauen sich ein paar Mädchen in den vorderen Reihen, ihre Feuerzeuge anzuzünden. Sie halten sie hoch und machen Gesichter wie Schafe. Ein dicker Mann neben mir ist auf seinem Sitz eingeschlafen. An seinem Stuhlbein lehnt ein halb volles Glas. Erst als es wirklich spät geworden ist und der berühmte Sänger die letzten Lieder erreicht, kommt ein Hauch von Stimmung auf. Wieder klicken Feuerzeuge, und dann fallen auch die reiferen Damen ein, aber sie singen falsch wie Hyänen.

Nach dem Konzert fährt Alberto uns nach Madrid zurück. Luis hat uns sagt, er müsse noch etwas bleiben, die Firma könne doch nicht ins Bett gehen, wenn die ersten Gäste die Party verließen. Im Auto fragt Sonja, wie wir es fanden, und wir sagen: sehr bereichernd.

Vielleicht sind es die Geräusche des heimkehrenden Luis, die mich morgens um halb fünf wecken. Ich horche in die Stille des großen Hauses hinein. Dann höre ich etwas. Ich stehe auf, gehe ins dunkle Wohnzimmer und schaue aus dem Fenster. Draußen herrschen Frieden und Dunkelheit. Die Formen hoher Bäume schirmen den Garten von seiner Umgebung ab, und kein Lichtstrahl dringt von den Nachbargrundstücken in die privilegierte Wohnwelt von Sonja und Luis. Hinter den reglosen Bäumen ahne ich die Mauern. Plötzlich höre ich aus der Küche ein Geräusch. Ich gehe nachsehen, und da sitzt Luis, noch immer im Sommeranzug, mit gelockerter Krawatte und zerknittertem Hemdkragen. Er hat einen Cognacschwenker von der Größe eines Handballs vor sich und schaut mich mit leuchtenden Augen an.

»Setz dich«, sagt er und deutet auf einen Stuhl. »Das war ein denkwürdiger Abend. Du siehst, ich feiere noch ein bisschen.« Er nimmt einen großzügigen Schluck und schaut in sein Glas, als könnte er in den Schlieren des Cognacs seine Zukunft lesen. »Deine Schwester war schon müde. Frauen müssen nicht dabei sein, wenn Männer miteinander reden.« Er muss aufstoßen, hält aber wohlerzogen seine Faust vor den Mund. »Ich will dir sagen, was deine Schwester für eine Frau ist, Marko. Deine Schwester ist eine Klassefrau. So eine findest du nur unter den Deutschen. Ich hatte einige Spanierinnen, mit zweien war ich verheiratet. Ich hatte Französinnen, eine Amerikanerin, eine Norwegerin. Natürlich auch welche aus Venezuela und Kolumbien, was glaubst du? Ich kann diese Mädchen nicht genug loben. Sie haben ein großes Herz, fast jede von ihnen. Aber ich sage, eine Frau wie Sonja … Du weißt, was ich sagen will.«

Ich erlaube mir die Bemerkung, Sonja sei auch nach deutschen Maßstäben ein ungewöhnliches Exemplar.

»Richtig. Deswegen lohnt sich um sie jede Mühe. Zuerst dachte ich, ich hätte deine Schwester aus einem Loch herausgeholt, weißt du? Am Atlantik unten, wo sie damals wohnte. Warst du mal da?«

»Nein. Leider nicht.«

»Du hast nicht viel verpasst. Wir reden ja nicht von Familienurlaub, sondern von der wirklichen Welt. Ein Haufen schräger Typen, die nicht Sonjas Klasse hatten, dazu Drogen, alles sehr hässlich. Drogen machen dumm. Und dort in Barbate und Caños de Meca ist es besonders schlimm. Weißt du, warum? Halbe Dörfer leben vom Rauschgift. Kein Witz. Die Inhaber der Kneipen, die Bootsmechaniker, die Jugendlichen, die jungen Mütter, alle hängen mit drin. Keine Mafia, das nicht. Bisher geht es dort friedlich zu. Jeder handelt ein bisschen, die einen mehr, die anderen weniger. Die arbeitslosen Fischer von Barbate, weißt du, was sie machen? Fahren mit ihren Netzen für die Drogenhändler raus. Sie werden Drogenfischer. Kommt die Polizei bei der Übergabe mit ihren Superbooten angerauscht, schmeißen sie die Ladung ins Meer. Keine Ware, kein Verbrechen. Irgendwann wird es an den Strand gespült, dicke Pakete mit marokkanischem Haschisch. Alles kommt wieder, Marko. Es ist beste Ware, achtmal versiegelt und *plastificado*, damit der Stoff im Wasser keinen Schaden nimmt. Sonja selbst hat mal was von einem

Freund abbekommen, der im Morgengrauen ein Dreißigkilopaket gefunden hatte. Weißt du, was dreißig Kilo sind? Fünf Millionen Pesetas. Damit du dir einen Begriff machst. Weißt du, was fünf Millionen Pesetas sind? Ein schönes neues Auto. Stell dir vor, du findest so ein Auto bei deinem morgendlichen Strandspaziergang, da zögerst du nicht lange. Du setzt dich hinein und braust davon. Der Freund gab Sonja ein Kilopäckchen ab. Davon konnte sie eine Weile leben. Deine Schwester hatte damals sehr wenig. Und niemand in ihrer Familie hat sich um sie gekümmert!« Er sieht mich so streng an, wie sein verquollenes Gesicht es zulässt. »Niemand, Marko. Auch du nicht. Aber sie hat dir verziehen. Warum trinkst du nicht?«

Ich hole mir ein Mineralwasser.

»Einmal«, sagt Luis, »habe ich sie zu einem Sterbenden ins Krankenhaus von Puerto Real begleitet. Der arme Kerl war achtunddreißig und wog nur noch achtunddreißig Kilo. Kein Witz. Ein Italiener. Kein enger Freund von Sonja, nur ein Kumpel. Er hatte Aids. Fiel in sich zusammen wie … ach, ich weiß nicht. Nichts fällt so in sich zusammen, wie dieser Mann es tat. Grauenvoll. Zu krank zum Essen, zum Sprechen, zum Scheißen. Zu krank, um einen Schluck Wasser zu trinken. *System shutdown*, wie die Engländer sagen. Es war eine Frage von Tagen. Deine Schwester kümmerte sich um ihn und sorgte dafür, dass seine Familie in Verona benachrichtigt wurde. Ich konnte sie in Ruhe beobachten. Sonja sagte, Luis, komm mit mir ins Krankenhaus oder lass es bleiben, aber ich muss das jetzt tun. Es sind Paolos letzte Tage. Da begriff ich, dass sie im Inneren immer unabhängig und frei geblieben war. Das war ich auch immer, weißt du. Ich war ein harter Junge. Ich bin es heute noch. Ich sage, auch wenn du ein großes Haus hast und viel Geld verdienst, auch wenn du *fünf* Häuser hast, selbst wenn du für einen Abend den berühmten Sänger einfliegen lässt, du musst im Inneren unabhängig und frei bleiben. Weißt du, was ich meine?«

»Ich weiß genau, was du meinst.«

»Gut, Marko. Ich habe das Gefühl, du hast auch etwas vom Geist deiner Schwester. Diesem unbedingten Freiheitssinn.«

»Das könnte sein«, sage ich.

»Marko, wir hatten bisher wenig Zeit miteinander. Schade, dass du nicht zu unserer Hochzeit kommen konntest. Sag mir, was du im Leben tust.«

»Ich bin Versicherungsvertreter.«

»Ah. Und wie heißt die Firma?«

»Rheinische Versicherungsgesellschaft von 1886. Altes Traditionshaus. Wir nennen sie ›Die Rheinische‹. Der Name wird dir nichts sagen.«

»Also keiner der großen Player.«

»Nein, nicht unbedingt. Nur ein solides Unternehmen.«

»Wunderbar. Und was sind deine Chancen, wie sind die Aussichten? Was siehst du, wenn du den Blick nach oben richtest?«

»Keine besonderen Aussichten, Luis«, sage ich. »Ich habe mein eigenes Büro. Das Leben ist sehr ruhig.«

»Ah, von dort aus solltest du den Markt erobern. In welcher Stadt?«

»Kleinhoek.«

»Was?«

»Kleinhoek.«

»Ah, *bueno, bueno.* Klainuck. Von der Stadt habe ich noch nie gehört.«

»Es ist keine Stadt, Luis.«

»Was ist es dann?«

»Ein Dorf.«

»Ein Dorf? Und dort machst du Geschäfte? Mit den Bauern?«

»Erraten, Luis. Unter meinen Kunden gibt es viele Bauern. Auch Bauern brauchen eine Versicherung.«

»Marko, hör mir zu.« Er verschränkt die Arme auf dem

Tisch und beugt sich vor. Seine Augen nehmen wieder den Glanz animierter Trunkenheit an. »Ich dachte, du wolltest den Markt erobern. Wie willst du denn von Klainuck aus den Markt erobern? Dieses Klainuck ist ein schlechter Ort für dich. Geh nach München, geh nach Düsseldorf, Hamburg oder Berlin.« Er muss wieder aufstoßen, behält aber seine ernste Miene. »Berlin, sagen alle. Du musst nach Berlin gehen. Aber nicht nach Klainuck.«

»Ich bin aber nun mal in Kleinhoek. Ich wohne dort, Luis.«

»Ändere dein Leben, Marko. Sei unabhängig und frei. Das kannst du nicht in Klainuck sein. Wenn ich das meinen Freunden erzähle, fragen sie, wo ist das denn, in Afrika? Auf dem Baltikum?« Luis lacht sich kaputt. Er setzt sein Glas noch einmal an.

Ich warte und bleibe bei ihm. Es macht mir Spaß, diese spanische Aura von Männlichkeit und Jovialität zu erleben.

»Klainuck«, sagt er. »Wie kann ein Mann nur in Klainuck wohnen?«

Danach ist von Luis kaum noch ein zusammenhängender Satz zu hören. Einmal murmelt er, meine Schwester sei eine Klassefrau, und ich nicke. Vielleicht ist Luis einer, der den Weg ins Bett nicht findet. Wir sitzen da, trinken auf Sonja und schauen in unsere Gläser. Schließlich wünsche ich ihm eine gute Nacht.

»Ich habe gehört, Luis hat dich ein bisschen ausgefragt«, sagt Sonja am nächsten Morgen. »Er erzählte irgendwas von Kleinhoek.«

»Ja, er wollte wissen, was ich tue und wo ich es tue, und er fand, meinem Wohnort mangelt es an Klasse.«

»Na ja, man kann nicht gerade behaupten, dass er viel Klasse hätte. Ich frage mich ja auch, wie du es in Kleinhoek aushältst.«

»Ich weiß nicht, Sonja. Das ist mein Leben.«

Luis kommt nicht mehr auf unser nächtliches Gespräch zurück. Er war neugierig auf Sonjas Bruder und hat sich die

Informationen verschafft, die er brauchte. Insgesamt macht er einen sehr beschäftigten Eindruck. Als wäre es ein anderer Mann gewesen, mit dem ich mich nachts in der Küche unterhalten habe, ein anderer Mann, der den Alkohol geschluckt, von Freiheit und Unabhängigkeit phantasiert und für mich Pläne entworfen hat, wie ich Klainuck hinter mir lassen kann, um die Welt zu erobern.

An unserem letzten Abend schicke ich Motte ins Kino und gehe mit Sonja aus. Sie hat keine besondere Neigung gehabt, mir Madrid zu zeigen, aber das kann ich verstehen. Sie kennt die Stadt und hat ein vollständiges Leben, in dem für Touristenführungen kein Platz ist. Wir essen in einem kleinen Restaurant in Chueca, danach schlendern wir durch die Straßen und suchen ohne Eile eine Bar, die ordentliche Drinks mixt.

»Ich habe dein Tonband abgehört, Sonja.«

»Ah, das. Ich kann dir nicht sagen, wie beschissen es mir damals ging.«

»Du hast gesagt, ich soll mir keine Sorgen um dich machen. Hätte ich Grund dazu gehabt?«

»Ja.«

»Sehr viel Grund?«

»Ja.«

»Luis hat mir von der Drogenszene in Caños de Meca erzählt. Hast du auch Drogen genommen?«

»Marko, ich habe ein paar Sachen ausprobiert. Aber ich war nie in Gefahr zu versinken. Ich halte es nicht lange aus, wenn sich in meinem Leben nichts bewegt. Dann gehe ich woandershin. In Madrid hatte ich nicht die allerbeste Gesellschaft. Mit einem der besseren Typen bin ich an die Küste gezogen, erst nach Tarifa, dann nach Caños. Wir haben Kunsthandwerk verkauft. Was man dort so macht. Der Winter ist ziemlich hart. Frag mich nicht, was Luis damals in mir gesehen hat. Dass wir uns überhaupt kennengelernt haben, war der größte Zufall. Es war im Sommer, beim Stierkampf in El Puerto de Santa María. Ich glaube einfach, er sah … mich. Nicht meine Umgebung, nicht meine Kumpels oder meine wilden Lebensgewohnheiten. Er sah mich. Eine Frau, die aus denselben Gründen zum Stierkampf ging wie er. Wir kamen ins Gespräch. Das war ihm genug. Er hatte ein paar Tage Urlaub und wollte mich wiedersehen. Als ich sagte, in Ordnung, hatte ich keine Ahnung, womit er sein Geld verdient. Oder wie viel. Ich mochte *ihn*. Ich habe noch nie einen Beschützer gebraucht, das weißt du. Doch diesem Mann hätte ich erlaubt, mich zu beschützen. Ich spürte, dass er anders war. Um die meisten spanischen Männer musst du einen Bogen machen. Luis ist echt.«

Wir finden eine Bar mit drei Tischen im Freien und bestellen Gin Tonic. Sonja kann beim Trinken immer noch gut mithalten, der Rotwein zum Abendessen hat ihr nur die Zunge gelöst. Wenn ich mir die Stationen ihres Lebens vorstelle und das Chaos, das in ihren Plänen geherrscht hat, kann ich verstehen, dass mein Vater um sie besorgt war. Was ich nicht verstehen kann, ist die Kälte, mit der sie den größeren Teil der Familie heute behandelt. Und ich sage es ihr. Ich kleide es in Fragen. Was mit ihr los sei, frage ich. Woher die schroffe Ablehnung komme? Ob es noch etwas zu verzeihen gebe?

»Ach, Marko. Niemand muss mich um Entschuldigung bitten. Verlang nur nichts Unmögliches von mir.«

»Aber ich verstehe nicht, wie du Papa so alleinlassen kannst! Er sieht kaum noch etwas, er hat diese merkwürdigen Aussetzer. Er vergisst Dinge. Er braucht unsere Hilfe. Würde Luis das seinem Vater antun?«

Sie denkt nach. Dann schüttelt sie den Kopf. »Nein. Aber die Dinge liegen bei uns etwas anders. Warte mal.« Sie steht auf, um Zigaretten zu ziehen. Als sie ein Päckchen Winston auf den Tisch wirft, ist sie entschlossen. »Bedien dich«, sagt sie. »Heute ist unser Abend für Gin und Zigaretten. Die gibt's bei mir nicht mehr so häufig.«

Wir bestellen frische Drinks, aber Sonja nippt nur daran. Sie muss sich überlegen, was sie mir sagen will und was nicht. Während sie dasitzt und in Erinnerungen kramt, wird mir klar, dass sie keinerlei Absicht hat, mich für sich einzunehmen. Sie sagt: Falschheit. Das sei das Schlimmste. Mit Lügen zu leben, sich an Lügen zu gewöhnen sei ihr unerträglich. Und unser Vater lebe nun einmal so.

»Du meinst, weil er immer noch seiner Ehe nachweint, die von Anfang an nichts getaugt hat? Weil er Mama nicht in Frieden lässt?«

»Das auch. Aber das sind nur Folgen. Papa sieht seine eigene Rolle nicht. Die Wirkung seiner Worte und Taten. Er verbreitet … Falschheit. Ich weiß nicht, wie bewusst er das tut, und inzwischen ist es mir egal, weil der Effekt derselbe ist. Er idealisiert die ›guten Jahre‹ seiner Ehe, und du findest das romantisch. Oder was weiß ich. Ich sage doch, du bist ein Nostalgiker.«

»Vielleicht«, sage ich. »Aber du lebst in Spanien, Sonja. Ich muss dir nicht erklären, wer Don Quijote war. Er war auch in Trugbildern befangen.«

»Aber das ist genau das Gegenteil von dem, was ich meine!« Sie nimmt einen kräftigen Schluck und steckt sich eine Zigarette an. »Genau das Gegenteil! Don Quijote hatte keinen Vorteil von seinen … Trugbildern. Papa wohl. Papa zwingt anderen seine Trugbilder auf, damit alle zu dieser … dieser Scheinwelt beitragen. Wir sind Kulissenschieber in einem Bühnenstück, Marko. *Seinem* Bühnenstück. Wie oft soll ich dir das noch sagen?«

»Dann sieh es mal von seiner Seite. Er hat es nicht besser gewusst. Er hat sich getäuscht, meinetwegen. Kannst du ihm vorwerfen, dass er Mama immer noch liebt? Trotz all der anderen Männer, der Zurückweisungen? Trotz des Aachener

Liebhabers? Er liebt sie noch. Er glaubt immer noch daran, dass sie zusammengehören.«

»Diese Art Liebe ist zu hoch für mich. Und Mama kann wirklich darauf verzichten. Frag sie mal. Was ist das für eine Liebe, die den anderen verfolgt, ihn jagt und in die Enge treibt? Übrigens war Papa kein Unschuldsengel. Wusstest du, dass er auch seine Affären hatte? Dass er dafür gesorgt hat, immer ein paar Eisen im Feuer zu haben?«

»Nein, davon weiß ich nichts. Ich bin nicht sicher, ob du jetzt Affären erf-«

»Das habe ich aus erster Hand, Marko! Das muss ich nicht erfinden!«

Ich verschränke die Arme und sehe sie an. Ich bin entschlossen, keinen Ton mehr zu sagen, bis sie Beweise liefert. Während sie sich sammelt, lehne ich mich zurück, nehme einen Schluck Gin und schaue mich auf der kleinen Plaza um. An einem Hausbalkon hängt ein Bettlaken mit der Botschaft: Schluss mit der Lärmbelästigung! Sonja ist meinem Blick gefolgt und lächelt. Sie muss es nicht aussprechen, ihre Augen sagen alles. Es gibt sinnlose Kämpfe, aus denen man sich besser zurückzieht. Wer trotzdem weiterkämpft, ist ein Dummkopf. Jetzt sieht sie mich liebevoll an, und ich weiß auch, was dieser Blick zu bedeuten hat. Willst du, Marko, einer von diesen unbelehrbaren Dummköpfen sein?

»Erst etwas anderes. Vera hat mich damals noch einmal besucht, bevor sie nach Berlin zurückging. In der Südstadt.« Ihre Stimme ist behutsam, und ich ahne, dass eine unangenehme Enthüllung bevorsteht. »Nachdem sie Papa verlassen hatte. Sie ging, weil Papa die Scheidung von Mama immer weiter hinauszögerte. Er sagte, er müsse sich um Mama kümmern, sie sei nicht stabil. Hast du schon mal so einen Quatsch gehört? Mama war die Letzte, die die Scheidung hinauszögern wollte. Am Ende glaubte Vera nicht mehr daran, dass es jemals dazu käme. Du hast Vera erlebt, Marko. Sie und Papa hätten miteinander eine Chance gehabt. Ich habe mich für

Papa gefreut! Aber irgendwie hat er Vera das Gefühl gegeben, sie konkurriert mit einem Gespenst. Was ja auch zutraf. Vera konkurrierte nicht mit einer realen Frau, sondern dem Bild einer Frau, der Idealisierung einer Frau, sie kämpfte gegen Papas Wunschvorstellung der Ehe, die er zwanzig Jahre zuvor gern geführt hätte, aber unglücklicherweise in den Sand gesetzt hat. Vergiss nicht, dazu gehören zwei. Die sogenannten ›guten Jahre‹ lagen schon damals lange zurück. Du sagst, du hast mein Band abgehört. Habe ich nicht davon gesprochen? Hast du überhaupt *gehört*, was ich da erzählt habe?«

»Was du sagst, bestätigt meine Theorie. Es steckt eine Menge von Don Quijote in ihm.«

»Nein, Marko. Er ist immer dem nachgejagt, was gerade nicht zu haben war, und hat dabei die wirkliche Welt verpasst. Er hat Menschen aus Fleisch und Blut Unrecht getan, indem er sie nicht erkannte. *Vor* Vera, weißt du? Als wir dachten, er lebt wie ein Mönch? Er reibt sich auf für das Wohl der Familie und hofft auf die Rückkehr der untreuen Ehefrau, die nur durch die offene Haustür zu spazieren braucht? Nicht einmal das stimmte. Papa hatte eine Affäre mit seiner Sekretärin.«

»Woher weißt du das?«

»Einer seiner jüngeren Mitarbeiter hat mich mal zum Essen eingeladen. Nach dem vierten Kölsch ist es ihm rausgerutscht. Ein echter Idiot. Ich hätte ihm am liebsten eine runtergehauen und ihm sein falsches Mitleid im Gesicht verteilt. Du kannst dir nicht vorstellen, wie ich mich in diesem Augenblick geschämt habe. Nicht aus moralischen Gründen, überhaupt nicht. Sondern weil ich so dumm war, nie an diese Möglichkeit zu denken. Das mit der Sekretärin dauerte mindestens ein halbes Jahr. Ich kannte die Frau. Sie war nett. Ich glaube nicht, dass Papas Geschichte mit ihr irgendetwas Schmieriges hatte. Er war ein einsamer Mann, wie es viele gibt. Es gibt auch einsame Frauen! Ich will nur sagen, die

Dinge laufen gleichzeitig. Wir beteuern das eine und tun das andere. Und selbst damit könnte ich leben, wenn Papa nicht dauernd das Klagelied vom verlassenen Ehemann singen würde. Bis heute. Das nenne ich … Falschheit.«

Wir schweigen eine Weile und sehen einander dabei zu, wie wir die Gläser heben und trinken. Es ist schön auf der Plaza. Wir sind in unserer Bar die einzigen Gäste. Ich frage mich, wie lange ich schon keinen Abend mit Sonja mehr hatte.

Dann sage ich: »Don Quijote hat auch alle anderen gezwungen, in seinem Stück mitzuspielen. Eine meiner wenigen Erkenntnisse über die spanische Literatur. Das ganze Buch besteht nur aus Kulissenschiebern.«

»Dann such dir doch eine Rolle darin, Marko! Bitte, wenn du willst, kannst du in den *Don Quijote* abmarschieren und glücklich damit werden. Nur ich … Ich kann das nicht.«

»Ich fand immer …« Ich breche ab, um nach den richtigen Worten zu suchen. »Ich weiß nicht. Ich fand immer, es liegt eine gewisse Kraft in der Fähigkeit zur Selbsttäuschung. Fast ein schöpferisches Element. Papas Roman. Der, in dem er lebt wie eine literarische Figur. Es ist seiner. Er hat so lange darin gewohnt, dass er sich daran gewöhnt hat. Ich kann doch einem fünfundsiebzigjährigen Mann nicht sagen, pack die Umzugskartons und such dir einen anderen Roman! Dafür ist es zu spät.«

»Zu spät für wen?«

»Warte, Sonja. Wenn es stimmt, was du sagst, wenn du alles erkennst und durchschaust und … Klarheit hast. Das ist das Wort, Klarheit. Wenn du so viel über dich und Papa verstanden hast, könntest du ihm doch seinen Roman lassen. Du weißt, dass es eine Fiktion ist, meine ich. Damit weißt du mehr als er. Du könntest dieses Wissen akzeptieren und deinen Frieden damit machen. Und mit ihm. Du könntest nach Köln kommen, um ihn zu besuchen. Du weißt nicht, wie er auf dich wartet.«

Zum ersten Mal hat sie keine Antwort parat. Ihr Gesicht fragt: Frieden? Wie sähe der aus?

Sie sagt: »Ich weiß nicht, ob ich das noch kann. Es klingt gut, aber es ist etwas für Weicheier. Diesen Großmut bringe ich nicht auf. Mit mir war auch niemand großmütig. Ich bin meine ganze Jugend hindurch auf breiter Front belogen worden. Genau wie du. Nur dass ich die Erste war und das Gewicht jahrelang für euch mitgetragen habe.«

»Es war kein Kreuzweg, Sonja! Es war ein unvollkommenes Elternhaus, wie es viele haben.«

»Das sagt sich leichter, wenn es nicht um deine eigenen Gefühle geht, stimmt's? Die ganz normale kaputte Kindheit? Ich nehme mein Innenleben ernster. Ich habe dir nie ausführlich erzählt, wie es damals mit dem Aachener Liebhaber ablief, nicht einmal auf der Cassette. Ich erinnere mich an *alles*. Falschheit, Marko. Darum geht es. Und Mama war in dieser schrecklichen Aachener Geschichte nicht annähernd so falsch wie er. Falschheit. Ich wüsste nicht, was ich mit Papa zu bereden hätte. Es hat mich viel Zeit gekostet zu begreifen, dass er mit der wirklichen Welt nichts anfangen kann. Das gilt nicht nur für Frauen. Es gilt für alles. Er kennt auch seine Kinder nicht. Eines unserer letzten Gespräche handelte von dir. Willst du es hören?«

Ich nicke.

»Papa findet, du bist gescheitert. Du hättest dein Literaturstudium durchziehen sollen. Am besten noch einen Doktor machen und dann aufsteigen. Und warum keine Professur? Akademische Titel haben Papa schon immer beeindruckt, egal welche Idioten mit ihnen herumwedeln. Prof. Dr. Marko Theunissen. Er kam immer wieder darauf zurück. Wie findest du das denn, was Marko mit seinem Leben macht, Sonja? Kannst du nicht mit ihm reden? Der Junge verschleudert seine Talente! Jemand muss ihn doch zur Vernunft bringen! Auf dich hört er vielleicht. Es geht um deinen Bruder! Ich sagte ihm, Papa. Bitte. Marko ist ein erwachsener Mensch.

Marko hat seine eigene Entscheidung getroffen. Aber er kam immer wieder darauf zurück. Ich hätte mich schieflachen können. Ich bin genau die Richtige, um anderen Leuten Karrieretipps zu geben!«

»Siehst du nicht die Komik? Wir sind schon wieder bei Don Quijote. Papa hat über dich doch genauso geredet. Wenn er mit dir sprach, jammerte er über mich. Wenn er mit mir spricht, jammert er über dich. Er jammert, weil er uns liebt. Auf seine Weise, Sonja. Dir gefällt diese Art Liebe nicht. Aber er kann nicht anders. Er will uns nicht loslassen.«

»Das ist mir zu schlau. Unter Liebe stelle ich mir etwas anderes vor.«

»Du, Sonja. Aber Papa hat nur diese. Wann geht das endlich in deinen dicken Kopf?«

Sie trinkt aus und schaut zu den Häusern der Plaza hoch. »Das ist die Frage. Ich weiß nicht, ob es noch in diesen dicken Kopf geht. Ich kann dir nicht viel Hoffnung machen. Lass uns zahlen.«

Auf dem Weg zur Gran Vía hakt sie sich bei mir unter und fällt mit mir in Gleichschritt. Wir gehen die San Bernardo hinunter und zählen in zwei Minuten neun leere Taxis. Sonja sagt, die grünen Lichter auf den Dächern der Taxis hätten für sie noch heute etwas Verheißungsvolles. Es seien so viele! Und alle führen durch die Nacht auf der Suche nach abenteuerhungrigen Menschen, die sie an irgendwelche aufregenden Orte brächten. Sonja sagt, wenn irgendjemand beschließen würde, die grünen Lichter der freien Taxis abzuschaffen und stattdessen blaue, gelbe oder rote daraufzusetzen, wären ihre Tage in Madrid gezählt. Dann müsste sie gehen.

»Das hatten wir schon lange nicht mehr, Marko, stimmt's? Viele Jahre.« Sie drückt meinen Arm fester. »Es ist schön, mit meinem kleinen Bruder auszugehen. Sag meinem anderen kleinen Bruder einen Gruß. Er muss mich besuchen kommen, wenn wir uns in diesem Leben noch kennenlernen wollen. Er kann Margret und die Kinder mitbringen.«

»Das solltest du ihm selbst sagen. Es gibt da gewisse Verhärtungen.«

»Ich weiß«, sagt sie. »Ich habe ihn verloren. Meine eigene Schuld.«

Am nächsten Vormittag bittet sie Motte, sich auf der Fahrt zum Flughafen nach vorn neben Alberto zu setzen, sie wolle noch etwas mit mir besprechen. Ich vermute eher, sie will nahe bei mir sein und meinen Arm drücken.

Bis sie doch noch etwas erzählt.

»In Caños de Meca«, sagt sie. »Da gab es einen Typ, einen Deutschen, der sagte, er kennt dich. Clemente. Er sagte, er war auch mal auf dem Collegium Aureum.«

»Clemente? Sagt mir nichts.«

»Das ist die spanische Form von Clemens. Er hat mir geholfen, als ich eine Lungenentzündung hatte. Hat Papa angerufen und ihm gesagt, dass ich dringend Geld brauche, sonst kippen sie mich vom Bett auf die Straße. Ich glaube, er ist immer noch da. Sommer und Winter.«

»Wie alt? Wie sah er aus?«

»Älter als du. Dünn, blond, fransiger Bart. Rauchte selbstgedrehte Zigaretten und ließ die Finger von *porros*. Kein Mitschüler. Er sagt, er war Erzieher.«

Ich starre sie an. Alberto fährt einen ruhigen Stil, aber plötzlich kommt es mir so vor, als würden wir von der Flughafenautobahn gehoben und durch die Jahrzehnte in eine andere Welt zurückgetragen. Ich höre lauten Wind und das Rauschen schwerer Schwingen. Links von uns, direkt an der Autobahn, ziehen die weißen und grauen Grabsteine einer Totenstadt vorbei. Die Landschaft ist hügelig, ein Totenberg folgt auf den anderen.

»Das ist nicht dein Ernst, Sonja. Das muss … Nippermann gewesen sein! Hieß er so? Clemens Nippermann?«

»Keine Ahnung«, sagt Sonja. »Er hat mir seinen Nachnamen nie verraten. Sagte nur, er wollte die Zeit auf dem Collegium vergessen, es wäre ein schwieriges Jahr für ihn gewesen. Aber er kennt dich. Du wärst ›ungewöhnlich‹ gewesen. Er war irgendwie religiös, aber mehr auf die Einsiedlertour. Einmal bekam er Besuch von einem Geistlichen, Padre Gonzalo. Kanntet ihr euch gut?«

»Der Vagabund«, sage ich. »Wir nannten ihn Vagabund. Er war ein Freund von Bruder Gregor. Motte! Hast du gehört, was Sonja mir gerade erzählt hat?« Ich rüttele an seiner Kopfstütze. »He, Motte, dreht dich mal um!«

Er tut es, aber langsam, im Gesicht den leeren Motte-Ausdruck völliger Geistesabwesenheit.

»Was ist?«

»Man nimmt immer etwas mit! Hast du mir das nicht mal gesagt?« Ich zupfe ihn am Nackenhaar, was er nicht ausstehen kann. »Die Welt ist voller Menschen, die etwas mitnehmen. Der alte Vagabund!«

»Alles klar«, sagt Motte und dreht sich wieder um. Er wendet sich Alberto zu und tippt sich an die Stirn. *»My friend Marko, you know. He's a little crazy.«*

»Dice que está loco?«

»Yes, Alberto, that's the word. Está loco.«

Der Tag unserer Rückkehr ist ein Sonntag. Ich habe es immer noch nicht so mit Sonntagen, die unheilige Erbschaft meiner sechs Jahre auf dem Collegium Aureum. Ich wünschte, ich könnte die Reste des Sonntags in meinem Gehirn vergessen. Aber sie werden bleiben, für immer. Sie werden auch noch da sein, wenn ich tot bin, und sollten Wissenschaftler mich mal aufschneiden, werden sie Reste dieser Sonntage in meinem alten Gehirn finden. Sonntags hängt über allem, was ich tue, ein Hauch von Wehmut, und ich spüre das dringende Bedürfnis, mein Leben auszutauschen. Das Modell, das ich stattdessen wählen würde, hängt aber gerade nicht auf dem Bügel.

Motte ist mir auch keine Hilfe. Auf dem Flug brütet er dumpf herum und blättert im *Spiegel*, ohne einen einzigen Artikel zu Ende zu lesen. Dem Aal ist es egal.

Dann rede ich von Clemens Nippermann, dem alten Vagabunden, und von Agnes, der Magd, dem dicken Küchenmädchen, das eines Tages vom Collegium Aureum verschwand und von dem niemand mehr etwas gehört hat.

»Clemens Nippermann?«, sagt er. »War das vor fünfzig Jahren oder vor hundert? Wie wäre es, wenn du diesen Teil deiner Vergangenheit mal loslassen würdest?«

»Kein Problem, Motte. Ich fand nur, es ist ein seltsamer Zufall.«

»Zufälle, wohin du blickst«, sagt Motte und entdeckt in seinem Magazin einen Artikel über die deutsche Fußballnationalmannschaft, in den er sich vertieft. Wir verabschieden uns am Düsseldorfer Hauptbahnhof. Er fährt nach Wuppertal, ich nach Krefeld. In Krefeld steht mein Auto.

Der eigentliche Schrecken dieses Sonntags erwartet mich in Kleinhoek. Mein Anrufbeantworter quillt über mit Botschaften von Hermann Pooten, verteilt über vier Tage. Ich höre sie einmal durch, bevor ich die Jacke ausgezogen habe, dann höre ich sie ein zweites und drittes Mal.

»Ziemlich hässlich von dir, einfach aufzulegen, hässlich und dumm. Gewöhn dir Manieren an, Theunissen.« Das ist die Erste. »Ich bin nicht für meine Geduld bekannt, Freundchen. Ruf endlich zurück, oder ich werde richtig sauer.« In dem Stil geht es weiter. Der Unmut steigert sich bei der vierten Botschaft zu dem Ausruf: »Was bist du für ein Arschloch, Theunissen? Ruf endlich an, sonst mache ich Hackfleisch aus dir!«

Erst in der sechsten Nachricht höre ich einen Unterton von Verzweiflung in Pootens Stimme. Er hat geflucht, gedroht, mich beschimpft, und es hat alles nichts geholfen. Marko Theunissen rührt sich nicht. Wahrscheinlich wollte Pooten nicht in der Agentur anrufen, damit es für unseren Austausch keine Zeugen gibt. Frau Hünnekens hätte ihm sagen können, dass ich eine Woche Urlaub genommen habe. »In Ordnung«, sagt er in der sechsten Nachricht. »Du willst Verstecken spielen. Du hast deinen Spaß gehabt. Jetzt bin ich an der Reihe, Theunissen. Melde dich, oder ich rufe eine gewisse Person an. Wenn du dich beeilst, kannst du es noch abwenden.«

Während ich meine Sachen auspacke, wird mir klar, dass mit Eile nichts gewonnen ist. Am besten bin ich mit Nichtstun und Abwarten gefahren, von Anfang an. Söffi hatte völlig recht. Bevor ich nicht weiß, welche Karten Pooten auf der Hand hält, kann ich nicht wissen, wie ich auf seine Drohungen reagieren soll. Während ich mir einen Kaffee zapfe, trenne ich gedanklich zwischen den beiden Pooten-Gefahren, in denen ich schwebe. Eins, er will mir beruflich schaden. Zwei, er könnte Horst von Angelas Affäre erzählen.

Mitten in diese Überlegungen hinein ruft Angela an.

»Wie war Madrid«, fragt sie.

»Schön«, sage ich.

»Warst du erfolgreich?«

»Das muss ich noch sehen.«

»Marko. Es ist etwas Komisches passiert. Horst hat angefangen, Fragen über dich zu stellen. Ich habe nicht das Gefühl, dass es etwas mit mir oder uns zu tun hat. Eher mit deiner … beruflichen Qualifikation. Er hat gefragt, wer mir dich damals empfohlen hat. Ob dem Menschen zu trauen sei. Ich fragte, wieso? Warum soll ich meinen Freunden nicht trauen? Er hätte Schlechtes über dich gehört, sagt Horst. Sehr negative Dinge. Ein Kollege von dir bei der Rheinischen hätte ihm etwas verraten, was ihn zweifeln ließe, ob es sinnvoll sei, mit dir zusammenzuarbeiten.«

»Halt, Angela. Ich glaube, du solltest beide Hälften der Geschichte hören. Dann ergibt sie ein vollständiges Bild.«

Ich spüre schon nach fünf Sekunden, dass ich einen großen Fehler gemacht habe. Ich hätte es ihr früher sagen müssen. Angela wird wütend, als ich ihr von der Szene vor meinem Haus erzähle, so habe ich sie noch nie erlebt. Dieser Pooten bedrohe ihre Ehe, und sie, Angela, hätte ein Recht darauf gehabt, sofort davon zu erfahren.

»Glaubst du nicht, Marko?«, fragt sie heftig. »Wie würdest du dich fühlen, wenn der einzige Mensch, der von dieser Gefahr um dich weiß, nicht nur die Klappe hält, sondern auch noch seelenruhig für fünf Tage nach Madrid fliegt? Bei mir zu Hause hätte die Hölle losbrechen können! Und du isst Tapas in Madrid! Horst hätte mir unsere Affäre um die Ohren hauen können, und ich wäre auf dem Küchenstuhl zu Staub zerfallen! Hast du nur eine einzige Sekunde an meine Kinder gedacht? Was bist du für ein Idiot!«

»Auf einmal ist es eine Affäre«, sage ich.

»Das waren *deine* Worte, Dummkopf! Du hast eine Liebesgeschichte. Ich habe eine Affäre. Das ist die Rollenverteilung. Du ziehst frische Laken auf. Aber ich trage das Risiko. Danke, dass ich noch einmal daran erinnert werde.«

»Angela. Es tut mir leid. Wirklich. Ich sehe ein, dass es kein kluger Schachzug war, dir nichts zu sagen.«

»Kein kluger *Schachzug*? Du begreifst es immer noch nicht. Wenn mein Leben auseinanderfällt, soll es durch meine eigenen Fehler geschehen. Aber nicht durch fremde Dummheit. Red nicht von Schachzügen. Ich bin keine Figur auf deinem Feld. Mach das mit diesem schrecklichen Pooten. Und bitte, lass dir für den mal was einfallen. Was beschäftigt die Rheinische eigentlich für Leute? Gibt es bei euch so etwas wie eine charakterliche Qualitätsprüfung? Der Kerl klingt nach dem finstersten Erpresser.«

»Er ist kein netter Mann«, sage ich.

Sie lacht spöttisch. »Gibt es irgendetwas, um das du kämpfen würdest?« Sie sucht nach einer neuen Beschimpfung, aber ihr fällt keine ein. »Ich muss Schluss machen, Marko. Horst kommt gleich zurück. Tu nichts, ohne dich mit mir zu beraten, verstanden? Wir reden später.«

Die nächste Stunde verbringe ich in eigentümlich beschwingter Stimmung. Angela weiß Bescheid, das Gewitter hat sich entladen. Die Luft ist wieder frisch und klar. Jetzt kann ich mit offenen Karten spielen. Ich lege Jim Halls *Concierto* auf und schwebe mit der Musik. Irgendjemand hat einmal gesagt: *Tragedy makes us feel alive.* Vielleicht ist es ja das, was gefehlt hat. Ein bisschen Drama mit realer Absturzgefahr.

Der Egoist und Eigenbrötler in mir sagt noch etwas anderes. Er sagt vernehmlich: Angela hat recht. Sie hat eine Affäre. Du hast eine Freundin, die zufällig mit einem anderen verheiratet ist. Das ist nicht dasselbe. Sie betrügt ihren Mann, du setzt ihm Hörner auf. Also, konzentriere dich auf Pooten und überleg, wie du ihm in die Parade fahren kannst. Vielleicht kannst du ihn nicht daran hindern, eure Affäre zu verraten. Aber schüttel dir den Typen aus dem Fell, damit er deine Kunden in Ruhe lässt. Pooten ist dein Feind. Oh, noch etwas. Ruf Söffi an.

Und das tue ich, sobald *Concierto* durchgelaufen ist. Ich sage: »Söffi. Wie steht's denn so? Ich habe Neuigkeiten von meinem Problem. Pooten hat die Drehzahl erhöht. Fällt dir irgendwas ein?«

Doch Söffi ist auf die Aufgabe der praktischen Lösungssuche an diesem Sonntagabend nicht vorbereitet. Man muss ihm ein wenig Vorlauf geben. Nicht nur, dass sein Denken in eher gemächlichem Tempo voranschreitet, wenn er schon ein paar Bier getrunken hat. Auch mit den Formulierungen tut er sich schwer. »Mann, Marko«, sagt er. »Echt. Mensch. Ich glaub, da muss man mal …«

Weiter kommt er nicht.

Ich sage: »Hast du nicht irgendeine Idee in petto? Komm, Söffi. Ich kann mit niemandem darüber reden.«

»Man könnte ihn besuchen«, sagt er nach längerer Pause. »Pooten. Man könnte ihn einschüchtern. Ich könnte zwei Freunde anrufen. Aber keiner kann garantieren, was danach passiert.«

Die Idee gefällt mir gar nicht. Alles, was unkalkulierbar ist, kommt als Strategie nicht infrage. Außerdem wüsste Pooten sofort, woher der Wind weht.

»Ich hab was«, sagt Söffi.

»Schieß los.«

»Es ist nicht die Lösung, an die du jetzt vielleicht denkst. Man könnte …«

»Sag schon.«

»Man könnte ihn beschatten.«

»Wie stellst du dir das vor, Söffi? Der Mann hängt in seinem Büro oder fährt durch die niederrheinische Prärie und besucht Kunden. Willst du ihm sagen, entschuldigen Sie, Herr Pooten, wir sind die Männer vom Beschattungsdienst?

Vielleicht schlägst du ihm auch noch vor, eure Terminkalender abzugleichen.«

»Ich hab gedacht«, sagt Söffi, »man lernt ihn ein bisschen kennen. Erfährt seine Gewohnheiten. Solche Leute haben meistens was zu verbergen.«

Ich schließe die Augen und denke nach. Söffi meint es gut mit mir. Aber Planung ist nicht seine Stärke. »Hör zu«, sage ich. »Beschatten bringt nichts, wenn du mich fragst. Außerdem brauchst du ein paar Männer dafür.«

»Männer habe ich«, sagt Söffi.

»Männer hast du.«

»Ja. Wir sind ein paar Jungs, die in der Saison auf dem Bau arbeiten. Wenn es was zu tun gibt. Dann kommen Pausen, weißt du? Zwangspausen. Manchmal ist nichts da. Das trifft die Jungs hart, den einen mehr, den anderen weniger. Aber wir halten Kontakt. Trinken ein Bier zusammen. Wenn einer was hört, wo ein paar starke Arme gebraucht werden, ruft er an. Ein Netzwerk für Kerle wie uns. Einer kennt sich mit Sicherheitsanlagen aus. Das ist der Olaf. Ein anderer kann Schlösser knacken. Legal, meine ich. Und der Manni macht Fotos. Jeder hat was Bestimmtes drauf. Marko, die Jungs sind echt gut.«

»Und du, Söffi? Was steuerst du bei?«

»Ich bin eher der Mann fürs Allgemeine«, sagt er leise. Ich spüre, dass ich seinen Stolz verletzt habe. »Ich behalte den Überblick. Die anderen sagen es auch. Sie sagen, Söffi behält den Überblick.«

Ich sage ihm, das klinge nicht uninteressant. Ich müsse darüber nachdenken.

»Soll ich den Jungs schon mal Bescheid sagen?«

»Langsam, Söffi. Die Jungs wollen ja auch was dafür haben. Wenn ich ein klares Ziel vor Augen habe, melde ich mich. Wollen wir das so machen?«

Seinem Schweigen höre ich an, dass er enttäuscht ist.

»Söffi?«

»Ich fände es gut, mich mit einem der Jungs zu beraten. Er kann den Mund halten, Marko. Wir beraten uns. Nichts weiter.«

»Okay, beratet euch. Aber keine Aktionen. Ich muss die Lage unter Kontrolle behalten.«

»Sollst du. Wir beraten uns nur.«

Diesmal weiss ich sofort, worum es geht, als der Anruf aus der Bezirksdirektion kommt. Die Dame aus Krefeld teilt mir mit, mein Kunde Horst Hoymann habe die Agentur gewechselt. Der Bestand gehe hinüber zu Hermann Pooten nach Kevelaer. Ob es damit seine Richtigkeit habe.

»Mit oder ohne Neugeschäft?«

»Ohne, Herr Theunissen. Das ist ja das Seltsame, finden wir. Sie haben doch neulich erst mehrere Versicherungen mit Herrn und Frau Hoymann abgeschlossen. Hatten Sie mit Herrn Hoymann ein Problem?«

»Was würden Sie denn sagen? Habe ich mit Herrn Hoymann ein Problem?«

»Herr Theunissen«, sagt die Dame. »Die Frage können nur Sie beantworten.«

»Ich weiß. Alle tun nur ihre Pflicht.«

»Was soll das heißen?« Die Stimme ist geduldig.

»Das weiß ich auch nicht genau. Entschuldigen Sie. Kann ich mich später wieder bei Ihnen melden?«

»Gern.«

Es ist kein guter Tag.

Er wird nicht besser durch den Anruf von Hermann Pooten, der gegen Mittag seine Scheu überwindet und es in der Agentur probiert. Frau Hünnekens fragt mich, ob sie ihn durchstellen solle.

»Bitte«, sage ich, ohne sie anzusehen.

»Nicht leicht, dich zu kriegen, Theunissen.« Pooten klingt,

als hätte er getrunken. Dann erkenne ich, dass die Wut ihm die Zunge schwer macht. »Siehst du, was du für ein Chaos anrichtest? Wie willst du das wieder einrenken?«

»Wir duzen uns nicht, Herr Pooten. Wollen Sie, dass ich auflege?«

»Das kann ich dir nicht empfehlen.« Er lacht. »Sonst geht es deiner kleinen Freundin schlecht. Ich bin sicher, das willst du nicht. Du Ritter. Hör zu, wir sollten uns sehen. Wir müssen das weitere Vorgehen besprechen.«

»Es gibt kein weiteres Vorgehen.«

»Bring Geld mit. Sagen wir, fünfhundert Mark.«

»Sie sind nicht mehr ganz dicht.«

»Ich habe dir gesagt, ich walze dich nieder, wenn du dich mir in den Weg stellst. Komm heute abend ins House of Eden. Dann hast du es nicht weit.«

»Darauf können Sie lange warten«, sage ich.

»Ich bin ab neun Uhr da. Lass mich nicht warten. Ich finde dich«, sagt er und legt auf. Das Auflegen muss ihm große Befriedigung verschafft haben.

In den nächsten Stunden warte ich darauf, dass Frau Hünnekens ihre Sachen nimmt und nach Hause geht. Das ist keine tagesfüllende Tätigkeit. Ansonsten simuliere ich einen normalen Arbeitstag. Wenn Frau Hünnekens zu mir herüberschaut, lächele ich.

Nachdem sie endlich gegangen ist, erkenne ich mich selbst nicht mehr. Ich sacke in meinem Bürostuhl zusammen und mache ein finsteres Gesicht. Es gibt einen Grad von Schlechtigkeit, über den ich nicht nachdenken kann, ohne dass meine Phantasie blockiert. Also trommele ich mit dem Bleistift auf den Tisch. Zerknüddele ein paar Broschüren. Nehme einen kleinen grün-weißen Gummiball, das neueste Werbegeschenk der Rheinischen, und kicke ihn durchs Büro. Lauter sinnloses Zeug, das mir beweist, wie sehr ich mich hängen lasse. Ich weiß, dass Joe vor der Bolten-Villa auf mich wartet, aber die Unschuld dieses Kindes würde mich jetzt überfordern. Dann werfe ich mich wieder in den Bürostuhl.

Das Bild des jungen Andy Garcia steigt vor mir auf, wie er im *Paten*, Teil drei, auf einen ziemlich verkommenen Gegenspieler des Corleone-Clans zugeht, scheinbar, um sich mit ihm auszusöhnen. Dann, bei der Männerumarmung, beißt er ihm ein Stück seines Ohrs ab und spuckt es aus. Als ich die Szene zum ersten Mal sah, hat mich beides gleichermaßen erschreckt, das Abbeißen und das Ausspucken. Das Erste war ein kannibalischer Akt, das Zweite die Verhöhnung des Opfers, dessen Körperteil wie Abfall weggeworfen wurde.

In den nächsten Minuten schwelge ich in Bildern exquisiter Brutalität und denke an alle scheußlichen Filmszenen von Hollywood-Psychopathen, die mir einfallen. Es sind nicht wenige. Erst als die innere Kamera wieder auf Kleinhoek und die vertrauten Straßen in der Nähe meiner Agentur schwenkt, kehre ich widerwillig in die Wirklichkeit zurück, und abermals erhebt sich die massige Gestalt Hermann Pootens in voller Bedrohlichkeit vor meinen Augen. Ich frage mich, warum ich nicht sofort Igelbrink anrufe und den Fall Pooten publik mache.

Darauf finde ich zwei Antworten. Eine heißt: Ich schäme mich, weil ich mit der Frau eines Kunden schlafe. Die andere: Ich traue der Rheinischen nicht zu, mich zu schützen. Ich habe schon zu oft davon gehört, dass Betrüger und Gesindel *nicht* überführt und ausgestoßen, sondern unter Vermeidung eines Skandals gehalten wurden. Bei den meisten krummen Sachen ziehen die Gesellschaften es vor, die Verluste zu minimieren und ein großes Tuch über den Vorfall zu decken. Eine Einladung an unausgeglichene Vertreter, so hoch zu pokern, wie sie können. Eine Einladung für Leute wie Hermann Pooten.

Der Treffpunkt, den er mir für heute abend vorgeschlagen hat, entspricht ihm. Das House of Eden ist eines der bekanntesten Bordelle am linken Niederrhein und liegt nur zwei

Kilometer außerhalb von Kleinhoek. Schaut man aus der Vogelperspektive auf unser kleines Dorf, kann man sich zwischen zwei Welten entscheiden. Entweder man fährt nach Norden in den Naturpark Maas-Schwalm-Nette. Oder nach Süden ins House of Eden. Entweder Richtung Grefrath, zu Bächen, Wiesen und Auen. Oder Richtung Kempen, hinein in den Sündenpfuhl.

Ein paar meiner Kunden haben sich große Mühe gegeben, mir gegenüber ein liberales Bild dieses Bordells zu zeichnen. Sie erzählen mir, das House of Eden sei einer der wenigen Läden mit Niveau, die sich in der Gegend finden ließen, man zahle nur sechzig Mark und könne den ganzen Tag essen, trinken und die Sauna benutzen. Badeschlappen und frische Handtücher inbegriffen. Harte Getränke gehen extra. Die Mädchen hätten internationale Klasse, sagen meine Kunden (sie sagen »Girls«), aber niemand sei gezwungen, ihre Dienste in Anspruch zu nehmen. Es gebe eine Menge Leute, die einfach nur plaudernd einen netten Abend verbringen wollten und das House of Eden als anregende Erweiterung ihrer Privaträume betrachteten. Alles sei tipptopp gepflegt, mit großzügigem Barbereich und absoluter Hygiene in jedem Winkel. Ich kann mir allerdings nicht vorstellen, dass irgendein Kleinhoeker sich je im House of Eden blicken lassen würde, weil der Volksmund immer noch von einem »Puff« spricht und dergleichen Männergeheimnisse nicht in die Nachbarschaft gehören. Die Kunden reisen also von weit außerhalb an, aus Düsseldorf, Essen, Mönchengladbach oder Venlo, wie die Kennzeichen der hochtourigen Wagen verraten, die man an der Tönisvorster Straße abbiegen sieht.

Das Bild des jungen Andy Garcia, der seinem Gegner das Ohrläppchen abbeißt, geht mir nicht aus dem Kopf. Lern deinen Gegner kennen, sage ich mir, während ich am Abend mit düsteren Gedanken im Kopf durch meine Wohnung streiche. Umarme ihn, wenn es sein muss. Und dann beiß zu. Die Schlange kratzt sich die Wange!

Und so setze ich mich um neun Uhr ins Auto und fahre zum House of Eden. Pootens dunkelblauer Mercedes mit Klever Kennzeichen steht schon da. Gut, sage ich mir. Der Gegner ist pünktlich. Als ich an seinem Wagen vorbeigehe, sehe ich, dass auf dem Heck neben dem Emblem der Rheinischen ein Muttergottesaufkleber prangt.

Ich muss meinen Kunden recht geben. Der Laden ist gepflegt. Sobald man bezahlt hat, wird man nicht mehr behelligt. Pooten sitzt in der Lounge und unterhält sich mit zwei Männern, die jünger sind als er, aber ähnliche Bäuche vor sich herschieben. Die Frauen des Hauses, die sich zwischen den wuchtigen Sitzmöbeln so natürlich bewegen wie in ihrem Wohnzimmer, sind jung, knapp bekleidet und lächeln. An den Wänden hängen geschmackvoll gerahmte Farbfotos junger, knapp bekleideter Frauen.

»Theunissen!«, ruft Pooten und winkt. Er sagt etwas zu seinen Leuten und geht mir entgegen. »Schön, dass du kommen konntest. Du weißt gar nicht, wie praktisch du hier wohnst. Was die Agentur nicht abwirft, machst du mit deiner *location* wett. Hab ich recht? Komm, wir setzen uns dahin. Hast du schon gegessen? Das Büfett ist nicht schlecht. Probier die Schinkenröllchen in Senfsoße.«

»Herr Pooten«, sage ich, als wir sitzen.

»Bianka? Können wir zwei Pils haben?« Er wendet sich mir zu und lacht. Pooten trägt eine helle Baumwollhose und ein anthrazitfarbenes Seidenhemd. Er ist frisch rasiert und verströmt einen italienischen Duft, der nicht zu ihm passt. »Wenn du nachher einen Whisky willst«, sagt er, »der geht auf mich. Okay? Wir machen einen neuen Anfang. Hör zu.«

»So können wir nicht reden«, sage ich. »Wer mich erpressen will, ist kein Gesprächspartner. Halten Sie sich aus meinem Privatleben raus, Herr Pooten. Und lassen Sie meine Kunden in Ruhe.«

»Komm, komm. Sei nicht so empfindlich. Du hast das mit dem Geld doch nicht ernst genommen? Ich wollte nur die

Wassertemperatur prüfen. Ich habe eine viel bessere Idee. Aber du musst mitziehen. Es hängt ganz von dir ab. Carol?« Er winkt einem Mädchen. »Bringst du uns ein paar Cocktailstangen mit diesem leckeren Dipp?« Er sammelt sich und legt seine kräftigen Hände nebeneinander auf den Tisch, als wollte er sie vergleichen. »Hör zu. Wer mir vor die Karre fährt, den mache ich fertig. Damit das ganz klar ist. Das neue Häschen damals, auf der Weihnachtsfeier? Als du im Nordbahnhof den Ritter gespielt hast? Trixi. Die habe ich noch am selben Abend flachgelegt. Das ist die erste Regel, Theunissen. Du kommst mir nicht in die Quere. Klar? Du bist so grün hinter den Ohren, dass es wehtut.«

»Feucht«, sage ich. »Feucht hinter den Ohren.«

»Hör zu, Korinthenkacker. Was glaubst du, wie Igelbrink das macht? Der hatte seine Büromädchen auch schon im Bett. Von zweien weiß ich es sicher. Die eine würde ich nicht mit der Kneifzange anpacken, aber egal. Ich habe meinen eigenen Hasen in der Bezirksdirektion. Sehr nützlich. Ich kenne deine komplette Kundendatei. Davon musst du als Erstes ausgehen. Hermann Pooten weiß alles. Und es gibt da ein paar Namen, die wären in meiner Agentur besser untergebracht. Das wollte ich dir sagen. Sie wohnen ganz in meiner Nähe. Verstehst du?«

»Nein.«

Er schüttelt den Kopf und ist ehrlich genervt. »Du bist zu langsam, Theunissen. Ich sagte, du sollst mir ein paar deiner Kunden übertragen.«

»Und was habe ich davon?«

»Kapierst du immer noch nicht? Horst Hoymann ist ein einflussreicher Junge. Den bist du als Kunden schon mal los. So läuft das. Und ich weiß nicht, ob es mir gefällt, dass du sein Mädchen vögelst. Du bist ein ganz kleines Tier in unserem Zoo.«

»Und Sie«, sage ich. »Was sind Sie?«

»Ein großes Tier, das dich fressen kann. Rrrooaaahh!«,

macht er, und ich sehe seine Zahnfüllungen. Er lacht auf, wird aber sofort wieder ernst und schüttelt übertrieben den Kopf, als stünde er auf der Bauernbühne. »Man merkt, dass du keine Ahnung hast.«

Pooten schiebt sich auf seinem Stuhl zurecht und setzt noch einmal an. Dem Lamm ist leicht klamm.

»Streng jetzt mal deinen Grips an, Theunissen. Ich brauche nur ein paar Anrufe zu machen, und dir laufen die Kunden in Scharen davon. Die guten Kunden, meine ich. Ein Fingerschnippen, nicht mehr. Deine Bauern lasse ich in Ruhe, in den Schweineställen kannst du so viel missionieren, wie du willst. Aber die interessanten Kunden. Die Sache zieht Kreise, wenn ich es will. Verstehst du, Theunissen? Von der kleinen Hoymann reden wir noch gar nicht. Die wäre ein eigenes Thema. Scharfer Feger, kann ich mir vorstellen. Hat einen süßen Hintern. Ich will mir nicht ausmalen, was Horst Hoymann tut, wenn er dahinterkommt. Du hast es in der Hand. Hier«, sagt er und zieht ein Blatt aus der Brusttasche, das er entfaltet und mir hinlegt. »Ich habe es dir aufgeschrieben. Die ersten drei Namen, siehst du? Die will ich in meinem Bestand sehen. Wir machen das nach und nach, dachte ich mir.«

Ich habe mir vorgenommen, mich von Hermann Pooten nicht beeindrucken zu lassen. Aber als ich das Blatt vor Augen habe, fällt mir die Kinnlade herunter. Da stehen die Namen von dreißig meiner Kunden, aufgelistet nach geografischer Nähe zu Pootens Agentur in Kevelaer. Der Mann will seinen Claim abstecken und jeden Konkurrenten daraus vertreiben. Gebietsschutz ist in unserem Geschäft nicht üblich und wäre nicht sinnvoll. Doch Pooten will Gebietsschutz. Zusätzlich wildert er überall, wo es ihm Spaß macht.

»Siehst du, hier oben?«, sagt er. »Nächste Woche fängst du mit der Nummer eins an. Dafür kannst du dir hier heute abend ein Mädchen nehmen. Das geht auf mich. Ich empfehle dir Olga oder Daniela. Kenne deinen Geschmack nicht.

Und jetzt kommt Hermann Pootens besondere Serviceleistung. Ich trete dir ab jetzt nicht mehr auf die Füße. Wir könnten Partner sein, Theunissen, uns gegenseitig aushelfen. Du bist kein übler Typ. Ein bisschen angespannt vielleicht. Du musst lockerer werden, hilft dem Geschäft. Für die Akquise könnte ich dir ein paar Tipps geben. Deine Zahlen sind beschissen. Du hast doch garantiert noch nie eine Boni bekommen.« Er nimmt einen Schluck Bier und beißt krachend in eine Cocktailstange. Dann steckt er die Liste wieder ein. »Was hältst du von meinem Vorschlag?«

»Wenn das Angebot noch gilt, hätte ich gern einen Whisky«, sage ich. »Der hilft mir beim Nachdenken.«

»Gute Idee«, sagt er. »Hast du einen Liebling?«

Inzwischen geht Herr Hübbers nach einem angedeuteten Nicken in Richtung Frau Hünnekens einfach durch, wenn er keinen Kunden in meinem Büro sieht, und Frau Hünnekens hat nicht das Herz, ihn aufzuhalten. Wir haben uns darüber verständigt und die Lex Hübbers eingeführt. Der Mann darf durchgehen, heißt das. Luna, die Hütehündin, hat von diesem Privileg bisher noch keinen Gebrauch gemacht.

Einmal in meinem Büro angekommen, verlässt Herrn Hübbers der Mut. Die Energie hat ihn bis hierhin getragen, keinen Zentimeter weiter. Dicht hinter der Türschwelle, dort, wo der grüne Teppichboden erste Verschleißspuren zeigt, bleibt er stehen.

Seine plötzliche Schüchternheit rührt mich. Auch Frau Hünnekens hält in der Arbeit inne und schaut diskret zu uns herüber. Hinter der Glasscheibe, sagt ihre gespannte Miene, könnte gleich ein menschliches Drama beginnen. Frau Hünnekens und ich warten auf den erklärenden Satz, den Herr Hübbers jetzt sagen wird, und als er fällt, ist uns klar, dass wir ihn in Zukunft öfter hören werden.

»Ich war gerade in der Nähe und dachte, ich komme mal vorbei.«

Frau Hünnekens lächelt in sich hinein und wendet sich wieder ihrer Arbeit zu.

»Schön, Sie zu sehen, Herr Hübbers«, sage ich. »Wollen Sie sich nicht setzen?«

Schön, Sie zu sehen? Während er den Stuhl zu sich heranzieht und den Höflichkeitsabstand zu mir vergrößert, wird mir klar, dass diese Begrüßungsformel nur in einem von fünf Fällen zutrifft. Die Vertretung der Rheinischen in Kleinhoek hat einen Stamm von etwa tausend Kunden. Da ich nicht alle von ihnen persönlich kenne – nur achtzig Prozent wohnen in Kleinhoek und Umgebung –, kann ich nicht einmal sagen, ob das viel oder wenig ist. An schlechten Tagen kommt es mir vor wie beides zugleich. Zu viel, weil mich dieses gesichtslose Karteimonster mit seinen diffusen Quengeleien erdrückt. Zu wenig, weil unser Orga-Bereichsleiter mich gelegentlich daran erinnert, dass meine Ablaufquote wieder über zwanzig Prozent liegt und ich mehr Akquise betreiben sollte. Doch hier ist die entscheidende Zahl. Nur bei jedem Fünften meiner tausend Kunden, grob geschätzt, freue ich mich, ihn zu sehen, und zähle darauf, dass die Freude gegenseitig ist. Dann kommt ein fetter Sechzigprozent-Block in der Mitte, der mich absolut gleichgültig lässt, auch hier tippe ich auf Gegenseitigkeit. Und bei den letzten zwanzig Prozent meiner Kunden kostet es mich echte Mühe, ihnen auch nur die Hand zu schütteln. Ich will sie nicht sehen, nicht mit ihnen sprechen, nichts für sie tun, doch am Ende geschieht natürlich genau das: Ich sehe sie, spreche mit ihnen und tue etwas für sie, damit sie meine Kunden bleiben. Genau, wie Anton es prophezeit hat. Ich bin der Mann von der Rheinischen, Niederlassung Kleinhoek.

Und jetzt, nach mehr als drei Jahren Selbstständigkeit, muss ich mich ernsthaft fragen, ob ich nicht ein paar dieser Kunden an Pooten übergeben soll. Während ich mit ihm im House of Eden Whisky trank, quatschte er unaufhörlich. Er machte Pläne und entwarf mit weit ausholenden Armbewegungen unsere »neue strategische Allianz«. Zuerst müssten allerdings ein paar Kunden zu ihm rüberwandern, daran führe kein Weg vorbei. Am Ende würde ich sogar noch Geld sparen, sagte er, der Weg nach Kevelaer zum Kundenbesuch koste mich doch einen Haufen Zeit, vom Sprit ganz zu schweigen. Und wenn er und ich unser Verhältnis erst einmal auf eine solide Grundlage gestellt hätten, würde er, Pooten, sich gern dafür verwenden, meinen Namen mit nachhaltig positiver Resonanz weiterzugeben. Er komme ziemlich herum. Die »nachhaltig positive Resonanz« hatte es ihm besonders angetan.

Seine grandiosen Formulierungen klingen mir noch fünf Tage danach in den Ohren. Sie sind die Vertonung unserer Branche, so großsprecherisch wie die Handbücher unserer geföhnten Verkaufsstrategen. Doch allmählich steht eine Entscheidung an. Wenn ich den Anfang mache und ihm einen Kunden schenke, hat Pooten gewonnen. Das Reh trinkt grünen Tee: Mit der Haltung komme ich nicht weiter.

Herr Hübbers hat sich gesetzt und schaut sich um wie ein Mensch, der die Einrichtung bestens kennt und sie nur auf Detailveränderungen überprüft.

»Geht es Luna gut?«, frage ich und drehe die Lamellen hinter meinem Schreibtisch, um einen Blick auf den Gehsteig zu werfen. Da sitzt die Hündin, Gesicht zum Verkehr auf der Niederstraße.

»Danke«, sagt Herr Hübbers, »es geht ihr gut.«

»Und Ihrer Frau? Wie geht es ihr?«

»Ach.«

»Herr Hübbers«, sage ich. »Sie müssen etwas tun. Ist es sehr schlimm?«

Er nickt. »Die Frau hat wieder Schmerzen. Sie gehen nicht mehr weg. Sie stöhnt jetzt auch, wenn ich dabei bin. Und wenn sie glaubt, ich höre es nicht, stöhnt sie noch lauter. Sie will einfach nicht davon sprechen.«

»Sagen Sie ein Wort, und ich rufe den Arzt an. Mit diesem Telefon.«

»Der Arzt hätte sicher einen Namen dafür. So ist es doch. Man muss einen Namen dafür haben. Sonst kann man nichts tun.«

»Der Name allein hilft nicht, Herr Hübbers. Man braucht eine Behandlung. Es ist der Rücken, nicht wahr? Beim letzten Mal war es der Rücken.«

»Ich hoffe, es ist nur der Rücken. Dann kann die Frau liegen bleiben und sich schonen.«

»Sie schont sich doch«, sage ich. »An mangelnder Schonung liegt es nicht. Herr Hübbers?«

Er lässt den Blick durch das Büro wandern und macht einen schmalen Mund. »Sie will es überwinden. Die Frau ist stark. Ich glaube auch, dass sie es überwinden kann.«

»Was ist eigentlich mit den sechs Brüdern, von denen Sie mir erzählt haben? Leben sie in Kleinhoek? Stehen sie in Kontakt zu Ihrer Frau? Vielleicht haben die Brüder einen gewissen Einfluss. Ich denke an den zweiten, der Ihrer Frau empfohlen hat, mit Ihnen zu tanzen.«

Er schüttelt den Kopf. »Die Brüder sind keine Hilfe. Der zweite ist gestorben. Und die anderen würden sagen, ich hätte mich um die Frau nicht gekümmert.«

»Das kann ich mir nicht vorstellen, Herr Hübbers. Es geht um einen medizinischen Zusammenhang. Niemand kann Ihnen einen Vorwurf machen.«

»Sie kennen die Brüder nicht.«

Ich lehne mich zurück und schaue ihm lange in die Augen. Das können wir inzwischen recht gut. »Ich nehme an, es bringt nichts, wenn ich Ihre Frau einmal anrufe? Sagen Sie mir, wenn ich irgendwie helfen kann.«

Er bleibt noch etwas bei mir, während ich Papiere ablege und Sachen sortiere. Es ist seltsam. Jeden Augenblick erwarte ich, dass er wieder von seiner Lesebrille anfängt. Das Leben unter versicherungstechnischen Aspekten zu betrachten bringt eine gewisse Verengung mit sich. Aber er spricht nicht von der Lesebrille. Er sitzt da, denkt nach und lässt die Zeit verstreichen, bis er glaubt, dass genug davon verstrichen ist. Dann geht er.

Der Schlag dieses Tages trifft mich am Nachmittag und

völlig unvorbereitet. Vielleicht bestimmt er alles Weitere, was in diesen Tagen geschieht. Für Gefühle haben wir kein Messgerät.

Ich durchstreife beim Schlecker die Regale, lege Zahnpasta, Deospray und drei Tafeln Schokolade in den Einkaufskorb, da sehe ich den gutmütigen Blick von Frau Leenings an der Kasse. Frau Leenings ist Kleinhoekerin und hat noch nie in ihrem Leben mehr als drei Wochen außerhalb von Kleinhoek verbracht. Normalerweise wechseln wir ein paar Worte über das Wetter, wenn wir uns sehen. Ich mag ihre freundliche, zupackende Art mit den Kunden.

Frau Leenings muss meinen grüblerischen Blick bemerkt haben, denn sie lächelt mir aufmunternd zu. Beim letzten Mal hat sie gesagt: »Ritter-Sport Joghurt, die mag ich auch.« Doch diesmal bringe ich kaum ein Lächeln zustande. Ich packe nur meine Sachen aufs Band.

»Hatten Sie einen schönen Feiertag?«, sagt sie. »Jetzt wird es wärmer, Herr Theunissen. Der Sommer ist nicht mehr aufzuhalten.«

Ich muss sie merkwürdig angestarrt haben, denn sie schenkt mir einen mütterlichen Blick, als sei ihr Vorrat unerschöpflich.

Ich sage: »Mir geht Herr Hübbers im Kopf herum. Ein geschätzter Kunde.«

»Der arme Kerl. Er kommt kaum noch raus. Ich weiß nicht, wann ich den Jochen zum letzten Mal gesehen habe.«

»Seiner Frau soll es so schlecht gehen«, sage ich.

»Der Monika? Da haben Sie was verwechselt. Die ist doch schon seit drei Jahren tot. Ach, war das traurig. Sie war so lange krank. Zuerst dachte man, es wäre der Rücken. Schrecklich.« Bevor sie auf die letzte Taste tippt, fragt sie: »War das alles, Herr Theunissen?«

Ich spüre im Inneren ein Rauschen, das mir aus der Brustgegend in die Ohren fährt. Als stünde ich im Sturm auf einem leeren Feld. Doch die Bäume, an denen der Wind reißt, ächzen tief in mir selbst. Ich denke ein einziges Wort. *Luft.* Mein Blick fällt auf das Waschmittelregal und das lachende Gesicht von Meister Propper. »Augenblick«, sage ich und krame nach Kleingeld. Ich lehne mich gegen das Band, um sicher auf den Beinen zu bleiben. »Jetzt habe ich's«, sage ich und lege Frau Leenings die Münzen in die Hand, die sie mit geübter Bewegung in die Kasse fallen lässt. »Da muss ich wirklich etwas verwechselt haben.«

»Der Hof wirft nicht so viel ab«, sagt Frau Leenings. »Der Jochen muss kräftig sparen. Der sitzt nicht in der Kneipe wie die anderen. Schönen Tag noch, Herr Theunissen.«

Als ich nach Hause komme, sitzt Joe schon auf den Stufen vor dem Haupteingang.

»He, Marko.«

»Joe«, sage ich. »Wartest du schon lange?«

Sie schüttelt den Kopf.

»Willst du aufschließen?«

In der Wohnung sehe ich ihr dabei zu, wie sie die Schuhe abstreift und sich mit ihren Hausaufgaben auf dem Sofa ausbreitet. Ich kann das Ritual immer wieder genießen. Ich sage mir: Je einfacher, desto besser. Gebt mir Kinder, die sich im Schneidersitz auf ein Sofa setzen, am Füller nagen und ein Schulheft vollschreiben. Gebt mir einen Imker, der Honig sammelt, oder einen Tierpfleger, der die Schimpansen füttert. Gebt mir etwas ganz Einfaches, denn die schwierigen Dinge dieser Welt kapiere ich nicht.

»Joe, kennst du einen Jochen Hübbers? Er hat einen kleinen Hof draußen Richtung Kempen.«

»Nein. Was soll mit dem sein?«

»Nichts«, sage ich. »Er wohnt in Kleinhoek.«

Ich schenke mir ein Glas Rotwein ein, nehme das Telefon mit und gehe auf die Dachterrasse, damit Joe ungestört arbeiten kann. Mein erster Blick geht immer zum Schwimmbad hinüber. Meine Phantasie ersetzt die weiß gestrichene Halle durch das offene Becken, das sich zu Beginn des zwanzigsten Jahrhunderts dort befand, zu der Zeit, als der Firmengründer die Kleinhoeker Kinder in seinem Garten schwimmen ließ und Weisung gab, im Keller der Bolten-Villa einen Umkleideraum mit siebenundfünfzig Kleiderhaken einzurichten. Ich höre das Rufen, Schreien und Kreischen, dann Planschen und Spritzen, den lustigen Aufprall im Wasser, dann wieder Kreischen, aber weit entfernt. Vielleicht höre ich es in meiner Phantasie, so wie Wilhelm Bolten es damals in der Wirklichkeit gehört hat, wenn er auf die Dachterrasse hinaustrat, um in der warmen Nachmittagsluft den Kindern zuzusehen und seine Zigarre zu rauchen. Ich könnte mir vorstellen, dass er mit seinem Werk zufrieden war.

Nachts mag ich den Blick besonders, doch er hat sich verwandelt, und vielleicht ist es weniger der Blick als die Atmosphäre von Verstohlenheit und geheimer Absicht. Die Kinder sind nicht mehr da, ihre Rufe seit hundert Jahren verklungen. Ich blicke von der Dachterrasse aus auf den dunklen Rasen hinunter, auf dem nichts zu erkennen ist außer einem gelben Licht ganz am Ende des Gartens. Haben sich die Augen an die Finsternis gewöhnt, machen sie die Umrisse des Schwimmbads aus, eine ansehnliche Halle mit verhängbaren Scheiben, gedacht für die Vorstandsmitglieder und ihre Freundinnen. Wenn die Freundinnen zu Besuch kamen – nie alle auf einmal, immer nur *bestimmte* Freundinnen, eine nach der anderen, sodass man sich wegen der Benutzung des Schwimmbads wahrscheinlich absprechen musste –, durfte es keine Zeugen geben, denn die Vorstandsmitglieder wollten die Fassaden ihrer Ehen aufrechterhalten und ihre nichts ahnenden Frauen nicht kompromittieren. So viel Aufwand, denke ich, für einen ganz normalen Betrug.

Ich nehme einen Schluck Wein und frage mich, wie groß eine Familie sein müsste, um diese Villa zu füllen. Wie viele Generationen unter diesem Dach Platz finden könnten. Vermutlich haben sich die Kleinhoeker Arbeiterfamilien, deren Kinder im Sommer hier schwimmen durften, diese Frage nie gestellt.

Während ich auf die Nachmittagsgeräusche unseres Ortes

lausche, denke ich an Joes Vater, der auf unerklärliche Weise verschwunden ist. Eines Tages ging er davon und kam nicht wieder, mehr weiß Joe nicht, ein lieber, großer Mann, der gut Geschichten erzählen konnte. Hätte ich ein mächtiges Teleskop, würde ich ganz Deutschland nach ihm absuchen und Joe sagen, wo sie ihn finden kann. In Gedanken richte ich mein Teleskop auf die andere Rheinseite, um systematisch vorzugehen. Mein ins Riesenhafte verlängerter Blick fällt in Häuser, Gärten und Schuppen, ich blicke hinter Mauern und Gardinen, durchsuche Straßenbahnen und die Fracht von Lastwagen und Kohlekähnen. Irgendwo muss der Mann doch sein, er ist groß, man übersieht ihn nicht so leicht. Kein Zug fährt ab, kein Postpaket geht auf die Reise, ohne dass ich sie nicht durchleuchtet hätte, um Joes Vater zu finden. Weiß er nicht, dass sie auf ihn wartet? Irgendwann, sage ich mir. Irgendwann wird er auftauchen und Joe alles erklären.

Dann denke ich wieder an Jochen Hübbers. Aber ich kann mir sein Leben nicht vorstellen. Nicht, wie er aufsteht, sich anzieht, seine Arbeit tut. Nicht, wie er abends das Licht ausknipst und die Augen schließt. Irgendwann werde ich ihn auf seinem Hof besuchen. Bis dahin muss er zu mir kommen.

Das Telefon klingelt. Es ist Angela. Wir haben uns seit zwei Tagen nicht gesprochen, und die wenigen Minuten, die wir miteinander hatten, verliefen angespannt.

»Wie geht es dir, Angela?«

»Ich weiß es nicht. Ich weiß nicht, wie es mir geht. Früher wusste ich das immer.«

»Gibt es etwas Neues?«

»Du meinst, hat das Schicksal zugeschlagen? Hat Pooten mich verraten? Meinst du das, Marko?«

»Nein. Du weißt doch, dass das nicht sehr wahrscheinlich ist. Es kommt ihm auf etwas ganz anderes an. Pooten will Geld, er will Geschäfte machen. Auf meine Kosten. Das habe ich dir doch erzählt. Ich wollte nur wissen, ob in deinem Leben etwas Wichtiges geschehen ist.«

»Jede Minute, wenn ich es genau nehme. Jede Minute.«

»Kämpf nicht gegen mich. Die Sache mit Pooten tut mir wahnsinnig leid, aber niemand kann etwas dafür.«

»Außer mir«, sagt sie. »Ich kann etwas dafür. Ich habe Horst betrogen und mich angreifbar gemacht. Nicht nur mich. Ich mache auch ihn angreifbar. Unsere ganze Familie.«

Ich warte.

»Marko, ich habe nachgedacht. Ich sehe keinen Weg mehr für uns. Es tut mir leid. Was immer damals in mich gefahren ist, welcher, welcher Täuschung ich nachgerannt bin, als wir … Es tut mir leid, Marko. Wir können uns nicht mehr sehen.«

Ich habe mir diesen Augenblick in den letzten Tagen einige Male vorgestellt, und er verlief ziemlich genau so. Am Telefon, nicht von Angesicht zu Angesicht. Unter größter Anspannung, mit Tränen in der Stimme, voller Selbstvorwürfe, weil eine Geschichte wie unsere kein gutes Ende haben konnte. Im Grunde konnte sie *gar* kein Ende nehmen, sie hätte nicht anfangen dürfen, sie hat eine winzigkleine Vergangenheit und keinerlei Zukunft.

»Marko?«

»Ich bin hier.« Kein passenderer Ort für mich als die Dachterrasse, den Blick auf das Schwimmbad am Ende des Gartens gerichtet.

»Willst du nichts sagen?«

»Was, zum Beispiel?«

»Es tut mir so leid.«

»Dass du in meinem Leben gefehlt hast, Angela. Das könnte ich sagen.«

»Und du in meinem, das weißt du. Mach es uns nicht schwer.«

»In Ordnung, Angela. Alles Gute.«

»Leb wohl.«

Ich lege auf wie ein erwachsener Mensch, nehme einen

Schluck Wein wie ein erwachsener Mensch, ziehe einen Strich wie ein erwachsener Mensch. Was für ein Tag. Wenn Motte in der Nähe wäre, würde ich ihm vorschlagen, uns zu betrinken.

»Marko!«, sagt Joe und kommt auf die Dachterrasse gesprungen. »Ich bin mit den Aufgaben fertig. Willst du sie sehen?«

»Her damit.«

»Du siehst lustig aus mit dem Weinglas. Guck mal, wie das Rot in der Sonne funkelt!«

Ich halte das Glas ins Licht wie die olympische Fackel und schwenke den Wein.

Joe ist begeistert. »Sieht das nicht toll aus?«

»Ja, Joe. Schöner als Bier, wenn ich darüber nachdenke. Ich sollte mein Leben noch einmal von vorn beginnen und überall Rotwein einsetzen, wo vorher Bier war. Nur diese eine Veränderung. Ich bin sicher, es käme ein anderes Leben dabei heraus.«

Sie mustert mich mit gekräuselter Stirn. Sie wartet auf die Auflösung.

»Was ist, kommst du? Ich muss abzischen.«

»In Ordnung. Noch etwas. Der Hase steckt in einer schwierigen Phase.«

»Sag's doch gleich.«

Fünf Minuten später ist sie weg.

Ich trinke wenig, wenn ich allein bin. Und da ich oft allein bin, kommt dabei nicht viel zusammen. An Abenden wie diesen erlaube ich mir außer ein paar Schlucken Rotwein einen Gedanken an Yvonne. Wo sie sein mag, wie es ihr wohl geht, was sie empfinden könnte, wenn sie sich mein Gesicht vorstellt. Es sind einige Jahre her seit unserer letzten Begegnung, und die Aussichten, dass sich unsere Umlaufbahnen noch einmal treffen …

Ich wünschte, die Wahrscheinlichkeitsrechnung hätte eine Zahl dafür.

Als ich an meinem Leberwurstbrot kaue, ruft Söffi an. Er klingt aufgeregt.

»Können wir uns sehen?«

»Wann?«

»Gleich. Es kann nicht warten. Es gibt Neuigkeiten.«

»Gute oder schlechte, Söffi? Weil ich heute keine schlechten mehr entgegennehme.«

Er bellt in den Hörer mit dem dreckigsten Söffi-Lachen, das ich seit Langem gehört habe. »Gute, Mann! Gute Nachrichten! Du musst mir ein Schnitzel ausgeben. Kannst du nach Straelen kommen? Zum Goldenen Herzen?«

Vielleicht ist es nicht die schlechteste Idee, der heranrollenden Traurigkeit mit Autofahren zu begegnen. Wer es nicht eilig hat, kann sich auf der Straße ziemlich gut entspannen. Deshalb habe ich auch nichts dagegen, wenn ich auf dem Weg zu einem Kunden in einen Stau gerate. Ich kalkuliere immer genug Zeit ein, und während ich mein Gegenwartsbewusstsein auf Autopilot stelle – Hände ans Steuerrad, Füße auf die richtigen Pedale, angemessenen Abstand zum Vordermann halten –, denke ich über die Dinge nach, die ich nicht ändern kann.

Es wird schon dunkel, als ich in die Wankumer Landstraße einbiege und eine alte CD von Violent Femmes einwerfe. Gordon Gano singt von einem Mann, dem die Freundin weggelaufen ist. Jetzt wünscht er ihr, sie möge so fett werden, dass kein anderer Mann sie mehr anguckt. Dann bliebe ihr nichts anderes übrig, als zu ihrem Ex zurückzukehren. Phantasien haben die Leute. Aber ich singe mit und klopfe aufs Lenkrad. Es ist eine Fahrt am abendlichen Niederrhein, wie ich sie mag. Ich nehme mir vor, daran zu glauben, dass heute immer noch mein Tag werden könnte. Dass Herr Hübbers nicht seine Frau verloren und dass Angela sich nicht von mir getrennt hat. Es liegt allein in Söffis Hand.

Nach der ersten Kriegerumarmung im Goldenen Herzen sage ich: »Söffi. Man muss heute sehr schonend mit mir umgehen. Was hältst du davon, wenn wir erst einmal einen Happen essen?«

Und das tun wir. Söffi ist bester Stimmung, und wenn er nicht so ein leidenschaftlicher Esser wäre, würde er vor Ungeduld platzen. Aber er futtert, trinkt, lacht und wischt sich mit der großen Serviette kreuz und quer über das Gesicht wie ein Waschbär.

»Nachtisch jetzt oder Nachtisch später?«, sage ich, als das Schlachtfeld geräumt wird.

»Später, Marko. Ich halt's nicht mehr aus. Aber erst musst du mir versprechen, dass du nicht sauer wirst.«

»Ich hatte um Schonung gebeten. Erinnerst du dich?«

»Du darfst nicht sauer werden, okay?« Er sieht mich an wie ein Kind.

Und dann setzt unser Söffi sich zurecht, um mehr Bewegungsfreiheit für seine piratenhaften Gesten zu haben, und erzählt mir, wie er und die Jungs es angestellt haben, Hermann Pooten zur Strecke zu bringen. Söffi wusste ja, dass ich keine Aktionen ohne vorherige Beratungen wollte. »Das war mir doch klar«, sagt er. »Die Jungs und ich, wir durften keine Grenzen überschreiten.« Und er malt mit seinem schmutzigen Zeigefinger eine saubere Linie aufs Tischtuch, gleich neben seinen Teller.

»Hier«, sagt er. »Das war unsere Linie. Wir haben uns gesagt, erstens darf Pooten nichts merken. Wir dürfen ihn nicht erschrecken und ihm nicht wehtun. Und dann hatten wir eine zweite Linie.« Wieder malt der Zeigefinger aufs Tischtuch. »Die zweite Linie warst du. Ja, da staunst du, Marko! Du warst die zweite Linie. Auch du durftest nichts wissen und nicht reingezogen werden. Wir mussten alles allein machen. Das war den Jungs und mir sofort klar. Ich habe den Jungs gesagt: Wir beschatten den *einen.* Wir tun es für den *anderen.* Aber keiner von beiden darf was merken.«

Ich starre ihn an. »Und die Bezahlung? Was hast du ihnen über die Bezahlung gesagt?«

»Dass es ein Erfolgshonorar gibt. Dass du dich nicht lumpen lässt, wenn unsere Arbeit was einbringt. Das hat den

Jungs gereicht. Die haben sowieso nur zu Hause rumgehangen und Fernsehen geguckt. Was glaubst du, wie gern du jemanden beschattest, wenn du wochenlang nicht gearbeitet hast. Du würdest deine eigene Großmutter beschatten, nur um mal aus der Hütte zu kommen.«

»Weiter, Söffi.«

»Also der Olaf, mein Kumpel, von dem ich dir erzählt habe. Der Olaf kennt sich mit Sicherheitsanlagen aus. Der Jürgen auch, aber der Olaf hat echt lange in einer Firma gearbeitet. Und als er das Wort Beschattung hörte, brachte er seine Walkie-Talkies und das Profifernglas mit. Ich hab leider kein Nachtsichtgerät, sagte er, aber es muss auch so gehen. Ich merkte, dass er echt Spaß an der Aufgabe hatte. Wir redeten darüber, dass wir das Nachtsichtgerät auch nicht so dringend brauchen, weil dieser Pooten ja nur am Tag arbeitet. Und am zweiten Tag brachte Olaf den Peilsender mit. Das neueste Modell.«

»Einen Peilsender?«

»Für unters Auto, wie in den Krimis. Mit Telefon, damit du das Ding anwählen kannst und der Sender dir sagt, wo das Auto gerade steckt. Olaf sagte, das heften wir dem Pooten unter die Socken, dann müssen wir ihm nicht dauernd hinterherfahren, solange er in der Nähe bleibt. Und wenn er mal etwas weiter wegfährt, na ja, dann guckt man sich das auf dem Display eine Weile an, und wenn er nicht zurückkommt, setzt man sich eben ins Auto und guckt, wohin er einen führt.« Söffi lacht. »Wir dachten, so können wir unseren Mann ein bisschen kennenlernen. Schön locker bleiben, war unsere Losung. Sich nicht verkrampfen. Damit niemand was merkt.«

Er nimmt zwei, drei kräftige Schlucke Bier, zündet sich eine Zigarette an, legt sie ab und erzählt weiter.

»Zuerst ist nicht viel passiert. Wenn unser Mann im Büro war, haben die Jungs mit Walkie-Talkie sich abgesprochen. Der eine ging in Kevelaer in der Nachbarschaft rum, der andere hielt sich mehr in der Nähe des Objekts auf. Olaf sagte, wir sollten zu Pooten Objekt sagen. Wir haben auch ein paar Codesätze ausgemacht, um uns über das Objekt zu verständigen. Jürgen sagte, wir sollten es machen wie in der Bäckerei. Sein Vater, der ist Bäcker. Wenn einer sagte, die Rosinenschnecken sind da, hieß es, das Objekt kriegt im Büro Besuch. Wenn das Objekt den Laden verließ, sagten wir, die Puddingteilchen gehen raus. Verstehst du? Das hatte alles seinen Sinn. Wie hätte Pooten da was merken sollen?«

Er schnippt das Aschetürmchen ab, nimmt einen Zug und drückt die Zigarette aus.

»Wo war ich?«

»Die Puddingteilchen gehen raus.«

»Ja. Und dann, Marko … Dann kam der Sechser im Lotto. Wir waren erst drei Tage dabei, hatten das Objekt ganz gut im Griff und kannten ungefähr seinen Radius. Das Objekt arbeitet fast nur in Kevelaer. Lange Fahrten mit dem feinen Mercedes muss der nicht machen. Er lässt die Leute lieber zu sich ins Büro kommen. Ein klasse Laden, Marko, echt. Dreimal so groß wie deiner.«

»Ich weiß.«

»Aber dann kommt der Feiertag. Donnerstag. Statt dass unser Objekt ausschläft, in Ruhe zum Bäcker geht und sich Brötchen holt wie jeder normale Mensch, setzt er sich morgens vor neun ins Auto und fährt los. Er hat eine Reisetasche dabei, und die ist dem Jürgen nicht entgangen. Der Jürgen hat uns sofort Bescheid gesagt. Er sagt, ich glaub, da kommt eine Lieferung frischer Pflaumenkuchen. Das hatten wir so ausgemacht für verdächtige Ausfahrten, nur dass der Olaf nicht mehr wusste, was es hieß. Es hatte bis dahin einfach nichts Verdächtiges gegeben. Wie, Pflaumenkuchen?, sagt der Olaf. Drück dich mal klarer aus! Der Jürgen wiederholt seinen Spruch, aber ganz langsam, damit ihn jeder kapiert, aber es dauert ein bisschen, bis der Manni auf dem Zettel nachguckt und sagt, Jungs, wir sollten uns kümmern. Wir orten das Fahrzeug des Objekts und rücken aus. Manni übernimmt das Steuer, ich mache den Kopilot. Und dann, Mensch! Was soll ich dir sagen? Dann beginnt die verrückteste Fahrt meines Lebens.«

»Söffi, mach's nicht so spannend. Erzähl.«

»Du musst jetzt eine Deutschlandkarte im Kopf haben, eine Karte deiner großen, schönen Heimat. Weil mit der normalen Niederrheinkarte, da kommst du nicht mehr hin. Erst dachten wir, das Objekt fährt vielleicht zu seiner Tante nach Köln.«

»Er hat eine Tante in Köln?«

»Keine Ahnung. Wir haben Scheiß geredet und uns schlapp gelacht. Als Nächstes denken wir, der will zu seiner Tante nach Dortmund oder Oberhausen, weil er von der A57 auf die A42 rübergeht. Aber auch da will er nicht hin. Manni muss zwischendurch mal tanken, zum Glück hat er genug Kohle dabei. Dann fährt das Objekt Richtung Gütersloh, von da nach Hannover und weiter nach Braunschweig, aber nirgendwo besucht das Objekt seine Tante. Oh, denken wir, der hat aber was vor, kein Wunder, dass er so früh aus den Startlöchern sein wollte. Warst du schon mal in Potsdam, Marko? Da musst du an Magdeburg vorbei. In der Gegend war ich noch nie. Die Orte haben Namen, so was hast du noch nicht gehört. Manni sagt zwischendurch, wir sollten was essen, aber ich sage, wenn das Objekt nichts isst, essen wir auch nichts. Nachher passiert die entscheidende Sache, wenn wir beim Schaschlik sitzen. So läuft eine Beschattung nicht. Das hat der Manni sofort eingesehen und am Steuer die Prinzenrolle niedergemacht. Ich sag ja, die Jungs halten durch. Wenn's echt um was geht, kannst du dich auf die Jungs verlassen.«

»Potsdam, Söffi. Ihr seid in Potsdam.«

»Von wegen, Potsdam. Das Objekt zieht es noch weiter nach Osten.«

»Was? Polen?«

»Erraten. Unsere polnischen Nachbarn. Mensch, ich hab was Wichtiges vergessen. Das Objekt hat mal Rast zum Pinkeln gemacht, vielleicht auch ein Brötchen auf die Hand, das Objekt stand ungefähr eine Viertelstunde. Zwischen Ziesar und Kloster Lehnin, schon ziemlich weit im Osten. In dieser Zeit haben wir den Rückstand aufgeholt, der Manni und ich. Wir sind also raus, auf denselben Rastplatz wie er. Der Olaf hatte uns gewarnt und gesagt, passt ja auf, dass er euch nicht sieht. Wenn ihr ihm einmal aufgefallen seid und er euch hundert Kilometer später wiedersieht, könnt ihr euch auch gleich vorstellen, ihm die Hand schütteln und nach Hause fahren. Also, dem Manni war nicht ganz wohl dabei, aber er hatte auch Lust auf ein Schaschlik, er hatte wirklich zwei Herzen in der Brust.«

»Seelen, Söffi. Zwei Seelen in seiner Brust.«

»Du weißt, was ich meine. Ich sage zu ihm, Manni, wir bleiben im Auto, bis das Objekt wieder in Bewegung ist. Was machst du, wenn er dich am Tresen sieht und fragt, wie das Schaschlik heute ist? Vielleicht mag das Objekt auch gern Schaschlik. Wie der aussieht. Der Olaf hat uns gewarnt, sage ich zum Manni. Wir können nichts riskieren. Also sucht der Manni zwischen seinen Füßen nach der leeren Packung von der Prinzenrolle, um noch die letzten Krümel rauszuholen, und sagt, stimmt, wir können nichts riskieren. Auch beim Parken passen wir auf, wir stellen Mannis Kiste in großer Entfernung ab, sodass wir mit dem Fernglas einen freien Blick auf das Objektauto haben. Siehst du es vor dir? Wir sind von Pootens Kutsche richtig weit entfernt, Marko, mit bloßem Auge siehst du noch kein Nummernschild, keinen Mercedes-Stern, nicht mal bei der Farbe bist du dir ganz sicher, du weißt nur, dass es eine feine dunkle Limousine ist.

Als der Manni die letzten Prinzenkrümel weggeputzt hat, schnappt er sich das Fernglas und geht im Fahrersitz auf Beobachtungsposten. Auf dem Schoß hat er seine Kamera mit schussbereitem Teleobjektiv, so groß wie ein Kanonenrohr. Er fängt ganz ruhig an zu atmen und guckt. Ich gucke auch, aber mit bloßem Auge, und ich sehe nichts. Dann sagt der Manni, ich soll mal durch das Objektiv seiner Kamera schauen, also mache ich das, und da sehe ich alles so groß wie durch eine Lupe. Es wird ganz still im Auto.

Es kann ganz schön still in so einem Auto werden, wenn zwei Männer dasitzen und zehn Minuten keinen Ton sagen. Es wird so still, dass ich irgendwann zum Manni sage, merkst du es auch?

Was?, sagt der Manni.

Die Stille, sage ich.

Jetzt nicht mehr, sagt der Manni.

Da müssen wir beide lachen. Auf einmal sagt der Manni, schscht! Ich seh was. Ich gucke durch Mannis Kamera und sehe, wie eine Figur, die aus der Raststätte gekommen ist, auf das Objektauto zugeht. Ist er das etwa?, frage ich den Manni. Aber er pfeift nur leise. Ich gucke auf seine Knöchel, die ganz weiß geworden sind, so fest packt er das Fernglas. Die botte Sau!, sagt der Manni, legt das Fernglas weg und schnappt sich seine Kamera. Dann sagt er es noch mal. Die botte Sau! He, Söffi, wir haben gerade fünf Hochzeitstorten gewonnen! Und dann fotografiert er wie verrückt, während ich mir ansehe, was der Manni gesehen hat.«

»Und? Was hat der Manni gesehen?«

»Er hat gesehen, wie ein Mann auf das Objektauto zugeht. Aber der Mann war nicht das Objekt. Und als der Mann, der nicht das Objekt ist, die Hand an den Türöffner legt, hat der Manni schon das erste Dutzend Fotos im Kasten.«

»Du meinst … Pooten hat seinen Wagen einem anderen überlassen?«

Söffi nickt und strahlt. »Der Olaf nennt es Übergabe. Und den dünnen Mann, der so ganz anders aussieht als das Objekt, den sollen wir Kurier nennen, sagt der Olaf. An der deutsch-polnischen Grenze laufen mit Autos die Riesengeschäfte.«

»Pooten hat seinen Mercedes verschoben.« Vor meinen Augen eröffnet sich ein ganz neues Panorama. »Und er wird ihn als gestohlen melden. Alle Achtung. Unser Mann von der Rheinischen ist ein Versicherungsbetrüger.«

»Jawoll, mein Herr!« Söffi trinkt sein halbes Bier in einem Zug, wischt sich über die Lippen und nickt. »Nach den ersten zwanzig Bildern sagt der Manni mir, ich soll das Steuer nehmen und in Richtung Objektauto fahren. Manni schwingt sich auf den Rücksitz, wir rollen heran, und als wir nah dran sind, sagt der Manni, jetzt schön langsam, und er donnert mit der Kamera ein Bild nach dem anderen runter. Auto, Nummernschild, Fahrer, alles. Dann drehen wir eine Runde, um aus sicherer Entfernung abzuwarten, was geschieht. Und was glaubst du, was als Nächstes passiert? Kaum ist der dünne Typ mit dem Mercedes weg, kommt ein Taxi und holt Pooten ab. Manni fotografiert wieder, was das Zeug hält, echte Starfotos, und als Pooten weg ist, sagt der Manni, den brauchen wir jetzt nicht mehr. Den sollen die Jungs noch mal am Bahnhof von Kevelaer fotografieren. Söffi, wir bleiben an unserem Mercedes dran. Wir haben ein neues Objekt. Genauso sagt es der Manni. Echt, Marko. Er war mit der Kamera so schnell, so was hast du noch nicht gesehen.«

»Söffi«, sage ich. »Mann. Ich fasse es nicht.« Ich halte ihm über den Tisch meine geschlossene Faust hin, und Söffi boxt lachend dagegen. Die Ratte fällt auf die Matte! »Und dann seid ihr …«

»Aber klar sind wir! Wir sind nach Polen rüber, dem dünnen Typ hinterher. Erst Cottbus, dann Richtung Groß Schacksdorf-Simmersdorf und dort über die Grenze. Der Olaf hat von Anfang an gesagt, ihr müsst euch ausweisen können, wenn ihr im Einsatz seid, also haben wir uns so dicht hinter den Mercedes gesetzt, dass wir an der Grenze in seiner Nähe waren. Der Dünne fuhr jetzt schön langsam, er konnte nichts riskieren, und du musst mal darauf achten. Wer ein Auto verschiebt, guckt auf die Männer in Uniform, nicht auf die anderen Autos. Der Dünne war lässig, er wirkte immer natürlich und kam ohne Probleme auf die andere Seite. Kein Wunder, er hatte ja alle nötigen Papiere dabei, und wenn die Grenzer ihn was Dummes gefragt hätten, hätte er gesagt, Sie können meinen Freund Hermann Pooten in Kevelaer anrufen, der kann alles erklären. Manni hat die ganze Zeit fotografiert, aber mit der Jacke über der Kamera. Als wir wieder zu Hause waren, hat er die Bilder gezählt. Es waren über hundert, und auf der Hälfte siehst du Pootens Mercedes in seiner ganzen Pracht.«

»Wie weit seid ihr auf der polnischen Seite noch gefahren?«

»Das war schön, muss ich sagen. Auch wenn wir langsam müde wurden. Der Manni hatte ja immer noch kein Schaschlik bekommen, und ich hatte auch echten Hunger. Der Dünne fuhr diese kleinen Landstraßen von einem Kuhdorf zum nächsten, bis kurz vor Żary. So einen leichten Namen findest du in Polen nicht zweimal. In der Gegend um Żary haben wir uns dann zurückgehalten, weil wir dachten, irgendwann tauchen sicher seine Komplizen auf, Profis wie er, und wir wollten nicht, dass er misstrauisch wird. Bevor er ans Ziel kam, haben wir ihn ziehen lassen. Manni sagt, irgendeine große Garage westlich von Żary hat den Mercedes verschluckt, aber wir wollten den Ort lieber nicht persönlich in Augenschein nehmen. Da gucken Sterbliche nicht mehr rein, Marko. Da macht man kehrt und tritt befriedigt die Heimreise an.«

»Das Objekt«, sagte ich. »Schon mal daran gedacht, dass das Objekt mit der Hehlerbande üble Scherereien kriegen könnte?«

»Wieso?«

»Der Peilsender. Sie werden ihn finden und nicht sehr erfreut sein.«

»Oh. Da müsstest du dem Olaf einen Gefallen tun, Marko. Er wird einen neuen Peilsender brauchen.«

»Soll er kriegen.«

Söffi öffnet eine kleine Sporttasche und zieht eine Aldi-Tüte heraus. »Hier, nimm«, sagt er. »Dann kann ich den Jungs die ordnungsgemäße Übergabe des Beweismaterials melden.«

Der Umschlag in der Aldi-Tüte ist so dick wie ein Buch. Ich schaue hinein, lasse einige Fotos durch die Finger gleiten und sehe überall Pootens Mercedes. Die Dokumentation ist erdrückend. Auf Zetteln zwischen den Fotos stehen die Ortsangaben mit den Koordinaten, wie der Peilsender sie gemeldet hat. Der dünne Mann trägt ein kariertes Hemd und sieht völlig normal aus. Vielleicht hat er Frau und Kinder, die er versorgen muss. Dann sehe ich die Pooten-Serie. Pooten an der Raststätte nach erfüllter Mission, die Hand an der Tür des Taxis. Pooten am Kevelaerer Bahnhof, mit mürrischem Gesicht und nicht dem leisesten Hauch von Schuldbewusstsein. Und in diesem Augenblick fallen mir ein paar Kilogewichte von der Seele. Ich kann sie hangabwärts rumpeln hören.

»Söffi«, sage ich. »Du hast mich gerettet.«

»Das Objekt wird dir keinen Ärger mehr machen, Marko.«

»So ein Subjekt.«

»Jetzt hast du Pooten bei den Eiern.«

»Das habe ich, Söffi. Das habe ich.« Ich atme tief durch. »Richte den Jungs meinen Dank aus. Ich melde mich. Dann feiern wir. Es sind gute Jungs. Sag ihnen das. Und dank bitte auch dem anderen. Dem ganz besonders.«

»Wem?«

»Dem Mann fürs Allgemeine«, sage ich. »Der den Überblick behalten hat. Sag ihm, die nächsten fünf Runden Poolbillard gehen auf mich.«

»Oh«, sagt Söffi. »Klar. Mache ich.«

In den Tag der Geburtstagsfeier meines Vaters gleite ich so leicht hinein wie eine Feder. Sagen wir, die Hüftfeder eines fetten Truthahns. Aber es überrascht mich selbst. Jeder Trennung wohnt die Hoffnung auf einen neuen Anfang inne. So ungefähr würde ich es sagen, wenn ich es jemandem ins Album schreiben müsste. Erst wenn ich das nächste Mal mein Bett frisch beziehe und irgendwo ein Angela-Haar finde, werde ich zusammenbrechen.

Aber noch ist es nicht so weit. Der Samstag verspricht schön zu werden. Ein paar übermütige Zirren verlieren sich am Himmel, die restliche Fläche ist blauer, als wir es in Köln oder Kleinhoek gewohnt sind.

Das eigentliche Geburtstagsdatum meines Vaters liegt schon zwei Tage zurück. Am Donnerstagabend haben wir miteinander telefoniert, er und ich, wie es sich gehört. Ich habe ihn beglückwünscht. Er hat die Glückwünsche freundlich entgegengenommen. Aber er verschwendet keinen weiteren Atemzug und stößt zu dem einzigen Thema vor, das ihn interessiert.

»Hast du ewas von Sonja gehört? Weißt du, ob sie zu meinem Geburtstag kommt?«

Ich sage ihm die Wahrheit. Ich habe nichts von Sonja gehört. (Er schweigt.) Ich weiß nicht, ob sie kommt. (Er seufzt.)

Seit ich aus Madrid zurückgekehrt bin, haben wir meine Gespräche mit Sonja ein ums andere Mal analysiert, gewichtet und gedeutet, doch sein Wissen bleibt unvollständig, weil ich ihm nicht alles erzählen darf. Was er wiederum nicht weiß. Andererseits, so sage ich mir, müsste ihm schon vor langer Zeit klar geworden sein, dass seine Kinder ihm viel verschweigen. Wann hätten Kinder es jemals anders getan? Manchmal sinkt mein Vater auf eine naivere Stufe zurück, als man einem Notar und Bücherleser seines Scharfsinns zutrauen würde. Sonja, so sagt er sich etwa, müsste ihm nur verraten, warum sie ihm grollt, schon würde er hingehen und das Missverständnis aus der Welt räumen. Kein Problem! Mein Vater glaubt nicht, dass die Distanz der anderen etwas damit zu tun haben könnte, was er *ist*. Sondern allenfalls damit, was er *getan hat*. Taten wiederum, so seine feste Überzeugung, können erklärt und interpretiert werden. Zur Not müsste man sich für eine Tat entschuldigen, und dazu wäre er selbst dann bereit, wenn er den Sinn dieser Entschuldigung – und die Berechtigung des Grolls, der zum Zerwürfnis geführt hat – nicht einsähe.

»Das wäre für mich keine Sache des Stolzes«, sagt er mir am Telefon. »Wenn Sonja etwas falsch verstanden hat, ist es mir egal, ob sie schlecht zugehört hat oder ich mich schlecht ausgedrückt habe. Dann entschuldige ich mich, fertig. Einer muss über seinen Schatten springen. Oder, Marko?«

»Völlig richtig.«

»Egal, wie weit es zurückliegt. Egal, worum es sich dreht. Manchmal wundert man sich, wie unterschiedlich zwei Menschen sich an dasselbe Ereignis erinnern können. Weißt du noch, die Geschichte mit Motte und dem Peugeot der jungen Franzosen?«

Ich traue meinen Ohren nicht. »Ja, daran erinnere ich mich. Natürlich. Chantal und Pauline. Was ist mit ihnen?«

»Vera hat es mir sehr übel genommen, dass ich damals Verständnis für diese jungen Leute aufgebracht habe.«

»Ich erinnere mich genau.«

»Ich staune darüber noch heute. Zwanzig Jahre später!

Ich lasse diese Szene ablaufen und suche in meinen Worten nach dem Argument, das angreifbar gewesen wäre, das Vera hätte empören oder erzürnen können. Und ich finde es nicht. Ich werde es auch in zwanzig Jahren nicht finden. Wenn Vera und ich die Szene dieses Frühstücks gemeinsam abspielen, sagen wir, in einem Kinosaal, ein jeder in seinem Sessel mit einem kühlen Getränk, werden wir immer wieder zum selben Missverständnis und derselben Entzweiung kommen. Ich könnte mich endlos darüber wundern, Marko. Es gibt offenbar Rätsel, mit denen wir einfach leben müssen.«

»Da könntest du recht haben, Papa.«

»Sonja allerdings sollte nicht dazugehören«, sagt er, und alles Philosophische verschwindet aus seiner Stimme. »Sonja ist kein Rätsel, sondern meine Tochter. Es ist schlecht, wenn Vater und Tochter nicht miteinander sprechen. Man muss Abhilfe schaffen. Das siehst du genauso, nehme ich an.«

»Ja, doch dazu gehören zwei.«

»Das weiß ich. Hier steht der eine und ist bereit.«

»Das ist gut, Papa. Fehlt nur noch die andere. Vielleicht kommt sie. Warten wir es ab.«

»Ich gestehe, dass ich ungern *warte.*«

»Dir wird nichts anderes übrig bleiben.«

Er brummt und denkt darüber nach.

Dann sagt er: »Hast du etwas von Irene gehört? Hat sich deine Mutter dir gegenüber geäußert?«

»Um die Wahrheit zu sagen … Nein. Ich bin mir nicht sicher, ob Mama kommt.«

»Es wäre gut, wenn ich die Gästeliste allmählich überschauen könnte. Es ist eine Einladung, weißt du? Man muss Vorbereitungen treffen. Es gehört sich, zuzusagen oder abzusagen.«

»Da hast du recht, Papa. Ich wüsste nur nicht, wie ich Mama diesen Gedanken vermitteln könnte.«

Er brummt und denkt wieder über etwas nach.

Dann sagt er: »Es bleibt mir wohl nichts anderes übrig, als zu warten.«

»Ich glaube, das schätzt du richtig ein.«

»Gut«, sagt er entschlossen. »Dann warte ich.«

Wie er die achtundvierzig Stunden zwischen Donnerstag und Samstag überstanden hat, will ich mir lieber nicht ausmalen. Robert und Margret besuchten ihn am Abend mit den Kindern, um ihm Blumen und einen Geburtstagskuchen zu bringen, und natürlich war die Gästeliste für den wichtigen Tag das Hauptthema. Margret versuchte ein paarmal, seine Gesundheit zu loben, er sehe besser aus, er habe eine gute Farbe, solche Sachen. Doch mein Vater wollte nichts davon wissen. Ihn interessiere vor allem die Gästeliste für seine Geburtstagsfeier. Im Übrigen gehe es ihm nicht besser, sondern schlechter, sagte er. Er werde vergesslich. Er sei nicht nur blind, sondern auch halb blöd. Das verdammte Alleinsein, sagte er. Es mache ihn sonderlich. Dann erzählte er ihnen von einer Idee, die er mir gegenüber auch schon einmal geäußert hatte. Er denke ernsthaft darüber nach, nach Südwestfrankreich zu ziehen und sich dort »in einem Dorf zu verkriechen«. Dann falle er niemandem mehr zur Last.

»Aber du fällst doch auch hier niemandem zur Last«, sagte Margret. »Du bist dein eigener Herr.«

»Du bist ein gutes Mädchen«, sagte mein Vater. »Wenn ich sterbe, hätte ich dich gern an meiner Seite. Wirst du meine Hand halten?«

Margret senkte den Kopf, wie sie es immer tat, wenn mein Vater sie in Verlegenheit brachte.

»Was willst du denn in Südwestfrankreich?«, sagte Robert. »Du kennst dort keinen Menschen. Wenn irgendetwas passiert, bist du hilflos.«

»Genau wie hier, Robert«, sagte mein Vater. »Genau wie hier. Ich habe Frankreich immer gemocht. Ich spreche die Sprache. Der französische Lebensstil gefällt mir. Ob ich hier niemanden sehe oder dort niemanden sehe, läuft auf dasselbe hinaus. Ich würde das Haus verkaufen und mir dort etwas Kleineres zulegen.«

»Ohne Auto bist du verloren, Papa. Du könntest dir nicht einmal ein Pfund Äpfel kaufen. Und du hast kein Geld, sagst du. Solche Umzüge wollen überlegt sein.«

»Eine andere Möglichkeit«, sagte mein Vater, »wäre Guatemala. Darauf hat mich mein Freund Mauricio Lammert von der Universität von Guatemala-Stadt gebracht. Bei dem ich mal vor Jahren zu Gast war? Der. Er lebt jetzt seit zwanzig Jahren dort. Und es fehlt ihm an nichts. Ich kann seine Erfahrung nur bestätigen. Die Menschen in Guatemala sind sehr angenehm. Warmherzig. Man könnte zwei, drei Bedienstete haben, die sich um einen kümmern.«

»Wie, kümmern?«, sagte Robert.

»Allgemein«, sagte mein Vater.

»Du willst mit *Frauen* leben? In Guatemala?«

»Mein Freund Mauricio sagt, man sieht das dort etwas gelassener. Es ist ein anderer Kulturkreis. *Sangre latina.*«

»Rudolf«, sagte Margret. »Was wünschst du dir denn zum neuen Lebensjahr?«

»Dass Sonja und Irene übermorgen zu meiner Feier kommen«, sagte er. »Sonst nichts. Aber ich nehme an, dazu habt ihr keine Neuigkeiten.«

»Nein«, sagte Robert.

»Und wie bist du an deinem Geburtstagsmorgen aufgewacht?«, sagte Margret.

Mein Vater sah in den japanischen Garten hinaus, wenn »sehen« das richtige Wort dafür ist. Er drehte seinen Kopf von einer Seite zur anderen, als müsste er das Gelände prüfen. Plötzlich, erzählte mir Robert, sei es ihm so vorgekommen, als habe unser Vater mit seinem letzten Augenlicht im Garten nach den Eingeladenen gesucht. Als könnten Sonja und unsere Mutter jeden Augenblick hinter einem Hügel seines japanischen Gartens auftauchen, um mit ihm zu feiern.

»Teil eins der Geburtstagsfeier haben wir schon hinter uns«, sagte mir Robert am Telefon. »Das ist dir erspart geblieben.«

»Hatte er Aussetzer?«

»Ja.«

»Große? Mittlere?«

»Das kommt auf deinen Maßstab an. Die Beerdigung der Nachbarin von schräg gegenüber, Frau Thom, erinnerst du dich? Vor einem Jahr? Ich habe ihn damals zum Friedhof gefahren, wir haben an der Beerdigung teilgenommen und danach am Leichenschmaus. Papa lag daran, also habe ich ihn begleitet. Jetzt hat er mich schon zum dritten Mal gefragt, wie es Frau Thom geht. Papa, sage ich. Du warst bei Frau Thoms Beerdigung. Aber das kann doch nicht sein, sagt er. Diese nette, tapfere Frau! Doch, Papa, sage ich. Sie ist gestorben. Ich versichere es dir. Wir haben sie beerdigt.«

Ich sagte: »Was machen wir denn, wenn es schlimmer wird?«

»Das sehen wir dann.«

Als der Samstag endlich herankommt, nehme ich mir vor, mich durch meinen Vater nicht verrückt machen zu lassen, aber natürlich denke ich von der ersten Sekunde des Tages an nur an ihn. Dennoch rufe ich ihn nicht an, sondern gehe einkaufen. Vor der Bäckerei Lenders treffe ich Joe und ihre Mutter. Frau Sieveneck nickt mir nicht unfreundlich zu. Ich nicke zurück. Joe kommt gelaufen und sagt, das mit ihrem Vater werde sich regeln. Sie wisse zwar nicht genau, wie, aber ihre Mutter habe gesagt, er komme demnächst einmal nach Kleinhoek. Dann sähen sich alle wieder.

»Das ist schön«, sage ich. »Ich sehe meinen Papa heute auch. Er hat uns zur Geburtstagsfeier eingeladen. Ich fahre am Nachmittag nach Köln.«

»Singt ihr ihm etwas?«

»Nein«, sage ich, »Singen ist nicht so unsere Stärke.«

»Bekommt er Geschenke?«

»Ja, das glaube ich schon.«
»Viele?«
»Ich will es hoffen, Joe.«
»Du könntest ihm eine Kerze schenken«, sagt sie.

Und dann stehen wir um vier Uhr nachmittags vor dem Haus meines Vaters, Motte und ich, und niemand öffnet die Tür. Ich hatte erwartet, meinen Vater mit dem Küchenhandtuch über dem Arm anzutreffen, nonchalant wie ein Gutsbesitzer, leicht außer Atem nach letzten Arrangements für den Empfang der Gäste.

»Prüf mal die Klingel«, sagt Motte, der kaum zwei Minuten vor mir eingetroffen ist und sich schon reichlich gewundert hat.

Aber die Klingel funktioniert. Ich kann ihr Geräusch im Inneren des Hauses hören, wenn ich mein Ohr an den Briefkastenschlitz lege.

Dann treffen Robert, Margret und die Kinder ein. »Hast du mal bei ihm angerufen?«, fragt Robert.

Wir wählen die Nummer meines Vaters, doch niemand nimmt ab.

»Lass uns außen herum gehen«, sagt Robert, »da liegt der Schlüssel.«

Er und Tobi gehen rechts um das Haus zum Geräteschuppen, in dem der Schlüssel für das Gartentor liegt. Im Garten ist ein Schlüssel für die Kellertür deponiert. »Für Spätheimkehrer«, wie mein Vater sagt. Ihm gefällt die Vorstellung, seine Kinder sähen sein Haus immer noch als ihres an, obwohl es schon seit Jahren niemand mehr gewagt hat, unangemeldet bei ihm aufzutauchen.

»Und jetzt?«, sagt Robert.

Wir sind im Haus, haben sein Schlafzimmer überprüft, das Arbeitszimmer, den Keller, die Küche. Mein Vater ist nicht da.

»Wie ist es mit der Garage?«, fragt Motte und geht nachsehen. Doch in der Garage ist auch niemand. Mein Vater hat immerhin Spuren frischer Tätigkeit hinterlassen. Die Kaffeetafel im Essbereich ist gedeckt. Mein Vater hat das feine Geschirr herausgeholt, das wir sonst nur zu Ostern und Weihnachten benutzt haben. Ich zähle die Gedecke. Er hat Sonja und meine Mutter mitgerechnet.

»Warten wir ein paar Minuten«, sagt Margret. »Vielleicht macht er noch einen Spaziergang und hat die Zeit vergessen.«

»Du weißt doch, dass er keine Spaziergänge macht«, sagt Robert. Er steht im Esszimmer, sieht sich um und beißt sich auf die Unterlippe. »Er braucht keine Spaziergänge, verdammt. Er braucht Menschen.«

»Warten wir noch etwas«, sagt Margret.

Motte geht mit den Kindern in den Garten. Ich sehe ihnen vom Wohnzimmer aus zu. Der Fischteich, über den Motte sich jetzt beugt, um Lara etwas zu zeigen, war früher unser Schwimmbecken, lange bevor mein Vater sich den überdachten Pool auf der anderen Seite des Gartens bauen ließ. Bevor ich schwimmen lernte, betrachtete ich den Stil der Erwachsenen. Das ruhige Brustschwimmen meiner Mutter, die ihr schönes Haar unter einer weißen Badehaube mit gelben Plastikblüten verbarg. Die langsame, imperiale Wasserverdrängung meiner Großmutter. Und den sportlichen Kraulstil meines Vaters, der noch das Wasser durchpflügte, wenn die anderen längst hinausgegangen waren, der eine Bahn nach der anderen zog, schnell anschlug und wendete. Das unterschied ihn von allen anderen. Er war schnell, er war ausdauernd, er machte Geräusche. Sein Schwimmen war unüberhörbar.

Während ich Motte und den Kindern zuschaue, überfällt

mich Müdigkeit. Ich lege mich auf das Hörsofa und schließe die Augen. Wenn ich sie aufschlage, sehe ich die schweren dunklen Balken, die das Flachdach des Wohnzimmers tragen. Diesen Blick hat mein Vater, wenn er beim Abhören der Bücher aus seiner Blindenbücherei nach oben schaut. Sofern er noch etwas sieht. Er blickt auf die Balken, die solide Konstruktion des Daches, alles fest gebaut wie für die Ewigkeit. Die Solidität der materiellen Dinge hat meinem Vater immer viel bedeutet.

Auf dem Wohnzimmertisch liegt ein kirchenkritisches Hörwerk, ich kann nur die Wörter »Macht der Päpste« entziffern. Stunde um Stunde haben wir über Religion diskutiert, mein Vater und ich. Als ich ihm vor mehr als zehn Jahren ankündigte, aus der Kirche austreten zu wollen, stieß mein Entschluss auf Missbilligung. Damals war mein Vater, was die praktischen Konsequenzen seiner Kirchenkritik betraf, noch tief gespalten. So heftig er am Katholizismus herummäkelte, es war die Religion seiner Vorfahren; er fühlte sich als Vereinsmitglied, er wollte von innen kritisieren, nicht von außen. Und er riet auch mir dabeizubleiben.

»Ich weiß nicht, ob das wirklich notwendig ist«, sagte er. »Der Austritt ist ein sehr großer Schritt.«

»Was soll ich noch in dieser Kirche, an die ich nicht glaube?«

»Du könntest einfach abwarten.«

»Und wie lange?«

»Das weiß ich nicht.«

»Sag mir eine Zahl. Drei Jahre? Fünf Jahre? Wie lange würdest du warten?«

»Auf manche Dinge wartet man sehr lange«, sagte er standhaft. »Das liegt in der Natur des Wartens.«

»Dass du nicht aus der Kirche austrittst, Papa, wundert mich wirklich. Du hättest allen Grund dazu. Du gehst nicht zur Messe, du betest nicht, du beichtest nicht. Was willst du noch in diesem Verein?«

Mein Vater wusste nicht, was er noch in diesem Verein wollte. Ganz sicher wollte er sich nicht drängen lassen, die Brücken hinter sich abzubrechen. Die Rolle des Kirchenkritikers innerhalb der Kirche schien ihm zuzusagen, er fühlte sich ernst genommen, auch wenn ich nie herausgefunden habe, von wem. Und dann, in seinem dreiundsiebzigsten Lebensjahr, ging mein Vater schließlich den Schritt, den er damals nicht hatte gehen wollen. Er trat aus der Kirche aus. So setzte er den Schlusspunkt unter eine lebenslange Beschäftigung mit dem »Glauben seiner Väter«, wie er ihn nannte, und niemand nahm davon Notiz. Mein Vater schrieb dem Kardinal von Köln einen ausführlichen Brief, um ihm seine Gründe für den Kirchenaustritt darzulegen, doch wenn er auf einen eleganten Disput gehofft hatte, erlebte er eine Enttäuschung. Mein Vater erhielt keine Antwort.

»Da sieht man, woran diese Kirche krankt«, sagte er. »Sie verweigert sich dem Gespräch.«

»Es war Zeit, dass du gehst«, sagte ich.

»Höchste Zeit«, sagte er. »Mit diesem Kardinal möchte ich nichts mehr zu schaffen haben.« Er suggerierte damit, in früheren Jahren habe er durchaus etwas mit ihm »zu schaffen gehabt«, was jedoch weder der Wahrheit entsprach noch gewünscht gewesen wäre. Mein Vater hatte über den Kardinal immer nur im Ton heftiger Ablehnung gesprochen.

Die Türklingel weckt mich aus meinem kleinen Schlummer.

»Endlich!«, ruft Robert und geht, um zu öffnen.

Kurz darauf kommt meine Mutter ins Wohnzimmer.

»Wo ist Rudolf?«, sagt sie. »Ich möchte ihm gratulieren.«

Doch es wirkt eher so, als wollte sie es hinter sich bringen.

»Schön, dass du da bist, Mama«, sage ich.

»Hallo, Marko. Und? Wo ist Rudolf?«

»Wir wissen es nicht«, sagt Robert. »Papa ist nicht da.«

»Was das wieder werden soll«, sagt meine Mutter. »Kommt nicht zu seiner eigenen Geburtstagsfeier.«

Mein Vater, so erfahren wir später, ist eine Stunde vor unserer Ankunft »losgezogen, um den Leuten bei Feinkost Wennekers Beine zu machen«. Wir bezweifeln, dass dazu Anlass bestand, denn genau zu dieser Zeit war ein kleiner Lieferwagen von Feinkost Wennekers mit Canard à l'orange, Kartoffelgratin sowie einer bunten Obstkuchenplatte und Schlagsahne auf dem Weg zu seinem Haus. Als der Fahrer niemanden antraf und auch telefonisch niemanden erreichte, machte er kehrt, um sich mit seinen Vorgesetzten zu besprechen und die Ware zu »halten«. Es wäre ganz gegen die Gepflogenheiten eines seriösen Unternehmens wie Feinkost Wennekers gewesen, die Speisen vor der Tür des Kunden abzustellen und davonzufahren. Nein, die Behältnisse müssen dem Kunden persönlich überreicht und der Empfang der Lieferung ordnungsgemäß quittiert werden.

Doch mein Vater, so erzählt er es uns später, lässt sich von seiner Begründung nicht abbringen. Feinkost Wennekers habe sich nicht an die Absprache gehalten und das bestellte Essen nicht vereinbarungsgemäß geliefert. Also habe er »losziehen« müssen. Dass er kein Auto mehr besitzt, hat mein Vater zunächst nicht bedacht. Dann dämmert ihm, dass er als Erstes das Transportproblem lösen muss und Zeit ein wichtigerer Faktor sein könnte, als er vorhergesehen hat. Er wird, Hin- und Rückweg zusammengerechnet, nicht so schnell von seiner kleinen Tour zurückkehren wie ursprünglich angenommen. Die Aufgabe steht ihm deutlich vor Augen: Er wird *laufen.*

In den eigenen vier Wänden hat mein Vater seine mangelnde Sehfähigkeit durch Gewöhnung an die topografischen Besonderheiten der Wohnräume auszugleichen gelernt. Geschickt bewegt er sich zwischen der Wohnetage und der Schlafetage, steigt sogar in den Keller hinab, wo drei Fitnessgeräte stehen und zahlreiche Fotoalben mit Urlaubsbildern aus den »guten Jahren« aufbewahrt sind. Sein Haus, so hat er festgestellt, bereitet ihm keine größeren Herausforderungen, viele Räume durchquert er im Dunkeln. Es ist die Welt draußen, die er meiden muss. Und in ebendiese Welt tritt er am Tag seiner Geburtstagsfeier hinaus, eine Stunde vor der Ankunft seiner Gäste, um »den Leuten bei Feinkost Wennekers Beine zu machen«.

Am Anfang bereitet ihm die verstreichende Zeit keine großen Sorgen. Eine Stunde ist lang, und im Allgemeinen geben Gäste, die zu einer bestimmten Uhrzeit eingeladen sind, noch einige Minuten dazu. Wenn es heißt, sechzehn Uhr, steht eigentlich niemand um Punkt sechzehn Uhr vor der Tür. Nicht nur in südlichen Kulturen, auch in Deutschland gilt dergleichen fast als unhöflich. Meinem Vater, so kalkuliert er, bleiben also siebzig Minuten, und das sind »Nettominuten«, wie er sie nennt, denn zu Hause ist alles vorbereitet, der Tisch gedeckt, das Wohnzimmer aufgeräumt …

Es ist das Knappe, Riskante, geradezu Kühne seines Plans, das die Entschlossenheit meines Vaters erhöht. »Das wäre doch gelacht«, sagt er sich, als er losläuft, so wie er es sich früher oft gesagt hat, wenn er eine anspruchsvolle Aufgabe zu lösen hatte, die seinen Kampfgeist herausforderte. Und dann mag der Spruch gefolgt sein, den er uns in unseren Kindertagen oft gesagt hat, wenn wir nicht weiterwussten und ihn um Hilfe baten: »Probleme sind dazu da, um gelöst zu werden.« Er sehe das wie die Amerikaner, pflegte mein Vater zu sagen, die den Aufgaben des Lebens mit einem grundsätzlichen Optimismus entgegenträten, mit positivem Denken und einer manchmal erstaunlichen, ja ungerechtfertigt erscheinenden Zuversicht. Doch Glaube versetze Berge, sagte er. Es sei ein großer Unterschied, ob man ein Hindernis als Problem *(problem)*, Schwierigkeit *(difficulty)* und Stolperstein *(stumbling-block)* ansehe – oder ob man das Hindernis als Herausforderung *(challenge)* begreife, die zu überwinden sei, vergleichbar der Hürde *(hurdle)* in der olympischen Disziplin des Hürdenlaufs. Allein die Bezeichnung verändere schon die Voraussetzungen, unter denen man in den Kampf zöge. Jede *challenge* sei erst einmal positiv, indem sie den, der sie annehme, stärker mache. Was ihn selbst betreffe, meinen Vater, er weigere sich, in negatives Denken zu verfallen. Er sehe in seinem Leben nur *challenges*.

Während er ausschreitet und sich an die Bewegung seiner Beine gewöhnt, die ihm neu, aber angenehm vorkommt, eine interessante Abwechslung von den bedächtigen Schritten, die er täglich in seinem Haus vollführt, erlaubt er sich allgemeinere alltagshistorische Reflexionen, von denen er uns später ausführlich erzählt. Früher, so mein Vater, sei man sehr viel zu Fuß gegangen, und in den Fünfzigerjahren, um nur ein Beispiel zu nennen, vor dem Bau seines Hauses, habe längst nicht jede Familie ein Auto besessen. Wer nicht fahren konnte, ging zu Fuß, und das war die große Mehrheit der Bevölkerung. Die Beinmuskulatur wurde dabei wie selbstverständlich trainiert. So betrachtet, tue er mit seinem Gang zu Feinkost Wennekers etwas ganz Normales und fühle sich gleichsam eins mit den Gepflogenheiten der frühen Bundesrepublik.

Was die Beine als solche betrifft, fühlt mein Vater sich recht gut in Form. Vielleicht, sagt er sich, braucht es eine kleine Herausforderung, um sich noch einmal eine besondere körperliche Leistung abzuverlangen, das gewisse Extra, das jeder Mensch in sich hat und das unsere täglichen Verrichtungen allzu selten aktivieren. Möglicherweise beruht ein Teil seiner gesundheitlichen Defizite auf Mangel an *challenge*? Er ist kein Arzt und will sich kein ärztliches Urteil anmaßen. Doch wie dem auch sei, ein solcher Aktivierungsfall, so glaubt er, ist jetzt eingetreten. Sein Leben lang habe er es selbst in die Hand genommen, wenn Lieferanten, Handwerker oder Bedienstete nicht pünktlich gewesen seien oder Absprachen gebrochen hätten. So auch im vorliegenden Aktivierungsfall. Er wolle sich, auch als Kunde von fünfundsiebzig Jahren, »Achtung verschaffen«. Das helfe Feinkost Wenneckers, die eigene Geschäftsethik auf dem gewünschten Niveau zu halten. »Anspruchsvolle Unternehmen und anspruchsvolle Kundschaft«, so mein Vater, »verdienen sich gegenseitig.«

Wie viel altersbedingte Bewusstseinstrübung und allgemeine Verwirrung bei diesen Überlegungen im Spiel waren, werden wir wohl nie erfahren, und es ist unerheblich. Mein Vater hat nur zugestanden, zu verschiedenen Etappen seines Ausflugs »etwas durcheinander« gewesen zu sein, denn einige Straßenzüge des Kölner Westens, die er aus eigener Anschauung gut zu kennen glaubte, haben im Lauf der Jahre durch Geschäftswechsel, Fassadenarbeiten, veränderte Verkehrsführung oder durch den natürlichen Wandel, den der urbane Raum im Wechsel der Jahreszeiten durchmacht, ein anderes Gesicht bekommen.

Die Folge ist, dass er des Öfteren die Orientierung verliert und stehen bleiben muss, um seine Route zu überprüfen – die bewältigte und die noch vor ihm liegende. Mit Glück hat er das Stück überwunden, das wir den Grüngürtel nennen, wo ihm an diesem Samstagnachmittag keine Gefahren drohen. Freilaufende Hunde zeigen an ihm kein Interesse. Mein Vater sagt sich, er muss die südöstliche Richtung im Auge behalten, wenn man das in seinem Gesicht noch Auge nennen könne, »dieses nutzlose Organ«, wie er vor sich hinmurmelt. Überhaupt neigt er zu Selbstgesprächen, seit er sich um das Funktionieren seines Körpers so viele Gedanken machen muss. Die südöstliche Richtung, wiederholt er bei sich, um zumindest bei der grundsätzlichen Kompassarbeit keinen Fehler zu begehen. Halte ich mich südöstlich, führt der Weg direkt zu den Geschäftsräumen von Feinkost Wennekers.

»**Hast du etwas von Sonja gehört?**«, frage ich meine Mutter.

»Marko. Sehe ich so aus, als hätte ich etwas von Sonja gehört?« Sie lässt ihre Handtasche neben einen Ledersessel plumpsen. »Ich hätte in Lindenthal eine Leuchtrakete gezündet.«

Jetzt sieht sie sich um, zum ersten Mal. Ihr Blick geht nach draußen zur Bronzeplastik, den Findlingen, dem Hügelchen mit dem Weg aus Holzbohlen und zu den nicht mehr ganz ordentlichen Kiesbetten des japanischen Gartens, auf den mein Vater so stolz ist. Meine Mutter fühlt sich nicht wohl in diesem Haus, sie will weg. Vielleicht erinnert sie sich gerade an die Gelegenheiten, an denen sie fortgehen wollte und bleiben musste. Sie ist nur hier, um mir einen Gefallen zu tun.

Auch ich denke immer wieder an den letzten Sonntag der Weihnachtsferien, vor zweiundzwanzig Jahren, als meine Eltern mir in diesem Wohnzimmer eröffneten, dass sie sich trennen würden. Dann kam heraus, dass sie sich schon längst getrennt *hatten.* Dass sie schon seit Monaten nicht mehr im selben Haus wohnten. Es sei nicht ihre Idee gewesen, es geheimzuhalten, sagte mir meine Mutter an jenem Nachmittag, an dem der Regen herunterrauschte, als wollte jemand die Sintflut nachspielen. Wenn es nach ihr gegangen wäre, sagte sie, als ich mit gepacktem Koffer zur Tür ging, hätte sie sofort allen reinen Wein eingeschenkt. Da sei viel geschehen, was ihr leid tue, aber es sei nicht mehr zu ändern. Und das stimmte. Wenn meine Mutter je mit irgendetwas recht hatte, dann mit diesem Satz. Seine Wahrheit steckt noch immer in mir wie ein alter Indianerpfeil.

Auch ein anderes Bild dieses Tages kehrt zurück, bevor ich in Deckung gehen kann, es klappt auf wie ein Springmechanismus. Es ist der Schuhschrank, den ich an jenem Nachmittag zum ersten Mal so sah, wie er in Wirklichkeit war. Seltsam, wie schlecht man einen Schuhschrank kennen kann! Ich öffnete die Doppeltür, und da standen die Schuhe meines Vaters, seine Büroschuhe, Hausschuhe, Freizeitschuhe, auch die Wanderschuhe mit frischen roten Schnürsenkeln, eine ganze Armee von meistens hervorragend gepflegten Schuhen. Doch von meiner Mutter waren nur zwei Paar alter Schlappen übrig, die sie entweder vergessen oder auf Bitten meines Vaters als Alibischuhe zurückgelassen hatte. Ich habe mich nie getraut, ihr die Fragen zu stellen. Mama, waren das die Schuhe, die mich täuschen sollten? Die dem Schuhschrank ein halbwegs normales Aussehen geben und ihn zum Möbel eines Paares machen sollten? Und dein Schlafzimmer, Mama, das ausgesehen haben muss wie ein Hotelzimmer, aus dem der Gast gerade den Koffer hinausgetragen hat? Wie oft hast du noch darin gewohnt? Und die Platten von John Lennon, die ich nirgendwo im Haus mehr fand? Wann hast du sie eigentlich abtransportiert?

Keine dieser Fragen stellte ich ihr. Ich verschloss die Augen, so fest ich konnte. Ich weigerte mich zu sehen, was mir wie ein Tier ins Gesicht sprang. Noch heute erstaunt mich an dem Jungen, der ich damals war, die Fähigkeit zur Selbsttäuschung.

»Ich hole mir ein Glas Wasser«, sagt meine Mutter. »Wenn es recht ist.«

»Warte, Mama. Setz dich. Ich kümmere mich darum.«

»Marko«, sagt Robert. »Hast *du* nichts von Sonja gehört?«

»Das hätte ich dir gesagt.«

»Das dachte ich mir. Jeder hier hätte gesagt, wenn er etwas von Sonja gehört hätte. Sensationen behält man nicht für sich.«

Dann sitzen wir im Wohnzimmer, sehen uns an und wissen nicht weiter. Meine Mutter trinkt ihr Wasser. Unser Vater fehlt.

»Wo ist der Hund?«, fragt Robert.

»Bei der Nachbarin«, sagt meine Mutter.

»Also«, sagt Robert. »Was machen wir?«

Ich sage: »Was befürchten wir denn?«

Robert sieht auf die schwere Marmorplatte hinunter, die meinem Vater als Wohnzimmertisch dient. Er reibt sich die Wange. »Wenn ich die Wahrheit sagen soll, alles.«

Ich schaue mir die CD-Sammlung meines Vaters an, in der es einige Neuzugänge gibt, ein bisschen Blues, etwas Klassik. Dann entdecke ich *Die schönsten Arien* von Maria Callas. Ich durchsuche die Titelliste, und da ist »Casta Diva«, Bruder Gregors Lieblingsstück aus *Norma*, der Oper über Gallier und Römer.

»Was dagegen, wenn ich Musik auflege?«

Die anderen schütteln den Kopf. Dann erklingt Maria Callas mit »Casta Diva«. Ich verstehe nichts von den Koloraturen, die sie vollbringt, nur, dass sie in die Abwärtstriller eine Weichheit legt, die mich berührt, dass sie im Lauf der Minuten immer zarter, zweifelnder wird und die letzten Höhen, die ihre Stimme nimmt, einen fühlenden Mann zum Heulen bringen können. Auf einmal verstehe ich Bruder Gregor. Ich verstehe, was diese Musik ihm bedeutet haben könnte.

»Hat Rudolf eigentlich kein Mobiltelefon?«, fragt meine Mutter, als sie ihr Wasser ausgetrunken und sich allmählich darauf eingestellt hat, dass sie hier noch eine Weile tatenlos herumsitzen wird. »Ich dachte, er wäre der Erste, der so ein Gerät benutzen sollte.«

»Warum?«, sagt Robert. »Er geht doch kaum noch aus dem Haus.«

»Aber jetzt *ist* er aus dem Haus gegangen«, sagt meine Mutter.

In diesem Augenblick klingelt das Telefon.

»Endlich!«, sagt Robert und nimmt ab.

Es ist eine Dame von Feinkost Wennekers, die anfragt, ob die Herrschaften jetzt zu Hause seien, dann mache sich der Kurier noch einmal auf den Weg, um die bestellten Speisen zu bringen. Eine Stunde zuvor sei niemand anzutreffen gewesen.

»Sie waren schon einmal hier?«

Um kurz nach fünfzehn Uhr, so die Dame, habe der Kurier auf vielfaches Klingeln keine Antwort erhalten, und auch ans Telefon sei niemand gegangen. Ob die Speisen angeliefert werden könnten?

»Unbedingt«, sagt Robert. »Wir erwarten Sie.«

Margret geht in die Küche, inspiziert den Kühlschrank und macht Kaffee.

»Ich glaube, Feinkost Wennekers kümmert sich auch um den Kuchen. Hier sehe ich nämlich keine Spur.«

»Ein Problem weniger«, sagt Robert. Dann schnappt er sich seinen Autoschlüssel. »Ich drehe eine Runde durch die Nachbarschaft, Marko. Ruf an, wenn Papa sich meldet.«

Wie wir später rekonstruieren, hat mein Vater seine Kräfte ein wenig überschätzt. Er hat schon seit Monaten keine langen Wege mehr zurückgelegt und sich auch zu Spaziergängen mit Robert, Margret und den Kindern im Stadtwald nur widerwillig überreden lassen. Obwohl er nach eigener Aussage noch regelmäßig seinen Heimtrainer benutzt, kann er nicht mehr als rüstig und nur noch in sehr eingeschränktem Sinn als »mobil« gelten. Der Swimmingpool wiederum, der ihm viele Jahre hindurch Vergnügen, Gesundheit und Widerstandskraft geschenkt hat, führt seit dem vergangenen Herbst wegen der stark gestiegenen Heizölpreise kein Wasser mehr.

Am meisten macht meinem Vater auf seiner kleinen Reise zu schaffen, dass seine Sehkraft, die unter normalen Bedingungen schwankt, in unvorhersehbaren Augenblicken ganz versagt. Nur für Momente, das ist wahr. Doch diese Momente sind schlimm. Sie können zu kritischen Situationen führen wie jener, da er mitten auf einem Fahrradweg, ein starkes nervöses Zucken in den Augenlidern, mit gesenktem Kopf stehen bleibt, einige Sekunden lang von laut klingelnden Radfahrern umschwirrt wird und erwartet, erst umgefahren und dann mehrfach überrollt zu werden. »Mehrfach überrollt«, diesen Ausdruck sagt er sich mit einer Spur Selbstmitleid vor, als er die Welt wieder in groben Umrissen wahrzunehmen vermag und seinen Weg fortsetzt. »Mehrfach überrollt!« Und dann fügt er hinzu: »Schutzlos und anonym.« Er hat keine Papiere dabei, um sich auszuweisen, und wenn er nun tatsächlich umgefahren und »mehrfach überrollt« würde, ob von Fahrradfahrern oder, schlimmer noch, von Autos, gäbe es niemanden, der seine »entstellten Überreste« (ihm schaudert bei diesem Ausdruck) identifizieren und dem geachteten Notar Rudolf Theunissen aus Köln-Müngersdorf zuordnen könnte.

Das Erlebnis mit den rücksichtslosen Fahrradfahrern hat meinem Vater einen gehörigen Schrecken eingejagt. Es wäre geeignet, seinen Glauben an die eigenen Fähigkeiten, der für eine Reise wie die seine so wichtig ist, zu erschüttern – handelte es sich bei dem Reisenden nicht um meinen Vater. Mein Vater nämlich ist entschlossen, mit der *challenge* zu wachsen. Schon bald geht es ihm wieder besser. Es ist ja auch nichts passiert. Die Sonnenbrille, die er inzwischen zu allen Tageszeiten trägt, weil ihm das abgedämpfte Licht angenehm ist, verschleiert Fremden gegenüber sein Gebrechen, und solange er den Sonnenstand beachtet und die Schemen des Wegs ausmacht, dem er folgen muss, fühlt er sich obenauf. Dennoch erkennt er an, dass es eines ist, in den eigenen Räumen, ein anderes, in freier Wildbahn unterwegs zu sein. Zumal der Weg zu Feinkost Wennekers weit ist. Wie weit genau, das getraut er sich inzwischen nicht mehr zu sagen. Er muss sich eingestehen, dass er jedes Zeitgefühl verloren hat. Er dürfte schon mehr als fünfundzwanzig Minuten unterwegs sein, vielleicht dreißig, und er ist noch immer nicht da. Wenn er Geld bei sich hat – er überprüft es sogleich und atmet auf, als er die knisternden Scheine ertastet, die er in weiser Voraussicht eingesteckt hat –, wird er sich auf dem Rückweg ein Taxi leisten, damit die Geburtstagsfeier pünktlich beginnen kann.

Plötzlich folgt er einer inneren Stimme, die einen Verdacht meldet, und bleibt stehen. Langsam blickt er die Häuserfassaden hinauf, entziffert Neonbeschriftungen und erfasst einen Wald von Straßenschildern, die ihm nichts sagen. Er fragt sich, ob er nicht schon längst an Feinkost Wennekers vorbeigelaufen ist. Er dreht sich um, aber hinter ihm verschwimmt die Straße im Grau, genau wie vor ihm. Dann nimmt er noch etwas anderes wahr. Solange er steht, belagern ihn Zweifel. Im Stehen kann er die Zweifel nicht ausräumen. Er wird sich besser fühlen, wenn er wieder läuft. Nur dass er allmählich Durst bekommt. Er sollte etwas trinken, um jeglicher Gefahr der Dehydrierung vorzubeugen, daran erinnert er sich noch aus der Zeit, da er mehrere Jahre hintereinander mit glänzendem Erfolg das Goldene Sportabzeichen für seine Altersklasse absolviert hat. Also geht er los und beschließt, fortan auf zweierlei zu achten, das Schild von Feinkost Wennekers sowie einen Laden, einen Kiosk, der ihm ein Mineralwasser verkaufen könnte. Während er läuft, lässt er seine Gedanken frei umherschweifen, weil er festgestellt hat, dass seine Beine ihren Dienst dann am leichtesten verrichten, sie spüren kaum, wie viele Kilometer sie schon hinter sich haben und welch ungewöhnlicher Anstrengung sie sich an diesem Samstagnachmittag unterziehen.

Ob Irene wohl zu seiner Geburtstagsfeier kommt? Diese Frage stellt er sich immer wieder. Natürlich will er auch wissen, ob Hoffnung besteht, dass Sonja an diesem Tag noch auftaucht, es sind fast drei Jahre, seit er seine Tochter zum letzten Mal gesehen hat. Doch die Gegenwart von Irene würde dem Nachmittag und Abend etwas ganz Besonderes verleihen. Dann denkt er ein wenig voraus, in das Jahr 2007, wenn sich der Hochzeitstag zum fünfzigsten Mal jährt. Er hat diesen Gedanken nicht zum ersten Mal, in ruhigen Minuten kehrt er zu ihm zurück und erfreut sich daran, dass niemand ihn am Träumen und Plänemachen für ein Ereignis in neun Jahren hindern kann.

Sein Plan ist folgender. Mein Vater möchte mit seiner Frau – seiner ehemaligen Frau, wie Pedanten betonen würden – im Jahr 2007 goldene Hochzeit feiern. Nicht, wie man es traditionellerweise macht, zwei hutzelige alte Leute in Strickwaren, die von der Lokalpresse vors Mikrofon gezerrt werden und scheu in die Kameralichter blinzeln. Nein. Meinem Vater geht es um eine *aufgeklärte* Form des Festtags, ein Feiern eingedenk der Trennung, aber auch im Gedenken an die fünfzigjährige Verbindung, die ja in der einen oder anderen Form noch bestehen wird. »Bis dass der Tod euch scheide!« Diesen Satz hat mein Vater immer ernst genommen, nicht, weil er so fromm wäre, sondern weil er, unabhängig vom Segen des Priesters oder der moralischen Auffassung der katholischen Kirche über geschiedene Ehen, die Worte der kirchlichen Trauungsformel als Auftrag versteht. Je weiter er sich vom Dogma entfernt hat, desto beharrlicher ist er zu diesem Satz zurückgekehrt, der an die Verantwortung des einen Ehepartners für den anderen erinnert, an das Versprechen, den Schwur: sich um einander zu kümmern, bis der Tod den einen vom anderen scheide und den Bund beende. Das »Sichkümmern« hört in den Augen meines Vaters auch dann nicht auf, wenn sich die Ehepartner getrennt, neue Partner gefunden und verschiedene Wohnungen bezogen haben. Das »Sichkümmern«, sagt er, überlebe jeden äußeren Wandel.

Allerdings behagt es ihm gar nicht, dass *er* in diesen Tagen derjenige sein soll, um den man sich kümmern muss. So hat mein Vater sich das nicht vorgestellt. Er ist doch kein Pflegefall! In seinem Denken stand sein eigenes Bild immer unverrückbar, wie eine Statue, innerlich wie äußerlich. Überhaupt erkennt er, während er in südöstlicher Richtung unverdrossen einen Fuß vor den anderen setzt, wie sehr er auf die weise Hand der Zeit vertraut hat, wenn es an die Überwindung einer *challenge* ging. In vielen Fällen, so seine Erfahrung, erledigten sich die Herausforderungen in seinem Leben von selbst, durch schlichtes Ausharren und Nichtweichen, besonders die Herausforderungen beruflicher Natur. Nur die *challenge* seiner Ehe nicht. Er muss einmal gedacht haben, er könne die Krise zwischen Irene und sich selbst durch Geduld meistern, er brauche nur der zu bleiben, der er war, als die »guten Jahre« begannen: Irgendwann würde seine Frau den Weg zu ihm zurückfinden. Sie *musste* es einfach; sie war doch die beneidenswerte und tatsächlich vielfach beneidete Mutter von drei hübschen, aufgeweckten Kindern, sie regierte über ein wunderschönes Haus, spielte Tennis, fuhr einen offenen Sportwagen und ritt ihre eigenen Pferde. Was fehlte ihr denn? Was konnte Irene sich sonst noch wünschen? Auf die einfachste Antwort kam mein Vater auch mit fünfundsiebzig Jahren nicht. Meine Mutter wünschte sich einen anderen Mann.

»He, passen Sie doch auf! Träumer!«

»Entschuldigung«, murmelt mein Vater und duckt sich weg, wie er es in den Jahren seiner Sehschwäche gelernt hat. Man muss den Kopf senken und die Gesichtspartie schützen, wenn man die Gefahr nicht einschätzen kann, womöglich die Arme heben, damit sie notfalls die Verteidigung übernehmen. Er steht vor einem Fahrradständer, an dem sich gerade noch jemand zu schaffen gemacht hat, der jetzt weggegangen ist. Offenbar hat er diesen Menschen durch Unachtsamkeit belästigt. »Entschuldigung«, murmelt er noch einmal. Dann hebt er den Kopf, um Witterung aufzunehmen. Er vergisst sogar den Durst, den er immer stärker empfindet. Die Farbflecken, die ihm seine Augen melden, das Ambiente, die Bewegung in den wenigen Leuchtreklamen könnten darauf hindeuten, dass er seinem Ziel nahe ist. Irgendetwas kommt ihm bekannt vor. Mein Vater beschließt, einen Passanten um Auskunft zu bitten. Er wartet geduldig, bis sich jemand nähert, von dem er zuerst die hellen Sportschuhe wahrnimmt, offenbar ein jüngerer Mensch.

»Entschuldigung?«, fragt er. »Zu Feinkost Wennekers, bitte?«

»Feinkost Wennekers?«, kommt die Frage zurück. »Keine Ahnung. Nächste Straße rechts, da ist Plus.«

»Danke.«

Plus- und Aldi-Läden, denkt mein Vater, gibt es wie Sand am Meer. Doch Feinkost Wennekers ist einzigartig. Dafür ist er bereit, ein wenig Mühe in Kauf zu nehmen. Kultur ist immer anstrengend. Was hat er eigentlich bei Feinkost Wennekers bestellt? Er denkt nach, aber sei es, dass die müder werdenden Beine ihn ablenken – vorhin wäre er fast gestolpert und gefallen –, sei es, dass es schon zu lange her ist, seit er die Bestellung aufgegeben hat, er kann sich einfach nicht daran erinnern. Die Speisen werden ihn dort erwarten, mit seinem Namen versehen, sodass Verwechslungen ausgeschlossen sind. Dann, so kalkuliert er, sollte er sich für den Rückweg unbedingt ein Taxi nehmen, damit er nicht zu spät nach Hause kommt. Es wäre schön, wenn er sich, bevor die Gäste eintreffen, noch einen Augenblick hinlegen könnte.

»**DANKE, DASS DU GEKOMMEN BIST,** Mama.«

Meine Mutter sitzt in dem Wohnzimmersessel, in dem sie auch saß, als meine Eltern mir sagten, dass sie schon längst getrennt lebten, mein Vater in unserem Haus, sie in ihrer Wohnung. Ich betrachte meine Mutter in diesem Sessel, der immer noch derselbe ist, ein wunderbarer Ledersessel, der die nächsten dreihundert Jahre überdauern wird. Dann frage ich mich, wo ihr Stammplatz war. Und im nächsten Augenblick wird mir klar, dass sie in dem umgebauten Wohnzimmer meines Vaters, nach dem Bau des Pools und des Teehäuschens, nie einen Stammplatz hatte. Sie war bei meinem Vater nur noch zu Gast.

»Du brauchst dich nicht zu bedanken, Marko. Holst du mir bitte einen Aschenbecher?«

Meine Mutter ist nervös. Sie weiß genau, wie sie jetzt wirkt, aber weil wir im Wohnzimmer allein sind, muss sie nichts weiter tun und kommt wohl mit einer Zigarette über die Runden. Ich lege die zweite Callas-CD ein und fülle ihr Wasserglas auf.

Ich sage: »Es wird schon nicht so schlimm. Papa wird einfach froh sein, dich heute zu sehen. Mehr passiert nicht.«

»Das verstehst du nicht, Marko. Es passiert immer etwas mehr, als du siehst.«

Und dann erstarrt sie in ihrem Sessel, als eine neue Arie erklingt. Sie schüttelt den Kopf, eine winzige Geste, doch dann richtet sie sich auf. Es ist, als wollte meine Mutter die

Stimme der Callas in sich hineinfließen lassen, damit sie ihr Kraft gibt, und es gelingt ihr, sie strafft die Schultern, drückt die Zigarette aus und geht zum CD-Spieler, um lauter zu drehen.

»Hör zu, Marko. Das ist sie. Amina. ›Come per me sereno‹. Amina sagt, dass der Gedanke an ihren Geliebten die ganze Natur verwandelt. Es ist die späte Callas. In Köln hat sie besser gesungen.«

Meine Mutter wendet sich ab und hört die Arie im Stehen. Manchmal scheint sie sich zu wiegen, aber es sind nur Millimeter, und ich könnte mich täuschen. Vielleicht bleibt sie reglos wie Schilf bei völliger Windstille. Als das Stück zu Ende ist, stellt sie den CD-Spieler aus.

»Ich habe es erst verstanden, nachdem ich dir neulich davon erzählt hatte«, sagt sie. »Es ist, als hätte ich es die ganze Zeit nicht sehen wollen. Jahrzehntelang. Ich war blind und taub.«

»Was meinst du?«

»Die Sache mit dem Ring. Elvino bietet Amina den Trauring seiner toten Mutter an, zusammen mit seinem Haus, seinen Gütern, seinem Namen, mit allem, was er hat. Elvino ist eine interessante Partie. Und Amina hat nichts. Außer sich selbst. Und sie sagt es. Ich habe mir die CD besorgt und im Textheft nachgelesen. Verstehst du? Ich habe mir die Aufnahme mit Ferruccio Tagliavini gekauft.«

»Willst du dich nicht hinsetzen?«

»Nein, Marko. Warte.« Meine Mutter senkt den Kopf. »Der Notar muss den Ehevertrag aufsetzen, und nachdem er darin Elvinos Güter eingetragen hat, fragt er Amina, was *sie* hat, und sie sagt, ich habe nur mein Herz. Und dann singt Ferruccio Tagliavini einige der schönsten Noten, die es in dieser kleinen dummen Oper gibt, er beantwortet Aminas Satz, er will ihr sagen: Es ist nicht schlimm, dass du arm bist. *Ah! Tutto è il core,* singt er, das Herz, es ist doch alles! Es zählt so viel wie alle weltlichen Güter, die er mit in die Ehe bringt.

Aber dann … Dann zeigt diese kleine, dumme Oper, dass das nicht stimmt.« Sie schüttelt den Kopf. »Es stimmt nicht, der Satz ist nur so dahingesagt. Es gibt die *Sonnambula* nur, weil Elvino seiner Amina misstraut. Er kennt ihr Herz gar nicht. Wie kann er es dann wollen, dieses Herz? Darum dreht sich alles. Wie kann Elvino ihr den Ring seiner Mutter anbieten, wenn er ihr Herz nicht kennt?«

Sie setzt sich hin und trinkt einen Schluck Wasser.

»Und weißt du«, sagt sie, »was ich mich frage? Ob es nicht von Anfang an um etwas anderes ging, auch bei uns. Nicht darum, ob einer den anderen betrügt. Du bist alt genug, du weißt, was alles geschehen muss, damit zwei Menschen beieinanderbleiben. Oder? Du hast es selbst erlebt. Du bist auch bei niemandem geblieben. Es ist egal, jeder muss für sich entscheiden, wo er in dieser Sache steht. Aber diese Sache, Marko … Sie dreht sich nicht um Betrug, glaube ich. Der kommt später. Die Sache dreht sich darum, ob zwei, die heiraten wollen, sich wirklich *kennen*. Das habe ich jahrzehntelang nicht begriffen, weil die Schuldfrage schon immer alles niedergewalzt hatte, bevor ich darüber nachdenken konnte. Wer hat gelogen, wer hat getäuscht, wer hat den anderen verraten, wer hat den anderen verlassen? Es gibt tausend Opern darüber. Oder deinen Shakespeare. Alles voller Eifersucht und Betrug. Aber ich brauchte eine kleine, dumme Oper über die Schweizer Alpen, um zu verstehen, dass zwei, die heiraten wollen, sich kennen müssen.«

Ich gehe zu ihrem Sessel, setze mich auf die breite Armlehne und lege ihr den Arm um die Schultern. Es sind wirklich wuchtige Sessel, eine halbe Familie hätte darauf Platz.

»Und jetzt«, sage ich. »Jetzt weißt du etwas mehr über euch. Es könnte dir helfen.«

»Es macht dieses Haus nicht erträglicher für mich. Wenn du das meinst.«

»Doch.«

Sie gibt sich Mühe und lächelt. »Vielleicht ein bisschen. Warten wir es ab. Noch besser ginge es mir, wenn es endlich etwas zu essen gäbe.«

Mein Vater findet uns gegenüber nicht eine, sondern zwei oder drei Erklärungen für das, was auf seiner kleinen Reise als Nächstes geschieht. Das Licht einer Ampel habe ihn geblendet, er müsse sehr tief in Gedanken versunken gewesen sein oder einen seiner kleinen visuellen Aussetzer gehabt haben, sagt er, sie kämen völlig unerwartet. Wer weiß? Jedenfalls. Der Ast, in den er hineinläuft, schlägt ihm die Brille vom Kopf, er hört kein Geräusch, sondern empfindet zuerst den brennenden Schmerz, wie wenn behutsam eine Peitsche benutzt wird.

Das nächste Geräusch lässt den genauen Hergang des Missgeschicks unwesentlich erscheinen, es ist das Zerspringen eines Glases auf dem Boden. *Mindestens* eines Glases. Er hat den Schaden noch nicht begutachtet. Was soll er jetzt tun? Die Brille hat meinem Vater das Wenige gesichert, was sein Augenlicht von der Welt noch empfangen hat, und sie hat für ihn gnädig die Helligkeit des Tageslichts gedämpft. Er kann nicht mehr ohne Sonnenbrille existieren. Selbst in abgedunkelten Räumen zieht er es vor, getönte Gläser zu tragen. »Böser Mann!«, hat ihm Tobi neulich beim Spielen zugerufen, als er die Brille nicht absetzen wollte, und er kann es verstehen, er kann sogar darüber lachen. Er sieht mit den verdunkelnden Gläsern aus wie ein böser Mann, ein zwielichtiger Charakter, er könnte Pläne hegen, die keine Mitwisser vertragen.

Als er sich hinunterbeugt, um die Brille aufzuheben, überfällt ihn große Erschöpfung, und er muss eine Weile in der

Hocke bleiben. Auf diese Weise sieht er sich, so gut es geht, den Schaden an seiner Brille an. Ein Glas ist zersprungen, das andere ist noch heil. Die Fassung scheint nur leicht verbogen zu sein, es ist ein altmodisches Gestell in Silberoptik, die Gläser sind geformt wie Tropfen. Er hätte durchaus nichts dagegen, etwas Moderneres zu tragen. Nur, was soll er jetzt tun? Wie begegnet er der neuesten *challenge*? Er will sich aufrichten, doch alle Gliedmaßen spüren eine ungeheure Müdigkeit, sodass er etwas tut, was er sich sonst in der Öffentlichkeit niemals trauen würde. Er lässt sich zurücksinken, gelehnt gegen den Baum, dessen Ast ihm die Brille vom Kopf geschlagen hat, und ruht ein wenig aus, um später mit frischen Kräften sein Ziel zu erreichen. Es ist ihm egal, welchen Eindruck er in diesem Augenblick macht. Zum ersten Mal versteht er die Bettler, die dasitzen, wie sie sind, in schmutzstarrenden Kleidern und mit ungewaschenen Händen. Aus alter Gewohnheit führt er sich seine Fingernägel zur Inspektion vor, ihm ist immer daran gelegen gewesen, dass sie präzise geschnitten und makellos sauber sind. Doch da überfällt ihn ein visueller Aussetzer, sodass er die Augen zupresst und den Kopf noch weiter senkt, wie ein Pferd, das mit den Hufen scharrt.

Ente!, sagt er sich. Canard à l'orange! Das hat er bestellt. Gut, dass es ihm wieder eingefallen ist. Er weiß nicht, worauf er sich überhaupt noch verlassen kann. Alles kostet ihn unendliche Mühe. Und der Durst, stellt er fest, ist peinigend geworden. Er braucht dringend etwas zu trinken.

In dieser Verfassung sieht ihn ein Taxifahrer, der bisher einen ziemlich schlechten Tag gehabt hat. Er sieht einen alten Mann vornübergebeugt im Dreck sitzen, dort, wo sonst die Hunde das Bein heben, den verstörten Blick auf ein kaputtes Brillenglas gerichtet und mit Anzeichen von Verwirrung und absoluter Hilflosigkeit.

Ob er ihm helfen könne, ruft der Taxifahrer meinem Vater zu. Ob er irgendwo hinwolle?

Mein Vater hebt den Kopf, ortet die Geräuschquelle und

kneift die Augen zusammen. »Feinkost Wennekers!«, ruft er. »Helfen Sie mir!«

Diesem Kölner Taxifahrer können wir nicht genug danken. Nicht nur wegen der Fahrt, die ja sein Beruf ist, sondern vor allem wegen seiner Anteilnahme und Geistesgegenwart. Er weigert sich nämlich, der dringenden Bitte meines Vaters, ihn zu Feinkost Wennekers zu bringen, Gehör zu schenken. Der Taxifahrer erfasst mit einem Blick den Zustand meines Vaters – seine vielen Nachtfahrten, erklärt er uns später, hätten ihm einen Blick für Fahrgäste in Grenzsituationen gegeben –, und ahnt, was die ungewöhnliche Lage an Fingerspitzengefühl und psychologischem Geschick erfordert. Zuerst wirkt er beruhigend auf meinen Vater ein, spricht in kurzen Sätzen, versichert ihm, dass bestimmt alles in Ordnung komme, und sagt auf wiederholte Nachfrage, es sei »bald vier«, obwohl es in Wahrheit schon längst Viertel vor fünf ist. Das tut der Taxifahrer gewissermaßen instinktiv; er spürt sofort, dass die Uhrzeit für den verwirrten älteren Herrn an seiner Seite von größter Bedeutung ist, und da der Herr offensichtlich weder eine Uhr mitführt noch die Digitaluhr des Taxis lesen kann, beschließt der Fahrer, die Lage zum Wohl aller Beteiligten zu entdramatisieren. Als Nächstes verschafft er sich über Funk die Nummer von Feinkost Wennekers und tätigt einen kurzen Anruf.

»Ja«, sagt er langsam und vorsätzlich laut, damit seinem Fahrgast kein Wort des Gesprächs entgeht, »Herr Theunissen ist gerade eingestiegen. Er sitzt in diesem Augenblick neben mir … Ja, er hatte sich ein wenig Sorgen um die korrekte Anlieferung der Speisen gemacht. Wie bitte? Dazu besteht kein Anlass? Die Ente ist da? Das freut uns aber außerordentlich.«

Er wendet sich meinem Vater zu, der zusammengesunken neben ihm sitzt, und verstärkt die Botschaft mimisch, worauf mein Vater sich etwas aufrichtet und die Ohren spitzt. Wie? Noch nicht alles verloren? Die Speisen sind da?

»Herr Theunissen darf daraus entnehmen«, sagt der Fahrer mit einer Deutlichkeit, als erteile er Sprachunterricht, »dass die Speisen korrekt angeliefert und in seinem Haus auch in Empfang genommen wurden. Verstehe ich das richtig? Wunderbar. Wer …? Ah. Der Sohn. Das wird er gern hören … Nein, er macht sich jetzt bestimmt keine Sorgen mehr.« Wieder schaut der Taxifahrer zu meinem Vater hinüber und nickt übertrieben. Seine Lippen bilden die Worte »Alles gut. Ente gelandet«. Dann wendet er sich wieder seinem Gesprächspartner von Feinkost Wennekers zu. »Ich bin sicher«, sagt er jetzt, »es wird allen Gästen hervorragend schmecken … Ja. Das ist das Wichtigste. Eine kleine Aufregung, und der Appetit ist noch mal so groß. Haben Sie vielen Dank. Wie bitte? Das Erdbeereis ist gratis? Ja. Er wird gewiss zufrieden sein … Ihnen auch.«

Mein Vater, der nicht nur in den Beinen, sondern im ganzen Körper eine ungeheure Müdigkeit verspürt, gewinnt seine Lebensgeister zurück. Es sei angenehm in diesem Taxi gewesen, erzählt er uns später, er wolle in Zukunft öfter Taxi fahren, um in den Genuss dieses ungewöhnlichen Fahrgefühls zu kommen. Und wie interessant die Stadt aussehe, wenn man zuverlässig durch ihre Straßen gefahren werde, zumal an einem Samstagnachmittag gegen vier. Ein hübscher kleiner Ausflug.

»Ich bin beruhigt«, sagt mein Vater und betastet das intakte Glas seiner Sonnenbrille.

»Alles im grünen Bereich«, sagt der Taxifahrer. »Das Erdbeereis ist gratis. Haben Sie vielleicht gehört. Wennekers. Kenne ich nicht. Klingt nach einem guten Laden. Gleich sind wir da. Ihre Lieben werden sich freuen, Sie zu sehen.«

»All das«, sagt mein Vater und deutet mit immer noch zitternder Hand das Panorama an, das sich ihnen vom Taxi aus bietet, »bin ich gelaufen. Auf diesen Beinen.«

»Sportliche Anerkennung«, sagt der Taxifahrer.

»Darf ich fragen, wie Sie heißen?«

»Pelzer ist der Name.«

»Herr Pelzer«, sagt mein Vater. »Sie sind den Ereignissen mit großer Umsicht begegnet. Das wollte ich Ihnen sagen. Sie haben kein Problem gesehen, sondern eine Herausforderung.«

»Kein Problem«, sagt Pelzer. »Dafür sind wir doch da.«

»Stellen Sie sich vor, Sie hätten mich zu Feinkost Wennekers gefahren. Wie peinlich das gewesen wäre. Die Ente war ja längst nicht mehr da.«

»Tja. Die Ente hatte schon abgehoben. Fixe Tiere, diese Enten. So, da wären wir. Nummer neun war doch korrekt?«

Mein Vater bezahlt und fühlt sich in der nächsten Sekunde außerstande, den Wagen zu verlassen. Es sei wie eine Lähmung gewesen, erzählt er uns, doch mehr seelisch als körperlich. Eine seelische Lähmung, verbunden mit großer, unbestimmter Angst.

»Herr Pelzer«, sagt er. »Würden Sie mir helfen … Ich glaube, ich komme nicht allein aus dem Wagen.«

»Kein Problem.«

Pelzer hilft meinem Vater aus dem Taxi und führt ihn langsam die weit auseinanderliegenden Stufen zum Haus hinauf, drei harmlose flache Stufen, die für meinen Vater fast zu viel sind.

»Es tut mir leid«, sagt mein Vater. »Ich weiß auch nicht, was los ist. Es war alles etwas viel. Dürfte ich Sie auf eine Tasse Kaffee einladen? Es würde mir eine große Freude bereiten.«

Inzwischen zittert mein Vater, was Pelzer nicht entgeht, und auch wenn er die Hintergründe nicht kennt, ahnt er, dass an diesem Tag wichtige Dinge geschehen.

»Tut mir leid«, sagt er. »Ich werde erwartet. Die Zentrale könnte sich wundern.«

»Zehn Minuten, Herr Pelzer. Nur eine Tasse Kaffee. Ich wäre Ihnen wirklich sehr dankbar.«

»Ein Kaffee im Stehen, Maximum«, sagt Pelzer. »Sehen Sie mal, da kommt ein Kollege.«

Pelzer sieht ein zweites Taxi, das vor dem Haus gehalten hat, direkt hinter seinem, und kurz darauf steht Sonja neben ihnen, schenkt Pelzer ein amüsiertes Lächeln und fasst meinen Vater am Arm.

»Sie haben nichts dagegen, wenn ich den Herrn hineinführe? Hallo, Papa«, sagt sie und spürt unter ihrer Hand seine zitternden Schultern. »Bin ich froh, dass noch andere zu spät kommen.«

»Es gibt Sachen in diesem Beruf, die glaubt man nicht. Es gibt die dünnen Dinger und die dicken Dinger. Das hier, heute? Das war ein dünnes Ding. Warten Sie ab, bis ich wieder die Nachtschicht fahre. Dann gibt's was zu erzählen.«

Pelzer hat den Kaffee im Stehen auf zwölf Minuten berechnet, und in der dreizehnten ist er an der Tür. Er ist ein ernsthafter Mann, der Taxifahrer Pelzer, und wir alle sind ihm dankbar. Nicht nur, weil er meinen Vater mit Umsicht nach Hause gebracht hat, sondern weil seine kurze Erzählung wie ein schönes Stück Schmirgelpapier ist, mit dem er alle Ungereimtheiten und besorgniserregenden Details des Abenteuers meines Vaters glättet.

»Nicht so schlimm«, sagt er in der kurzen Zeit, in der er einen Platz an der Kaffeetafel akzeptiert und ein Stück gedeckten Apfelkuchen isst. »Herr Theunissen hatte die Sache durchaus im Griff. Ich hielt es nur für sinnvoll, ihn nach Hause zu bringen, und der Meinung war er auch. So eine kaputte Brille ist eine echte Behinderung.«

Mein Vater sitzt nicht am Tisch, als diese Sätze fallen. Mein Vater hat sich im Wohnzimmer auf das Hörsofa gelegt und ruht sich aus. Sonja sitzt bei ihm, nachdem sie Margret aus dem Raum gescheucht hat, und schenkt meinem Vater Tee nach, sobald er darum bittet. »Keinen Kaffee, Papa«, hat sie gesagt. »Du musst runterkommen, nicht rauf. Abgesehen von deiner kleinen sportlichen Übung finde ich, dass du ziemlich gut aussiehst. Morgen bist du wie neu.«

Ich bitte Sonja mit einem Blick um Erlaubnis und setze mich dazu.

»Sonja«, sagt mein Vater. »Ich wünschte, ich wäre pünktlich gewesen. Es ist mir so peinlich, dass die Familie auf mich warten musste. Hast du schon Kuchen gegessen?«

»Mach dir keinen Kopf. Sag nur Bescheid, wenn du Hunger hast. Die Ente riecht wirklich lecker.«

»Geht es dir gut, Sonja? In Madrid?«

»Ja, Papa. Es geht mir gut. Luis lässt schön grüßen. Ihr solltet euch kennenlernen. Marko hat mit Luis die halbe Nacht getrunken. So einer ist das.«

»Wer?«

»Na, eigentlich beide.«

Mein Vater schaut zu mir herüber. Dann wieder zu Sonja.

»Ich frage mich, ob es meine Augen sind oder das Licht … oder die andere Sonnenbrille … Du siehst aus wie auf dem Foto, als du Abitur gemacht hast, Sonja. Du hast dich gar nicht verändert.«

»Sonja bleibt Sonja«, sage ich.

Sie boxt mich auf den Oberschenkel. »Lass den Mann ausreden. Vielleicht kommt noch mehr. He, Motte«, sagt sie, als Motte, von Tobi durchs Wohnzimmer gejagt, auf einem Sessel zusammenbricht. »Du solltest eigene Kinder haben.«

»Sonja«, sagt mein Vater mit müder Stimme. »Ist Irene noch da?«

»Ja, Papa.«

»Ich würde sie gern begrüßen.«

»Nachher.«

»Sonja«, sagt er. »Es gibt auch Erdbeereis. Schau mal, ob du es findest.«

»Ja, Papa.«

Motte hockt sich neben mich. »Alles in Ordnung?«, fragt er leise. Ich nicke. Ich beobachte meinen Vater, der die Augen geschlossen hat und ruhig atmet.

Sonja macht uns Zeichen, sie habe Lust auf Apfelkuchen. Wir lassen meinen Vater schlafen und gehen zur Kaffeetafel. Meine Mutter begleitet Pelzer zur Tür. Der Taxifahrer winkt noch einmal in die Runde, und wir winken zurück.

»Erstaunlicher Mann«, sagt Motte.

Robert sitzt da und sagt keinen Ton. Er hat meinen Vater in der Nachbarschaft gesucht, Spaziergänger gefragt, ob sie einen alten Herrn mit Sonnenbrille gesehen hätten, und ist jede Straße dreimal abgefahren. Als er klein war, ging er einmal in unserem Viertel verloren. Mein Vater fand ihn Stunden später bei Leuten, die aus Robert nicht herausbekommen hatten, wie er heißt. Jetzt sieht Robert aus, als säße ihm ein Gespenst auf den Schultern. Einen Teil seines Kuchens hat er mit der Gabel zermatscht, aber keinen Bissen gegessen. Er verzeiht sich nicht, dass er meinem Vater nicht geholfen hat, seine Geburtstagsfeier vorzubereiten.

»Es ist gut«, sagt Margret und legt ihre Hand auf seine. »Er hat Glück gehabt.«

»Komm, Robert«, sagt Sonja. »Trink noch einen Kaffee.«

Mein Vater schläft die nächsten beiden Stunden. Wir beschließen, ihn zur Ente zu wecken. Wir bringen das Geschirr ins Wohnzimmer und essen dort. Sonja schneidet ihm die Ente und reicht ihm den Teller. Mein Vater spricht nicht viel. Er sitzt auf dem Hörsofa und blinzelt von einem zum anderen, als könne er nicht glauben, dass alle diese Menschen zur selben Zeit in seinem Wohnzimmer sind.

»Gib deiner Mutter noch von der Ente«, sagt er zu mir. Seine Stimme ist leise. »Schmeckt sie euch?«

»Ja«, sagen alle. Dann macht Motte seine Imitation des Fahrers von Feinkost Wennekers, der sehr umständlich erklärt hat, dass Feinkost Wennekers an der verzögerten Lieferung der Speisen keine Schuld treffe, Feinkost Wennekers die entstandenen Unannehmlichkeiten aber außerordentlich bedauere. Wir lachen. Nur Robert wird sofort wieder ernst.

Mein Vater schließt die Augen. Als sein Kopf auf die Lehne des Hörsofas zurücksinkt, nimmt Sonja ihm den Teller vom Schoß, und Margret geht in die Küche, um den Nachtisch zu bringen.

Am Montagmorgen rufe ich in Krefeld an und bitte um einen Termin mit Bezirksdirektor Igelbrink. Seine Sekretärin stellt mich durch.

»Was haben Sie auf dem Herzen, Herr Theunissen?«

»Das würde ich Ihnen gern persönlich sagen.«

»Passt Ihnen Mittwoch?«

»Lieber heute, wenn es recht ist.«

»Nichts Unangenehmes, will ich hoffen?« Igelbrinks Stimme verrät keinerlei Beunruhigung.

»Wie man's nimmt«, sage ich. Plötzlich muss ich lachen. Am anderen Ende höre ich Schweigen. »Entschuldigen Sie bitte. Ich kann jetzt nur so viel sagen: Sie werden mich zu einem Whisky einladen. Ich bleibe beim Islay Malt, wenn Sie einverstanden sind. Erinnern Sie sich? Wie der schon der Nase geschmeichelt hat?«

»Herr Theunissen«, sagt er kühl. »Ist bei Ihnen alles in Ordnung?«

»Danke, ja. Es geht darum, Schaden von der Rheinischen abzuwenden. Wenn Sie wollen, setze ich mich ins Auto und komme zu Ihnen.«

»Tun Sie das, Herr Theunissen.«

Ich habe mir genau überlegt, wie ich diese Partie spielen muss. Es ist keine geringe Sache, einen Kollegen zu belasten. Versicherungsbetrug erwartet man von vielen, aber nicht von Versicherungsvertretern, obwohl uns schon *Frau ohne Gewissen* eines Besseren belehrt. Ich stelle aus Mannis Fotostapel ein sauberes Päckchen zusammen, mache Kopien der Notizzettel, auf denen die Reisekoordinaten von Pootens Mercedes stehen, und stecke alles in einen Umschlag. Den verschließe ich und klebe zusätzlich einen Streifen Tesafilm über die Lasche. Ich halte den Umschlag in der Linken, als ich Igelbrink die Hand schüttele, und lasse ihn während unseres Gesprächs nicht los.

»Herr Igelbrink«, sage ich. »Was demnächst eintreten könnte, ist noch nicht eingetreten. Doch wenn es eintritt, halten Sie Beweise in Händen, die den Fall aufklären werden. Sollte einer Ihrer Vertreter in den nächsten Tagen bei der Schadenabteilung den Diebstahl seines eigenen Fahrzeugs melden, möchte ich, dass Sie diesen Umschlag öffnen. Bitte erst dann.«

Igelbrink ist ein schneller Kombinierer und schwer aus der Ruhe zu bringen. Er nimmt den Umschlag entgegen, wirft einen flüchtigen Blick darauf und lässt ihn in einer Schublade seines blitzsauberen skandinavischen Schreibtischs verschwinden.

»Sie wollen nichts Weiteres dazu sagen, nehme ich an.«

»Doch. Würden Sie mich anrufen, wenn es so weit ist? Sagen Sie nur: Die Rosinenschnecken sind da.«

Er lächelt nicht einmal. Er sieht mich aufmerksam an, fünf, sechs Sekunden lang.

»Sie spaßen nicht, Herr Theunissen.« Er reicht mir die Hand. »Ich schreibe es mir auf. Die Rosinenschnecken sind da.«

In meinem Büro ist an diesem Tag nicht viel los. Frau Hünnekens hat frei, und wenn ich mit jemandem reden will, muss ich Selbstgespräche führen. Früher dachte ich mal, ich würde montags, wenn die Aufgaben erledigt sind, nach Düsseldorf zum Einkaufen fahren oder in einer Buchhandlung stöbern. Irgendwelche sinnvollen Sachen unternehmen, die mich weiterbringen. Doch am Ende bin ich nie dazu gekommen. Wenn ich mich in Kleinhoek umsehe, frage ich mich, für wen ich mich so aufwendig kleiden soll.

Da Frau Hünnekens nicht da ist, kann ich an diesem Tag öfter vor die Tür treten und mir den Betrieb auf der Niederstraße ansehen. Der Sommer kommt, genauso, wie Frau Leenings es prophezeit hat. Man spürt es in der Luft. Ich habe mir vorgenommen, die Kleinhoeker konsequent zu grüßen, ob sie es verdient haben oder nicht. Anton hat recht. Am Ende könnte Stil alles sein, was von uns übrig bleibt. Und was wäre so schlecht daran, wenn man sich deswegen später an uns erinnert? Der Willi hatte seinen Stil. Und ich habe meinen.

Dann sehe ich ihn. Luna ist ihm ein paar Schritte vorausgelaufen, wie Hütehunde es gern tun, sie erkunden das Gelände. Ich winke Herrn Hübbers zu. Das habe ich noch nie getan. Ich hoffe, es erschreckt ihn nicht. Aber er winkt zurück.

Diesmal sage ich ihm, er solle Luna hereinbringen. Sie müsse mein Büro kennenlernen.

Als wir sitzen, jeder eine Tasse Kaffee vor sich, sage ich: »Der Pfau sucht 'ne Frau. Das habe ich für Sie gereimt, Herr Hübbers. Wenn ich abends allein bin, reime ich manchmal. Ich habe ja keinen Hund, mit dem ich sprechen kann.«

Ich schaue auf Luna hinunter, und Herr Hübbers tut es auch.

»Meine Gedichte handeln von den Schwierigkeiten, mit denen Tiere es manchmal zu tun bekommen.«

»Man müsste reimen können«, sagt Herr Hübbers.

»Nicht so schwierig, mit etwas Übung. Natürlich habe ich die Erkenntnisse, die mich zum Reimen führen, nicht zuletzt durch meinen Beruf gewonnen. Der Mensch, auch wenn er von anderen Wesen spricht, meint immer sich selbst. Ist es nicht so?«

Herr Hübbers nickt.

»Das macht ihn so einzigartig«, sage ich. »Man kann ihn nicht ändern.«

Zahora – Pastrana – Ávila – Madrid

Dank

Die hier dargestellten Ereignissse sind frei erfunden, und jede Ähnlichkeit mit lebenden oder toten Personen wäre zufällig. Mein Dank geht an S.F., dessen Kenntnisse, Erfahrung und Gastfreundschaft beim Schreiben dieses Romans eine große Hilfe waren.